国家社科基金
后期资助项目
GUOJIA SHEKE JIJIN HOUQI ZIZHU XIANGMU

李绅及其诗歌研究

Research about Li Shen and his Poetry

严正道　著

中国社会科学出版社

图书在版编目（CIP）数据

李绅及其诗歌研究/严正道著 . —北京：中国社会科学
出版社，2019.9
ISBN 978 - 7 - 5203 - 5066 - 2

Ⅰ . ①李… Ⅱ . ①严… Ⅲ . ①李绅（772 - 846）—唐诗—
诗歌研究 Ⅳ . ①I207.22

中国版本图书馆 CIP 数据核字（2019）第 204167 号

出 版 人	赵剑英
责任编辑	郭晓鸿
特约编辑	王顺兰
责任校对	石春梅
责任印制	王　超

出　　版	中国社会科学出版社
社　　址	北京鼓楼西大街甲 158 号
邮　　编	100720
网　　址	http：//www.csspw.cn
发 行 部	010 - 84083685
门 市 部	010 - 84029450
经　　销	新华书店及其他书店

印　　刷	北京君升印刷有限公司
装　　订	廊坊市广阳区广增装订厂
版　　次	2019 年 9 月第 1 版
印　　次	2019 年 9 月第 1 次印刷

开　　本	710 × 1000　1/16
印　　张	22.25
插　　页	2
字　　数	401 千字
定　　价	99.00 元

国家社科基金后期资助项目

出 版 说 明

后期资助项目是国家社科基金设立的一类重要项目，旨在鼓励广大社科研究者潜心治学，支持基础研究多出优秀成果。它是经过严格评审，从接近完成的科研成果中遴选立项的。为扩大后期资助项目的影响，更好地推动学术发展，促进成果转化，全国哲学社会科学工作办公室按照"统一设计、统一标识、统一版式、形成系列"的总体要求，组织出版国家社科基金后期资助项目成果。

全国哲学社会科学工作办公室

目　　录

绪　论

　　以唐德宗贞元八年（792 年）韩愈的登第为标志，唐代的诗歌在经过短暂的沉寂之后，重新进入一个名家辈出、异彩纷呈、百花齐放的自由繁荣阶段。在低沉伤感中徘徊着的大历诗人逐渐淡出中唐的诗坛，而以韩愈、柳宗元、刘禹锡、白居易为代表的新一辈诗人则逐渐登场，成为诗坛新的领军人物。他们各领风骚，追求新变，开拓出中唐诗歌世界的新天地。与盛唐诗人生活在强盛、富足、自由、开放的时代环境不同，他们出生于危乱中，成长于动荡时代，对国家、社会、人生以及文学有着与盛唐诗人完全不同的体会和感受。他们有着与生俱来的危机感、使命感和责任感，在他们思想、灵魂的深处涌动着一股变革现实、改革文学的精神与力量。在社会政治问题上，通过改革政治来再图中兴，实现国家的稳定与繁荣，再现辉煌，是他们力所不及的事情。不过，在文学上他们却可以尽情施展自己的才华，并登高而呼，借助群体的力量，实现他们的文学主张，达到革新文学的目的。

　　刘勰在《文心雕龙·通变》中云："文律运周，日新其业。变则其久，通则不乏。"[1] 也就是说文学只有在通变中才能推陈出新，不断发展。以韩愈、孟郊为代表的尚奇诗派和以白居易、元稹为代表的尚俗诗派，尽管两派风格迥异，但他们都是在盛唐盛极难继的情况下，另辟蹊径，开拓创新，追求新变的结果。对于前者，历来义学批评家和评论者看法比较一致，并且不乏赞美之辞，如清人叶燮就认为："唐诗为八代以来一大变，韩愈为唐诗之一大变，其力大、其思雄，崛起特为鼻祖。宋之苏、梅、欧、苏、王、黄，皆愈为发其端，可谓极盛。"[2] 但对于后者，人们多为其表象所蒙蔽，较难认识到元白诗派在当时诗歌革新中的作用以及对后世的影响，特别是对于他们所倡导的新乐府运动，至今尚有不同意见。对此，陈寅恪先生有着自己独

---

[1] （南北朝）刘勰：《文心雕龙》卷六《通变》，范文澜注，人民文学出版社 1958 年版，第 521 页。

[2] （清）叶燮：《原诗·内篇上》，霍松林校注，郭绍虞主编《中国古典文学理论批评专著选辑》，人民文学出版社 1979 年版，第 8 页。

特的看法，他认为：

> 然则乐天之作《新乐府》，乃用《毛诗》、乐府古诗，及杜少陵诗之体制，改进当时民间流行之歌谣。实与贞元、元和时代古文运动钜子，如韩昌黎、元微之之流，以《太史公书》《左氏春秋》《之文体试作》《毛颖传》《石鼎联句诗序》《莺莺传》等小说传奇者，其所持之旨意及所用之方法，适相符同。其差异之点，仅为一在文备众体小说之范围，一在纯粹诗歌之领域耳。由是言之，乐天之作《新乐府》，实扩充当时之"古文运动"，而推及之于诗歌，斯本为自然之发展。惟以唐代古诗，前有陈子昂、李太白之复古诗体。故白氏新乐府之创造性质，乃不为世人所注意。实则乐天之作，乃以改良当日民间口头流行之俗曲为职志。与陈李辈之改革齐梁以来士大夫纸上摹写之诗句为标榜者，大相悬殊。其价值及影响，或更较为高远也。此为吾国中古文学史上一大问题，即"古文运动"本由以"古文"试作小说而成功之一事。寅恪曾于韩愈与唐代小说一文中论证之。而白乐天之《新乐府》，亦是以乐府古诗之体，改良当时民俗传诵之文学，正同于以"古文"试作小说之旨意及方法。①

陈寅恪先生以其宏观高度，通过具体而微的研究，在分析比较古文运动与新乐府运动的关系及各自所产生的影响后，得出上述结论，是让人信服的，也廓清了人们长期以来对元白新乐府诗歌的偏见。现在，随着对新乐府诗及元白诗派研究的深入，这一观点已普遍为学界所接受。另外，独立于两派之外的诗人柳宗元、刘禹锡，他们的诗歌也开拓了新的题材，形成了自己独特的风貌。总之，中唐的诗歌领域里充满了变革精神。

在中唐诗歌这种求新求变的意识下，同样具有开风气之先河的诗人，积极参与其中，除了上面提到的几位外，还有一位诗人不应该被忘记，这就是李绅。正如前文所论，在大历诗人逐渐淡出诗坛的背景下，李绅与白居易、元稹、刘禹锡等人一同出现于中唐诗坛。如《新唐书》本传云："为人短小精悍，于诗最有名，时号'短李'。苏州刺史韦夏卿数称之。"②《旧唐书》

---

① 陈寅恪：《元白诗笺证稿》第五章，上海古籍出版社 1978 年版，第 121 页。
② 《新唐书》卷一百八十一《李绅传》，中华书局 1975 年版，第 5347 页。为方便，以下凡引用皆直接称《新传》，不再作说明。

本传亦云："绅形状眇小而精悍，能为歌诗。乡赋之年，讽诵多在人口。"①
可见李绅在青少年时期诗歌就已经很出众，他的《古风二首》更得到名士吕
温的激赏。贞元、元和年间李绅与元稹、白居易一见如故，从此诗歌酬唱往
来不断。元、白对其诗歌亦十分称赏，如白居易在《江楼夜吟元九律诗成三
十韵》"老张知定伏，短李爱应颠"句下自注到："张十八籍，李二十绅皆
攻律诗，故云。"② 又《编集拙诗成一十五卷因题卷末戏赠元九李二十》"一
篇长恨有风情，十首秦吟近正声。每被老元偷格律，苦教短李伏歌行。"句
下自注："李二十常负歌行，近见予乐府五十首，默然心伏。"③ 元稹《酬乐
天东南行一百韵》"李多嘲蝛蜓，窦数集蜘蛛。"句下注云："李二十雅善歌
诗，固多咏物之作。"④ 从元、白的口气中我们可以看出李绅的诗歌稍逊于
白居易，而与元稹在伯仲间。可惜的是，李绅早期的这些诗歌绝大部分没有
流传下来。更为当时人瞩目的是，在唐宪宗元和中兴的背景下，以三人为核
心发起的新乐府运动，在唐代乃至古代文学史上留下了浓重的一笔，而李绅
的首创之功犹不可没。他在初任校书郎之时，受到当时开明政治气氛的感
发，针对现实，大胆讽喻时事，先于元、白创作出《乐府新题二十首》，并
很快引发元、白的响应，掀起了新乐府运动的高潮，这是十分值得肯定的。
然而，随着政治形势的急转和轰轰烈烈的新乐府运动高潮的结束，李绅的
《乐府新题二十首》也逐渐被人遗忘，甚至连诗人自己都不再提起，或许不
久即失传。如今，我们只能从元、白的和诗中隐约窥其原貌，这是非常遗憾
的，不但对于中国古代文学是个损失，也因此影响了后人对其诗歌的准确评
价，导致对其在中唐文学史上地位的忽略。直到近代，胡适之先生著《白话
文学史》，把他归入有意兴起文学革新运动的元白诗派，才引起人们的重视，
一些文学史开始把他称为"新乐府运动"的倡导者，但也往往由于缺少具体
材料只能一语带过，非常笼统。此外，李绅后期的诗歌，随着政治形势的变
化，以及个人仕途的起沉升降，加之被卷入党争的旋涡，早期的锐气被现实
消磨殆尽，最终在自然闲适和平凡自得中追求诗歌的雍容典雅。可以说他后
期的诗歌，主要是《追昔游集》，脱离了元白诗派的方向，不再关心社会时
事，心态内敛，躲进个人情感世界的狭窄圈子里，自抒一己之情，追求诗歌

---

① 《旧唐书》卷一百七十三《李绅传》，中华书局 1975 年版，第 4497 页。为方便，以下凡引用皆
　　直接称《旧传》，不再作说明。

② 朱金城：《白居易集笺校》卷十七，上海古籍出版社 1988 年版，第 1058 页。

③ 同上书，卷十六，第 1053 页。

④ 杨军：《元稹集编年笺注》诗歌卷，三秦出版社 2002 年版，第 770 页。

艺术的技巧，大力创作律诗，学习齐梁，诗风繁丽，逐渐向晚唐诗风过渡。虽然这类诗歌在成就上不能与当时的韩孟、元白、刘柳等人角争强弱，"然春容恬雅，无雕琢细碎之习，其格究在晚唐诸人刻划纤巧之上也。"① 其他诗歌，如对元白的长篇叙事诗有着直接影响的《莺莺歌》，虽然残缺不全，但依然闪烁着光芒，引起今人的重视。

目前，学术界对于中唐诗人个案的研究已经由名辈大家转向二三流诗人，如孟郊、贾岛、张籍、王建等，但对于李绅却较少有人关注。因此，对李绅的诗歌作一个全面而具体的研究，比较客观地认识和了解其在中唐乃至中国古代诗歌上的地位，是非常有必要的，这也是笔者作此著的主要目的。

另外，李绅不仅是中唐诗坛上具有一定影响的重要诗人，也是在中唐政治史中留下鲜明轨迹的重要人物。在长达数十年的牛李党争中，李绅始终支持李德裕，一荣俱荣，一损俱损，被公认为是李党的核心成员。在中晚唐几桩具有重大影响的公案里，如长庆元年的科举考试案，横跨会昌、大中年间的吴湘案，李绅都被卷入其中，与事件有直接关联。其他，如元和二年无辜被卷入李锜反叛案，长庆年间与李逢吉的权力之争，会昌年间与李德裕谋划平定泽路叛乱，等等，也都有他的身影。因此，研究李绅也有助于研究中晚的唐政治与历史，并从中了解李绅及当时相关人物的心态、思想等。并且，这些事件也在李绅的诗歌中有所反映，如《趋翰苑遭诬构四十六韵》一诗就真实记录了其与李逢吉相争的实情，具有诗史的性质，诗史可考证对于研究政治与文学的关系具有重要意义。这是笔者作此著的另一重要目的。

---

① 纪昀：《四库全书总目》卷一百五十，中华书局 2003 年版，第 1294 页。

第一章　李绅的家世、生平与思想

第一节　李绅的家世

一　庶族身份考

据《旧唐书》载，李绅出生于名门世家，家族中官至宰相者多人，然其真实家族身份却存疑，笔者认为其非山东赵郡李氏，或系李姓庶族，考证如下：

按照传统史料的记载，李绅出身于山东五大著姓之一的赵郡李氏，如《旧传》称其"本山东著姓"，而《新唐书·宰相世系表》则将其列于赵郡李氏南祖之后。这也可以从当时其他的相关材料中得到印证，如白居易《淮南节度使检校尚书右仆射赵郡李公家庙碑铭并序》中称其为"赵郡李公"[1]，沈亚之《李绅传》云其"本赵人"[2]。当然这些说法都是有根据的，因为李绅的曾祖李敬玄在高宗仪凤间"拜中书令，封赵国公"[3]，而封号往往与其祖籍地或先世有关。故卞孝萱、卢燕平的《李绅评传》云李绅"出身于魏晋以来山东五大士族之一的赵郡李氏"[4]。不过，仔细阅读相关史料，笔者对此说的真实性表示怀疑。

先从赵郡李氏说起。赵郡李氏为山东五大望族，今据《新唐书》卷七十二上《宰相世系表》、宋邓名世《古今姓氏书辩证》卷二十一《上声·六止·李》、《北史》卷三十三《李孝伯传》、卷一百《序传》等简叙其世系：

---

[1]　朱金城：《白居易集笺校》卷七十一，上海古籍出版社1988年版，第3791页。
[2]　见《全唐文》卷七三八，中华书局1983年影印本，第7623页。
[3]　《新唐书》卷一百六《李敬玄传》，中华书局1975年版，第4052页。
[4]　吕慧娟等：《中国历代著名文学家评传》续编一，山东教育出版社1988年版，第797页。

赵郡李氏，出自秦司徒昙次子玑，字伯衡，秦太傅。三子：云、牧、齐。齐初居中山，为辽东李氏祖。牧为赵相，《史记》卷八一有传，始居赵郡。牧三子：泪、弘、鲜。泪，秦中大夫、太子詹事，生谅，谅生左车、仲车（《宰相世系表》云：泪生谅、左车、仲车，恐误，今从《古今姓氏书辩证》）。左车，赵广武君。左车九代孙就，徙居江夏平春，为江夏李氏祖。左车十代孙颉，始居汉中南郑，为汉中李氏祖。十三世孙恢（《北史·李孝伯传》云十四世孙，误，今从《宰相世系表》及《古今姓氏书辨证》），汉桓、灵间，高尚不仕，号有道大夫。生定，字文义，仕魏，位渔阳太守。有子四人，并仕晋。平字伯括，为乐平太守；机字仲括，为国子博士；隐字叔括，保字季括，位并至尚书郎。兄弟皆以儒素著名，时谓之"四括"。机生群、瑰、密、楷、越。楷字雄方，晋司农丞、治书侍御史，避赵王伦之难，徙居常山。有男五子：辑、晃、芬、劲、叡。叡子勖，兄弟居巷东；劲子盛，兄弟居巷西。故叡为东祖，芬与弟劲共称西祖。辑子护宗，高密太守，子慎敦，居柏仁，子孙甚微，与晃南徙故垒，故辑、晃皆称南祖。自楷徙居平棘南，通号平棘李氏。平棘，据《旧唐书》卷三十九《地理志》二、《新唐书》卷四十三《地理志》三，属河北道赵州。又《元和郡县图志》卷十七平棘县云："赵郡李氏旧宅，在县西南二十里。即后汉、魏以来山东旧族也，亦谓之'三巷李家'，云东祖居巷之东，南祖居巷之南，西祖居巷之西。亦曰'三祖宅巷'也。"

　　从以上可以看出，赵郡李氏是一个非常重视家族传统，自觉维护家族延续性的族群，"时赵郡诸李人物尤多，各盛家风"[1]。这也是赵郡李氏能够在自古多奇士的燕赵之地"克广门业，道风不陨"[2] 的重要原因。然而，北朝时期声望日隆、家风严谨的赵郡李氏族谱却突然在李绅的九世祖善权前出现断裂，这确实让人感到突兀，令人生疑。《宰相世系表》云："南祖之后有善权，后魏谯郡太守，徙居谯。"[3] 只笼统云"南祖之后"，却不交代具体世系，这在赵郡李氏《宰相世系表》中是个例外。按《宰相世系表》："赵郡李氏定著六房：其一曰南祖，二曰东祖，三曰西祖，四曰辽东，五曰江夏，六曰汉中。宰相十七人。南祖有游道、藩、固言、日知、敬玄、绅、元素；东祖有绛、峤、珏；西祖有怀远、吉甫、德裕；辽东有泌；江夏有鄘、磎；汉中有安期。"东祖、西祖、南祖其它支派都具有赵郡李氏的延续性，谱系

---

① 《资治通鉴》卷一百四十《齐纪六·明帝建武三年》，中华书局 1956 年版，第 4395 页。

② （唐）李延寿：《北史》卷三十三，中华书局 1974 年版，第 1243 页。

③ 《新唐书》卷七十二上《宰相世系表》，中华书局 1975 年版，第 2480 页。

关系清楚，独李绅一支（敬玄、元素为善权六代孙，绅曾祖）与南祖的世系关系模糊不清，推究其原因不外乎以下几种：一是《宰相世系表》编撰者省略不书；二是谱牒失传或缺损；三是有人故意模糊，以假乱真。

比较《宰相世系表》与《古今姓氏书辩证》，两书所记李绅世系完全相同。按《古今姓氏书辩证》："自《风俗通》以下各采其是者从之，而于《元和姓纂》抉摘独详，又以《熙宁姓纂》《宋百官公卿家谱》二书互为参校，亦往往足补史传之阙。"① 其对校考当时所存各种姓氏书，显然比《宰相世系表》简单地"取诸家谱系杂抄之"② 更翔实精审。然两书所记完全一致，则只能说明各自编撰者所见李绅世谱系原本如此，故《宰相世系表》编撰者省略不书之可能基本可以排除。

从魏晋隋唐时期重家世、兴谱牒的情况来看，第二种原因亦可排除。郑樵《通志》卷二十五《氏族序》云："自隋唐而上，官有簿状，家有谱系，官之选举必由于簿状，家之婚姻必由于谱系。历代并有图谱局，置郎、令史以掌之，仍用博通古今之儒知撰谱事。凡百官族姓之有家状者则上之，官为考定详实，藏于密阁，副在左户。若私书有滥，则纠之以官籍；官籍不及，则稽之亦私书。此近古之制，以绳天下，使贵有常尊，贱有等威者也。所以人尚谱系之学，家藏谱系之书。"③ 可知在隋唐之前，谱牒不仅仅与家族相关，更是管理国家与选拔人才的重要工具。官府掌管的"簿状"与家族私存的"谱系"并存互补，保证了各个家族世系的延续性与谱牒的完整性。尤其对于赵郡李氏这样的名门望族来说，谱牒的修撰与保存肯定是一件非常重要的事情，其家族成员亦不可能因为迁离而断裂或脱离与家族原有的关系。故谱牒失传或缺损的可能性很小。

至于第三个原因，这里首先要提及的就是李绅的曾祖父李敬玄。李敬玄，《旧唐书》卷八十一、《新唐书》卷一百零六有传。《旧唐书》言其"博览群书，特善五礼"，具有山东旧族儒学礼教的风范，"风格高峻，有不可犯之色"。后深得马周及许敬宗之推荐延誉，又娴于吏治，知人善任，最终位及宰相。不过在门第之风依然盛行的初唐，李敬玄能身居高位，与其善于利用山东旧族之影响分不开。《旧唐书》云其"久居选部，人多附之。前后三

---

① 《四库全书总目》卷一百三十五，中华书局1965年版，第1147页。
② （清）赵绍祖：《新旧唐书互证》卷八，《四库未收辑刊》第五辑第四册，北京出版社2000年版，第416页。
③ （宋）郑樵：《通志》卷二十五《氏族序》，中华书局1987年版，第439页。

娶，皆山东士族。又与赵郡李氏合谱，故台省要职，多是其同族婚媾之家"①。《新唐书》记载与此相同。显然，李敬玄利用了山东士族的身份，但这并不表明他就是正宗的山东旧族。唐初，特别是高宗时期，为限制和削弱山东旧族对政治的影响，高宗"诏后魏陇西李宝、太原王琼、荣阳郑温、范阳卢子迁、卢浑、卢辅、清河崔宗伯、崔元孙、前燕博陵崔懿、晋赵郡李楷，凡七姓十家，不得自为婚"②。虽然高宗的诏命有限，并不能从根本上杜绝山东旧族之间的相互通婚，但在一定程度上打击了山东旧族相互标榜的自大心理，至少使他们在行为上有所收敛。如《太平广记》卷一八四《氏族·七姓》所引《国史纂异》云："高宗朝以太原王、范阳卢、荣阳郑、清河博陵二崔、赵郡陇西二李等七姓，其祖望，耻与诸姓为婚，乃禁其自相婚娶。于是不敢复行婚礼，密装饰其女以送夫家。"③ 政治地位不高的山东旧姓通婚尚且如此遮遮掩掩，那么，身居高位、深得高宗宠任的李敬玄如何敢"前后三娶，皆山东士族"，如此大张旗鼓、肆无忌惮、一而再再而三地公然与山东旧族通婚？而高宗既然不行惩治，仅是"知而不悦"，最合理的解释就是李敬玄出身庶族，而冒名为山东望族赵郡李氏之后。这种现象在当时非常普遍，即使是位及人臣者也不能免俗。岑仲勉先生云："一姓常不止一望，举其着望，则目为故家（如李积自称陇西李积），举其不着，则视同寒畯，攀附宗枝之习，于是乎起。李敬玄，谯人，而与赵郡李氏合谱；张说，洛阳人，而越认范阳；王缙望太原，而越认琅琊。此三人皆宰相也，犹必冒认名宗，正所谓势利之见，贤哲不免。"④ 不过，李敬玄的高明之处在于能通过合谱的方式嫁接于赵郡李氏之后，做到以假乱真。通过合谱变身望族，这在李敬玄之前已有先例，如李袭誉本金州安康人，因有功，唐太祖李渊特诏其与陇西合谱。《唐大诏令》卷六十四《安康郡公袭誉听合谱宗正诏》云："太仆少卿、安康郡公袭誉，我之同姓，派别枝分，惟厥祖考，世敦恭睦。袭誉部率宗人，协同义举，立功巴蜀，诚节频闻。宜有褒荣，用超阶序。特听合谱宗正，恩礼之差，同诸服属。"⑤ 当然，合谱会导致谱系的淆乱，必然引发望族的激烈反对，因此合谱也非普通庶族所能为，而一旦成功，就可以堂而皇之地跻身望族行列。这也可以解释在谱系上李敬玄只能追述至六世

①　《旧唐书》卷八十一《李敬玄传》，中华书局 1975 年版，第 2755 页。

②　《新唐书》卷九十五《高俭传》，中华书局 1975 年版，第 3842 页。

③　《太平广记》卷一八四《士族·七姓》，中华书局 1961 年版，第 1377 页。

④　岑仲勉：《隋唐史·唐史》，中华书局 1980 年版，第 124 页。

⑤　宋敏求编：《唐大诏令》卷六十四，学林出版社 1992 年版，第 324 页。

祖，而无法与赵郡李氏衔接上的原因。同时，为掩人耳目，谱牒在叙述上采用了一种模糊的方式，只笼统云"南祖之后"。之所以挂靠南祖，据《宰相世系表》来推测，大概是因为东祖、西祖其世系皆记载清晰，唯南祖之一辑其后代"子孙甚微"。这样在现实操作中不至于引起他人太大的怀疑。不过，不管其如何掩饰，我们还是能发现伪造的痕迹。如为了解释其祖籍谯县的问题，云其祖善权为"后魏谯郡太守，徙居谯"。但后魏并无谯郡，《元和郡县图志》卷七云谯县"汉旧县，属沛郡，晋属谯郡。后魏无谯县，有小黄县。隋开皇三年，以小黄县属亳州，大业二年改小黄县为谯县。三年，以亳州为谯郡，县仍属焉"①。《太平寰宇记》卷十二亦云谯县"汉县，属沛郡，莽曰延成亭。后魏无谯县，有小黄县，置陈留郡。隋开皇十年废郡，县属亳。大业二年改小黄为谯县"②。故所谓善权"后魏谯郡太守"之说或系李敬玄的杜撰。

从以上诸多疑点来看，笔者以为李绅曾祖父敬玄本非山东旧族，但为了巩固和扩大自己的权势地位，他不但与山东旧族联姻，还通过与赵郡李氏合谱的方式，摇身一变成为山东旧族。并且在合谱的过程中为了不引起后人的怀疑，故意采用模糊的叙述方式，达到以假乱真的效果。这也可以解释为什么李绅的先祖虽然世代为地方官，如八世祖延观，徐、梁二州刺史；七世祖续，马头太守；六世祖显达，隋颍州刺史；五世祖迁，唐某某二州别驾，赠德州刺史；高祖孝卿，毅州治中，右散骑常侍，赠邓州刺史，却始终处于国家政治权力的边缘，地位并不突出，且史书中亦未曾有任何活动的痕迹，所以李绅出身普通地方庶族的可能性较大。

当然，李敬玄能通过合谱的方式实现家族身份的改变，不但与当时士、庶关系混乱的社会背景有关，亦与其自身掌握的政治权力有关。随着唐初政治形势的改变及寒庶阶层的兴起，士族与庶族或寒族之间的关系已不如魏晋南北朝时那样泾渭分明。一方面，经过隋末农民起义的打击，传统世家大族的势力大为衰落，出现"燕赵右姓，多失衣冠之绪；齐韩旧俗，或乖德义之风。名虽著于州间，身未免于贫贱"③的现象；另一方面，凭借着世代累积的家族传统势力，他们仍在政治、经济等方面保持着一定的影响力。而庶族出身的新兴权贵，虽然政治上处于统治地位，但在社会地位方面他们依然屈服于世家大族。在这样一种情况下，新兴权贵便希望通过与传统世家大族特

① 李吉甫：《元和郡县图志》卷七，中华书局1983年版，第185页。
② 乐史：《太平寰宇记》卷十二，中华书局2007年版，第230—231页。
③ （宋）王溥：《唐会要》卷八十三《嫁娶》，中华书局1955年版，第1528页。

别是山东旧族攀婚的形式来提高自己的社会地位，藉以巩固自己的既有势力。如唐太宗时期，"有新官之辈，丰财之家，慕其祖宗，竞结婚姻，多纳货贿，有如贩鬻。"① 同时，一些已经沦落的士族也不得不放弃自己的高贵出身，以求得新兴权贵的荫护。如"（李）义府既贵之后，又自言本出赵郡，始与诸李叙昭穆，而无赖之徒苟合，藉其权势，拜伏为兄叔者甚众。给事中李崇德初亦与同谱叙昭穆，及义府出为普州刺史，遂即除前。义府闻而衔之，及重为宰相，乃令人诬构其罪，竟下狱自杀"②。于是，传统的世系关系被打破，庶族之家或清寒之门，或伪造郡望，或篡改谱牒。如上所述之李义府，本瀛洲饶阳，却自言为赵郡。这种混乱状况，从唐太宗诏高士廉等撰《氏族志》就可见一斑，故不得不"普责天下谱牒，仍凭据史传考其真伪，忠贤者褒进，悖逆者贬黜"③。

正是在这种新旧交替、士庶混杂的情况之下，李敬玄先是通过与山东旧族联姻获取他们的支持，继而以合谱这种为统治者所允许的合法方式巧妙地实现了世系的改头换面，堂而皇之地跻身于赵郡李氏之后，由普通庶族变成高门大族。仪凤元年，李敬玄"拜中书令，封赵国公"，标志着其山东士族的身份被正式认可。而李敬玄之后代，不但在生活方式、家风传统等方面迅速融入传统山东旧族之中，在政治上也能够维持一定的势力，因而其新身份不但没有被人怀疑，反而得到进一步认可。其子孙一方面能够像山东旧族一样谨守儒教，如孙晤"笃于家行，饰以吏事。动有常度，居无惰容"④。且坚持与名门望族联姻的传统，维持自矜的所谓清华声望：子守一，娶荥阳郑氏；孙晤，娶范阳卢氏；曾孙继，娶博陵崔氏；玄孙女尚河东裴达。另一方面，他们又不固步自封，具有比传统士族更强的适应社会的能力，以及庶族积极进取、不安现状的精神。如将先辈改葬长安白鹿原⑤，既表示与中央政权的靠拢，也有利于家族在长安的发展。不再靠恩荫，积极参加进士科考，如李绅前后两试，于元和元年中第⑥。此外，李绅无疑是将此家族再次带向兴盛的重要人物，在他身上依稀可见当年李敬玄的影子。自小接受儒教，"六岁而孤，母卢氏教以经义"（《旧传》），善于诗歌，治吏刚严，有善政，

---

① （宋）王溥：《唐会要》卷八十三《嫁娶》，中华书局 1955 年版，第 1528 页。
② 《旧唐书》卷八十二《李义府传》，中华书局 1975 年版，第 2768—2769 页。
③ 《旧唐书》卷六十五《高士廉传》，中华书局 1975 年版，第 2443 页。
④ 朱金城：《白居易集笺校》卷七十一，上海古籍出版社 1988 年版，第 3791 页。
⑤ 见李绅《唐故试太常寺奉礼郎赵郡李府君墓志文》，周绍良主编《唐代墓志汇编》，上海古籍出版社 1992 年版，第 2015 页。
⑥ 卞孝萱：《李绅年谱》，《安徽史学》，1960 年第 3 期。

是李德裕党的骨干成员。会昌二年入相，再封为赵郡公。如果说李敬玄当初伪造世系具有一定投机性和偶然性的话，那么，李绅被封赵郡公则是实至名归的必然结果。这不但说明李绅一支作为赵郡李氏的重要旁支已得到全社会认可，而且俨然有压倒其他旁支的势头，故《宰相世系表》列其为赵郡定著六房之一。当《宰相世系表》的编撰者理所当然地将李绅世系列于赵郡李氏南祖之后时，这一切就已定格，而后人所看到的已不是历史的本来。

因此，笔者以为如果从李绅的先世来考察的话，李绅的真实出身实为山东地方庶族，而不是相关史料所说的山东旧族赵郡李氏之后。

二 显宦家世

如果说李绅先世赵郡李氏的家族身份值得怀疑，那么，其显宦世家的出身则是不争之事实。

李绅辉煌家世的奠定者是其曾祖父李敬玄。白居易《淮南节度使检校尚书右仆射赵郡李公家庙碑铭并序》云："曾祖府君讳敬玄，总章、仪凤间历吏部尚书、同中书门下三品、中书令、弘文馆大学士、兼修国史，谥曰文宪。才智职业，载在国史。"① 其事迹能够为国史所载，当然不仅仅是因其宰相之职，其才能功业才是根本原因，这些都可以从后来的《新唐书》《旧唐书》中得到印证。先看《旧唐书》的记载：

> 李敬玄，亳州谯人也。父孝节，谷州长史。敬玄博览群书，特善五礼。贞观末，高宗在东宫，马周启荐之，召入崇贤馆，兼预侍读，仍借御书读之。敬玄虽风格高峻，有不可犯之色，然勤于造请，不避寒暑，马周及许敬宗等皆推荐延誉之。乾封初，历迁西台舍人、弘文馆学士。总章二年，累转西台侍郎，兼太子右中护、同东西台三品，兼检校司列少常伯。时员外郎张仁祎有时务才，敬玄以曹事委之。仁祎始造姓历，改修状样、铨历等程式，处事勤劳，遂以心疾而卒。敬玄因仁祎之法，典选累年，铨综有序。自永徽以后，选人转多，当其任者，罕闻称职，及敬玄掌选，天下称其能。预选者岁有万余人，每于街衢见之，莫不知其姓名。其被放有诉者，即口陈其书判失错及身负殿累，略无差殊。时人咸服其强记，莫之敢欺。选人有杭州参军徐太玄者，初在任时，同僚有张惠犯赃至死，太玄哀其母老，乃诣狱自陈与惠同受。惠赃数既少，

① 朱金城：《白居易集笺校》卷七十一，上海古籍出版社 1988 年版，第 3791 页。

遂得减死，太玄亦坐免官，不调十余年。敬玄知而大嗟赏之，擢授郑州司功参军，太玄由是知名，后官至秘书少监、申王师，以德行为时所重。敬玄赏鉴多此类也。咸亨二年，授中书侍郎，余并如故。三年，加银青光禄大夫，行吏部侍郎，依旧兼太子右庶子、同中书门下三品。四年，监修国史。上元二年，拜吏部尚书，仍依旧兼太子左庶子，监修国史、同中书门下三品。①

《新唐书》所载大致相同，此不赘述。有学者在考察唐代宰相群体后认为"唐代宰相的初仕，有门荫、科举等途径，无论门荫还是科举，抑或其他，世家大族子弟都占有优势。"② 而从上述材料的记载来看，李敬玄并不占有这样的优势。其出身如上文所考只是普通地方庶族，也不享有先辈的门荫，其跻身显贵主要因其才能加上适当的机遇。李敬玄出身官僚家庭，接受了类似于传统世家大族的精英教育，博览群书，精通文典，尤善于礼仪制度，这无疑为他的晋仕之路奠定了良好的基础。而机遇也总是降临在这些有所准备的才俊身上，或许是其寒素的身份以及好学而善礼的特点为太宗大臣马周所赏识，"马周启荐之，召入崇贤馆，兼预侍读"，进入东宫陪侍即将登基的高宗，由此开启了一条走向显贵的捷径。但这并不意味着李敬玄就是以宠臣的身份而不断升迁，事实上他的才干在这不断的升迁中得以完全展现。自身勤勉，处事精干，更重要的是能选人用人，举贤任能，知人善任。在吏部时他与裴行俭共同合作，世称"裴李"，选拔了大量有用之才。《旧唐书·裴行俭传》记载云：裴行俭"咸亨初，官名复旧，改为吏部侍郎，与李敬玄为贰，同时典选十余年，甚有能名，时人称为裴李"③。如重用张仁祎，委之以吏部曹事，整个吏部工作因之而井然有序。在张仁祎心疾而卒后，仍能承绪其法，按部就班，所以尽管李敬玄"典选累年"，却依然"铨综有序"。又如徐太玄者，素有侠义气，因哀同僚母老而主动入狱替其揽赃，遂致免官，十余年不调。李敬玄叹赏其为人，加以擢升，终以德行名世。诸如此类，可见李敬玄确有识人之才的独特眼光。当时"天下称其能"，高宗赐书赞其"资启沃，馨丹诚"④，刘昫亦不惜溢美之词，赞其"可谓能举善者

---

① 《旧唐书》卷八十一《李敬玄传》，中华书局1975年版，第2754—2755页。
② 华林甫：《论唐代宰相籍贯的地理分布》，《史学月刊》1995年第3期，第31页。
③ 《旧唐书》卷八十四《裴行俭传》，中华书局1975年版，第2802页。
④ 唐高宗飞白书赐诸臣，见《太平御览》卷五百九十一，中华书局1959年影印本，第2663页。

矣"①，其在高宗朝时应该算是一位能臣。

李敬玄的识人不仅仅表现在对官员的选拔和任用上，还表现在对文学之士的慧眼识珠和延誉褒扬上。对初唐四杰的盛赞和有意奖拔就是明证。初唐四杰出身寒微，却才华横溢、意气风发，敢于冲破阶层的樊篱而挑战世俗旧风，被时人视为露才扬己、浮躁浅露，备受压抑。李敬玄却不为世俗所动，盛加赞誉并大力引荐，力图为他们放出一块地。据《大唐新语》卷七记载："时李敬玄盛称王勃、杨炯等四人，以示行俭，曰：'士之致远，先器识而后文艺也。勃等虽有才名，而浮躁浅露，岂享爵禄者。杨稍似沉静，应至令长，并鲜克令终。'卒如其言。"② 裴行俭对初唐四杰"器识不足""浮躁浅露"的评语，只是从他作为一个铨选者的角度，以道德品行作为评判他人是否符合其选用的标准，尽管其对初唐四杰仕途命运结局的预言也不幸言中，但这些都不能掩盖裴行俭对文学之士的偏见。而李敬玄的识人则显然更为全面，不偏执一端，不以偏概全，知人善任，他看到的，更多的是初唐四杰文学才华锋芒毕露、激情昂扬的一面，更多的是一种肯定和褒扬，故"盛称"不已，极力向裴行俭推荐。可见李敬玄选人既重吏能、吏干，也重文学才华，这与其本身既娴于吏治，又不偏废文学有关。史书虽不言李敬玄有文学，但却记载了其近百卷的著述，如《新唐书·艺文志》卷五十七载有"《礼论》六十卷"，又卷五十九载有"《正论》三卷"，卷六十载有"《李敬玄集》三十卷"。《全唐诗》存其诗二首，皆为奉和诗，典雅圆熟，颇见功力。这些都表明李敬玄有着深厚的文学修养，其能敏锐地感受到初唐四杰的文学才华并加以褒扬也是源于此。更值得肯定的是，李敬玄不为流俗所动而极力引荐的行为。从裴行俭之回应来看，说明当时初唐四杰名声早已为人所知，但并没有获得传统士人阶层的认可，反而因为其言行备受压抑，如明人胡应麟所言"彼四杰者，文太鲜，名太噪，而风云意气太满，则其意不可一世，而人亦忌才欲杀矣，宁待裴行俭而始知其不免于蛾眉入宫之妒，芳兰当户之锄也哉！"③ 在这样一种氛围下，李敬玄还极力称誉就更显可贵了，可惜史书及后世评者都没有注意到这点，因此有必要对李敬玄予以特别的称赞。

不过，李敬玄主掌吏部时间过长，也难免结党营私，最终导致高宗不

---

① 《旧唐书》卷八十一《李敬玄传》，中华书局 1975 年版，第 2759 页。

② （唐）刘肃：《大唐新语》卷七，中华书局 1984 年版，第 114 页。

③ （明）江用世：《史评小品》卷十六《唐上》，《四库未收书辑刊》第二十一册，北京出版社 1997 年版，第 300 页。

满，寻机予以贬谪。"调露二年（680 年），吐蕃入寇，仁轨先与敬玄不协，遂奏请敬玄镇守西边。敬玄自以素非边将之才，固辞。高宗谓曰：'仁轨若须朕，朕即自往，卿不得辞也。'竟以敬玄为洮河道大总管，兼安抚大使，仍检校鄯州都督，率兵以御吐蕃。及将战，副将工部尚书刘审礼先锋击之。敬玄闻贼至，狼狈却走。审礼既无继援，遂没于阵。俄有诏留敬玄于鄯州防御，敬玄累表称疾，乞还医疗，许之。既入见，验疾不重，高宗责其诈妄，又积其前后愆失，贬授衡州刺史。"① 李敬玄非将帅之才，而高宗强委任之，致有与吐蕃边战之败，则高宗视战事及守边将士之生命如草芥，实过之。李敬玄当然也难逃其咎，然高宗却以其诈妄有疾为由治罪贬职，则又让人感叹其昏庸。至此李敬玄彻底失势，但其奠定的家族基业却延绵不绝，不但通过合谱跻身于世门大族，还以其显赫的功业激励着包括李绅在内的后代子弟以其为榜样而奋发有为。

李敬玄之弟李元素同样位至宰相。李元素亦有吏才，但性格更为亢直，为武德令时，"时怀州刺史李文暕将调率金银造常满樽以献，百姓甚弊之，官吏无敢异议者。元素抗词固执，文暕乃损其制度，以家财营之。"② 此事发生在武后时期，时李敬玄早已病卒，而李文暕为宗室近属，在毫无依靠的情境之下，李元素以一介小吏极力维护百姓利益抗词不遵，实属不易。李文暕被告发之时，武则天曾派监察御史杜承志查证此事，杜竟包庇李文暕，推验"无实"③，可见当时李元素承受着巨大的压力。或许是因为这一事件获得了武则天的赏识，再加上其吏治之才，李元素很快获得了擢升，十年之内便位极人臣，"延载元年（694 年），自文昌左丞迁凤阁侍郎、凤阁鸾台平章事，加银青光禄大夫。"④ 但其兴也勃焉，其亡也忽焉，李元素还没有来得及施展自己的才华，便因与箕州刺史刘思礼有隙，被其诬陷谋反，连族遇诛。《资治通鉴》卷二百零六记此事甚详：

> 箕州刺史刘思礼学相人于术士张憬藏，憬藏谓思礼当历箕州，位至太师。思礼念太师人臣极贵，非佐命无以致之，乃与洛州录事参军綦连耀谋反，阴结朝士，托相术，许人富贵，俟其意悦，因说以"綦连耀有天命，公必因之以得富贵。"凤阁舍人王勮兼天官侍郎事，用思礼为箕

---

① 刘昫：《旧唐书》卷八十一《李敬玄传》，中华书局 1975 年版，第 2755 页。
② 同上书，第 2756 页。
③ 欧阳修：《新唐书》卷一百二十六《杜暹传》，中华书局 1975 年版，第 4420 页。
④ 刘昫：《旧唐书》卷八十一《李敬玄传附李元素传》，中华书局 1975 年版，第 2756 页。

州刺史。明堂尉河南吉项闻其谋，以告合宫尉来俊臣，使上变告之。太后使河内王武懿宗推之。懿宗令思礼广引朝士，许免其死，凡小忤意皆引之。于是思礼引凤阁侍郎同平章事李元素、夏官侍郎同平章事孙元亨、知天官侍郎事石抱忠、刘奇、给事中周潘及王勮兄泾州刺史勔、弟监察御史助等，凡三十六家，皆海内名士，穷楚毒以成其狱。壬戌，皆族诛之，亲党连坐流窜者千余人。①

李元素就这样蒙冤被杀，以悲剧收场。神龙初，李元素得以昭雪，李敬玄之子李思冲再获重用，然行事不慎，诛武三思事败，反被杀，李绅家族从此进入政治的低潮期，直至李绅再登荣位，家族重现辉煌。

第二节　李绅的生平

一　生年考

对于李绅的生年，由于缺乏史料记载，众说不一。有认为李绅生于唐德宗建中元年即 780 年前后的，1955 年出版的李长之《中国文学史略稿》、1959 年人民文学出版社出版的北京大学中文系文学专门化 1955 级集体编著的《中国文学史》，以及 1961 年安徽人民出版社出版的《安徽历代文学家小传》皆持此看法。但他们皆不言其依据，或为推测，故较为审慎地打了一个"？"。而卞孝萱先生发表于 1960 年《安徽史学》第 3 期的《李绅年谱》，据《全唐文》卷六九四李绅本人所作《墨诏持经大德神异碑铭》，考证李绅生于唐代宗大历七年壬子即 772 年。卞谱认为："案《墨诏持经大德神异碑铭》云：'大历癸丑岁，文忠公颜真卿领郡，余先人主邑乌程，余生未期岁。'则绅生于本年（壬子岁）无疑。"② 卞谱证据充分，故此说一出，遂至今为大家所接受。

据卞先生上述所引材料，可否定李绅生年为 780 年的可能性。然遽断定李绅生年为大历七年壬子岁又似乎太武断。"未期岁"即不满一岁，其生年应当有两种可能，或为大历八年癸丑岁，或为大历八年癸丑岁之前一年即大

① 司马光：《资治通鉴》卷二百六，中华书局 1956 年版，第 6512—6513 页。
② 卞孝萱：《李绅年谱》，《安徽史学》1960 年第 3 期，第 41 页。

历七年壬子岁，仅从上述材料还无法认定李绅生于壬子岁。同样的材料还有赞宁《宋高僧传》卷二十四《唐湖州法华寺大光传》："大历癸丑岁，颜鲁公真卿领郡。相国李绅父为乌程宰，绅未期岁，乳病暴作。"① 显然是依据《墨诏持经大德神异碑铭》而来，同样意思模糊，对于确定李绅生年毫无帮助。

那么，大历壬子岁和癸丑岁哪一年才是李绅生年呢？假若李绅生于大历七年壬子岁，则李绅与白居易、刘禹锡同岁（白居易与刘禹锡生于大历七年壬子岁已为确论，兹不赘述）。李绅与白居易早年相识，在共同的政治理想与诗歌追求中结成终生友谊，一生诗歌唱和不断。白居易晚年在《予与山南王仆射淮南李仆射事历五朝逾三纪海内年辈今唯三人荣路虽殊交情不替聊题长句寄举之公垂二相公》中云："故交海内只三人，二坐岩廊一卧云。老爱诗书还似我，荣兼将相不如君。百年胶漆初心在，万里烟霄中路分。阿阁鸾凰野田鹤，何人信道旧同群？"② 可见两人交情非常深厚。李绅与刘禹锡关系亦不错，也有诗歌来往，刘禹锡《酬浙东李侍郎越州春晚即事长句》中李侍郎即李绅。大和九年，刘禹锡从汝州刺史移任同州刺史，赴任途中在洛阳有所逗留，与李绅、白居易、裴度有联句诗，可见交情亦非泛泛。白居易是一个非常具有人情味的诗人，对于友情总念念不忘，特别是同岁之人这种感情就更明显。在白居易写给刘禹锡的诗中，曾反复提及同岁之事，笔者粗略统计了一下，至少有12次。试举几例：《新岁赠梦得》"与君同甲子，岁酒合谁先"；《寄刘苏州》"同年同病同心事，除却苏州更是谁"；《答刘和州禹锡》"为闲伴年齿，官班约略同"，等等，而且逾年老，叙及此事就越频繁。不仅如此，白居易还经常向刘禹锡提及另一位同岁好友崔群，如《花前有感兼呈崔相公刘郎中》"何事同生壬子岁，老于崔相及刘郎"；《耳顺吟寄敦诗梦得》"敦诗梦得且相劝，不用嫌他耳顺年"，"敦诗"为崔群之字。但是白居易的诗文中却从未提及李绅与自己同岁，既然两人为好友，若年龄相同，自然会在平常的诗文中提及，特别是李绅与刘禹锡亦相熟知，在谈及年龄之时，像崔群一样想到李绅是再正常不过之事。是白居易不知李绅生年吗？从以上交情来看不大可能，且白居易会昌年间曾为李绅撰《淮南节度使检校尚书右仆射赵郡李公家庙碑铭》，必然知道其生年。如此则只能说明白居易与李绅不同岁，由此也可认定李绅之生年为大历八年癸丑岁即773年。

---

① （宋）赞宁：《宋高僧传》卷二十四《唐湖州法华寺大光传》，中华书局1987年版，第623页。
② 朱金城：《白居易集笺校》卷三十七，上海古籍出版社1988年版，第2582页。

实际上，今中华书局影印本《全唐文》对李绅《墨诏持经大德神异碑铭》中这段文字的断句是存在问题的。《全唐文》把"余生"与"未期岁"连读①，遂使原本非常清晰的意思变得模糊不清。如断开，则这段文字可读为："大历癸丑岁，文忠公颜真卿领郡，余先人主邑乌程，余生。未期岁，乳病暴作。"如此，则非常明显大历八年癸丑岁即773年为李绅之生年。卞孝宣先生大概受《全唐文》句读之影响，又没有考虑两种可能性，故得出李绅生年为大历七年壬子岁即772年的结论。

二 出生、读书与游历

李绅出生在湖州乌程县县衙内，其父李晤正任乌程令。唐杨夔《乌程县修建廨宇记》云："大历中，县令李晤，则故相国绅之先也。相国诞于县署。"② 与白居易的出生地相比，李绅是幸运的。当北方强藩割据称雄，战乱不断，民不聊生之时，地处太湖西南的湖州却相对平静。这里物产丰富、环境优美，"其英灵所诞，山泽所通，舟车所会，物土所产，雄于楚越。"③ 是文人雅士向往之地。此时，大书法家颜真卿正领郡于此，吸引大量文士在此雅集，如皎然、陆羽、皇甫曾等，游赏饯别，酬唱吟咏，盛况空前，成为唐代诗坛的一段佳话④。李绅父亲李晤也参与其中，《天下放生池碑阴记》题名有李晤名⑤，又皎然《乌程李明府水堂观玄真子画武城赞》（《全唐文》卷九一七）中李明府或李晤。虽然此时的李绅尚在襁褓中，对这些文人雅集之事不可能有任何的记忆，但是浸淫其中，不自觉地会对他以后的人生产生一定的影响，培养他对文学的兴趣。出生于这样一种环境中，自小便与众多文人雅士接触，李绅是非常幸运的。日后提及这一切时，李绅显然有一种自豪感，这种感情可以从他在《墨诏持经大德神异碑铭》中"大历癸丑岁，文忠公颜真卿领郡，余先人主邑乌程，余生。"一句中体现出来。但是，他在乌程的岁月却不像这些文人那样充满着雅趣。其间，他还面临着两次生死的考验。第一次是乳病突然发作，幸得大光禅师救治，很快病愈，"未期岁，乳病暴作，不啼不览者七辰。师至，命乳母洗涤焚香，乃朗念《法华》

---

① 《全唐文》卷六九四，中华书局1983年影印本，第7127页。

② 《全唐文》卷八六七，中华书局1983年影印本，第9081页。

③ 顾况：《全唐文》卷五二九，《湖州刺史厅壁记》，中华书局1983年影印本，第5372页。

④ 贾晋华：《〈吴兴集〉与大历浙西诗人群》，《唐代集会总集与诗人群研究》，北京大学出版社2001年版。

⑤ 谈钥：《嘉泰吴兴志》卷十八，《续修四库全书》704册，上海古籍出版社2002年版，第224页。

至《功德品》，遂起席而坐，拱而开目。师饮以杯水，遂命乳哺，疾乃随愈。"① 乳病虽不是病，但若处理不当则非常危险。清人魏之琇撰《续名医类案》卷四十三引《续金陵琐事》记载有类似案例："御史陈公忽小儿闭目，口不出声，手足俱软。急延医治之，独孟友荆一见便云公子无病，乃饮酒乳过多沉醉耳。浓煎六安茶，饮数匙便醒。"② 李绅之病当与此类似，只不过他在叙述此事时把大光禅师神异化了。第二次是几乎溺水而亡，"学弄之岁，乳母惰於保持。俾相国坠於池，人莫之觉。食顷，如有物翼出於池面，家人方得以拯焉。众方惛骇，而相国笑语无替於平日，人咸异焉。"③ 后人之附会传说自然不可相信，但李绅当时溺水之凶险亦可想见。正是在这样一种诗意的环境与险恶的遭际中，李绅迈出了他人生中的第一步。大概在三岁时，他跟随父亲离开了湖州乌程。

因父亲调任晋陵令，李绅一家搬迁至无锡，并定居于无锡梅里。《旧传》云："父晤，历金坛、乌程、晋陵三县令，因家无锡。"宋史能之《咸淳重修毗陵志》卷一六《人物》亦云："李绅字公垂，父悟（晤），历晋陵令，因家锡山。"据《旧唐书》卷四十《地理志》三、《新唐书》卷四十一《地理志》五，晋陵与无锡同属江南道常州，无锡与晋陵交界处就是梅里。李晤就职于晋陵，却定居于无锡梅里，其具体原因已不可考，但可能与这里优美的自然环境和浓厚的文化氛围有关。附近的惠山泉为天下第二泉，"在惠山寺松竹之下，甘爽，乃人间灵液，清澄鉴肌骨，含漱开神虑。茶得此水，皆尽芳味。"④ 梅里更是吴文化的摇篮，相传太伯为避季历，奔避始居梅里，《吴地志》云："泰（太）伯筑城于梅李（里）平墟……今曰梅里乡，亦曰梅里村，泰伯庙在焉。城东五里曰皇山，一名鸿山，有泰伯墓。"⑤《元和郡县图志》卷二十五亦云：无锡县"东三十九里有梅里山，吴太伯葬处"。吴太伯作为封建时代仁孝礼仪道德的典范，其对文人行为思想之影响至为深厚，李晤迁居此处，或有让子女接受传统文化熏陶之意，可谓用心良苦。李

① 李绅：《墨诏持经大德神异碑铭》，卢燕平《李绅集校注》，中华书局2009年版，第294页。
② 魏之琇：《续名医类案》卷四十三，《文渊阁四库全书》785册，上海古籍出版社1987年版，第83页。
③ 杨夔：《乌程县修东亭记》，《全唐文》卷八六七，中华书局1983年影印本，第9078页。
④ 见李绅《别石泉》原注。今人注李绅诗有王旋伯《李绅诗注》（上海古籍出版社1985年版）及卢燕平《李绅集校注》（中华书局2009年版），比较两注，以王旋伯底本较优，故所引李绅诗歌以王注为主，参考卢注。凡此后所引，为行文方便，皆只在正文中标明诗题。
⑤ 顾祖禹：《读史方舆纪要》卷二五引，中华书局2005年版，第1231页。

绅后来在《太伯井》中写下"至德今仍在，平墟井有泉"诗句①，可谓是对父亲此番用意的最好回报。在这里，李绅度过了他的青少年大部分时光。

童年的生活应该是无忧无虑的，但幼年的李绅却遭遇了家庭的不幸变故，不得不过早就承担起成年人的义务。大历十三年（778 年），父亲忽然撒手人寰，留下六岁的李绅"哀等成人"。从出生就在接受儒学熏陶的李绅，此时表现出了成人的成熟，"六岁丁晋陵府君忧，孺慕号踊，如成人礼。九岁终制，孝养上谷太夫人，年虽幼，承顺无违，家虽贫，甘旨无阙。侍亲之疾，冠带不解者三载，余可知也；执亲之丧，水浆不入口者五日，余可知也。"并且匍匐万里，护持九丧，归葬一处，"至诚感神，有灵乌瑞芝之应，事动乡里，名闻公卿，言孝友者，以为表率"②。当然白居易言语中有夸张的成分，因为此时李绅的异母兄长李继已在而立之年，或许李晤的丧事和丧迁葬之事主要由李继主持，李绅只是跟随而已。不过李绅在如此幼小的年龄，能够如此稳重，也可算是少年老成了。此时，教育李绅的责任就落到了母亲卢氏身上，"躬授之学"（《新传》）。范阳卢氏是山东五大士族之一，他们保持着儒学家风和礼仪教养的传统习惯，所以自己"教以经义"（《旧传》）。这也可以算是唐代"寡母教孤"现象的典型案例。因此，家庭的不幸并没有阻断李绅接受良好的儒家教育，反而在这样一种艰难多故的环境中，形成了坚韧不屈的性格，以及读书求进的自觉意识。

此时的李家，虽然有着曾经辉煌的荣耀，但家道早已中落，李绅不可能再通过恩荫等方式走获取功名的终南捷径，读书参加科举考试才是他唯一的途径。母亲严格的儒学启蒙教育奠定了他自学的良好基础，年岁稍长，李绅便开始在惠山发愤攻读。李潘《慧山寺家山记》："金陵之属郡毗陵南无锡县，有佛寺曰慧山寺，潘家山也。贞元元和中，先丞相太尉文肃公，心宁色养，家寓是县，因肆业于慧山，始年十五六。"③ 李绅《上家山》诗序云："余顷居梅里，常于惠山肆业，旧室犹存。"虽然家境贫寒，条件艰苦，但李绅却乐在其中，不分昼夜，刻苦功读。后来其重返家乡，对这些情景犹历历在目，在诗歌中说道："曳娄一缝掖，出处劳昏早。醒醉迷啜哺，衣裳辨颠倒。"（《忆东郭居》）地方志对李绅惠山读书台的记载很多，见年谱。在惠山读书时，他还经常到慧山寺去，与僧人鉴玄交往，"同在惠山十年"（《重

① 陈尚君主编：《全唐诗补编》，中华书局 1992 年版，第 404 页。
② 白居易：《淮南节度使检校尚书右仆射赵郡李公家庙碑铭并序》，朱金城《白居易集笺校》卷七十一，上海古籍出版社 1988 年版，第 3791 页。
③ 《全唐文》卷八一六，中华书局 1983 年影印本，第 8591 页。

到惠山》诗序）。可见李绅与惠山寺僧人相处融洽，而范摅《云溪友议》卷一记其"初贫，游无锡惠山寺，累以佛经为文稿，致主藏僧殴打，终身所憾焉。"显然是无中生有之事，故《四库全书总目提要》卷一百四十"《云溪友议》三卷"条辩驳之云："至於颂于頔之宽仁，诋李绅之狂悖，毁誉不免失当。"① 李绅读书虽刻苦却也张弛有度，读书之余，他驯养过白鹤，"顷年无锡闲居，里人献鹤雏，余驯养之。"（《忆放鹤》诗序）阅读的范围也不仅限于科举考试时必需的儒家经典，佛学典籍也常有涉猎，"少苦贫，每有著述，潜取寺中佛经窃识"②。这时的李绅已经对诗歌产生了浓厚的兴趣，常吟咏当时的大诗人韦应物的诗句，其《和韦应物登北楼诗》云："君咏风月夕，余当童稚年。闲窗读书罢，偷咏左司篇。"后来他的诗歌也受到了韦应物的一定影响，具体见第六章。

在二十岁左右，李绅开始走出书房，漫游江南。他先重返自己的出生地乌程，拜见自己的救命恩人大光禅师，再向西行。《墨诏持经大德神异碑铭》云："贞元中，余甫弱冠，再游雪上。舟迫之次，大师亻宁于溪侧而笑，戏拊如儿童焉。……余是年西迈，辞大师于法筵"。贞元十二年（796年），李绅二十四岁时，初次来到苏州。此时的刺史是当时名士韦夏卿，史称其"深于儒术，所至招礼通经之士。……有风韵，善谈燕。与人同处终年而喜愠不形于色，抚孤侄，恩踰己子。早有时称，其所与游辟之宾佐，皆一时名士。为政务通适，不喜改作。始在东都，倾心辟士，颇得才彦，其后多至卿相，世谓之知人。"③ 而李绅得其"数称之"（《新传》），深受知遇之恩，从此声名渐起，并因此结识了集聚在韦夏卿周围的众多文人，日夜交友酬唱，优游卒岁。李绅后来回忆起这段经历时，犹感叹不已，其《过吴门二十四韵》诗"忆作麻衣翠，曾为旅棹游。放歌随楚老，清宴奉诸侯。"句下注云："贞元中，余以布衣，多游吴郡中。韦夏卿首为知遇，常陪宴席。段平仲、李季何、刘从周、綦毋咸十余辈，日同杯酒。"贞元十六年（800年），韦夏卿罢苏州刺史，李绅也随后离开苏州，南游越州。经剡溪，在台州司马崔芃座中识僧修真，言其日后当镇越州，请修龙宫寺。李绅《龙宫寺》诗序云："贞元十六年，余为布衣，东游天台。故人江西观察使崔公，以殿中谪官，移疾剡溪。崔公座中有僧人修真，自言居龙宫寺，起谓余言，异日必当镇此，为修此寺。"之后游天台山，遥望天台九峰，浮想联翩，豪情满怀，作《华

---

① 《四库全书总目》卷一百四十，中华书局 2003 年版，第 1186 页。
② 佚名《无锡县志》卷三上，《文渊阁四库全书》492 册，上海古籍出版社 1987 年版，第 696 页。
③ 《旧唐书》卷一百六十五《韦夏卿传》，中华书局 1975 年版，第 2487—2498 页。

顶》诗，为后年参加进士试预热。

三 应试、赴幕与仕途初展

贞元十七年（801 年）秋，李绅来到长安，准备参加第二年春举行的进士试。之前，韦夏卿被任命为京兆尹，李绅之赴试，或许受到韦夏卿鼓舞。此时的李绅已是声名远播，"乡赋之年，讽诵多在人口。"（《旧传》）其《古风二首》更为吕温所激赏，《云溪友议》卷一云："初李公赴荐，常以《古风》求知吕光化。温谓齐员外煦及弟恭曰：'吾观李二十秀才之文，斯人必为卿相。'"又得到韩愈的推荐（见后交游考），似乎志在必得。然而命运却故意要考验他，这次应试他最终还是落第了。在唐代，初次应试中第的人非常少，所谓"五十少进士"，说明其难度很大，但李绅还是有点失落，甚至有些消沉。为了派遣内心的苦闷，他再次东游越中。经剡溪，已是炎月天，至龙宫寺，有《题龙宫寺净院四上人》①诗，"东方几度留车马，谈尽空门习氏知"，可见其内心郁闷。有缘的是，这次他再次与释修真相遇，修真重提修龙宫寺之事，其《龙宫寺碑》云："贞元十八年，余以进士客于江浙。时适天台，与修真会于剡之阳。师言：'老禅有念，今兹果矣。后当领镇此道，幸愿建龙宫，以资福履。'余以为孟浪之词，笑而不答。师曰：'星岁有期，愚有冥告众。'"重登五台山，夜望华顶月，但心情与上次大不相同，如其《题北峰黄道士草堂》诗云："会了浮名休世事，伴君闲种五芝田。"豪情不再，甚至有归隐的想法，可见初次应试的失败对他的打击还是很大的。游完天台山，李绅北返至苏州，在长洲县有所逗留，为县令崔君所请，作《苏州画龙记》，见年谱。此时他的心情也平静了下来，开始准备下一次的应试。此时已是贞元十九年（803 年）秋七月，距明年的进士科考试很近了，李绅又一次来到京城长安。

不过，贞元二十年（804 年）因"京师自冬雨雪甚，畿内不稔，停举。"②李绅不得不等待来年。也就在这一年，他认识了元稹，并寄住于其长安的靖安里第。交往中，偶得知元稹与崔莺莺事，卓然称异，为作《莺莺歌》，又因元稹而识白居易，共同的性格与诗歌爱好使三人很快结为好友，经常诗酒来往，探讨人生，谈论政治，切磋诗艺。白居易后来有《醉送李二十常侍赴镇浙东》回忆这段美好时光："靖安客舍花枝下，共脱青衫典浊

---

① 此首诗及下《题北峰黄道士草堂》诗，王旋伯《李绅诗注》、卢燕平《李绅集校注》皆不收，陈尚君先生《全唐诗补编》据宋林师蒧《天台前集》卷中补。

② 《太平广记》卷一五四引《续定命录》，中华书局 1961 年版，第 1104 页。

醪"。永贞元年（805 年），白居易为与元稹参加第二年的才识兼茂明于体用科举考试，寓居长安永崇里华阳观，三人的交往更加频繁。为了应对考试，他们针对当时的社会问题进行了广泛而深入的探讨，形成了大致相同的看法，这种观点上的契合也就成为后来他们提倡新乐府诗的思想基础。

元和元年（806 年）二月，礼部放榜，李绅与武翊皇、皇甫湜、陆畅、韦处厚、庾敬休等人登第①，此时李绅已三十四岁，虽不算晚，但已落后于年龄相仿的白居易、刘禹锡。放榜前他与元稹、庾敬休同游曲江，三人"春来饶梦慵朝起，不看千官拥御楼。却著闲行是忙事，数人同傍曲江头。"（元稹《永贞二年正月二日上御丹凤楼赦天下予与李公垂庾顺之闲行曲江不及盛观》），或许对政局有所不满，故钱谦益云："正月二日乃宣元和改元赦也，故书以示讥，所谓吾不欲观之矣。"② 由此可见，李绅是支持永贞革新的，他虽然与刘禹锡还不曾相识，但在精神上已经相通。

初夏时分，李绅告别元稹、白居易东归。途经润州，被镇海节度使李锜留为掌书记。李锜早有割据野心，多行不法。宪宗欲以李元素代之，诏留后王澹宣李锜赴京。李锜公然抗拒，胁迫李绅代草拟章奏，要挟朝廷复其原职。李绅拒不受命，以至下狱，几死。后李锜败，得保全性命。沈亚之《李绅传》记此事甚详，今详录于后：

> 元和元年，节度使宗臣锜在吴，绅以进士及第，还，过谒锜。锜舍之，与宴游昼夜，锜能其才，留执书记。明年，锜以骄闻，有诏召，称疾不欲行。宾客莫敢言，绅坚为言，不入，又不得去。会留后使王澹专职为锜具行，锜蓄怒始发于澹，阴教士食之。初，士卒当劳赐者，皆会府中受赐与。中贵人临视，次至中军，士得赐者俱不散，齐呼曰"澹逆可食！"既尽，即执中贵人胁曰："尔宁遂众欲，宁饱众腹？"曰："请所欲。"曰："为我众书报天子，幸得复锜位。"贵人惧，伪诺之，召书记以疏闻。绅闻之，亡入锜内匦，众索不得。及中贵人至，促锜行，锜益怒，急召绅，授纸笔，令操书上牍。绅坐锜前，佯惴怖战，管摇纸，下札皆不能字，辄涂去。黑数十行，又如是几尽纸，锜怒骂曰："是何敢如此，汝欲下从而先人耶？"对曰："绅不敢恶生。直以少养长儒家，未尝闻金革鸣。今暴及此，且不知精神在所。诚得死，在畏苦前，幸

---

① 孟二冬：《登科记考补正》卷十六，北京燕山出版社 2003 年版，第 674—676 页。
② 见北图藏本马元调鱼乐轩刻本《元白长庆集》提识，转引自吴伟斌《元稹评传》，河南人民出版社 2008 年版，第 48 页。

耳!"锜复制以兵刃,令易纸,复然。傍一人为锜言曰:"闻有许侍御纵者,尤能军中书,绅不足与等。请召纵。"纵至,锜锐意自举授词,操书无不可锜意,遂幽绅于润之外狱,兵散。乃出,纵竟逆死。①

乱平后,新任节度使李元素欲表其事迹于朝廷,李绅以"本乃誓节,非欲求荣"(《忆过润州》诗序)推让之。作为儒生,深处险境,却不惧淫威与强权,从容应对,显示了李绅过人的胆略与智慧;面对褒奖,"谈笑谢金",又显示了其淡然自若,不羡名利的行为。更为值得注意的是,它表明了李绅早期维护朝廷统一、反对藩镇割据的立场鲜明,这种立场李绅始终一以贯之,与他会昌间支持李德裕平定泽潞叛乱是一致的。

元和三年(808年),李元素入京为国子祭酒,李绅亦离开润州,应浙东观察使薛苹之邀,三至越中。李绅《龙宫寺碑》云:"元和三年,余罢金陵从事。河东薛公平(苹)招游镜中。"在薛苹幕中,李绅与崔述、冯宿、冯定、灵澈等人有诗唱和,但都没有保存下来,甚为可惜。此时释修真已卧疾,使门人再托修龙宫寺事。大约在元和三年末四年初,或许得到了好友元稹的举荐,李绅被授为校书郎,返回长安,结束了漂泊的幕府生活。也就在这个时期内,李绅创作了新乐府运动的奠基作《乐府新题二十首》,掀开了新乐府运动的序幕。元和九年(814年)前后,李绅改为太学助教②。太学助教为从七品上,"掌教五品以上及郡县公子孙、从三品曾孙为生者"③,虽然品级比校书郎高,但同样清闲,受人冷落,为此白居易还回诗安慰他,"莫叹学官贫冷落,犹胜村客病支离。"(白居易《渭村酬李二十见寄》)在这个位置上一呆又是五年,直到元和十四年(819年),李绅为山南节度使崔从所辟,出为观察判官。在担任十年的冷官后,李绅的政治命运突然发生转变,开始进入政治权力的中心,仕途初展。五月,有诏旨除右拾遗,"青天诏下宠光至,颁籍金闺征石渠"(《南梁行》)。兴奋之余,他不顾路途艰险,很快返回长安。元和十五年(820年)正月,宪宗为宦官陈弘志所杀,穆宗即位,"以监察御史李德裕、右拾遗李绅、礼部员外郎庾敬休并守本官,充翰林学士。"④ 二月一日赐绯,二十日转右补阙。长庆元年(821年)三月二十三日,加司勋员外郎、知制诰。二年(822年)二月十九日,迁中书舍

① 见《全唐文》卷七三八,中华书局1983年影印本,第7623—7624页。
② 卞谱认为李绅元和八年任国子助教,卢燕平《李绅生平系年笺证》,笔者考证见年谱。
③ 《新唐书》卷四十八《百官志三·太学》,中华书局1975年版,第1266页。
④ 《旧唐书》卷一六《穆宗本纪》,中华书局1975年版,第476页。

人、承旨。二十三日，赐紫。家族式微、家境贫寒的李绅，在短短的三年间，从右拾遗至"大凡大诏令、大废置，丞相之密画，内外之密奏，上之所甚注意者，莫不专对，他人无得而参"①的翰林学士承旨，虽然有一定的偶然性，但主要还是因其政治才能与文学才华的出众。其政治才能在后来的治理地方州县中可以得到见证，而其文学才华，早在山南东道节度判官时，就被崔从"蒙以书奏见委，常戏拙速。"②调入翰林后"簪笔此时方侍从，却思金马笑邹枚"（《忆春日太液池东亭候对》），深得穆宗恩宠，"墨宣外渥催飞诏，草布深恩促换题"（《忆夜直金銮殿承旨》）。可以说这一时期是李绅最为得意的时期，"委遇斯极，入参禁密，出总纪纲，王猷多润饰之能，邦宪著肃清之称。"③沉浸于这种信任与恩宠中的李绅，充满了对政治与人生的设想，"长带九天余雨露，近来葱翠欲成乔"④，反映了他"希图以文才侧身朝廷，辅佐帝业，从而匡济天下"⑤的雄心和愿望。不过，政治的凶险就在于它不但可以让你迅速飞黄腾达，也可以让你在瞬间跌入地狱。

四　贬谪端州与数经播迁

李绅是李德裕党的重要成员，是李德裕一生最主要的支持者，但两人相识却很晚。元和十四年（819年），两人同入翰林，与稍后的元稹并称"三俊"（见新、旧传），三人情意相善，奠定了他们以后在政治上合作默契的基础。在长庆元年（821年）爆发的寒士与权贵子弟相争的科试案中，李绅不避嫌疑，与元稹一道全力支持寒士考生，共劾钱徽取士不公。穆宗诏王起、白居易重试，覆落者众多，后钱徽、李宗闵、杨汝士等皆贬谪。这一事件可以看作是长庆年间牛李党争最终形成的导火索（具体可参看第三章第一节）。在这件事上，李绅显然是得到李德裕支持的。最终演变成长达数十年的牛李党争。李逢吉的出现，是党争形成的一个重要因素。李逢吉，史称其"天与奸回，妒贤伤善""于帝有侍读之恩，遣人密结悻臣，求还京师"⑥。

① 元稹：《翰林承旨学士记》，冀勤点校《元稹集》卷五十一，中华书局1982年版，第559页。
② 见李绅《南梁行》"此时醉客纵横书，公言可荐承明庐"句下自注。
③ 孔温业：《李绅拜相制》，（元）王恽《玉堂嘉话》卷一，中华书局2006年版，第44页。
④ 见李绅《新昌宅旧堂前有药树一株，今已盈拱，则长庆中于翰林院内西轩药树下移得，才长一寸，仆夫封一泥丸以归植，今则长成，名之天上树》诗。
⑤ 卞孝萱、卢燕平：《李绅评传》，《中国历代著名文学家评传》续编一，山东教育出版社1988年版，第802页。
⑥ 《旧唐书》卷一百六十七《李逢吉传》，中华书局1975年版，第4365页。

李逢吉利用元稹与裴度之间的心理隔阂，挑起矛盾，结果两人先后罢相，调离京师，李逢吉遂取得宰相位置。接着他又将李德裕排挤出朝廷，孤立李绅。之后，"以绅为御史中丞，冀离内职，易掎摭而逐之。乃以吏部侍郎韩愈为京兆尹，兼御史大夫，放台参。知绅刚褊，必与韩愈忿争。制出，绅果移牒往来，论台府事体。而愈复性讦，言辞不逊，大喧物议，由是两罢之。"（《旧传》）这就是有名的台参之争。改李绅为江西观察使，欲其远离京师，不得参与中枢。辞谢日，李绅向穆宗面陈原委，帝悟，改授为户部侍郎，最终留在京城。

　　然而，李逢吉并没有因此而善罢甘休，反而变本加厉，欲必除李绅而后快，纠集爪牙，结托宦官王守澄，"昼夜计画"（《旧传》）。"会敬宗立，逢吉知绅失势可乘，使守澄从容奏言：'先帝始议立太子，杜元颖、李绅劝立深王，独宰相逢吉请立陛下，而李续、李虞助之。'逢吉乘间言绅尝不利于陛下，请逐之。帝初即位，不能辨，乃贬绅为端州司马。"（《新传》）且欲置李绅死地，"张又新等犹忌绅，日上书言贬绅太轻，上许为杀之。"① 同年幸得好友韦处厚上疏言其冤，方免于死。与李绅同时被贬的还有庞严、蒋防，二人皆为李绅所奖拔。李绅无端被贬，从表面上看，是昏庸的敬宗听信了李逢吉党的诬构陷害，本质上却是牛李两党相争的结果。事后，敬宗曾得先帝手篋，知李绅之冤，但也只能如此。

　　长庆四年（824 年）二月，李绅带着满腔悲愤痛苦之情离开长安，"贾生谪去因前席，痛苦书成竟何益"（《逾岭峤止荒陬抵高要》），经荆江，入洞庭湖，涉沅潇，过潭州、衡州、郴州、韶州等地，秋初，至高要。高要，为端州治所，"至京师四千九百三十五里，至东都四千七百里"②。唐时，端州为远贬之地，意味着对臣子的严重惩罚，因此李绅此行是抱着被长期贬谪的打算，这从他带上家累一事可知。李绅至日，有当地百姓献红龟，以示吉兆，又有鹊鸟报喜，这在心理上给其些许安慰。但长期生活于四季分明的北方，突然来到寒暑不分的南方，他显然极不适应，满眼的红蕉花让其焦躁万分，"叶满丛生殷似火，不唯烧眼更烧心"（《红蕉花》）。幸好家属很快到来，九月九日发衡阳，十月过封、康等地，十二月亦抵端州。家属的到来让李绅的心逐渐平静下来，"竟恬如也"③，开始致力于当地政事

① 《资治通鉴》卷二四三《穆宗长庆四年》，中华书局 1956 年版，第 7833 页。
② 《旧唐书》卷四十一《地理四·岭南道》，中华书局 1975 年版，第 1717 页。
③ 清屠英等修：《肇庆府志》卷十一《谪宦·李绅传》，《中国地方志丛书》，台湾成文出版社 1967 年版，第 2412 页。

的处理。政事之暇或以诗自娱，或游历探胜，如携家属游端州七星崖，至今还有其题名。

宝历元年（825年）四月，敬宗"御丹凤楼，大赦天下，大辟罪已下，无轻重咸赦除之。"① 李绅亦在赦除之列。然李逢吉妄图将李绅排除在大赦之外，不与量移，在草拟赦书时玩弄文字，云"左降官已经量移者与量移，不言左降官与量移"（《旧传》）。这次又是韦处厚上疏力争，云："不可为李绅一人与逢吉相恶，遂令近年流贬官皆不得量移，则乖旷荡之道也。"② 敬宗特命追改诏书，李绅得量移江州长史。李绅在端州时日虽不长，但他自检甚严，革除弊政，造福当地，甚得百姓拥戴欢迎。离开之日，"端人攀留不可，留其衣带祠之"③，当地至今还流传有李绅的众多传说。

五月，李绅启程赴江州，经韶州、袁州、洪州、鄱阳湖等地，见其《泛五湖》《过钟陵》《溯西江》《移九江》等诗。大和二年（828年），江州任满，迁为滁州刺史。至滁日，已是秋天。滁州相对安宁，政事不多，李绅登城望琅琊山，坐迎秋风，观赏秋菊。第二年春，又在西园种植杂树，设宴赏花，并追循前刺史大诗人韦应物的足迹，登北楼和其诗，在郡城东隅建东园，"南植琅琊诸山，北通西涧，修木交映左右，又适介守贰宅间，固一佳处也。"④ 可以说李绅在滁州的日子是比较惬意和轻松的。大和四年（830年）二月，李绅转寿州刺史。别滁州日，百姓不忍舍去，李绅宽慰他们"上有明王颁诏下，重选贤良恤孤寡。""我无工巧唯无私，举手一挥临路歧。"（《闻里谣效古歌》）一到寿州，李绅便面临棘手问题，一为虎祸，二为寇盗。上任伊始，李绅雷厉风行，刚柔并施，除寇盗，去虎害，行仁政，"俾三月而寇静，期岁而人和，虎不暴物，奸吏屏窜。"（《转寿春守》原题）显示了其治理地方政务的突出才干。在寿州一待就是三年，直到大和六年（832年）十二月，分司东都。

从被贬端州至离开寿州，李绅远离京师达八年之久，辗转迁移，职务并无多大变化。但其并没有怨天尤人、消沉颓落，反而每到一地都能尽心尽责，造福当地百姓，这在任何时代的官吏中都是难能可贵的。而李绅之所以

---

① 清屠英等修：《肇庆府志》卷十一《谪宦·李绅传》，《中国地方志丛书》，台湾成文出版社1967年版，第514页。
② 《旧唐书》卷一七《敬宗本纪上》，中华书局1975年版，第514页。
③ 清屠英等修：《肇庆府志》卷十一《谪宦·李绅传》，《中国地方志丛书》，台湾成文出版社1967年版，第2412页。
④ 王象之：《舆地记胜》卷四二《淮南东路·滁州·景物下》，江苏广陵古籍刻印社1991年版，第457页。

长时间得不到升迁，是因为朝中掌权者为牛党，这种局面随着李德裕的重新入朝而改变。

五 重登荣位与逝后削官

自元和十五年（820 年）李绅与李德裕同入翰林后，李绅的政治仕途便与李德裕同浮沉。大和六年（832 年）十二月，李德裕自西川节度使入为兵部尚书，李绅即由寿州刺史转任太子宾客、分司东都。太子宾客虽为闲职，但多由朝中退居大臣担任，李绅由远州调任此职，是为荣位，况且还是暂时的。李绅显然对此非常满意，在十二月得知消息后，便迫不及待上任，怎奈敕命未至，只好停舟淝河等待，其《肥河维舟阻冻只待敕命》诗可证。大和七年（833 年）正月，分司敕到寿阳，即由淝水入淮河，经濠州，游四望亭，应太守刘嗣之之请，作《四望亭记》。然后至盱眙，沿汴水西上抵洛阳，见《初出淝口入淮》《入淮至盱眙》诗。其播迁在外多年，远离京师，此番获得重返，心情自然非常高兴，笔下之诗也显得轻快很多，"渐喜雪霜消解尽，得随风水到天津"（《发寿阳分司敕到又遇新正感怀书事》）；"野老拥途知意重，病夫抛郡喜身轻。"（《初出淝口入淮》）。在经历人生与仕途的低潮后，李绅的前途又变得明朗起来。

春暮，李绅抵达洛阳，寓居宣教里。随后白居易以病免河南尹，同样以太子宾客分司东都。他们和另外两人皇甫镛、张仲方共称"四老"，以商山四皓自比，酬唱同游，沉醉洛阳春。然而李绅毕竟与他们不同，同年闰七月，李德裕拜相，李绅随即得到重用，以检校左散骑常侍兼越州刺史，充浙东观察使，成为地方诸侯。此时，李绅已过花甲之年，本来以为可以挂冠养老，不料再获重用，十分惊喜，"飞诏宠荣欢里舍，岂徒斑白与垂髫"（《初秋忽奉诏除浙东观察使检校右貂》），感恩戴德之情溢于言表。临行，白居易有诗相送，见白居易《醉送李二十常侍赴镇浙东》。经扬州、润州、常州、苏州等地，垂白重游，忆及旧事，一路感慨多思。如"长对碧波临古渡，几经风月与悲欢"（《忆万岁楼望金山》），是其经历坎坷之后的一种平静，而"惟有此身长是客，又驱旌斾寄烟波"（《忆题惠山寺书堂》），又是其经历身世漂泊之后对家乡的依恋。十月，抵任所，时霪雨不止，其不顾舟车劳顿，东拜大禹庙，为民请命。《渡西陵十六韵》序云："七年冬十有三日，早渡浙江，寒雨方霖，军吏悉在江次。越人年谷未成，霪雨不止，田亩浸溢，水不及穗者数寸。余至驿，命押衙裴行宗先赍祝词，东望拜大禹庙，且以百姓请命。雨收云息，日朗者三旬有五日，刈获皆毕，有以见神之不欺也。"由于李绅上任后的积极有为，第二年浙东丰产，而浙西歉收。李绅运浙东米五万斛至浙西，调剂民食，因此得罪王璠。李绅《却到浙西》诗题下序云："八年，浙西六郡灾旱，百姓饥殍，道路相望，米价翔贵。是岁浙东大稔，因请出米五万斛，贱估以救浙西居人，诏下蒙允。是岁王璠不奏饥旱，反怒邻境所救，以为卖己。遂求王涯合计，诬构罔上，奏陈米非官米，足私求利。及璠伏诛，蒙圣恩加察奸邪所罔。"

大和九年（835 年）四月，李德裕被贬袁州刺史。五月，李绅即由浙东观察使改授太子宾客、分司东都。李绅在浙东时间虽不长，却以才干见称。孙光宪《北梦琐言》卷六《吴湘事》云："旧说浙东理难，十分公事，绅相晓得五六，唯刘汉宏晓得七分，其他廉使及三四而已。盖公之才，已难得也。"① 这可以从李绅救济浙西灾民及离浙东时当地百姓数万人相送的场面看出，"始发州郭，越人父老男女数万携壶觞至江津相送。"（《宿越州天王寺》诗序）开成元年（836 年），李德裕党的郑覃辅政，"起德裕为浙西观察使，绅为河南尹"（《旧传》）。河南时多恶少，闻绅名而遁走，可见李绅威名。李绅《拜三川守》序云："里巷比多恶少，皆免帽散衣，聚为群斗；或差肩追绕击大球，里言谓之'打棍谐论'，士庶苦之。车马逢者不敢前，都城为患日久。诏下之日，此辈皆失所在，却归负贩之业，闾里间无复前患。"人称李绅治郡刚严，此不虚传。六月，再除汴州刺史、宣武军节度使、宋亳汴颍观察等使。势位的日渐荣宠，以致李绅有点飘飘然起来，"白发侵霜变，丹心捧日惊。卫青终保志，潘岳未忘情。期月终迷化，三年讵有成。惟看波海动，天外斩长鲸。"（《到宣武三十韵》）陈振孙《直斋书录解题》批评其诗"饰智矜能，夸荣殉势"②，的确符合实情。

开成五年（840 年）正月，文宗卒，宦官仇士良等以李炎为帝，是为武宗。九月，李德裕由淮南节度使入为宰相，李绅代李德裕为淮南节度使。在宣武五年间，李绅再一次表现出良好的治郡能力，白居易《淮南节度使检校尚书右仆射赵郡李公家庙碑铭并序》云："初宣武师人骄强狠悍，狃乱徼利，积习生常。公既下车，尽知情伪，刑赏信惠，合以为用，一年而下惩劝，二年而下服畏，三年而下耻格。肃然不变，薰然太和。抚之五年，人俗归厚，至於捍大患，御大灾，却飞蝗，遏暴水，致岁於丰稔，免人於垫溺。"这些政绩都可与李绅的诗文相印证，可见并不是白居易的谀辞。而李绅能代李德

---

① 《北梦琐言》卷六《吴湘事》，上海古籍出版社 1981 年版，第 42 页
② 陈振孙：《直斋书录解题》卷十九，上海古籍出版社 1987 年版，第 570 页。

裕为淮南节度使，虽与李德裕的保荐有关，但也与其突出的治理能力有关。"天下征镇，淮海为大"，非有像李德裕、李绅这样的干练人物不能治理。会昌二年（842 年）二月，李绅进一步得到重用，入京拜为中书侍郎，同中书门下平章事，协助李德裕处理全国政务，在破回纥、平泽潞中发挥了重要作用。会昌四年（844 年），李绅因"暴中风恙，足缓不任朝谒，拜章求罢。"（《旧传》）以宰相身份再次出任淮南节度使。会昌六年（846 年）七月，卒于淮南节度使任，赠太尉，谥文肃，终年七十四岁。

会昌六年三月，武宗卒，宣宗继位。宣宗恶李德裕，罢为荆南节度使，牛党得势。牛党为打击李党，利用吴湘案件（见第三章第三节），将李德裕一贬再贬，而李绅亦不能幸免，大中二年（848 年），诏追削三任官告，子孙不得仕。牛李党争亦结束。

第三节　李绅的人格与思想

一　人心莫厌如弦直——李绅的人格追求

在唐代，知识分子往往受多种思潮影响，在人品与人格方面表现出复杂性和丰富性。李绅却不一样，虽然他与佛教徒接触甚多，但几乎不受其影响。其一生谨守儒业，奉儒为官，以儒家的教义严格要求自己，坚持自我的修养与人格的追求。正如他在《初出䢴口入淮》一诗中所言："人心莫厌如弦直，淮水长怜似镜清"，这是他对自己人品与人格追求的写照。

李绅的先族虽然不是正宗的山东旧族，但是至少从他的曾祖李敬玄开始就非常重视儒家传统教育。《旧唐书》云李敬玄"博览群书，特善五礼"[1]；李绅父亲李晤"笃於家行，饰以吏事，动有常度，居无惰容"[2]，很有礼仪风范；李绅的堂兄李纾也以善礼闻名，卒赠礼部尚书[3]。童年开始李绅就接受母亲的儒家经典教育，由于父亲的早逝，家境的窘迫，以及寄托着恢复家世荣耀的殷切愿望，李绅所受的教育自然会比一般小孩更为严格，因而更容易让他对于儒家理念自觉接受与遵循。当李绅有独立的思考能力，在面临其

---

[1]　《旧唐书》卷八十一《李敬玄传》，中华书局 1975 年版，第 2754 页。

[2]　白居易：《淮南节度使检校尚书右仆射赵郡李公家庙碑铭并序》，朱金城《白居易集笺校》卷七十一，上海古籍出版社 1988 年版，第 3791 页。

[3]　见《旧唐书》卷一百三十七、《新唐书》卷一百六十一《李纾传》。

他思想，诸如释、道等的影响时，就能够坚守儒家而不偏移。在这样一种教育背景下，李绅对自我形象的设计是做一个"鲁儒"，这在他的诗歌中多次提到，如《忆过润州》"昔年从宦干戈地，黄绶青春一鲁儒"；《趋翰苑遭诬构四十六韵》"万载分梁苑，双旌寄鲁儒"。显然，不管处于何种环境中，李绅都视自己为儒生，或者说以"鲁儒"自励，甚至自许。这表明李绅对自己有清晰定位，要求自己沿循儒家正统的礼法道路从政而不违拗，这实际上很难做到，历史上也鲜有其例，大多数人往往是随机应变，儒、法、释、道适时取舍，但李绅一生基本上是按照儒家的标准要求自己，一意笃行，坚持始终。从现存诗文中可知，李绅在日常的自我修养和人格锻炼中要求自己做到"'直''清''贞''真''奋''谦'六端。"①"直"与"清"，是立身处世的问题。儒家认为正直是做人立世的标准，"人之生也直，罔之生也幸而免。"（《论语·雍也》）因此"达也者，质直而好义，察言而观色，虑以下人。"（《论语·颜渊》）而"狂而不直，侗而不愿，悾悾而不信"（《论语·泰伯》）之人往往很难赢得信任。"直"，也就是正道直行，不玩弄花招，坦诚相待，如李绅在告别滁州民众的依恋不舍时云"我无工巧唯无私"（《闻里谣效古歌》），这既是他内心的一种表白，也包含着对继任者的告诫与期待。不但真诚对民，亦忠诚为君，"忠诚贯日月，直己凭苍昊"（《忆东郭居》）。但是"物忌忠良表是非"（《逾岭峤止荒陬抵高要》），正是因为他的正直触怒了奸佞小人，"辨疑分黑白，举直抵朋徒"（《趋翰苑遭诬构四十六韵》），才有端州之贬和数经播迁。又如李绅在浙东时遭王璠诬构一事，"浙西六郡灾旱，百姓饥殍，道路相望，米价翔贵。是岁浙东大稔，因请出米五万斛，贱估以救浙西居人。诏下蒙允。是岁王璠不奏饥旱，反怒邻境所救，以为卖己。遂与王涯合计，诬构罔上，奏陈米非官米，足私求利。及璠伏诛，蒙圣恩加察奸邪所罔。"（《却到浙西》诗序）但李绅并没有因此而改变自己的处世之道与原则，反而随时会提醒和鞭策自己"人心莫厌如弦直"，要求自己不断追求六端，永不满足。古谣云："直如弦，死道边；曲如钩，反封侯"②，这在唐代同样存在，李绅大声疾呼正义、正直，实际上，也是在向这样一种不合理现象表达自己的不满并发出挑战。另外，李绅也认识到，作为封建官吏，对"清"的要求同样重要。"直"是处世原则，"清"则是为官之道。李绅所处的时代，朝政混乱，官吏贪鄙，民不聊生，要想获

---

① 刘明浩：《"我无工巧唯无私"——纪念中唐诗人李绅逝世 1150 周年》，《中州学刊》1996 年第 4 期。

② 见《后汉书·志第十三》所引京都童谣，中华书局 1965 年版，第 3281 页。

得百姓的信任与拥戴，就必须"直"和"清"。李绅治理州县时常以古代清廉之士勉励自己，"春日迟迟驱五马，留犊投钱以为谢"（《闻里谣效古歌》），"留犊"用的是三国时魏人时苗的典故，时苗为寿春令，就任时驾黄牸牛，"居官岁余，牛生一犊。及其去，留其犊，谓主簿曰：'令来时本无此犊，犊是淮南所生有也。'"①"投钱"用的是郝子廉的典故，"太原郝子廉，饥不得食，寒不得衣，一介不取诸人。曾过姊饭，留十五钱，默置席下去。每行饮水，常投一钱井中。"②事实上李绅也是这么做的。如他在《移九江》一诗中云"容膝有匡床，及肩才数堵"，又在《溯西江》一诗中云"一身累困怀千载，百口无虞贵万金"，可知他在各地任职时都能清廉自守，这也是他每离开一地时，百姓不舍之重要原因。在李绅看来，"清"是一种境界，也是个人修养的高度，而不是刻意追求的。"壶冰自洁中无玷，镜水非求下见鳞"（《宿越州天王寺》），壶冰的冰清玉洁，水的清而见鳞，都是自然而至，需要长期的修养与追求，"淮水长怜似镜清"，即要像淮水一样长期珍惜、保持，才能永葆清澈、清廉。这是一个持续的过程。

"贞"与"真"是道德品质问题。"贞，正也"③为君子四德之一，有此可以获得人信任，"贞则信也"；可以使事情成功，"贞者事之干也"。"贞"是儒家至宝，不能轻易丢弃，君子应该常保有贞心。有贞心即为"真"，否则就失去了本性。在中国传统文化中，莲、梅、竹、松、桔等都是品性端正、道德操守的象征，被视作君子的化身。李绅的诗文中常以此自比，借物寓情，寄托深思。如《重台莲》一诗，称赞莲"自含秋露贞姿洁，不竞春妖冶态称"的贞洁自重本质；《桔园》一诗，赞美桔"怜尔结根能自保，不随寒暑换贞心"独立不迁的精神，这些都可以看作是李绅对其自身的勉励与追求。贞心人人有，但要保持它却是很难的事情，往往要经历各种艰难的考验，莲和桔之所以值得赞美，其原因正在于此。其他如竹，"东南旧美凌霜操"（《南庭竹》）；梅，"任落东风伴春雪"（《早梅桥》），都具有类似品质。而最为李绅赞赏的是松的节操，孔子云："岁寒，然后知松柏之后凋也"④；荀子也云："岁不寒无以知松柏；事不难无以知君子。无日不在是。"⑤他们都

---

① 《三国志·魏书》卷二十三《常林传》附，中华书局1971年版，第662页。
② 王利器：《风俗通义校注》卷三，中华书局1981年版，第152页。
③ 《周易正义》卷一，李学勤主编《十三经注疏》标点本，北京大学出版社1999年版，第1页。
④ （清）刘宝楠：《论语正义》卷十《子罕第九》，《诸子集成》，中华书局1964年版，第193页。
⑤ （清）王先谦：《荀子集解》卷十九《大略篇第二十七》，《诸子集成》，中华书局1964年版，第333页。

把松看作是君子坚守节操的最好象征。李绅写于早年的《寒松赋》正是秉承了这样一种思想和精神，可见其很早就开始有意识地培养自己的君子意识：

> 松之生也，于岩之侧。流俗不顾，匠人未识。无地势以炫容，有天机而作色。徒观其贞枝肃矗，直干芊眠。倚层岩则捎云蔽景，据幽涧则蓄雾藏烟。夸石盘薄而埋根，凡经几载；古藤联缘而抱节，莫记何年。于是白露零，凉风至；林野惨栗，山原愁悴。彼众尽于玄黄，斯独茂于苍翠。然后知落落高劲，亭亭孤绝。其为质也，不易叶而改柯；其为心也，甘冒霜而停雪。叶幽人之雅趣，明君子之奇节。若乃确乎不拔，物莫与隆。阴阳不能变其性，雨露所以资其丰。擢影后凋，一千年而作盖；流形入梦，十八载而为公。不学春开之桃李，秋落之梧桐。乱曰：负栋梁兮时不知，冒霜雪兮空自奇。谅可用而不用，固斯焉而取斯。[1]

松生长在悬崖边，历严寒酷暑，不改其性，"落落高劲，亭亭孤绝"，不正是君子的写照吗？联系到李绅早年拒代李锜草檄一事，荦荦大节，临危难而不惧，无愧于君子行为。故沈亚之评道："绅职锜肘腋下，举动顾盼有一不诚，则支体立尽众手。而绅亦不顾，而晓然自效如此，可谓临大节而不可夺者耶！"[2] 这"临大节而不可夺"就是李绅自己所说之"君子之奇节"，也是其"贞姿洁""贞心"的最好注释，洋溢着对其人格的高度赞扬。

如果说"直"与"清""贞"与"真"这四端是李绅人格追求的理想结果，那么，"奋"与"谦"则是李绅对自我修养的必然要求，这与其家庭背景有关。李绅虽然家世不凡，但到他父辈时已家道中落。他从小就遭遇不幸，体弱多病，父亲早逝，家境贫寒。不过，这样的家庭环境反而磨炼了他的意志，养成了他自强不息、奋发有为、坚持不懈的毅力和精神品格。同时，家族曾经的荣耀又给了他巨大动力，激发他强烈奋斗的决心。所以他在少年时代就有很高的志向和宏大的理想，不甘于做一个平庸之人。他回忆少年之时曰："顷年无锡闲居，里人献鹤雏，余驯养之。周岁，羽毛既成，见其宛颈长鸣，有烟宵之志。开笼放之，一举冲天，复回翔之，乃去。"他并不仅仅是写鹤，鹤已是他的化身。接下来他赞道："羽毛似雪无瑕点，顾影秋池舞白云。闲整素仪三岛近，回飘清唳九霄闻。好风顺举应摩日，逸翮将

---

① 见《全唐文》卷六九四，中华书局 1983 年影印，第 723 页。
② 沈亚之：《李绅传》，《全唐文》卷七三八，中华书局 1983 年影印本，第 7623 页。

成莫恋群。凌励坐看空碧外，更怜凫鹭老江潢。"(《忆放鹤》）他高远的志向与宏大的愿望在此展露无遗。为了实现这样一种理想，他"曳娄一缝掖，出处劳昏早。醒醉迷啜哺，衣裳辨颠倒"。(《忆东郭居》）刻苦就读于惠山，直至壮岁出游。后来应试中第，但仕进之路却又多舛，李绅都能从容面对，再次奋起。为李锜掌书记，几遭厄运，李绅轻松应对，"谈笑谢金何所愧，不为偷买用兵符"(《忆过润州》）；正当平步青云之时，复又抵朋徒，贬荒州，悲愤之余，却又坚信"今日病身悲状候，岂能埋骨向炎荒"(《江亭》）。后来李党当政，李绅再复启用，此时他花甲已过，体质不佳，时有病疴缠身，仍奋斗不止，"疲骖岂念前程税，倦鸟安能待暮还"(《肥河维舟阻冻只待救命》之二），"羸牛未脱辕，老马强腾骧"(《奉酬乐天立秋夕有怀见寄》）。"天行健，君子以自强不息"①，李绅以他的一生来践行和诠释什么是奋发有为、积极进取。正如他自己所云"一生累困怀千载"(《溯西江》），以千载的圣贤为榜样，愈挫愈奋起。不过，李绅更让人注意的是他对百姓的谦虚态度。古代封建官吏，常以百姓父母官自比，因而可以对百姓颐指气使、作威作福，但李绅没有，反而经常认为自己有愧于当地百姓，"淮阳效理空多病，疏受辞荣岂恋班"(《肥河维舟阻冻只待救命》之二）；"海隅布政惭期月，江上沾巾愧万人"(《宿越州天王寺》），可见李绅是对百姓保持敬畏之心的。唯其敬畏，才能常抱谦虚。更为可贵的是，尽管李绅政治才干突出，业绩非凡，每至一地，都能受到百姓拥戴，但他从不志得意满，反而更加自谦，"谬履千夫长，将询百吏情。下车占黍稷，冬雨寒粢盛。望祷依前圣，垂休冀厚生。"(《渡西陵十六韵》）"充分表现出李绅既勤勉又谨慎更谦虚的不可多得的一面。"② 这种修养是值得我们当代人学习的。

李绅一生信奉儒学，排斥佛老，自比鲁儒，这就决定了他必然以儒家的方式去修身养性，去追求自己理想的人格。"直""清""贞""真""奋""谦"，虽不是他人格的全部，却是他能够"自伸其才，以名位终"(《新传》）的主要原因，不过，这也是造成他"虽没而坐湘冤"的根本原因。

二　素丝琴瑟自谐声——李绅的社会理想

李绅《皋桥》诗云："伯鸾憔悴甘飘寓，非向嚣尘隐姓名。鸿鹄羽毛终有志，素丝琴瑟自谐声。故桥秋月无家照，古井寒泉见底清。犹有余风未磨

---

① 《周易正义》卷一，李学勤主编《十三经注疏》标点本，北京大学出版社1999年版，第10页。
② 刘明浩："我无工巧唯无私"——纪念中唐诗人李绅逝世1150周年》，《中州学刊》1996年第4期。

灭，至今乡里重和鸣。"这首诗虽然说的是家庭和民风的问题，却向我们大致勾勒出李绅以儒家伦理观念为基础的理想社会模型：民风淳朴，百姓安居，家庭和睦，自给自足。

也许是受幼年孤单和凄凉的生存环境的影响，李绅少年时就试图去构建自己理想的社会生活，但是苦于自己幼稚的思想和简单的人生阅历，这一切想法都只能是茫然，其《忆东郭居》诗云"昔余过稚齿，从师昧知奥。图怀利物心，不获藏身宝。"尽管有济世利物之心，却受自身思想和条件所限，无法贡献一己之力。应试前后，漫游江浙，开始接触不同民众，广泛了解他们的实际生活，李绅以儒家的社会理想为基础，开始形成他自己的构想。贬谪端州后，除了分司东都和入相，李绅大部分时间是在地方度过，先后在刺滁、刺寿、刺越、牧洛、牧淮，可以按自己的理想去治理地方。首先针对当时苛捐杂税众多，百姓负担沉重的情况，李绅主张轻徭薄赋，以纾民困。从德宗建中元年（780 年）开始，唐王朝实行两税法①，客观上是为了减轻农民负担，增加国家赋税收入，但在实施过程中却滋生了许多流弊。主要是地方官府特别是方镇贪婪，巧立名目随意加税，以及故意变更租纳，将谷帛转为钱缯，农民倍受盘剥，苦不堪言。白居易在《重赋》一诗中指出："国家定两税，本意在忧人。厥初防其淫，明敕内外臣。税外加一物，皆以枉法论。奈何岁月久，贪吏得因循。"其结果是"当今游惰者逸而利，农桑者劳而伤。所以伤者，由天下钱刀重而谷帛轻也。所以轻者，由赋敛失其本也。……至乃吏胥追徵，官限迫蹙，则易其所有，以赴公程。当丰岁，则贱粜半价不足以充缗钱；遇凶年，则息利倍称不足以偿通债。丰凶既若此，为农者何所望焉？是以商贾大族乘时射利者，日以富豪；田垄罢人望岁勤力者，日以贫困。"② 李绅在白居易之前已对两税法带来的流弊进行过揭露，且思想上更为深刻。其《古风二首》之一云："春种一粒粟，秋成万颗子。四海无闲田，农夫犹饿死。"③ 丰收之年，农夫却要忍饥挨饿，甚至饿死，诗人以一种反常的现象来揭露赋税的沉重，不但让人警醒，为之哀痛，亦让人思考这不合理的深层原因，具有深刻的社会效果。霍松林先生评此诗曰："惊心动魄"④，

---

① 可参见张泽咸：《唐五代赋役史》第一编第四章《两税法》，中华书局 1986 年版。
② 白居易：《策林二·十九》，朱金城《白居易集笺校》卷六十三，上海古籍出版社 1988 年版，第 3469 页。
③ 关于李绅《古风二首》与两税法流弊之间的关系，徐玉如《一首宣扬政见的讽喻诗——读李绅〈悯农〉诗其一》一文有论述，见《唐都学刊》1996 年第 3 期。
④ 《万首唐人绝句校注集评》，山西人民出版社 1991 年版，第 1175 页。

此言不虚。可见，不管是从维护唐王朝的长远利益，还是从关心民瘼的角度出发，李绅都是坚决反对过分压榨百姓的。李绅认为，赋税应当"合量出入""计必平均"，过分征收或"瘠鲁肥杞"，会使百姓"职劳不来"，致有"东人之叹"①。在后来的施政当中，李绅也坚持这一主张，在自己能力许可的范围内，尽量减轻百姓负担，以便其休养生息。如前所提到的大和八年（834 年），李绅不惜得罪浙西观察使王璠及权相王涯，以浙东米贱估相救。

其次，针对当时地方治安混乱，民众不保的现状，李绅在主张严刑峻法的同时，认为更要以仁理民，宣扬儒家礼义教化，齐民风、淳风俗。中唐时期，随着政治的日渐腐坏，中央对地方控制削弱，官吏贪腐与不作为，导致民风不古，社会充满了动荡不安的因素。如"贞元时，德宗行姑息之政。王武俊、王士真、张孝忠子联为国婿。宪宗初宠于頔，来朝，以其子配以长女。皆挟恩佩势，聚少侠狗马为事，日截驰道，纵击平人，豪取民物，官不敢问"②。沈千乘为"新安大豪，结椎剽掠之党，为之囊橐，弄兵潢池，虞刘我民，桴鼓之声相闻，郡国二千石不能禁"③。李绅除河南尹前，洛阳"里巷比多恶少，皆免帽散衣，聚为群斗；或差肩追绕击大球，里言谓之'打棍谐论'，士庶苦之。车马逢者不敢前，都城为患日久。"（《拜三川守》诗序）李绅到任后，以革弊为急，采取强硬措施，坚决打击不法之徒，当地治安很快为之肃然，无复前患。又在当宣武节度使时，"大梁城北门，常扃锁不开，开必有事。公命开之，骡子营骚动，军府乃悉诛之，自此平泰矣。"④ 宣武节度使负责拱卫两京，宣武不稳，必然影响两京。之前历任节度使对骡子营骚动往往纵容姑息之，但李绅以铁腕手法迅速治平，可以想见其雷厉风行之刚严作风。李绅这种作风一如既往保持到淮南，"既治淮南，决吴湘之狱，而持法清峻，犯者无宥，有严、张之风也，狡吏奸豪为之敛迹。"⑤ 后来李绅获罪，与此也有　定关系。当然李绅只是对恶少、狡吏等奸佞不法之徒使用严刑峻法，对普通百姓则能宽以相待，以仁理民，希望通过转变民风民俗来改造社会。在李绅看来，严刑峻法只是一时之策，真正要长治久安，就必须行仁治，以礼义治天下，所以他每至一地，都大力宣扬儒

---

① 以上所引皆见李绅《对罢役物农论象肉刑判》。
② 杜牧：《唐故歧阳公主墓志铭》，陈允吉校点《杜牧全集》，上海古籍出版社 1997 年版，第 80 页。
③ 独孤及：《唐故洪州刺史张公遗爱碑并序》，《全唐文》卷三百九十，中华书局 1983 年影印本，第 3965 页。
④ 范摅：《云溪友议》卷上，古典文学出版社 1958 年版，第 9 页。
⑤ 同上。

家礼义教化，冀图改造民风。"恺悌思陈力，端正冀表诚。临人与安俗，非止奉师贞。"（《渡西陵十六韵》）在洛阳恶少遁走之后，李绅并没有沾沾自喜，反而意识到民风治理的艰巨，他勉励自己要"恭承宠诏临尹洛，静守朝章化比闾。风变市儿惊偃草，雨晴郊薮谬随车。改张琴瑟移胶柱，止息笙篁辨鲁鱼。唯有从容期一德，使齐文教奉皇居。"（《拜山川守》）他在洛阳治理民风的效果显然是有效的，除为宣武节度使时，当地百姓"日晖红旆分如电，人拥青门动若雷。伊洛镜清回首处，是非纷杂任尘埃"（《拜宣武节度使》）。可见当地民众对其拥护之热烈。同时，李绅主张与民同乐，改善官吏与百姓的关系，"戏鼙千卒跃，均酒百壶倾。乐与师徒共，欢从井邑盈。教通因渐染，人悦尚和平。"（《到宣武二十韵》）这和孟子的仁政爱民、与民同乐思想是一致的。

在实践中，寿州霍山县是李绅治理过的最为成功的地方。李绅任寿州刺史前，"霍山县多猛兽，顷常择肉于人，每至采茶及樵苏，常遭啖食，人不堪命。"（《虎不食人》诗序）当地官民为除虎患，"至春常修陷阱数十所，勒猎者采其皮睛。"[1]李绅至后，"悉除罢之"，大力宣扬礼义教化，"每推至化宣余力，岂用潜机害尔生"（《忆寿春废虎坑》），虎"亦变仁心去杀机"（《虎不食人》），不再加害于百姓，与民和谐共处，从此百姓安居乐业。初看起来这似乎是个美好的童话，细思之，才明白李绅是有深意的。这里的"虎"是有象征意义的，李绅云："寿人多寇盗，好诉讦，时谓之凶郡，犷俗特著。"[2]所以刘明浩先生认为："李绅地方之治还有一点是'惩黠吏''惩恶少'，他在《忆寿春废虎坑》中，要本性不及豺狼恶毒凶辣的老虎'休逐豺狼止贪戾，好为仁兽答皇明'。这里的'虎'显系上述的'吏'与'少'"[3]此说有理，不过笔者以为，李绅诗中的"虎"还暗指地方上的苛政，孔子曰："苛政猛于虎也"[4]，李绅正用此意。显然，李绅有他自己建立

---

[1] 此为原题之一段，原题为"忆寿春废虎坑。余以春二月至郡，主吏举所职，称霍山多虎，每岁采茶为患，择肉于人。至春常修陷阱数十所，勒猎者采其皮睛，余悉除罢之。是岁虎不复为害，至余去郡三载。"

[2] 此为原题之一段，原题为"转寿春守，太和庚戌岁二月祗命寿阳，时替裴五塘终殁。因视壁题，自塘而上，或除名在边坐殿，殁凡七子，无一存焉。寿人多寇盗、好诉讦，时谓之凶郡，犷俗特著。蒙兹处之，顾余衰年，甘蹋前患，俾三月而寇静，期岁而人和，虎不暴物，奸吏屏窜。三载，复遭邪佞所恶，授宾客，分司东都。或举其目，或寄于风，亦粗继诗人之末云。"

[3] 刘明浩：《"我无工巧唯无私"——纪念中唐诗人李绅逝世1150周年》，《中州学刊》1996年第4期。

[4] 《礼记正义》卷十《檀弓下》，李学勤主编《十三经注疏》标点本，北京大学出版社1999年版，第310页。

在儒家思想基础上的一套政治理念，即要治理好地方，让百姓真正安居乐业，不但要惩治黠吏、恶少，还要去除苛政，恢复正常的赋税徭役，并大力宣扬儒家礼义教化，齐民风、淳风俗，标本兼治。按照这样一种理念，李绅在《闻里谣效古歌》一诗中描绘出了他理想中的百姓生活图：

> 乡里儿，桑麻郁郁禾黍肥，冬有襜襦夏有绤。兄锄弟耰妻在机，夜犬不吠开蓬扉。乡里儿，醉还饱，浊醪初熟劝翁媪。鸣鸠拂羽知年好，齐和杨花踏春草。劝年少，乐耕桑。使君为我剪荆棘，使君为我驱豺狼。林中无虎山有鹿，水底无蛟鱼有鲂。父渔子猎日归暮，月明处处舂黄粱。

不过，这已经被历史反复证明了是无法实现的乌托邦式社会理想，李绅的时代无法实现，既使在物质文明高度发达的现代社会依然无法实现。

三　静居难识梵王心——李绅与佛教

与大多数唐代文人一样，李绅一生与佛教有着不解之缘，文学创作受其影响也极大。在现存的诗文作品中，有 18 首诗歌，3 篇文，都与佛教有关，有的是直接阐发佛教义理，如《寿州法华院石经堂记》《题法华寺五言二十韵》等；有的是为大德高僧、寺庙撰写碑铭，如《墨诏持经大德神异碑铭》《龙宫寺碑》等；有的是游赏题咏，借此抒写人生感慨，如《开元寺石》《忆登栖霞寺峰》等；还有追念与僧人的深厚情谊的，如《鉴玄影堂》等。其在诗文中反复提及佛教，很容易让人产生李绅信佛的感觉，如孙昌武先生在《中国佛教文化史》中就认为李绅"终生怀抱对佛教的亲近感"[1]。其实这只是一种表面现象，如果我们再进一步分析李绅的言行，就会发现这种观点并不准确，现实中的李绅对佛教的态度是复杂矛盾的。

佛教有"缘起"之说，又认为"一切众生皆有佛性"，李绅青少年时期与三位僧人大光、修真、鉴玄的交往似乎注定其与佛有缘，但事实并非如此，李绅并没有遵循佛教徒的轨迹开启自己的人生。僧大光，本姓唐，肃宗皇帝召对禁中，因赐名大光，属天台宗，师承无考。李绅自幼便与大光结缘，"生未期岁，乳病暴作，不啼不觉者七辰。师（僧大光）至，命乳母洗涤焚香，乃朗念《法华》至《功德品》，遂起席而坐，拱而开目。师饮以杯水，遂命乳哺，疾

---

[1]　孙昌武：《中国佛教文化史》第四册，中华书局 2010 年版，第 2086 页。

乃随愈。大师视而笑曰：'汝何愿返之速乎？'因以法师易余幼名。"① 诵经治病以感化信徒，本就是佛教常用的布道方式，大光救治幼童李绅，并以其法号易其幼名，本期望在李绅幼小心灵中播下释家信仰之种，但并未如愿。若干年后，少年李绅再遇大光，"贞元中，余甫弱冠，再游雪上。舟泊之次，大师仁于溪侧而笑，戏拊如儿童焉。余为州将饮醉於馆，大师引宿於道场。夜分将醒，白光满室，朗然如昼。睹大师晏坐，妙音方阐，若开毫相。经音既息，光亦随敛。余是年西迈，辞大师於法筵，抚余顶曰：'尔得径山之言，我则无以为谕，行矣自爱。去留有时，空王教平等者护念。'"② 显然大光试图利用李绅幼年留下的影响竭尽所能劝诱其笃信佛教，甚至皈依佛门，但此时的李绅早已倾心儒教，寒窗苦读多年，正踌躇满志，蓄势待发，一心求取功名，丝毫不为所动。大光无可奈何之际，也只能劝其"行矣自爱"。

无独有偶，另一位僧人修真亦反复明言李绅与佛有缘，李绅《龙宫寺》诗序云："贞元十六年，余为布衣，东游天台。故人江西观察使崔公，以殿中谪官，移疾剡溪。崔公坐中有僧人修真，自言居龙宫寺，起谓余言，异日必当镇此，为修此寺。时以狂易之言，不之应，僧相视久之而退。至元和三年，余以前进士为故薛苹常侍招至越中。此僧已卧疾，使门人相告：曩日所言，必当镇此，修寺之托，幸不见忘。僧又偶言寺中灵祇所相告耳。余问疾而已，不能对。及后符其言，而讯其存没，则僧及门人悉已殂谢，寺更颓毁，惟荒基余像而已。因召僧人会真，余出俸钱为葺之，累月而毕，以成其往愿。"③ 在《龙宫寺碑》中所载亦大致相同。李绅文中叙述的他与修真的故事，其实和一般的佛缘故事在模式上基本一致，但并不能就认为李绅在编造，这其中当然有巧合，如李绅先后三至越中，特别是最后一次以浙东观察使镇越中，正应了修真之言，但也有可能是修真在故意制造他与李绅的佛缘。从李绅的记载来推测，修真与大光应是同辈僧人，他们所主持的龙宫寺与法华寺也都在会稽一带，所以修真与大光应该是相识相熟的，那么，大光诵《法华经》治愈李绅乳病一事修真也定然知情。因此，修真出于与大光一样的目的，在前一事件形成的心理暗示的基础上，试图利用预言来强化李绅与佛之缘。不过，李绅并没有进入其设置的情境，反而视之"狂易之言"。但事情就是这样凑巧，于是就有了这段佛教徒们津津乐道的佛缘故事。可即

---

① 李绅：《墨诏持经大德神异碑铭》，卢燕平《李绅集校注》，中华书局 2009 年版，第 294 页。
② 同上。
③ 李绅：《龙宫寺序》，王旋伯《李绅诗注》，上海古籍出版社 1985 年版，第 4 页。另见卢燕平《李绅集校注》，中华书局 2009 年版，第 169—170 页。

便如此，李绅也始终不认为他与佛有缘。修真初次言及此事时，李绅是十分惊诧的，"余以为孟浪之词，笑而不答"①，修真也只好"相视久之而退"。元和三年，修真又以"寺中灵祇所相告"强调此事，李绅同样不为所动，"问疾而已，不能对。"大和八年（834 年）李绅决定捐资修建龙宫寺也并非是因为信仰，仅是因为追念故人，"以成其往愿"，同时希望可以"普利群生，罔资己力"。可见，尽管修真苦心设计，不厌其烦地加以诱导，希望李绅皈依佛门，或成为一个虔诚的佛教徒，但李绅并不为其所动，始终与佛家保持一定的距离。

另一位僧人鉴玄是李绅青少年时期读书惠山寺的好友，《重到惠山》诗序云："再到石泉寺，内有禅师鉴玄影堂，在寺南峰下。顷年与此僧同在惠山。"② 虽然李绅与鉴玄长期交往，并且经常听其诵经，"深夜月明松子落，俨然听法侍生公。"（《鉴玄影堂》）但李绅似乎对此免疫，一心只读儒家圣贤书，为将来参加科举求取功名奠定基础。

通过以上的分析，我们可以知道青少年时期的李绅虽然与佛教人士有着不解之缘，但并未受到他们的影响，而是始终与他们保持着一定的距离，这也是后来佛教人物批评他"素于空门寡信"③ 的主要原因。李绅青少年时期就对释家抱着敬而远之的态度，与当时的大多数文人表现出不同的一面，如其好友白居易、元稹、刘禹锡等人自幼就深受佛教影响，儒释兼通。白居易青年时就在洛阳拜圣善寺凝公为师，其《八渐偈序》云："初，居易常求心要于师，师赐我八言焉。曰观、曰觉、曰定、曰慧、曰明、曰通、曰济、曰舍。由是入于耳，贯于心，达于性，于兹三、四年矣。"④ 刘禹锡，早年曾在吴兴陪诗僧皎然、灵澈吟咏，其《澈上人文集纪》云："初，上人在吴兴，居何山，与昼公为侣。时予方以两髦执笔砚，陪其吟咏，皆曰孺子可教。"⑤ 皎然、灵澈对少年刘禹锡的影响不仅是在文学上，也体现在其思想上，后来刘禹锡调和儒、释的思想形成与这段经历不无联系。元稹也是在青少年时期接受到佛教的影响，曾寓居长安开元观，与姨兄胡灵之"尽日听僧讲，通宵咏月明"（元稹《答姨兄胡灵之见寄五十韵》）。当李绅还在拒绝僧

① 李绅：《龙宫寺碑》，卢燕平《李绅集校注》，中华书局 2009 年版，第 288 页。
② 李绅：《重到惠山序》，王旋伯《李绅诗注》，上海古籍出版社 1985 年版，第 104 页。另见卢燕平《李绅集校注》，中华书局 2009 年版，第 52 页。
③ （宋）赞宁：《宋高僧传》卷二十四《唐湖州法华寺大光传》，中华书局 1987 年版，第 623 页。
④ 白居易：《八渐偈并序》，朱金城《白居易集笺校》卷三十九，上海古籍出版社 1988 年版，第 2641 页。
⑤ 刘禹锡：《澈上人文集纪》，卞孝萱校订《刘禹锡集》卷十九，中华书局 1990 年版，第 239 页。

修真的佛缘求荐之时，元稹与白居易却早已入佛数年，"况与足下外服儒风，内宗梵行者有日矣。而今而后，非觉路之返也，非空门之归也，将安反乎？将安归乎？"① 可见，青少年时期的李绅对于佛教的态度就与大多数文人不同，就连好友元稹、白居易都没能影响他的看法。基于青少年时期形成的这样一种基本态度，我们也就不难理解李绅会昌间支持李德裕毁佛的行为了。

客观而言，"会昌法难"的发生有其一定的必然性。中唐以后，佛教的发展打破了三教之间的平衡，带来了政治、经济、文化等方面的一系列社会问题。在政治上，人们担心佛教的"法统"取代了儒家的"道统"，韩愈在他的《原道》中就"把儒学的兴衰与国家的治乱兴亡联系起来，把振兴儒学、排斥佛老的斗争上升到维护民族文化传统、整顿纲纪的高度上来。"② 但韩愈的担忧却并没有得到统治者的重视，反而因为其激烈的反佛主张而受到贬斥和流放。在经济上，"安史之乱"后均田制遭到破坏，寺庙占有越来越多的土地，大量流民也依附寺庙，入为僧侣，导致寺院经济极度膨胀，由于僧道有免税优惠，因而严重影响到国家财政收入。德宗时彭偃就上奏言："今天下僧道，不耕而食，不织而衣，广作危言险语，以惑疑者。一僧衣食，岁计约三万有余，五丁所出，不能致此。举一僧以计天下，其费可知。""臣窃料其所出，不下今之租赋三分之一"③。作为外来宗教，佛教也更容易引起文人士大夫的忧虑和不满，因而历代主张抑佛甚至反佛之人不绝如缕。甚至像白居易这样的佞佛之士，早年对佛教及寺院经济所带来的社会问题与民生危害也毫不讳言，"僧徒月益，佛寺日崇，劳人力于土木之功，耗人利于金宝之饰，移君亲于师资之际，旷夫妇于戒律之间。""今天下僧尼不可胜数，皆待农而食，待蚕而衣。臣窃思之，晋、宋、齐、梁以来，天下凋敝未必不由此矣。"④ 不仅如此，随着地方失地流民对寺庙依附现象的普遍化，寺院僧尼也不断增多，难免泥沙俱下，一些佛教徒违反清规戒律、肆意妄为的行为更加深了人们的不满。如《条流寺院僧尼敕》云："访闻近日僧尼等，或因援请托，以便参寻，既往来以为常，致奸讹之有倖。"又云："访闻近日有矫伪之徒，依凭佛教，诳诱人情，或伤割形骸，或负担钳索，或书经

---

① 白居易：《和梦游春诗一百韵序》，朱金城《白居易集笺校》卷十四，上海古籍出版社 1988 年版，第 863 页。
② 孙昌武：《中国佛教文化史》第四册，中华书局 2010 年版，第 2183 页。
③ 刘昫：《旧唐书》卷一百二十七《彭偃传》，中华书局 1975 年版，第 3580—3581 页。
④ 白居易：《议释教》，朱金城《白居易集笺校》卷六十五《策林四》，上海古籍出版社 1988 年版，第 3546 页。

于都肆，或卖药于街衢，悉是乖讹，须行断绝。"① 李绅曾长期主政地方，对这类事件多有所闻见，对此更是深恶痛绝，如在其廉察浙东时就曾写诗规讽劝诫龟山寺僧徒。据范摅《云溪友议》卷上"江都条"载："先是元相公廉察江东之日，修龟山寺鱼池，以为放生之所。戒其僧曰：'劝汝诸僧好护持，不须垂钓引青丝。云山莫厌看经坐，便是浮生得道时。'李公到镇，游于寺，睹元公之诗笑曰：'僧有渔罟之事，必投于镜湖。'后有犯者，坚不恕焉。复为二绝而示之，云：'剃发多缘是代耕，好闻人死恶人生。祇园说法无高下，尔辈何劳尚世情。''汲水添池活白莲，十千鬐鬣尽生天。凡庸不识慈悲意，自葬江鱼入九泉。'"② 虽然是应和之作，但仍可看出李绅的基本态度，特别是第一首更对一些僧徒的奸讹矫饰行为进行了辛辣的嘲讽，揭露了他们混迹佛门、不辨善恶、唯利是图的真实面目。所以李绅对这类虚伪的僧徒有时会不假仁慈，同样是《云溪友议》的记载，云："有老僧诣谒（李绅），愿以因果喻之。丞相问：'阿师从何处来？'答云：'贫道从来处来。'遂决二十，曰：'任从去处去。'"③ 这类僧徒纯以口舌之利行招摇撞骗之实，李绅处治虽稍重，但不失为对他们的一种棒喝，使他们警醒。这些经历和认识最终成为李绅在"会昌法难"中支持武宗与李德裕的重要思想基础。

唐王朝与佛教之间的这种政治、经济、文化之间的矛盾冲突，在唐武宗继位时已经累积到必须要解决的程度，而泽潞之叛的发生以及因为平叛而产生的财政危机，则是促使武宗与李德裕下令灭佛的直接原因。李绅作为当时的宰相，李德裕在政治上最重要的盟友，当然支持灭佛的主张，并在其中发挥了重要作用。史书对于会昌法难的记载主要集中在唐武宗与李德裕，几乎不涉及李绅，不过在日本僧人圆仁的《入唐求法巡礼行记》中却零星记载了一些李绅参与其中的过程，如卷三云：会昌二年（842 年）十月九日"准宰相李绅闻奏，因起此条流。其僧眩玄当诳敕罪，准敕斩首讫。左右街功德使帖诸寺，勘隶僧尼财物。准敕条流，天下大同。诸州府、中书门下牒行。"④ 可见李绅在作了大量实际调查的基础上，草拟出令寺院僧尼还俗的条例，武宗表示同意，并下诏全国颁行，这就是保存至今的《条流寺院僧尼敕》。这些条例是武宗时期毁佛的主要法令依据，李绅作为起草者，在武宗毁佛的过程中起了重要作用，可能是仅次于李德裕的重要人物。而其如此热情地参与

---

① 《唐文拾遗》卷九，见《全唐文》，中华书局 1983 年版，第 10467—10468 页。
② 范摅：《云溪友议》卷上，古典文学出版社 1958 年版，第 10—11 页。
③ 同上。
④ ［日］释圆仁：《入唐求法巡礼行记》，白化文等校注，花山文艺出版社 1992 年版，第 408 页。

其中，既是基于其一贯以来对待佛教的态度，也是缘于其主政地方时对寺院势力的过度膨胀所带来的一系列社会问题的清醒认识，特别是僧尼不守戒律、危害社会的行为，促使其利用武宗对佛教的不满制定条例规范僧徒的行为，但后来在实施过程中地方官员的矫枉过正及简单粗暴的方式造成的佛法之难，则恐怕是李绅始料未及和无法控制的。

李绅在《杭州天竺灵隐二寺二首》其二中云："人烟不隔江城近，水石虽清海气深。波动只观罗刹相，静居难识梵王心。鱼扅尽琐龙宫宝，雁塔高摩欲界金。近日尤闻重雕饰，世人遥礼二檀林。"这首诗表达出李绅对待佛教的基本态度。李绅虽然与大德高僧有缘，他们也总是试图援引其入教，但李绅却总是与佛教保持着一定的距离。因为他所接受的儒家思想与佛家宣扬的理念相去甚远，他对佛教的认识就像雾里看花，"水石虽清海气深"，不能识其真谛，即使冥思苦想，终归"静居难识梵王心"。而更让李绅难以接受的是，"近日尤闻重雕饰"，佛寺日崇，"寺宇招提，莫知纪极，皆云构藻饰，僭拟宫居。"① 耗费大量人力、物力，劳民又伤财。僧徒们内心也是"高摩欲界金"，贪图世俗享乐，不守戒律。这首诗作于开成三年（838 年），与李绅对佛教的态度完全一致。

虽然李绅不像大多数唐代文人那样笃信佛教，但也并不是完全排斥，他与大德高僧若即若离的关系很能说明这点，而在其仕途坎坷之际，他也曾从中寻求心灵慰藉。无故被贬端州是李绅人生与仕途中最大的打击，怨恨与愤忿曾经在他内心燃烧，后来随着处境的改善和自我调节才平稳下来，佛教在其中发挥了一定的作用。《寿州法华院石经堂记》是李绅在寿州刺史时所作，正处在其从贬谪端州的悲愤中逐渐平静下来的过程中，文曰："有众生，有烦恼，离烦恼即诸佛，有烦恼即众生。烦恼盖缠，不知明觉，如寐如病。佛为解寐疗病，众生昏业，不能解释，故如来广清净教，开是经典，用晓迷愚，以示方便。闻是经者，发菩提心，持是经者，入如来智，一礼一敬，皆资胜因。"② 看似谈佛说经，其实是对自身精神世界的表达，借佛经纾缓内心的烦恼苦闷，这也是中国古代大多数文人身处困境时常用的解脱方法。但李绅毕竟用世之心太切，佛教思想不可能真正对他产生根本影响，一旦儒家思想重新占据主导地位，他对佛教的认识就变得现实和功利。这就是李绅对待佛教的复杂态度。

---

① 刘昫：《旧唐书》卷十八上，中华书局 1975 年版，第 605 页。
② 卢燕平：《寿州法华院石经堂记》，《李绅集校注》，中华书局 2009 年版，第 279 页。

第二章　李绅主要交游考

李绅在当时既是诗坛上具有一定影响的重要诗人，又是政坛上比较活跃的政治人物，他的交游广泛，几乎涉及当时所有重要人物。本章将以他为中心，重点考察几个与之有密切关联的人的交游，以期对深入了解李绅的心态和行为，以及当时诗坛与政坛的环境有所帮助。

第一节　一生至交——元稹、白居易

李绅与元、白，不是一般的诗友关系，而是知己至交。定交之后，尽管经历各种政治风雨，但他们的友情始终不变，堪为士大夫交友的楷模。

一　元稹

李绅与元稹不但是有着共同爱好的诗歌好友，更在政治上有着相似的主张，他们相互支持，情意相善，都是李德裕早期的同盟者。

李绅与元稹相识于贞元二十年（804年）正月前后。元稹《莺莺传》云："贞元岁九月，执事李公垂宿于余靖安里第，语及于是。公垂卓然称异，遂为《莺莺歌》以传之。崔氏小名莺莺，公垂以命篇。"[①] 贞元岁即贞元二十年，陈寅恪、卞孝萱两位先生虽然推论证据不同，但结论都一样[②]。吴伟斌先生认为贞元岁为贞元十八年[③]，但理由并不充分。此就李绅行迹略作考证。按李绅贞元十八年春应试不中，遂客游江浙，李绅《龙宫寺碑》："贞元十八年，余以进士客于江浙。"再游龙宫寺，时间在夏天，《题龙宫寺净院

①　元稹：《莺莺传》，冀勤点校《元稹集》外集卷六，中华书局1982年版，第677页。
②　见卞孝萱：《李绅年谱》，《安徽史学》1960年第3期。
③　见吴伟斌：《〈莺莺传〉写作时间浅探》，《南京师大学报》（社会科学版）1986年第1期。

四上人》诗云："炎月护生依宝地"①，"炎月"即六月前后。之后，李绅又再游天台山，时间至少要到七月以后，而如果按吴伟斌先生的说法，此年九月李绅返长安，时间上非常仓促。且此年应试不中后，李绅心情非常沮丧，其《题北峰黄道士草堂》诗可证，"会了浮名休世事，伴君闲种五芝田"，因此他不大可能游完天台山后急急忙忙赶回长安赴试，故贞元岁以二十年为正。而两人相识则肯定在九月前。那么，会是什么时间呢？李绅与元稹缘何相识，目前比较一致的看法是与韦夏卿有关。李绅贞元十二年游苏州时，韦夏卿"首为知遇"，元稹为韦夏卿女婿，二人有机会通过韦夏卿而相识②。韦夏卿十九年三月自京兆尹改太子宾客，十月复改东都留守，元稹常与韦丛前往侍从。其中有确切记载的是贞元二十年正月，元稹《华岳诗》序云："贞元二十年正月二十五日，自洛返京。"③ 李绅贞元十九年七月尚在苏州，或过后不久即赴京再应试，因朝廷停举，逗留京师，遂往依韦夏卿，故得与元稹相识。此年李绅三十二岁，元稹二十六岁，两人很快成为知己，无话不谈。九月，元稹在长安作自传性小说《崔莺莺传》，并向李绅语及崔莺莺之事，李绅大为称叹，为元稹作《莺莺歌》。元稹把内心最隐密之事告知李绅，显然对李绅非常信任。正如他在寄白居易《梦游春》一诗的序中所言："斯言也，不可使不知吾者知，知吾者亦不可使不知。"④

通过元稹，李绅认识了白居易、庾顺之、辛丘度等人，众人志同道合，才气相类，饮酒赋诗，游春赏月，极尽人生之欢。白居易《代书诗一百韵寄微之》记述了当时情景："交贤方汲汲，友直每偲偲。有月多同赏，无杯不共持。秋风拂琴匣，夜雪卷书帷。高上慈恩塔，幽寻皇子陂。唐昌玉蕊会，崇敬牡丹期。（唐昌观玉蕊，崇敬寺牡丹，花时多与微之有期。）笑劝迁辛酒，闲吟短李诗。（辛大丘度，性迁嗜酒；李二十绅，形短能诗，故当时有迁辛短李，之号。）儒风爱敦质，佛理尚玄师。（刘三十二敦质，雅有儒风；庾七玄师，谈佛理有可赏者。）度日曾无闷，通宵靡不为。双声联律句，八面对宫棋。（双声联句，八面宫棋，皆当时事。）往往游三省，腾腾出九逵。

---

① 此诗及下一首王旋伯《李绅诗注》、卢燕平《李绅集校注》未收，陈尚君先生《全唐诗》补编，据宋林师蒇《天台前集》卷中补。其中云"今日龙宫又再期"，知作于此时。

② 陈才智：《元白诗派研究》第三章《元白诗派的新乐府论》，社会科学文献出版社2007年版，认为"李、元相识亦可能以韩愈为媒介"，显然有误。贞元十九年冬，韩愈贬连州阳山令，贞元二十年已不在京城。

③ 关于元稹此时期的行踪，可参看周相录《元稹年谱新编》，上海古籍出版社2004年版。

④ 白居易：《和梦游春诗一百韵并序》，朱金城《白居易集笺校》卷十四，上海古籍出版社1988年版，第863页。

寒销直城路，春到曲江池。树暖枝条弱，山晴彩翠奇。峰攒石绿点，柳宛曲尘丝。岸草烟铺地，园花雪压枝。早光红照耀，新溜碧逶迤。幄幕侵堤布，盘筵占地施。征伶皆绝艺，选伎悉名姬。"李绅当时虽为布衣，但才思敏捷，尤善诗歌，元稹亦不得不佩服，赞其"雅善歌诗，固多咏物之作"。

贞元二十一年八月，永贞革新失败，王叔文、王伾、柳宗元、刘禹锡、吕温等人先后被贬。这些人中，李绅只与吕温相熟。李绅早年曾拜谒吕温，献《古风二首》，得其激赏。出于对吕温的同情及对永贞革新的支持，李绅此时心有不满。而富于政治热情的元稹，对于革新的失败则非常惋惜，他在《永贞历》一诗中感叹道："象魏才颁历，龙镳已御天。犹看后元历，新署永贞年。半岁光阴在，三朝礼数迁。无因书简册，空得咏诗篇。"钱谦益赞誉为"讽刺深婉""诗之最有味者"，又云："永贞二年朔旦为丙寅，是月甲申顺宗卒，相去永贞止元旦一日，为不父其父也。'无因书简册'谓自此记注但书元和，惟此历独存永贞二年空名耳！"① 出于同样的心理，元和元年正月改元，李绅与元稹"闲行曲江，不及盛观"，以表示对政局的不满和对友人及革新的支持。元稹《永贞二年正月二日上御丹凤楼赦天下予与李公垂庾顺之闲行曲江不及盛观》诗云："春来饶梦慵朝起，不看千官拥御楼。却著闲行是忙事，数人同傍曲江头。"正月又逢改元，千官拥戴，能够观临自是难得幸事，他们却闲行曲江，故意回避，既是表示与"拥御楼"之千官的逢迎态度不同，亦是在宣示不满。故钱谦益评之曰："正月二日乃宣元和改元赦也，故书以示讥，所谓吾不欲观之矣。"② 不过，他们的这种政治态度随着宪宗皇帝新政的出现而逐渐改变，重新燃起了政治热情。

李绅进士及第后没有立即被授予官职，因而东归，元稹有诗送行，"莺涩馀声絮堕风，牡丹花尽叶成丛。可怜颜色经年别，收取朱阑一片红。"③ 意思是希望李绅不要灰心，保持乐观，等待机会。元和四年（809 年）二月，元稹为宰相裴垍所提拔，除监察御史，而李绅这年也被授予校书郎一职，重新回到京城。李绅的授职，可能与裴垍的提携有关。校书郎一职虽然比较清闲，但提供了他与元稹相聚的机会，继而有了后来的新乐府运动。结束丁忧的元稹，对于好友的到来非常高兴，迫不及待要相见，其《早春寻李

---

① 见北图藏本马元调鱼乐轩刻本《元白长庆集》提识，转引自吴伟斌《元稹评传》，河南人民出版社 2008 年版，第 48 页。

② 同上。

③ 元稹：《赠李十二牡丹花片因以饯行》，杨军《元稹集编年笺注》诗歌卷，三秦出版社 2002 年版，第 89 页。"李十二"，据岑仲勉《唐人行第录》，应为"李二十"。

校书》一诗云："款款春风淡淡云，柳枝低作翠栊裙。梅含鸡舌兼红气，江弄琼花散绿纹。带雾山莺啼尚小，穿沙芦笋叶才分。今朝何事偏相觅，撩乱芳情最是君。"[①] 这时的政治局面再一次激发了这位刚刚进入执政集团的青年才俊的热情。当元、白都以实际行动去兑现自己的政治理想的时候，李绅也不甘寂寞，用自己的诗歌为他们呐喊，作《新题乐府二十首》，针砭时事，掀起了新乐府运动的序幕。元稹见其"雅有所谓，不虚为文"，推而广之，"取其病时之尤急者，列而和之，盖十二而已。"[②] 分别是《上阳白发人》《华原磬》《五弦弹》《西凉伎》《法曲》《驯犀》《立部伎》《骠国乐》《胡旋女》《蛮子朝》《缚戎人》《阴山道》。后来白居易将此事进一步扩大，这就是后人所说的"新乐府运动"。可惜李绅的二十首诗没有保存下来，幸有元稹所和的十二首，后人才得知其大概。

　　自元和五年至元和十四年，元稹被贬谪在外，除中途返回京城与李绅短暂的相见外，其他时间则只能以诗歌相联系，虽然现在留下的材料不多，但从中还是可以看出他们之间的深厚友情。如元稹《酬翰林白学士代书一百韵》《梦游春七十韵》皆有忆及当时交往之事。大约在元和九年，元稹送友人王行周游越中，作《送王十一游渊（剡）中》诗，李绅后来有诗和之，见《遥和元九送王行周游越》。元和十年春元稹被召还回京，和李绅、白居易有短暂聚首，多年未见分外高兴，虽然已是暮春，三人游兴仍高，游园踏春，饮酒赋诗，切磋诗艺，度过了一段非常难得的时光。白居易《游城南留元九李二十晚归》诗云："老游春饮莫相违，不独花稀人亦稀。更劝残杯看日影，犹应趁得鼓声归。"他们似乎知道欢聚的时间不长，所以要抓紧时间游赏。果然，三月二十五日诏命元稹通州司马，三人匆匆分别。也许是这段时光对于久谪在外的元稹太珍贵了，抑或是从京城到通州的道路漫长而无聊，元稹经常会梦到他们。其《长滩梦李绅》云："孤逢独寝意千般，合眼逢君一夜欢。惭愧梦魂无远近，不辞风雨到长滩。"长滩在今四川渠县境内。元稹对李绅的思念可谓是"魂牵梦绕"。

　　元和十四年（819 年）五月，李绅自山南节度判官诏为右拾遗，冬，元

---

① 胥洪泉：《元稹交游考》[《西南民族学院学报》（哲学社会科学版），1989 年第 2 期] 认为此诗"作于元和四年春或五年春"，而陈才智《元白诗派研究》第三章《元白诗派的新乐府诗》（社会科学文献出版社 2007 年版，第 186 页注释⑤）认为"体味此诗之轻快格调，更符合其元和四年早春初除监察御史时之心境"，可从。

② 元稹：《和李校书新题乐府十二首》序，杨军：《元稹集编年笺注》诗歌卷，三秦出版社 2002 年版，第 106 页。

积亦入朝为膳部员外郎，这是两人时隔十年后又一次同朝。元和十五年，宪宗被杀，穆宗继位，两人都得穆宗宠任，仕途开始平步青云，政治上也开始合作。长庆元年二月至十月，李绅、元稹同在翰林，与李德裕时称"三俊"，三人"学识才名相类，情颇款密"①。三月，李绅与元稹、李德裕劾奏钱徽取士不公，诏王起、白居易重试，后钱徽、李宗闵、杨汝士等皆贬谪。四月，元稹为穆宗起草《戒励风俗德音》，"制出，朋比之徒，如挞于市，咸眦睚于绅、稹。"② 这就是著名的长庆科试案，李绅与元稹首度联手对当时科举中存在的"贡举猥滥，势门子弟，交相酬酢，寒门俊造，十弃六七"③等不公平现象发出挑战，但他们也因此得罪了许多后来牛党中的重要人物，如李宗闵、杨汝士等。他们还联手举荐人才，如李景俭，《旧唐书》卷一百七十一《李景俭传》云："与元稹、李绅相善。时绅、稹在翰林，屡言于上前。"④ 还有后辈才俊蒋防、庞严等，二人都是寒门出身，表现了他们对寒门孤进的重视与奖拔。这段时期两人亲密合作，为朝廷献计纳策，对朝中奸邪之臣有所限制。但是他们的对手也没有停止对他们的攻击和污蔑，以李逢吉为首的党人百般挑唆，制造元稹与裴度不和，迫使元稹与裴度俱罢相，而李逢吉则坐收渔翁之利。长庆二年（822 年）六月，元稹初为同州刺史，两年后李绅亦为李逢吉所诬构，贬谪端州。自此，两人未再见面。不过，尽管后来人世相隔，李绅依然通过诗歌怀念这位好友。

长庆三年（823 年），元稹为浙东观察使，当时白居易在杭州，两人经常以诗歌相应和。元稹初到越中，见到镜湖凝碧，会稽耸翠，如蓬莱仙境，遂回诗白居易，并题诗新楼壁曰："州城迥绕拂云堆，镜水稽山满眼来。四面常时对屏障，一家终日在楼台。星河似向檐前落，鼓角惊从地底回。我是玉皇香案吏，谪居犹得住蓬莱。"⑤ 大和七年（833 年），李绅继为浙东观察使，时元稹已逝两年，见元稹新楼题壁诗，感慨万分。但因事务繁忙，无暇怀念。开成三年（838 年），李绅编《追昔游集》，忆昔往事，追思为《新楼诗》二十首，以表达对好友的深切怀念。诗序云："到越州日，初引家累登新楼望镜湖，见元相微之题壁诗云：'我是玉京天上客，谪居犹得小蓬莱。

---

① 《旧唐书》卷一百七十四《李德裕传》，中华书局 1975 年版，第 4510 页。
② 《旧唐书》卷一六八《钱徽传》，中华书局 1975 年版，第 4386 页。
③ 同上。
④ 《旧唐书》卷一百七十一《李景俭传》，中华书局 1975 年版，第 4455—4456 页。
⑤ 元稹：《以州宅夸于乐天》，杨军《元稹集编年笺注》诗歌卷，三秦出版社 2002 年版，第 881 页。与李绅后来回忆有所不同，或李绅记忆有误。

四面寻常对屏障，一家终日在楼台。'微之与乐天，此时只隔江津，日有酬和相答。时余移官九江，各乖音问。顷在越之日，荏苒多故，未能书壁。今追思为《新楼诗》二十首。"此时两人阴阳相隔近二十年，念及好友，李绅犹不免嘘唏感叹。

另从一些小事中也可见两人友情的笃厚，如范摅《云溪友议》卷一载："先是元相公廉察江东之日，修龟山寺鱼池，以为放生之所。戒其僧曰：'劝汝诸僧好护持，不须垂钓引青丝。云山莫厌看经坐，便是浮生得道时。'李公到镇，游于野寺，睹元公之诗，笑曰：'僧有渔罟之事，必投于镜湖。后有犯者，坚而不恕焉。'复为二绝而示之。"①人世相隔，也只能以这样一种方式表达怀念之情。

李绅与元稹可谓志同道合之人，都善诗歌，且有很高的政治热情，可惜元稹早逝，否则两人极有可能在政治上有所成就。

二 白居易

白居易是李绅交往时间最长的友人，定交之后，两人交酬不断，感情笃深。《白居易集》中现有李绅之诗二十二首②，文一篇，为诸诗人之最。

李绅识白居易，或在与元稹定交后不久。元稹与白居易交好，必然介绍李绅与其认识。两人年纪相若，身世遭遇相似，且相识前都以诗歌闻名，这让他们在思想和情感上很容易接近，所以在很短的时间内两人就成为知己。当时李绅寄居元稹靖安里第，白居易常往拜访，三人谈诗论文，杯酒相酬，相得甚欢，后来白居易回忆当时情景为"靖安客舍花枝下，共脱青衫典浊醪"（《醉送李二十常侍赴镇浙东》），这完全是一种无拘无束、狂放不羁的状态。有时他们还呼朋引伴，遨游长安城内外，自由洒脱，见前白居易《代书诗一百韵寄微之》。但他们的志向并不在此，三人都有很高的政治热情，致君尧舜，匡济天下才是他们的理想愿望。永贞元年（805 年），白居易搬迁到永崇里华阳观，与元稹的靖安里第隔街相望，既是为了以后交往更加方便，又是因为这里环境清幽，适于读书学习。因为白居易与元稹已经决定参加次年的制试科考试，而李绅的进士科考更迫在眉睫。自元年冬天至第二年四月，白居易与元稹退居华阳观，闭户累月，"攻文朝矻矻，讲学夜孜孜。

---

① 范摅：《云溪友议》卷上，古典文学出版社 1958 年版，第 10—11 页。

② 吴汝煜：《唐五代人交往诗索引》（上海古籍出版社 1993 年版）收 21 首，实际上《看梦得题答李侍郎诗诗中有文星之句因戏和之》一诗中"李侍郎"为李仍叔，非李绅。又《春来频与李二宾客郭外同游因赠长句》《叹春风兼赠李二十侍郎二绝》皆为酬李绅作，故有 22 首。

策目穿如札，毫锋锐若锥。"（白居易《代书诗一百韵寄微之》）相互砥砺，勤苦为学。李绅亦参与讨论，切磋文字，三人意气风发、志在必得。后来李绅为校书郎，意气消沉，白居易还以往日华阳观时相比，称其"形容意绪遥看取，不似华阳观里时"（《渭村酬李二十见寄》）这段时期，三个青年人满怀激情、忧国忧民，充满对政治前途的期许，亲密无间，切磋诗艺，探讨社会问题，为后来他们提倡的新乐府运动"作了思想和艺术上的准备"①。元和四年（809 年）春李绅为校书郎，创作了《乐府新题》二十首，元稹择其中十二首和之，但影响并不大。白居易复继和并扩充为《新乐府》五十首，无论在规模、立意、思想、艺术上都超越前两人，影响也更大，把新乐府运动推向了高潮。

在李绅与元、白发起新乐府运动期间，李绅回了一趟江南。元和元年（806 年）牡丹花正盛开之际，元、白与李绅作诗饯别，白居易诗云："香胜烧兰红胜霞，城中最数令公家。人人散后君须看，归到江南无此花。"（《看浑家牡丹花戏赠李二十》）② 知道好友难留，在宽慰之中不免带有一丝惋惜。过润州时，李绅被镇海节度使李锜留为掌书记，后李锜反，以刃逼绅草留锜奏章，绅不从，几遇害。会昌元年（841 年），白居易为其撰家庙碑，赞其"诱之以厚利不从，迫之以淫刑不动，将戮辱者数四，就幽囚者七旬，诚贯神明，有死无二，言名节者，以为准程。"③ 这充分肯定了李绅维护朝廷统一，反对藩镇割据的坚定态度，为李绅在青史上写下了浓重的一笔。

新乐府运动高潮之后，李绅与元、白共同在朝为官的机会不多，随着各自政治社会地位与思想的变化，他们交游的关注点不再是社会，而是自身思想情感与社会际遇的变化。元和九年（814 年），李绅在担任了五年多的校书郎职务后，改官为太学助教，虽然在品级上有所上升，但同样是个冷职，曾经自许颇高的李绅开始有些心灰意冷，这种情绪流露在他写给白居易的诗中。此时白居易虽已结束丁忧，却久滞渭村，不能起复回朝，心情颇不平静。好友的来信让白居易感到高兴，但得知其境遇之后，相同的处境，又让他产生了同病相怜之感，只能稍作安慰，"百里音书何太迟。暮秋把得暮春

---

① 塞长春：《新乐府诗派与新乐府运动——关于白居易评价的一个问题》，《西北师大学报》（社科版），1986 年第 4 期。

② 朱金城：《白居易集笺校》卷十三云此诗作于永贞元年，误。据诗意当作于李绅擢第归宁之时，即元和元年。

③ 白居易：《淮南节度使检校尚书右仆射赵郡李公家庙碑铭并序》，朱金城《白居易集笺校》卷七十一，上海古籍出版社 1988 年版，第 3792 页。

诗。柳条绿日君相忆，梨叶红时我始知。莫叹学官贫冷落，犹胜村客病支离。"（《渭村酬李二十见寄》）这年冬，白居易终于被诏授为太子左赞善大夫，结束了近四年的闲居生活，回到京城长安。太子左赞善大夫是一个闲职，品秩却为正五品上①，属于常参官之列，得每天参与朝谒，这对于喜欢闲散自由的白居易来说实在不是什么美差。而且白居易居处偏远，每天得起早冒寒，使他内心非常不满。他在《初授赞善大夫早朝寄李二十助教》一诗中说道："病身初谒青宫日，衰貌新垂白发年。寂寞曹司非熟地，萧条风雪是寒天。远坊早起常侵鼓，瘦马行迟苦费鞭。一种共君官职冷，不如犹得日高眠。"早谒的寒苦与投闲置散的处境让白居易深刻地感受到李绅当初的不满与牢骚。到了第二年春天，白居易的心情或许有所好转，因为两人都是闲职，所以有更多时间去游春赏玩，两人并辔而行，讨论诗歌，切磋文字，似乎又回到了最初交往时的光景，"榆荚抛钱柳展眉，两人并马语行迟。还似往年安福寺，共君私试却回时。"（《靖安北街赠李二十》）更让他们兴奋的是，这时元稹也被召还长安，三人再度聚首，再加上其他诗人如樊宗师、张籍、卢拱、杨巨源、元宗简等人，对于文学的讨论又开始活跃起来，白居易《与元九书》对于当时众人交游的盛况进行了生动描述：

> 　　如今年春游城南时，与足下马上相戏，因各诵新艳小律，不杂他篇。自皇子陂归昭国里，迭吟递唱，不绝声者二十余里。攀、李在傍，无所措口。……当此之时，足下兴有余力，且欲与仆悉索还往中诗，取其尤长者，如张十八古乐府，李二十新歌行，卢、杨二秘书律诗，窦七、元八绝句，博搜精掇，编而次之，号为《元白往还集》。众君子得拟议于此者，莫不踊跃欣喜，以为盛事。嗟乎！言未终而足下左转，不数月而仆又继行，心期索然，何日成就？又可为之太息矣！②

　　以元稹、白居易为中心，李绅参与其中，相互之间往来频繁，吟咏酬唱，探讨诗艺，交换思想，仿佛又回到了新乐府运动的时代，沉寂的热情再一次被点燃。元、白甚至提出要编选诗歌集来使这样一种活动正式化、持续化，似乎一个新的文学集团就要形成。但是，元稹的再次远贬，使这一切都成为泡影，一场文学的盛会就如昙花一现，实在令人叹息。事情还没有结

---

① 见陈仲夫点校《唐六典》卷二六，中华书局 1992 年版，第 665 页。
② 见朱金城《白居易集笺校》卷四十五，上海古籍出版社 1988 年版，第 2795—2796 页。

束，八月，白居易以莫须有的罪名被贬出为江州司马，李绅再一次陷入孤独中。冬天，白居易在江州编集诗集十五卷，有诗题赠李绅，对自己的诗歌极为自负，见白居易《编集拙诗成一十五卷因题卷末戏赠元九李二十》诗。元和十二年（817年），白居易又有《东南行一百韵》寄李绅等好友，叙及江州生活及当年交往事，感叹世事变迁与自身遭际。或许是信没有收到，或许是自我感觉不好，李绅并没有回信。

元和十五年（820年）夏，白居易自忠州召还，此前李绅已入为翰林学士，或许为白居易的召还出过力。这时政治形势发生了很大变化，朝廷内党派斗争日益明显，白居易陷入了左右为难的境地。特别是长庆元年的科试案，李绅、元稹力荐白居易和王起覆试，而覆试的对象则牵涉到白居易的其他好友，甚至是亲戚。结果是李绅、元稹一方获胜，而钱徽、李宗闵、杨汝士等被贬。当然白居易并没有偏袒李绅、元稹一方。处于这样一种两难的境地，本已淡薄宦情的白居易决定退出长安这块是非之地。长庆二年（822年）七月，白居易以中书舍人出为杭州刺史。这次李、元、白三人同朝为官，相处一地的时间是最长的，达两年之久，与前三次的相处相比，这次不但诗歌唱和很少，李绅和白居易更不见有诗歌往来，甚至单纯的友情往来也不多见。究其原因，一是因为三人政事繁忙，特别是元稹、李绅正是受穆宗恩宠之时，因此友情交往自然就要减少；二是白居易可能害怕卷入两派的斗争，刻意保持与双方包括李绅和元稹的距离。正如白居易自己所言，他要"合口便归山，不问人间事"（《衰病无趣因吟所怀》）。

长庆二年（822年）六月，元稹罢为同州刺史后，三人就不再有同时相处的机会，李绅与元稹也未曾再见面。但李绅与白居易见面的机会却还很多，而且随着他们年岁的渐长以及其他友人的相继离世，对于彼此的友情也益发珍重，情感也更加笃深，交往也比以前更为频繁。大和七年（833年）元月，李绅为太子宾客分司东都，暮春至洛阳，与阔别十年的老友白居易相见，此时两人俱已年过花甲，能够再度共事实为幸事。两人痛快畅饮，共叙分别之情，不醉不归，"笋老兰长花渐稀，衰翁相对惜芳菲。残莺著雨慵休啭，落絮无风凝不飞。行掇木芽供野食，坐牵萝蔓挂朝衣。十年分手今同醉，醉未如泥莫道归。"（白居易《酬李二十侍郎》）。四月，白居易免河南尹，改授太子宾客分司东都。当时同在洛中分司的还有皇甫镛、张仲方，四人以"四皓"自称，无事闲游洛中，自得其乐。李绅《七年初到洛阳寓居宣教里时已春暮而四老俱在洛中分司》云："青莎满地无三径，白发缘头忝四人。官职谬齐商岭客，姓名那重汉廷臣。圣朝寡罪容衰齿，愚叟多惭未退身。惟有门人怜钝拙，劝教沈醉洛阳春。"分司东都尽管是闲职，但李绅还是满意的，毕竟能够和老友在一起。白居易更是如释重负，自喜从此可以轻松自在地游山玩水、饮酒赋诗，"昨日三川新罢守，今年四皓尽分司。幸陪散秩闲居日，好是登山临水时。家未苦贫常酤酒，身虽衰病尚吟诗。龙门泉石香山月，早晚同游报一期。"（《赠皇甫六张十五李二十三宾客》）但是两人相聚没多久，闰七月，李绅被起用为浙东观察使。白居易送李绅至洛桥，两人痛饮而别，此情此景仿佛早年在长安时，"靖安客舍花枝下，共脱青衫典浊醪。今日洛桥还醉别，金杯翻污麒麟袍。喧阗凤驾君脂辖，酩酊离筵我藉糟。好去商山紫芝伴，珊瑚鞭动马头高。"（《醉送李二十常侍赴镇浙东》）第二年春，李绅从越州寄白居易歌伎樊素舞衫，这给白居易增添了不少欢乐，有诗谢之，云"舞时已觉愁眉展，醉后仍教笑口开。惭愧故人怜寂寞，三千里外寄欢来。"（《刘苏州寄酿酒糯米李浙东寄杨柳枝舞衫偶因尝酒试衫辄成长句寄谢之》）白居易又有《春早秋初因时即事兼寄浙东李侍郎》云"四时新景何人别，遥忆多情李侍郎"，表达对老友的相思之情。也许是人老思友，虽然相隔遥远，两人的诗信往来反而更加频繁。

　　大和九年（835 年），李绅重又分司东都，但心情和上次完全不一样。这次是为李宗闵所排挤，是带着抑郁的心情而来的，幸好还有白居易这位老友在，彼此了解，心灵相通，可以排遣内心的苦闷。这年白居易患头风，病后独坐无聊，又逢新亭刚建成，正好招老友前来，"新亭未有客，竟日独何为？趁暖泥茶灶，防寒夹竹篱。头风初定后，眼暗欲明时。浅把三分酒，闲题数句诗。应须置两榻，一榻待公垂。"（白居易《新亭病后独坐招李侍郎公垂》）第二年正月又逢斋戒，停杯百日，很是郁闷，刚斋戒完毕，他便迫不及待邀李绅前来饮酒赏春，其《叹春风兼赠李二十侍郎二绝》云："树根雪尽催花发，池岸冰消放草生。唯有须霜依旧白，春风于我独无情。道场斋戒今初毕，酒伴欢娱久不同。不把一杯来劝我，无情亦得似春风。"洛阳的春天也是不错的，两人闲职无事，唯有相邀游春，饮酒开颜，放情嵩洛间，"风光引步酒开颜，送老消春嵩洛间。朝踏落花相伴出，暮随飞鸟一时还。"或许李绅并不甘心就此引退，故又劝慰道，"我为病叟诚宜退，君是才臣岂合闲。可惜济时心力在，放教临水复登山。"（白居易《春来频与李二宾客郭外同游因赠长句》①）果然如白居易所言，四月，李绅被命为河南尹。对于老友的重获重用，白居易的心情有些矛盾，既为老友而高兴，又为自己久

---

① 此诗"李二宾客"，朱金城《白居易集笺校》卷三十三认为为"李二十宾客"之夺文，可从。

任闲职而叹息，其《春尽日天津桥醉吟偶呈李尹侍郎》云："宿雨洗天津，无泥未有尘。初晴迎早夏，落照送残春。兴发诗随口，狂来酒寄身。水边行崴峨，桥上立逡巡。疏傅心情老，吴公政化新。三川徒有主，风景属闲人。"老友政绩卓著，自己却是闲人一个，只能独自赏春，狂醉而归，说明白居易内心并没有完全平静。五月，白居易抄录自身诗文完毕，题为《白氏文集》，存至东都洛阳圣善寺，李绅为题诗，赞其可与佛经并列，"寄玉莲花藏，缄珠贝叶扃。院闲容客读，讲倦许僧听。部列雕金榜，题存刻石铭。永添鸿宝集，莫杂小乘经。"① 六月，李绅除为宣武节度使，两人再度分开。汴州和洛阳相隔不远，白居易时有书信问候，但因李绅公事繁忙，很少回复。开成二年（837 年）秋夕，白居易再有诗问候，其《立秋夕凉风忽至炎夏稍消即事咏怀寄汴州节度使李二十尚书》云："美人在浚都，旌旗绕楼台。虽非沧溟阻，难见如蓬莱。蝉迎节又换，雁送书未回。君位日宠重，我年日摧颓。无因风月下，一举平生杯。"老友对自己的思念让李绅很感动，也让他无法再托辞，他回复到："重城宵正分，号鼓互相望。独坐有所思，夫君鸾凤章。天津落星河，一苇安可航。龙泉白玉首，鱼服黄金装。报国未知效，惟鹈徒在梁。裴回顾戎旃，颢气生东方。衰叶满栏草，斑毛盈镜霜。羸牛未脱辕，老马强腾骧。吟君白雪唱，惭愧巴人肠。"李绅表明自己思念老友的同时，也解释了长期不回信的原因：为了报答皇恩，替国分忧，清除小人，自己要像老骥伏枥，奋斗不已。这年，白居易还有《因梦得题公垂所寄蜡烛因寄公垂》《洛下雪中频与刘李二宾客宴集因寄汴州李尚书》等诗寄李绅。从两人交酬的诗歌数量上看，这时期两人来往较为密切，随着年岁的增长，两人的友情越发醇厚。

大约在会昌六年（846 年），白居易有《予与山南王仆射淮南李仆射事历五朝逾三纪海内年辈今唯三人荣路虽殊交情不替聊题长句寄举之公垂二相公》诗寄李绅，在白居易现存诗集中，这是最后一首写给李绅的诗。诗云："故交海内只三人，二坐岩廊一卧云。老爱诗书还似我，荣兼将相不如君。百年胶漆初心在，万里烟霄中路分。阿阁鸾凰野田鹤，何人信道旧同群。"虽然荣辱不同，但友情常在，初心不变。这首诗可以看作是两人一生友谊的总结。

白居易在《感旧》一诗中云："平生定交取人窄，屈指相知唯五人"，

---

① 见白居易《圣善寺白氏文集记》及附记，朱金城《白居易集笺校》卷七十，上海古籍出版社1988 年版，第 3770—3771 页。

其自序列举了四人，分别是李建、元稹、崔玄亮、刘禹锡，那么，其余一人当是李绅了。凑巧的是两人逝世于同一年，正应了他的"百年胶漆初心在"这句话。

第二节　君子之交——刘禹锡、韩愈

刘禹锡、韩愈都是成名于李绅之前，卓然特立的君子。李绅亦自比寒松，挺身于危刃之下，长庆年间，更始终与李逢吉党人相抗争，因此王夫之把他与裴度、韩愈列为穆宗朝三君子①。

一　刘禹锡

李绅与刘禹锡相差一岁，他们的少年经历非常相似，都是由外地迁居江南，并且在江南长大，居住地随父亲职务的变化而变迁，到过湖州②。青年时期，又皆受知于韦夏卿，这或许也是两人相识的契机。刘禹锡贞元十八年（802 年）初为京兆府渭南县主簿，当时京兆尹为韦夏卿，其所上奏表，如《贺元日祥雪表》《贺春雪》《贺雨表》都是刘禹锡代为撰写，可见韦夏卿对刘禹锡非常赏识③。李绅贞元十七年为参加进士科考来到京城，贞元十八年落第后游江浙，李绅与韦夏卿为故人，故推测两人通过韦夏卿相识，但目前并无直接材料可证，所以只能作情理推测。

永贞年间，刘禹锡参与了王叔文、王伾领导的永贞革新，并在其中扮演了非常重要的角色。永贞革新失败后，又与二王同时被贬，"八司马"中就有他。李绅当时正在京城与元、白交游，目睹了永贞革新从开始到失败的整个过程，作为一群有着强烈政治期许的热血青年，永贞革新必然是他们经常谈论的焦点，而且他们都是支持永贞革新的。关于元稹与白居易支持永贞革新的态度，时贤学者已有论述，这里只谈李绅。永贞革新宣布蠲免百姓所欠诸色苛利、租赋、钱帛，禁绝各种杂税及例外进奉，"诸色逋负，一切蠲免，

---

① 见王夫之《读通鉴论》卷二六《穆宗》，中华书局 1975 年版，第 909 页。
② 关于刘禹锡的少年生活，可参看卞孝萱、卞敏《刘禹锡评传》第二章"青少年学习时期"，南京大学出版社 1996 年版。
③ 关于刘禹锡与韦夏卿之关系，可参看卞孝萱、卞敏《刘禹锡评传》第三章之四"结交有识之士"，南京大学出版社 1996 年版；或卞孝萱《刘禹锡年谱》，中华书局 1963 年版。

常贡之外，悉罢进奉"①，这和李绅《古风二首》要求的减轻农民负担的思想相一致。另外，在抑制和打压藩镇势力，维护中央王朝统一这一点上，李绅当然也会毫不犹豫地支持，这从他后来宁死不从李锜叛乱的事件中得到证明。因此，从政治态度来看，李绅是支持永贞革新的，这从心理和情感上为两人后来的交往奠定了思想基础。

大和七年（833年）闰七月，李绅为浙东观察使，从洛阳出发，经苏州，时刘禹锡为苏州刺史，两人有过会面。李绅《过吴门二十四韵》："重来冠盖客，非复别离愁"句下自注："大和七年，余镇会稽，刘禹锡在郡。"这是两人有记载的第一次交往，但并没有留下诗歌。之后，两人时有往来，加上白居易，三人形成一种互动的关系。第二年暮春，李绅有《越州春晚即事长句》寄刘禹锡，诗已不存。刘禹锡随后有酬和诗，云："越中蔼蔼繁华地，秦望峰前禹穴西。湖草初生边雁去，山花半谢杜鹃啼。青油昼卷临高阁，红旆晴翻绕古堤。明日汉庭征旧德，老人争出若耶溪。"② 在赞美越中风景秀丽的同时，以后汉刘宠比李绅，赞其治理有方、深得民心。也就是在这年春天，李绅、刘禹锡同时想到了好友白居易，一寄舞衫，一寄糯米，给白居易寂寞的生活增添了不少欢乐，后白居易有诗谢之，见白居易《刘苏州寄酿酒糯米李浙东寄杨柳枝舞衫偶因尝酒试衫辄成长句寄谢之》诗。但是这年七月，刘禹锡即转任汝州刺史，不然两人会留下更多诗文。

大和九年（835年）五月，李绅再为太子宾客分司东都。十月，刘禹锡移同州刺史，途经洛阳，逗留数日，与李绅相见。时白居易、裴度同在洛阳，四人相会，免不了一番觥筹交错，诗酒应酬，先后有《喜遇刘二十八偶书两韵联句》《刘二十八自汝州赴左冯途经洛中相见联句》③。诗中李绅、刘禹锡都表达了对裴度的倚重之情，相比白居易的淡定从容，两人显然还没有忘怀世事。不过，"甘露之变"终于让刘禹锡从宦梦中醒来。任同州刺史不到一年，开成元年（836年）秋，刘禹锡便以患足疾为名，改为太子宾客分司东都，与白居易终老洛阳。而李绅反因"甘露之变"在仕途上更上一层楼，先后为河南尹、汴州节度使。开成二年（837年）岁末，洛阳大雪纷飞，刘禹锡、白居易、李仍叔三人频繁在雪中宴集，观雪赏梅，极有雅致。

① 《资治通鉴》卷二百三十六，中华书局1956年版，第7610页。
② 刘禹锡：《酬浙东李侍郎越州春晚即事长句》，卞孝萱校订《刘禹锡集》卷三十六，中华书局1990年版，第535页。
③ 此两首《白居易集》外集卷中、《刘禹锡集》外集卷三皆有收入。

这时白居易想起了在汴州的李绅，遂赋诗问候，云："水南水北总纷纷，雪里欢游莫厌频。日日暗来唯老病，年年少去是交亲。碧毡帐暖梅花湿，红燎炉香竹叶春。今日邹枚俱在洛，梁园置酒召何人？"（《洛下雪中频与刘李二宾客宴集因寄汴州李尚书》）刘禹锡随即和诗同寄云："洛城无事足杯盘，风雪相和岁欲阑。树上因依见寒鸟，坐中收拾尽闲官。笙歌要请频何爽，笑语忘机拙更欢。遥想兔园今日会，琼林满眼映旗竿。"（《和乐天洛下雪中宴集寄汴州李尚书》）从两诗可以看出，李绅与白居易毕竟是终生好友，感情深厚，而李绅与刘禹锡交往不多，感情一般。这年，李绅有蜡烛寄刘禹锡，见白居易《因梦得题公垂所寄蜡烛因寄公垂》诗。

李绅与刘禹锡交往不多，但君子之交淡如水，彼此体谅，相互敬重，惺惺相惜。至于《云溪友议》卷中《中山海》云"与李表臣程突梯而侮李兵部绅"①，则为小说家言，与事实恐怕不符。

二　韩愈

李绅与韩愈因韦夏卿而相识。贞元十七年（801 年）秋，李绅来到长安参加进士试，投靠京兆尹韦夏卿②。韦夏卿遂委托韩愈荐之于本年协助科举考的祠部员外郎陆傪。韩愈《与祠部陆员外书》："文章之尤者，有侯喜者、侯云长者。……有刘述古者……有韦群玉者，京兆之从子……有沈杞者、张苰者、尉迟汾者、李绅者、张后余者、李翊者，或文或行，皆出于群之才也。凡此数子，与之足以收人望，得才实。主司疑焉则与解之，问焉则以对之，广求焉则以告之可也。"③又王定保《唐摭言》卷八《通榜》条："贞元十八年，权德舆主文，陆傪员外通榜帖。韩文公荐十人于傪，其上四人曰：侯喜、侯云长、刘述古、韦纾；其次六人：张苰、尉迟汾、李绅、张俊余。而权公三榜共放六人，苰、绅、俊余不出五年内，皆捷矣。"④韦群玉即韦珩，韦夏卿之弟韦正卿之子，柳宗元有《寄韦珩》诗云："回眸炫晃别群玉，独赴异域穿蓬蒿"可证，《唐摭言》作"纾"，误⑤。韦夏卿本委托韩愈荐其从子韦群玉，恰李绅也在，遂让其一并推荐。因此，李绅与韩愈并无

①　范摅：《云溪友议》卷中，古典文学出版社 1958 年版，第 49 页。
②　韦夏卿为京兆尹在贞元十七年十月，见《旧唐书》卷十三《德宗纪下》。
③　见阎琦：《韩昌黎文集注释》，三秦出版社 2004 年版，第 297 页。
④　王定保：《唐摭言》卷八，上海古籍出版社 1978 年版，第 82 页。
⑤　关于韦群玉即韦珩之辩，见洪兴祖：《韩子年谱》，徐敏霞校辑《韩愈年谱》，中华书局 1991 年版，第 36 页。

特别交往，只是偶然相识，这从韩愈向陆偁的推荐中亦可看出，既不作重点推荐，又不作特别介绍，只是碍于韦夏卿的情面附带而已。这一年李绅并未中试，之后也未见两人有交往，直到长庆年间两人因台参而发生争执。

自元和六年（811 年）秋至十三年（818 年）末，李绅与韩愈两人都在长安为官，是有机会交往的，但从现存史料看却不见任何记载，说明两人关系确实非常疏远。其中原因可能是他们诗歌主张的不同。李绅早期的诗歌走的是通俗化道路，而韩愈追求的则是奇崛瑰怪的风格①，这使得两人在诗歌上很难交酬。一般而言，唐代文人主要通过文学特别是诗歌来交往，如果诗歌无法交酬，两人的友好关系就很难建立。所以尽管李绅早于元、白认识韩愈，而且同朝为官的时间也比元、白长，但几乎谈不上交情。

长庆三年（823 年），李绅为御史中丞，韩愈为京兆尹，两人因京兆尹参谒御史台问题而展开一场争论，后人称之为台参之争。《旧唐书·韩愈传》云："转京兆尹，兼御史大夫。以不台参，为御史中丞李绅所劾。愈不伏，言准敕仍不台参。绅、愈性皆褊僻，移刺往来，纷然不止。"② 韩愈以穆宗特诏，故不台参，而李绅以故事劾其不台参，遂文刺往来，纷争不已。如果仅停留于口头上的争执则还罢了，事实则是两人互不相让，终至意气用事，影响公务，"李绅为御史中丞，械囚送府，使以尹杖杖之。公（韩愈）曰：'安有此？'使归其囚。"③ 事态扩大，京师纷然。于是，宰相李逢吉以台、府不协为由，出绅为浙西观察使，愈亦罢为兵部侍郎。关于台参之争的是是非非，卞孝萱、张清华、阎琦三先生所著《韩愈评传》第二章"京兆尹'放台参'"一节，及杨志玖先生发表在《社会科学战线》1982 年第 3 期的《释"台参"并论韩愈和李绅争论》一文，皆有论述，可参看。本文第三章在此基础上详细梳理了事件的前因后果，详见后文。台参之争虽然是一个偶然事件，但有一定的必然性。台参之争前，两人未见有直接冲突，但在长庆元年（821 年）的科试案中，韩愈已对李绅产生了不满情绪，其《南山有高树行赠李宗闵》诗可证。关于这首诗，《新唐书·李宗闵传》及胡仔《苕溪渔隐丛话》以为是讽刺李宗闵而作，与史实不符，前人已有辩驳，不用多论。从诗意看，应是替李宗闵鸣不平，清方世举云：

①　卞孝萱、张清华、阎琦：《韩愈评传》第四章"韩愈的文学成就"认为韩愈的基本风格是"奇崛瑰怪"，南京大学出版社 1998 年版。
②　《旧唐书》卷一百六十《韩愈传》，中华书局 1975 年版，第 4203 页。
③　李翱：《故正议大夫行尚书吏部侍郎上柱国赐紫金鱼袋赠礼部尚书韩公行状》，《全唐文》卷六三九，中华书局 1983 年影印本，第 6461 页。

此为宗闵贬剑州刺史作也。长庆元年，礼部侍郎钱徽知贡举，宗闵婿苏巢及第。宰相段文昌言礼部不公，元微之、李绅、李德裕相继和之，宗闵遂坐贬剑州。诗中"凤凰"喻君上也；"黄鹄"比宰相，喻段文昌；"众鸟"比散官，喻元微之、李绅、李德裕；"不知何山鸟，羽毛有光辉"，谓宗闵也。"上承凤凰恩"六语，谓其为中书舍人，自信得君，俯视一切。"不知挟丸子"四语，言其为诸人所中伤也。"或言由黄鹄，黄鹄岂有之?"谓中伤之言本段文昌。"岂有"者，犹言将无有之也。"无人语凤凰，汝屈安得知?"惜当时无人为之申理也。"前汝下视鸟，各议汝瑕疵。"为李绅、德裕、微之辈继文昌而言者也。"汝岂无朋匹? 有口莫肯开"，谓钱徽不奏文昌、李绅私书也。"汝落蒿艾间，几时复能飞?"正伤其贬剑州也。"哀哀故山友，中夜思汝悲"四句，公自叙其友朋之情也。详玩诗话，一则曰"汝屈"，再则曰"思汝"，公于宗闵大有不平之鸣，绝无规讽之意。①

方世举据史书一一坐实其事，虽过于穿凿附会，但大意是不差的。程学恂指方世举"臆度附会，以乌有先生而笑子虚"，则不免陷于不可知论。要知此诗韩愈定有所寄托，卞孝萱先生就认为："诗以凤凰、群鸟、黄鹄，'何山鸟'以及'挟丸子'暗示长庆元年的科场之争和李宗闵的结局，寄同情于宗闵，对借故生事的元稹、李绅辈表示不满和戒备。"② 韩愈对李绅心中潜藏的不满，为李绅的政敌李逢吉所利用，遂制造了台参之争。《旧传》云：李逢吉"以绅为御史中丞，冀离内职，易掎摭而逐之。乃以吏部侍郎韩愈为京兆尹，兼御史大夫，放台参。知绅刚褊，必与韩愈忿争。制出，绅果移牒往来，论台府事体。而愈复性讦，言辞不逊，大喧物论，由是两罢之。"由此可见，台参之争实为李逢吉所精心设计的一场政治阴谋，从此李绅被排挤出权力中心，韩愈也在不久后结束了他的仕宦生涯。因此，李绅和韩愈都是这场纷争的受害者。

关于李绅和韩愈的台参之争，有必要作一点补充说明。本来事件的真相有《唐书》《资治通鉴》等史书所记明确，然后人出于对韩愈的回护，有意无意间进行带有倾向性的评判，加之当时人的不实记载，使得事情真相变得模糊不清，遂影响后人对事件作客观公正的评价。如崇韩者往往从事件表面

---

① 方世举：《韩昌黎诗集编年笺注》卷十一，《续修四库全书》1310 册，上海古籍出版社 2002 年版，第 456—457 页。

② 卞孝萱、张清华、阎琦：《韩愈评传》，南京大学出版社 1998 年版，第 226 页注释③。

和个人好恶出发，违背事实，刻意为韩愈解脱，把事件的矛头指向李绅。这种倾向性最早表现在韩门弟子中，皇甫湜《韩文公神道碑》云："迁礼部侍郎，会京兆尹以不治闻，遂以迁拜。敕曰：'朕屈韩愈公为尹，宜令无参御史，不得为故常，兼御史大夫用优之。'……御史中丞有宠，旦夕且相，先生不诣，固为耻矣。械囚送府，令取尹杖决之，先生脱囚械纵去。御史悉奏，宰相乘之，两改其官，复为兵部侍郎。"① 李绅与皇甫湜虽同年登进士第②，但政治倾向性完全不同，一般以为皇甫湜倾向牛党，从此事亦可看出。《神道碑》撰在宝历元年三月癸酉前，其时事件之真相已很清楚，只是李逢吉尚在宰相位，而李绅已贬端州。文中皇甫湜一方面云韩愈放台参为穆宗特诏，暗示李绅之非及恃宠妄为；另一方面又把争论的焦点由台参之争转移为"械囚"之争，这样，李绅也就成了整个事件的挑起者。而对于李逢吉之挑拨离间虽有微词，也仅以"宰相乘之"一语带过，虽各有不满，但批评之轻重显然有别。不过这还算委婉，其《韩文公墓铭》则直指李绅为悖臣，云"蠚悖臣之锃"③，则明显具有党争偏见。之后，宋人方崧卿受此影响，竟不顾事实撇清李逢吉之干系，云："公答友人书云：'台参实奏云容桂观察使带中丞，尚不台参，京尹岂得却不如。圣恩以为然，便令宣与李绅。'详此书，盖台参公面奏得旨，非出宰相之谋，亦非特诏也。程（俱）所书皆本《新史》之言，故或者遂谓公蟇绅以附宰相李逢吉，皆不考始末也。盖公恃其尝有荐绅之恩，且视绅晚辈，每事耻出其下，遂至纷争。而逢吉逐绅之谋，实出于台、府既争之后。若曰逢吉首为此谋以逐绅，而公不悟，堕其计中，则亦非人情也。《神道碑》谓宰相乘之，此言得其实也。"④ 方崧卿在认为韩愈意气用事，导致纷争升级的同时，又为了维护其形象否认韩愈中计，云"非人情"，则是腐儒之见，历史上正直之士为奸邪小人算计恰是常情。皇甫湜曲意回护牛党，方崧卿不察实情，反变本加厉，为李逢吉开脱，正所谓其所云"堕其计"也。

北宋时王禹偁和丁谓也曾就此事展开讨论，王禹偁《答丁谓书》云："谓之又谓韩吏部不当责阳城不谏小事，不当与李绅争台参，以为不存远大者。吾曰退之皆是也。夫守道不如守官，春秋之义也。今不仕则已，仕则举其职而已矣。舜作漆器，谏者不止，君岂有明于舜乎？事岂有小于漆器乎？

---

① 皇甫湜：《韩文公神道碑》，《全唐文》卷六八七，中华书局1983年影印本，第7038页。

② 孟二冬：《登科记考补正》卷十六，北京燕山出版社2003年版，第674—675页。

③ 皇甫湜：《韩文公墓铭并序》，《全唐文》卷六八七，中华书局1983年影印本，第7040页。

④ （宋）程俱：《韩文公历官记》，徐敏霞校辑《韩愈年谱》，中华书局1991年版，第13—14页。

盖塞其渐也。退之为大京兆兼御史大夫，不台参，盖唐有制也。故退之引桂管中丞得免台参以自解，则曲在绅矣。"① 王禹偁谓不台参乃唐制，不知所依何据。按《唐会要》卷二五"杂录"云："（大和）九年八月，御史台奏：应文武朝参官新除授，及诸道节度、观察、经略、防御等使，及入朝赴镇，并合取初期谢日，先就廊下参见台官，然后赴正衙辞谢。或有于除官之日，及朝觐至城，忽遇连假三日以上，近例便许于宣政门外见谢讫。至假开，亦须特到廊下参台官者。请自今以后，如遇连假已见谢讫，至假开，亦须特到廊下参台官。依奏。"② 据此，则新除文武百官包括京兆尹，皆应在廊下参台官。不仅如此，由于京兆尹及其属官常在京城，凡御史台有新授御史，亦须到廊下参见。《唐会要》卷六十"御史台"条云："（大和）九年八月，御史台奏：……其新除三院御史，并不到台参，亦不于廊下参见，此为缺礼尤甚。伏请自今以后，应三院有新除御史等，并请敕京兆尹及少尹、两县令，就廊下参见。"③ 可见京兆尹参见台官才是唐制。当初穆宗不察李逢吉奸计，迁韩愈为京兆尹，特下敕曰："朕屈韩愈公为尹，宜令无参御史，不得为故常，兼御史大夫用，优之。"④ "不得为故常"即是特例。又韩愈《京兆尹不台参答友人书》中所引桂管中丞所免台参事，亦应为特例。因此，王禹偁以不合唐制来指责李绅纯为无稽之谈，无须多辩。而后人竟不加辨析，以此为据，引申发挥，乃至人身诋毁，遂陷李绅于不白之冤，亦太过也。故清人姚范辩之云："注以为'贞元十八年，公为四门博士，时荐士十人于陆傪，李绅在焉。绅昧其平昔之荐而劾公，公既不言，而世亦未有辨之者。又谓公蹙绅以附逢吉，独王黄州《答丁晋公书》以谓曲在绅，盖公论也。'余按：台参自是故事，其不台参乃公奏，而宰相因为请，特诏而行之耳。岂得云曲在绅也？绅又岂得以公旧有一言之荐，遽自弃其成例，而不出言以相争哉！"⑤ 此为客观之言，是符合实情的。

李绅与韩愈相识较早，且有一段特殊的师友关系，但两人却并没有继续交往下去，甚至相互冲突，最主要的原因是诗歌主张的不同，影响他们的进一步交往，进而意气相轻。加上韩愈在长庆元年科试案中积累的不满因素，

① 王禹偁：《小畜集》卷十八，四部丛刊本，上海商务印书馆1929年版。
② 《唐会要》卷二五，中华书局1955年版，第475页。
③ 《唐会要》卷六十，中华书局1955年版，第1046页。
④ 皇甫湜：《韩文公神道碑》，《全唐文》卷六八七，中华书局1983年影印本，第7038页。
⑤ 姚范：《援鹑堂笔记》卷四十二，《续修四库全书》第1149册，上海古籍出版社2002年版，第94—95页。

最终为李逢吉所利用，在台参一事上引发冲突。不过，李绅与韩愈的相争又不同于其与李逢吉的相争，他们的对立是一种文人的意气用事，故始终保持着君子的风范。

第三节 提携之恩——韦夏卿、裴度

青年时期的李绅曾栖身于韦夏卿幕中，得其提携推荐；裴度为一代名臣，时人敬仰，李绅虽无从追随，却终怀崇敬之情。

一 韦夏卿

韦夏卿，字云客，杜陵（今陕西西安）人。少年时勤苦为学，精于文辞。大历中与弟正卿俱应制举科，同时策入高第，授高陵主簿，累迁刑部员外郎。当时京师数岁蝗灾，诏以郎官宰畿甸，授奉天令。以课考第一，改长安令。转吏部员外郎、郎中，擢给事中。贞元八年（792年），坐与诸窦交通，出为常、苏二州刺史。徐州节度使张建封疾甚，诏夏卿为徐泗行军司马，且代之。未至，而建封卒，徐军立其子愔为留后，改召夏卿为吏部侍郎。转京兆尹、太子宾客，检校工部尚书、东都留守，迁太子少保。元和元年（806年）卒，年六十四，赠左仆射。《旧唐书》卷一百六十五、《新唐书》卷一百六十二有传。

从韦夏卿一生的事迹来看，政治上并没有什么突出的业绩和建树，他之所以为时人所称颂，主要在于对包括李绅在内的众多青年才俊的奖拔，对他们有知遇提携之恩，称得上是青年才俊的伯乐和导师。韦夏卿虽世代为簪缨之家，却勤奋好学，依靠自身努力走向仕途之路，且这种好学习惯保持始终，如晚年退居京城时于静恭宅建大隐洞，藏书其中读书自乐，孟郊有《题韦少保静恭宅藏书洞》一诗即写此情景。因此，韦夏卿对于那些发奋读书积极有为之青年往往青眼有加，乐于褒扬提携。如《旧唐书》本传云："夏卿深于儒术，所至招礼通经之士。""有风韵，善谈宴，与人同处终年，而喜愠不形于色。抚孤侄，恩逾己子，早有时称。其所与游辟之宾佐，皆一时名士。为政务通适，不喜改作。始在东都，倾心辟士，颇得才彦，其后多至卿相，世谓之知人。"① 吕温《故太子少保赠尚书左仆射京兆韦府君神道碑》

---

① 《旧唐书》卷一百六十五，中华书局1975年版，第4297—4298页。

亦云："清虚简淡，而应物不倦；通旷夷易，而及门无杂；不尚意气，而然诸笃志；不好臧否，而鉴识超伦。与故相国齐江西映、穆宣州赞、赞弟侍御史员为文章道义之友，可以视其所亲矣。今吏部郎中扶风窦群，抗迹毗陵，退身进道，公三揭郡榻之上，一振天墀之下，不数岁间，蔚为重器，可以视其所与矣。分正东郊，开府辟士，则有今右司郎中敦煌段平仲、仓部员外郎安定皇甫镈、礼部员外郎清河张贾，洎京兆尹韦词、陇西李景俭、中山卫中行、平阳路随，皆群彦之秀出，一时之高选，可以观其所任矣。"① 实际上，受韦夏卿奖掖的青年才俊远不止上述人物（包括其女婿元稹，其他人物后文还将提及），其中最著名者莫过于诗人刘禹锡，这一点前文已有论述。吕温在神道碑中不愿提及，大概是因为刘禹锡此时的政治身份比较敏感多有不便。至于李绅，此时还在应试中，一介布衣，当然更不会被提及。

　　韦夏卿刺常州、苏州之际正是李绅求学与漫游为将来科举应试作准备的关键时刻。贞元八年（792 年），韦夏卿出为常州刺史，直至贞元十一年（795 年）底转为苏州刺史，此时李绅正在无锡梅里发奋苦读，无暇关注外在世界，所以尽管在韦夏卿的直接治下，但他与韦夏卿并无往来。韦夏卿在常州时就注意延揽人才，有礼贤下士之名，经常"招礼通经之士"，窦群客居常州，正是由其举荐于朝。韦夏卿转为苏州刺史时，李绅也正好结束苦读，学有所成，决定离开书斋漫游天下试试身手。苏州与无锡梅里相隔不远，韦夏卿在常州时的好士之名李绅也定然有所耳闻，所以李绅将漫游的第一站选在苏州。当时的苏州幕府群彦毕集，尤以青年学子为多，李绅的诗歌才华开始崭露头角，《新传》云"于诗最有名，时号'短李'，苏州刺史韦夏卿数称之。"可见其颇得韦夏卿赏识，因其身材矮小，故以"短李"戏称之。作为初出茅庐之青年学子，又没有深厚之家庭背景，韦夏卿能够一视同仁，唯才学而论，实属难得。因而，李绅在苏州幕下过得极为惬意，常陪侍韦夏卿左右，与众多青年才俊诗酒宴游。这一段经历在李绅一生中极为特殊，韦夏卿的知遇之恩也让他终生难忘，若干年后他还记忆犹新，其《过吴门二十四韵》诗云："忆昨麻衣日，曾为旅棹游。放歌随楚老，清宴奉诸侯。"句下注："贞元中，余以布衣，多游吴郡中。韦夏卿首为知遇，常陪宴席。段平仲、李季何、刘从周、綦毋咸十余辈，日同杯酒。"李绅一生极为孤傲，很少颂扬他人，称韦夏卿"首为知遇"，足见其在心中的分量。有了韦夏卿的赞誉和褒赏，李绅对自己的才能有了更多自信，为他漫游天下向京

---

① 见《全唐文》卷六百三十，中华书局 1983 年版，第 6358 页。

城进发迈出了坚实的一步，声名也逐渐为人所知。这期间李绅拜谒了吕温，以《古风二首》受其激赏，李绅之所以拜谒吕温，大概也与韦夏卿和吕温之间的良好关系有关。

贞元十七年（801 年）十月前后，韦夏卿离开苏州回到京城任京兆尹，李绅意识到这是自己入京应试的一个好机会，于是随后也来到长安，准备第二年的应试。对于这位追随而来的年轻士子，韦夏卿再一次尽自己所能给予了帮助。可能是考虑到自己离开京城已久影响有限，加之其侄韦珩亦准备参加应试，韦夏卿便推荐了文名更盛的韩愈作为李绅的举荐人，见前李绅与韩愈交游考。可惜的是，李绅这次应试最终落选，但凭借韦夏卿的帮助，李绅终于能够在京城立足，并由此结识了元稹、白居易。元和元年（806 年），李绅中试发榜之时，韦夏卿终已病卒，但李绅对他的这份知遇之恩早已铭记在心。

韦夏卿于李绅有提携之恩，在李绅初出茅庐、崭露头角之际，韦夏卿对其极力延誉、褒赏有加，后又为其参加科举大力引荐，可以说是其青年时期的伯乐与导师。

二　裴度

裴度为中唐名臣，元和中兴的关键人物，作为政坛的后起之辈，李绅始终对其怀着崇敬与敬仰的心理，"凤仪常欲附，蚊力自知微"（《喜遇刘二十八偶书两韵联句》），就是他真实心理的表达。

元和后期，裴度为相，李绅在京城为太学助教，耳闻目睹了其讨平藩镇，重树中央权威的过程，内心一定像当时大多数人一样充满了对元和中兴的期望，可惜自己官职卑微，又没有门径，无从追循。长庆二年（822 年），裴度自太原召还，以招怀河朔功，再度入相。李绅当时正得穆宗信任，为翰林学士，参与朝廷事务。两人同朝为官，李逢吉倾轧排挤裴度，李绅联合韦处厚上疏请留裴度，但不成功。裴度虽然在元和中兴中功劳甚大，在群臣中威望也极高，但其"执性不回，忠于事上，时政或有所阙，靡不极言之，故为奸臣皇甫镈所构，宪宗不悦"[1]。元和十四年（819 年），其出为太原尹、河东节度使。穆宗初即位，"荒宴以忘天下"[2]，藩镇有复辟之势，不得不重新倚重裴度。但是年轻而昏庸的穆宗，同时任用奸邪的李逢吉来牵制裴度。

---

[1]　《旧唐书》卷一百七十《裴度传》，中华书局 1975 年版，第 4421 页。
[2]　王夫之：《读通鉴论》卷二六《穆宗》，中华书局 1975 年版，第 902 页。

裴度与李逢吉为政敌，平淮西时，"宪宗以兵机委裴度，逢吉虑其成功，密沮之，由是相恶。及度亲征，学士令孤楚为度制辞，言不合旨，楚与逢吉相善，帝皆黜之；罢楚学士，罢逢吉政事，出为剑南东川节度使、检校兵部尚书。"① 李逢吉利用裴度与元稹之间的矛盾制造事端，致两人同时罢相，自己取而代之。元稹出为同州刺史，裴度得留京师。但是李逢吉必欲除裴度而后快，召集爪牙，如李仲言、张又新、李续等，内结中官，外扇朝士，造作谤言，百端中伤裴度。在此危难之时，李绅奋身而出，联合同年韦处厚等显于上前，"言度为逢吉排斥，而度于国有功，不宜摈弃，故得以仆射在朝。"李绅与李逢吉在此之前并无交恶，他此举不惜得罪李逢吉，既为国计，又是出于对裴度一贯的尊崇与敬仰。为国计，是因为当时藩镇势力再度兴起，呈蔓延之势，"时已失河朔，而王智兴擅据徐州，李齐据汴州。国威不振，天下延颈俟度再秉国钧，以攘暴乱。"② 然穆宗竟轻信谤言，不辨真伪，自弃股肱，出裴度为山南西道节度使。天下为裴度而扼腕，四海为李逢吉而侧目。裴度于李绅并无恩情，然李绅在百官噤口之时，挺身而出，不失为君子行为。故王夫之《读通鉴论》把李绅与裴度、韩愈一同列为穆宗朝三君子③，是符合实情的。

大和八年（834年），裴度由山南东道节度使徙为东都留守，从此不问世事，"立第于集贤里，筑山穿池，竹木丛萃，有风亭水榭，梯桥架阁，岛屿回环，极都城之胜概。又于午桥创别墅，花木万株；中起凉台暑馆，名曰'绿野堂'。引甘水贯其中，酾引脉分，映带左右。度视事之隙，与诗人白居易、刘禹锡酾宴终日，高歌放言，以诗酒琴书自乐，当时名士，皆从之游。"④ 与之游宴的人中就有李绅。大和九年（835年）五月，李绅由浙东观察使转任太子宾客，大概在初秋至洛阳，与裴度、白居易相会，诗酒悠游。不久，刘禹锡由汝州刺史移任同州刺史，经过洛阳，有所逗留。刘禹锡的到来让大家分外高兴，在裴度的午桥别墅，四人游园赏景，酾宴终日，席间多次会饮联句，今有《喜遇刘二十八偶书两韵联句》《刘二十八自汝赴左冯途经洛中相见联句》留存。时"甘露之变"尚未发生，李训、郑注勾结阉宦祸乱朝政，李德裕罢相被贬袁州，因此李绅希望德高望重的裴度重新出来整顿朝政，这在联句诗中表现的非常明显。"凤仪常欲附，蚊力自知微。愿假

---

① 《旧唐书》卷一百六十七《李逢吉传》，中华书局1975年版，第4365页。
② 同上书，第4366页。
③ 王夫之：《读通鉴论》卷二六《穆宗》，中华书局1975年版，第909页。
④ 《旧唐书》卷一百七十《裴度传》，中华书局1975年版，第4432页。

樽罍末，膺门自此依。"《后汉书》载李膺"独持风裁，以声名自高。士有
被其容接者，名为登龙门。"① 领导士人与宦官作坚决斗争。李绅以裴度比
李膺，有劝其出山之意，并寄寓了很大希望。但裴度早已无心恋阙，只愿
逍遥度日，"病来佳兴少，老去旧游稀。笑语纵横作，杯觞络绎飞。"李绅
又云："貂蝉公独步，鹭鸶我同群。插羽先飞酒，交锋便著文。"回忆旧时
同朝情景，颇有暗示裴度之意。但裴度的决心已定，"不归丹掖去，铜竹
漫云云。唯喜因过我，须知未贺君。"虽然是回答刘禹锡，也是在向李绅
表明态度。李绅只好云："穷阴初莽苍，离思渐氛氲。残雪午桥岸，斜阳
伊水滨。"此时李绅的心情无疑有些沉重，既为别离，也为裴度的坚决与
对政局的忧虑。不过，"甘露之变"后不久，李绅就得到重新任用，这是
他没有想到的。

李绅与裴度的交往虽然有限，但在政治上受裴度的影响却很大，除了崇
敬和敬仰外，已然把他作为自己的政治导师。

第四节　礼贤下士——蒋防、朱庆馀

蒋防为年轻才俊，得李绅奖拔提携，见其对人才之爱惜；朱庆馀出身寒
门，早年遇李绅，受其激励帮助走向文学仕途之路。

一　蒋防

蒋防，字子微②，义兴（今江苏宜兴）人。新、旧《唐书》均无传。东
汉函亭乡侯蒋澄之后，为义兴著姓大族。生于贞元十一年（795 年）前后③，
少聪颖，才思敏捷，有大志，"年十八，父诫令作《秋河赋》，援笔即成。
警句云：'连云梯以迥立，跨星桥而径渡。'于简遂妻以子。"④ 元和年间登

---

① 《后汉书》卷六十七《李膺传》，中华书局 1965 年版，第 2195 页。
② 关于蒋防的字，明凌迪知《万姓统谱》卷八十六云"字子微"，《全唐文》卷七一九云"字子
微"，吴庚舜先生任认为"字子微"较可能，见其《传奇研究也应知人论世——论蒋防及其
〈霍小玉传〉》一文，《中国古典文学论丛》，人民文学出版社 1984 年版。今从之。
③ 关于蒋防的生年，史料不载，各家说法不一，吴庚舜认为约生于贞元九年（793 年）前后，张
应斌《关于〈霍小玉〉的几个问题——兼与谭优学、卞孝萱先生商榷》，《湖北民族学院学报》
1990 年第一期，认为生于贞元前期（公元 795 年前后）。此从张说。
④ （宋）史能之：《咸淳重修毗陵志》卷一六，《续修四库全书》第 699 册，上海古籍出版社 2002
年版，第 161 页。

第，先后为右拾遗、右补阙，长庆元年入翰林，加司封员外郎、知制诰。长庆四年贬汀州刺史，大和二年移袁州。或卒于大和末。蒋防的诗文今留存不多，《全唐文》收文二十六篇，《全唐诗》收诗十二首。奠定蒋防在中国古代文学史上地位的是其小说《霍小玉传》①，也是唐传奇的代表之作。

李绅与蒋防为同乡，李绅识蒋防或在元和七年（812 年）。李绅元和七年曾以校书郎身份至常州，《毗陵东山》诗序云："东山在毗陵驿，南连水西馆，馆即独孤及在郡所置，荒废已久。至孟公简重修，植以花木松竹等，可玩。孟公在郡日，余以校书郎从役，同宴于此，今则荒废如旧。"孟简时为常州刺史，见郁贤皓先生《唐刺史考》卷一三八。上文"于简遂妻以子"之于简，吴庚舜先生疑为孟简②，如果此说成立，则李绅当于此时识蒋防，并对这位少年才俊留下了深刻印象。又据吴庚舜先生考证，蒋防至迟在元和十二年（817 年）已在长安参加政治活动，这时期应该和李绅有较多来往，其人品和才华也得到李绅肯定。所以，当元和末长庆初李绅仕途顺利、平步青云之时，蒋防也随之步步高升。在新、旧《唐书》中蒋防的名字往往和庞严联系在一起，这大概是因为两人的经历非常相似，所以从庞严的经历中我们可看出蒋防的大致轨迹。《旧唐书》卷一六六《庞严传》云："（庞）严元和中登进士第，长庆元年应制举贤良方正、能直言极谏科，策入三等，冠制科之首。是月，拜左拾遗。聪敏绝人，文章峭丽。翰林学士元稹、李绅颇知之。明年二月，召入翰林为学士。转左补阙，再迁驾部郎中、知制诰。"庞严的升迁除了本身的突出才华外，更得益于李绅、元稹的大力提携。蒋防同样如此，《旧唐书》卷一六六《庞严传》可证："（庞）严与右拾遗蒋防俱为稹、绅保荐，至谏官、内职。"谏官是指右拾遗、右补阙，内职即翰林学士。李绅每高升一步，留下的空缺即推荐蒋防填补，从右拾遗至知制诰。元和十五年（820 年）闰正月，李绅由右拾遗入为翰林学士，右拾遗一职即由蒋防担任。第二年即长庆元年（821 年）三月，李绅加司勋员外郎、知制诰，留下右补阙一职，再由蒋防填补。同年十一月，蒋防进一步由右补阙充为翰林学士，赐绯；二年十月九日，加司封员外郎；三年三月一日，加知制诰③。

---

① 卞孝萱先生认为蒋防《霍小玉传》是受《莺莺传》的影响，迎合元稹、李绅的喜好而创作的，见其《元稹年谱》（齐鲁书社 1980 年版）及《〈霍小玉传〉是"牛李党争"的产物》一文，《社会科学战线》1986 年第 2 期。此说尚有不同观点，限于篇幅本书不作探讨。
② 见吴庚舜：《唐代第一流的小说家——蒋防》，《文史知识》1986 年第 1 期，第 86 页。
③ 见丁居晦：《重修承旨学士壁记》，傅璇琮、施纯德编《翰苑三书》，辽宁教育出版社 2003 年版，第 36 页。

李绅对蒋防的信任与器重由此可见。蒋防的升迁实在太快，诗人王建也为之惊叹不已，其《和蒋学士新授章服》诗云："无色箱中绛服春，笋花成就白鱼新。看宣赐处惊回眼，著谢恩时便称身。瑞草唯承天上露，红鸾不受世间尘。翰林同贺文章出，惊动茫茫下界人。"这也从侧面说明了蒋防与李绅的关系。所以宋史能之《咸淳重修毗陵志》卷十六《历代人物》云："李绅即席命赋《鞲上鹰》诗，云：'几欲高飞上天去，谁人为解绿丝绦'。绅识其意，荐之。后历翰林学士，中书舍人。"所言不虚。吴庚舜先生在解释"绿丝绦"一词时把它和右拾遗、右补阙联系起来，意思是说蒋防在担任谏官后才希望李绅举荐的，但从以上事实来看，至少从担任右拾遗一职起，李绅就起着重要作用，也就是说，从这个时候开始两人的仕途就连在一起，一荣俱荣，一损俱损。

长庆四年（824 年），李绅为李逢吉诬构，贬端州司马，失去了依祜的蒋防、庞严也连同被贬。《旧唐书》卷一七上《敬宗纪》："丙戌，贬翰林学士、驾部郎中、知制诰庞严为信州刺史，翰林学士、司封员外郎、知制诰蒋防为汀州刺史，皆绅之引用者。"又《旧唐书》卷一四九《于敖传》："绅同职驾部郎中知制诰庞严、司封员外郎知制诰蒋防，坐绅党左迁信、汀等州刺史。黜诏下，敖封还诏书。时人以为与严相善，诉其非罪，皆曰：'于给事犯宰执之怒，伸庞、蒋之屈，不亦仁乎？'及驳奏出，乃是论庞严贬黜太轻，中外无不大噱，而逢吉由是奖之。"显然李逢吉是把庞严、蒋防看作是李绅的同党。之后，两人未再见面。开成三年（838 年），李绅在写作《趋翰苑遭诬构四十六韵》一诗时，回忆起当年被诬构的过程，忆及遭受牵连的蒋防、庞严，不胜感慨万分。此时人已逝去，只能以诗相寄哀思。

李绅之于蒋防实为伯乐，然残酷的政治斗争无端把这样一位才华横溢的青年士子卷入其中，从此销声匿迹，实在是文学上的巨大损失。

二　朱庆馀

朱庆馀，生卒年不详，名可久，越州（今浙江绍兴）人。庆馀乃其字，唐人习惯以字称之，反忘其名，遂以字行世。朱庆馀出身贫寒，早年文名不彰，致困顿举场十余年，其《上翰林蒋防舍人》诗云"应怜独在文场久，十有余年浪过春"[①]。后受知于张籍，文名始盛，宝历二年（826 年），终登科第。范摅《云溪友议》云："朱庆馀校书，既遇水部郎中张知音。遍索庆

---

① 《全唐诗》卷五百十四，中华书局 1960 年版，第 5874 页。

馀新制篇什数通，吟改后，只留二十六章。水部置于怀抱，而推赞欵。清列以张公重名，无不缮录而讽咏之，遂登科第。朱君尚为谦退作《闺意》一篇，以献张公。张公明其进退，寻亦和焉。诗曰：'洞房昨夜停红烛，待晓堂前拜舅姑。妆罢低声问夫婿，画眉深浅入时无？'张籍郎中酬曰：'越女新妆出镜心，自知明艳更沉吟。齐纨未足人间贵，一曲菱歌敌万金。'朱公才学，因张公一诗，名流于海内矣。"① 虽登第了却心愿，但此时的朱庆馀大概也年岁不小，只任过秘书省校书郎、太常寺协律郎等低微官职，或卒于协律郎任上。朱庆馀虽仕途偃蹇，但在晚唐诗人中影响甚大，被明人杨慎列为晚唐二诗派的重要诗人。《全唐诗》今存其诗两卷。

　　张籍之识朱庆馀，谓为知音，故传为嘉话。然李绅对朱庆馀之激励，为其走向文学仕途之路功不可没，却几乎不为人知，乃至为人忽略，因此有必要论之。史料关于朱庆馀的记载本来就很少，而关于其青少年时期的事迹更无只言片语，这一方面当然是史料记载缺失的问题，但从另一个方面也说明朱庆馀的青少年时期非常普通，并没有多少值得人们关注的事情，既不出身名门望族，也非才华横溢引人注目者，更没有轰动人耳目的行为，只是一个淹没于大众中的普通读书人。也正是因为如此，李绅于普罗大众中独识其才华，可谓慧眼识珠，凸显出李绅在朱庆馀从普通读书人成长为一位诗人的过程中的重要性。这一点朱庆馀自己也意识到，他在《上翰林李舍人》一诗中云："记得早年曾拜识，便怜孤进赏文章。免令泪没惭时辈，与作声名彻举场。一自凤池承密旨，今因世路接馀光。云泥虽隔思长在，纵使无成也不忘。"② 李绅长庆二年（822 年）迁为中书舍人，诗中之李舍人即李绅。诗歌先回忆李绅当年对自己的知遇之恩，继而表达求荐之情。关于朱庆馀早年拜识李绅的时间，岑仲勉先生在《贾岛诗注与贾岛年谱》一文中认为"元和二年（当为元和三年，见年谱），浙东观察薛苹曾招绅致越中，庆馀之识绅，殆在是时。"③ 笔者以为此说值得商榷。按：李绅元和元年登第，但并未授官，元和三年至薛苹幕中，亦是进士身份，其名望地位尚不足以举荐他人。从薛苹幕返京后，李绅始任校书郎，职位虽然清闲，却是美职，"为文士起家之良选"④。之后李绅在校书郎任上与白居易、元稹发起了一场声势浩大的新乐府运动，对当时诗坛和社会政治都产生了重要影响。此时的李绅从身

① 范摅：《云溪友议》卷下，古典文学出版社 1958 年版，第 79 页。
② 《全唐诗》卷五百十四，中华书局 1960 年版，第 5874—5785 页。
③ 岑仲勉：《贾岛诗注与贾岛年谱》，《岑仲勉史学论文集》，中华书局 1990 年版，第 298 页。
④ 杜佑：《通典》卷二十六《职官八》，中华书局 1988 年版，第 736 页。

份地位到文坛影响都与之前不可同日而语，自然会成为众多文坛新秀期望拜识的对象。也就是在这段时间李绅再次来到常州和苏州，其《毗陵东山》诗序云："孟公在郡日，余以校书郎从役，同宴于此。"孟公即孟简，元和六年至元和八年在常州刺史任。又《过吴门二十四韵》"风月俄黄绶，经过半白头"句下自注："元和七年，余以校书郎从役再至苏州。"唐人读书时喜欢漫游天下，越中距苏州、常州不远，朱庆馀完全可能在此拜识李绅。因此，笔者以为朱庆馀拜识李绅的时间更可能在元和七年。对于这样一位与自己早年一样急切期望得到他人赏识的寒族士子，李绅予以了极大的支持，一方面对其文章赞誉有加，"孤进"一词既指其文章特别突出，也包含其积极追求上进之意。一位寒族子弟，在初出茅庐之际能够得到这样一位名士的赞誉，无疑有巨大的鼓舞和信心提振作用。另一方面，李绅也极力为其延誉，扩大其声名，"与作声名彻举场"。这里的"举场"不是进士考试，而是指乡举考试，或称乡赋，如《旧唐书》云李绅"乡赋之年，讽诵多在人口"。大概朱庆馀参加乡举考试前，李绅有意为他宣扬扩大影响，为他顺利通过乡试、进京参加进士试奠定了基础。这些激励和帮助对朱庆馀来说无疑是重要的，也让他一直铭记在心。当然朱庆馀在诗中表达知遇之恩的同时，也是在暗示期望再一次得到李绅的鼎力支持，直上青云之梯。不过，不知为何没有得到李绅的回应，或者李绅尽了力却没有效果。由于没有相关文献的记载，具体不得而知。

　　李绅对朱庆馀的提携，也反映了李绅对待寒族子弟的积极态度，这一点与李德裕具有一定的相似性。

第三章　李绅与牛李党争

牛李党争是中晚唐时期的大事，各色人物陷入其中，极少有人能超脱其外。李绅在两党斗争激烈之时进入政坛，身不由己被卷入其中，随李党而浮沉。尽管如此，李绅还是保持了自己的政治个性，不因党派纷争而迷失自我。过去，大多数研究者把焦点集中在李德裕身上，以李德裕的政治主张及政治行为特点笼统地代替李党其他成员，而缺乏对李党其他成员具体而微的研究。本章将以李绅为中心，具体观照其在党争中的行为与思想，以期对李绅及牛李党争有更清晰的认识。

第一节　李绅与长庆元年科试案

发生在穆宗长庆元年的科举考试案，牵涉到牛李两党的多个主要人士，对后来的牛李党争有着重要影响。李绅时在翰林学士任，不可避免地被卷入其中，从此被视为李德裕党的重要成员。那么李绅在这场争端中处于一个什么位置，他的态度如何，对后来的政治形势有何影响，都值得去仔细探讨。

一　科试案始末及性质

史书中述及长庆元年科试案者众多，如新旧《唐书》之《钱徽传》《李宗闵传》《杨汝士传》《穆宗纪》，以及《资治通鉴》《册府元龟》《唐会要》《登科记考》等，唯以《旧唐书》卷一六八《钱徽传》所记最详，云：

> 长庆元年，为礼部侍郎。时宰相段文昌出镇蜀川。文昌好学，尤喜图书古画。故刑部侍郎杨凭兄弟以文学知名，家多书画，钟、王、张、郑之迹在《书断》《画品》者，兼而有之。凭子浑之求进，尽以家藏书画献文昌，求致进士第。文昌将发，面托钱徽，继以私书保荐。翰林学

士李绅亦托举子周汉宾于徽。及榜出，浑之、汉宾皆不中选。李宗闵与元稹素相厚善。初，稹以直道谴逐久之，及得还朝，大改前志。由迳以徽进达，宗闵亦急于进取，二人遂有嫌隙。杨汝士与徽有旧。是岁，宗闵子婿苏巢及汝士季弟殷士俱及第，故文昌、李绅大怒。文昌赴镇，辞日，内殿面奏，言徽所放进士郑朗等十四人，皆子弟艺薄，不当在选中。穆宗以其事访于学士元稹、李绅，二人对与文昌同。遂命中书舍人王起、主客郎中知制诰白居易，于子亭重试，内出题目《孤竹管赋》《鸟散余花落》诗，而十人不中选。诏曰：

> 国家设文学之科，本求才实，苟容侥幸，则异至公。访闻近日浮薄之徒，扇为朋党，谓之关节，干挠主司。每岁策名，无不先定，永言败俗，深用兴怀。郑朗等昨令重试，意在精核艺能，不于异书之中，固求深僻题目，责令所试成就，以观学艺浅深。孤竹管是祭天之乐，出于《周礼》正经，阅其呈试之文，都不知其本事，辞律鄙浅，芜累亦多。比令宣示钱徽，庶其深自怀愧，诚宜尽弃，以警将来。但以四海无虞，人心方泰，用弘宁抚，式示殊恩，特掩尔瑕，庶明予志。孔温业、赵存约、窦洵直所试粗通，与及第；裴撰特赐及第；郑朗等十人并落下。自今后礼部举人，宜准开元二十五年敕，及第讫，所试杂文并策，送中书门下详覆。

> 寻贬徽为江州刺史，中书舍人李宗闵剑州刺史，右补阙杨汝士开江令。初议贬徽，宗闵、汝士令徽以文昌、李绅私书进呈，上必开悟。徽曰："不然。苟无愧心，得丧一致，修身慎行，安可以私书相证耶？"令子弟焚之，人士称徽长者。既而穆宗知其朋比之端，乃下诏曰：……制出，朋比之徒，如挞于市，咸睚眦于绅、稹。①

　　从上述材料可知，科试案的发生有偶然的因素也有必然的原因。偶然的因素，是因为段文昌请托不成，遂生报复之心，向穆宗揭发科试中的舞弊，必然的原因，是社会对长期存在的科试不公的不满。由于唐代的科举制度还不成熟，存在诸方面的缺陷，容易导致种种弊端，如洪迈《容斋四笔》卷五《韩文公荐士》条云："唐世科举之柄，颛付之主司，仍不糊名。又有交朋之厚者为之助，谓之通榜。故其取人也畏于讥议，多公而审。亦有胁于权

---

① 《旧唐书》卷一百六十八《钱徽传》，中华书局 1975 年版，第 4383—4386 页。

势，或扰于亲故，或累于子弟，皆常情所不能免者。"① 中唐以来，这种弊端逐渐显现，元和年间尤为明显。在权贵势门子弟与寒士的竞争中，由于前者掌握着政治、经济、文化的话语权，在竞争中自然占据优势。如上文穆宗诏文所说，"浮薄之徒，扇为朋党，谓之关节，干扰主司。每岁策名，无不先定。" 这里所谓的浮薄之徒当然是指那些权贵豪门子弟，他们公然请托公行，干扰主司，每岁科考，榜未落而人名已定，将大多数寒士排斥在外。《旧唐书》卷一六四《王起传》云："先是，贡举猥滥，势门子弟，交相酬酢；寒门俊造，十弃六七。"② 非常清楚地说明了当时科试不公的现状。这自然会引起小姓（包括没落士族）、寒士的极大不满，社会积怨渐深。此次钱徽掌贡举，再次"为朝臣请托，人以为滥"③，终于引爆了社会的积怨④。可见段文昌的揭发只是科试案的导火索，其根本原因还是长期存在的科试不公所引发的不满。

　　至于科试案的性质，吴宗国先生认为："元和以后，公卿大臣子弟应举的越来越多，及第名额为他们所占的情况不断发展。中下级官吏和一般士子要求不放子弟及第的呼声越来越高。结合官僚士大夫集团之间的党争，经过几次较量，武宗会昌年间终于出现了不放子弟和子弟不敢应举的局面。穆宗初年的覆试事件，是其中的第一回合。"⑤ 从科试案爆发的根本原因来看，吴先生的说法是很有道理的。因此，可以将这次科试案的性质定义为科举考试中的子弟与寒士之争。

二　科试案与党争无关

　　这场科试案由于牵涉到后来牛李两党的几个关键人物，如李德裕、李绅、郑覃、李宗闵、杨汝士等，因此被普遍认为是牛李党争的开始，如《旧唐书》卷一七六《李宗闵传》："长庆元年，子婿苏巢于钱徽下进士及第，其年，巢覆落。宗闵涉请托，贬剑州刺史。时李吉甫子德裕为翰林学士，钱徽榜出，德裕与同职李绅、元稹连衡言于上前，云徽受请托，所试不公，故致重覆。比相嫌恶，因是列为朋党，皆挟邪取权，两相倾轧。自是纷纭排

---

① （宋）洪迈：《容斋随笔·四笔》卷五，上海古籍出版社 1978 年版，第 669—670 页。
② 《旧唐书》卷一六四《王起传》，中华书局 1975 年版，第 4278 页。
③ 同上。
④ 关于权贵势门子弟与寒族子弟科举之争，也可参看金滢坤《中晚唐五代科举与社会变迁》第二章第二节，人民出版社 2009 年版。
⑤ 吴宗国：《唐代科举制度研究》第十一章，北京大学出版社 2010 年版，第 214 页。

陷，垂四十年。"①《资治通鉴》同②。又王夫之云："贡举者，议论之丛也，小人欲排异己，求可攻之暇而不得，则必于此焉摘之，以激天下之公怒，而胁人主以必不能容。李德裕修其父之夙怨，元稹佐之，以击李宗闵、杨汝士。长庆元年榜发，而攻讦以逞，于是朋党争衡，国是大乱，迄于唐亡而后已。"③ 事实是否如此呢？

《旧唐书》及王夫之都认为，李德裕是科试案的主导者，是他挟私报怨，利用科试案的不公攻讦曾在元和三年讥刺其父李吉甫的李宗闵，从而引发两党的相争倾轧。这其实是他们的一种想当然，他们认为李宗闵得罪了李德裕的父亲，李德裕就一定会想方设法报复。在这次科试案中李宗闵涉嫌请托，正好是李德裕报复的最好机会，而此事的结果恰恰又是李宗闵等牛党人士被贬，李党人士不久得到升迁。这种推断非常符合逻辑，两者便被联系起来。但是这种推断的前提是存在问题的。关于元和三年李宗闵和牛僧孺对策时针对李吉甫一事，目前学术界尚有不同观点，岑仲勉、傅璇琮、王炎平等认为此事可疑④。即便为真，李德裕父子也不一定为此耿耿于怀，因为李吉甫元和六年再拜相，完全有机会报复，却并没有这样做。又李德裕元和十五年被任命为翰林学士，在位日浅，地位并不稳固，而李宗闵早于他入朝，元和十二年（817 年）更随裴度出征吴元济，有功于朝廷，穆宗即位，拜为中书舍人。不管在职务、地位、朝中影响都甚于李德裕，而李德裕选择此时报复于他，若李德裕欲借科举事攻讦李宗闵，为何同在朝中为御史中丞的牛僧孺不出来替李宗闵辩说⑤？ 因此，从以上诸多疑问来看，言李德裕借科试案逞私欲攻讦李宗闵之说实站不住脚。

再者，李德裕并不是科试案的主导者，他对该案的影响无关紧要。首先，段文昌是科试案的揭发者，如果不是他利用权势收受财物为杨浑之请托，并因请托不成而怒告钱徽取士不公，就不会出现这场科试案，也就不会有牛李党争始于此的说法。其次，元稹、李绅的态度起到了关键作用。段文昌揭发此事，穆宗尚不完全相信，故"以其事访于学士元稹、李绅，二人对与文昌同。遂命中书舍人王起、主客郎中知制诰白居易，于子亭重试。"可

① 《旧唐书》卷一七六《李宗闵传》，中华书局 1975 年版，第 4552 页。
② 见《资治通鉴》卷二百四十一，中华书局 1956 年版，第 7790—7791 页。
③ 王夫之：《读通鉴论》卷二十六，中华书局 1975 年版，第 904 页。
④ 岑仲勉：《唐史余沈》（中华书局 2004 年版）、傅璇琮：《李德裕年谱》（齐鲁书社 1984 年版）、王炎平：《牛李党争》（西北大学出版社 1996 年版）等著作。
⑤ 关于牛僧孺行踪，可参看丁鼎《牛僧孺年谱》，辽海出版社 1997 年版。

见元稹、李绅的意见才是最终让穆宗下定决心覆试的关键（或原因）。最后，元稹对覆试的主导作用。元稹当时为翰林承旨学士，"凡大诏令、大废置、丞相之密画，内外之密奏，上之所甚注意者，莫不专受专对，他人无得而参。"① 故吴伟斌先生认为："长庆元年科试案朝野震动，自然是穆宗和翰林承旨学士元稹应该注意的问题之一。据此可知，有关重试的一系列重大决策及安排，元稹理应参与了作出意见，作出了具体处置。比如选定王起、白居易为重考试进士官即是一例。"② 后来元稹又在《戒励风俗德音诏》一文中借科试案将矛头指向造成弊端的唐廷朋党，反映了他对治理科试舞弊案的坚定态度。相较元稹、李绅，李德裕对科试案的影响并不明显。在记载科试案的相关史料中，只有《旧唐书·李宗闵传》和《资治通鉴》提及李德裕。为什么其它史料都不提李德裕呢？是故意抹去吗？似乎没有这个必要。那么，只有两种可能：一是李德裕与此案无关；二是李德裕与此案有关，但影响无关紧要。傅璇琮先生《李德裕年谱》及王炎平先生《牛李党争》都认同前者，笔者则以为后者较为可能。科试案发生时李德裕为翰林学士，穆宗向他咨询意见是完全有可能的，就如穆宗以此询问元稹、李绅一样，而李德裕也很可能提供了自己的意见供穆宗参考。但他并没有就此事再深究下去，真正出谋划策的是元稹、李绅，所以他对整个事件的影响微乎其微。不过，后来的历史记录者据此刻意歪曲事实，说成是李德裕欲借科试案打击报复李宗闵，因为《穆宗实录》的编订者多为牛党人士③，而《旧唐书》编撰者不加辨别沿袭而成。

另外，科试案的结果也能说明问题。覆试过后，穆宗出《戒励风俗德音诏》欲纠正士风，制出而"朋比之徒，如挞于市，咸睚眦于绅、稹。"所谓朋比之徒，就是穆宗诏书中所指的浮薄之士，主要为权贵子弟，即怨恨的是那些权贵子弟，与两党无关。而科试案中的对立双方，并没有因此各分党派，赞同覆试者并不都是后来的李党成员，如段文昌、元稹、白居易、王起等，反对者也同样如此，如裴度、钱徽，郑覃后来更成为李党的重要人物代表，这都说明科试案纯粹是子弟与寒士之争。《旧唐书·李宗闵传》言科试案后，彼此"比相嫌恶，因是列为朋党，皆挟邪取权，两相倾轧。"并非事实。李宗闵、杨汝士最嫌恶的应该是元稹，但元稹没有党派。牛党的领袖牛

---

① 元稹：《翰林承旨学士记》，冀勤点校《元稹集》卷五十一，中华书局1982年版，第559页。
② 见吴伟斌《元稹与长庆元年科试案》，《中州学刊》1989年第2期，第104页。
③ 《新唐书》卷五十八《艺文志》云："《穆宗实录》二十卷，苏景胤、王彦威、杨汉公、苏涤、裴休撰，路隋监修。"苏景胤、杨汉公、苏涤都是牛党人物。

僧孺尽管也在朝中，但是他完全与此案无关。牛僧孺与李德裕的对立是在科试案之后，长庆二年（822年），李逢吉"欲引僧孺益树党，乃出德裕为浙西观察使。俄而僧孺入相，由是牛、李之憾结矣。"①

综上所述，科试案实与后来的牛李党争无关，所谓李德裕挟私报怨，挑起党争的说法更与史实不符。

三　李绅之态度

这场科试案，李绅自始至终都牵涉其中，他的态度如何，又为何持此态度？

（一）支持寒士、反对为子弟请托

在权贵势门子弟与寒士的科举竞争中，李绅是支持寒士的，这是由他的出身和经历所决定的。如第一章所述，李绅高祖虽然位至中书令，但此时已家道中落，他也是一介平民，既没有任何恩荫可循，又没有权贵可依，只能凭自己走科举仕进之路，故《旧唐书》云李绅与韦处厚"皆以孤进"②。读书的不易和科举的艰难李绅深有体会，所以一旦有年轻士子特别是孤寒之士请托于己，他都尽可能地施予援手，如对寒庶出身的朱庆馀的奖拔（见前交游考）。其他孤寒之士，如宋史能《咸淳重修毗陵志》卷一六所记载之蒋防、《鉴诫录》卷七所记载之张祜、《唐摭言》卷十三所记载之章孝标。在这次科试案中，"李绅以贤见忌而有所请托"③，为寒士周汉宾荐言于钱徽④，只是因钱徽唯关系是举，周汉宾最终榜落。

李绅愿意为周汉宾请托，与他支持寒士的立场一致，目的是为朝廷推荐有用之才，出于公心，与李宗闵、杨汝士、段文昌等自谋私利者不可相提并论。同时，他反对为子弟请托，因为这样容易产生不公，阻遏真正有才能的寒士的仕进之路。请托本是唐初科举制度不成熟的产物，由于科举取士不完全依据考试成绩，还要考虑举子的名气、文学才华、家族出身以及社会关系等诸多主观因素。起初请托者多是普通士人，由于声名不彰或没有特殊关系，只能毛遂自荐，竞奔于豪贵权门之间，希冀权贵或名人的赏识或提携。如武则天时期，举人为求一第，"或明制才出，试遣搜扬，驱驰府寺之门，出入王公之第，上启陈诗，唯希咳唾之泽；摩顶至足，冀荷提携之恩。故俗

①　《新唐书》卷一百八十《李德裕传》，中华书局1975年版，第5328页。

②　《旧唐书》卷一百五十九《韦处厚传》，中华书局1975年版，第4183页。

③　王夫之：《读通鉴论》，卷二十六，中华书局1975年版，第906页。

④　关于周汉宾的情况，不见其他材料记载，但从他的姓氏看可以确定为小族或寒士。

号举人，皆称觅举。"① 这本是寒士不得已的办法，如韩愈所云："布衣之士，身居穷约，不借于王公大人，则无以成其志。"② 且请托需要真才实学，否则很难获得达官贵人的赏识。从这个意义上讲，请托也有利于发现人才，为寒素出身的士人提供一定的机会。但是随着士族子弟依靠父祖的官爵和门第出身来取得高位的机会的减少，他们也加入到科举中来，请托者中的权贵子弟也就越来越多。如中宗景龙三年马怀素知贡举时，"贵戚纵恣，请托公行。"③ 子弟请托的结果必然是取士不公。因此，当时就有掌贡举者不满请托的公然大行，在一定程度上对此予以遏制，《旧唐书》卷一百《王丘传》记："开元初，累迁考功员外郎。先是，考功举人，请托大行，取士颇滥，每年至数百人。丘一切核其实材，登科者仅满百人。议者以为自则天已后凡数十年，无如丘者。其后席豫、严挺之为其次焉。"④ 又如开元二十四年（736 年），李昂为考功，"性刚急，不容物，乃集进士，与之约曰：'文之美恶，悉知之矣。考校取舍，存乎至公，如有请托于人，当悉落之。'"⑤ 中唐时，请托再度兴盛，更有甚者，知贡举者不但不回避请托，甚至请他人举荐人才。如贞元七年，陆贽知贡举，"时崔元翰、梁肃，文艺冠时，贽输心于肃，与元翰推荐艺实之士。"⑥《唐摭言》卷八《通榜》条亦云："陆忠州榜时，梁补阙肃，王郎中杰佐之，肃荐八人俱捷，余皆共成之。"⑦ 李绅贞元十八年参加进士考试时，也曾得韩愈向陆傪的推荐。在这种情况下，取士的公正与否，就完全取决于掌贡举者了。如果掌贡举者唯关系是举，则子弟请托必然大行，寒士受屈就不可避免。长庆元年前已是"贡举猥滥，势门子弟，交相酬酢；寒门俊造，十弃六七。"这次子弟又是大肆请托，李宗闵、杨汝士、郑覃、裴度、段文昌等都牵涉其中，结果也是大量"艺薄"子弟上榜，毫无公平正义可言。所以李绅不惜得罪朝中权贵也要反对子弟请托，支持覆试，以维护科举取士的公正，为寒士将来争取平等的机会，并希望借此机会警示其他子弟，纠正士风，以致"朋比之徒"对其切齿痛恨。事实证

① 《旧唐书》卷一零一《薛登传》，中华书局 1975 年版，第 3138 页。
② 韩愈：《与凤翔邢尚书书》，钱仲联、马茂元校点《韩愈全集》文集卷三，上海古籍出版社 1997 年版，第 190 页。
③ 《旧唐书》卷一零二《马怀素传》，中华书局 1975 年版，第 3164 页。
④ 《旧唐书》卷一百《王丘传》，中华书局 1975 年版，第 3132 页。
⑤ （唐）刘肃：《大唐新语》卷十《厘革》，中华书局 1984 年版，第 153。
⑥ 《唐会要》卷七十六《贡举中·缘举杂录》，中华书局 1955 年版，第 1384 页。
⑦ 《唐摭言》卷八，上海古籍出版社 1978 年版，第 82 页。

明，李绅的做法是对的，长庆二年、三年，王起接连掌贡举，"得士尤精"①。大和元年、二年的崔郾，三年、四年的郑澣，都坚持录取标准，选拔人才，寒士及第者明显增多。

（二）支持覆试，反对取士不公

段文昌举奏"所试不公"后，穆宗尚在狐疑之中，访于翰林学士李绅、元稹，李绅、元稹据实以告，坚定了穆宗覆试的决心。显然李绅是支持覆试的。之后穆宗选定王起、白居易为覆试考官，确定重试题目，更改考试时间、规则，等等，李绅肯定也发表了自己的意见。这说明李绅和元稹一样不想让覆试成为走过场，"而是想借重王起、白居易这两位志同道合的挚朋好友，执行严格的考试纪律，以此榜落艺薄者，打击权贵子弟，为国家选拔真才实学之人。"②需要指出的是，李绅支持覆试，并不是因为自己所请托的举子周汉宾榜落而怨怒于钱徽，更不是想借机报复他。李绅对覆试的支持自有他自己的理由，即白居易所说的"子弟得者侥幸，平人落者受屈"③。据徐松《登科记考》，本年科试钱徽原榜取三十三人④，如段文昌所揭露："所放进士郑朗等十四人，皆子弟艺薄，不当在选中。"由此可知，子弟至少占录取数的42%，再加上没有被段文昌列为"艺薄"的子弟，李躔（即李回，宗室子弟）、卢简求（户部郎中卢纶子，士族）、崔玙（同州刺史崔颋之子，士族）、姚勖（姚崇曾孙）⑤，共18人，占近六成的比例，也难怪像白居易这样左右为难的人都看不下去，出来指出科试的不公。虽然寒士落榜已无法挽回，但应该利用这次机会为他们争取以后的公正。而得侥幸的子弟，就当黜落，以维护公正。这就是李绅对覆试的坚定态度。

四　科试案对党争之影响

科试案虽然与党争无关，却对它有着重要影响。首先是加速了两派成员的分化，并最终形成牛李党争的局面。这主要是指李绅与李宗闵、杨汝士等人因为科试案而结怨分派，互相对立。科试案之前，李党的李德裕、李绅、郑覃，牛党的牛僧孺、李宗闵、杨汝士、杨虞卿等人，同在朝中，彼此相安

---

① 《旧唐书》卷一六四《王起传》，中华书局1975年版，第4278页。
② 见吴伟斌《元稹与长庆元年科试案》，《中州学刊》1989年第2期，第104页。
③ 见白居易《论重考试进士事宜状》，朱金城：《白居易集笺校》卷六十，上海古籍出版社1988年版，第3393页。
④ 见徐松《登科记考》卷十九，孟二冬补正，北京燕山出版社2003年版，第779页。
⑤ 同上。

无事，这在后来的两党相争过程中是不可能的，说明彼此之间并没有政治或意气上的冲突。科试案后，李绅与李宗闵、杨汝士之间的对立就非常明显。李宗闵、杨汝士因涉嫌请托而被贬，把满腔怨恨发泄在李绅身上。《旧唐书·钱徽传》言李宗闵、杨汝士劝钱徽将李绅私书进呈穆宗，冀以此报复李绅，说明两人十分忌恨李绅。后穆宗下诏指斥朝中"卿大夫无进思尽忠之诚，多退有后言之谤；士庶人无切磋琢磨之益，多铄浸润之谗。进则谀言谄笑以相求，退则群居州处以相议。留中不出之请，盖发其阴私；公论不容之诛，是生于朋党。擢一官，则曰恩皆自我；黜一职，则曰事出他门。比周之迹已彰，尚矜介特；由径之踪尽露，自谓贞方。"① 指的就是李宗闵、杨汝士等人的朋党行径，诏书虽由元稹所草，但李绅之意亦在其中，故朋比之徒"咸睚眦于绅、稹"。可见科试案之后李绅与李宗闵、杨汝士之间的对立逐渐形成。又由于李德裕与元稹、李绅三人以"学识才名相类，情颇款密"②，故李宗闵等党人因怨恨元稹、李绅而一并怨恨李德裕，两派分化的现象越发的明显。长庆二年（822年），李逢吉挑起李德裕与牛僧孺之间的争斗，导致彼此势如水火，党争也就不可避免。

科试案的另一个重要影响，就是由于两党主要人物都经历过科试案，所以非常清楚掌握科举的重要性，一旦自己辅政，或安排亲信之人掌控贡举，或利用权力对主司进行干扰，以便按照自己意愿录用进士，巩固和扩大自己的权力基础，维护其长远利益。如长庆年间，牛僧孺为相，以李宗闵掌贡举。大和年间，牛党再次当政，朋党连结，权势熏天，以致"牛、孔数家，凭势力，每岁主司为其所控制。"③ 牛党另一重要人物杨虞卿，"每岁铨曹贡部，为举选人驰走取科第，占员阙，无不得其所欲。"④ 当时进士有云："欲趋举场，问苏、张；苏、张犹可，三杨杀我。"⑤ 三杨即杨虞卿、杨汝士、杨汉公。科举完全被牛党所把持。牛党所引拔进士，当以牛党子弟，或比附牛党之子弟为主。有些牛党子弟凭着自己的特殊身份，不学无术，竟冒用他人诗文行卷，以致出现"以文求名者，大半假手"⑥ 的现象。故后来武宗云"比闻杨虞卿兄弟朋比贵势，妨平人道路。"⑦ 同样，李党当政期间亦重视对

① 《旧唐书》卷一百六十八《钱徽传》，中华书局1975年版，第4386页。
② 《旧唐书》卷一百七十四《李德裕传》，中华书局1975年版，第4510页。
③ 《唐语林》卷三《赏誉》，上海古籍出版社1978年版，第105页。
④ 《旧唐书》卷一百七十六《杨虞卿传》，中华书局1975年版，第4563页。
⑤ 《新唐书》卷一七五《杨虞卿传》，中华书局1975年版，第5249页。
⑥ 《玉泉子》，上海古籍出版社1988年版，第9页。
⑦ 《旧唐书》卷一八上《武宗本纪》，中华书局1975年版，第602页。

科举的掌控。会昌二年，李德裕辅政不久，以"坐其子招贿"① 远贬当年主贡举的柳璟。会昌三年，重新起用长庆科试案的覆试考官王起，尽管其已过八十。李德裕显然欲借重王起选拔自己所期望的人才，提高自己的声望，巩固自己的权力和地位。果然王起按照李德裕的意愿，大力奖拔孤寒。之后陈商续掌会昌五年、六年贡举，所放亦多为寒士，因此"时天下寒畯，皆知劝矣。"② 李德裕之热心奖拔孤寒也确实得到了寒士的认可，故其在党争失败后，有寒士作诗云："八百孤寒齐下泪，一时南望李崖州。"③ 另一李党人物郑覃，在开成年间为相时，以高锴知贡举，"颇得实才，抑豪华，擢孤进，至今称之。"④ 从牛李两党对贡举的掌控及选拔人才的方式和标准看，他们实际上还是在延续长庆元年科试案的子弟与寒士之争，这也说明科试案对两党相争的持续和深远影响。

第二节　李绅与李逢吉之争

穆宗长庆年间，牛李两党相争主要集中在李逢吉和李绅身上。李逢吉一方面大力引荐牛僧孺排挤李德裕、裴度，树立党援；另一方面又不断制造事端，倾力诬构，将李绅远贬荒州，实现大权独揽。李绅作为李党在朝中的唯一代表，尽管与李逢吉党进行了多次周旋，但最终因孤军奋战、势单力薄，被贬出京城。那么，李逢吉为何要与牛党结合，又因何与李党结怨，其排斥李绅的目的何在，从中反映出他们各自怎样的政治立场？这是本节要讨论的内容。

一　李逢吉与牛党关系

对于李逢吉的政治身份，国内外学术界比较一致的看法是把他列为牛党⑤，但真相如何，我们可以先来看看史书的相关记载：

① 《新唐书》卷一百三十二《柳登传》，中华书局1975年版，第4537页。
② （五代）王定保：《唐摭言》卷八《已落重收》，上海古籍出版社1978年版，第89页。
③ （五代）王定保：《唐摭言》卷七《好放孤寒》，上海古籍出版社1978年版，第74页。
④ 《旧唐书》卷一百六十八《高锴传》，中华书局1975年版，第4388页。
⑤ 如李浩先生在其《唐代关中士族与文学》第七章 "从士族郡望看牛李党争的分野"（中国社会科学出版社2003年版）一文中将海内外的11种研究牛李党争的文献进行了统计，其中有5种文献提到并把李逢吉归为牛党。

1. 《新唐书·李德裕传》：吉甫又为帝谋讨两河叛将，李逢吉沮解其言，功未既而吉甫卒，裴度实继之。逢吉以议不合罢去，故追衔吉甫而怨度，摈德裕不得进。至是，间帝暗庸，誂度使与元稹相怨，夺其宰相而己代之。欲引僧孺益树党，乃出德裕为浙西观察使。俄而僧孺入相，由是牛、李之憾结矣。①

2. 《旧唐书·李绅传》：俄而稹作相，寻为李逢吉教人告稹阴事；稹罢相，出为同州刺史。时德裕与牛僧孺俱有相望，德裕恩顾稍深。逢吉欲用僧孺，惧绅与德裕沮于禁中。二年九月，出德裕为浙西观察使，乃用僧孺为平章事，以绅为御史中丞。

3. 《旧唐书·李宗闵传》：复入为中书舍人。（长庆）三年冬，权知礼部侍郎。四年，贡举事毕，权知兵部侍郎。宝历元年，正拜兵部侍郎，父忧免。②

从上述史书记载可知，李逢吉在取得相位后极力引荐牛僧孺，排挤李德裕、李绅。不久，因科试案被贬的李宗闵也回京官复原职，并主持贡举，旋拜兵部侍郎，大有入相之势。不过，又以丁忧免。李宗闵从科试案翻身并很快身居要职，如果没有李逢吉、牛僧孺的提携，如此反差是不可能的。根据以上事实，可以看出李逢吉、牛僧孺、李宗闵三人在实质上已经结成党派，李逢吉需要牛僧孺、李宗闵稳固自己的权势，牛僧孺、李宗闵则需要依附李逢吉取得权力，三人结成一个利益集团，共同对抗来自裴度、李德裕、李绅等人的反对。随着牛僧孺宝历元年出守武昌，李宗闵的丁忧，李逢吉也因诬陷裴度阴谋败露很快下台，三人可谓"一荣俱荣，一损俱损"，朋党关系极为明显。故王炎平先生认为，李逢吉为牛党第一党魁是有一定道理的③。

不过，也有学者否认李逢吉为牛党人物，如丁鼎先生在其《牛僧孺年谱》引言二之（四）"李逢吉与'牛李党争'"④ 一节中予以了反对，并作了很详细的考论，对此笔者不能苟同。丁先生的主要根据是：据李珏所作

---

① 《新唐书》卷一百八十《李德裕传》，中华书局 1975 年版，第 5328 页。
② 见《旧唐书》卷一百七十六《李宗闵传》，中华书局 1975 年版，第 4552 页。
③ 见王炎平《牛李党争》第一章第三节"李逢吉与牛李党争"，西北大学出版社 1996 年版。
④ 丁鼎：《牛僧孺年谱》，辽海出版社 1997 年版。又见其《李逢吉与牛僧孺关系考论——兼论牛李两党的划分标准》一文，《人文杂志》1993 年第 3 期。

《故丞相太子少师赠太尉牛公神道碑铭并序》及刘轲《牛羊日历》说明牛僧孺与李逢吉之间存在"不协"，并以此认为李逢吉不可能援引牛僧孺为相，牛僧孺之所以拜相"主要是由于得到了穆宗的赏识"。笔者以为这种推论是很牵强的。首先，如果所记真实，则牛僧孺与李逢吉之间存在的"不协"是因为在穆宗立储上存在分歧，但这种分歧能够对两人关系产生多大影响，对此笔者表示怀疑。从当时的政治形势来看，李逢吉的反对者众多，内有李绅、韦处厚，外有裴度、李德裕、元稹等，如果牛僧孺再反对他，那么，李逢吉是很难支撑下去的。况且这样一种分歧其实就是意见的不同，很容易弥合。其次，如果两人确"不协"，为何后来牛僧孺又得以拜相呢？《旧唐书·牛僧孺传》云："居无何，议命相，帝首可僧孺之名。"① 所谓"议"就是先由宰相推荐人选，并发表看法供皇帝参考。尽管穆宗赏识牛僧孺，但是如果李逢吉反对牛僧孺，不推荐他，穆宗又如何"首可"呢？"首可"就说明当时宰相中并没有反对者。最后，如果两人"不协"，为何还能同朝共事两年，却没有在史书中留下任何"不协"的记录？长庆四年，李逢吉联合王守澄诬陷李绅反对立储敬宗，致李绅贬。如果如李珏所言牛僧孺与李逢吉存在分歧，反对立敬宗，为何李逢吉不以同样方式诬陷牛僧孺？因此，所谓牛僧孺与李逢吉的"不协"根本就不存在或可能有分歧但很快消弭。李珏在《神道碑》又云李逢吉"妒公之贤"，暗示牛僧孺出守武昌与此有关。但是在杜牧所作《唐故太子少师奇章郡开国公赠太尉牛公墓志铭（并序）》中，尽管所记事实大致相同，却没有任何牛僧孺与李逢吉"不协"的记载。后来的新、旧《唐书》《资治通鉴》也没有采纳这样一种说法，因此其真实性值得怀疑。李珏为牛党骨干，因为李逢吉后来"丑迹皆彰"，加上"甘露之变"中的李训为李逢吉侄儿且为之引荐，牛党为了摆脱与李逢吉之间的关系，掩盖牛僧孺依附李逢吉的事实，于是故意捏造夸大两人之间"不协"，这是完全有可能的。

另外，丁先生又举了若干旁证，但这些旁证或是比较牵强，或是自身存在问题。如他认为《牛羊日历》"对牛僧孺多污蔑不实之辞"，但又连续两次以《牛羊日历》作论证依据说明两人"不协"，自相矛盾。又如引《周秦行纪论》以证两人矛盾由来已久：

余尝闻太牢氏（原注：凉国李公常呼牛僧孺曰太牢。凉国公名不

---

① 《旧唐书》卷一百七十二《牛僧孺传》，中华书局1975年版，第4470页。

便，故不书。）好奇怪其身，险易其行。……自裴晋国与余，凉国（名不便）、彭原（程）、赵郡（绅）诸从兄，嫉太牢如仇，颇类余志。

其实《周秦行纪论》一文系后人假托李德裕而作，岑仲勉先生①、傅璇琮先生②都作了一定的考证，孙敏在此基础上论证更精细③，可以确定此篇为后人伪作。现再补充两点证据：一，文中李德裕称李逢吉为从兄，明显不妥。据《旧唐书》卷一百六十七《李逢吉传》，李逢吉卒于大和九年，年七十八，比李德裕整整大三十岁，与其父李吉甫同年，岂能以从兄相称；二，文中言李绅痛恨牛僧孺有如仇人，明显不符合事实，因为在两党相争最激烈的大和、开成年间，李绅都和牛僧孺有来往，如其《忆被牛相留醉州中时无他宾牛公夜出真珠辈数人》一诗，可以看出两人确实交情不浅，至少不会疾恶如仇（具体见后文）。从以上两点也可说明后人伪作非常明显。

因此，丁先生所谓李逢吉与牛僧孺"不协"的观点是站不住脚的。牛僧孺之所以能和李逢吉、李宗闵结合成党，卞孝萱先生以为是"李逢吉、李宗闵要利用牛僧孺对付政敌，牛僧孺要依附李逢吉、李宗闵登上相位"④，这是非常有见地的。

二　李逢吉对李绅之倾轧

李绅是穆宗即位以后提拔的几个青年才俊之一，深得穆宗宠信，又与裴度在政治上保持一致，支持对藩镇用兵，加上李德裕党背景，因而遭来李逢吉的忌妒怨恨，受其不择手段的打击排挤。主要表现为以下几个方面：

（1）寻找机会，调离内职。科试案中李绅的正直显然得到穆宗肯定，因而长庆二年（822 年）二月，李绅超拜中书舍人，内职如故。此时，李逢吉正利用裴度与元稹的矛盾，制造事端，进而取代裴度为相。裴度在罢相后，并没有离开京城，显示穆宗依然有重用之意。这使李逢吉寝食难安，于是使人造作谤言，百般中伤裴度。为此，李绅与韦处厚挺身而出，"言度为逢吉排斥，而度于国有功，不宜摈弃，故得以仆射在朝。"⑤ 这件事让李逢吉对

① 见其《隋唐史》第四十五节注释 28，中华书局 1982 年版，第 438—439 页。
② 见其《李德裕年谱》大中三年所附文集论，齐鲁书社 1984 年版，第 694—699 页。
③ 见其《李德裕与牛李党争——〈穷愁志〉研究》二，四川大学出版社 2004 年版，第 72—78 页。
④ 见其《"牛李党争"正名》，《中国史研究》1993 年第 3 期，第 84 页。
⑤ 以上见《旧唐书》卷一百六十七《李逢吉传》，中华书局 1975 年版，第 4365—4366 页。

李绅恨之入骨，必欲除之而后快。然而李绅"供奉别旨""俾专内命"①的翰林学士、中书舍人身份又让李逢吉有所顾忌，因此李逢吉想方设法要将其调离内职。长庆三年（823 年）三月，李逢吉以李绅清直为由荐为御史中丞，穆宗不察隐情而首可。《资治通鉴》记李逢吉阴谋甚详，云："李逢吉为相，内结知枢密王守澄，势倾朝野。惟翰林学士李绅每承顾问，常排抑之，拟状至内庭，绅多所臧否。逢吉患之，而上待遇方厚，不能远也。会御史中丞缺，逢吉荐绅清直，宜居风宪之地。上以中丞亦次对官，不疑而可之。"②如此，李绅不能常为顾问，既减少李逢吉在内庭的阻力，又让穆宗疏远李绅，"易掎摭而逐之"（《旧传》）。

（2）制造台参之争，欲贬斥之。将李绅调离内职，只是李逢吉排斥李绅的第一步，李逢吉的最终目的是要将李绅贬出京城。此时，元稹、裴度、李德裕等与李绅关系亲厚者皆被排斥在外，孤立无援而又远离穆宗的李绅不可避免地要直接面对李逢吉的倾轧。也就在这时，韩愈的出现为李逢吉提供了一个一箭双雕的机会。长庆二年（822 年），韩愈宣慰镇州，以过人的勇气和胆略震慑王廷凑，不辱使命。穆宗大悦，迁为吏部侍郎，"且欲相之"③。如果韩愈拜相，无疑会对李逢吉的权力带来掣肘，这是李逢吉非常担心和害怕的，所以他必须压制这个潜在对手，全力阻拦穆宗对其进一步重用。恰好韩愈对李绅因科试案而产生的不满正可以利用。"乃以吏部侍郎韩愈为京兆尹，兼御史大夫，放台参。知绅刚褊，必与韩愈忿争。制出，绅果移牒往来，论台府事体。而愈复性讦，言辞不逊，大喧物议，由是两罢之。"（《旧传》）不过李逢吉最终没有如愿将李绅贬出京城，穆宗的及时省悟挽救了李绅，改授户部侍郎。甚为可惜的是韩愈，他的仕宦生涯因此而很快结束。李逢吉所设计的这场引君入彀之戏，不仅倾轧了李绅，亦打击了韩愈，可谓阴险毒辣之极。（关于这场台参之争，还可见前交游考）

（3）纠集朋党，大肆诬构，远贬端州。穆宗既留李绅，李逢吉并没有就此而善罢甘休，反而更加忌恨，终欲陷之。其内结中尉王守澄，利用自己的门生故吏，纠集一批对李绅不满之人，如张又新、李仲言、李续之、李虞、柏耆、姜洽、刘栖楚、程昔范等人，号"八关十六子"，昼夜计划，伺机倾陷。长庆四年春，"敬宗即位，逢吉与其党快绅失势，又恐上复用之，日夜

---

① 韦执谊：《翰林院故事》，见傅璇琮、施纯德编《翰学三书》，辽宁教育出版社 2003 年版，第 15 页。

② 《资治通鉴》卷二百四十三，中华书局 1956 年版，第 7828—7829 页。

③ 皇甫湜：《韩文公神道碑》，《全唐文》卷六八七，中华书局 1983 年影印本，第 7038 页。

谋议，思所以害绅者。楚州刺史苏遇谓逢吉之党曰：'主上初听政，必开延英，有次对官，惟此可防。'（胡三省注：恐绅因次对言事，而上复用之。）其党以为然，亟白逢吉曰：'事迫矣，若俟听政，悔不可追！'逢吉乃令王守澄言于上曰：'陛下所以为储贰，臣备知之，皆逢吉之力也。如杜元颖、李绅辈，皆欲立深王。'度支员外郎李续之等继上章言之。上时年十六，疑未信。会逢吉亦有奏，言'绅谋不利于上，请加贬谪。'上犹再三覆问，然后从之。二月，癸未，贬绅为端州司马。逢吉仍率百官表贺，既退，百官复诣中书贺，逢吉方与张又新语，门者弗内。良久，又新挥汗而出，旅揖百官曰：'端溪之事，又新不敢多让。'众骇愕辟易，惮之。右拾遗内供奉吴思独不贺，逢吉怒，以思为吐蕃告哀使。"①连同被贬的还有被视为李绅同党的庞严、蒋防。从上述可以看出，逢吉之党为构陷李绅可谓不遗余力，其手段之卑劣、行为之嚣张，令正人为之侧目。多年后，李绅在回忆起这段痛苦经历时，内心还悲愤难平，见其《趋翰苑遭谇构四十六韵》。李绅的无端被贬，也激起朝中正直人士的愤怒。翰林学士韦处厚上疏为李绅辩解，云："绅先朝奖用，擢在翰林，无过可书，无罪可戮。今群党得志，谗嫉大兴。询于人情，皆甚叹骇。"又直指李逢吉结党，"今逢吉门下故吏，遍满朝行，侵毁加诬，何词不有？所贬如此，犹为太轻。盖曾参有投杼之疑，先师有拾尘之戒。伏望陛下断自圣虑，不惑奸邪，则天下幸甚！"②敬宗稍悟。后得穆宗封书，知其忠贞之心，谗言稍息，才得以保全。

（4）擅定赦书，不欲量移。李绅被贬荒州，李逢吉尚不解恨，必欲置李绅于死地。宝历改元，大赦天下。李逢吉不欲李绅量移，定赦书云："已经量移者与量移，不言左降官与量移。"韦处厚复上疏论之，云："伏见赦文节目中，左降官有不该恩泽者。在宥之体，有所未弘。臣闻物议皆言逢吉恐李绅量移，故有此节。若如此，则应是近年流贬官，因李绅一人皆不得量移。事体至大，岂敢不言？李绅先朝奖任，曾在内廷，自经贬官，未蒙恩宥。……仍望宣付宰臣，应近年左降官，并编入赦条，令准旧例，得量移近处。"③穆宗因此追改赦书，李绅移为江州长史。

史书云李逢吉"性忌刻，险谲多端。及得位，务偿好恶。"④其对李绅一而再、再而三的排斥倾轧充分说明了这点。而从另一个方面讲，李绅不惧

①　《资治通鉴》卷二百四十三，中华书局1956年版，第7832页。
②　见《旧唐书》卷一百五十九《韦处厚传》，中华书局1975年版，第4184页。
③　同上书，第4185页。
④　《新唐书》卷一百七十四《李逢吉传》，中华书局1975年版，第5221页。

李逢吉威权，光明磊落，以国事为重，独自一人对抗李逢吉的倾轧，实有君子风范，故王夫之云："穆宗在位四年耳，以君子，则裴度也、李绅也、韩愈也。"① 是符合实情的。

三 从牛李相争看其政治立场

柳诒徵先生在论及唐代朋党时曾说："唐之牛僧孺、李德裕虽似两党之魁，然所争者官位，所报者私怨，亦无政策可言。故虽号为党，而皆非政党也。"② 这话道出了牛李党争的本质，也是就整个群体而言，如果具体到某个人、某件事，从中还是可以看出各自的区别，存在人品、政见等的差异，不可一概而论。李绅与李逢吉的争斗，既是源于对权力的争夺，也是因为各自政治立场的不同。

（1）对藩镇的态度。胡如雷先生认为"唐代后期统治阶级内部的最大纷争，莫过于频繁不绝的藩镇战争，牛李两党对藩帅自擅、叛乱所持的政见是泾渭分明的，双方成员往往围绕着这一问题展开尖锐的斗争。"③ 当然这一观点并不适合所有两党成员④，但就李绅与李逢吉而言，是比较符合实际情况的。早在元和十二年（817 年），李逢吉就因沮阻裴度对淮蔡用兵而被宪宗贬出朝廷，"时用兵讨淮、蔡，宪宗以兵机委裴度，逢吉虑其成功，密沮之，由是相恶。及度亲征，学士令孤楚为度制辞，言不合旨，楚与逢吉相善，帝皆黜之；罢楚学士，罢逢吉政事，出为剑南东川节度使、检校兵部尚书。"⑤宪宗是一位"睿谋英断"⑥、有所作为的君主，视讨平藩镇为其实现唐朝中兴的必由之路，岂容他人阻扰，李逢吉不识时务，为宪宗所贬是必然。然穆宗继位之后，朝廷形势大变，"穆宗荒宴以忘天下，而君非君；崔植、杜元颖暗浅不知远略，而相非相。"⑦ 君臣的不思进取为李逢吉这样一位擅于操弄权术的政客提供了机会。长庆二年（822 年）三月，裴度自太原入朝，"帝方忧深州之围，遂授度淮南节度使。""方受册司徒，徐州奏节度副使王智兴自河北行营率师还，逐节度使崔群，自称留后。朝廷骇惧，即日

① 王夫之：《读通鉴论》卷二十六，中华书局 1975 年版，第 909 页。
② 柳诒徵：《中国文化史》第十九章，上海古籍出版社 2001 年版，第 581 页。
③ 见其《唐代牛李党争研究》，《历史研究》1979 年第 6 期，第 18 页。
④ 周建国先生就认为并不是两党人物都如此，如牛党的崔铉、杜牧就支持对藩镇用兵。见其《关于唐代牛李党争的几个问题——兼与胡如雷同志商榷》，《复旦学报》1983 年第 6 期。
⑤ 《旧唐书》卷一百六十七《李逢吉传》，中华书局 1975 年版，第 4365 页。
⑥ 《旧唐书》卷十五《宪宗本纪下·史臣赞》，中华书局 1975 年版，第 472 页。
⑦ 王夫之：《读通鉴论》卷二十六，中华书局 1975 年版，第 902 页。

宣制，以度守司徒、同平章事，复知政事。乃以宰相王播代度镇淮南。"①
穆宗初授裴度淮南节度使，是为了解深州之围，后因徐州又乱，故留裴度在
朝，旨在商讨平定藩镇政策。然而李逢吉再一次故技重施，阻扰裴度平藩，
利用裴度与元稹的矛盾制造纷争，迫使两人罢相，使穆宗此次平藩政策尚未
施行便已流产。《旧唐书·李逢吉传》云："度在太原时，尝上表论稹奸邪。
及同居相位，逢吉以为势必相倾，乃遣人告和王傅于方结客，欲为元稹刺裴
度。及捕于方，鞫之无状，稹、度俱罢相位，逢吉代度为门下侍郎平章
事。"② 宪宗能用裴度，不为李逢吉阻扰，故河北割据跋扈之风消尽无余；
穆宗暗弱，以李逢吉取代裴度，有助长藩镇跋扈之心，故终唐之世，讫不能
平。李逢吉阻扰裴度平藩主要是出于妒贤伤善的心理和争夺权力的需要，也
反映出他对藩镇一贯的姑息养奸、息事宁人的无所作为的态度。也正是在这
件事上，李绅与李逢吉形成了第一次冲突，《旧唐书·李逢吉传》又云：李
逢吉 "造作谤言，百端中伤裴度。赖学士李绅、韦处厚等显于上前，言度为
逢吉排斥，而度于国有功，不宜摈弃，故得以仆射在朝。时已失河朔，而王
智兴擅据徐州，李齐据汴州。国威不振，天下延颈俟度再秉国钧，以攘暴
乱。"李绅，包括朝廷上下都在期望裴度重秉国钧，以攘暴乱、平定藩镇，
然李逢吉却公报私仇，不但迫其罢相，更造谣中伤，要将其逐出京城。故李
绅、韦处厚等不惜激怒李逢吉，上书请留裴度。由此可以看出，李绅是坚定
支持裴度平定藩镇的，这也和他一生的政治态度相一致。

（2）对宦官的态度。宦官专权是中晚唐时期的一个毒瘤，危害朝政，朝
中正直之士虽不敢直接与之相抗争，但也绝不同流合污。因此，对宦官的态
度是判断朝官正直与奸邪的一个重要标准。李逢吉在穆宗、敬宗朝执政的四
年多时间里，不但引牛僧孺入相，大肆结党，更贿赂宦官，勾结内廷，里应
外合，无所不得其欲。穆宗是在宦官王守澄、梁守谦、韦元素等的拥立下才
顺利登上皇位的，其性格柔弱，缺乏主见，几乎为宦官所控制，如史书云：
"及守澄入知枢密，当长庆、宝历之际，国政多专于守澄。"③。李逢吉 "天
与奸回"，深知当时形势，故倾力勾结宦官，以实现个人的权力欲望。《旧唐
书·李逢吉传》："穆宗即位，移襄州刺史、山南东道节度使。逢吉于帝有侍
读之恩，遣人密结幸臣，求还京师。长庆二年三月，召为兵部尚书。"④ 这

---

① 《旧唐书》卷一百七十《裴度传》，中华书局 1975 年版，第 4425 页。
② 《旧唐书》卷一百六十七《李逢吉传》，中华书局 1975 年版，4365 页。
③ 《旧唐书》卷一百六十九《郑注传》，中华书局 1975 年版，第 4399 页。
④ 《旧唐书》卷一百六十七《李逢吉传》，中华书局 1975 年版，第 4365 页。

里的"幸臣"，或许就是王守澄。有宦官之助，李逢吉如愿返还京师，或许是因为这次成功的尝试，让李逢吉感觉到宦官对实现自己权力欲望的重要性，以致后来每每借助宦官的力量，无所忌惮，为所欲为。如《资治通鉴》云："李逢吉为相，内结知枢密王守澄，势倾朝野。"① 所谓"势倾朝野"，就是李逢吉利用自己的门生故吏，大树党援，把持朝政，"其党有张又新、李续、张权舆、刘栖楚、李虞、程昔范、姜洽及训八人，而傅会者又八人，皆任要剧，故号'八关十六子'。有所求请，先赂关子，后达于逢吉，无不得所欲。"② 更让人不齿的是，李逢吉趁穆宗疾病之时，无视满朝文武，与宦官私自商议定太子，"帝暴疾，中外阻遏，逢吉因中人梁守谦、刘弘规、王守澄议，请立景王为皇太子，帝不能言，颔之而已。明日下诏，皇太子遂定。"③ 李逢吉此举无非是想长期控制朝中大权，但作为当朝宰相竟与宦竖密谋定太子，其行径已与宦竖无异。从以上事实可以清楚地看出李逢吉为了实现自己的权力欲望与宦官相互勾结的卑劣行为，故《旧唐书》史臣云："逢吉起徒步而至鼎司，欺蔽幼君，依凭内竖，蛇虺其腹，毒害正人，而不与李训同诛，天道福淫明矣。"④

李绅对宦官的态度，史书虽不载，但从宦官对他的态度中却可以看出。在李逢吉结党倾轧李绅的过程中，王守澄与李逢吉沆瀣一气，内外串通，在年幼无知的敬宗面前大进谗言，构陷李绅反对立敬宗为储，至有远贬之祸。说明李绅正直无私，绝不与宦官相通，故遭致怨恨报复。

第三节　李绅与吴湘案

吴湘案发生在武宗会昌五年（845 年），并在宣宗大中二年（848 年）再次发酵，案件的反复反映出当时牛李两党斗争的激烈，最终牛党在宣宗的暗中支持下取得了胜利，李党人物被贬斥殆尽，延绵几十年的党争就此结束。本节将围绕李绅、李德裕、唐宣宗等人物考察案件的来龙去脉，以便对吴湘案如何影响牛李党争作一个比较恰当的评析。

---

① 《资治通鉴》卷二百四十三，中华书局 1956 年版，第 7828 页。
② 《新唐书》卷一百七十四《李逢吉传》，中华书局 1975 年版，第 5222 页。
③ 同上。
④ 《旧唐书》卷一百六十七《史臣赞》，中华书局 1975 年版，第 4374 页。

一 吴湘案平议

吴湘案是晚唐政治史上的大事，相关记载很多，由于案件本身的复杂性和一些人为因素的影响，真相众说纷纭，莫衷一是。近代以来，不少研究者对此案件有所关注，也对其中的一些问题作了考辨，但依然有分歧。如岑仲勉先生认为："吴湘之狱，无非是周内锻炼以成德裕之罪而已。"① 而王仲荦先生则持相反观点，认为"这是当时一件大冤案"，"因此吴湘冤杀后不久就平反昭雪了。"② 傅璇琮先生赞同前者观点，并作了详细论证，但认为李德裕对此事的处理有缺点③。赞同此观点的还有王炎平④、李文才、黄会奇⑤等，不过李文才不但认为李德裕对此事的处理有缺点，还认为李绅有借机报怨之嫌⑥。总的来说，研究者比较赞成牛党借吴湘案打击李党的观点。下面将就这些观点结合相关材料作一平议。

在李党执政时期，即会昌五年（845 年）二月，吴湘被定罪伏法。其过程如《资治通鉴》所载：

> 淮南节度使李绅按江都令吴湘盗用程粮钱，强娶所部百姓颜悦女，估其资装为赃，罪当死。湘，武陵之兄子也，李德裕素恶武陵，议者多言其冤，谏官请覆按，诏遣监察御史崔元藻、李稠覆之。还言："湘盗程粮钱有实。颜悦本衢州人，尝为青州牙推，妻亦士族，与前狱异。"德裕以为无与夺，二月，贬元藻端州司户，稠汀州司户。不复更推，亦不付法司详断，即如绅奏，处湘死。谏议大夫柳仲郢、敬晦皆上疏争之，不纳。⑦

宣宗大中二年（848 年）二月，在宣宗的默许和牛党令狐绹、崔铉、白敏中等人的授意下，吴湘案进行了复审，结果如下：

---

① 见其《通鉴隋唐纪比事质疑》，中华书局 1964 年版，第 304 页。

② 见其《隋唐五代史》第二章第四节，中华书局 2007 年版，第 221 页。

③ 见其《李德裕年谱·大中二年》，齐鲁书社 1984 年版。

④ 见其《牛李党争》第六章第二节，西北大学出版社 1996 年版。

⑤ 见其《试析"吴湘之案"》，《东南文化》2005 年第 5 期。

⑥ 见其《关于吴湘案的几点考释》，《扬州师院学报》（社会科学版）1995 年第 4 期。

⑦ 《资治通鉴》卷二百四十八，中华书局 1956 年版，第 8014 页。按新、旧《唐书》的相关记载，吴湘江都令为江都尉之误。

据三司推勘吴湘狱，谨具逐人罪状如后：扬州都虞侯卢行立、刘群，于会昌二年一月十四日，于阿颜家吃酒，与阿颜母阿焦同坐，群自拟收阿颜为妻，妄称监军使处分，要阿颜进奉，不得嫁人，兼擅令人监守。其阿焦遂与江都县尉吴湘密约，嫁阿颜与湘。刘群与押军牙官李克勋即时遮拦不得，乃令江都百姓论湘取受，节度使李绅追湘下狱，计赃处死。具狱奏闻。朝廷疑其冤，差御史崔元藻往扬州按问，据湘虽有取受，罪不至死。李德裕党附李绅，乃贬元藻岭南，取淮南元申文案，断湘处死。①

要判定吴湘案是否是冤案，最关键的一点就是吴湘的罪名。其罪名有二：盗用程粮钱；强聚所部百姓颜悦女。对于第一条罪状，不管是初审还是复审，抑或是首鼠两端的崔元藻，都是没有异议的，不同的只是量罪的轻重。武宗时，李德裕为整顿吏治，惩治贪腐，严苛刑法，执法以严，如《册府元龟·刑法部》载："会昌元年正月诏曰：朝廷典刑，理当画一，官吏赃坐，不宜有殊，内外文武官犯入已赃绢三十匹，尽处极法。"② 又《新唐书·刑法志》载："武宗用李德裕诛刘稹等，大刑举矣，而性严刻。故时，窃盗无死，所以原民情迫于饥寒也，至是赃满千钱者死，至宣宗乃罢之。"③ 可见此时期对于官吏贪赃惩罚是很严的，动辄极刑。另外，唐代律法历来对于监守自盗的官吏惩罚极严，如《唐律疏议》载："诸监临主司受财而枉法者，一尺杖一百，一匹加一等，十五匹绞。"④ 吴湘盗用程粮钱，具体数额史书不载，但数目肯定不少。《北梦琐言》卷六云：李绅"因其（吴湘）婚娶聘财反甚丰，乃罗织执勘，准其俸料之外，有陈设之具，坐赃，奏而杀之，惩无礼也。"⑤ 根据上述记载，可以确定两点：其一，李绅定吴湘极刑是因为其贪赃；其二，吴湘贪赃数额巨大，这从他婚娶颜氏女的资装"甚丰"可反映出来。吴湘只是一小小县尉，并无殷厚家底，娶一破落士族之女，尚如此铺张，何来如此钱财？李绅定罪之前也是很慎重的，"使观察判官魏铏鞫湘，罪明白，论报杀之。"（《新传》）后来崔元藻覆按之时也并未质疑当时的量刑标准。这些都说明，以武宗当时从严治吏的标准定吴湘死罪

① 《旧唐书》卷十八下《宣宗纪》，中华书局 1975 年版，第 619 页。
② 明本《册府元龟》卷六一三《刑法部·定律令五》，中华书局 1960 年版，第 7355 页。
③ 《新唐书》卷五十六《刑法志》，中华书局 1975 年版，第 1418 页。
④ 《唐律疏议》卷十一《职制律》，中华书局 1983 年版，第 220 页。
⑤ 《北梦琐言》卷六，上海古籍出版社 1981 年版，第 42 页。

是符合律法的。所谓"乱世用重典",这样的做法虽然无法从根本上解决唐王朝内部的问题,但还是能够在一定程度上维持日落西山、苟延残喘的唐王朝。不过,宣宗时有意反拨武宗政策,治吏以宽,废严苛之法,如"大中四年正月敕:攘窃之兴,起于不足。近日刑法颇峻,赃至一千,便处极法,轻人性命,重彼财货,既多杀伤,且乖教化,况非旧制,须议更改。其会昌元年二月二十六日敕,宜令所司,重详定条流。"① 这也直接导致宣宗时期官吏欺诈贪渎之风盛行,激化了社会矛盾。王夫之就认为,当时的农民起义与此有关:"然则所以致之者,非有司之虐害而谁耶?李行言、李君奭以得民而优擢,宜足以风历廉隅而防止贪浊矣,然而固不能也。君愈疑,臣愈诈,治象愈饰,奸蔽愈滋,小节愈严,大节愈纵,天子以综核御大臣,大臣以综核御有司,有司以综核御百姓,而弄法饰非者骄以玩,朴愿自保者罹于凶,民安得不饥寒而攘臂以起哉!"② 因此,以宣宗时这种过于宽纵的标准去衡量吴湘的贪赃,再加上有意的减轻其罪状,得出"罪不至死"的结论也就不足为怪了。可见量刑标准的不同和人为的因素是造成初审与复审结果不同的主要原因。而且律法有时效性,李绅以当时的量刑标准定吴湘极刑是没有问题的,再以宣宗时的标准去衡量武宗时的案件当然就不合时宜了。

至于第二条罪状"强聚所部百姓颜悦女",崔元藻云"娶部人女不实,按悦尝为青州衙推,而妻王故衣冠女,不应坐。"(《新传》)但不言未"强娶",则"强娶"一事应为实。复审结果则与上述都不同,并且追述事情起因,给人造成吴湘被他人构陷迫害的印象。然仔细推敲复审结果,其中实有诸多可疑之处。首先是时间上不合理。如果会昌二年(842 年)五月都虞侯刘群与吴湘发生争夺阿颜事,那么,应在之后不久刘群等即"令江都百姓论湘取受",怎么会等到会昌五年才有审理结果呢?其次,中晚唐时期,都虞侯为藩镇重要军事将领,地位非同一般。他们既能指挥发动叛乱,如贞元十二年"宣武都虞侯邓惟恭内不自安,潜结将士二百馀人谋作乱。事觉,董晋悉捕斩其党,械惟恭送京师。"也能指挥镇压叛乱,如贞元十四年夏,"辛酉,军乱,杀大将王栖岩等,全义(指节度使韩全义)逾城走。都虞侯高崇文诛首乱者,众然后定。"有时还能替代节度使,如贞元十五年"山南西道都虞侯严砺诒事严震,震病,使知留后,遗表荐之。秋,七月,乙巳,以严砺为山南西道节度使。"③ 另据荣新江先生考证,都虞侯不但负责整顿军旅,

① 《唐会要》卷三十九《议刑轻重》,中华书局 1955 年版,第 715 页。
② 王夫之:《读通鉴论》卷二十六,中华书局 1975 年版,第 947 页。
③ 以上皆见《资治通鉴》卷二百三十五,中华书局 1956 年版,第 7575—7576、7580、7583 页。

还监掌民事纠风和系狱理囚①。而县尉只不过是掌管治安的九品小官，他们之间有着直接的隶属关系。阿颜怎么会选择作为下属的吴湘来抗衡自己的上级刘群，拥有军政大权的刘群又怎会束手无策呢？且刘群"妄称监军使处分，要阿颜进奉，不得嫁人。"按《旧唐书·杜悰传》载："会昌初，武宗诏扬州监军取倡家女十七人进禁中，监军请悰同选，又欲阅良家有姿相者，悰曰：'吾不奉诏而辄与，罪也。'监军怒，表于帝。"② 说明刘群所说不全为假，而吴湘恐不至于如此大胆到敢直接对抗监军使吧，根据以上种种可疑，复审结果所叙说的吴湘被诬经过是不可信的，或许是覆按人员根据牛党授意而行刑逼供的结果也是有可能的。《新唐书·李德裕传》云："吴汝纳之狱，朝廷公卿无为辨者，惟淮南府佐魏铏就逮，吏使诬引德裕，虽痛楚掠，终不从，竟贬死岭外。"③ 他们既然会严刑逼魏铏诬引李德裕，自然也可能对刘群、卢行立等使用同样方法为吴湘解脱罪状。故吴湘强娶罪是成立的，但这个罪其实对案件的影响并不大，因为贪赃已是极刑。

根据上述分析，吴湘案不是冤案。王仲荦先生显然是没有考察复审结果的真实性就把它作为自己立论的依据。不过李德裕也有挟私抱怨之嫌，在案情还有疑点的情况下，不按常规程序而武断地迅速处决吴湘，且贬谪覆按御史，这都为后来的翻案留下了借口。至于李绅，他在处理案件时是比较客观的，不存在所谓的私怨。李文才先生认为"（吴）武陵与李绅之间因李、韩（愈）二人的矛盾而不洽"④ 而要重惩吴湘是非常牵强的。不过李绅在案件处理中也有缺点：一是没有仔细核实阿颜的身份；二是不当附和李德裕在春季处死吴湘。但正是李德裕的过分介入和李绅的疏忽给牛党留下了把柄，从而掀起了一场打击李党的狂潮。它对晚唐政治的影响，从积极方面看是结束了党争，但从消极方面看则是"唐朝政治愈加腐败，再无革新可言。"⑤

二　唐宣宗与吴湘案

在吴湘案的复审及翻案过程中，牛党人物崔铉、白敏中、令狐绹等起了重要作用，但宣宗的态度也非常的关键。笔者以为，如果没有宣宗的同意甚

---

① 荣新江：《唐五代归义军武职军将考》，《中国唐史学会论文集》，三秦出版社1993年版，第76—87页。

② 《新唐书》卷一百六十六《杜悰传》，中华书局1975年版，第5091页。

③ 《新唐书》卷一百八十《李德裕传》，中华书局1975年版，第5343页。

④ 见李文才《关于吴湘案的几点考释》，《扬州师院学报》（社会科学版）1995年第4期，第111页。

⑤ 傅璇琮：《李德裕年谱·大中二年》，齐鲁书社1984年版，第635页。

至是授意，牛党是不敢如此明目张胆、歪曲事实以达到翻案目的的，也不会不遗余力对李党几乎所有人物进行打击倾轧。目前已有的研究都在强调牛党的作用，而忽视了宣宗在其中的作用，因此有必要作分析。

吴湘案在性质上只不过是个普通的贪赃案，由于牵涉到李德裕，因而为各方利用，成了轰动晚唐的大事。首先是牛党为打击李党引爆此案，《新传》云："宣宗立，德裕去位，绅已卒。崔铉等久不得志，导汝纳使为湘讼"，又"宗闵故党令狐绹、崔铉、白敏中皆当路，因是逞憾，以利诱动元藻等。"牛党之所以敢利用这个案件，一方面固然是因为李德裕、李绅当初处理案件时确有操之过急之嫌，以致授人以柄，更根本的原因是，牛党充分把握了宣宗欲彻底贬逐李德裕的心理。武宗驾崩，以李德裕摄冢宰，宣宗即位之时，李德裕又奉册太极殿，似乎圣眷隆渥。然宣宗四月辛未朔听政，次日壬申即出李德裕为荆南节度使。时"德裕秉权日久，位重有功，众不谓其遽罢，闻之莫不惊骇。"① 如此不合常理的行为，表明宣宗内心极其厌恶李德裕，必欲贬逐之。出李德裕为荆南节度使，也只是暂时之计，根本目的还在于寻找进一步贬逐的机会。这一点为牛党所洞悉，故想尽一切可能寻找机会，制造事端。大中元年（847 年）二月，白敏中"使其党李咸讼德裕罪，德裕由是自东都留守以太子少保、分司。"② 而宣宗明知牛党对李德裕的痛恨，正好可以利用，故不动声色，任由其发挥，不加干预。不过，这些只是琐碎小事，无法从根本上击垮李德裕及其政党，因为它们牵涉面不广，对李党其他成员影响不大。基于这样一种目的，牛党引爆吴湘案也就是必然，因为它不但和李德裕有直接关联，便于诋毁构陷，罗织罪名，而且涉及几乎所有李党人物，可以趁机将李党其他人物一网打尽。显然，宣宗也看到了吴湘案的利用价值。于是双方一前一后、一唱一和，制造了这场针对李德裕及其他李党人物的大冤案。

那么，宣宗为何要贬逐李德裕并牵连其他李党人物呢？笔者以为其中既有其不可为外人道的隐密目的，也有其极力反拨武宗朝政策以及结束两党相争的政治目的。宣宗继位之前，多年韬光养晦、含垢忍辱，形成其谨小慎微的心理及多疑的性格特征。听政之初，在毫无预兆的情况下突贬李德裕即与此心理有关。王夫之云："宣宗初识李德裕于奉册之顷，即曰：'每顾我，使我毛发洒淅。'夫宣宗非屌主，德裕非有跋扈之气发于声色，如周勃之起家

---

① 《资治通鉴》卷二四八，中华书局 1956 年版，第 8024 页。

② 同上书，第 8029 页。

行伍、梁冀之世习骄倨者，岂果见之而怵然哉？有先人之言使之猜忌者在也。武宗疾笃，旬日不能言，而诏从中出，废皇子而立宣宗，宣宗以非次拔起，忽受大位，岂旦夕之谋哉？宦官贪其有不慧之迹而豫与定谋，窃窃然相嚅呩于秘密之地，必将曰太尉若知，事必不成。故其位也，惴惴乎唯恐德裕之异己，如小儿之窃饵，见厨妇而不宁也。语曰：'盗憎主人'其得志而欲诛逐之，必矣。"① 王夫之的分析是很有道理的，也真实道出了宣宗当时心理。按正常继承顺序，宣宗是没有机会的，但是宦官改变了这一切。武宗时李德裕裁损内竖权力，"监军失权，而中尉不保神策之军，于时宦官与德裕有不两立之势。"② 为重新夺回被李德裕限制的权力，趁武宗病危，皇子幼小，"左神策军护军中尉马元贽立光王为皇太叔。"③ 宦官集团通过宫廷政变的方式改立宣宗为继承人，本来就是针对李德裕。突然登上皇位的宣宗，也因为名不正言不顺，内心亦惴惴不安，非常担忧以李德裕为首的朝臣一旦知道继位真相后群起反对。在这样一种情况下，宣宗与宦官合谋，出其不意，迅速罢免李德裕，任命新的宰相，以巩固皇位。后来宣宗又利用牛党不断打击贬谪李德裕（包括为吴湘翻案），直至贬死崖州，绝不假以仁慈，很大程度是因为这样一个原因。这就是宣宗不可为外人道的隐密目的。

但宣宗毕竟不是宦官集团所认为的"不慧之主"，从贬出李德裕开始，宣宗实际上已经在开始他的新政，单就贬逐李德裕这件事而言宣宗也显然看得更远。宣宗在藩邸多年，以旁观者的眼光观察穆、敬、文、武四朝政事。给他留下深刻印象的或许就是牛李两党的相互倾轧，文宗曾感叹"去河北贼非难，去此朋党实难"④。这个难题同样也摆在宣宗的面前，不同的是，宣宗上台之时却是一个去除两党相争的极好机会。当时李党一党独大，牛党领袖人物如牛僧孺、李宗闵、杨嗣复、李珏等皆远贬在外，后来的牛党人物如白敏中、令狐绹等还羽翼未丰，并没有形成朋党局面。所以，宣宗只要贬逐李党，加强自己对权力的控制，就不至于再出现两党相争的现象。正因为意识到这一点，宣宗在贬斥李德裕的同时，也不断地贬斥与其相关的人物，如会昌六年"甲戌，贬工部尚书、判盐铁转运使薛元赏为忠州刺史，弟京兆少尹、权知府事元龟为崖州司户，皆德裕之党也。"⑤ 又大中二年初，"西川节

---

① 王夫之：《读通鉴论》卷二十六，中华书局 1975 年版，第 939 页。
② 同上。
③ 《新唐书》卷八《宣宗本纪》，中华书局 1975 年版，第 245 页。
④ 《旧唐书》卷一百七十六《李宗闵传》，中华书局 1975 年版，第 4554 页。
⑤ 《资治通鉴》卷二四八，中华书局 1956 年版，第 8024 页。

度使李回、桂管观察使郑亚坐前不能直吴湘冤，乙酉，回左迁湖南观察使，亚贬循州刺史，李绅追夺三任告身。中书舍人崔嘏坐草李德裕制不尽言其罪，己丑，贬端州刺史。"[1] 同时宣宗也不断削弱相权，加强对权力的控制。武宗时，李德裕有绝对的权威，如平泽潞，"首尾五年，其筹度机宜，选用将帅，军中书诏，奏请云合，起草指踪，皆独决于德裕，诸相无预焉。"[2] 宣宗贬逐李德裕也即收回其宰相权力，以便自己用人和实施自己的治政理念，如亲自任免刺史，使用宪宗朝旧臣或其后人，停止毁佛，等等，大力反拨武宗政策。这样，宣宗使自己"作为全帝国最强大而唯一的政治力量出现，结果是大规模的公开朋党活动普遍减少。"[3] 可见宣宗从贬斥李德裕开始到利用吴湘案大规模逐除李党，除了其隐秘目的外，还有借此实施新政和结束两党相争的宏大意图。

三 李绅之态度

要对李绅处理吴湘案的态度有比较准确的认识，就不仅要关注案件本身，还必须了解案件发生的时代背景。首先，吴湘案是在李德裕主政时的严惩贪赃、澄清吏治的政治大背景下发生的，有其特殊性。其次，吴湘案又和当时正在进行的平泽潞之战有一定联系。李绅会昌四年闰七月再度出镇淮南，其出镇的原因，傅璇琮先生认为："恐与调剂军粮有关，因征讨泽潞已一年有余，军费支出浩大，战事呈胶着状态，若须发动大规模进攻，即需大笔财政支出，故需亲信大臣出守扬州，经营东南漕运。"[4] 这种看法是成立的。中晚唐时期，淮南为朝廷财政收入的主要来源，节度使往往还兼盐铁转运使，掌控着唐朝廷的经济命脉。为了保障平叛的顺利进行，以李绅为淮南节度使是再恰当不过了。李绅之前任为杜悰，其政绩如何史书不载，但从史臣对他的评价中我们可猜出一二。《新唐书》史臣论曰："悰于大议论往往有所合，然才不周用。虽出入将相，而厚自奉养，未尝荐进幽隐，（杜）佑之素风衰焉，故时号'秃角犀'。"[5] 可见杜悰实是夸夸其谈之辈，并没有实际的地方治理能力。值得注意的是，其生活上的"厚自奉养"，上行则下效，可以想象下面官员的状态，至少他无法对官员的贪赃进行有效约

① 《资治通鉴》卷二四八，中华书局 1956 年版，第 8032 页。
② 《旧唐书》卷一百七十四《李德裕传》，中华书局 1975 年版，第 4527 页。
③ ［英］崔瑞德编：《剑桥中国隋唐史》第九章，中国社会科学出版社 1990 年版，第 680 页。
④ 傅璇琮：《李德裕年谱·会昌四年》，齐鲁书社 1984 年版，第 532 页。
⑤ 《新唐书》卷一百六十六《杜悰传》，中华书局 1975 年版，第 5092 页。

束。吴湘或许就是这样官员，在缺乏监管的情况下，为了维持奢靡生活而去贪赃盗用程粮钱。李绅到了淮南之后，为配合朝廷平叛，整顿财政，治理杜悰留下来的烂摊子，或许就是在这个过程中发现了吴湘的贪赃事实。按照当时从严治吏的要求和处理贪赃的相关律法，也为了整肃淮南吏治，杀一儆百，李绅对吴湘案作了从严处理。这在当时也是合乎民情的举动，《云溪友议》卷一云："李公既治淮南，决吴湘之狱，而持法清峻，犯者无宥，有严、张之风也。狡吏奸豪，潜形匿迹。"① 可见李绅对吴湘等人的处理是得到民众支持的，而"狡吏奸豪，潜形匿迹"，也说明李绅的治理是非常有效的。从这样一种背景下来看待李绅对吴湘案的态度也就比较容易理解其行为了。

但是李绅这一持法刚严的态度却因细节的处理不当和后来牛党对他的恶意攻击而被误解，甚至歪曲。吴湘案最终以牛党的胜利而告终，因而保存下来的有关吴湘案的史料也大都倾向于牛党，但事情的真相却被掩盖。就宋代的吴湘案相关史料而言，或许以《吴湘事迹录》为详，但这个材料却主要是依据吴汝纳的诉状而成。晁公武《郡斋读书志》卷九云："右唐大中中，李绅镇扬州，陷吴湘以罪抵死。后其兄汝纳辩诉其枉状，录总载焉。"② 这样的史料只是当事人一方之辞，不论从哪一个角度看都缺乏可靠性，但由于当时牛党当政，所以它流传甚广，人们也就自然接受其影响。又如《太平广记》卷二百六十九云："李绅以旧宰相镇一方，恣威权。凡戮有罪，犹待秋分。永宁吴尉弟湘，无辜盛夏被杀，崔元藻衔德裕斥己，即翻其辞，因言御史覆狱还。皆对天子别白是非，权轧天子，使不得对。具狱不付有司，但用绅奏而置湘死。……始绅以文艺节操见用，然所至务为威烈，或陷暴刻，故卒坐湘冤云。"③《太平广记》是杂抄各种史料而成，缺乏辩驳，此条或即出自牛党之手，虽然倾向性明显，但《新唐书》史臣却全盘接受④。可见要了解吴湘案的真相和李绅的真实态度，就必须先辨别材料的真假，这些在此前的论述和后面的年谱中都有提及，这里不再赘述。

---

① 《云溪友议》卷上，古典文学出版社 1958 年版，第 9 页。

② 晁公武：《郡斋读书志》卷九，孙猛校证，上海古籍出版社 1990 年版，第 380—381 页。

③ 《太平广记》卷二百六十九《李绅传》，中华书局 1961 年版，第 2111 页。

④ 《新传》史臣云："始，绅以文艺节操见用，而屡为怨仇所报却，卒能自伸其才，以名位终。所至务为威烈，或陷暴刻，故虽没而坐湘冤云。"抄自《太平广记》至为明显。

第四节　李绅与牛僧孺

在牛李两党相争的过程中，势不两立、相互倾轧是两党成员之间的一种常态，几乎很难和平共处、共商国事，所以唐文宗感叹"去河北贼易，去此朋党难"[1]。不过也有例外，作为李德裕党核心成员的李绅与作为牛党党魁的牛僧孺，不但没有发生直接的冲突，还相互敬重，惺惺相惜，诗酒酬和，保持了文人之间应有的礼尚往来。这在激烈的党争中是难得一见的温情，虽然这无法对两党之间的倾轧与斗争产生任何的影响，但毕竟让我们看到了两党化干戈为玉帛的可能，也为我们更深入地了解两党相争提供了新的视角。

一　李绅与牛僧孺之交游

唐文宗时期是牛李党争最为激烈的时期，双方你来我往，势均力敌，谁也无法取得压倒性优势，彼时大权在握，风光荣耀；此时身居闲职，落寞失意。在这种反复无常的政治形势下，人的心理会发生很大的变化，有些人会变得极端，更加贪恋权力，为获得权力不惜一切手段，睚眦必报，如李逢吉、李宗闵、杨虞卿之徒；有些人则会心怀恐惧，感叹人生的无常，心生困倦，暂时放下党派的偏见，试图回归正常的人生，如李绅、牛僧孺等。李、牛二人内心对于党争的困倦，加之本无个人恩怨，又适逢机缘巧合，所以抛弃各自党派的身份，以宦游之人应酬往来也属正常。

大和六年（832 年），牛僧孺因为"挟素怨，横议沮解"[2] 李德裕对吐蕃用兵，导致"谤论沸然"[3]，被唐文宗免去宰相职务，以检校左仆射、兼平章事，出为淮南节度副使。这是牛僧孺二度罢相，虽心有不甘，但出为天下第一镇的扬州节度使，这个结果却也可以接受，加之当时宦官用事，难有作为，遂顺势而下，事实也证明牛僧孺是幸运的。因此，暂时摆脱了党争困扰的牛僧孺在扬州反而是清静的，这为他反思卷入这场看似无休无止的党争提供了一个机会，也为他泰然接受李绅的来访有了心理上的准备。实际上，从李绅与牛僧孺各自的经历看，他们在元和中后期开始就已经同朝为官，且与白居易都为好友，虽然没有直接的材料证明，但揆之常情，他们之间是有

---

①　欧阳修：《新唐书》卷一百七十四《李宗闵传》，中华书局 1975 年版，第 5236 页。
②　欧阳修：《新唐书》卷一百七十四《牛僧孺传》，中华书局 1975 年版，第 5231 页。
③　刘昫：《旧唐书》卷一百七十二《牛僧孺传》，中华书局 1975 年版，第 4471 页。

交往的可能的，至少相互熟知。到了长庆时期，两人开始分属不同阵营，李绅与李德裕、元稹同在翰林，情意相善，而牛僧孺与李德裕早已结下私怨，又为李逢吉所引为相，李逢吉则与李绅势不两立，争斗激烈。在这种错综复杂的情况下，两人之间的关系就显得极为微妙。一方面他们都深得唐穆宗信任，自然会在一些具体的朝廷事务上有互动交流；另一方面他们又没有个人恩怨和直接的矛盾冲突，因此虽然各为党派，但却没有交恶的必要。史书对于李绅与李逢吉争斗的记载，包括李绅个人的回忆，都丝毫不涉及牛僧孺，可见牛僧孺在其中保持了中立。当然，站在各自党派的立场，他们也不可能有进一步的情谊，而是始终会保持一定的距离。所以在李逢吉为彻底打倒李绅，并不惜置其于死地的过程中，牛僧孺作为宰相始终不发一言，没有任何想为李绅解脱的想法。但从李绅的角度看，作为对立的党派，牛僧孺这时没有落井下石参与对自己的政治迫害，已经很让他感动，这大概是后来李绅不计较牛僧孺的党派身份，而愿意与其交往的一个重要原因。

大和七年（833 年）闰七月，李绅检校左散骑常侍，兼越州刺史，充浙东观察使，赴任途中经扬州，牛僧孺置酒款待，两人相见甚欢。开成三年（838 年），李绅编订《追昔游集》时，专门作诗回忆此事。诗云：

> 严城画角三声闭，清宴金樽一夕同。银烛坐隅听子夜，宝筝筵上起春风。酒徵旧对惭衰质，曲换新词感上官。淮海一从云雨散，杳然俱是梦魂中。（《忆被牛相留醉州中时无他宾牛公夜出真珠辈数人》）

当时正值党争激烈之时，但他们似乎并没有受到任何影响，甚至李绅在追忆自己早前的经历时特意忆及此事，这大概可以看出两人之间情感的真诚。诗题云："牛相留醉州中，时无他宾，夜出真珠辈数人。"表明牛僧孺不是虚情假意，反而像是招待阔别多年的好友，欢宴长谈，致醉方休。对李绅而言，牛僧孺虽然是自己最可靠盟友李德裕的反对者，但他并不盲目随从，有自己的原则。李逢吉肆意迫害自己之时，牛僧孺并没有乘机落井下石，说明他与李逢吉的人品有着天壤之别，所以对于牛僧孺之盛情款待，李绅并不拒绝，而是心存感激。诗歌最后一句"淮海一从云雨散，杳然俱是梦魂中"，把李绅内心真实的情感完全表露了出来，说明其对牛僧孺友情的怀念。从这首诗中我们也可看出尽管两人分属不同党派，但依然能够相互尊重，真诚相待，已然超出了党派的纷争。在这次相见甚欢的交往后，彼此之间的心结或许已经打开，所以第二次的相见也就水到渠成。

大和九年（835 年）五月，李绅复为太子宾客分司东都。返洛途中再次经过扬州，复与牛僧孺相见，饯饮作别。《追昔游集》中有《州中小饮便别牛相》一诗，卞孝萱《李绅年谱》、卢燕平《李绅集校注》皆视之为开成间编订诗集时的回忆之作，但从其内容与情境看更有可能作于当时。诗云：

> 笙歌罢曲辞宾侣，庭竹移阴就小斋。愁不解颜徒满酌，病非伤肺为忧怀。耻矜学步贻身患，岂慕醒狂蹑祸阶。从此别离长酩酊，洛阳狂狷任椎埋。

此诗首联叙事，写牛僧孺对自己的热情款待，颔联、颈联、尾联则抒情，在痛斥奸邪小人的同时，也向牛僧孺表达壮志未酬、心有不甘的愤懑怨怒之情。李绅在长庆年间曾深得穆宗信任，踌躇满志，意欲有所作为，但很快被李逢吉所构陷，九死一生。长期郁居下僚后，出镇浙东，李绅以为迎来了自己人生的重要转折点，正准备在浙东大展宏图，却再一次为王璠所阻[①]，政治理想再次成空。这对李绅的打击是很大的，在诗中李绅却毫不掩饰地向牛僧孺倾吐了自己内心的这种愤懑之情，"愁不解颜徒满酌，病非伤肺为忧怀。耻矜学步贻身患，岂慕醒狂蹑祸阶。"李绅敢于向牛僧孺吐露内心真情，倾诉内心痛苦，并且公开指斥王璠等奸邪小人，显然是把他当成了可以信任之人，这也说明上一次见面后两人之间的友情得到提升。在李绅的诗歌中很少叙及与他人的友情，包括白居易、元稹、李德裕等，向他们吐露真情的更几乎没有，唯独此诗却对牛僧孺毫不隐讳，确实让人意想不到，连傅璇琮先生也惊讶地认为"此诗情真意深，对牛僧孺不隐瞒其就洛阳闲职的'忧怀'。"[②] 当然此诗作于特定的时间和地点，也许有人会怀疑其情感的真实性，有逢场作戏的嫌疑，但李绅若干年后仍收录此诗于集中，说明这绝对不是虚情假意。

李绅与牛僧孺在扬州的这两次相聚，颇有相见恨晚、惺惺相惜之情，可惜之后两人再也没有相见。这在牛李相争的背景之下弥足珍贵，为我们更全面和准确地了解牛李党争提供了更多样的视角。

---

① 李绅初到浙东时，因浙西旱灾，遂请出米五万斛以济，结果浙西观察使王璠恩将仇报，反诬李绅谋求私利，见《却到浙西诗序》。大和九年，王璠、李汉奏李德裕阴结漳王，图谋不轨，贬李德裕袁州刺史，李绅亦随后出任闲职，离开浙东。

② 傅璇琮：《李德裕年谱》，河北教育出版社 2001 年版，第 247 页。

二　李牛交游原因及其影响

在牛李党争的背景下，相互倾轧是常态，像李绅与牛僧孺这样毫不顾忌各自党派身份把酒言欢、坦诚相交、相互尊重的现象可谓极为罕见。那么，是什么原因促使他们放下党派的偏见呢？笔者以为，除了上文提及的早期同僚友情外，他们的身世经历、个人品行，以及各自在党派内的地位是重要原因。

首先，从他们的家族出身看，李绅与牛僧孺都出身旧贵族，到他们这一代时，家道中落，已无门荫可依，只能凭借个人才能去实现家族复兴与个人理想。李绅的奋斗经历前文已述，此不赘论，而牛僧孺的家族渊源和李绅早期经历也大致相似。据李珏《故丞相太子少师赠太尉牛公神道碑铭并序》云："八代祖弘，仕隋为吏部尚书，封奇章公，佐佑文帝，有重名于时。高祖凤，中宗时为春官侍郎，掌国史。曾祖休克，集州刺史，赠给事中。祖父绍，太常博士，赠太尉。父幼闻，华州郑县尉，赠太保。公七岁而孤，依倚外族周氏。岳岳卓卓，有老成之风。以丧礼自处，未尝戏弄。年十五，知先奇章公城南有隋室赐田数顷，书千卷。乃辞亲肄习，孜孜矻矻，不舍早夜。泊四五年，业成举进士，轩然有声。"① 相似的身世经历让他们更容易产生心灵的共鸣，惺惺相惜，相互敬重。一般情况下，他们分属不同党派，各行其是，而一旦有机会相会交流，这些相似的经历就会给双方带来情感的认同，卸下心灵的包袱，这也正是李绅在诗中敢于吐露真情的原因。反观李绅与李逢吉，牛僧孺与李德裕，身世经历的差异则加深了他们之间的怨仇。李逢吉，仕途亨通，早登相位，加之生性忌刻，为人狡诈，对于后起之秀李绅满怀嫉恨，必欲除之而后快，所以才会有两人的争斗。李德裕秉承父志，以才干卓群，立登高位，故对于按部就班之寒士颇有轻视之意，据《旧唐书·武宗纪》记载，李德裕曾公开表示，"朝廷显官，须是公卿子弟。何者？自小便习举业，自熟朝廷间事，台阁仪范，班行准则，不教而自成。寒士纵有出人之才，登第之后，始得一班一级，固不能熟习也。"② 虽然李德裕厌恶牛僧孺的原因众多，但这番言论所体现出来的对寒士的偏见大概也是其中之一。所以，李绅与牛僧孺相似的身世经历对于两人抛开党派之争，坦诚交往是有一定作用的。

① 《全唐文》卷七百二十，中华书局1983年影印本，第7406页。
② 刘昫：《旧唐书》卷十八上《武宗纪》，中华书局1975年版，第603页。

其次，李牛二人的人格、品行能够相互兼容也是他们相聚甚欢的一个重要原因。如前文第一章所论，李绅一生谨守儒家、奉儒守官，在日常的自我修养和人格锻炼中以直、清、贞、真、奋、谦六端严格要求自己，一以贯之。从初出茅庐时直面李锜的威逼胁迫不惜以命相抗的忠贞，到意气风发之时面对李逢吉等群小的诋毁毫不妥协只身与之相斗争的勇气，以及带着满腹的愤恨与冤屈流放端州时表现出来的坚韧，都是对李绅坚持自身人格品行的最好诠释。牛僧孺的人格品行在这些方面与李绅也颇多相似之处。如李珏言其"不喜释老，唯宗儒教"①，说明牛僧孺与李绅一样，谨守儒家教义，恪守传统士人的品行。而《旧唐书·牛僧孺传》称其"贞方有素，人望式瞻"②，所谓"贞方"，即正直不阿、坚贞端庄之意，既不曲意奉承他人，也不受人请托，清正廉直。这一点也是牛僧孺在当时最为人称道的原因，据《旧唐书》记载，河中节度使韩弘罢镇后，担心朝中有人论其旧事，"其子公武以家财厚赂权幸及多言者，班列之中悉受其遗。俄而父子俱卒，孤孙幼小，穆宗恐为厮养窃盗，乃命中使至其家，阅其宅簿，以付家老。而簿上具有纳赂之所，唯于僧孺官侧朱书曰：'某月日，送牛侍郎物若干，不受，却付讫。'穆宗按簿甚悦。"③ 牛僧孺不但不受贿赂，还坚决不依附宦官，这与当时朝中大臣竞相巴结宦官以作进身之阶的普遍情形不同，体现了人格的独立性。这些人格特征与李绅人格追求中的直、清、贞也大致相同。两人不仅在人格追求上有相似之处，还在性格上形成一定的互补性。李绅忠贞坦荡，性格爽直，但性情急躁，做事激切，个性强烈，容易得罪人，因而往往被人利用。如与韩愈的争执，《旧唐书》本传云："（李逢吉）知绅刚褊，必与韩愈忿争。制出，绅果移牒往来，论台府事体。"又李绅处置族子李虞求荐书事件不当，把李虞这个自己曾经非常信任之人推向自己的死敌李逢吉，都是因为这个原因。而相比于李绅，牛僧孺则性情通达，不拘细务，待人宽厚，无欲无求。杜牧《唐故太子少师奇章郡开国公赠太尉牛公墓志铭并序》言其"忠厚仁恕，庄重敬慎，未尝（不）以此八者自勉，而终身益笃。"④《旧唐书·牛僧孺传》也云："僧孺识量弘远，心居事外，不以细故介怀。洛都筑第于归仁里。任淮南时，嘉木怪石，置之阶廷，馆宇清华，竹木幽邃。常与

① 李珏：《故丞相太子少师赠太尉牛公神道碑铭并序》，《全唐文》卷七百二十，中华书局1983年影印本，第7408页。
② 刘昫：《旧唐书》卷一百七十二《牛僧孺传》，中华书局1975年版，第4473页。
③ 同上书，第4470页。
④ 《全唐文》卷七百五十五，中华书局1983年影印本，第7827页。

诗人白居易吟咏其间，无复进取之怀。"① 所以言牛僧孺"人望式瞻"，得到牛党人物的普遍赞誉，被视为精神之领袖。而对于李绅来说，由于两人没有任何私怨，其清直之性格与己相类，其忠厚仁恕之胸怀又为己所不有，因而同样获得了其尊重。牛僧孺亦是如此，虽然他不赞同李绅处理事情的急切态度，但对于李绅坦然和不为私谋的公忠之心或许也是多有肯定的，所以才会在扬州设宴相待。而牛党的其他两个主要人物李逢吉与李宗闵皆是奸邪小人，如李逢吉，《旧唐书》称其"天与奸回，妒贤伤善"②，论其品行则"欺蔽幼君，依凭内竖，蛇虺其腹，毒害正人，而不与李训同诛，天道福淫明矣。"③ 连史臣都愤慨其行为；李宗闵出身清贵，"有文学政事之美名，徊翔清华，出入隆显。"然而贪恋权势，妒能害贤，结党营私，"舍披鸿猷，狎兹鼠辈，养虞卿而射利，抗德裕以报仇。矛盾相攻，几倾王室"④。因此，尽管牛僧孺与他们同为一党，但在人格、品行上却有着天壤之别。也因为如此，李绅可以与牛僧孺相谈甚欢，敬重有加，但对于李逢吉、李宗闵则愤恨厌恶至极，坚决斗争毫不妥协。

最后，李绅与牛僧孺在各自党派内的地位决定了他们可以独立行事，而不会因为与敌对党派人物的交往而受到猜忌和排挤。在牛李党争中，双方围绕权力的争夺，只问党派不问是非，一方掌权则重用本派人物，另一方则尽数排挤黜落。因此，双方成员之间的关系就显得极为敏感，处理不好就会带来极大的麻烦，特别是对于那些处在党派边缘，依违游移于两党之间的人物，如杜牧、李商隐就是其中的典型例子。杜牧、李商隐文学上的才华与天赋自不必多言，政治上亦颇有宏言大论，也曾踌躇满志，期望致君尧舜，或许圣君贤相时代他们能得其所愿，但在两党相争的背景下，他们在现实与理想、感情与理智之间游移不定，徘徊于两党之间，最终都没有获得两党的接纳，始终屈居下僚，郁郁而终。即使是白居易，与两党主要成员关系都极为友好，为了避免卷入党争，也不得不小心谨慎，采取隐身退居，用"不问是非"的方式保全自己。在这种情势之下，两党成员在相互交往之时，不得不小心谨慎以免触犯大忌。李绅与牛僧孺的这种公开交往，不怕引起其他成员的指责和愤怒，关键在于他们都是各自党内的核心，得到党内其他成员的信任，而不是像杜牧、李商隐一类摇摆不定的边缘人物。李绅是李德裕的坚定

① 刘昫：《旧唐书》卷一百七十二《牛僧孺传》，中华书局1975年版，第4472页。
② 刘昫：《旧唐书》卷一百六十七《李逢吉传》，中华书局1975年版，第4365页。
③ 同上书，第4374页。
④ 刘昫：《旧唐书》卷一百七十六《史臣曰》，中华书局1975年版，第4576页。

盟友，两人在长庆元年为翰林学士，情意相善，相互信任，建立了深厚友谊，从此在政治上共同进退，荣辱与共，成为李德裕党的核心人物。长庆年间，裴度、元稹俱罢相，李德裕出为浙西观察使，李绅独留中枢，与李逢吉及其党羽"八关十六子"展开激烈斗争，实际上暂代为李党领袖。尽管最终被谗落败，九死一生远贬端州，但却获得了李党成员的特别信任，所以即使与牛僧孺公开交往，也不会被质疑，即便在会昌年间对平定泽潞一事与李德裕意见不一致，李德裕仍然让李绅出镇淮南，以解决讨叛所需的财政问题。至于牛僧孺，他是牛党党魁，牛党人物中多是其故吏门生，加之自身有德行，"贞方有素，人望式瞻"，牛党唯其马首是瞻，因此，更不会受到任何影响。正是因为他们在各自党派内的核心地位，所以他们才能自由地坦然交游，而没有陷入他们的后辈杜牧与李商隐所面临的进退维谷的困境中。

李绅与牛僧孺的这段交游就像当时大多数文人之间的诗酒游宴一样寻常，并没有引起人们的特殊关注，加之大和以后两党相争的主导者，李党是李德裕，牛党是李宗闵、杨嗣复，因而也就不可能对当时激烈的党争产生实质性的影响，更不必说因此而改变党争的走向。尽管如此，两人的交游对于他们重新审视自我，认真思考党争所带来的对于个人与国家的影响，产生一定的积极作用。李绅在留别牛僧孺的诗中言"从此别离长酩酊，洛阳狂狷任椎埋"，虽然还有一些愤怒，但已不再意气用事，锱铢计较于权力的得失，而选择了顺从与接受。从他后来的一系列行为看，他确实没有特别针对牛党有意挑起两党相争，包括吴湘案（前文已论），反而对于牛党的咄咄逼人之势息事而宁之。如李绅对待杜牧使台吏遮殴送行百姓一事，《拜宣武军节度使》诗序云："（开成元年七月）五日赴镇，出都门，城内少长士女送者万人，至白马寺，涕泣当车者不可止。少尹严元容鞭胥吏、市人，怒其恋慕。留台御史杜牧，使台吏遮殴百姓，令其废祖帐。"杜牧这样做很显然是针对李绅及其李党，目的无非是向牛党表忠心，以获得牛党的信任，李绅当然也清楚杜牧的用意，也知道牛僧孺于杜牧有知遇之恩。杜牧如此肆无忌惮地针对自己与李党，如果是在长庆年间，肯定会遭到李绅的针锋相对，全力反击。但李绅却非常冷静，既没有借此而激化两党矛盾，更没有利用李党掌权的机会对杜牧打击报复，只是以一句"伊洛镜清回首处，是非纷杂任尘埃"表达自己顺其自然，是非功过任后人评说的淡泊情怀。从这件事可以看出李绅对于两党纷争的厌倦，虽然李绅长庆末遭受沉重打击对他态度的转变有很大影响，但与牛僧孺的这次交往大概也是一个重要因素，否则他就不会特意宣扬他们的相交甚欢之举，这本身就表明了一种态度。牛僧孺出为淮南节度使以后也基本处于简淡状态，如分司东都时"池台琴酒，逍遥自娱"①，没有再直接参与两党之争，更像是牛党的精神领袖，因此卞孝宣先生认为他在集团中的地位次于李宗闵②，是有一定依据的。经历了从权力的巅峰到被迫出镇地方，牛僧孺对于党争带来的政治混乱及个人命运的不确定性肯定有了深刻的体会，加之其性格简重敦厚，对于党争的厌倦肯定是有的，甚至可能会产生消弭两党纷争的想法，谓予不信？杜牧《唐故太子少师奇章郡开国公赠太尉牛公墓志铭并序》言"李太尉（李德裕）志必杀公，后南谪过汝州，公厚供具，哀其穷，为解说海上与中州少异，以勉安之，不出一言及于前事。"③很多人怀疑此事的真实性，认为有可能是杜牧的虚构，但从牛僧孺的性格来看确实符合其行事作风，否则当时怎么获得牛家认可载进墓志铭。牛僧孺在治国理政方面与李德裕相比确实才能平庸，但格局却更宏阔，李德裕一直把牛僧孺当作死敌，会昌年间甚至欲置其于死地，但从这件事来看，牛僧孺似乎并不介怀，并希望通过自己的身体力行来消弭两党的长期斗争。所以，从牛僧孺厚待落难李德裕这件事上我们可以清楚地看出他消弭党争的想法，大概从出镇淮南起就已经产生，与李绅的相见恰好提供了这样一个契机。只是后来李牛二人都不是各自党派的主导者，所以党争的愈演愈烈也就不可避免，在这种情况下他们也只能静观其变。

上文中所提及的几桩公案，都是对中晚唐政治生活有着重要影响的事件，李绅都被深深卷入其中。其中后两桩公案具有很强的党派斗争因素，但从李绅的态度及被卷入其中的原因来看，党派的利益并不是其被卷入的根本原因。科试案中，李绅维护的是朝廷选拔人才制度的公正性；与李逢吉的相争，是为了避免朝廷陷于混乱动荡；吴湘案，主要是为了惩治贪赃，都是以国家、朝廷的利益为重。但在后人有意或无意的歪曲中，这一切就成了党派斗争，这是不公正的，因此有必要辨别清楚。而李绅与李德裕、牛僧孺之间的关系错综复杂，不能简单以党争概括，只有通过仔细的史料梳理，才能有更清楚认识。

---

① 李珏：《故丞相太子少师赠太尉牛公神道碑铭并序》，《全唐文》卷七百二十，中华书局 1983 年影印本，第 7408 页。
② 见卞孝宣：《"牛李党争"正名》，《中国史研究》1993 年第 3 期。
③ 吴在庆：《杜牧集系年校注》，中华书局 2008 年版，第 705 页。

第四章　李绅与新乐府运动

　　中唐的新乐府运动，虽由元、白所领导，但真正旗帜鲜明地按照新乐府理论创作的诗人却是李绅，这一点也已成为新乐府运动研究者的共识。遗憾的是，由于原始材料的缺失，人们在提及李绅的倡导作用时，往往一笔带过。因此，本章将利用现存的一些材料，结合前人的相关研究成果，就李绅与新乐府运动的关系作一个比较完整清晰的论述。

第一节　论新乐府运动

　　新乐府运动与古文运动一样，是现当代研究者在研究唐代文学时提出的重要概念，由于其准确概括出了唐代文学中的这一重要现象，因而为学界所普遍接受。但随着 20 世纪 80 年代以来研究者对文学研究反思的深入，20 世纪 80 年代有学者对"新乐府运动"这一说法是否妥当提出质疑，并引发了一场长期的论争，直至最近仍有相关探讨文章出现。就此，笔者也不揣浅陋，提出自己的一点想法，以就教于方家。

　　"新乐府运动"这一概念的提出最早可追溯至胡适的《白话文学史》。受"新文化运动"的影响，胡适借用了"运动"这样一个具有时代气息和现代精神的新词来概括唐代中后期的诗歌创作现象，令人耳目一新。他在文中言：天宝之乱后，杜甫和元结"两人同时发起的'新乐府运动'在他们死后却得着不少有力的新同志，在这一世纪内放很大的异彩。"① 并认为元结"是一个最早有意新乐府的人"，他在天宝丙戌（746 年）作的《闵荒诗》一首，是"新乐府"的最早试作②。而到了元和、长庆年间，"这一个

---

① 胡适：《白话文学史》，《蓬莱阁丛书》，上海古籍出版社 1999 年版，第 219 页。
② 同上书，第 215 页。

时代可算是有意的、自觉的文学革新时代。这个文学革新的领袖是白居易和元稹，他们的同志有张籍、刘禹锡、李绅、李余、刘猛等"①。由于胡适的影响及该书的学术开创性，这种说法很快为研究者所接受，二十世纪三四十年代出版的一些文学史普遍以"新乐府运动"来概述唐代这一时期的文学现象，如龙榆生《中国韵文史》、刘大杰《中国文学发展史》等。就连陈寅恪《元白诗笺证稿》也认为："乐天之作新乐府，实扩充当时之古文运动，而推及之于诗歌。"② 把新乐府运动与古文运动等同看待。到了五六十年代，胡适的思想受到激烈批判，但"新乐府运动"一说却不但没有被排斥，反而影响更大，成为当时文学史的主流观点，并结合文学理论在作家、作品方面得到详细阐释分析，几乎成为学界共识。其中以游国恩等编《中国文学史》为最，该文学史曾作为全国高等学校文科教材使用，因此影响也更为广泛而深远，众多后来的研究者都是从接受他们的观点开始进入学术研究的。该书以第七章专论"现实主义诗人白居易和新乐府运动"，认为中唐文学"散文方面有韩柳的古文运动，小说方面则传奇达到空前的繁荣，特别值得注意的是诗歌方面出现了白居易诸人倡导的新乐府运动。"新乐府运动"由汉乐府的'缘事而发'，一变而为曹操诸人的借古题而写时事，再变而为杜甫的'因事立题'，这因事立题，经元结、顾况等一脉相承，到白居易更成为一种有意识的写作准则，所谓'歌诗合为事而作'，这就是新乐府运动形成的一般历史过程。元稹、张籍、王建是这一运动中的重要作家。"③ 基本上是胡适说法的承绪，只是更具理论体系。不过，由于受意识形态影响，他们不可避免地带有了一定的政治色彩和政治印记，因此随着八九十年代研究者文学本位思潮的回归，开始出现质疑"新乐府运动"一说的声音。

较早提出这种质疑的是裴斐先生，他在《再论关于元白的评价》一文中认为"白氏以政教言诗并非'现实主义诗论'，当时也并不存在一个有领导有纲领的'新乐府运动'。"④ 并进一步认为"长期以来我们对白氏诗论和新乐府创作作出了不符合实际的评价，不顾历史事实地将李绅、元稹以至张籍、王建皆置于白居易麾下，杜撰出一个'运动'"。这显然是针对上述文学史的观点而来。罗宗强先生在《"新乐府运动"种种》一文中从白居易领

---

① 胡适：《白话文学史》，《蓬莱阁丛书》，上海古籍出版社 1999 年版，第 251 页。
② 陈寅恪：《元白诗笺证稿》，生活·读书·新知三联书店 2001 年版，第 125 页。
③ 游国恩、王起等主编：《中国文学史》，人民出版社 1979 年版，第 115—116 页。
④ 裴斐：《再论关于元白的评价》，原载《光明日报》1985 年 9 月 10 日，后收入《裴斐文集》第 4 卷，人民文学出版社 2013 年版，第 82 页。

导的"新乐府运动"的理论纲领、参与人数、实践创作等几个方面进行了分析，对"新乐府运动"是否存在表示怀疑①。在此基础上，周明更进一步认定"唐代根本未曾有过一个'新乐府运动'"②，其依据除了罗宗强先生已经阐明的几点外，还认为"新乐府"是不能作为一种诗体概念的，因为其很难界说分明。而王运熙先生则并不否认新乐府诗体，但认为它只是讽喻诗中的一种样式，因而有"新乐府运动"一说，但这种提法并不妥当，"如果勉强运用'运动'的话，那采用'讽喻诗运动'这一名称更为贴切一些。"③ 最近又有杜晓勤先生反对使用"新乐府运动"这一提法，他在《〈秦中吟〉非"新乐府"考论》一文中从白居易对"新乐府"这一诗体的界定考察中，认为"新乐府这一诗体，当时只有李绅、元稹、白居易三人进行了尝试，元和、长庆年间未见有其它诗人仿作。"因而"中唐元和间未出现过新乐府创作热潮，更不存在所谓的'新乐府运动'。如果考虑到盛唐中后期杜甫、元结等人，中唐李绅、元稹、白居易，以及稍后的张籍、王建、刘猛、李余等人，确实创作过一大批旨在讽喻时事的作品这一文学史现象，称之为讽喻诗创作潮流亦可。"④

　　针对上述质疑或否认"新乐府运动"的观点，支持"新乐府运动"一说的不少学者也纷纷撰文进行反驳，从不同的角度论证"新乐府运动"的存在。如塞长春先生《新乐府与新乐府运动——关于白居易评价的一个问题》一文，认为把元、白的新乐府创作看成是一个运动，"乃是前辈文学史研究者，运用关于文学思潮和文学流派运动的现代文艺学观念，对我国唐代文学史上元、白所倡导的新乐府创作这一特定文学现象进行理性把握而作出的认识和判断。"⑤ 并对形成这一运动的内部条件——"新乐府诗派"的成员组成分成三个层次进行了详尽论述，指出他们是在思想倾向、文学观点和艺术风格方面都有着相似性的文学群体，从而有力说明新乐府运动的存在。葛晓英先生的《新乐府的缘起和界定》一文，通过考察新乐府的缘起和演变过

---

① 见罗宗强《"新乐府运动"种种》，原载《光明日报》1985 年 11 月 19 日，后收入《罗宗强古代文学思想论集》，汕头大学出版社 1999 年版，第 483—487 页。
② 周明：《论唐代无新乐府运动》，《唐代文学研究》第 2 辑，广西师范大学出版社 1990 年版，第 35 页。
③ 王运熙：《讽喻诗与新乐府的关系和区别》，《复旦学报》1991 年第 6 期，后收入《汉魏六朝唐代文学论丛》，上海古籍出版社 2014 年版，第 463 页。
④ 杜晓勤：《〈秦中吟〉非"新乐府"考论》，《文学遗产》2015 年第 1 期，第 66 页。
⑤ 塞长春：《新乐府与新乐府运动——关于白居易评价的一个问题》，《西北师范学院学报》（社会科学版）1986 年第 4 期，第 30 页。

程，认为新乐府有广义和狭义两种概念，"广义的新乐府指在唐代歌行发展过程中，从旧题乐府中派生的新题，或在内容上和形式上取法汉魏古乐府，以'行''怨''词''曲'（包含少数'引''歌''吟''谣'）为主的新题歌诗。狭义的新乐府指广义的新乐府中符合'兴谕规刺'内容标准的部分歌诗。"①根据以上界定，则新乐府运动始于杜甫、元结，李绅、元稹、白居易只是顺应这一趋势将新乐府运动推向高潮，其影响延续至唐末的皮日休和北宋初的诗文革新，这就是"新乐府运动"的实际内涵。朱炯远的《论新乐府运动争议中的几个问题》一文，认为新乐府的概念虽然模糊不清，与古诗的界限也相混，却不能轻率否定"新乐府运动"的存在，并认为八九十年代否认"新乐府运动"存在的主张是出于对过去文学政治化的反拨，有矫枉过正之嫌，"他们反极'左'反到了白居易身上，反到了他的现实主义诗论上，反到了他的新乐府、新乐府运动上，这就不是很合适了。"②陈才智所著《元白诗派研究》一书，将新乐府概念的内涵由广至狭划分为四个层次，在具体论述时则取后三个层次，由此将新乐府创作分为三个阶段，顾况为先驱阶段，张籍、王建为酝酿阶段，李绅、元稹和白居易为确立阶段，这就是新乐府运动的主要过程。但他认为在元和五年（810年），由于元稹贬官江陵，白居易卸任拾遗，新乐府运动也就渐趋于消歇。③

　　从以上争论的情况看，核心是新乐府诗的概念和内涵问题，这个问题得到解决，其他都可迎刃而解。"新乐府"这一名词最早由白居易提出，他把自己讽喻诗中的五十首命名为"新乐府"，按照杜晓勤先生《〈秦中吟〉非"新乐府"考论》一文对日藏旧抄本《白氏文集》的考察，"新乐府"作为一种诗体是为了与五言的古调诗相区别，从白居易的这个分类编列的形式上来看，"新乐府"就是指这种源自魏晋南北朝七言歌行的杂言体诗歌。但杜晓勤先生所说的这种"七言歌行的杂言体诗歌"只能代表这五十首"新乐府"的形式特征，因为这五十首"新乐府"本来就是应和李绅、元稹之作，所以保持了李绅"新题乐府二十首"的原始形式特征，却并不能代表所有的"新乐府"。如果以此定义"新乐府"，显然是不完整的，犯了以偏概全的毛病。白居易的《新乐府序》中也并没有对"新乐府"这种诗体作具体的形式规定，只是笼统而言，更多的是强调内容方面的要求："篇无定句，句无

---

①　葛晓英：《新乐府的缘起和界定》，《中国社会科学》1995年第3期，第172页。

②　朱炯远：《论新乐府运动争议中的几个问题》，《文艺理论研究》2000年第2期，第96页。

③　陈才智：《元白诗派研究》第三章《元白诗派的新乐府诗》，社会科学文献出版社2007年版，第133—194页。

定字，系于意不系于文。首句标其目，卒章显其志，《诗三百》之义也。其辞质而径，欲见之者易谕也。其言直而切，欲闻之者深诫也。其事核而实，使采之者传信也。其体顺而肆，可以播于乐章歌曲也。总而言之，为君、为臣、为民、为物、为事而作，不为文而作也。"① 白居易强调的是新乐府在内容上要继承《诗经》的讽喻精神，为现实政治服务，形式上则并没有具体要求，"系于意不系于文"，因此很难从白居易的这个表述中去确定什么是新乐府。不过，若干年后元稹在总结他们所倡导的这场新诗运动时说道：

> 况自风雅至于乐流，莫非讽兴当时之事，以贻后代之人。沿袭古题，唱和重复，于文或有短长，于义咸为赘剩。尚不如寓意古题，刺美见事，犹有诗人引古以讽之义焉。曹、刘、沈、鲍之徒，时得如此，亦复稀少。近代唯诗人杜甫《悲陈陶》《哀江头》《兵车》《丽人》等，凡所歌行，率皆即事名篇，无复依旁（傍）。于（余）少时与友人白乐天、李公垂辈谓是为当，遂不复拟赋古题。昨梁州见进士刘猛、李馀各赋古乐府诗数十首，其中一二十章，咸有新意，余因选而和之。其有虽用古题，全无古义者，若《出门行》不言离别，《将进酒》特书列女之类是也。其或类同古义，全创新词者，则《田家》止述军输，《捉捕词》先蝼蚁之类是也。刘李二于（子）方将极意于斯文，因为粗明古今歌诗同异之音焉。②

元稹对于"沿袭古题，唱和重复"的古乐府很不满，即使像曹、刘、沈、鲍之徒能"寓意古题，刺美见事"也还是有其局限性，直到看到杜甫的歌行体，"即事名篇，无复依傍"，遂决心以之为学习对象创作新乐府。所以，"即事名篇，无复依傍"才是新乐府的核心要素，即只要诗歌继承了传统的讽喻精神，"为君、为臣、为民、为物、为事而作"，刺美见事，为现实服务，就不一定非要采用传统的乐府古题，应当根据内容的需要自创新题。这种尝试的标志就是李绅的《新题乐府》二十首，后来元稹、白居易都有应和之作，这就是陈寅恪先生所说的"扩充当时之古文运动而及之于诗歌"，或人们常说的"新乐府运动"的高潮。但元稹这种完全否定传统古题乐府的观点也显然存在问题，是年轻气盛的才俊诗人在没有经历世事的磨炼之前所

① 白居易：《新乐府并序》，朱金城《白居易集笺校》卷三，上海古籍出版社 1988 年版，第 136 页。
② 杨军：《元稹集编年笺注》诗歌卷，三秦出版社 2002 年版，第 689 页。

作出的武断想法，所以在遭遇人世坎坷被贬通州后，元稹对早年所持的否定态度开始有了转变。如上文中所言，元稹在看到刘猛、李馀的古题乐府后，觉得"咸有新意"，遂选而和之，不再像年轻时"不复拟赋古题"。这种转变说明元稹不再完全否定古题乐府，而是可以古为今用，只要有新意，"为君、为臣、为民、为物、为事而作"，与新乐府一样可以刺美现实，发挥讽喻功能。元稹在这里提到了使用古题乐府的两种情况，一种是"虽用古题，全无古义者"，一种是"类同古义，全创新词者"，虽然不符合新乐府"即事名篇，无复依傍"的标准，但在刺美见事的社会功用方面却与新乐府有异曲同工之妙，也大体符合白居易《新乐府序》的主张。从这个意义上讲，使用古题乐府讽喻现实与新乐府精神是一致的，或者说是对新乐府的延伸和扩展，从而使新乐府创作不再局限于"即事名篇，无复依傍"的狭窄范围，也可实现古题的今用。

其实，以古题乐府讽喻现实在他们之前就有不少诗人尝试过，如葛晓英先生认为，在盛唐以"行"名篇的古题乐府就初露借古喻今或吟咏时事的端倪①，尤以杜甫的创作最为明显，如《兵车行》《丽人行》《洗兵行》《苦战行》《最能行》等，后来的元结、顾况、张籍、王建等都有类似的创作。这类古题新义的古题乐府与即事名篇的新乐府在本质上是一致的，元稹他们正是看到了这一点才由初排斥到转而接受，也因此后人有了广义和狭义的新乐府之分②。狭义的新乐府当然是指李绅、元稹、白居易他们创作的命名为"乐府新题"或"新乐府"的诗歌，如果仅从数量上来看确实不多，创作的时间也不长，也没有形成严密的团队组织，这也是今人否认新乐府运动存在的主要原因。广义的新乐府除了包括狭义的新乐府，还包括这些古题新义的古题乐府，如郭茂倩《乐府诗集·新乐府辞》中所收录的，但因郭茂倩对新乐府的界定"新乐府者，皆唐世之新歌也。以其辞实乐府，而未尝被于声，故曰新乐府也。"③ 本身存在问题④，界定不当导致收录不全，所以属于这类的古题乐府诗数量要更多的多，如陈才智《元白诗派研究》一书第三章《元白诗派的新乐府诗》中对现存数量的统计：顾况 80 首，张籍 87 首，王

---

① 见葛晓英《新乐府的缘起和界定》，《中国社会科学》1995 年第 3 期。

② 陈才智：《元白诗派研究》（社会科学文献出版社 2007 年版）第三章《元白诗派的新乐府诗》把"新乐府"划分为四个层次也是出于这种考虑。

③ 郭茂倩：《乐府诗集》卷九十，中华书局 1979 年版，第 1262 页。

④ 可参看朱我芯《郭茂倩〈乐府诗集〉关于唐乐府分类之商榷》一文，《北京大学学报》（国内访问学者、进修教师论文专刊）2002 年。

建206首，元稹68首，白居易166首，扣除元、白的狭义新乐府也有500余首，还有大量作家如李绅、刘猛、李馀、唐衢、邓鲂的未留存之作，数量应当很可观。加之杜甫、元结等新乐府诗创作的先导，以及元、白诗派外的中晚唐大量作家，如孟郊、韩愈等外围诗人，及受元、白诗派影响的皮日休、陆龟蒙等晚唐诗人，这些诗人符合条件的古题乐府也都统计在内，数量更激增。

胡适《白话文学史》中所指的新乐府即是广义的新乐府，只是杜甫、元结等人的新乐府创作还不能算是有意识的创作，因为他们只是出于反映现实的需要，并没有提出自己的理论主张及提供人们学习的范本，只有元、白才能称得上是真正意义上的有意识创作。经过杜甫、元结等人的酝酿，顾况、张籍、王建等人的继承发展，最终在李绅、元稹、白居易的大力倡导和示范下，新乐府诗的创作走向高潮，确立了其在中国古代诗歌史上的地位，影响所及，贯穿整个中晚唐，直至皮日休、陆龟蒙，新乐府的流韵余响尚存。因此，从新乐府诗创作的数量、诗人群体、延续时间来看，把它称作一场运动完全可以，也真实反映了中晚唐文学存在的这一客观现象，就如古文运动一样不可否认。

第二节　李绅新乐府诗人辩

随着对李绅及其诗歌研究的深入，有人对李绅的新乐府诗人身份提出质疑，如卢燕平的《李绅新论》一文，认为李绅的诗歌"无论从创作动机、情感内容及其创作手法等方面，都具有明显的主观抒怀倾向"，因而得出"将其文学地位等同于新乐府诗人，是欠妥当的"[1] 结论。如果仅从李绅现存诗集《追昔游集》的情况来看，这一观点还是符合实际的。但客观合理地评价一个诗人在文学史上的地位，仅仅是根据现存诗歌来分析是不全面的，因为留存下来的诗歌并不一定能够代表诗人的全貌或他的诗歌的主要方面。诗人毕竟是具体的人，他所处的具体环境如何，能够代表他诗歌主要风格和思想的作品是哪些，他对当时及后来诗歌之影响，当时及后人对他的评价，等等，都是要考虑的问题，否则就会失之片面。

首先，卢文从分析李绅的《古风二首》及《乐府新题二十首》的创作

---

[1]　卢燕平：《李绅新论》，《文学遗产》2004 年第 4 期，第 44 页。

背景和动机出发，认为李绅缺乏新乐府诗人的政治功利目的。这个结论比较牵强，也不符合事实。

《古风二首》最早见于范摅《云溪友议》，"初，李公赴荐，常以《古风》求知。吕光化温谓齐员外煦及弟恭曰：'吾观李二十秀才之文，斯人必为卿相。'果如其言。诗曰：'春种一粒粟，秋收万颗子。四海无闲田，农夫犹饿死。''锄禾日当午，汗滴禾中土。谁知盘中餐，粒粒皆辛苦！'"① 据此，卢文认为李绅"以《古风》诗求知于温，当为贞元十七年的事，同对韩愈一样，属于行卷性质。"并由此认定"李绅的《古风》创作，实出于他的品格和性情，并无以诗'载道'的政治功利动机。"李绅以《古风》为赘求谒吕温，确有行卷性质，但并不能因此而否定其创作《古风》的政治功利性。就《古风》的诗题而言②，并不仅仅为"古体诗"之意，它还含有多重意义在里面。风，本为《诗经》六义之一，《毛诗序》："故诗有六义焉：一曰风，二曰赋，三曰比，四曰兴，五曰雅，六曰颂。"朱熹《诗集传·国风一》："风者，民俗歌谣之诗也。"风，又通"讽"，有讽谏、劝告、讽诵之意。《广雅·释诂三》："风，告也。"王念孙疏证："风，与讽通。"《集韵·送韵》："风，讽刺。或作风。"《毛诗序》："上以风化下，下以风刺上，主文而谲谏。"也就是说，"古风"还有借用《诗经·国风》的形式，对社会进行规讽、劝诫之意。如李白《古风》五十九首，明朱谏云："《古风》者，效古风人之体而为辞者也。……"李诗所谓《古风》者，止五十九章，美刺褒贬，感发惩创，得古风人之意。"③ 因此，李绅以《古风》为题，本身就具有很强的政治功利性。就《古风二首》的内容而言，前一首主要反映统治者对农民的沉重剥削，后一首主要反映农民劳动的艰辛，表达诗人对农民的深切同情和对当政者的强烈不满，意在劝谏统治者轻徭薄赋、爱惜民力，故黄叔灿《唐诗笺注》云："以诚侈也，可当《无逸》诗。"④ 自唐德宗建中元年（780 年）以来，国家实行两税法，目的是为了减轻百姓负担，但在具体的实施过程中却流弊丛生，反而加重了百姓负担，民众苦不堪言。《古风二首》揭示的正是这样一种触目惊心的现实，说明李绅作诗时并非无的放矢，而是和现实紧密联系在一起的。后来白居易也注意到了这个社会问题，

① 见《云溪友议》卷上，古典文学出版社 1958 年版，第 10 页。
② 关于诗题，又有作《悯农二首》者，最早见于姚铉《唐文粹》卷十六下，按《唐文粹》出在《云溪友议》之后，当据诗意改换题目。
③ 朱谏：《李诗选注·古风小序》，《续修四库全书》1305 册，上海古籍出版社 2002 年版，第 524 页。
④ 黄叔灿：《唐诗笺注》，转引自《万首唐人绝句校注集评》，山西人民出版社 1991 年版，第 580 页。

在他的讽谕诗中反复予以了讽谏，如《采地黄者》《杜陵叟》《卖炭翁》《红线毯》等，特别是《秦中吟·重赋》一诗更直接进行了揭露。说明李绅对这些社会问题的关注比白居易还早，白居易或许是受到了李绅的一定影响。其实早在《古风》之前，李绅就已经尝试过乐府诗的创作，如《旧传》云李绅："乡赋之年，讽诵多在人口。"这里的讽诵，当然是指那些通俗易懂，乐于为百姓接受，具有现实主义精神的乐府类诗歌。《古风》只是李绅这种创作的延续。因此，卢文认为李绅创作《古风》并无政治功利动机，是不符合事实的。

至于《乐府新题二十首》，卢文认为李绅作《乐府新题二十首》，是"因为李绅初任国子助教、有机会接触大量国史类资料后的一个创作新歌词的尝试。""并无上达宸聪，下裨教化的政治功利目的。"有"以诗会友、唱和娱乐性质。"首先要说明的是，李绅作《乐府新题二十首》在初任校书郎期间，且李绅并未担任国子助教，而是太学助教，见后附年谱。必须承认李绅作《乐府新题二十首》得益于初任校书郎时所接触的大量国史资料，这是促发李绅创作的直接源泉，事情的发生似乎具有一定的偶然性，但这种偶然性的背后是李绅在与元稹、白居易的长期酝酿准备下的必然发生。有关三人从贞元二十年相识至元和四年的行迹与交往的过程，蹇长春《新乐府诗派与新乐府运动——关于白居易评价的一个问题》① 一文及陈才智《元白诗派研究》第三章第二节② 有比较详细的论述，可参看，兹不赘述。这里要强调的是，身世经历、思想与艺术上的相近，是三人友情交往与文学交游的基础。有了这个基础，他们才能对当时的社会问题、文学创作等达成观点上的一致。元稹《乐府古题》序云："况自《风》《雅》，至于乐流，莫非讽兴当时之事，以贻后代之人。沿袭古题，唱和重复，于文或有短长，于义咸为赘剩，尚不如寓意古题，刺美见事，犹有诗人引古以讽之义焉。曹、刘、沈、鲍之徒，时得如此，亦复稀少，近代唯诗人杜甫《悲陈陶》《哀江头》《兵车》《丽人》等，凡所歌行，率皆即事名篇，无复倚傍。余少时与友人乐天、李公垂辈，谓是为当，遂不复拟赋古题。"③ 序写于元和十二年，这里的"少时"指贞元二十年至元和元年初三人相聚的时间无疑。从序中可知李绅与元、白在对新乐府诗的创作上是有共识的，即：形式上以杜甫为榜样，"即事名篇，无复依傍"；内容上继承《诗经·国风》以来的现实主义精神，

① 见《西北师范大学学报》（社会科学版）1986 年第 4 期，第 32—36 页。

② 见陈才智《元白诗派研究》，社会科学文献出版社 2007 年版，第 164—194 页。

③ 见冀勤点校《元稹集》卷二十三，中华书局 1982 年版，第 255 页。

"讽兴当时之事"。不过由于李绅在京城的时间很短，又遭遇李锜之祸，后来为求一职而四处奔波，根本无暇思考新乐府的理论和创作问题，元稹则在家丁母忧，真正有时间和条件来思考的只有白居易。这也可以解释为什么新乐府的理论多由白居易提出，而李绅绝无贡献，并不是李绅没有参与其中。另外的一个原因是因为李绅不擅长理论总结，这从他的创作中可以看出，而白居易却擅长于此。在三人的交往中，尤可注意的是元和元年正月前后，当时白居易、元稹为准备制举考试，"退居于上都华阳观，闭户累月，揣摩当代之事"①，李绅亦时往过从，相与讨论。白居易后有《渭村酬李二十见寄》诗，云"形容意绪邀看取，不似华阳观里时"，可以想见三个热血青年议论时政时的激情高扬情景。这场讨论对新乐府运动的产生有着最为直接的影响，陈寅恪先生认为"元白二公作新乐府在元和四年，距构策林之时甚近。故其作新乐府之理论，与前数年揣摩之思想至有关系。观于策林中议文章及采诗二目所言，知二公于采诗观风之意，盖蕴之胸中久矣。"② 可以说为新乐府运动的产生奠定了思想上的基础。他们讨论的内容也和新乐府诗有着一定的联系③。就李绅而言，其现存十二首之《上阳白发人》，与白居易《策林》十"己欲声色，则念人之怨旷也……念其怨旷，则妓乐嫔嫱之数省矣。"④ 在精神上是一致的。从以上可以看出李绅是参与了元、白新乐府诗讨论全过程的，并不是卢文认为的"只是在应试闲暇时切磋诗艺的话题之一，偶然涉及，且为时不长。"并且，李绅早期的乐府诗创作为他们的讨论提供了具体经验和体会，所以当元和四年（809 年）时机成熟时，第一个作尝试的便是李绅。正是因为重视乐府诗的刺美见事、裨补教化的功能，李绅才积极参与了元、白的讨论，并同意改革乐府诗的形式，以便更好地为政治服务。

元和四年（809 年）春，李绅回到京城担任校书郎一职。校书郎"掌雠校典籍"，虽然清闲，却是美职，"为文士起家之良选"⑤，显然李绅是受到优待的。这种安排可能是出自宰相裴垍之手。李绅与元、白善，元白又为裴

① 白居易：《策林序》，朱金城《白居易集笺校》卷六十二，上海古籍出版社 1988 年版，第 3436 页。
② 陈寅恪：《元白诗笺证稿》第五章，上海古籍出版社 1978 年版，第 119 页。
③ 参见卞孝萱《白居易与新乐府运动》上，《文史知识》，1985 年第 1 期；刘曾遂《白居易〈策林〉与〈新乐府〉比较谈》，收入其《唐诗论稿》，杭州大学出版社 1992 年版；陈才智《元白诗派研究》第三章第二节，社会科学文献出版社 2007 年版。
④ 白居易：《策林一·第十》，朱金城《白居易集笺校》卷六十二，上海古籍出版社 1988 年版，第 3450 页。
⑤ 杜佑：《通典》卷二十六《职官八》，中华书局 1988 年版，第 736 页。

坫所提拔，故有此安排。漂泊江南多年，能够再入京城，且得此美职，李绅内心应该是满意的。能够得到宰相对自己的信任，并处于元和中兴的良好政治形势中，李绅的政治热情被激发出来。这时统治阶级内部出现的广开言路、奖掖直言的开明政治气氛，为他们创作反映现实、针砭时弊的讽谕诗，并兴起新乐府运动提供了适宜的气候和土壤。白居易《与元九书》云："是时皇帝初即位，宰府有正人，屡降玺书，访人急病。仆当此日，擢在翰林，身是谏官，月请谏纸，启奏之外，有可以救济人病、裨补时阙，而难于指言者，辄歌咏之。欲稍稍递进闻于上。上以广宸聪，副优勤；次以酬恩奖，塞言责；下以复吾生平之志。"[1] 作为一个自小接受儒家正统教育，满怀激情的青年士子，受到这种开明政治气氛的鼓舞，其内心的创作冲动便再也不可遏止。于是，就着校书郎大量接触国史的便利，按照他们最初对新乐府诗的构想，借助历史事实来讽谕现实，以达到上达宸聪、下裨教化的政治目的。可惜现在作品失传，无法窥其面貌，但其政治功利性是不容质疑的，胡应麟就云："元和中，李绅作《新乐府》二十章，元稹取其尤切者十五（五为二之误，笔者注）章和之，如《华原磬》《西凉伎》之类。皆风刺时事，盖仿杜陵为之者。"[2] 至于李绅发达后从不提及此事，甚至在编选诗集时都不予收录，也从侧面说明这些作品确实具有一定的政治现实性，所以担心会给自己惹来政治麻烦，影响仕途。

因为新乐府运动与政治的关系过于密切，受政治环境的影响太大，所以一旦政治环境趋于封闭时，新乐府运动便难以深入下去。元和五年（810年），元稹贬官江陵，白居易卸任拾遗，"政治境遇上的进退影响到思想上的转变，因而新乐府创作作为一场'运动'，也就趋于消歇了。"[3] 李绅也采取了明哲保身的态度，从此不再创作新乐府诗。值得注意的是，元和十年三人再度聚首时，似乎又萌发了同样念头，但他们都已无心于此，所以连编选《元白往还集》都无法实现。这时他们对于自己曾经的新乐府创作，只是作为一种交游时的话题，确有"以诗会友、唱和娱乐性质"，不再有任何政治功利目的，但那已和新乐府运动本身无关。

从以上分析可以看出，卢文所谓的李绅《古风二首》及《乐府新题二十首》缺乏白居易式新乐府诗人的政治功利目的，是不符合事实的牵强论

---

① 白居易：《与元九书》，朱金城《白居易集笺校》卷四十五，上海古籍出版社1988年版，第2792页。

② 胡应麟：《诗薮》内编卷三，上海古籍出版社1979年版，第53页。

③ 陈才智：《元白诗派研究》，社会科学文献出版社2007年版，第192页。

断，更不能因此而否定李绅的乐府诗人地位。

其次，卢文从"追怀往昔的身世感内容"与"一己情怀的自然抒发"两个方面分析了李绅现存诗集《追昔游集》，认为"从创作的实际情形来看，将李绅划归为新乐府诗人是欠妥的。"卢文对《追昔游集》的分析确实很到位，非常符合李绅现存诗集的实际。但《追昔游集》并不是李绅的代表作品，后人对它的评价也不高。而且其中的诗歌主要是李绅开成年间的作品，反映的是李绅在当时特定条件下的特殊心理，和中唐新乐府运动毫无联系，以此立论，实际上是偏离了方向。

李绅的诗歌，特别是他富于政治热情、才情最旺盛的贞元、元和时期的诗歌，留存下来的不多。《旧传》云其"乡赋之年，讽诵多在人口。"《新传》云其"于诗最有名""苏州刺史数称之"，白居易称"李二十常负歌行"①。这些诗歌，包括《古风二首》和《新题乐府》二十首，都没有收录在《追昔游集》中。现存的《追昔游集》三卷，是李绅于唐文宗开成三年（838年）八月编订的。收入的作品其中65题共95首是诗人"叹逝感时，发于凄恨而作也"（《追昔游集自序》），为追忆往昔情景之作。只有《悲善才》《寿阳罢郡日》八首《登禹庙回降雪五言二十韵》《题法华寺五言二十韵》4题共11首是当日所作②。追忆的最后一首《到汴州三十韵》时间记在开成元年七月十二日，说明李绅从追忆至编订完成《追昔游集》，最多是两年多一点点的时间，也就是说《追昔游集》主要是代表他此阶段的创作状态，反映他此时的特殊心理。这种心理是和他元和时期完全不一样的。这个阶段正是李绅在经历了仕途的反复起落之后重新崛起，最终位及人臣的上升过程，此时他已经年过花甲，见惯了政治的风云变幻，年轻时的理想与激情早已消磨殆尽，有的只是老成与稳重。在这种心理状态之下，加之当时政治环境的影响，他在编辑《追昔游集》时是带有明显倾向性的，即凡是涉及政治，可能对其仕途产生不利影响的作品，皆不收录。而像上述十一首，或言心情，或叙旧事，或谈佛理，都无关政治。而早期的带有一定政治锋芒的、敢于讽喻时事的作品，如《古风二首》，《乐府新题二十首》，则回避在外，否则很多作品就有可能流传下来。尽管《追昔游集》中的作品也"描述了统治阶

---

① 见白居易《编集拙诗成一十五卷因题卷末戏赠元九李二十》"一篇长恨有风情，十首秦吟近正声。每被老元偷格律，苦教短李伏歌行。"句下自注。
② 此从卞孝萱《李绅年谱》诗编年，而卢燕平《李绅集校注》把大部分追忆往昔的作品编为当年所作，明显有误。

级内部尔虞我诈、明枪暗箭的争斗情形以及自己的困窘怨愤"①，但这些矛头指向的都是自己的政敌，对于当时的社会问题却不敢有丝毫触及。甚至为统治者粉饰太平，"今日市朝风俗变，不须开口问迷楼"（《宿扬州》）；"爱景三辰朗，祥农万庾盈"（《渡西陵十六韵》），对于皇帝更感恩戴德，急于表忠心，"白发侵霜变，丹心捧日惊"（《到宣武三十韵》）；"还持沧海诏，从此布皇猷"（《过吴门二十四韵》），更多的作品则是抒发一己情怀，"或隐或显，不常其言"（《追昔游集自序》），或是遭诬构的悲愤，或是被冤屈的悒郁，或是重获宠任的欣喜，一任情感的宣泄。有时又"饰志矜能，夸荣殉势"②。但不管怎样，这些诗歌都是以自我为中心，关注的焦点主要是心理情感的变化。它和贞元、元和时期的关注现实的外向性心理是完全不同的，甚至有刻意纠正的意味。因此，以《追昔游集》作为判断李绅是否是新乐府诗人的主要依据，实有南辕北辙之嫌。当然，我们可以把它作为研究诗人及其诗歌的一个重要基础，但把它作为评价诗人文学地位的主要依据则是欠妥当的。就如元、白，他们和李绅一样，在新乐府运动的高潮过后，也很少作新乐府诗，所不同的，只是他们所作的新乐府得以保存下来，但没有人否认他们是新乐府诗人。同样，我们也应以相同的标准来评价李绅，不能因为他后来不作新乐府诗歌，或因为他的新乐府诗没有流传下来，就否认他是新乐府诗人。

第三节　《新题乐府二十首》考

《新题乐府二十首》是李绅在与元稹、白居易讨论时事、切磋诗艺的基础上，继承《诗经》以来的现实主义精神，在杜甫的"即事名篇，无复依傍"③ 的创作手法影响下，对新乐府诗创作的率先尝试，随即引发元稹、白居易的热烈响应，形成中唐文学史上蔚为壮观的"新乐府运动"④。可惜的是，李绅的《新题乐府二十首》完全亡佚，这对于李绅及中唐新乐府运动的研究来说都是一个损失。因此，本节将利用元稹及白居易的和作对李绅原作

---

① 卢燕平：《李绅新论》，《文学遗产》2004 年第 4 期，第 46 页。
② 《汲古阁书跋》，上海古籍出版社 2005 年版，第 51 页。
③ 元稹：《乐府古题序》，冀勤点校《元稹集》卷二十三，中华书局 1982 年版，第 255 页。
④ 从 20 世纪 80 年代以来，也有学者如裴斐、王启兴、罗宗强和周明等先生认为"中唐并不存在一个有领导、有纲领的'新乐府'运动"，见陈书录、胡腊英《近年来对元稹白居易的评价问题讨论综述》，《文史知识》1986 年第 12 期，第 114 页。

作一蠡测，或许对于新乐府运动的研究有所帮助。

一　创作时间考

新乐府诗的创作顺序是：李绅→元稹→白居易①。元稹《和李校书新题乐府十二首并序》云："予友李公垂贶余《乐府新题二十首》，雅有所谓，不虚为文。余取其病时之尤急者，列而和之，盖十二而已。"②白居易虽未明言为和李绅、元稹之作，但其五十首之宏大规模及编排之完整谨严，则显然是在李、元二人基础上作了极大提升完善，才成为新乐府运动的代表作，这在元、白二人的同题之作上可得到充分证明。白居易《新乐府并序》云："元和四年为左拾遗时作"③，又陈寅恪先生据《西凉伎》中所云，考定元稹和作在元和四年④，则李绅之作不得晚于元和四年。另元稹《阴山道》诗："李传云：元和二年，有诏悉以金银酬回鹘马价。"⑤则又在元和二年之后。从元、白所和之作来看，李绅全取材于史实，且元稹序称李绅为李校书，则可大致推定《乐府新题》诗作于其任校书郎期间。考李绅行踪，元和三年初，尚在李元素镇海军幕，大约在三四月至越中薛苹幕，至迟四年春已在京城任校书郎一职，元稹《早春寻李校书》一诗可证。按：元稹元和三年十二月丁母忧服除，四年二月为监察御史，三月奉使剑南东川，六月还，七月以监察御史分务东台，五年贬江陵士曹参军，十年春始还长安，而此时李绅已为太学助教。唯有四年春有相见可能性，且从诗歌所反映的兴奋心情符合当时元稹初授监察御史心理⑥。因此，基本可断定李绅《乐府新题二十首》作于元和四年。

至于这一年的具体时间，陈寅恪先生云："微之诗以《上阳白发人》为首。上阳宫在洛阳，微之元和四年以监察御史分务东台，此诗本和公垂之作，疑是时李氏亦在东都，故于此有所感发。若果如是，则微之之诗题之次序，亦即公垂之次序。"⑦意思这李绅之作或在这年七月后。但此猜测很勉

---

① 可参看［日本］静永健《白居易写讽喻诗的前前后后》，刘维治译，中华书局2007年版，第79—80页。

② 参见杨军《元稹集编年笺注（诗歌卷）》，三秦出版社2002年版，第106页。

③ 关于白居易集不同版本所记时间的差异，谢思炜先生继承陈寅恪之说法，认为白居易从开始写作《新乐府》至最后编定，经历了一段时间，见其《白居易集综论》，中国社会科学出版社1997年版，第63—64页。

④ 参见陈寅恪《元白诗笺证稿》，上海古籍出版社1978年版，第129—130页。

⑤ 参见杨军《元稹集编年笺注（诗歌卷）》，三秦出版社2002年版，第135页。

⑥ 杨军：《元稹集编年笺注（诗歌卷）》将此诗放在未编年诗，不确，应为元和四年无疑。

⑦ 陈寅恪：《元白诗笺证稿》，上海古籍出版社1978年版，第127页。

强，卞孝萱先生就反驳说："此说尚难成立：（1）现有资料，只能说明李绅元和四年为校书郎，至于在西京还是在东都，陈氏亦提不出证据。（2）元稹元和四年七月始分务东台，陈氏未提出《新乐府》不能作于七月之前的理由。"① 且李绅见上阳宫的机会很多，从西京往返吴越，都要经过洛阳，不必一定要和元稹一起才会去参观，或许在之前李绅已很熟悉，感触颇深，遂置之为首篇。要确定其具体创作时间，还得从元稹行踪来考察。陈才智《元白诗派研究》认为："元稹《和李校书新题乐府十二首·序》：'余友李公垂贶余《乐府新题》二十首'，'贶'者，赐也，赠也；若两人同在一地，言'示'即可，故推测有可能两人当时异地而处。"② 此论可从。元和四年李、元二人有两次分处，一为元稹奉使剑南东川，一为分司东台。前次，元稹只是短暂出使，且路途遥远，可以不考虑。后次，元稹被排挤东台，李绅贶其诗既有诗艺切磋之意，更有对好友不屈奸邪的鼓励。因此，把李绅作《乐府新题二十首》之时间定在元和四年七月前比较合理。

二 诗题考

李绅《乐府新题二十首》之其中十二首，因元稹明确表明是和李绅之作，故原诗虽亡佚，但仍然知其诗题。分别是：《上阳白发人》《华原磬》《五弦弹》《西凉伎》《法曲》《驯犀》《立部伎》《骠国乐》《胡旋女》《蛮子朝》《缚戎人》《阴山道》。其余八首则不得而知。

要考知其余八首，唯一的途径就是白居易《新乐府》五十首。这就要确定白居易是否应和了李绅全部的二十首。白居易在《新乐府》五十首的序及诗注中没有只言片语提及李、元二人，但比较元、白二人之作就会发现，白氏完全应和了元作，不但诗题完全一致，许多诗注也非常相似甚至完全相同，个别语句、语气、语势也存在相同或相似之处。为何白居易应和了李、元二人之作却不加任何的说明呢？日本静永健在分析白居易应和改作李、元二人新乐府的原因时认为：

> 白居易的《新乐府》，与他在序文中所表明的创作方针并不完全相同，白氏自己有意加以润色修饰，而且针对李绅、元稹先行发表作品，作了具有挑战性的改作。李、元、白三人虽说是志同道合之士，对白氏

① 卞孝萱：《元稹年谱》，齐鲁书社1980年版，第127页。
② 陈才智：《元白诗派研究》，社会科学文献出版社2007年版，第187页。

来说，李、元作品作为诗歌，从审美角度看，不过是一枝一叶罢了。而且元和四年当白居易发表《新乐府》时，他已经三十八岁，品阶为从八品上的左拾遗，同时又作为翰林学士，具有集宪宗信任于一身的地位。另一方面，元稹是正八品上的监察御史，但比白氏年轻七岁，自然而然就决定了上下级关系。另外，李绅与白氏虽然是同龄人（应小一岁，作者注），但李当时品阶还是从九品的校书郎。从年龄、品阶方面推测，李、元、白三人上下关系，很可能在这《新题乐府》《新乐府》创作（而且改作）过程中或隐或显地在起着作用。白居易听说李绅、元稹《新题乐府》酬唱，不可能尾随这些作品相继而和。就作为先辈诗人个人原因来看，他也敢于无视他们作品的存在，在内容方面增加白氏自己的构思，予以更富于诗情的润色，写出体现自己特点的作品来。①

　　静永健的上述分析是符合实情的，也可以用来解释白居易只字不提李、元二人及其作品的原因。在新乐府运动中，白居易显然是领导者。李、元虽然先白居易而作新乐府诗，但把新乐府运动深入下去，并旗帜鲜明地提出系统理论的却是白居易。这一方面是因为白居易的政治地位、社会阅历及诗歌方面的突出文学天赋；另一方面也与其对于新乐府诗的强烈热情分不开。李、元也显然愿意以白居易为领袖，由他来推广、扩大新乐府诗的影响。在得到李、元的默许和默契配合下，白居易以李绅原作二十首及元稹和作十二首的基础上，仔细构思、精心结撰，历经数年，才最后完成我们今天所看到的《新乐府》五十首。因为一开始就抱着超越二人的想法，按照自己的乐府诗理论去重新创作构思，所以白居易可以完全无视李、元二人的作品，尽管这些作品是在李、元二人的思想基础上提炼、提升、延展而成。陈寅恪先生在全面分析比较元、白二人的作品之后得出"白诗即元诗亦李诗之改进作品"②的结论，说明李、白之间确有承继关系，只不过后者巧妙地把前者毫无痕迹地消融其中。因此，有理由相信白居易应和了李绅的全部二十首。日本学者花房英树的《白居易研究》就认为白居易五十题中的其中二十题，就是那些与元诗一致的十二题再加八题。也就是说可以从白居易《新乐府》五十首中考知其余八题。

　　以下逐一分析白居易《新乐府》五十首中的其余三十八首③，从中确定

①　［日］静永健《白居易写讽喻诗的前前后后》，刘维治译，中华书局2007年版，第137—138页。
②　陈寅恪：《元白诗笺证稿》，上海古籍出版社1978年版，第126页。
③　诗题据谢思炜《白居易诗集校注》卷三，中华书局2006年版。

源自于李绅的八首诗题。

《七德舞》

《七德舞》原为《秦王破阵乐》，贞观七年改为七德舞。陈寅恪《元白诗笺证稿》云："元微之《乐府新题·法曲》云：'秦王破阵非无作，作之宗庙见艰难。'又《立部伎》云：'太宗庙乐传子孙，取类群凶阵初破。'白乐天则取其意别为一篇，即此篇是也。此篇专陈祖宗王业之艰难以示其子孙。易言之，即铺陈太宗创业之功绩，以献谏于当日之宪宗，所谓'采诗''讽谏''为君'诸义，实在于是。"① 此篇显出白居易的精心构思。元稹以《上阳白发人》为首，是以刺为主，而白居易可能认为这样会引起君主的反感，故自创一首，从太宗创业开始，娓娓道来，可谓用心良苦。但白居易又没有完全抛开李、元之作，而是从《法曲》《立部伎》中取其一义，创构此篇。

《二王后》

《唐会要》卷二四《二王三恪》："武德元年五月二十二日诏曰：……其以莒之酅邑，奉隋帝为酅公，行隋正朔，车旗服色，一依旧章。仍立周后介国公，共为二王后。"② 元稹《上阳白发人》有"隋炀枝条袭封邑"之句，下注："近古封前代子孙为二王、三恪"③。则白居易受此启发，创为此篇。

《海漫漫》

《唐宋诗醇》卷二十云："神仙之说，世主多为所惑。而方士因得乘其蔽而中之。史策所垂，足为炯戒。宪宗不悟，服柳泌金丹致殒。此诗作于元和初，想尔时已有先见耶？"④ 宪宗求仙乃宫闱禁密，李绅才任校书郎小官，自然无从知道。故陈寅恪《元白诗笺证稿》云："秦皇汉武求仙之戒，若非宪宗文学侍从之臣，似亦未由敷陈也。"因此，此篇为白居易增创无疑。

《新丰折臂翁》

本诗最后一句"请问新丰折臂翁"下有注云："元和初，而折臂翁犹存，因备歌之。"可知本诗白居易乃根据亲闻之事结撰而来。亦受杜甫之影响，《唐宋诗醇》卷二十云："大意亦本之杜甫《兵车行》、前后《出塞》等

---

① 凡本章所引陈寅恪《元白诗笺证稿》皆出自第五章《新乐府》，后不再作注说明。
② 《唐会要》卷二四，中华书局1955年版，第461页。
③ 见杨军《元稹集编年笺注》（诗歌卷），三秦出版社2002年版，第107页。
④ 《唐宋诗醇》卷二十，《文渊阁四库全书》1448册，上海古籍出版社1987年版，第419页。

篇。借老翁口中说出便不伤于直遂，促促刺刺，如闻其声，而穷兵黩武之祸不待言矣。"① 与李作无关。

《太行路》

陈寅恪《元白诗笺证稿》疑此篇与宪宗怒其不逊，欲逐出翰林事有关。但又疑白居易虽居禁近，实为小臣，与诗中"左纳言，右纳史"身份不符，或与德宗朝杨炎、窦参有关，抑或指韦执谊。此诗小序云："借夫妇以讽君臣之不终。"但从其愤慨激切之语气来看应与白居易自己有关，欲借此抒发冤屈之情。"左纳言，右纳史"之句，是白居易由己及彼的联想，不应坐实为具体的某人。故此篇为白居易独创。

《司天台》

陈寅恪《元白诗笺证稿》云："古有中台星坼三公需避位之说，是此篇所刺者，岂即当时之执政耶？……揆以乐天引古儆今之语，则乐天所指言者，殆属之当时司徒杜佑司空于頔二人之一矣。"又白居易有《季冬荐献太清宫词文》云："司天台奏：冬至日佳气充塞，瑞雪祈寒者。臣嗣承丕图，肃恭寅畏。祖宗垂庆，佳瑞荐臻，虔奉祯祥，伏深祗惕。今时惟玄律，节及季冬，仰荐明诚，敬率恒典，谨遣摄太尉司徒平章事杜佑荐献以闻。"② 两文可相互参证。白居易自创无疑。

《捕蝗》

李绅作《乐府新题二十首》与其任校书郎大量接触史实有关，此首即取材于德宗兴元、贞元年间事。诗云："兴元兵久伤阴阳，和气蛊蠹化为蝗。"指兴元年间蝗灾，《旧唐书》卷一二《德宗纪上》云："是秋，螟蝗蔽野，草木无遗。"又贞元元年四月"蝗自海而至，飞蔽天，每下则草木及畜毛无复孑遗，谷价腾踊。"七月"关中蝗食草木都尽。"③ 后以《贞观实录》所记太宗吞蝗事，讽刺地方官吏不修德政，徒使民众捕蝗，至有蝗祸。此诗囿于时代条件识见虽不高明，但和李绅思想是一致的。《旧唐书》卷十七《文宗纪下》：开成二年七月"乙酉，以蝗旱，诏诸司疏决系囚。已丑，遣使下诸道巡复蝗虫。是日，京畿雨，群臣表贺。外（汴）州李绅奏，蝗虫入境，不食田苗。诏书褒美，仍刻石于相国寺。"④ 因此，此首可推定为李绅原作。

① 同上书，第421页。
② 朱金城：《白居易集笺校》卷五十七，上海古籍出版社1988年版，第3278页。
③ 《旧唐书》卷一二《德宗纪上》，中华书局1975年版，第346、349页。
④ 《旧唐书》卷十七《文宗纪下》，中华书局1975年版，第570页。

《昆明春水满》

此诗取材于贞元间韩皋修昆明池事。《旧唐书》卷十三《德宗纪下》云：贞元十三年"八月丁巳，诏京兆尹韩皋修昆明池石炭、贺兰两堰兼湖渠。"[①] 又《册府元龟》卷一四云：贞元十三年"八月诏曰，昆明池俯近都城，古之旧制，蒲鱼所产，实利于人。宜令京兆尹韩皋充使即勾当修堰涨池。"[②] 陈寅恪《元白诗笺证稿》认为此诗以贞元时榷茗贡银之弊政，对照德宗放昆明池鱼蒲租税之仁政，寄慨至深。李绅是反对盘剥百姓的，其《古风二首》可证。此诗从内容取材、思想观点、行文方式等方面皆似李绅已知十二首，故推定为李绅原作。

《城盐州》

李绅善讽贞元间事，如《驯犀》《骠国乐》《蛮子朝》，疑因李绅特意以贞元事作观照。此篇亦相似。《旧唐书》卷一三《德宗纪下》："辛酉，诏复筑盐州城。贞元三年，城为吐蕃所毁，自是塞外无堡障，犬戎入寇，既城之后，边患息焉。"[③] 意旨重在"美圣王"，刺世不深，故元稹未和作。推定为李绅原作。

《道州民》

陈寅恪《元白诗笺证稿》云："《元氏长庆集》贰有《阳城驿》诗，乃微之元和五年春贬江陵士曹参军途中所作，观《白氏长庆集》和答诗十首第贰首为《和阳城驿》……颇疑乐天此作与微之《阳城驿》诗有关。盖受此暗示，因咏贞元时事，而并及之也。"故可定此篇为白居易增创之作。

《骊宫高》

陈寅恪《元白诗笺证稿》云："此篇为微之新乐府中所无。李公垂原作虽不可见，疑亦无此题。盖'骊宫高'三字原出《长恨歌》'骊宫高处入青云'之句，故此篇似为乐天所自创也。"甚是。

《百炼镜》

此篇所本乃《贞观政要》第三《论任贤篇·魏征条》："太宗后尝谓侍臣曰：'夫以铜为镜，可以正衣冠；以古为镜，可以知兴替；以人为镜，可以明得失。朕常保此三镜，以防己过。今魏征殂逝，遂亡一镜矣！'"[④] 据

---

① 《旧唐书》卷十三《德宗纪下》，中华书局 1975 年版，第 386 页。
② 明本《册府元龟》卷十四《帝王部·都邑第二》，中华书局 1960 年版影印本，第 160 页。
③ 《旧唐书》卷十三《德宗纪下》，中华书局 1975 年版，第 386 页。
④ （唐）吴兢：《贞观政要》卷二《任贤第三》，上海古籍出版社 1978 年版，第 33 页。

此，陈寅恪《元白诗笺证稿》认为"此篇疑亦是乐天翻检《贞观政要》及《太宗实录》以作《七德舞》时，采摭其余义而成者也。"按：陈先生所言或勉强，李绅为校书郎，也有可能翻检此书，不能排除李绅原作的可能。

《青石》

此首为白居易针对社会风俗而发。朱金城《白居易集笺校》云："系讥刺时人滥立石碣与文士之虚为谀词而作，卷二《秦中吟·立碑》一首可与此诗相参证。"① 陈寅恪《元白诗笺证稿》云："但《立碑》全以讥刺此种弊俗为言，而《青石》更取激发忠烈为主旨，则又是此二篇不同之点。"此论甚是。此篇则白居易自创无疑。

《两朱阁》

陈寅恪《元白诗笺证稿》云："乐天此篇所言德宗女两公主薨后，其第改为佛寺事。"讽刺时人对佛教的狂热，忧虑佛寺的浸多侵占平人过多的土地。综观白居易一生并不反对佛教，疑此篇为和李绅之作。李绅对佛教并不认同，《宋高僧传》讥其"素于空门寡信，颇规僧过。"② 李德裕会昌毁佛寺时，李绅曾是其支持者。从李绅对佛教的态度可推定此诗为李绅原作。

《八骏图》

陈寅恪《元白诗笺证稿》云："微之有'德宗以八马幸蜀'之言，李肇记时人多图写望云骓之事，而《柳河东集》一六亦有《观八骏图说》一文，盖此乃当时之风气也。至此种风气特盛于贞元元和之故，殆由以德宗幸蜀之史实，比附于周穆王以八骏西巡之物语欤？"可见白居易此诗乃针对现实风气而发，为其自创。元稹亦有《八骏图》一首，但为五言古诗，非新乐府诗，说明此诗不是李绅原题。

《涧底松》

左思《咏史诗》其二云："郁郁涧底松，离离山上苗。"白居易不但采用此诗首句以名篇，且袭取其全部旨意。至于其所指对象，陈寅恪《元白诗笺证稿》认为："乐天作此诗时，李吉甫虽已出镇淮南，犹邀恩眷。牛僧孺则仍被斥关外，未蒙擢用。故此篇必于'金张世禄'之吉甫，'牛衣寒贱'之僧孺，有所愤慨感惜。非徒泛泛为'念寒隽'而作也。"从后来李绅为李

① 朱金城：《白居易集笺校》卷四，上海古籍出版社1988年版，第207页。
② （宋）赞宁：《宋高僧传》卷二十四《唐湖州法华寺大光传》，中华书局1987年版，第623页。

党成员的情况看，此作不可能为李绅原作。

《牡丹芳》

诗云"元和天子忧农桑，恤下动天天降祥。去岁嘉禾生九穗，田中寂寞无人至。今年瑞麦分两岐，君心独喜无人知。"诗小序云："美天子忧农也"。此是白居易以自己亲见之宪宗忧农事构成此篇。其《秦中吟·卖花》可与此篇相互参证，亦足证白居易自创。

《红线毯》

陈寅恪《元白诗笺证稿》云："乐天于贞元中曾游宣州，遂由宣州解送应进士举也。是以知其《红线毯》一篇之末自注云：'贞元中宣州进开样加线毯。'乃是亲身睹见者。此诗词语之深感痛惜，要非空泛无因而致矣。"知白居易以自己所见所闻成篇，故显得深沉真挚。

《杜陵叟》

朱金城《白居易集笺校》云："此篇盖有感于元和四年暮春长安苦旱而作。《新书》卷七《宪宗纪》：'（元和四年）闰（三）月己酉，以旱降京师死罪非杀人者。禁刺史境内权率、诸道旨条外进献、岭南、黔中、福建掠良民为奴婢者。省飞龙厩马。'《通鉴》卷二三七《唐纪宪宗元和四年》：上以久旱，欲降德音，翰林学士李绛、白居易上言，以为'欲令实惠及人，无如减其租税'。白氏《贺雨》诗云：'皇帝嗣宝历，元和三年冬。自冬至暮春，不雨旱爞爞。'均可与此诗互相参证。"[1] 此诗为白居易自创无疑。

《缭绫》

在内容及思想上，此首皆较《红线毯》显得空泛，显然为白居易不大熟悉之题材，疑为和李绅之作。贞元后，吴越之地盛产缭绫等精美丝织品。李肇《唐国史补》下云："初，越人不工机杼。薛兼训为江东节制，乃募军中未有室者，厚给货币，密令北地娶织妇以归，岁得数百人。由是越俗大化，竞添花样，绫纱妙称江左矣。"[2]《元和郡县图志》卷二七《江南道·越州条》云："自贞元之后，凡贡之外，别进异文吴绫，及花鼓歇单丝吴纱，吴朱纱等织丽之物，凡数十品。"[3] 李绅此前曾多次游历越中（见后附《年谱》），亲见越地织妇之辛苦，故有可能借此诗歌表达同情。

《卖炭翁》

此篇小序云："苦宫市也。"陈寅恪《元白诗笺证稿》认为："盖宫市

---

① 朱金城：《白居易集笺校》卷四，上海古籍出版社 1988 年版，第 224 页。

② 李肇：《唐国史补》卷下，上海古籍出版社 1979 年版，第 65 页。

③ 李吉甫：《元和郡县图志》卷二七，中华书局 1983 年版，第 618 页。

者，乃贞元末年最为病民之政，宜乐天新乐府中有此一篇。且其事又为乐天所得亲有见闻者，故此篇之摹写，极生动之致也。"此诗矛头直指宦官，以元稹当时和宦官势不两立的态度，若李绅有此一篇岂能不和之。故此篇为白居易独创无疑。

《母别子》

此诗乃针对当时具体事件，陈寅恪《元白诗笺证稿》云："乐天此篇摹写生动，词语愤激，似是直接见闻其事，而描述之于诗中者。"为白居易自创。

《时世妆》

陈寅恪《元白诗笺证稿》云："微之《法曲》篇末云：'胡音胡骑与胡妆，五十年来竞纷泊。'乐天取胡妆别为此篇以咏之。"又白居易《上阳白发人》有"天宝末年时世妆"之句，则此篇为白居易受元稹启发而增创之。

《李夫人》

陈寅恪《元白诗笺证稿》认为："此篇以李夫人为题，即取《长恨歌》及传改缩写成者也。"又云："乐天之《长恨歌》以'汉皇重色思倾国'为开宗明义之句，其新乐府此篇，则以'不如不遇倾城色'为卒章显志之言。其旨意实相符同，此亦其可注意者也。故读《长恨歌》必须取此篇参读之，然后始能全解。盖此篇实可以《长恨歌》著者自撰之笺注视之。"则亦白居易自创无疑。

《陵园妾》

此篇可视作《上阳白发人》之姐妹篇，或白居易为凑足五十之篇数，由《上阳白发人》衍生而成。

《盐商妇》

陈寅恪《元白诗笺证稿》云："乐天此篇之意旨，与其前数年所拟《策林》之言殊无差异。此篇小序所谓'幸人'者，即《策林》所谓'侥幸之人'。篇中'婿作盐商十五年，不属州县属天子。每年盐利入官时，少入官家多入私。官家利薄私家厚，盐铁尚书远不如。'诸句，即《策林》所谓'自关以东，上农大贾，易其资财，入为盐商，少出官利，唯求隶名。居无征徭，行无榷税。身则庇于盐籍，利尽入于私室。'则此篇为白居易所自创。

《杏为梁》

朱金城《白居易集笺校》云："唐代自天宝以降，长安朝贵，均好兴土木，居处奢僭，最为弊俗。此篇及《秦中吟·伤宅》一首，俱为刺奢侈而作。"① 又《旧唐书》卷一百六十六《白居易传》："又淄青节度使李师道进绢，为魏徵子孙赎宅，居易谏曰：'徵是陛下先朝宰相，太宗尝赐殿材成其正室，尤与诸家第宅不同。子孙典贴，其钱不多，自可官中为之收赎，而令师道掠美，事实非宜。'宪宗深然之。"② 《资治通鉴》记其事在元和四年闰三月。白居易据其长安城闻见构成此篇。

《井底引银瓶》

陈寅恪《元白诗笺证稿》云："乐天《新乐府》与《秦中吟》之所咏，皆贞元元和间政治社会之现相。此篇以'止淫奔'为主旨，篇末以告诫痴小女子为言，则其时社会风俗男女关系与之相涉可知。此不须博考旁求，元微之《莺莺传》即足为最佳之例证。盖其所述者，为贞元间事，与此篇所讽刺者时间至近也。"又云："乐天之赋此篇，岂亦微之《和李校书新题乐府序》所谓'病时之尤急者'耶？但微之则未必为尤急者。"虽为推测之言，亦在情理之中，可从。

《官牛》

此篇针对性非常强，明确云"讽执政也"。李绅初入京城为官，对于官场之现状尚不甚了解，岂能唐突而作。唯白居易为内职，深知朝廷现状，如前《司天台》一篇对杜佑之规讽，此篇亦类似。故为白居易自创无疑。

《紫毫笔》

诗云："宣城之人采为笔，千万毛中拣一毫"，白居易贞元中为宣州解送进士第，故和上篇《红线毯》一样，以自己所熟悉之事物来构成。此篇小序云："诫失职也"，盖不满于讽谏官毫无拾遗补阙之功。故陈寅恪《元白诗笺证稿》云："以之次于《官牛》一篇之后者，殆有感触于时政之缺失，而愤慨称职者之不多，似无可疑也。"李绅才任校书郎，不可能有此经历。

《隋堤柳》

此篇小序云："悯亡国也"，而结尾云："后王何以鉴前王，请看隋堤亡国树。"盖有感于历史兴亡，欲提醒当朝者。隋堤柳，《隋书》卷二四《食货志》云：炀帝即位，"开渠引穀、洛水，自苑西入，而东注于洛。又自板渚引河，达于淮海，谓之御河。河畔筑御道，树以柳。"③ 李绅往来京城，

---

① 朱金城：《白居易集笺校》卷四，上海古籍出版社1988年版，第244页。
② 《旧唐书》卷一百六十六《白居易传》，中华书局1975年版，第4343—4344页。
③ 《隋书》卷二十四《食货志》，中华书局1973年版，第686页。

走的正是运河路线（见其《追昔游诗》描述路线），为校书郎时又接触隋朝史料，或有此感触，创为此篇，故推定为李绅原作。

《草茫茫》

此篇小序云："惩厚葬也"。白居易《策林》有《禁厚葬》一文，旨意相同，陈寅恪《元白诗笺证稿》认为"则乐天于当时民间厚葬之弊俗，久具匡革之志。此篇之作，实乃本其数年前构《策林》时之旨意也。"是为白居易自创之篇。

《古冢狐》

此篇小序云："戒艳色也。"白居易写于元和五年的《和答诗》之九《和古社》诗云："废村多年树，生在古社隈。为作妖狐窟，心空身未摧。妖狐变美女，社树成楼台。黄昏行人过，见者心徘徊。饥雕竟不捉，老犬反为媒。岁媚少年客，十去九不回。"与此可相互参证。妖狐之说，来自民间，白居易取此为篇，或为凑五十之数。

《黑潭龙》

此篇小序云："刺贪吏也。"陈寅恪《元白诗笺证稿》云："此篇至为直接诋诮当日剥削生民，进奉财货，以邀恩宠，求相位之藩镇也。"病时尤切，不见于元稹和作中，则为白居易自创。

《天可度》

此篇小序云："恶诈人也。"诈人为谁，陈寅恪《元白诗笺证稿》云："所谓'诈人'者，初视之，似是泛指，但详绎之，则疑白氏之意乃专有所刺。其所刺者，殆李吉甫乎？"并作出详细考释，可从。李吉甫为李德裕之父，李绅后为李党成员，故排除李绅原作可能性。

《秦吉了》

此篇以秦吉了指代言官，表明白居易对他们的强烈不满。陈寅恪《元白诗笺证稿》认为："诗中之雕鹗，乃指宪台京尹搏击肃理之官，鸾鹤乃指省阁翰苑清要禁近之臣，秦吉了即指谓大小谏。是此篇所讥刺者至广，而乐天尤愤慨于冤民之无告，言官之不言也。"白居易身为谏官时曾大胆上言，反观现在谏官之庸庸碌碌无所作为，深有不满，故发为此篇。

《鵶九剑》

陈寅恪《元白诗笺证稿》云："'张鵶九'者，乐天所以自喻。'鵶九铸剑'者，乐天以喻其作《新乐府》欲扶起诗道之崩坏也。是取鵶九剑为题，即指《新乐府》之作而言，亦可以推见矣。"是此篇乃白居易表明其作《新乐府》之主旨所在，乃自创无疑。

《采诗官》

此篇系白居易对《新乐府》五十首的总结。陈寅恪《元白诗笺证稿》云:"乐天《新乐府》五十篇,每篇皆以卒章显其志。此篇乃全部五十篇之殿,亦所以标明其作五十篇之旨趣理想也。"

通过以上对白居易《新乐府》其余三十八篇的逐一分析比较,笔者以为《捕蝗》《昆明春水满》《城盐州》《百炼镜》《两朱阁》《缭绫》《井底引银瓶》《隋堤柳》八首最有可能为李绅原作。当然以上分析都是笔者在前辈学者考证研究的基础上,结合自己对李绅研究的一些成果所作的一种谨慎推定,结论或许有些武断草率,请专家批评指正。

三　主题考

根据元、白所和十二首及上述所考八题,可对李绅《新题乐府二十首》的主题进行一个简单归类分析。

(一) 同情民生疾苦

关注民生问题向来是乐府诗的传统。被李、元、白奉为他们新乐府运动开创者的杜甫更在反映和同情民生疾苦方面树立了一个榜样和标杆。李绅的新乐府诗正是继承了这样一种传统,《上阳白发人》《阴山道》《缭绫》《昆明春水满》等都表达了对民生疾苦的同情。

《上阳白发人》关注的是一群长期幽闭在东都上阳宫的不幸宫女。这些宫女在年轻时被"花鸟使"选入宫中,"皆云入内便承恩"(白居易《上阳白发人》),但"十中有一得更衣",更多的是"永醉深宫作宫婢"(元稹《上阳白发人》),最后被发配到各地行宫,"一生遂向空房宿",上阳宫即其中一处。其数量,仅"东都大内、上阳两宫,大率宫女四万人"①。这些宫女的生活,元、白二人皆有描述,兹不赘述,只引顾况与上阳宫女故事作一佐证:"顾况在洛,乘间与三诗友游于苑中,坐流水上,得大梧叶,题诗上曰:'一入深宫里,年年不见春。聊题一片叶,寄与有情人。'况明日于上游,亦题叶上,放于波中。诗曰:'花落深宫莺亦悲,上阳宫女断肠时。帝城不禁东流水,叶上题诗欲寄谁?'后十余日,有人于苑中寻春,又于叶上得诗,以示况。诗曰:'一叶题诗出禁城,谁人酬和独含情?自嗟不及波中叶,荡漾乘春取次行。'"② 宫女如此凄怨悲惨之生活令人不能不生悲悯之情。李绅

---

① 《旧唐书》卷一八四《宦官传》,中华书局 1975 年版,第 4754 页。
② 孟棨:《本事诗》第一《情感》,古典文学出版社 1957 年版,第 7 页。

生活在顾况之后，或许受到了此故事影响。又早在永贞元年李、元、白三人准备应试之际已关注过这个问题，见本章第一节所述。由此可见，这样一个问题一直郁结在李绅心中，不吐不快。虽然李绅原作已亡佚，但可以肯定其对宫女的同情是真挚的。另外，白居易作于元和四年的《奏请加德音中节目二件·请拣放后宫内人》一文可与此诗相互参证："臣伏见大历以来四十载，宫内人数积久渐多。伏虑驱使之余，其数犹广。上则屡给衣食，有供亿糜费之烦。下则离隔亲族，有幽闭怨旷之苦。事宜省费，物贵遂情。臣伏见自太宗、玄宗以来，每遇灾旱，多有拣放。伏望圣慈，再加处分，则盛明之德，可动天心，感悦之情，必致和气，光垂史册，美继祖宗，贞观、开元之风复见于今日矣。"[1]

《阴山道》一诗虽然意在歌颂当今天子爱惜民力，却客观反映了内地百姓的赋役之苦。《旧唐书》卷一九五《回鹘传》云："回纥恃功，自乾元之后，屡遣使以马和市缯帛，仍岁来市，以马一匹易绢四十匹，动至数万马。其使候遣继留于鸿胪寺者非一，蕃得帛无厌，我得马无用，朝廷甚苦之。"[2]统治者为了求得一时苟安，对回鹘一味退缩忍让，却把痛苦转加在百姓身上，通过多征缯帛等以满足回鹘的贪嗜。这种做法除了损耗大量财力外，对于促进民族关系的发展于事无补，"年年买马阴山道，马死阴山帛空耗"，不断加重百姓负担，"费财为马不独生，耗帛伤工有他盗"。加上边境守军的奢侈浪费，百姓日夜劳作尚难供应，"屯军郡国百余镇，缣缃岁奉春冬劳。税负逋逃例摊配，官司折纳仍贪冒。"（元稹《阴山道》）可见当时百姓税负之重。《缭绫》一首，通过直接描写自己所熟悉的越中百姓编织缭绫的辛苦过程，不但寄寓自己对女工的同情，亦对那些不惜民力、奢侈铺张之行为进行了痛斥。因此，李绅希望统治者能够体察民情，改善民生，在《昆明春水满》一诗中亦表达了这样一种理想，希望王泽广被。

（二）反思边防问题

安史之乱后，由于国势日渐衰弱，唐朝在与吐蕃的战争中只能采取守势，边境日益萎缩，如元稹《西凉伎》云："开元门前万里堠，今来蘑到行原州"，特别是陇右诸州皆因吐蕃侵寇而陷落[3]。其原因虽多，其中一个重要原因就是边将的无能和苟且偷安。《缚戎人》《西凉伎》《城盐州》涉及的

---

① 朱金城：《白居易集笺校》卷五十八，上海古籍出版社1988年版，第244页。
② 《旧唐书》卷一九五《回鹘传》，中华书局1975年版，第198页。
③ 见［日］静永健《白居易写讽谕诗的前前后后》中篇，中华书局2007年版，第132页。

就是此类问题。

《缚戎人》的主旨，朱金城《白居易集笺校》云："元稹愤慨于当时边将之拥兵不战，虚奏邀功，故作是篇。"①元稹之意应该是和李绅原作相一致。或李绅作此篇之根据，即得自于元稹，陈寅恪《元白诗笺证稿》云："微之幼居西北边镇之凤翔，对于当时边将之拥兵不战，虚奏战功，必有所亲闻亲见，故此篇之颇极愤慨。乐天于贞元时既未尝在西北边陲，自无亲所闻见，此所以不能超越微之之范围而别有增创也。"元诗云："天宝未乱家数载，狼星四角光蓬勃。中原祸作边防危，果有豺狼四来伐。蕃马膘成正翘健，蕃兵肉饱争唐突。烟尘乱起无亭燧，主帅惊跳弃旄钺。"由于安史内乱，吐蕃乘机进攻，而边地将帅不作任何防备，烽火突起，则只能弃城而逃，溃不成军，丢失河山。可见边将守军之庸碌与无能。而且在陇右诸州被吐蕃占领之后，唐将不思收复，安于现状，白诗借缚戎人口道："自云乡管本凉原，大历年中没落蕃。一落蕃中四十载，遣著皮裘系毛带。"致使边地汉人长期处于蕃人统治之下，华夷不辨。又白居易《西凉伎》中云"缘边空屯十万卒，饱食温衣闲过日。遗民肠断在凉州，将卒相看无意收。"意旨与此相同。拥兵不战，安于现状也就罢了，更令诗人愤慨的是，这些边将竟以无功为有功，胡乱生擒蕃人向朝廷邀功请赏，"边头大将差健卒，入抄擒生快于鹘。但逢赪面即捉来，半是蕃人半戎羯。大将论功重多级，捷书飞奏何超忽。"很多沦陷地区的边地汉人竟被充当蕃囚送入朝廷。有如此边将，吐蕃步步进逼，唐朝节节败退也就在情理之中了。

更有甚者，边将竟养寇自重，拥兵固恩。盐州本是吐蕃东进要地，扼守此地则吐蕃无从进犯，可保内地安宁。然一直以来边将明知此要害之地，却无人提出修筑城池以阻绝吐蕃，至有长期忧患，原因何在？白居易《城盐州》云："如今边将非无策，心笑韩公筑城壁。相看养寇为身谋，各握强兵固恩泽。"边将考虑的是自身利益，却置国家民族于不顾。所以不得不由德宗"特诏城之"。因此，边防上存在的这类问题其实是"非关将略与庙谋"，主要是边将不愿为、不作为的问题。

其实边防上存在的这类问题，稍微有社会经验的人都心知肚明，只不过没人敢反映出来。李绅作为一个初入仕途的小官，敢于率先提出这些问题确实是需要勇气的。

---

① 朱金城：《白居易集笺校》卷五十八，上海古籍出版社1988年版，第244页。

（三）忧虑风俗陵替

风俗变化本是社会发展再正常不过的事情，但在古代却把它和社会的兴衰成败联系起来，最典型的莫过于音乐和政情之间的关系，古人云："治世之音，安以乐，其政和；乱世之音，怨以怒，其政乖；亡国之音，哀以思，其民困。"① 贞元、元和之际，正是唐朝社会急遽变化的时期，传统士大夫对此往往显得忧心忡忡。李绅也在新乐府诗中表达了这种忧虑，如《法曲》《立部伎》《胡旋女》《华原磬》《五弦弹》《井底引银瓶》等。

《法曲》强调的是华夷之辨，元诗云："明皇度曲多新态，婉转浸淫易沉着。赤白桃李取花名，霓裳羽衣号天落。雅弄虽云已变乱，夷音未得相参错。自从胡骑起烟尘，毛毳腥膻满咸洛。女为胡妇学胡妆，伎进胡音务胡乐。火凤声沉多咽绝，春莺啭罢长萧索。胡音胡骑与胡妆，五十年来竞纷泊。"少数民族文化的传入影响了汉族传统的社会生活习俗，冲淡了华夷之间的区别，诗人为此忧心忡忡，担忧它会导致礼崩乐坏，危害整个社会的正常统治秩序。在传统士大夫看来，这不是杞人忧天，白诗云："法曲法曲合夷歌，夷声邪乱华声和。以乱干和天宝末，明年胡尘犯宫阙。乃知法曲本华声，苟能审音与政通。一从胡曲相参错，不辨兴衰与哀乐。"白居易认为，正是由于唐玄宗不重传统雅乐，不辨华夷之声，至有安史之乱。至今唐王朝无法重新振作起来，也是因为民众依然沉浸于胡音、胡骑与胡妆中。这种说法显然是不符合历史事实的，陈寅恪先生云："霓裳羽衣曲，实本胡乐，又何华声之可言？开元之世治民康与此无涉，固不待言也。又法曲者，据《新唐书》二二《礼乐志》云：'初遂有法曲，其音清而近雅。其器有铙、钹、钟、磬、幢箫、琵琶。'夫琵琶之为胡乐而非华声，不待辩证。而法曲有其器，则法曲之与胡声有关可知也。"② 因此，把政治的兴衰归于华夷的混杂淆乱实是主观偏见。当然我们不能指责诗人的荒唐可笑，这是时代的局限，极少有人能够从这样一种世代积累的偏见中跳出来。而作为诗人，他们没有忘记自己的责任，敢于向统治者提出讽谏，是十分难得的。《胡旋女》亦大致持相似观点。

《立部伎》反映的是雅乐的陵替。元诗小序云："李传云：太常选坐部伎，无性灵者退入立部伎。又选立部伎，无性灵者退入雅乐部，则雅乐可知矣。李绅作歌以讽之。"据《新唐书》卷二十二《礼乐志》："自周、陈以

---

① 《毛诗正义》卷一，李学勤主编《十三经注疏》标点本，北京大学出版社1999年版，第8页。
② 陈寅恪：《元白诗笺证稿》，上海古籍出版社1978年版，第144页。

上，雅郑淆杂而无别，隋文帝始分雅、俗二部，至唐更曰'部当'。…… 又分乐为二部：堂下立奏，谓之立部伎；堂上坐奏，谓之坐部伎。太常阅坐部，不可教者隶立部，又不可教者，乃习雅乐。"① 朝廷对雅乐的忽视由此可知，故李绅作诗讽谏。元诗云："我闻此语叹复泣，古来邪正将谁奈。奸声入耳佞人心，侏儒饱饭夷齐饿。"诗人担心雅乐被弃而至风俗大坏，这也许是当时大部分士人的共同忧虑。《大唐新语》卷十中的一段记载可以作为它的最好注脚："开元中，天下无事，玄宗听政之后，从禽自娱；又于蓬莱宫侧立教坊，以习倡优蓴衍之戏。酸枣尉袁楚客以为天子方壮，宜节之以雅，从禽好郑卫，将荡上心。乃引由余、太康之义，上疏以讽。玄宗纳之，迁下邽主簿，而好乐如初。自周衰，乐工师散绝。迨汉制，但纪其铿锵，不能言其义。晋末，中原板荡，夏音与声俱绝。后魏、周、齐，悉用胡乐奏西凉伎副，心埋耳极而不反。隋平陈，因清商而制雅乐，有名无实，五音虚悬而不能奏。国初，始采斑宫之义，备九变之节。然承衰乱之后，当时君子无能知乐，泗滨之磬，贮于太常。天宝中，乃以华原石代之。问其故，对曰：'泗滨声下，调之不能和。'得华原石考之，乃和。因而不改。"② 可见，李绅的担忧实代表了当时士人的普遍心理。

其他，《五弦弹》担忧夷声乱耳，《华原磬》担忧今人雅郑不分。

（四）宣扬为政之道

在《驯犀》《骠国乐》两篇中，李绅针对具体事件而发，宣扬为政之道，委婉讽谏天子。

《驯犀》针对贞元岁南海所贡驯犀不能适应异地环境而死的事件，提醒统治者治民当顺其本性，不要强行干扰，否则会适得其反。陈寅恪《元白诗笺证稿》云："公垂此篇诗旨如何，不可考见。微之和其诗，则意主治民不扰，使之遂性，以臻无为之治。"又云："微之是篇，议论稍繁，旨意亦略嫌平常，似不如乐天此篇末数语，俯仰今昔，而特以为善难终为感慨之深挚也。"③ 按：元、白二诗皆以建中时放还驯象事与贞元时驯犀冻死事相对比，则李绅原作当如此，以此言之，元稹旨意当与李绅保持一致。驯犀冻死事，《旧唐书》卷十三《德宗纪下》记载云："（贞元十二年）十二月己未，大雪平地二尺，竹柏多死。环王国所献犀牛，甚珍爱之，是冬亦死。"④ 元诗因

① 《新唐书》卷二十二《礼乐志》，中华书局 1975 年版，第 473、475 页。
② 《大唐新语》卷十《厘革》，古典文学出版社 1957 年版，第 156—157 页。
③ 陈寅恪：《元白诗笺证稿》，上海古籍出版社 1978 年版，第 197 页。
④ 《旧唐书》卷十三《德宗纪下》，中华书局 1975 年版，第 385 页。

此议论道："乃知养兽如养人，不必人人自敦奖。不扰则得之于理，不夺有以多于赏。脱衣推食衣食之，不若男耕女令纺。尧民不自知有尧，但见安闲聊击壤。前观驯象后观犀，理国其如指诸掌。" 驯犀之死，并非人不珍爱，而是人为干扰了它的正常生活规律，治国亦当如此。李绅的这种治国理念，实际上是秉承了中国传统的无为而治思想，如儒家所认为的理想社会状态上古时期，"天下大和，百姓无事。有八十老人击壤于道，观者叹曰：'大哉，帝之德也！'老人曰：'吾日出而作，日入而息，凿井而饮，耕田而食，帝何力有于我哉！'"① 农耕社会，只要统治者不去干预农业的生产，它就会慢慢恢复兴盛起来。中唐时期社会动荡不定，外族进攻，藩镇割据叛乱，政策朝令夕改，苛税繁多，农民很难真正安定下来从事生产。因此，李绅由驯犀之死而想到无为而治是有其现实针对性的。

《骠国乐》由唐德宗喜骠国来朝而想到君主正确的王化之道。陈寅恪《元白诗笺证稿》云："乐天此篇以'欲王化之先迩后远也'为旨，微之诗中有：'教化从来有源委，必将泳海先泳河。'之句，是二公此篇持旨相同之证。想李公垂原作，当亦类似。"② 《旧唐书》卷一三《德宗纪下》云："（贞元十八年正月）已丑，骠国王遣使悉利移来朝贡，并献其国乐十二曲与乐工三十五人。"③ 骠国来朝，被唐德宗认为是自己王化所致，因此让史官大书特书，"德宗深意在柔远，笙镛不御停嫔娥。史馆书为朝贡传，太常编入鞮鞻科。"（元稹《骠国乐》）这虽然满足了德宗的虚荣心，但舍近求远并不是正确的王化之道。上古时期，君主把百姓的安居乐业作为自己最大的王政，"古时陶尧作天子，逊遁亲德康衢歌。又遣遒人持木铎，遍采讴谣天下过。万人有意皆洞达，四岳不敢施烦苛。尽令区中击壤块，燕及海外覃恩波。"故不求王化而王化自至。因此，君主若真想施王政，行王道，就必须从实际出发，把百姓放在第一位，与百姓感同身受，让百姓安居乐业，不必追求异国来附，"感人在近不在远，太平由实非由虚。观身理国国可济，君如心兮民如体。体生疾苦心憯悽，民得和平君恺悌。贞元之民若未安，骠乐虽闻君不欢。贞元之民苟无病，骠乐不来君亦圣。"（白居易《骠国乐》）这似乎是对当时欲中兴唐朝的宪宗的委婉谏告。

就上述分析来看，李绅的《新题乐府二十首》虽然大都是由历史事件引发，但针对的却是现实问题，内容涉及政治、军事、文化、民族、外交等，

① 皇甫谧：《帝王世纪》，《丛书集成初集》，中华书局1985年版，第9页。
② 陈寅恪：《元白诗笺证稿》，上海古籍出版社1978年版，第208页。
③ 《旧唐书》卷十三《德宗纪下》，中华书局1975年版，第396页。

表现了一个初入仕途的知识分子对现实问题的种种忧虑和对当权者的谏议劝告。

第四节 对李绅新乐府诗创作的评价

作为中唐新乐府运动的一个核心成员，李绅所起的作用当然不能被忽略，可惜的是他的作品没有被保存下来，影响人们对他作出全面客观的评价。就目前文学史及相关论著的评论来看，比较笼统，缺乏具体细致的分析，因此有必要作进一步的论述。

一 新乐府运动的推动者

褰长春先生在《新乐府诗派与新乐府运动——关于白居易评价的一个问题》一文中认为，在新乐府运动中，"以白的成就最大、鼓吹最力，所以论新乐府运动者一般都尊白为这一运动的领导者。"① 这种说法固然正确，但李绅的作用同样不可忽略，他在三人理论探讨的基础上率先进行创作实践，创作了《新题乐府二十首》，继而"引起元稹、白居易的热烈响应，并由他们——尤其是白居易，把新乐府的创作推向高潮。"② 也就是说新乐府运动虽然以白居易为领导，但先锋却是李绅，是他率先顺应了社会的需要，依借诗歌发展的内在条件，发起并推动了这样一场影响深远的文学运动。

要理解这一点，就必须从新乐府运动形成发展的全过程来考察。葛晓音先生在其《新乐府的缘起与界定》一文中认为：

> 从盛唐天宝年间至中唐贞元、元和年间，在提倡复古、要求改革的社会思潮中，一批诗人如杜甫、元结、韦应物、顾况、戴叔伦、王建、张籍、韩愈、孟郊、鲍溶、刘禹锡等，取法汉魏古乐府，创作了许多带有汉乐府式的三字题或具有"行""词""怨""曲"这类歌辞性题目的新题歌行，其中包含一些关注现实、兴讽时事的作品；元和四年，李绅、元稹、白居易看到诗歌创作的这一趋势，出于进谏的需要和教化的目的，直承《诗经》的传统，提倡恢复周代采诗制，用兴喻规刺的标准

---

① 见《西北师大学报》（社会科学版）1986 年第 4 期，第 32 页。
② 章培恒、骆玉明主编：《中国文学史》中册，复旦大学出版社 1997 年版，第 155 页。

对杜甫以来歌行效仿汉魏古乐府制作新题的现象加以总结和规范，并以一批"新题乐府"和"新乐府"组诗作为示范，融合了《诗经》、汉乐府和中唐前期兴讽歌行的创作精神和表现形式，确立了"新乐府"的名称，其影响一直延伸到唐末的皮日休和北宋的诗文革新，这就是"新乐府运动"的实际内涵。①

从葛晓音先生的论述中我们可以知道中唐新乐府运动的发展实际可分为两个阶段：前一阶段，即在李、元、白之前，可称为新乐府运动的酝酿阶段，新乐府诗的创作虽然存在，但它只是个别作家的无意识的偶然创作，没有明确的创作目的；内容和形式也较少创新，还停留于对汉魏古乐府的模仿，即使如杜甫、元结、顾况等人创作了大量乐府诗，而且形式上也有所创新，但在当时却影响很小，并没有引起人们太多的注意和仿效。后一阶段，在元和中兴的政治背景下，适应政治形势的需要，李、元、白总结了前一阶段新乐府诗创作的经验，明确提出自己的新乐府诗理论和创作主张，并以实践行动大力提倡，团结其他诗人，相互应和，把新乐府运动推向高潮。

在这个过程中，推动新乐府运动从前一阶段向后一阶段转变的关键人物就是李绅，他对新乐府诗从形式到内容的革新，为白居易后来领导全方位的新乐府运动奠定了基础。首先，李绅是第一个提出以新题乐府替代古题乐府。"古题乐府是指运用古乐府题目的乐府诗。汉魏六朝的乐府诗，因其时代在唐代之前，唐人称为古乐府，其题目称为乐府古题。……元、白以前文人写古题乐府诗，大抵沿袭旧题内容，在题材上较少创新。"② 如果李绅还停留于写古题乐府的传统思维，那么，新乐府运动也许就不会发生，因为没有改革，一切就会按照传统延续。元结、顾况、张籍、王建等皆写有古题乐府诗，但是他们的影响都非常小，更不要说产生一场运动。因此不要轻视新题乐府这一革新，它产生的反应是连锁性的，从思维深处推动了新乐府运动的进行。其次，李绅第一个尝试了新题乐府的创作。早在贞元元和之际，三人就有频繁的交往，为新乐府运动的兴起作好了理论上的准备，但是这种理论准备最终没有转化成具体行动。本来元、白比李绅更有条件变革旧题乐府，因为不论是政治地位或是文学成就，元、白都是超过李绅的，特别是白居易元和三年还拜左拾遗为谏官，正可以利用此机会革新乐府诗为政治服

---

① 见《中国社会科学》1995 年第 3 期，第 173 页。

② 王运熙：《讽喻诗和新乐府的关系和区别》，《复旦学报》（社会科学版）1991 年第 6 期，第 78 页。

务，但他们都没有作尝试，或许是时机还不成熟，或许是还缺乏创作的灵感。所以这个尝试就由李绅来完成。元和四年，李绅为校书郎，在接触了大量历史典籍的条件下，受当时开明政治气氛和元和中兴希望的鼓舞，李绅创作出了他的新题乐府二十首，推动新乐府运动全面兴起。

二　新题乐府的初创者

或许是因为对"唱和重复，于文或有短长，于义咸为赘剩"① 的古题乐府（或称古乐府）的不满，李绅有意跳出古题乐府的限制，从形式到内容对之进行革新，并将它们命名为"新题乐府"。这个革新很快得到元、白的响应，白居易更在此基础依据自己的乐府新理论进行完善，确立了新乐府诗体的基本形式②。

李绅的新题乐府对传统古题乐府的革新主要体现为以下几点：

1. 自命新题

元稹《乐府古题序》云："近代唯诗人杜甫《悲陈陶》《哀江头》《兵车》《丽人》等，凡所歌行，率皆即事名篇，无复依傍。予少时与友人乐天、李公垂辈，谓是为当，遂不复拟赋古题。"③ 实际上，"即事名篇"的命题方式率先由李绅从杜甫处学习而来，元、白并没有参与商讨，或者说他们还没有意识到这一点。元和四年前，元稹丁母忧，当然无暇考虑新乐府的事情，白居易这时虽然在写乐府诗规讽时事，如《资治通鉴》卷二百三十七云："（元和二年十一月）盩厔尉、集贤校理白居易作乐府及诗百余篇，规讽时事，流闻禁中。上见而悦之，召入翰林为学士。"④ 但这些乐府诗还是传统的古题乐府诗。因此新乐府诗"即事名篇"的方式只能是由李绅提出。"即事名篇"的意义在于乐府诗的创作不必再受乐府古题的限制，可以自由发挥，也意味着它对古乐府的独立，"即乐府歌词寿终正寝之时"⑤。白居易在此命题方式上又加以改进，结合《诗经》的命题特点，"首句标其目"⑥，将诗题与诗意结合起来，显得更为直观。

2. 七言为主的杂言形式

---

① 元稹：《乐府古题序》，冀勤点校《元稹集》卷二十三，中华书局1982年版，第255页。
② 谢思炜先生把白居易追和李绅的《新乐府》五十首称为"新乐府诗体"，以别于其他讽喻诗，见其《白居易与"新乐府"诗体》一文，《文史知识》1999年第5期。
③ 元稹：《乐府古题序》，冀勤点校《元稹集》卷二十三，中华书局1982年版，第255页。
④ 《资治通鉴》卷二百三十七，中华书局1956年版，第7646页。
⑤ 罗根泽：《乐府文学史》，东方出版社1996年版，第230页。
⑥ 白居易：《新乐府并序》，谢思炜《白居易诗集校注》，中华书局2006年版，第267页。

陈寅恪先生《元白诗笺证稿》云："关于新乐府之句律，李公垂之原作不可见，未知如何。恐与微之之作无所差异，即以七字之句为其常则是也。至乐天之作，则多以重叠两三字句，后接以七字句，或三字句后接以七字句。"① 其实白居易之作也是以七字句为主，三字句大多用在开头或末尾，用来引领或结束全篇，起到一种抒情的作用。而元稹之作，几乎全用七字句，偶尔用九字句，如《西凉伎》"去京五百而近何其逼，天子县内半没为荒陬"。元稹是和李绅之作，应该和李绅原作比较一致，也就是说李、元、白三人之作皆以七字句为主，兼有杂言，只不过白居易在李绅的基础上加以改良，即陈寅恪先生所说的吸收了当时民间流行之歌谣。李绅用七言杂言，主要是革新的需要，"'新乐府'除自命新题外，还需采用杂言新体，这才是'新'字的完整涵义"②。而传统的乐府古题以五言句为正宗，如皮日休将自己的乐府诗命名为《正乐府》，用的是五言，"正"即有标榜"正宗"之意。其他，如元结的《系乐府》，元稹的《乐府古题》也用五言。

3. 取材历史，规讽现实

用新题写时事，具有强烈的现实功利性，是新乐府诗的重要特点。元稹认为李绅《新题乐府二十首》"雅有所谓，不虚为文""病时之尤急者"③。白居易在《新乐府并序》中也认为自己的新乐府五十首，"其辞质而径，欲见之者易谕也。其言直而切，欲闻之者深诫也。"④ 强调的都是对现实的讽谕性，两者在精神上是一致的。从元、白所和同题诗，可知李绅取材来源于唐朝史实，尤以玄宗、德宗两朝事为多。而白居易在此基础上更加以扩大且系统化，按朝代之顺序编排，"自《七德舞》至《海漫漫》四篇，乃言玄宗以前即唐创业后至玄宗时之事。自《立部伎》至《新丰折臂翁》五篇，乃言玄宗时事。自《太行路》至《缚戎人》诸篇，乃言德宗时事。自此以下三十篇，则大率为元和时事。"⑤ 这样大规模地从史实中取材，以美刺现实，是以前任何乐府诗所没有出现过的。如果没有李绅对白居易的启发，这是绝对不可能的，所以李绅对新乐府运动的贡献是开创性的，从中也可以非常清楚看出《乐府新题二十首》的价值。

---

① 陈寅恪：《元白诗笺证稿》，上海古籍出版社 1978 年版，第 120 页。
② 见谢思炜《白居易与"新乐府"诗体》一文，《文史知识》1999 年第 5 期，第 19 页。
③ 元稹：《和李校书新题乐府十二首并序》，杨军《元稹集编年笺注（诗歌卷）》，三秦出版社 2002 年版，第 106 页。
④ 谢思炜：《白居易诗集校注》，中华书局 2006 年版，第 267 页。
⑤ 陈寅恪：《元白诗笺证稿》，上海古籍出版社 1978 年版，第 127 页。

第五章　李绅诗集考

第一节　《全唐诗·李绅诗》考辨

李绅的诗歌，清人彭定求《全唐诗》收为四卷，其中前三卷（卷四百八十至四百八十二）与现今保存下来的《追昔游集》在编次目录方面完全一致，故确定为李绅作品是没有疑问的。而后一卷（卷四百八十三）收录的是拾遗补缺之作，主要以清初席启寓《唐诗百名家全集·李绅集》为底本，由于未作仔细考订辨别，故存在不少问题，如重出、误收等。时贤学者的著述，如王旋伯《李绅诗注》、佟培基《全唐诗重出误收考》、卢燕平《李绅集校注》等，已就其中的一些问题作了辨析，但仍存在不少疑问，因此有必要作进一步的完整而具体的考辨。

一　误收《答章孝标》一诗

此诗在《全唐诗》中分别见于卷四百八十三及卷八百七十，皆署名为李绅，似乎并无异议，今人亦然。唯卢燕平《李绅集校注》持不同看法，"据考证，杂诗中《答章孝标》……不是李绅作的"①，但不见其具体考证。按：此诗多见于五代以后的笔记小说与诗话中，如《太平广记》《类说》《唐诗纪事》《唐才子传》等，但其所本则皆为五代王定保之《唐摭言》，其卷十三云："章孝标及第后，寄淮南李相（原注：或云寄白乐天）曰：'及第全胜十改官，金汤镀了出长安。马头渐入扬州郭，为报时人洗眼看。'绅亟以一绝箴之曰：'假金方用真金镀，若是真金不镀金。十载长安得一第，何须

---

① 卢燕平：《李绅集校注》，中华书局2009年版，第3页。

空腹用高心。"① 不过《唐摭言》此条所载与事实明显不符，李绅以宰相身份出镇淮南在会昌四年（见吴廷燮《唐方镇年表》卷五及卞孝萱《李绅年谱》），而章孝标及第在元和十四年（见清徐松《登科记考》卷十八），这其中定然有误。后人看出了其中的问题，却仍录其事，只是稍作改动，如宋计有功《唐诗纪事》卷四十一 "乃删'淮南李相'数字，迳书'李绅'，庶几近之。"② 元辛文房《唐才子传》卷六则改云章孝标及第后先寄友人诗，"绅适见，亟以一绝箴之。"③《唐诗纪事》与《唐才子传》所改，表面上使整个故事看起来具有真实性，但仔细考察则会发现事实并非如此。先论《唐才子传》所载。据卞孝萱《李绅年谱》④，李绅元和十四年春为山南西道节度使崔从之荐，为该道观察判官，但时间并不长，五月除右拾遗，返回长安至少在六月。章孝标及第返乡时间，据其《初及第归酬孟元翊见赠》一诗云 "何幸致诗相慰贺，东归花发杏桃春。"⑤ 知章孝标及第归省时间在本年春，李绅此时恰不在长安，则 "绅适见" 一说不可能，故《唐才子传》所改与史实相冲突，不可信。

再论《唐诗纪事》所载。李绅在除右拾遗前，也是偃蹇不遇，章孝标及第后以诗相寄是有这个可能的，但这种倨傲轻狂的行为似乎并不符合章孝标本人性格，这首轻浮怪诞的诗歌也与其一贯的诗风不相符。范摅《云溪友议》卷下载章孝标元和十三年下第后，"时辈多为诗以刺主司，独章君为《归燕诗》，留献庾侍郎承宣。小宗伯得诗，展转吟讽，诚恨遗才，乃候秋期，必当荐引。庾果重秉礼曹，孝标来年擢第。……诗曰：'旧垒危巢泥已落，今年故向社前归。连云大厦无栖处，更望谁家门户飞。'"⑥ 其为人与为诗皆谦虚谨慎，并无一般文士之轻狂浮躁，故得主司庾承宣赏识，才有来年擢第。《云溪友议》同卷又云："近日举场，为诗清切，而鄙元和风格，……章正字孝标《对月》落句云：'长安一夜十家月，几处笙歌几处愁。' 有类乎秦交云：'一种峨眉明月夜，南宫歌吹北宫愁。'章君品题之中，颇得声称也。" 李肇《唐国史补》卷下云 "元和之风尚怪"⑦，可知章孝标为诗清切而鄙弃元和尚怪之风，但若从寄李绅一诗看则大相异趣，反与元和诗风相

① 王定保：《唐摭言》卷十三，上海古籍出版社1978年版，第148页。
② 傅璇琮：《唐才子传校笺》卷六，中华书局1990年版，第135页。
③ 同上书，第134页。
④ 《安徽史学》1960年第3期，第47页。
⑤ 彭定求：《全唐诗》卷五百六，中华书局1960年版，第5758页。
⑥ 范摅：《云溪友议》卷下，古典文学出版社1958年版，第68页。
⑦ 李肇：《唐国史补》卷下，上海古籍出版社1978年版，第57页。

类，因而《唐摭言》所载是否可信值得怀疑。最有说服力的还是其《初及第归酬孟元翊见赠》一诗，诗云："六年衣破帝城尘，一日天池水脱鳞。未有片言惊后辈，不无惭色见同人。"比较两诗，同是及第后寄人之作，表达的也都是及第后如释重负的心情，但反映的诗风与性格却有天壤之别，前者狂傲轻浮、得意忘形，后者谦虚谨慎、稳重得体，与其一贯的性格与风格相符。"诗以言志"，而"言为心声"，作于同时的诗歌，反映的心境、心态应该相似，虽不可能相同，但也不会出现如此大的反差。据此推断，《唐摭言》所载故事是不可信的。但不管是《唐诗纪事》，还是《唐才子传》，他们都没有去怀疑《唐摭言》所载故事的真实性，而是简单地对故事加以改动，使其表面上看起来真实，反而给后人造成错觉，似乎故事是可信的。这样经过后人辑佚，两首诗便各自进了他们的诗集。不过，还是有人提出过质疑，如胡震亨在《唐音统签》卷五百五十中云："按绅武宗初年镇扬州，孝标元和十四年登第，在其前二十余年，似不相值，或非绅事也。"① 胡氏虽质疑"非绅事"，但并没有结合章孝标诗歌作进一步考证，故并未引起后人注意。

　　既然《唐摭言》所述不可信，则李绅《答章孝标》一诗亦非其作。

二　误收《长门怨》"宫殿沉沉晓欲分"一诗

　　此诗在《全唐诗》中，除见于李绅集中外，还见于卷九十四《齐澣集》中及卷四百七十二《刘皂集》中，显得比较混乱。今人亦莫衷一是，如王旋伯《李绅诗注》认为是李绅作品，而卢燕平《李绅集校注》却认为不是李绅作品。另外，陈贻焮先生主编的《增订注释全唐诗》则认为是刘皂作的可能性较大。至于佟培基《全唐诗重出误收考》，则一仍《全唐诗》，孰是孰非，不作轻易论断。此诗争议之大，由此可见。导致这种混乱的原因，大概是因为唐代拟赋《长门怨》的诗人及作品太多，同题相赋，时间一长便淆乱不清，混杂莫辨。因此，要确定此诗的作者就必须先辨析清楚这种种说法产生的源头。首先，言李绅者，据明嘉靖陈敬学仿宋本《万首唐人绝句》可追溯至宋洪迈。仿宋本《万首唐人绝句》卷三十二收此七言绝于李绅名下，下有注"刘皂亦有"②，说明后人对洪迈将此诗收于李绅七言绝中有所怀疑。此唐诗选本讹误较多，如明人就指出其"或一章数见者有之，或彼作误此者有之，或律去首尾者有之，或析古一解者有之。"③ 就此诗而言，后人也多

---

① 胡震亨：《唐音统签》卷五百五十，《续修四库全书》，上海古籍出版社 2002 年版，第 680 页。
② 洪迈：《万首唐人绝句》卷三十二，明嘉靖仿宋刻本。
③ 刘卓英：《万首唐人绝句·刊定题词》，书目文献出版社 1983 年版，第 8 页。

不认同洪迈，如明人胡震亨《唐音统签》卷五百四十所收李绅逸诗就不收此诗，又万历年间赵宧光重新刊刻《万首唐人绝句》，就从李绅七言绝句中将此诗径直删去，单独收入刘皂七言绝中。因此，单凭《万首唐人绝句》孤证不足以判定此诗为李绅作品。其次，言齐澣者，《全唐诗》以前仅见于明胡震亨《唐音统签》卷八二中，胡氏所据已不可考，但从现存明代以前文献特别是宋代文献中并不见有记载，其可靠性同样值得怀疑。且胡氏在同书卷八四一中又收入《刘皂集》中，与洪迈《万首唐人绝句》同。至于言刘皂者，现存文献最早见于宋初之《文苑英华》，但也有不同看法，如《增订注释全唐诗》在考辨此诗作者时云："令狐楚编《元和御览诗》、《乐府诗集》卷四二均题刘皂作，楚与皂同时人，当可信。"认为此诗最早所载当为《元和御览诗》，但其实是一种误会。今查明汲古阁本唐令狐楚《御览诗》，实不收此诗，不过后人在刘皂《长门怨》下有校语，其云："刘皂原有二首，逸去其一，反入女郎刘媛作。今姑仍旧本，附载原诗辨误。"① 后附《长门怨》"宫殿沉沉晓欲分"一诗，《增订注释全唐诗》注者当据此而来。不过，注者大概误会了校语之意，将"原诗"误以为是《御览诗》原本所载，故有此论断。但事实并非如此，傅璇琮先生在《唐人选唐诗新编·御览诗》中对后人校语注释道："《唐诗纪事》卷三六载刘皂《长门怨》之'宫殿沉沉月欲分'诗，又谓'韦庄载皂《长门怨》云：'泪滴长门秋夜长……'按韦庄所载此诗又见《又玄集》卷上，其卷下刘媛名下又载《长门怨》'雨滴梧桐秋夜长'诗。《唐诗纪事》卷七九刘媛下亦载此诗。则'雨滴'首当属刘媛，《又玄集》承《御览诗》而误。"② 从傅璇琮先生的注释中我们可以知道韦庄《又玄集》之所以将"雨滴"诗归属刘皂，是因为承绪了《御览诗》的错误，由此也就说明《御览诗》原本所载就是"雨滴"诗，而非"宫殿"诗，所以校语中的"原诗"并非指原本所载，因而《增订注释全唐诗》注者据《御览诗》判定此诗为刘皂所作依据有误。不过校语所论亦应不会凭空而来，这恰可与《文苑英华》等诸多宋人文献相互印证。按《文苑英华》卷二百四以《长门怨》为题收录同题诗歌作品，这种同题收录的方式在编撰过程中要求编撰者作仔细的文献对校，比较可信。故后来南宋彭叔夏积多年功力著成的《文苑英华辨正》，在其卷二《事误二》中虽指出诗歌用事之误，但也明确认为作者为刘皂。在其他一些比较可信的影响较大的宋代文献

---

① 傅璇琮：《唐人选唐诗新编》，陕西人民教育出版社 1996 年版，第 425—426 页。
② 同上书，第 426 页。

中，如郭茂倩《乐府诗集》卷四十二、计有功《唐诗纪事》卷三十六中，也都认为作者为刘皂，与《文苑英华》相一致。如果再进一步比较的话，会发现《文苑英华》在刘皂之后收录的就是齐澣的一首《长门怨》，或许《唐音统签》之误即来源于此。这样看来，《长门怨》"宫殿沉沉晓欲分"一诗作者基本可以确定为刘皂，而非李绅或齐澣。

至于《全唐诗》收此诗于李绅名下，显然是受到席启寓《唐诗百名家全集》的影响。席氏《唐诗百名家全集》对李绅诗集的整理主要来源于胡震亨《唐音统签》，并有所增补，其中就有这首诗。而席氏辑佚所依据的文献，应该就是宋洪迈《万首唐人绝句》，继而又被《全唐诗》因袭至李绅集中。

三　误收《华山庆云见》一诗

此诗在《全唐诗》中，除见于李绅诗集外，还见于卷七百八十七，作者佚名。与《全唐诗》大约同时成书的《佩文韵府》也存在着类似的情况，如在卷九十二系之于李绅，而在卷十二则系之于于尹躬。这样就出现了这首诗作者的三种不同说法。查席启寓《唐诗百名家全集》只署名为李绅，未见其注明有争议情况，说明《全唐诗》还另有所本。再查找《全唐诗》编撰以前的唐代诗歌总集与选本，可以发现这些争议在明代就已经存在，如署名为李绅的，有胡震亨《唐音统签》卷五百四十；署名为于尹躬的，有王志庆《古俪府》卷一《天文部·云》；作者佚名的，有高棅《唐诗品汇》卷八十一《五言排律十一》及李时芳《华岳全集》卷十《艺文·诗·五言排律》。但查考以上几种明人诗文总集，皆未注明《华山庆云见》一诗的文献来源，故无法追本溯源考证其正误。但按照一般的原则，即陈尚君先生所说的"提供佚诗较早的出处，对确定诸诗的可靠性十分重要。"①《华山庆云见》一诗较早的出处，从现存文献看，最早见于宋初编撰的大型类书《文苑英华》卷一百八十二《省试三》中，作者失名。如果再仔细查阅《文苑英华》，会发现其它两种说法其实也来源于此。《文苑英华》卷一百八十二对《华山庆云见》一诗的编排，恰在于尹躬《南至日太史登台书云物》诗之后，李绅《上党奏庆云见》诗之前，后人在抄录时由于粗心，或看成了于尹躬的诗，或看成了李绅的诗，故而出现了上述争议。而今人也似乎未对其重出作仔细考辨，故讹误延续至今，如王旋伯《李绅诗注》、卢燕平《李绅集校注》等

---

① 陈尚君：《全唐诗补编》，中华书局 1992 年版，第 561 页。

都是如此，故不可不辨。

四　《华顶》应作《望华顶峰》

此诗胡震亨《唐音统签》卷五百四十及席启寓《唐诗百名家全集·李绅集》诗下皆有注，云："见《天台胜迹录》"，可知其据《天台胜迹录》辑录，但不知为何《全唐诗》却不注明。华顶，在今浙江天台县，天台山有九峰，犹如莲瓣，此峰为花顶，因称"华顶"。李绅《龙宫寺》诗序云："贞元十六年，余为布衣，东游天台。"① 此诗当作于此时。又考《天台胜迹录》，为明人潘珹编②，然"华顶"非为诗名，而是各诗所咏对象，编者以之为题来总览历代文人所咏之诗，如贾岛"远梦归华顶"一诗，原集作《送天台僧》。此诗亦如此，并非诗名为《华顶》，然胡震亨、席启寓皆想当然而以"华顶"命名。实际上宋人林师箴《天台前集》卷中已收录此诗，题为《望华顶峰》③，故当以《天台前集》为是。

《全唐诗·李绅集》除误收、误录以上四首外，另有《赠韦金吾》及《赋月》二诗系误收他人之作，由于二诗今人已考证清楚，故本文不再赘述。

第二节　李绅诗集版本流传情况

李绅诗歌由于数量较少，卷数不多，且在唐代诗歌史上的地位并不高，流传不广，因而版本情况并不像其好友元稹、白居易的诗集那样繁杂。不过，也正因为关注度不高，其版本流传情况也很少为人所知，因而对其诗歌研究及相关文献整理带来一定的困扰，因此有必要研究清楚。目前对其版本情况有所介绍的，一是傅璇琮、杨牧之先生主编之《中国古籍总目·集部》，录有李绅诗集的存世版本8种，分别是：（1）五唐人集本（汲古阁本）；（2）唐四十四家诗本（明抄）；（3）唐诗百名家全集本（康熙刻，光绪重刻）；（4）四库全书本（乾隆写）；（5）清宣统二年上海著易堂石印本；（6）清东武刘氏味经书屋抄本；⑦中晚唐名家诗集本，清印，拾遗一卷；（8）百家唐诗本，清初抄本，拾遗一卷。二是卢燕平的《李绅集校注》，以唐四十七家诗本为底本，参校了毛晋汲古阁本，与《支遁集》合订的明抄

---

① 卢燕平：《李绅集校注》，中华书局2009年版，第169页。
② 潘珹：《天台胜迹录》，《中国佛寺史志汇刊》，台湾明文书局1980年版，第132—136页。
③ 林师箴：《天台前集》，《文渊阁四库全书》第1356册，上海古籍出版社1987年版，第426—427页。

本，以及百家唐诗本、唐诗百名家全集本、味经书屋抄本、四库本、全唐诗本①。比较两者，主要版本基本一致，区别在于前者没有把常见版本全唐诗本录入，后者忽略了中晚唐名家诗集本，或因其藏于台北博物馆而没有发现。这已经是很全面的版本统计了，但这毕竟还是比较简略的著录，这些版本之间的相互关系、源流变化，不同时代的版本流布与收藏情况，以及各个版本的特点与优劣比较等都不甚清楚。另外，他们都遗漏了一个重要版本，即胡震亨《唐音统签》本，因其作了补遗并分列一卷，成为后来四卷本的最早雏形，在李绅诗集整理上是重要一步，不应被忽略。有鉴于此，笔者试对其各个时期的流传情况及版本收藏作一系统梳理和细致考察。

李绅最早的诗集由其开成三年（838 年）八月自编而成，按自身经历以时间为序，自元和十四年为山南节度使崔从观察判官始，至出任宣武节度使终，记其历官所至，迁谪荣辱之感，升沉不定之慨，抚今追昔，纪游抒怀。共收诗 69 篇 106 首，其中大多为编订时的追忆之作，也有部分为旧时所作，编为三卷，自为序。此后，历朝历代所见李绅诗集皆来源于此自编三卷本。

关于诗集之原名，按《文苑英华》卷七百一十四收录有李绅《追昔游集》自序一篇，据此诗集原名当为"追昔游集"，后世版本有称其为"追昔游诗""追昔游"，或"追昔游编"者，皆为讹误。如欧阳修《新唐书》卷六十《艺文志三》载李绅"《追昔游诗》三卷"，晁公武《郡斋读书志》卷四言李绅"《追昔游》三卷"，陈振孙《直斋书录解题》卷十九言李绅"《追昔游编》三卷"。为何三者所记各不同，与原名也不一致，最有可能的是流传抄写过程中人为的随意改动。实际上，宋人各类书目对李绅诗集题名的著录也多不一致，如孙猛云："李绅《追昔游》三卷，《经籍考》卷六十九'游'下有'集'字，沈录何校本何焯批语云：'公垂诗南渡时已仅存此三卷'。按《追昔游诗》，《新唐志》卷四、《崇文总目》卷五、《书录解题》卷十九、《宋志》卷七皆著录三卷，《书录解题》《遂初堂书目》别集类标题作《追昔游编》，《宋志》则径标《李绅诗》。"② 显然是宋人抄录时的不严谨所致。

关于《追昔游集》的版本流传，晚唐五代不见有书目记载，故其流传情况不得而知。两宋时期，官修和私修书目都有相关的记载，说明其不但为国家藏书，在民间亦有流传。著录时除了诗集名稍有不同外，卷数都是三卷，

① 卢燕平：《李绅集校注·前言》，中华书局 2009 年版，第 3 页。
② 孙猛所作李绅《追昔游集》校记，见陈振孙撰、孙猛校注《直斋书录解题》卷十九，上海古籍出版社 1987 年版，第 570 页。

完全一致，说明其在流传中没有散佚或出现新编本，并且各家所见都源于李绅自编本。这在唐代众多的文人著作流传过程中是比较少见的。官修书目如《崇文总目》《新唐书·艺文志》记载简略，只录作者及卷数，私修书目如晁公武《郡斋读书志》、陈振孙《直斋书录解题》记载稍详，不但附有诗人小传，亦对其诗歌内容、风格有所评论，故为后人所重视。如晁公武的著录重在给诗人立传及阐释诗歌内容，便于读者了解诗人及其诗歌。必须指出的是，晁公武虽博学严谨，但也有疏忽之处，导致后人因此以讹传讹。其言"《追昔游》者，盖赋诗纪其平生所游历。谓起梁汉，归谏署，升翰苑，及播越荆楚，逾岭峤，止高安，移九江，过钟陵，守滁阳，转寿春，留洛阳，廉会稽，分务东周，守蜀镇梁也。"① 这里言李绅"守蜀镇梁"实有误。李绅自序中所言"川"是指洛川（洛阳），非宋代所言之四川，晁公武这里显然是想当然。而这也导致后人以讹传讹，如明人曹学佺《蜀中广记》卷一百《著作记第十》将李绅《追昔游集》著录为宦游于蜀地文人之著作，且以晁氏此论为证，实大谬矣。而陈振孙解题重在评论其人其诗，云：（《追昔游编》）"皆平生历官及迁谪所至，述怀纪游之作也。余尝书其后云：'读此编，见其饰智矜能，夸荣殉势，益知子陵、元亮为千古高人。'"② 这段评语不管其是否客观实际，但却对后人影响很大，如胡震亨《唐音统签》本题跋即承绪此观点。

不仅官私书目皆予以著录，其抄本也在北宋初就已经出现，如北宋初著名学者宋绶就曾手自抄录此集，至南宋时该抄本最终为楼钥所得，其《跋宋宣献公书李公垂诗编》云：

> 李公垂诗编自号《追昔游》，宋宣献公手书之，可谓两绝。乾道七年，尝宿剡川之龙宫寺，见李公诗碑，今在编中而有阙文，亟为求石刻于寺，补百余言。宣献字画精妙，而参以恶札，如碔砆列于璠玙中，益叹前辈之难及也。宣献父名皋，不惟于本字缺笔，"高"字亦去其口，尤见真迹不疑。如此等书皆亲自传录，春明三世以博洽称，有以也。夫公垂短小精悍，才气绝人，其自言治行之伟如此，人品真可与文饶相上下。惜乎二公德度如此，恩仇太明，以此得名位，亦以此撄祸。大雅曰："君子实维，秉心无竞。谁生厉阶，至今为梗。"诗人之意谓厉阶之

---

① 晁公武：《郡斋读书志》卷十八，孙猛校证，上海古籍出版社1990年版，第898页。
② 陈振孙：《直斋书录解题》卷十九，上海古籍出版社1987年版，第570页。

生由夫好竞者为之也，牛李二党更相摩轧数十年，而唐益以衰，可不戒哉！①

　　宋宣献公即宋绶，《宋史》称其"博通经史百家，文章为一时所尚"，"家藏书万余卷，亲自校雠"②，其所抄《追昔游集》底本或许为自家所藏。其书法亦有名当时，"作字尤为时所推右"③，故楼钥将其书法与《追昔游集》称之为"两绝"，甚为珍爱。楼钥也是著名学者兼藏书家，字大防，号攻媿主人，明州鄞县（今浙江宁波）人。"初，罢官里居，聚书东楼，逾万卷，皆手雠校，称善本。"④《追昔游集》应当就是其中善本之一，"皆手校雠"就体现在他用龙宫寺石刻校勘《龙宫寺》一诗，"补百余言"，也说明宋绶抄写本有缺漏。从这篇跋文中我们可以得出以下几点版本信息：一，此诗集为宋绶亲自传录，是已知最早的李绅诗集抄本，同时兼具书法价值；二，楼钥对诗集进行了校勘，既利用石刻材料补漏，也指出其中涉及的文字避讳；三，对李绅诗歌及人品的评价问题。楼钥肯定李绅人品，认为可与李德裕相上下，指出他们性格中的缺点。这种评价与后来陈振孙、胡震亨、毛晋的观点相左，提供了对李绅进行评价的多元观点。可惜的是，这个版本与晁公武、陈振孙收藏的版本一样都没有流传下来。

　　从两宋时期的流传情况来看，尽管李绅在唐代诗歌史上的地位不高，但《追昔游集》还是引起了文人们的较多关注，已经有了一定程度的校勘，只是还没有进行补遗。各家所见版本来源、相互关系、各自特点、后世流传等情况，皆由于缺少相关记载而无从得知。但宋本到了明末清初还有流传，如唐诗百名家全集本附注云据宋本重刻，可见当时宋本尚存。之后各类版本以及各种书目皆不见有宋本的记载，则宋本当已失传。

　　元代时间不长，文化事业也相对落后，不见有《追昔游集》流传情况的记载。而明清时期，文人们热衷于对唐代诗文的整理，加之刻印书发达，像李绅这样的唐五代中小诗人的诗集逐渐为世人所重视，出现了他们诗集的各种抄本或刻本，以及收录这些别集在内的总集，才有了我们今天看到的各种版本。

---

① 楼钥：《攻媿集》卷七十七，《文渊阁四库全书》1153 册，上海古籍出版社 1987 年影印本，第 241 页。

② 脱脱等撰：《宋史》卷二百九十一，中华书局 1977 年版，第 9732、9735 页。

③ 《宣和书谱》卷六，《文渊阁四库全书》第 813 册，上海古籍出版社 1987 年影印本，第 236 页。

④ （清）李邺嗣：《甬上耆旧诗》卷二，宁波出版社 2010 年版，第 24 页。

明代书目著录李绅诗集的，官方书目有《文渊阁书目》和《国史经籍志》，私家书目有《唐音癸签》。《文渊阁书目》为明初编制，虽然类似图书登录簿，但所录都是秘阁所藏宋金元三朝旧籍，能够比较真实反映地当时宋元版本的留存情况，具有重要的文献价值。就李绅诗集而言，其著录言"李绅《追昔游诗》一部一册"①，可见宋元版本尚存，但具体情况不得而知。稍后的《国史经籍志》卷五著录为三卷，表明保存比较完好，没有散佚。胡震亨《唐音癸签》也著录为三卷，说明在他之前尚无人进行补遗，直到《唐音统签》的出现。但书目著录毕竟囿于所见，不能完整记载当时特别是民间流传的真实情况。由于宋元版本稀有罕见，藏书家也往往秘不示人，出于对唐诗的热情，明人开始抄写、刊刻李绅诗集，并进行补遗整理。这其中较早的明本，有季振宜藏明摹刻本和胡震亨的唐音统签本。季振宜藏明摹刻本，见于于敏中《天禄琳琅书目》卷十《明版集部》，其著录《追昔游诗集》时云："晁公武《读书志》中载《追昔游诗集》，云开成戊午八月绅自为之序。此本书首不载序文，盖至明时从旧本摹刊，其序已佚之矣。"② 不刊李绅原序只因旧本已佚，故疑此旧本为宋本。《书目》又录其中钤盖印章及位置如下："积山"，朱文；"黄姬水印"，白文，俱目录；"季振宜藏书"，朱文，目录，卷上、卷下；"和仲"，朱文；"柱下史"，白文，卷上。其中印章可考者有黄姬水、季振宜。黄姬水（1509—1574），字淳父，长洲（今江苏苏州）人。黄省曾子，曾学书于祝允明，诗文俱有时名，著有《白下集》《高素斋集》等。也曾校勘刻印书籍，如荀悦《汉纪》、范仲淹《范文正公集》等。季振宜号沧苇，为清初著名藏书家、版本学家。据此则原书为明黄姬水收藏，清初归于季振宜，乾隆时为内府藏书。之后此版本不知所踪，唯傅增湘订补《邵亭知见传本书目》卷十二下《追昔游集》云："又据邓君邦述藏，季振宜旧藏本唐人集本校。"③此季振宜旧藏本是否为明摹刻本不得而知，极有可能已失传。

胡震亨编撰的《唐音统签》是一部唐诗总集，其不但收录了《追昔游集》三卷，更对李绅诗歌进行了补遗，另编为一卷，总共四卷。如前所论，李绅在编订《追昔游集》只是收录了元和十四年至开成三年间其宦途生涯中的一部分诗歌，之前与之后，以及这段时期内不符合其审美标准的诗歌皆不

① 杨士奇：《文渊阁书目》卷二，《文渊阁四库全书》第 675 册，上海古籍出版社 1987 年影印本，第 164 页。
② 于敏中：《天禄琳琅书目》卷十，徐德明点校，上海古籍出版社 2007 年版，第 343 页。
③ 莫友芝撰、傅增湘订补《藏园订补邵亭知见传本书目》第三册，中华书局 1993 年版，第 61 页。

收录，如《古风二首》《乐府新题二十首》《莺莺歌》等。为了弥补这种缺憾，胡震亨有意识地对《追昔游集》外的诗歌进行补遗，补充了集外的不少作品，于是在三卷本之外出现了包括补遗作品在内的四卷本。《唐音统签》卷五百四十二："绅以文艺节操显称，致位宰辅，罹党祸，没后复追论削官云。今汇绅诗为一卷，《追昔游诗》三卷，绅所自次，另为编，合四卷。"① 自卷五百四十至卷五百四十三。一般而言，搜集整理的补遗作品大都编排于后，而胡震亨则是先将李绅补遗诗编为一卷，编排在首，曰李绅诗之一，李绅自编三卷反而在后，曰李绅诗之二、之三、之四。李绅生平小叙也放在补遗卷前，李绅自序则出现在卷之二。自序之后又有胡震亨所写小记，先概述其主要内容，次评其优劣，言"李公垂此编成于将还朝向用之岁，追念迁谪后所历，外转宦地，汇次所为诗，一生遭被堂陷，播越升沉之概，毕修焉。间尝参考史传所弗合者，爰谱其岁月以便读者检术。若如宋贤序录，律以高人淡怀，谓不免夸殉世荣，则非余所暇论也。"② 可以看出胡震亨是赞同陈振孙对李绅诗歌的评价。所记时间在"己巳夏"，故知胡震亨编辑此集在1629 年。补遗一卷收录的诗有：《古风二首》《奉酬乐天立秋日有怀见寄》《赋月》《莺莺歌》（伯劳飞迟燕飞疾）《乐天藏文集东都圣善寺刻石为记因成四韵以美之》《山出云》《上党奏庆云见》《华山庆云见》《华顶》《江南暮春寄家》《欲到西陵寄王行周》《和晋公三首》《江亭》《端州江亭得家书二首》《忆汉月》《赠韦金吾》《答章孝标》《柳二首》《朱槿花》《红蕉花》《至潭州闻猿》《闻猿》《龟山寺鱼池》，以及"残句3"，共 28 首。这些诗有些注明出处，有些未注明，除了《赋月》《赠韦金吾》外，其他基本都可以确定为李绅之作。这些补遗的诗歌来源于李绅创作的不同时期，在内容和风格上都不同于《追昔游集》，反映了他一生诗歌创作的不同风貌，弥补了《追昔游集》三卷本的不足，具有重要的文献和文学研究价值。之前的三卷本一脉相承于李绅的自编本，至此才有了另一种李绅诗集的版本即四卷本，这对于李绅诗集的流传是一个重要变化，后来的唐诗百名家全集本及全唐诗本也是在此基础上的进一步完善。从这个意义上讲，胡震亨对李绅诗集的整理和流传居功至伟。不过，由于《唐音统签》是唐五代诗歌的总集，并没有对李绅诗集进行单独编排，卷次顺序也不符合常规，加之《唐音统签》卷帙

---

① 胡震亨：《李绅诗前言》，《唐音统签》卷五百四十，《续修四库全书》第 1616 册，上海古籍出版社 2002 年版，第 623 页。

② 胡震亨：《〈追昔游诗〉记》，《唐音统签》卷五百四十一，《续修四库全书》第 1616 册，上海古籍出版社 2002 年版，第 626 页。

浩繁，编成之后由于种种原因未能付印，所以此版本李绅诗集很少为人所知。《全唐诗》编竣后，更几乎被人遗忘，长期以来仅以孤本流传，现仅存有范希仁抄补本。直到 20 世纪 90 年代，上海古籍出版社的《续修四库全书》，海南出版社的《故宫珍本丛刊》据此影印，才重新为人所知。

其他的明本还有毛晋的汲古阁本、冯彦渊抄本及唐四十七家诗抄本。毛晋的汲古阁本为自刻本，与孟浩然、孟郊、温庭筠、韩偓四人诗集合刻，称为《五唐人诗集》。今存，国家图书馆、上海图书馆、辽宁图书馆均有收藏。笔者所见为国家图书馆所藏，与韩偓《香奁集》同在第 5 册。半页 9 行 19 字，小字双行，白口，左右双边。分上、中、下三卷，每卷卷首各有目录。卷上题"东吴毛晋子晋订"，卷下末尾有毛晋题识，云："字公垂，亳州人。与李文饶、元微之齐名，人号元和三俊。为人短小，俗呼短李。其平生历官及迁谪，略见本序。或谓其饰志矜能，夸荣殉势，益知子陵、元亮为千古高人。然纪游述怀，俯仰感慨，一洗唐人小赋柔靡风气云。湖南毛晋识。"其虽然认可陈振孙对李绅之批评，但也肯定李绅对中晚唐诗风改变的贡献，比较客观公允。但毛晋所说之本序即李绅自序，并不见于本集，疑与季振宜藏明摹刻本类似，原本已佚，或许二者源于相同的版本也未可知。1926 年上海涵芬楼曾据此影印出版。

冯彦渊抄本为明末藏书家冯知十手抄。冯知十，字彦渊，海虞（今江苏常熟）人，与冯舒（字巳苍）、冯班为兄弟，并同为明末著名藏书家、刻书家。曾起兵抗清，城破后被杀（见同治《苏州府志》卷一百五十），抄本为其长子冯武收藏，故在抄本后题为"明故海虞烈士彦渊冯公遗书"。然清人王文进《文禄堂访书记》卷四云："《追昔游诗》三卷：唐李绅撰。明冯巳苍抄本。"① 实有误，冯巳苍为冯彦渊兄弟，非同一人。此本与《支遁集》《贞白先生陶隐居文集》合订为一册，存于台湾图书馆，南京图书馆有缩微胶片。《北平图书馆善本书目》《中国善本书目提要》《国立中央图书馆善本书目》均有著录。笔者所见为南京图书馆缩微胶片，半页 9 行 20 字，黑格，左栏外刊"冯氏家藏"四字。分上、中、下三卷，每卷有目录，与汲古阁本同，作者题为"节度使李绅"。卷前有《追昔游序》，即李绅自序。卷末有冯武题记，云："太岁丁亥腊月望夜，取校汲古阁本，与此本同。明故海虞烈士彦渊冯公藏书，长子武藏。"太岁丁亥为清顺治四年（1647 年），在冯知十殉难后不久，有纪念之意。题记言与汲古阁本同，

---

① 王文进：《文禄堂访书记》卷四，上海古籍出版社 2007 年，第 265 页。

大概是指卷数、编排次序、内容文字等，实际上还是有所不同，最显著的不同就在于此本有李绅原序，而汲古阁本无。卷内钤盖有"冯彦渊读书记""冯彦渊收藏记""知十""冯长武印""窦伯父""海滨渔父""谦牧堂书画记""汉阳叶名琛名沣同读过""东郡宋存书室珍藏""国立北平图书馆印藏"等印记，知此本在清代经众多藏书家辗转收藏，如杨绍和、揆叙、叶名琛等，流传至今。

唐四十七家诗抄本，明佚名编，三卷。它的出现是明人对唐代中小诗人重视的体现。笔者曾在国家图书馆查阅此书，检索显示有收藏，然工作人员反复查找均无法找到。又登录中国国家图书馆网站联机公共目录查询系统，显示已出借，故不知其详。卢燕平《李绅集校注》即以此为底本。

从以上版本在明代的流传来看，宋元版李绅诗集已经是稀有罕见，流传日渐稀少，代之而出现的主要是明人的各种抄本和刻本。唐诗总集《唐音统签》的出现则标志着李绅诗集出现了新的版本，即四卷本，其散佚诗歌终于得到重新整理，从而让我们可以更详尽地了解李绅诗歌创作、思想经历的全貌，这也影响了清代李绅诗集的整理和流传。

清代李绅诗集的流传除上述明本外，主要是以收录于清人编撰之总集或以书的形式流传，当然也有抄本。较早的总集是康熙四十一年（1702年）东山席氏（启寓）琴川书屋所刻《唐诗百名家全集》，其主要收录中晚唐诗人集，所择必精，大都以宋本为底本，又据其它诗集版本进行校勘、补遗，所以为世所重。叶燮《百家唐诗序》云："虞山席治斋虞部，壮岁官于□朝，即陈情乞归养，高卧家园，以著述为己任。暇日出其箧衍所藏唐人诗，自贞元、元和以后，时俗所称为中晚唐人，得百余家，皆系宋人原本，一一校雠而付之梓。"[1] 可见包括李绅诗集在内，各家诗集都是以宋本为底本，并依据所见其他版本作了细致校勘。此本今存，藏于包括国家图书馆在内的多家图书馆。笔者所见为南京图书馆所藏，为第二函第十二册，分上、中、下三卷，卷下附补遗诗。半页10行18字，白口，左右双边，单鱼尾。卷前刻有"琴川书屋校刊""吴郡席启寓文夏编录"等版权信息，又云"男永恂、前席同校"，知校刊者为席启寓之子席永恂、席前席。为突出与前人的不同，席氏在刻本的具体内容设计上别出心裁，具体表现为：一，集名云"追昔游诗集"，既不重复原名"追昔游集"，

---

① 叶燮：《百家唐诗序》，《己畦集》卷八，《四库全书存目丛书·集部》第244册，齐鲁书社1997年版，第82页。

又不因袭前人"追昔游诗"之讹误，大概是因其进行了补遗，故有意以示不同。二，作者云："宣武节度使中书侍郎同平章事尚书右仆射赵郡公李绅公垂"，按照常规，撰者前所缀官爵名号以最显耀者为是，"宣武节度使"一职在李绅仕宦生涯中并不突出，此意在说明李绅编辑诗集之时间。三，上中下三卷目录合刻，与明本各卷目录分刻不同，设计更合理，便于读者查阅检索。四，下卷附补遗诗，注云："别本不载"，实则与《唐音统签》大同小异。其增补了原集未收的诗30首，残句1，与胡震亨《唐音统签》相比，多出《赠毛仙翁》《长门怨》二诗，《题白乐天集》一诗与《乐天藏文集东都圣善寺刻石为记因成四韵以美之》为同一诗，题名不同而已，残句则只收其一。从这些情况看，《唐诗百名家全集》显然是在《唐音统签》的基础上增补而来，只是《长门怨》一诗并非李绅作品（见前文）。席氏如此，恐有掠美之意。五，别裁众本，校勘文字。之前，宋人楼钥曾就其所见碑刻校勘所得宋绶手抄本，但此本早已佚失，之后尚无人进行校勘，席氏此本据《唐文粹》《文苑英华》《唐诗纪事》《唐诗类苑》等校勘，具有重要文献价值。如《忆登栖霞寺峰》，席本校云："《文苑英华》作"忆登西霞寺峰望怀"，"望怀"更突出登高抒情之意，似更妥。又《闻里谣》一诗，席本校云："一本'谣'下有数字，《英华》作'效古歌'。'闻里谣'疑'乡里谣'。"《全唐诗》本作"闻里谣效古歌"，据席本题名当作"闻里谣"，"效古歌"为其下注，似更符合本意。诸如此类，可见其校勘精审，多有参考价值。总体来看，此本不但在形式上编排有序更为合理，在内容上所作的补遗、校勘，更具有重要文献价值，与之前诸本相比堪为善本。其最大的遗憾则是没有刊刻李绅原序。但瑕不掩瑜，此本刊刻后流布广泛，《全唐诗》所本即来源于此，此后又不断有重刻本出现，如光绪八年（1882年）的重刻本和1920年的上海扫叶山房石印本。

另一个以总集形式流传的是全唐诗本，也是唐音统签本之外的又一个四卷本。《全唐诗》分李绅诗为四卷，从卷四百八十至卷四百八十三，前三卷一依李绅自编本，而第四卷称为"杂诗"，实则全部是补遗诗。这些补遗诗基本上是依《唐诗百名家全集》而来，但在编排上却效仿《唐音统签》将补遗诗分为一卷，与《追昔游集》三卷并列，编排于后，使之更符合一般惯例，更容易为后人接受。可见全唐诗本综合了唐音统签本与唐诗百名家集的优点，至此，李绅诗集才真正得到广泛传播。

以丛书形式流传的是四库全书本。三卷本，无李绅原序，无目录，未补遗。前有四库馆臣所作提要，言及诗集基本情况时云："此集皆其未为相时所作。晁公武《读书志》载前有开成戊午八月绅自序，此本无之。诗凡一百一首。"知其底本已失原序，而据《四库全书总目提要》言其底本来源为"浙江范懋柱家天一阁藏本"，又《浙江采集遗书总录·辛集》注《追昔游集》三卷为写本，可见底本是天一阁所藏的一部手抄三卷本，其他情况则不得而知。提要还针对前人的评价提出了自己的观点，云："今观此集，音节喑缓，似不能与同时诸人角争强弱。然舂容恬雅，无雕琢细碎之习，其格究在晚唐诸人刻划纤巧之上也。"这是对李绅诗歌比较客观的评价。与全唐诗本相比，此本唯少补遗诗一卷，其余则大致相同。

　　清代流传的抄本有百家唐诗本和东武刘氏味经书屋抄本。百家唐诗本，四卷本，《追昔游诗》三卷，拾遗一卷。今存，藏于国家图书馆。《百家唐诗》，清初抄本，今存54种，李绅诗集在第六册，与《温庭筠诗》《唐司空曙水部集》《崔补阙集》（崔峒撰）合为一册。半页9行20或22字，蓝格，白口，四周双边。钤盖有"宛平王氏家藏""慕斋鉴定""宝翰堂藏书印""胡氏茨村藏本"等印，上述印章皆为明末清初北京著名藏书世家王氏家族所有，分别是王崇简，其子王熙，其孙王克昌，王熙女婿胡介祉①，据此可确定为清初抄本。那么，抄者为谁？据王克昌《宝翰堂藏书考·序》言："皇清定鼎，（王崇简）以名宿入翰林，移居外城。积俸所入，悉以置书，若饥者之于食，渴者之于饮。既致政闲居，犹孜孜矻矻，丹黄不去手。人间有异书则重价购之，或力不能购，辄命人缮写。青箱堂之连床架屋几与栋平，故京师之藏书，惟文贞公惟多。"②据此可以推测李绅诗集乃至百家唐诗皆有可能为王崇简命人所缮写。这在李绅诗集中可以找到一些证据，如在诗集中存在大量文字讹误而被人径直涂改修正的现象，应该是王氏命人缮写时抄写者比较随意，错讹、缺漏百出，故不得不亲手校订。也正因为这个原因，此本存在诸多的问题，并不是一个好的本子。虽然改正了一些讹误，但并不完全，如《过梅里》"今列题于后"作"今历题于后"，"翡翠坞"一诗作"悲翠坞"，《杭州天竺凌鹰二寺二首》题下注"此寺殷富"作"此寺因富"。诸如此类。抄写也比较混乱，如《上家山》为独立诗题，应单行抄写，却与上文相连。更有甚者，卷下漏抄《灵蛇见少林寺》《拜宣武节度使》《到汴州三十韵》三首诗。补遗诗一卷虽然有些注明出处，却也错讹叠见，如《重到惠山二首》，《追昔游诗》卷下已收，此处却视为补遗诗，将

---

① 参见郑伟章《宛平王氏藏书考》，《藏书家》第19辑，齐鲁书社2015年版，第21—27页。

② 王克昌：《宝翰堂藏书考·序》清抄本，国家图书馆藏。

其一七言律拆为两首七言绝，又将"江亭"一诗抄为"江宁"，"闻猿"一诗抄为"怀猿"。因此，由于抄写者的随意和愚妄，尽管王氏作了一定的校对，但仍无法改变其为恶本的事实。如果不指出这些问题，将贻害无穷。

东武刘氏味经书屋抄本。三卷本，与《刘蜕集》合抄为一册。味经书屋为清人刘喜海室名。刘喜海（1793—1852），字吉甫，一字燕庭，山东诸城人。治金石文字之学，又好藏书抄书，有宋刻唐人文集数十家，皆系精本。李绅诗集或从其所藏宋刻所抄。此本版式为半页 11 行 22 字，绿格，白口，四周双边。题名为"追昔游诗"，作者书"节度使李绅"，分上中下三卷，无李绅自序，无目录，版心有"东武刘氏味经书屋校抄书籍"字样。此本今藏于国家图书馆。

清代流传的刻本主要有中晚唐名家诗集本及宣统二年（1910）上海著易堂石印本。中晚唐名家诗集本，据《中国古籍总目·集部》藏于台北故宫博物院，笔者目前未亲见，具体情况留待日后补充。著易堂石印本，与《孟东野诗集》合刻为四册，分上中下三卷，石印大字本，半页 12 行 26 字，小字双行同，白口，四周双边，单鱼尾，文字清晰。扉页有"宣统二年仲夏依汲古阁原本精校石印"，知底本为毛晋汲古阁刻本。版心分别有"上海著易堂校印""长洲张荣培、植甫重校"，所谓"重校"并非校勘，而是与汲古阁本核对。末有毛晋题识，可见除排版不同外，内容、格式完全仿照汲古阁本而来。

从上述清代版本的流布来看，主要有以下几个特点：一，宋本在清代还有留存，但只限于个别藏书家收藏，翻检各种书目皆不见有宋本的记载，说明大多数文献目录学者都难觅其踪迹，基本上不再流传，以至最终散佚，但直接以之为底本的刻本或抄本还是流传了下来。二，清人对李绅诗集的整理补遗虽然不遗余力，成果也不少，但相互因袭，始终没有超越胡震亨的《唐音统签》，这大概是受当时文献有限的影响，直到今人陈尚君先生重新翻检耙梳各种文献，总其成果，完成最后的补遗。三，清代是中国古代文学的集大成时期，对待传统文学遗产的态度包容开放，而不囿于文学派别之争，因而像李绅这样的中小诗人作品得到充分整理，并作为民族文学遗产的一部分得到广泛传播。总集、丛书的出现具有总结的性质，扩大了其受众面，更易于为普通人所接受，而各种刻本、抄本以及复刻本的出现，标志着其为一般文人接受的同时，也加速了其流传。所以才有了我们今天看到的各种版本，才提供了今人更接近诗人诗歌原貌的机会。

综合以上各个时代李绅诗集的流传情况，总体上可分为两个版本系统，一个是三卷本系统，一个是四卷本系统。三卷本系统一脉相承自李绅自编本，除了有无李绅自序的区别，分卷形式、诗歌次序与数量几乎一致，历经千年的流传，能够保持如此完整的诗集实属不多。四卷本系统虽然多出一卷，其实也是在三卷本基础上所作的补遗，而不是后人的另编本，所以两者实质上是同源的。

　　以上便是李绅诗集的大致流传情况。

第六章　叹逝感时　发于凄恨

——李绅《追昔游集》的情感抒发

"诗言志，歌咏言"①，诗歌作为人类最直接表达情感、意念的形式，从它产生的那一刻起，就记录着每一位诗人的思想与情感活动，反映着他们每一次心灵的颤动与变化，勾画出他们人生的心理情感曲线。在李绅的《追昔游集》中，我们看到的正是这样一种在不同时间、空间背景下，由不同的人物活动和外在景物引发的情感变化与思想波动，它们共同勾画出诗人从元和末至开成初近二十年间心理与情感的变化曲线。正如诗人自己所言：

> 追昔游，盖叹逝感时，发于凄恨而作也。或长句，或五言，或杂言，或歌，或乐府、齐梁，不一其词，乃由牵思所属耳。起梁溪，归谏署，升翰苑，承恩遇，歌帝京风物，遭谗邪，播历荆楚，涉湘沅，逾岭峤荒陬，止高安，移九江，泛五湖，过钟陵，溯荆江，守滁阳，转寿春，改宾客，留洛阳，廉会稽，过梅里，遭谗者，再宾客，为分务，归东周，擢川守，镇大梁。词有所怀，兴生於怨，故或隐显，不常其言，冀知者於异时而已。开成戊午岁秋八月。(《追昔游集自序》)

诗人抚今追昔，无限感慨，在《追昔游集》中回顾了自己所经历的心理与情感的跌宕起伏变化，悲怆、屈辱、怨恨、愤懑、忧虑、痛苦、欣喜、激动、荣耀、平淡、闲适、满足等，百感杂陈，不一而足。

---

① 《尚书正义》卷第三《舜典第二》，李学勤主编《十三经注疏》标点本，北京大学出版社 1999 年版，第 79 页。

第一节　冤屈与怨恨

李绅冤屈与怨恨的心理，源自自己的信而见疑、忠而被谤，以及由此而带来的无辜遭贬。从"墨宣外渥催飞诏，草布深恩促换题"（《忆夜直金銮殿承旨》）的天子近臣到投荒万死的待罪孤臣，顷刻间的跌落，形成巨大的政治与社会环境的落差，导致人的心理的变形，产生冤屈与怨恨心理。这种冤屈之大、之深，以致于诗人久久不能释怀，多年之后，当诗人"发於凄恨而作"时，往事犹历历在目，愤懑之情有如井喷般爆发，渗透在字里行间。诚如宋人周辉所说："放臣逐客，一旦弃置远外，其幽悲憔悴之叹，发于诗什，特为酸楚，极有不能自遣者。"① 道出了古今贬谪文人的共同心理。

李绅被贬谪，有两个重要原因，一是李逢吉及其党徒的倾陷诬构，他们无中生有，颠倒黑白，制造"谋立深王"事件；二是年幼的敬宗不辨忠奸，被李逢吉党蒙蔽，下令将李绅贬斥端州。前者使诗人内心充满了刻骨铭心的愤怒与怨恨，由于当时朝廷为李逢吉所把持，小人横行，便不得不暂时强忍内心的怒火，压抑心中的愤怒。这刺激了诗人后来在诗歌中对他们予以毫不留情的揭露、指斥，以消解心头怨恨；对于后者诗人遵循为尊者讳的做法，克制了自己的不满，但依然在诗歌中委婉地向其表明自己的冤屈，以抒发内心的悲怆和痛苦。这样在李绅的贬谪诗中就形成了怨恨与冤屈两种情感的交织。如其长篇政治抒情诗《趋翰苑遭诬构四十六韵》，一反儒家温柔敦厚、主文而谲谏的传统，以犀利尖刻之笔，矛头直指李逢吉及其党徒，对他们结党倾轧、诬构陷害的阴谋与丑行进行了深刻而有力的揭露：

> 洁身酬雨露，利口扇谗谀。碧海同宸眷，鸿毛比贱躯。辨疑分黑白，举直牴朋徒（原注：思政面论逢吉、崔植奸邪，刘栖楚、柏耆凶险，张又新、苏景修朋党也）。庭兽方呈角，阶莫始效莩。日倾乌掩魄，星落斗摧枢（原注：穆宗升暇）。坠剑悲乔岳，号弓泣鼎湖。乱群逢害马，择肉纵狂貙（原注：逢吉、守澄、栖楚、柏耆、又新等，连为搏噬之徒）。胆为瀝肝竭，心因沥血枯。满帆摧骇浪，征棹折危途（原注：余以户部侍郎贬端州司马）。燕客书方诈，尧门信未孚（原注：敬宗即

---

① 见周辉《清波杂志》卷四"逐客"条，刘永翔校注，中华书局1994年版，第138页。

位之初，遭逢吉等诬构。宸襟未察，衔冤遂深）。谤兴金就铄，毁极玉生瘕。砺吻矜先搏，张罗骋疾驱（原注：余遭逢吉构成谴，敬宗听政前一日，宣命于月华门外窜逐）。地嫌稀魍魉，海恨止番禺（原注：栖楚见逢吉，怒所贬太近）。

穆宗时期，李绅以其"凤形怜采笔，龙颔借骊珠"的文学才华和"摩天羽翮孤"的清直孤高人格深受穆宗赏识，对其信任有加，"捧日恩光别，抽毫顾问殊"，君臣相得甚欢。李绅也因此为李逢吉所忌恨，被其不断倾轧，"利口扇谗谀"。这从史书中也可得到印证，"长庆中，宰相李逢吉用事，翰林学士李绅深为穆宗所宠，逢吉恶之；求朝臣中凶险敢言者掎摭绅阴事，俾暴扬于搢绅间。又新与拾遗李续之、刘栖楚，尤蒙逢吉睠待，指为鹰犬。"①有赖穆宗的信任，"辨疑分黑白"，诗人得以保全。但这也进一步导致李逢吉党的猖狂反扑，趁着穆宗驾崩、新主尚幼，众人"连为搏噬之徒"，大肆诬陷。"乱群"与"害马"，狼狈为奸，阴险狡诈；"狂貙"撕咬，疯狂攻击，这些都是李逢吉党勾结宦竖王守澄，内外夹击，必欲陷李绅于死地的猖狂无耻的写照。尽管诗人竭力为自己辩解，肝脑涂地、泣血以尽，最终还是被这些无耻之徒攻击中伤，"谤兴金就铄，毁极玉生瘕"，从此蒙冤，并在敬宗听政前一日，窜逐端州。当时李逢吉党徒的嚣张气焰，令人发指，"又新等构绅，贬端州司马，朝臣表贺，又至中书贺宰相。及门，门者止之曰：'请少留，缘张补阙在斋内与相公谈。'俄而又新挥汗而出，旅揖群官曰：'端溪之事，又新不敢多让。'人皆辟易惮之。"②李绅在诗歌中以诗史之笔，记录了自己被诬构的全过程，因为他觉得只有如此才能表明自己的冤屈。诗人连用"害马""狂貙"等比拟李逢吉党，不作丝毫的隐晦，甚至更以自注形式予以直斥，表达其内心对他们的痛恨与厌恶，可谓到了无以复加的地步。这也是诗人隐忍多年的怨恨在受到激发后，终于得以释放与发泄的结果。

如果说《趋翰苑遭谗构四十六韵》主要是表达其怨恨的心理，那么，《过荆门》《涉沅湘》等诗，则是诗人在反复诉说其冤屈，以及由此带来的不被人理解的痛苦与悲怆。中国古代臣子的冤屈，往往是由于皇帝的专制而产生。"所谓专制，指的是就朝廷的政权运用上，最后的决定权，乃操在皇帝一个人的手上；皇帝的权力，没有任何立法的根据及具体的制度可以加以

---

① 《旧唐书》卷一百四十九《张又新传》，中华书局1975年版，第4025页。
② 同上。

限制的；人臣可以个别或集体的方式向皇帝提出意见，但接受不接受，依然是决定于皇帝的意志，无任何力量可对皇帝的意志加以控制。"① 从《趋翰苑遭诬构四十六韵》一诗中，我们知道李绅虽然替自己作了辩解，但敬宗根本就不予理会，"宸襟未察，衔冤遂深"，而是直接运用其专制的权力将李绅贬逐遐荒。这对于一个忠贞为君的臣子来说是莫大的耻辱与冤屈，生命的价值也因此而跌落，从此他就得背负莫须有的罪名，甚至有可能在万死投荒中度过余生。带着这样一种冤屈和恐惧上路，触目所及，一切事物都似乎在为诗人鸣冤和哭泣。如《闻猿》："见说三声巴峡深，此时行者尽沾襟。端州江口连云处，始信哀猿伤客心。"之前诗人对于凄厉的猿声或许并没有特别的感觉，但此时内心充满着冤屈，似乎猿声就是从自己心底里发出。又如《过荆门》：

> 荆江水阔烟波转，荆门路绕山葱茜。帆势侵云灭又明，山程背日昏还见。青青麦陇啼飞鸦，寂寞野径棠梨花。行行驱马万里远，渐入烟岚危栈赊。林中有鸟飞出谷，月上千岩一声哭。肠断思归不可闻，人言恨魄来巴蜀。我听此鸟祝我魂，魂死莫学声衔冤。纵为羽族莫栖息，直上青云呼帝阍。此时山月如衔镜，岩树参差互辉映。皎洁深看入洞泉，分明细见樵人径。阴森鬼庙当邮亭，鸡豚日宰闻膻腥。愚夫祸福自迷惑，魍魉凭何通百灵。月低山晓问行客，已酹椒浆拜荒陌。惆怅忠贞徒自持，谁祭山头望夫石。

王国维先生在《人间词话》中说："有我之境，以我观物，故物皆著我之色彩。"② 在李绅眼里，自然的山水景物，似乎都笼罩在昏暗中，"灭又明""昏还见"，就像自己的前途一样昏暗迷茫，一切都不可预知，无法看清楚；乌鸦的啼叫，如此之悲凉凄冷，似乎在诉说它无尽的哀怨；洁白的棠梨花，寂寞开在荒郊野径，无人欣赏，空有高洁之姿。诗人的笔下，每一样事物都沾染了他悲怨的情感，这是一种无人理解的痛苦，随着时间的推移累积在心头。过度压抑的情感，终究会爆发出来。林中子规鸟的泣血哀啼，使人"肠断思归不可闻"，触发了诗人郁结已久的情感，满腹的冤屈与痛苦瞬间化作指天斥地的悲诉："我听此鸟祝我魂，魂死莫学声衔冤。纵为羽族莫

① 徐复观：《两汉思想史》第一卷，华东师范大学出版社2001年版，第80页。
② 王国维：《人间词话》，陈鸿祥注评，江苏古籍出版社2002年版，第7页。

栖息，直上青云呼帝阍。"诗人内心的冤屈比衔冤千年的子规鸟还深，连它也来为自己鸣不平，如果能够化作子规鸟，自己一定要飞上九天直叩帝阍，向天帝申述冤情。接着诗人又将指斥的对象指向深山中的魑魅魍魉，它们躲在阴森鬼庙中，以"通百灵"欺蒙迷惑百姓。这些不正是李逢吉党徒的所作所为吗？但是不管诗人如何的哀怨、愤怒、指斥，没有人会理解他的忠贞。《旧传》云：敬宗"会禁中检寻旧书，得穆宗时封书一箧。发之，得裴度、杜元颖与绅三人所献疏，请立敬宗为太子。帝感悟兴叹，悉命焚逢吉党所上谤书，由是谗言稍息，绅党得保全"。尽管敬宗知道了真相，但他对李绅的忠贞也只是"兴叹"，依然将错就错。这是因为在君主专制的封建社会，君主是不会有错的，臣子对君主的忠贞也只能是一厢情愿。所以诗人最后只能自叹"惆怅忠贞徒自持，谁祭山头望夫石"，诗人对这样一种现实有所清醒，但也意识到这是自己无法改变的现实，唯有自怨自艾了。

众所周知，屈原对中国古代知识分子精神和人格有着深刻影响，特别是在他们蒙冤受屈被君主贬逐流放之时，感同身受的经历往往会促使他们从屈原那里寻求慰藉，从中寻找精神的支柱。自汉代贾谊作《吊屈原赋》以来，历代凭吊屈原，借机抒发孤愤悲怨之情者代不乏人，而唐代尤盛[1]。李绅亦不例外。李绅长庆四年二月初从京城流贬端州，夏天途经荆湘，在屈原投水自尽处"举杯沥酒招尔魂"，凭吊了这位伟大诗人。试看其《涉沅湘》一诗：

> 屈原死处潇湘阴，沧浪森森云沉沉。蛟龙长怒虎长啸，山木脩脩波浪深。烟横日落惊鸿起，山映余霞杳千里。鸿叫离离入暮天，霞消漠漠深云水。水灵江暗扬波涛，鼍鼊动荡风骚骚。行人愁望待明月，星汉沉浮魅鬼号。屈原尔为怀忠没，水府通天化灵物。何个驱雷击电除奸邪，叵怜空作沉泉骨。举杯沥酒招尔魂，月影混漾开乾坤。波明水黑山隐见，汨罗之上遥昏昏。

司马迁《史记·屈原贾生列传》云："屈平正道直行，竭忠尽智以事其君，谗人间之，可谓穷矣。信而见疑，忠而被谤，能无怨乎？屈平之作《离骚》，盖自怨生也。"[2] 李绅被贬的经历与屈原极其相似，内心怨愤不平之气

---

① 关于这一点可参看尚永亮主撰《唐五代逐臣与贬谪文学研究》第三编，武汉大学出版社2007年版。

② 司马迁：《史记》卷八十四，中华书局1959年版，第2482页。

亦相差无几。故诗歌在悲悼哀号屈原之时，也是在抒泄自己的悲愤，名为吊屈，实则自伤，只不过是借屈原之酒杯自浇心中块垒而已。在诗人心中，屈原"竭忠尽智以事其君"的忠贞日月可表，因而其怀冤自沉的悲愤也可惊天地泣鬼神。千百年来，潇湘的山水草木、山灵精怪，似乎都在为之含冤鸣屈：阴风惨淡，沧浪森森，云气沉沉，山木偹偹，是在为其悲怨；蛟龙怒吼，猛虎长啸，惊鸿哀鸣，電霆动荡，是在为其悲愤。由此诗人情不自禁地想到自己的冤屈，"行人愁望待明月"，渴望有人为自己辩白，但是"星汉沉浮魅鬼号"，朝廷仍然为权悻把持，小人依旧嚣张。这时诗人多么希望屈原"水府通天化灵物""驱雷击电除奸邪"。诗人自被贬逐以来，日思夜想为自己辩白，每每寄希望于不切实际的幻想中，可见冤屈给诗人内心带来多大的痛苦。不过诗人也很快意识到，屈原蒙冤至今尚作"沉泉骨"，又怎么可能为自己雪冤呢？故举杯为其凭吊，反映诗人内心的无奈与无望。诗歌结尾云"问尔精魄何所如"，既问屈原，也是自问，何去何从，诗人一片迷茫。诗人既不愿像屈原一样以死明冤，又无法忍受这冤屈，故心理纠结，击棹长叹。

贬谪之初，李绅还对敬宗抱有希望，期待敬宗体察其忠贞，"行人愁望待明月"。然而随着离京城越来越远，他的希望也越来越渺茫，对前途的失望、焦虑、恐惧也与日俱增。不仅仅是如此，一路上的辛苦、陌生的环境、生存条件的恶劣，等等，也不断在肉体上对诗人造成戕害。这些都在某种程度上加深了诗人的冤屈与怨恨。《逾岭峤止荒陬抵高要》一诗叙其翻越五岭到达端州的过程，对陌生的环境充满恐惧与不安：

> 天将南北分寒燠，北被羔裘南卉服。寒气凝为戎虏骄，炎蒸结作虫虺毒。周王止化惟荆蛮，汉武凿远通羼颜。南标铜柱限荒徼，五岭从兹穷险艰。衡山截断炎方北，回雁峰南瘴烟黑。万壑奔伤溢作泷，湍飞浪激如绳直。千崖傍耸猿啸悲，丹蛇玄虺潜蝼蛇。泷夫拟楫劈高浪，瞥忽浮沉如电随。岭头刺竹蒙笼密，火拆红蕉焰烧日。岭上泉分南北流，行人照水愁肠骨。阴森石路盘萦纤，雨寒日暖常斯须。瘴云暂卷火山外，苍茫海气穷番禺。鹧鸪猿鸟声相续，椎髻哓呼同戚促。百处谿滩异雨晴，四时雷电迷昏旭。鱼肠雁足望缄封，地远三江岭万重。鱼跃岂通清远峡，雁飞难渡漳江东。云蒸地热无霜霰，桃李冬华匪时变。

在唐代，岭南地区还处在蛮荒阶段，经济、文化都远远落后于中原地区，诗人初踏入此地显然极不适应。赤热的太阳，浓郁的瘴气，毒烈的虫虺，使人心生恐惧；万壑奔湍，千崖耸峙，石路盘萦，让人畏而却步；阴晴不定的天气，四时不变的气候，让人琢磨不透。从意气昂扬的朝廷重臣被贬为失神落魄的荒州小吏，已经是一种精神上的沉重打击，内心承受着巨大的屈辱，被投放到生存条件如此恶劣、文化如此落后的荒远之地，则无疑是一种双重的折磨。生命跌落到了人生的最低谷，内心的冤屈与痛苦可想而知。穷愁困窘中，诗人想到那些与自己有着相同遭遇的古人，"贾生谪去因前席，痛哭书成竟何益。物忌忠良表是非，朝驱绛灌为雠敌。""物忌忠良"这是被历史反复证明的事实，诗人本来以此宽慰自己，结果反增添了悲愤。

　　如前所述，表面看李绅冤屈与怨恨心理源自自己的无辜被贬，更深层次的原因则源自封建时代君臣之间的一种极度不对等关系，即臣子必须且只能依赖君王，君王则有多向选择并不依赖于某一臣子。当臣子为君王所用并得到重视时，他有可能实现"治国、平天下"的人生价值，并在个人禄位、仕途风光等方面得到丰厚回报。一旦因某种原因触怒了君王被其弃用或贬逐时，臣子不但人生价值无法实现，甚至连性命也不保。"就臣与君的关系而言，品级愈高，职掌愈重要，愈见君主的信任与器重；而由高官降为卑职，由清要之所到闲散之地，由庙堂之迩到江湖之遥，无论从哪种意义上说，都意味着政治理想和人生价值的弱化和沦落；如果远窜遐荒，他们更会产生被抛弃、被幽囚的生命悲感。"[①] 李绅是拥戴敬宗的，但敬宗却选择了他的竞争对手李逢吉。"昔陪天上三清客，今作端州万里人"（《至潭州闻猿》），翻天覆地般的瞬间变化，是诗人无法意料的，对心理带来的冲击，也不是诗人可以很快适应的。被抛弃的屈辱感、愤怒感、恐惧感、迷茫感等郁结盘萦于心，指向性很明确的冤屈与怨恨也就产生了。

第二节　羁愁与乡思

　　羁愁乡思心理是中国古典诗歌中的常见现象，自《诗经》以来便不绝如缕。对于这一现象，刘若愚先生对中国古典诗歌思乡主题的分析或许可以作出比较合理的解释。他认为："中国的诗人似乎在无休止地为他们的流浪生

---

① 　尚永亮主撰：《唐五代逐臣与贬谪文学研究》第一编第三章，武汉大学出版社 2007 年版，第115 页。

活而叹息，一直渴望着能回到自己的故乡。西方的读者会认为中国的诗人过于多愁善感，但应该了解其所以如此是由于中国地域辽阔，古代的交通极为不便；通都大邑高度发展的文化生活与偏远地区愚昧贫穷之间的明显差异；以及中国传统社会具有的浓厚的家庭观念；再加上中国是一个农业大国，人民靠耕种生息，所以中国人不乐于背乡离井，远游他乡。于是在中国的诗歌中，怀乡之作自然成了一种不绝如缕的主题。"① 相较于以往任何时代，唐人的羁愁乡思之作都更多，这不仅是因为唐代诗歌绝对数量多，更重要的是唐代交通发达，文人出行的范围更广、次数更多，羁愁乡思之情因而更盛。

李绅一生数经播迁，辗转各地，仕途的穷泰之变，使他对于人生有着更深切的体会，因而羁旅行愁和思乡念家之情也更为明显。从情感上讲，李绅是一位感情丰富的诗人，对外界事物保持着高度的敏感，外在事物的任何细微变化都有可能引发他的情绪波动。这大概和他早期喜欢创作咏物诗有关②。这一特点也体现在他的羁旅行愁诗中。如《南梁行》："秭归山路烟岚隔，山木幽深晚花拆。涧底红光夺火燃，摇风有毒愁行客（原注：骆谷中多有毒树，名山琵琶，其花明艳，与杜鹃花同，樵者识之，言曰：早花，杀人）。杜鹃啼咽花亦殷，声悲绝艳连空山。斜阳瞥映浅深树，云雨翻迷崖谷间。山鸡锦质矜毛羽，透竹穿萝命俦侣。乔木幽邃上下同，雄雌不惑飞栖处。"元和十四年，李绅为山南节度使崔从所荐除右拾遗，此诗即回忆当时从梁州返京城之作。除右拾遗为李绅一生仕途的转折点，但在这首诗中我们却看不出诗人的任何欣喜之情，反而在明艳幽深的景物描写中我们感受到诗人对前途的不确定感和些许的惶惑与孤独。傍晚时分，夕阳残照，诗人行走在迢递的山路中，悄寂幽邃的山木、带有山琵琶毒气的山风已经让诗人心生愁意。这时又传来啼咽的杜鹃声，悲绝哀怨穿透山谷，让诗人心头愁意更浓。山林间呼朋引伴的锦鸡，雌雄成对返回栖息之地，映衬出诗人内心的孤独之感。这些也许是诗人心头刹那间的感触，却是羁旅行人真实情感的自然流露。同样的情况也出现在《移九江》一诗中：

> 秋波入白水，帆去侵空小。五两剧奔星，樯乌疾飞鸟。盆城依落
> 日，盆浦看云眇。云眇更苍苍，匡山低夕阳。楚客喜风水，秦人悲异

---

① ［美］J. 刘若愚：《中国诗学》第一部分第五章，赵帆声、周领顺、王周若龄译，河南人民出版社 1990 年版，第 65—66 页。

② 元稹《酬乐天东南行一百韵》诗云："李多嘲螟蜓，窦数集蜘蛛。"注云：李二十雅善歌诗，固多咏物之作。

乡。异乡秋思苦，江皋月华吐。漾漾隐波亭，悠悠通月浦。津桥归候吏，竹巷开门户。容膝有匡床，及肩才数堵。隙光非白驹，悬罄我无虞。体瘦寡行立，家肥安啜哺。天书怜谴谪，重作朱幡客。四座眼全青，一麾头半白。

宝历元年（825年），敬宗改元大赦，李绅由端州司马量移江州长史，结束了近一年"不知开落有春风"（《朱槿花》）的与世隔绝的贬谪生活。诗人"提挈悲欢出海门"（《逾岭峤止荒陬抵高要》），心情自然是轻松和愉快的。"剧奔星""疾飞鸟"反映出诗人急于离开贬所，归心似箭的心情。然而，这样一种心情并没有维持多久，落日余辉中，水天一色，苍茫浩渺，愁绪不自觉涌上心头，越来越浓。这是异乡人的秋思之苦和悲伤之情。望月思乡，人之常情，更何况是久谪之人。楚人的欢声笑语，更增添异乡人的悲伤感。诗人以"秦人"自比，其思念当为京城长安，因无辜被贬而远离长安，此刻多么希望再次回到京城。思愁夜难眠，诗人回首往事，时光飞逝，"悲欢尽隙驹"（《趋翰苑遭诬构四十六韵》），自己已是"头半白"。唯一可以让诗人得到安慰的是，在经历了变故后，全家无虞"安啜哺"。

李绅虽然量移到了江州，但实际上还处在贬谪的阶段，如当年白居易贬谪外放到此。此时朝中依然为李逢吉当政，随时有对他进行再次打击的可能，"诳天犹指鹿，依社尚凭狐"（《趋翰苑遭诬构四十六韵》）。在兴奋之余，李绅是清楚意识到自己处境的。故在江州任上他的心情依然沉郁。况且，长史一职只是虚职，并没有实事可做，这种情况一直维持了三年多。羁旅于此，诗人的忧愁烦闷自不必说，对前途的迷茫也时常困扰着他。"江风不定半晴阴，愁对花时尽日吟。孤棹自迟从蹭蹬，乱帆争疾竞浮沉。"（《溯西江》）就是此时诗人心情的真实反映。迷茫中诗人开始反思过去，思考人生：

> 范子蜕冠履，扁舟逸霄汉。嗟予抱险艰，怵惕惊弥漫。穷通泛滥劳，趣适殊昏旦。浴日荡层空，浮天森无畔。依滩落叶聚，立浦惊鸿散。浪叠雪峰连，山孤翠崖断。风帆同巨蛰，云蠹成高岸。宇宙可东西，星辰沉灿烂。霞生溆洞远，月吐青荧乱。岂复问迷津，休为吕梁叹。漂沉自诇保，覆溺心常判。吴越郡异乡，婴童及为玩。依稀占井邑，嘌唌同鹅鹳。举棹未宵分，维舟方日旰。征斯济川力，若鼓凌风翰。易狎当悔游，临深固知难。（《泛五湖》）

　　诗人在江州之时已是知天命之岁，对于仕途的凶险已看得很清楚，特别是在经历生死的劫难后，"怵惕惊弥漫"，惊魂未定之时，诗人开始有"终当赋归去，那更学杨朱"（《趋翰苑遭诬构四十六韵》）的想法。此诗反映的正是诗人内心这种仕与隐的挣扎。诗人驾扁舟泛游在"淼无畔"的鄱阳湖中，想到人生正如一叶扁舟，浮沉在水面之上，随时有被政治波浪掀翻的风险，显得多么的渺小孤独。不如学范蠡"扁舟逸霄汉"，远离尘世，自由自在。但他似乎并不甘心，当看到远处矗立的孤峰、驶向高岸的风帆时，又猛然从迷惑中醒来，"岂复问迷津，休为吕梁叹"，孔子知其不可为而为之，自己亦当"征斯济川力，若鼓凌风翰"。只有"临深罔知难"，才不会"易狎当悔游"。短暂的彷徨犹豫之后，诗人最终选择了儒家的"治国、平天下"理想，以如临深渊、如履薄冰的精神勇敢面对仕途中的凶险。

　　然而，李绅没有料到的是逗留江州只是他新的羁旅生活的开始，守滁阳，转寿春，留洛阳，历会稽，过梅里，归东周，镇大梁。不停的奔波，留下的只有匆匆的脚步，流逝的却是时光。"骎骎移岁月，冉冉近桑榆"（《趋翰苑遭诬构四十六韵》），老之、将之的感觉越来越明显，悲老哀生也就成为羁旅生活的常态。《过钟陵》："省抛双旆辞荣宠，遽落丹霄起爱憎。惆怅旧游同草露，却思恩顾一沾膺。"长庆三年，李逢吉制造李绅与韩愈的台参之争，并借机贬斥李绅为江西观察使，后李绅面诉穆宗，改为户部侍郎。此次经过钟陵，想起往事，诗人惆怅不已，但这种惆怅不是因为当年的爱憎，而是因为如今的"旧游同草露"，时间在消磨爱憎的同时，也消磨了人的青春与生命。诗人在哀叹"旧游同草露"的同时，又何尝不是在哀叹自己呢？对于永恒的时间，人的生命亦如草露。衰老的感觉一旦产生，就不会消失，而且会随着记忆不断强化。于是，偶遇故人曹善才的弟子，闻乐思人，也会让他惆怅吁嘘不已，"离禽铩羽尚回飞，白首生从五岭归。闻道善才成朽骨，空余弟子奉音徽。南谯寂寞三春晚，有客弹弦独凄怨。静听深奏楚月光，忆昔初闻曲江宴。心悲不觉泪阑干，更为调弦反覆弹。秋吹动摇神女佩，月珠敲击水晶盘。自怜淮海同泥滓，恨魄凝心未能死。惆怅追怀万事空，雍门琴感徒为尔。"（《悲善才》）沈德潜云："题系守郡说入，诗却先写赐宴曲江，婉曲淋漓，然后转入播迁，复听善才弟子弹弦凄怨，末路双收两层，神情无限。"[1] 诗人早年曾在内庭听善才弹奏，如今回想起来还记忆犹新，但物已非，人更不是，阴阳两隔，不免感伤。相比善才，自己虽然有幸保全性命从

---

① （清）沈德潜：《唐诗别裁集》卷八，中华书局 1975 年版，第 123 页。

五岭归还，但也是白首之人。当年意气风发，而今如"同泥滓""恨魄凝心"虽未死，但也只能像孟尝君一样作"雍门琴感"之叹了。衰老是不以人的意志为转移的，故即使后来诗人仕途重新上升，这样一种感觉依然挥之不去。"风月俄黄绶^①，经过半白头。重来冠盖客^②，非复别离愁。候火分通陌，前旌驻外邮。水风摇彩帟，堤柳引鸣驺。问吏儿孙隔，呼名礼敬修。顾瞻殊宿昔，语默过悲忧。义感心空在，容衰日易偷。"（《过吴门二十四韵》）据其自注可知大和七年诗人廉察浙东经过苏州，忆及元和七年在苏州时的旧人旧事，感慨于物非人不是的现状，内心悲忧，发出"义感心空在，容衰日易偷"的悲叹。故地重游，诗人对于时间有着异样的敏感，人世的沧桑变化，激起的不仅仅是回忆，更是对于时间流逝和容颜易老的叹息。也只有当人在回顾往事，抚今追昔之时，才会感觉到时间的易逝，衰老的不可逆转，纵有权力和金钱也无法改变。就如诗人，曾经的青年才俊如今已是两鬓斑白的老者，虽有衙役的前呼后拥，也无法挽回这一切。越到后来，这种感触越强烈，"叹息光阴催白发，莫悲风月独沾巾"（《建元寺》）；"自叹秋风劳物役，白头拘束一闲人"（《望鹤林寺》）；"柳经寒露看萧索，人改衰容自寂寥"（《宿瓜州》）；"愁不解颜徒满酌，病悲伤肺为忧怀"（《州中小饮便别牛相》），衰老加放闲，愁上加愁，令人不忍卒读。

自古以来，羁愁总是和思家之情交织在一起的，李绅也不例外。李绅是一位很顾念家庭的诗人，对于家人的挂念经常表现在诗歌中。初到端州之时，诗人心情异常的烦闷焦躁，《红焦花》诗云："叶满丛生殷似火，不唯烧眼更烧心"，可见其一般。这时能够给他安慰与他同甘共苦的只有家庭和亲人，但家人并没有随来，故常常抑制不住内心的思念，"欲作家书更断肠"（《江亭》）。这年秋天，诗人收到家书，兴奋难耐，连作二绝，其一云："雨中鹊语喧江树，风处蛛丝扬水浔。开拆远书何事喜？数行家信抵千金。"（《端州江亭得家书二首》）在诗人心中，家书胜过一切，它给诗人带来家人的千言万语，在荒凉凄冷的端州这无疑是诗人唯一的慰藉和欢乐。这也是诗人在端州唯一一首快诗。其二云："长安别日春风早，岭外今来白露秋。莫道淮南悲木叶，不闻摇落更堪愁。"诗人来到岭外，虽与家人远隔万里，但无时无刻不在思念。时值深秋，想起家乡木叶在秋风中瑟瑟地摇落，思家更

---

① 此句原注：元和七年，余以校书郎从役再至苏州。时范十五传正为郡，而贞元中宾客散落，半已殂谢。及宴，而伶人、酒徒悉往日者，问僧、惟令、起二人，已疾。

② 此句原注：大和七年，余镇会稽，刘禹锡为郡。则元和中苏州相识，知与不知，索然皆尽，河柳衰谢，邑居更易，乃甚令威之叹也。

切，愁绪更浓，几不堪忍受。两首诗，一喜一愁，前后对比，以喜衬愁，愁更愁。欢喜毕竟是短暂的，过后依旧是绵绵不绝的愁绪，唯有"望天收雪涕，看镜揽霜须"，诗人也因此"羁愁骨肉无"（《趋翰苑遭诬构四十六韵》）。又如《江南暮春寄家》："洛阳城见梅迎雪，鱼口桥逢雪送梅。剑水寺前芳草合，镜湖亭上野花开。江鸿断续翻云去，海燕差池拂水回。想得心知近寒食，潜听喜鹊望归来。"这首诗大概作于大和八年（834 年）暮春，首联想象洛阳家中情景，颔联写江南春来，颈联写鸿雁等北归，尾联写家人盼望自己归去的急切心情。全诗委婉含蓄，无一"思"字，而旅宦在外对家的思念和归家的心情却表露无遗。

与思家同样浓厚的是诗人的思乡之情。李绅二十岁左右开始离开老家无锡梅里四处漫游，此后长期宦游在外，加之亲人早故，难得有返乡的机会。但诗人从来没有忘记自己的家乡，"衰禽识旧木，疾马知归道"（《过梅里·忆东郭居》），大和七年和九年，诗人往返于洛阳与浙东间，两次经过常州，回到了阔别已久的老家，"垂白重游，追感多思"（《过梅里·上家山》序）。故乡的一切让人感到亲切，一山一水，一草一木，都留下诗人的身影。简陋的东郭居、西湖上成双成对的鸂鶒、桥边的早梅、飞绕的翡翠、清澈的惠山泉水、手植的双温树，诗人流连忘返，重拾旧时的记忆。"故山一别光阴改，秋露清风岁月多。松下壮心年少去，池边衰影老人过。白云生灭依岩岫，青桂荣枯托薜萝。惟有此身长是客，又驱旌旆寄烟波。"（《过梅里·忆题惠山寺书堂》）诗人回到曾经肄业的惠山寺，当年雄心壮志刻苦攻读的青少年，如今已是"青桂荣枯托薜萝"的衰影老人，时间改变人容颜的同时也改变了人的生活、精神与理想。诗人多么想回到那自由自在、充满憧憬与抱负的少年时代，但现实却是"惟有此身长是客，又驱旌旆寄烟波"，是无奈？是悔恨？大概都有。没有回到家乡，日思夜想，而一旦回到家乡，却又迷茫而无所适从，"旧径行处迷，前交坐中失。叹息整华冠，持怀强自欢。笑歌怜稚孺，弦竹纵吹弹。山明溪月上，酒满心聊放。卭发此淹留，垂丝匪闲旷。青山不可上，昔事还惆怅。况复白头人，追怀空望望。"（《过梅里·上家山》）家乡的一切都值得追忆，然而追忆的结果却是平添无限惆怅。这种心理大概也和宋之问《渡汉江》中所说的"近乡情更怯，不敢问来人"十分相似吧。

宦游之人，阔别已久，短暂的回归或许可以舒缓一时的思念，一旦离开，思乡之情又会变得更浓。留恋不舍中别离家乡，沿运河北上，至泗口，适逢秋天，江河寥廓，烟树苍茫，诗人感慨宦途多艰，思乡之情油然而起，"洪河一派清淮接，堤草芦花万里秋。烟树寂寥分楚泽，海云明灭满扬州。

望深江汉连天远，思起乡间满眼愁。惆怅路岐真此处，夕阳西没水东流。"
（《却入泗口》）金圣叹评云："三四承上'万里秋'，再言'烟树苍茫'，即
楚泽亦秋，'海云明灭'即扬州亦秋也。""'望深汉江'者，意欲经略中原；
'思起乡关'者，意欲归来田园。此即'路歧'也。'惆怅'者，人生或出
或处，其事动关千古，直须用尽全力，始得做成一件，如何光阴如电，而尚
两端徘徊，岂真镔铁为躯，故欲徐徐相试耶？"①诗人因党争被李宗闵排挤离
开浙东，置散洛阳，心情抑郁沮丧，由此歧路想到人生，在宦途与乡间间徘
徊，不能决断。故金圣叹批其"欲徐徐相试耶"，犹柔寡断。诗人最终选择
了宦游，思乡之情则永远在心灵的深处延续。

羁愁思乡作为中国古典诗歌表现的传统情感，有其共同性，但每一个
诗人又有各自不同的身世经历，故各有各的不同。就李绅而言，羁旅思乡
是和沉浮不定的仕宦生活联系在一起，故要准确把握其心理，就必须从其
仕途入手，由仕途的升降分析其情感的波动，上述分析正是建立在此基础
上的。

第三节 荣耀与满足

李绅是一个性情中人，从不掩饰自己内心真实的情感。胡震亨《唐音癸
签》云："李公垂《追昔游》诗，大是宦梦难醒；然其揽笔写兴，曲备一生
穷泰之感，亦令披卷者代为抚然。"② 所谓"曲备一生穷泰之感"，既指其在
穷困之时敢于指斥权臣，抒发冤屈和怨恨，也指其在仕途畅达之时，不装腔
作势，而是大胆宣示其兴奋之情，表达臣子受重用时的荣耀与满足感，以及
报效隆恩、戮力为国的感激心理。此点多为后来诗评家所诟病，如毛晋《追
昔游集》跋云："或谓其饰志矜能，夸荣殉势，益知子陵、元亮为千古高
人。"③ 笔者并不想站在道德的高度去评判古人，只想就事论事，就李绅本
人论其诗歌。应该指出李绅有此心理是与他对政治理想的追求和人生价值的
实现是一致的。如果说冤屈与怨恨反映的是李绅在政治理想不得通其道，人
生价值被抛弃下的一种变形心理，那么，荣耀与满足就是李绅在政治理想和
人生价值得到一定程度的实现而表现出来的兴奋和激动。就如李白当年大唱

① 陈德方校点：《金圣叹评唐诗全编》，四川文艺出版社1999年版，第216页。
② （明）胡震亨：《唐音癸签》卷七，上海古籍出版社1978年版，第70页。
③ 《汲古阁书跋》，上海古籍出版社2005年版，第51页。

"仰天大笑出门去，我辈岂是蓬蒿人"（《南陵别儿童入京》），李绅虽然没有这样的狂放，但他敢于直率表达当时的心情是唐代仕途畅达的诗人当中少见的。

穆宗在位的四年间是李绅仕途最为亨通的时期，特别是供职翰林期间，君臣际遇，君臣之间建立了比较稳定的信任关系，"委遇斯极，入参禁密，出总纪纲，王猷多润饰之能，邦宪着肃清之称。"① 封建时代，君臣之间的良好关系是臣子实现人生价值的重要前题，李绅与穆宗的这种良好关系正是历朝历代臣子梦寐以求的。这段经历也成为李绅一生中最美好的记忆，在他诗歌中反复提及，如《忆春日太液池亭候对》："宫莺报晓瑞烟开，三岛灵禽拂水回。桥转彩虹当绮殿，舰浮花鹢近蓬莱。草承香辇王孙长，桃艳仙颜阿母栽。簪笔此时方侍从，却思金马笑邹枚。"此诗写诗人在太液池候对时在宫中所见景象：清晨天拂晓，晨烟未散，禽鸟已在水中嬉戏，宫中忙碌一片，草色碧绿，繁花若锦，置身其中，恍若蓬莱仙境。皇宫为禁地，不要说普通人，就是一般官员都难以接近，更不要说长期留守其中，李绅因为"簪笔此时方侍从"，故得随侍左右。得到君主这样一种信任和待遇，对于臣子来说可遇而不可求，是一种极大的荣誉。诗人以一种恭敬和无比欣喜的心情描写宫中之景，以及他置身仙境的感觉，充分传递出他作为天子近臣的志得意满之感。"却思金马笑邹枚"，诗人敢于嘲笑枚乘、邹阳，并不是因为自己文采风流超过他们，而是因为自己有幸得到君主的恩遇，可以体现自己的人生价值。诗人的自豪和满足感，还表现在对一些宫中琐事的深刻记忆中，如《忆春日曲江宴后许至芙蓉园》："春风上苑开桃李，诏许看花入御园。香径草中回玉勒，凤凰池畔泛金樽。绿丝垂柳遮风暗，红药低丛拂砌繁。归绕曲江烟景晚，未央明月锁千门。"《旧唐书·穆宗纪》：长庆三年"三月丁巳，宰臣百僚赐宴于曲江亭。"② 又《悲善才序》："顷在内庭日，别承恩顾，赐宴曲江，敕善才等二十人备乐。"以上所记当为同一事。君主为拉拢臣子，常用赐宴等方式以示恩宠，臣子亦以此为无尚荣光，凡夫俗子，概莫能免，李绅亦不例外。赏景、赐宴、晚归，从清晨至月上，诗人流连忘返，刻意突出其所受到的种种恩宠，可以想见当时诗人春风得意、意气风发的样子。古往今来，君臣关系莫过于此，李绅没有理由不满足，也没有理由不怀念这段时光。也正是有此际遇，才会有后来被贬谪时有如此深的冤屈与怨恨。"长

---

① 孔温业：《李绅拜相制》，（元）王恽《玉堂嘉话》卷一，中华书局 2006 年版，第 44 页。
② 《旧唐书》卷一六《穆宗纪》，中华书局 1975 年版，第 502 页。

带九天余雨露，近来葱翠欲成乔"①，既是诗人对幸运药树的感叹，更是诗人借机表达对穆宗的真实感激之情。

端州之贬曾使诗人万念俱灰，准备"埋骨向炎荒"。但是事情很快就发生了改变，量移江州，刺滁州、寿州，李绅的仕途似乎又在缓慢向好。在滁州时李绅尚还对朝廷持怀疑态度，"闻道数年深草露，几株犹得近池台"（《滁阳春日怀果园》），但到了寿州态度就变为"每推至化宣余力，岂用潜机害尔生。休逐豺狼止贪戾，好为仁兽答皇明。"② 似乎李绅已经恢复了对朝廷的信任态度。真正让李绅再一次对朝廷感激涕零的是迁为太子宾客分司东都。在经历过生死一线的打击和万死投荒的贬逐后，李绅想要回到京城长安的愿望是极为强烈和迫切的。早在端州时这种愿望就已经很浓烈，如《忆汉月》一诗，"花开花落无时节，春去春来有底凭。燕子不藏雷不蛰，烛烟昏雾暗腾腾。"因为对异地生活的不适应，所以就更为想念长安的生活。离开端州后，这种愿望不但没有减弱反而因时间的拉长而更迫切，如《移九江》云："楚客喜风水，秦人悲异乡。异乡秋思苦，江皋月华吐。"又如《守滁阳深秋忆登郡城望琅琊》云："菊迎秋节西风急，雁引砧声北思多。深夜独吟还不寐，坐看凝露满庭莎。"这里的"秋思""北思"都是指思念长安。能够分司东都，即意味着朝廷还没有忘记自己，重返京城的时间也就不会很久了。所以诗人在听到分司东都的消息后心情如此激动，以至于还没有接到敕命即想启程赴东都，如此地迫不及待。"罢分符竹作闲官，舟冻肥河拟棹难。食蘗苦心甘处困，饮冰持操敢辞寒。夜灯空应渔家火，朝食还依雁宿滩。西奏血诚遥稽首，乞容归病老江干。"（《肥河维舟阻冻只待敕命》其一）此诗题下原注："大和七年十二月"，应为"大和六年十二月"之误。诗人先是急于向朝廷表明心迹，"食蘗苦心甘处困，饮冰持操敢辞寒"，意思是自己虽然遭受了极大冤屈，但能够在困境中砥砺磨炼自己，保持节操，依然可以为朝廷所效用。接着诗人向朝廷提出"乞容归病老江干"的请求，这当然是诗人的一种自谦之词，他内心非常乐意接受分司东都这样一个职务，否则就不会急于"罢分符竹作闲官"了。又如其二："淮阳效理空多病，疏受辞荣岂恋班。陈力不任趋北阙，有家无处寄东山。疲骖岂念前程税，倦鸟安能待暮还。珍重八公山下叟，不劳重泪更追攀。"诗人一方面表明自己和

---

① 原题：《新昌宅书堂前有药树一株今已盈拱前长庆中于翰林院内西轩药树下移得才长一寸仆夫封一泥丸以归今则长成名之天上树》。

② 原题：《忆寿春废虎坑余以春二月至郡主吏举所职称霍山多虎每岁采茶为患择肉于人至春常修陷阱数十所勒猎者采其皮睛余悉除罢之是岁虎不复为害至余去郡三载》。

西汉汲黯、疏受一样是知进退的；另一方面又说明自己之所以没有寄居东山，是因为朝廷需要自己"陈力"，还用得着自己这匹"疲骖"。最后还自我勉励，可见诗人对自己的期望还很高。这两首诗，尽管诗人表达的很委婉，但内心的喜悦和急切之情还是难以掩饰，而对于朝廷并没有因为当年的贬窜而抛弃自己，反而重新委以清要之职，真可谓受宠若惊，难怪诗人要"西奏血诚遥稽首"，乃至于提醒自己"不劳重泪更追攀"，感动的老泪纵横了。

在分司的敕命未到之前，或许李绅还有点担心事情中途变卦，尽管内心非常激动，表面还是比较平静的。大和七年正月八日，分司的敕命终于到达寿阳，又恰逢此日立春，诗人压抑已久的心情在这一刻得到彻底释放，"休为建隼临淝守，转作垂丝入洛人。罢阅旧林三载籍，又开新历四年春。云遮北雁愁行客，柳起东风慰病身。渐喜雪霜消解尽，得随风水到天津。"（《发寿阳分司敕到又遇新正感怀书事》）在寿州三年，李绅已是垂死老人，但这并不能影响他的心情，因为一切都可以重新开始。立春是个好兆头，他的人生价值或许会因这个新的起点而得到重新体现。他对于自己的前途信心满怀，曾经的怨怒、哀伤、痛苦、失望、迷茫，等等，都如春天里的雪霜般很快消解融化，如释重负，心情轻松。带着这样一种心情诗人上路了，"东风百里雪初晴，淝口冰开好濯缨。野老拥途知意重，病夫抛郡喜身轻。"（《初出淝口入淮》）看来诗人已经很满意了。

不过，随着诗人逐渐的重登荣位，心态也随之在不断改变。从江州到寿州，诗人还没有完全从贬逐荒州的梦魇中走出来，战战兢兢，如履薄冰。即使是到了洛阳，虽然很惊喜、很满足，但还是非常谦虚谨慎的，"官职谬齐商岭客，姓名那重汉廷臣。圣朝寡罪容衰齿，愚叟多惭未退身。"（《七年初到洛阳寓居宣教里时已春暮而四老俱在洛中分司》）当然这和职务比较清闲有关。重登荣位之后，诗人开始有点飘飘然，"夸荣殉势"，歌功颂德，沉醉于朝廷虚假的荣耀与恩宠中，恋恋不舍。如《初秋忽奉诏除浙东观察使检校右貂》诗，"龙楼寄引簪裾客，凤阙陪趋朔望朝。疏受杜门期脱屣，买臣归邸忽乘轺。印封龟纽知颁爵，冠饰蝉緌更珥貂。飞诏宠荣欢里舍，岂徒斑白与垂髫。"先写任太子宾客的显贵，继以忽授浙东观察使比拟朱买臣的荣归故里，最后写全家的宠荣欢喜之情。皇恩的浩荡让诗人有点忘乎所以，竟然洋洋自得起来，自我夸耀，自我陶醉，自吹自擂。诗人这种过度膨胀的心理，是与他长期受到的打击、压抑，以及沉沦于地方有关。又如《拜三川守》："恭承宠诏临伊洛，静守朝章化比间。风变市儿惊偃草，雨晴郊薮谬随车。改张琴瑟移胶柱，止息笙簧辨鲁鱼。唯有从容期一德，使齐文教奉皇居。"诗人大赞自己在河南尹上的种种政绩，在向朝廷邀功的同时不忘感谢皇恩，有吹嘘与阿谀奉承之嫌。而《到汴州三十韵》更以洋洋洒洒几百字夸耀其赴任宣武节度使时的雄壮声势，表达治理好汴州的雄心宏愿，"白发侵霜变，丹心捧日惊。卫青终保志，潘岳未忘情。期月终迷化，三年讵有成。惟看波海动，天外斩长鲸。"气势上看似很足，但却有虚张声势之感。

　　值得注意的是，在《追昔游集》中存在数量不少的描写所谓祥瑞现象的诗歌，这也和诗人追求荣耀和自我满足的心理有关。在古人眼里，祥瑞是天意的表现，是吉祥的预兆，往往意味着对人治的肯定。班固《白虎通·封禅》云："天下太平，符瑞所以来至者，以为王者承天统理，调和阴阳，万物序，休气充塞，故符瑞并臻，皆应德而至。"[1] 在李绅的诗歌中，祥瑞或用来夸示自己的政绩，或用来粉饰太平，歌颂皇朝。如《别连理树》："垂阴敢慕甘棠叶，附干将呈瑞木符。十步兰茶同秀彩，万年枝叶表皇图。芟夷不及知无患，雨露曾沾自不枯。好住孤根托桃李，莫令从此混樵苏。"以连理树为吉祥之兆，至晚出现在汉代，如班固《白虎通·封禅》云："德至草木，朱草生，木连理。"[2] 又《艺文类聚》卷九十八《祥瑞部上·木连理》引《瑞应图》云："木连理，王者德化洽，八方合为一家，则木连理。"又引《京房易传》云："木，同木异枝，其君有庆；邻邑来附者，吉木生于君屋；上及朝廷，其君圣；子木王而有实，其国有庆；木生于城胁，一围以上，长数丈，此谓城强，其君大昌。"[3] 此诗作于诗人离开寿州前，意在说明自己在寿州治理有方，并以此表达对朝廷的祝愿。诗以连理树比召公之甘棠，暗示当地百姓对自己的不舍，而最后更嘱托其多给当地百姓带来福音。又如《虎不食人》诗："南山白额同驯扰，亦变仁心去杀机。不竞牛甘令买患，免遭狐假妄凭威。渡河岂适他邦害，据谷终无暴物非。尔效驺虞护生草，岂徒柔伏在淮淝。"诗自序云："霍山县多猛兽，顷常择肉于人，每至采茶及樵苏，常遭啖食，人不堪命。自大和四年至六年遂无侵暴，鸡犬不鸣，深山穷谷，夜行不止。得摄令和倛状，称潜山县乡村正赵珍夜归，中路与虎同行至家，竟无伤害之意。"则此诗宣扬自己在寿州"每推至化宣余力"之

① （清）陈立：《白虎通疏证》卷六《符瑞之应》，吴则虞点校，《新编诸子集成》，中华书局1994年版，第283页。
② 同上书，第284页。
③ 《艺文类聚》卷九十八《祥瑞部上·木连理》，上海古籍出版社1982年版，第1699页。

功。其他如《登禹庙回降雪五言二十韵》写其访禹庙为越州百姓祈祷降雪，果然应验；《庆云见》写其"礼成中岳陈金册，祥报卿云冠玉峰"，赞祥云现人间，颂太平，等等。这类诗歌的出现与诗人受中国古代传统的祥瑞思想的影响有关，但也有诗人有意利用这些自然现象为自己政绩作宣传的目的，显示出其好大喜功的心理。

从以上分析中我们可以看出，诗人的荣耀与满足心理从根本上还是来源于追求自我价值的实现，在评价自我价值的实现过程中，由于社会偏重于以人的社会地位，特别是官爵的高低以及与君主的关系来衡量，故诗人的心理往往会产生变形或扭曲，在失意时痛苦流涕，冤屈怨恨，而在荣宠时又往往得意忘形，过分夸张。这里既表现出李绅对理想追求的执著，也反映出他生活中不能免俗的一面。但我们不能过分苛求古人，他只是表达了内心真实的情感，体现人情最真实的一面，总比那些矫揉造作或无病呻吟的作品要好些。

第四节　自适与闲雅

在《追昔游集》中，描写自然山水风光，表现诗人自然闲适情趣的诗歌也有不少，它们反映了诗人在"惟有此身长是客，又驱旌旆寄烟波"（《忆惠山寺书堂》）的长期宦游生涯中，以及在日常紧张繁忙的政事之暇，寄情山水、领略自然的轻松闲适之情。

一般来说，欣赏自然山水之美需要有平和闲静的心态，如果人处于烦躁和焦虑中，不但不会产生美感，反而会更加焦躁不安。李绅在端州时即处于这样一种心境中，如《红蕉花》一诗，"红蕉花样炎方识，瘴水溪边色最深。叶满丛生殷似火，不惟烧眼更烧心。"诗人贬谪至此，心情烦闷，见此火红之花，不但无心欣赏，反如火上浇油，更添焦虑。又如《朱槿花》："瘴烟长暖无霜雪，槿艳繁花满树红。每叹芳菲四时厌，不知开落有春风。"不久前，白居易还在感叹"人间四月芳菲尽"，为"山寺桃花始盛开"（《大林寺桃花》）而惊喜兴奋，而此时的李绅却面对"不知开落有春风"的四季芳菲之景，不但心情无法愉悦起来，甚至平添了厌烦情绪。可见欣赏美景需要在平和的心境之下，否则不但无法审美，有时还会适得其反。所以，端州时期的李绅对于优美的南方景致是缺乏审美体会的。然而，人的心态并不是一成不变，随着处境的改善，诗人的心态也逐渐趋于正常，笔下的自然风物也不再和诗人的心境格格不入，而是逐渐趋向一致，相互交融。如《早发》一诗，"沙洲月落宿禽惊，潮起风微晓雾生。黄鹤浪明知上信，黑龙山暗避前程。火旗似辨吴门戍，水驿遥迷楚塞城。萧索更看江叶下，两乡俱是宦游情。"此诗写诗人由江州赴滁州途中所见景色。由于是清晨出发，又值秋天，江雾弥漫，隐隐约约中，诗人错把楚地当成自己的家乡吴中，引发思乡之情。此时，又突然看到秋风中瑟瑟而落的江叶，思乡宦游之情更浓。从这首诗中，我们可以明确感觉到诗人对于陌生的异乡环境不再采取一概排斥的态度，而是逐渐把心态调和到与周边环境相一致。与端州时心境形成鲜明对照的是《滁阳春日怀果园闲宴》一诗，"西园到日栽桃李，红白低枝拂酒杯。繁艳只愁风处落，醉筵多就月中开。劝人莫折怜芳早，把烛频看畏晓催。闻道数年深草露，几株犹得近池台。"同样之景，端州之日，不但不能缓解痛苦心情，反而倍添烦躁；此日在滁，心情怡然，手植杂树，设宴赏花，别是一番情趣。诗人因满园桃李花开而兴趣盎然，又因繁艳之花迎风飘落而愁苦，继而由眼前景象想到自己，感叹人生遭际。此时虽然诗人的心态还受到世俗事务的干扰，但基本已经回归正常，一旦摆脱了世俗事务的干扰，欣赏自然山水的美感也就产生了。

　　从大和七年分司东都至开成三年编订完成《追昔游集》，李绅的活动主要集中在吴越一带。这期间也是诗人政治地位不断上升，心情相对稳定平和的一段时期，因此有机会和心情去欣赏吴越的自然山水。吴越一带特别是越中，山水清隽灵秀，如唐人顾云所言："造化之功，东南之胜，独会稽知名，前代词人才子谢公之伦，多所吟赏。湖山清秀，超绝上国；群峰接连，万水都会。升高而望，尽目所穷，苍然黯然，兀然澹然，先春煦然；似画似翠，似水似冰，似霜似镜；削玉似剑者，霞布似窈窕者，霜清似英绝者，如是千状万态，绵亘数百年间。"① 东晋以来，这里就吸引了大批文人雅士的注意，"其衣冠文物，记录赋咏之盛，则自东晋而下，风亭月榭，僧蓝道馆，一云一鸟，一草一木，觏缕而曲尽者。"② 从谢灵运、谢朓到李白，再到大历诗人③，无不留下吟咏吴越山水的大量诗篇，这些诗歌大部分至今仍收集保留在宋人孔延之编选的《会稽掇英总集》中。李绅对于吴越是非常熟悉的，他

① 顾云：《在会稽与京邑游好诗序》，《全唐文》卷八一五，中华书局 1983 年影印本，第 8586—8587 页。
② 孔延之：《会稽掇英总集》序，邹志方点校，人民出版社 2006 年版，第 3 页。
③ 关于大历诗人与吴越山水之间的关系，可参看蒋寅《大历诗风》第四章"自然的新发现"一节，凤凰出版社 2009 年版。

早期留存下来的诗歌虽然不多，但与吴越相关的却有多首，如《泰伯井》《题北峰黄道士草堂》《题龙宫寺净院四上人》①等，特别是《遥和元九送王行周游越》一诗，对越中胜景信手拈来，可见其熟悉程度。李绅《追昔游集》中描写吴越自然山水、表现自然闲适之情的诗歌作品主要是《新楼诗》二十首和《却到无锡望芙蓉湖》五首。

《新楼诗》二十首是诗人追忆之作，一方面示出对好友元稹的怀念，另一方面也表明自己在浙东的闲适、悠然之情。大和年间正是牛李两党斗争激烈之时，李绅远离京城，超然于党争之外，在浙东观察使近两年时间中，兢兢业业，治理有方，政事之暇，流连于镜湖周遭美景，怡然自得，甚为惬意，故以此追忆之。二十首分别为：《新楼诗》《海榴亭》《望海亭》《杜鹃楼》《满桂楼》《东武亭》《龙宫寺》《禹庙》《晏安寺》《龟山》《重台莲》《桔园》《寒林寺》《北楼樱桃花》《城上蔷薇》《南庭竹》《琪树》《海棠梨》《水寺》《灵汜桥》。这二十首诗都是七言律诗，短小精悍，以写景为主，或是某一处景点，或是更为具体的事物，如重台莲、樱桃花、蔷薇等，显然它们都是诗人印象中最为深刻、也最能反映诗人当时心境的景物。如《新楼诗》一诗，"戎容罢引旌旗卷，朱户褰开雉堞高。山岫翠微连郡阁，地临沧海接灵鳌。坐疑许宅驱鸡犬，笑类樊妻化羽毛。惆怅桂枝零落促，莫思方朔种仙桃。"新楼之位置，在州城之高处，可以登高四望，极目远眺，孔延之《会稽掇英总集》卷一"州宅"云："州之子城，因种山之势，盘绕回抱，若卧龙形，故取以为名。而州之宅，又居山之阳。凡所谓楼阁台榭之胜者，皆因高为之，以极登览。"②可以想见，诗人每天罢阅政事后，登上此楼，远眺群山翠微，山气缥缈，俯看镜湖如鉴，波光粼粼，清风袭来，心旷神怡。坐拥如此佳景，人生复何求，故诗人洋洋自得，嘲笑古人的求仙访道。诗人的感受和当年元稹在此时差不多，元稹曾向白居易自夸道："州城迥绕拂云堆，镜水稽山满眼来。四面常时对屏障，一家终日在楼台。星河似向檐前落，鼓角惊从地底回。我是玉皇香案吏，谪居犹得住蓬莱。"李绅不愿为神仙，而元稹自比为神仙，其实两人都是乐在其中。这首诗大概可以反映出诗人在越中时的心境。又如《东武亭》一诗，"绿波春水湖光满，丹槛连楹碧嶂遥。兰鹢对飞渔棹急，彩虹翻影海旗摇。斗疑斑虎归三岛，散作游龙上九霄。鼍鼓若雷争胜负，柳堤花岸万人招。"自序云："亭在镜湖上，即

---

① 《题北峰黄道士草堂》、《题龙宫寺净院四上人》两首，卢燕平《李绅集校注》、王旋伯《李绅诗注》皆未收，今据陈尚君《全唐诗续拾》卷二十八补。

② 邹志方：《会稽掇英总集点校》卷一，人民出版社2006年版，第5页。

元相所建。亭至宏敞，春秋为竞渡大设会之所。余为增以板槛，延入湖中，足加步廊，以列环卫。"诗歌所写即为镜湖上正在热火朝天举行的竞渡大会，湖中竞赛双方难分胜负，岸边群众锣鼓喧天，热情高昂，而诗人也与民同乐，以一个普通观赛者身份为双方摇旗呐喊。在李绅诗歌中有如此闲情逸致的作品极少，从中也可看出诗人在浙东观察使任上的轻松心情。

如前所述，自古以来，文人墨客荟萃于越中，游览酬唱，尽其才之美，实得益于越中山水之助。越中山水的清隽灵秀，在给人美的享受的同时，也赋予人物以灵秀的智慧和清隽的性格。诗人在与镜湖周边景物的朝夕相处中，不但领悟到了大自然山水之美，获得了轻松愉悦的心情，更与山水景物进行情感的交流，在物我的交融中体会到了自然山水的性格。如《龟山》一诗，"一峰凝黛当明镜，十仞乔松倚翠屏。秋月满时侵兔魄，素波摇处动龟形。旧深崖谷藏仙岛，新结楼台起佛扃。不学大蛟凭水怪，等闲雪雨害生灵。"自序云："在镜湖中，山形如龟。山上有寺名永安，则元相所移置者。"诗人远望龟山，如卧湖面，青翠之景倒立水中，素波摇荡，山影浮动。由此，诗人浮想联翩，想到灵龟虽藏身"旧深崖谷"，但能给民众带来喜庆吉祥，岂学蛟龙兴风作浪，为害生灵。诗人从龟山而想到仁民爱物的思想，实际上是在勉励自己作为地方长官当造福于民。这是诗人从自然山水中得到的精神陶冶。又如《南庭竹》"东南旧美凌霜操，五月凝阴入坐寒。烟惹翠梢含玉露，粉开春箨耸琅玕。莫令戏马童儿见，试引为龙道士看。知尔结根香实在，凤凰终拟下云端。"竹与梅、兰、菊被并称为"四君子"，其傲立寒霜的精神往往象征着士大夫的忠贞与不屈，但诗人从南庭竹上感受到的还不止这些，其"结根香实在"的默默无闻行为体现的是一种朴实无华、旨在追求内在完美的精神，也因此而得到凤凰的青睐。其他的，如从莲荷身上，诗人感受到的是"自含秋露贞姿洁，不竞春妖冶态称。终恐玉京仙子识，却将归种碧池峰"（《重台莲》）；从园桔身上，诗人感受到的是"惧同枳棘愁迁徙，每抱馨香委照临。怜尔结根能自保，不随寒暑换贞心"（《桔园》）；从寒林寺中，诗人感受到的是"地无尘染多灵草，室鉴真空有定泉。应是法宫传觉路，使无烦恼见青莲"（《寒林寺》），等等。因此，诗人一生倾心于越中自然山水不是没有道理的，从它们身上，诗人发现的不仅仅是一种自然的美，还有一种随时可以感受到的自然的品性。

《却到无锡望芙蓉湖》五首，是诗人回忆其返东都途径无锡望芙蓉湖时所见景象。芙蓉湖，佚名《无锡县志》卷二引陆羽《惠山记》云："惠山东北九里有上湖，一名射贵湖，一名芙蓉湖。其湖南控长洲，东洞江阴，北掩晋陵，苍苍渺渺，迫于轩户。故惠山有望湖阁，盖自山下百余里，目极荷花不断，以为江南烟水之盛。"① 诗人多年未返故乡，这次又因行事匆忙，无法逗留，故只能远望：

其一

水宽山远烟岚迥，柳岸萦回在碧流。清昼不风凫雁少，却疑初梦镜湖秋。

其二

丹橘村边独火微，碧流明处雁初飞。萧条落叶垂杨岸，隔水寥寥闻捣衣。

其三

逐波云影参差远，背日岚光隐见深。犹似望中连海树，月生湖上是山阴。

其四

旧山认得烟岚近，湖水平铺碧岫间。喜见云泉还怅望，自惭山叟不归山。

其五

翠崖幽谷分明处，倦鸟归云在眼前。惆怅白头为四老，远随尘土去伊川。

这五首七言绝句，采用联章体的形式，通过空间的远近高低变换，时间的早晚变化，色彩的明暗搭配，描绘出芙蓉湖及其周边景色的多姿多样：水阔山远、翠崖幽谷、清寂苍渺、烟岚高迥、海树相连、云影参差、碧流萦回、垂柳萧条、凫雁低飞、倦鸟归云、烛火微明、湖月初生。首尾完整，层次井然，情景交融。这一切都是诗人曾经非常熟悉的，"旧山认得烟岚近"，恍若回到青少年时期，但诗人很快就要"远随尘土去伊川"，所以只能怅望

---

① 佚名：《无锡县志》卷二，《文渊阁四库全书》492 册，上海古籍出版社 1987 年影印本，第 687—688 页。

而已。由于诗人离越不久，还沉浸于镜湖的美景中，故不时错把芙蓉湖当成镜湖，"却疑初梦镜湖秋""月生湖上是山阴"。此时诗人因党争而罢浙东观察使，内心有所不满，怅望旧山故湖有倦鸟归林之意，因而在自然闲适的心情中笼罩上了一层淡淡的惆怅。这五首中以第二首最为人称道，《万首唐人绝句选评》云："闲淡自佳，唐人固有此一种，阮亭所赏也。"①

　　正如李绅自我感叹的"自惭山叟不归山"，晚年的李绅不但没有退出宦海，反而更进一步陷入党争，寄情山水的愿望落了空。

---

① 转引自陈伯海主编《唐诗汇评》中册，浙江教育出版社1996年版，第2235页。

第七章　从通俗到典雅

——李绅诗歌风格的变化

从李绅现存诗歌来看，以贬谪端州为分界线，李绅的诗歌创作可分为两个时期。前期在儒家"济世""利物"思想影响下，他抱着强烈的政治热情，在继承《诗经》现实主义精神的同时，积极向民间学习，这一时期的诗歌关系社会反映现实，规讽时事，政治功利性很强，形式相对简单，语言亦通俗易懂，表现出通俗浅切的风格特征；后期随着社会政治形势的改变，个人宦海的沉浮，关注的对象由外向转为内敛，重在抒发一己之私，表现个人情感，与之相适应，诗歌形式也多样，且讲究艺术手法的运用，意境深晦，重视炼字锻句，表现出典雅繁艳的风格特征。

第一节　早期通俗化倾向

李绅早期流传下来的诗歌极少，但从当时及后来人的零星散碎记载中我们还是可对李绅早期诗歌的创作作一个大概的了解。李绅早期创作的诗歌主要可分为三类：乐府诗、叙事诗、咏物诗。这几类诗歌的共同特点，借用白居易《寄唐生》一诗中所说"非求宫律高，不务文字奇"。

一　乐府诗

它是这时期李绅用力最勤、创作最多，影响最大的作品，也因此而奠定了李绅在唐代文学史上的地位。《旧传》云："绅形状渺小而精悍，能为歌诗。乡赋之年，讽诵多在人口。"所谓"讽诵"，大概是指乐府诗一类的诗歌。它们能为大家广为接受并口头流传，必然是通俗易懂、明白浅近，具有民歌的特点。那么，李绅为何会从这类具有民歌风味的乐府诗开始走上他的诗歌创作道路的呢？恐怕这与李绅早年生活和成长之地有关。李绅出生在乌程，三岁时迁居无锡，青年时期在吴越漫游，而这一带正是吴文化的核心地区，吴声歌曲正发源于此。"吴歌，名冠以吴，实以吴语地域范围划分，以苏州、吴县、无锡为中心，涵盖了太湖流域的江、浙、沪地区。"① 吴声歌曲的清新自然自西晋以来便吸引了文人的注意，"西晋以后，随着汉乐府俗曲日益雅化陈旧，人们逐渐把注意力转移到这些生气勃勃的民间歌曲上。从东晋起，面对南方民歌的迅猛发展，上层阶级开始大量采撷其声，和制其辞；或者另制新曲，收集民歌以配唱。这些新兴歌曲，就是属于清商新声的吴声歌曲、西曲歌和神弦歌。"② 萧涤非先生也在《汉魏六朝乐府文学史》中说道："《乐府诗集》云：'《晋书·乐志》曰：'吴歌杂曲，并出江南，东晋以来，稍有增广，其始皆徒歌，既而被之管弦。'盖自永嘉渡江之后，下及梁陈，咸都建业，吴声歌曲，起于此也。'是知吴歌实以江南之建业（今南京），为其发源地。"③ 李氏建唐后，曾一度视吴歌等为柔靡之音予以排斥，"长安以后，朝廷不重古曲，工技转缺，……自是乐章讹失，与吴音转远。开元中，刘贶以为宜取吴人，使之传习，以问歌工李郎子。郎子北人，学于江都人俞才生。时声调已失，唯雅歌曲辞，辞典而音雅。后郎子亡去，清乐之歌遂阙。"④ 朝廷虽然阙失吴声歌曲，但这并不影响它在民间的流传，如《黄竹子歌》《江陵女歌》，"唐李康城曰：'《黄竹子歌》《江陵女歌》，皆今时吴歌也。'"⑤ 又如《三阁词》，起源于陈后主，后为刘禹锡首作，如果不是得自民间传唱，刘禹锡岂能凭空而为；《玉树后庭花》，亦源自陈后主，但晚唐秦淮一带尚有歌女传唱，杜牧《泊秦淮》"烟笼寒水月笼沙，夜泊秦淮近酒家。商女不知亡国恨，隔江犹唱后庭花。"可证⑥；《丁都护歌》，源自刘宋，李白作于云阳的《丁都护歌》诗云："一唱都护歌，心摧泪如雨。"⑦ 说明当时民间还能歌唱。由此可见尽管朝廷音乐机构吴声歌曲已失传，但吴地民间并不受此影响，得以延续。不仅如此，唐代文人对吴声歌曲的拟作就不曾停止过，郭茂倩《乐府诗集·清商曲辞·吴声歌曲》中收录的乐府民歌中已非常清楚地表明了这点。李绅自小浸淫在吴地浓郁的文化氛围中，耳濡目染吴声歌曲等乐府民歌，这必然会对他早期的诗歌创作带来一定

① 张荷：《吴越文化》，辽宁教育出版社 1995 年版，第 204 页。
② 王运熙、王国安：《汉魏六朝乐府诗》，上海古籍出版社 1986 年版，第 104 页。
③ 萧涤非：《汉魏六朝乐府文学史》第五编第二章，人民文学出版社 1984 年版，第 207 页。
④ 郭茂倩：《乐府诗集》卷四十四《清商曲辞一》，中华书局 1979 年版，第 639 页。
⑤ 同上，卷四十七，第 682 页。
⑥ 杜牧：《泊清淮》，陈允吉校点《杜牧全集》，上海古籍出版社 1997 年版，第 45 页。
⑦ 李白：《丁都护歌》，王琦注《李太白全集》，中华书局 1999 年版，第 331 页。

的影响。李绅在《忆被牛相留醉州中时无他宾牛公夜出真珠辈数人》题下自注云："余有换乐曲词，时小有传于歌者。"可以说明确实受到了当地民歌的影响，既然会作词曲，则作乐府民歌也很正常，恰可与《旧传》所载相印证。当然李绅在学习吴地民歌语言口语化的同时，又受《诗经》"风雅"传统的影响，将自然通俗的语言表达与讽谕现实的社会功用结合起来，创作出既明白浅近、自然流畅，又富于强烈讽谕精神的乐府诗。《古风二首》正是李绅将两者结合起来的成功作品。首先，从形式体制上看，《古风二首》皆为五言四句形式，短小精悍，这和大部分吴声歌曲的体制完全相同。如王运熙先生云："吴声、西曲歌辞体制短小，大多是五言四句。今存近五百首歌辞中，另外的仅百余首，说明这确实是它们共有的基本形式。"①　其次，在语言运用上，《古风二首》纯用民间口语，不作任何文采修饰，自然生成，但却具有巨大的感染力，字字触动人心。这和吴声歌曲"慷慨吐清音，明转出自然""不知歌谣妙，声势由口心"②的自然天成、通俗清丽、明白如话的特点相似。

　　李绅汲取民歌语言形式等方面的特点，向民间学习的精神，也是后来他和元、白一拍即合，共同提倡新乐府运动的思想基础之一。在他们之前，元结、顾况也曾大力提倡乐府诗，但在当时影响却甚微，这其中原因众多，但语言形式上的食古不化、过于雅正而影响其传播也是一个重要原因。李绅等人或许正是认识到了这一点，故跳过了元结、顾况而直承杜甫，在学习其"即事名篇，无复依傍"的命题方式的同时，也受到其以通俗浅近的语言作乐府诗的启发，提出"其辞质而径，欲见之者易喻也。其言直而切，欲闻之者深戒也。其事核而实，使采之者传信也。其体顺而肆，可以播于乐章歌曲也"③的主张。要做到这几点，面向社会，反映现实，向民间学习就是必然途径。对此，胡适先生认为"白居易自序说他的新乐府不但要'其辞质而径，欲见之者易喻'，还要'其体顺而肆，可以播于乐章歌曲'。这种'顺而肆，可以播于乐章歌曲'的诗体，向哪里去寻呢？最自然的来源便是当时民间风行的民歌与佛曲。"④事实上，他们也是如此做的。陈寅恪先生在分析元、白的新乐府诗后认为："关于新乐府之句律，李公垂之原作不可见，未知如何。恐与微之之作无所差异，即以七字之长句，为其常则是也。至乐

---

① 王运熙、王国安：《汉魏六朝乐府诗》，上海古籍出版社 1986 年版，第 112 页。
② 《大子夜歌二首》，郭茂倩《乐府诗集》卷四十五，中华书局 1979 年版，第 654 页。
③ 白居易：《新乐府序》，朱金城《白居易集笺校》卷三，上海古籍出版社 1988 年版，第 136 页。
④ 胡适：《白话文学史》，骆玉明导读，上海古籍出版社 1999 年版，第 268 页。

天之作，则多以重叠两三字句，后接以七字句，或三字句接以七字句。此实深可注意。考三三之体，虽古乐府中已不乏其例，即如杜工部《兵车行》，亦复如是。但乐天新乐府多用此体，必别有其故。盖乐天之作，虽于微之原作有所改进，然于此似不致特异其体也。寅恪初时颇疑其与当时民间流行歌谣之体制有关，然苦无确据，不敢妄说。后见敦煌发见之变文俗曲殊多三三七句之体，始得其解。……然则乐天之作新乐府，乃用毛诗，乐府古诗，及杜少陵诗之体制，改进当时民间流行之歌谣。"① 虽然李绅《乐府新题二十首》已不可见，但从他后来所作的《闻里谣效古歌》一诗中，我们可以看出胡、陈二人所论确实是符合李绅新乐府诗实情的。因为这首诗可以看作是他早期向民间歌谣学习的通俗化创作所带来的一种延续性影响。全诗如下：

> 乡里儿，桑麻郁郁禾黍肥，冬有襜褕夏有绤，兄锄弟耨妻在机，夜犬不吠开蓬扉。乡里儿，醉还饱，浊醪初熟劝翁媪。鸣鸠拂羽知年好，齐和杨花踏春草。劝年少，乐耕桑，使君为我剪荆棘，使君为我驱豺狼。林中无虎山有鹿，水底无蛟鱼有鲂。父渔子猎日归暮，月明处处舂黄粱。乡里儿，东家父老为尔言，鼓腹那知生育恩？莫令太守驰朱幡，悬鼓一鸣卢鹊喧。恶声主吏噪尔门，唧唧力力烹鸡豚。乡里儿，莫悲咤。上有明王颁诏下，重选贤良恤孤寡。春日迟迟驱五马，留犊投钱以为谢。乡里儿，终尔词。我无工巧唯无私，举手一挥临路岐。

在诗题中，诗人就明确表明是因"闻里谣"而仿效，即向民歌学习。一是诗中的语言大量使用民间方言、口语、俗语，模拟太守离任时对乡民的劝导，毕肖人物声口。如"乡里儿""兄锄弟耨""夜犬不吠""醉还饱""东家父老""鼓腹""莫令""唧唧力力"等词。非常典型的是"乡里儿"一词，以"儿"为词缀的词语的出现表明中唐语言现象的一种变化，也是当时俗语入诗的一种常见现象。如日本汉学家志村良治所云："以安史之乱（755—761 年）为界，中唐以后语言现象发生了很大变化。……就这一时期极有代表性的语法特点来说，就可以马上举出复音节词汇的增加，系词'是'的产生，使成复合动词的形成，用介词'把''将'使宾语提前，用'被'字表现被动，词缀的发达，即词头'阿～'、词尾'～子''～儿'等的产生，等等。这些是同前代的上古汉语有明显区别的特征，同时，作为近

---

① 陈寅恪：《元白诗笺证稿》，上海古籍出版社 1978 年版，第 120—121 页。

世汉语中发达的各种倾向的先驱，近世汉语中也多少保留着一些中世的要素。"① 二是句律的变化，有两种情况：一种是一个三字句接以七字句，如"乡里儿，桑麻郁郁禾黍肥，冬有襜褕夏有绨，兄锄弟耨妻在机，夜犬不吠开蓬扉。"这和当时的民间歌谣、佛教唱经很相似，如《十二时》联章歌，试举其中一章，"夜半子，干将造剑国无二，臣剑安在石松间，为父报仇不惜死。"② 李绅作了一定的改进，使之符合自己的表达需要。一种是两个三字句接以三个七字句，即"三三七七七"形式，如"乡里儿，醉还饱，浊醪初熟劝翁媪。鸣鸠拂羽知年好，齐和杨花踏春草。"这是当时民间歌谣、佛教唱经中的常见固定形式，唐代文人学习较多，如任半塘先生所说："'三三七七七'为唐五代杂言歌辞中最普遍、最重要的一种调式。如李白《桂殿秋》、刘禹锡《潇湘神》、李煜《捣练子》等，占四十余调，存辞一百多首。其中有且有相当数量之和尚作品，较富民间风格。"③ 这类例子《敦煌歌辞总编》收录很多，此不例举。这些都足以说明陈寅恪、胡适两先生对元、白的分析也是符合李绅的乐府诗创作实际的。

通过以上分析可以知道，不管是在认识元、白之前，还是之后，李绅的乐府诗都有向民间学习，以白话为诗的特点。当然，乐府诗本来源于民间，是通俗化的诗歌，李绅保持了这样一种风格，也就保持了乐府诗应有的活力。可惜的是，李绅早期的乐府诗几乎都没有保存下来，唯一的《古风二首》也是有赖范摅《云溪友议》的偶然记载才得以流传下来，但谁也不能否认李绅对中唐乐府诗发展的影响。

二　叙事诗

提到中唐长篇叙事诗，人们首先想到的是白居易的《长恨歌》《琵琶行》以及元稹的《连昌宫词》，而忽略了李绅的《莺莺歌》（又称《伯劳歌》）。实际上，《莺莺歌》的创作早于白居易、元稹，李绅也比他们更早显露出写长篇叙事诗的才能，但遗憾的是长期以来研究者一直没有注意到这点，故吴庚舜先生认为："以往对李绅在文学史上地位的估计仍嫌不足，因为他不仅在新乐府方面影响了元、白，而且在写长篇叙事诗方面也有倡导之功。"④《莺莺歌》的创作缘由，元稹《莺莺传》云："贞元岁九月，执事李

① ［日］志村良治：《中国中世语法史研究》，江蓝生、白维国译，中华书局1995年版，第3—4页。
② 任半塘：《敦煌歌辞总编》卷五，上海古籍出版社2006年版，第1276页。
③ 任半塘：《敦煌歌辞总编·补遗·组曲类》，上海古籍出版社2006年版，第1765页。
④ 吴庚舜、董乃斌主编：《唐代文学史》下编第十章第五节，人民文学出版社1995年版，第241页。

公垂宿于余靖安里第，语及于是。公垂卓然称异，遂为《莺莺歌》以传之。崔氏小名莺莺，公垂以命篇。"① 贞元岁，据卞孝萱先生考证当以贞元二十年最为可能，这是可信的。从元稹《莺莺传》中所云可知李绅《莺莺歌》是为配合《莺莺传》而作，一传奇，一叙事，"可以见史才、诗笔、议论"②。唐代举人应进士考试，需要"以诗为贽"，李绅正好可以把它作为展示自己文学才华的工具献给主司③。《莺莺歌》流传虽不如《长恨歌》《琵琶行》《连昌宫词》等广泛，但影响也不小，宋金时期董解元创作《西厢记诸宫调》，便把它作为主要依据之一，并直接加以征引。董的友人蓬莱刘汭曾题诗赞美两者可以媲美，"浦东佳遇古无多，镂板将令镜不磨。若使微之见新调，不教专美伯劳歌。"④ 说明董解元是有意学习《莺莺歌》的。也是"无心插柳柳成荫"，《莺莺歌》原作失传时，人们还可以从《董西厢》中一窥其原貌，只不过是残缺的《莺莺歌》而已。据近代著名诗人戴望舒推测，"董解元《西厢记》诸宫调征引公垂《莺莺歌》凡四处。虽仍不全，然据本事测度，至少已得三分之一。"⑤ 从这残存的四段中，我们可以看出李绅杰出的叙事才能，他不但继承了早期长篇叙事诗的传统，更将诗歌和当时民间俗文学结合起来，创作出语言自然流畅、通俗浅近而又意境华美的佳作。四段如下：

　　伯劳飞迟燕飞疾，垂杨绽金花笑日。绿窗娇女字莺莺，金雀娅鬟年十七。黄姑上天阿母在，寂寞霜姿素莲质。门掩重关萧寺中，芳草花时不曾出。

　　河桥上将亡官军，虎旗长戟交垒门。凤凰诏书犹未到，满城戈甲如云屯。家家玉帛弃泥土，少女娇妻愁被虏。出门走马皆健儿，红粉潜藏欲何处？呜呜阿母啼向天，窗中抱女投金钿。铅华不顾欲藏艳，玉颜转莹如神仙。

① 元稹：《莺莺传》，冀勤点校《元稹集》外集卷六，中华书局1982年版，第677页。
② （宋）赵彦卫撰、傅根清点校：《云麓漫钞》卷八，中华书局1996年版，第135页。
③ 关于李绅作《莺莺歌》是否有投献主司的目的，陈寅恪先生《元白诗笺证稿》认为与此无关，而卞孝萱先生《元稹年谱》则认为是可能的，笔者认为是有这个目的的。
④ 朱平楚：《西厢记诸宫调注译》卷八，甘肃人民出版社1982年版，第346页。
⑤ 戴望舒：《李绅莺莺歌逸句》，《中国现代散文经典文库·戴望舒散文经典》，印刷工业出版社2001年版，第222页。

　　此时潘郎未相识，偶住莲馆对南北。潜叹栖惶阿母心，为求白马将军力。明明飞诏五云下，将选金门兵悉罢。阿母深居鸡犬安，八珍玉食邀郎餐。千言万语对生意，小女初笄为姊妹。

　　丹诚寸心难自比，曾（写）在红笺方寸纸。常（寄）与春风伴落花，仿佛随风绿杨里。窗中暗读人不知，剪破红绡裁作诗。还把（怕）香风畏（易）飘荡，自令青鸟口衔之。诗中报郎含隐语，郎知暗到花深处。三五月明当户时，与郎相见花间语。

　　叙事诗是"以叙事为主的一种诗歌体裁。它有比较完整的故事情节、鲜明的人物形象，但又不像小说那样进行细致入微的描写。在叙事的过程中，它以其强烈的抒情色彩和韵律、节奏，而区别于小说。"① 唐之前的长篇叙事诗，如《孔雀东南飞》《木兰诗》，无不以生动的故事情节和人物形象而流传广远，如刘熙载所说："汉《焦仲卿诗》，叙述备首尾，情事言状，无一不肖，梁《木兰辞》亦然。"② 由于产生自民间，尽管经过了文人加工，但基本上保持了原来的风貌、风情，语言浅近如话、清新自然而不事雕琢，符合民间欣赏的趣味和要求。《莺莺歌》是在元稹真实情事的基础上由《莺莺传》改编而成，由传奇变为诗歌，并不只是把散文变成韵文那样简单，还要考虑叙事诗本身的语言特点、韵律节奏、情节人物等。从残存的片段中，我们可以看出诗人高超的驾驭叙事诗的能力，诗化的语言将人物形象与故事情节的发展紧密结合起来，让我们在聆听故事的过程中还能体会到一种诗意的美感。显然，诗人在继承了传统叙事诗的以通俗浅近、自然流畅的语言叙述故事情节、描述人物形象的同时，又根据自己的需要进行了一定的改进，使之可以展现自己的史才、诗笔、议论能力。但不可否认的是，在这个过程中，民间风行的俗文学也为李绅提供了借鉴和学习的样式。《莺莺歌》之前的叙事诗，包括杜甫的"三吏""三别"，主要是以五言为主，而李绅却用七言，既是受七言歌行的影响，也是在有意仿效民间俗文学中的"变文"形式。"'变文'是用来'讲唱'的，讲的部分用散文；唱的部分用韵文。""'变文'的韵式，（就今日所见到的许多'变文'归纳起来说）最普通的是七言。"③ 当然还有其他韵式，但为了整齐，李绅选择了七言。不仅是在句

---

① 侯健主编：《中国诗歌大辞典》，作家出版社1990年版，第44—45页。
② （清）刘熙载：《艺概》卷四《词曲概》，上海古籍出版社1978年版，第124页。
③ 郑振铎：《中国俗文学史》第六章，上海世纪出版集团2006年版，第155页。

律上，李绅在元稹《莺莺传》的基础上作《莺莺歌》，很可能是受到"变文"包含韵文与散文两部分的启发。"变文"中散文与韵文相结合，两者相辅相成，有说有唱，共同演绎一个完整故事。这种崭新的民间文学形式，在当时不但深受下层民众欢迎，"愚夫冶妇，乐闻其说，听者填咽。"① 在文人当中亦非常流行，孟棨《本事诗》所记载张祜和白居易的一段故事，可反映一般，"张（祜）顿首微笑，仰而答曰：'祜亦尝记得舍人《目连变》。'白曰：'何也?'曰：'上穷碧落下黄泉，两处茫茫皆不见。'非'目连变'何邪?"② 从白居易也可推知李绅对"变文"是很熟悉的。但在李绅之前并没有人仿"变文"的形式为传奇作歌，李绅或许是受到启发，一时兴起，作这样一种尝试。后来白居易为陈鸿《长恨歌传》作《长恨歌》，元稹为白行简《李娃传》作《李娃行》等，应该是受到李绅这种尝试的影响。需要指出的是，"变文"的韵文与散文的组合大体上可分为两类："第一类是将散文部分仅作为讲述之用，而以韵文部分重复的来歌唱散文部分之所述的。""第二类的以散文部分作为'引起'，而以韵文部分来详细叙述。"③ 李绅学习的显然是第一种方式，元稹《莺莺传》相当于散文部分，叙述整个故事，而李绅《莺莺歌》相当于韵文部分，以诗的形式歌唱故事内容，相互补充，相辅相成，两部分内容相得益彰。

由此可见，李绅《莺莺歌》对于俗文学的学习是非常明显的。如胡适先生所云："近年敦煌石室发见了无数唐人写本的俗文学，其中有《明妃曲》《孝子董永》《季布歌》《维摩变文》，等等。我们看了这些俗文学的作品，才知道元、白的著名诗歌，尤其是七言的歌行，都是有意仿效民间风行的俗文学的。白居易的《长恨歌》，元稹的《连昌宫词》，与后来韦庄的《秦妇吟》，都很接近民间的故事诗。"④《莺莺歌》当然亦如此。

三 咏物诗

元稹《和乐天东南行》诗云："李多嘲蜻蜓，窦数集蜘蛛。"注云："李二十雅善歌诗，固多咏物之作。"⑤ 可见李绅早期写有大量咏物之作，连元稹、白居易也自叹不如。可惜的是这些诗也基本失传。唯有《柳》二首，虽

① 赵璘：《因话录》卷四，上海古籍出版社1979年版版，第94页。
② 孟棨：《本事诗·嘲戏第七》，（上海）古典文学出版社1957年版，第23页。
③ 郑振铎：《中国俗文学史》第六章，上海世纪出版集团2006年版，第161—162页。
④ 胡适：《白话文学史》，骆玉明导读，上海古籍出版社1999年版，第268页。
⑤ 杨军：《元稹集编年笺注》诗歌卷，三秦出版社2002年版，第770页。

然无法确定其具体创作时间，但作于早期的可能性更大。

　　陶令门前胃接篱，亚夫营里拂朱旗。人事推移无旧物，年年春至绿垂丝。

　　千条垂柳拂金丝，日暖牵风叶学眉。愁见花飞狂不定，还同轻薄五陵儿。

　　两首诗都纯为咏柳。第一首不直接写柳，而是通过陶渊明与周亚夫的典故，反映柳与中国传统文化的关系。第二首直接写柳，以拟人化的手法，形象生动地描绘出柳的婀娜多姿。虽然它们没有能够像贺知章的《咏柳》那样以其脍炙人口而为民间广泛传诵，但也明白如话、通俗浅近。另外，作于端州时期的《朱槿花》《红焦花》二诗，虽然在贬谪之后，但考虑到诗人风格的变化有一定的时间和延续性，它们也是能够反映其早期诗歌的一些特点的。

朱槿花
　　瘴烟长暖无霜雪，槿艳繁花满树红。每叹芳菲四时厌，不知开落有春风。

红焦花
　　红焦花样炎方识，瘴水溪边色最深。叶满丛生殷似火，不唯烧眼更烧心。

　　这两首七言绝句，歌咏的都是具有典型南方特征的风物。在语言风格上它们和《柳》二首一样，不用华丽的辞藻，仅以口语入诗，浅近自然，明白晓畅。我们也可以看出诗人的风格已经开始发生变化，像《柳》二首那样超然物外的心态已经看不到，取而代之的是焦躁不安与恐惧担忧，诗歌的抒情色彩浓厚，对外部世界的关注已经转移到对自我遭际的喟叹与反思。

　　除了这三类诗外，可以确定作于早期的还有《华顶》《暮宿清凉院》《仙都即事》《题北峰黄道士草堂》《题龙宫寺净院四上人》《山出云》等诗。它们是诗人贞元年间东游越中而作，或写景，或记事，或抒情，风格清新自然，语言平易浅近。如《暮宿清凉院》云："野客闲来日，山房落叶中。微寒生夜半，积雨向秋终。证道方离法，安禅不住空。□迷将觉路，语默在西东。"① 类似王维的山水诗，清幽空灵，自然而不雕琢。至于《山出云》一诗，据《文苑英华》所载可知为其元和元年的试帖诗，不能反映其真实风格。

通过对李绅早期诗歌的分析，我们可以看出其通俗化倾向是十分明显的。

四 通俗化成因

对李绅诗歌早期通俗化倾向形成影响的主要是以下几个原因。首先，中唐审美观念的转变对个人诗歌的影响。从盛唐到中唐，"那种神龙见首不见尾的不可捉摸，那种超群轶伦、高华雅逸的贵族气派，让位于更为平易近人，更为通俗易懂，更为工整规矩的世俗风度。它确乎更大众化，更易普遍接受，更受广泛欢迎。"② 早期的李绅正处在这样一种审美观念转变的重要时期，大历诗人已经从理想的天国跌落回现实的世界，形成了面向现实、回归世俗的方向，李绅也是沿着这样一种方向更进一步走向通俗平易，并最终在白居易的努力下得以形成新的诗歌风貌。其次，中唐俗文学的空前兴盛对诗歌形成了一定影响。中唐商品经济的发达和城市的繁荣，以及人们耽于世俗的享乐，为适合市井生活需要的各种艺术的萌芽和兴起提供了温床，词、讲经、变文、话本、俗赋等俗文学兴盛空前。它们走进文人的视野，在思想情感、艺术形式、表现手法等方面都会对作为雅文学的诗歌带来一定的影响。李绅《莺莺歌》受俗文学的影响至为明显，这一点前已论及。再次，李绅早期的生活经历是形成其通俗化倾向的主要原因。李绅的青少年是在家境贫寒中度过，从小体会到人生的艰辛，求学的道路亦非常艰苦，"曳娄一缝掖，出处劳昏早。醒醉迷啜哺，衣裳辨颠倒。"（《忆东郭居》）。几经科场，终得一第，却又遭遇李锜之祸，之后多年守职冷官。这样一种生活经历，使他既不可能像衣食无忧的贵族公子那样去"嘲风月，弄花草"，也不可能像得意文人那样去高谈阔论、弄虚作玄，必须踏踏实实面对现实，关注世俗的生活，以世俗的眼光去看待人生与文学，从而走向世俗的诗歌道路。另外，这样一种处境也让他有机会接触下层民众，熟悉他们的生活，了解他们的思

---

① 此诗卢燕平《李绅集校注》、王旋伯《李绅诗注》皆不收，陈尚君《全唐诗补编》据《诗渊》补。
② 李泽厚：《美的历程》，中国社会科学出版社1984年版，第175页。

想情感，对他们的欢乐与痛苦感同身受，也才会有《古风二首》这样的不朽诗歌产生。最后，元稹、白居易对李绅的影响。虽然在认识元稹、白居易之前，李绅诗歌的通俗化倾向已大致形成，但不可否认的是，三人的相识，及在贞元末至元和初的相聚切磋，相互影响，互补共进，对于李绅巩固并最终确立自己的通俗平易风格有重要影响，否则首先倡导新乐府运动的就可能不是李绅。当然，清新自然、通俗易懂的吴地民歌对李绅的影响也不小，这一点前已论及，此不赘述。

第二节　后期典雅化倾向

贬谪端州是李绅一生的转折点。此前尽管经历坎坷，但诗人基本上保持着乐观的心态，对政治理想充满着希望，冀图有所作为，"天行健，君子以自强不息。"① 但在险恶的政治斗争中无故被贬后，李绅对于政治、世事、理想的看法都发生了改变，态度由积极进取改为明哲保身，"徒用千金酬一饭，不知明哲重防身。"（《却过淮阴吊韩信庙》）在这样一种心态下，诗歌风格也开始发生转变，由外拓到内敛，重在个人情感的抒发；由平易到繁艳，讲究字琢句炼；由激情到平庸，对自我的夸耀与炫示。抒情色彩浓厚，内容雍容闲雅，形式工整，声韵谐畅，语言典雅，情致纤婉，总体上呈现雅化的倾向。

一　关注自我，抒发个人情感

李绅早期的诗歌是外拓性的，关注的主要是社会问题。贬谪端州后，沉浮于激烈的党争中，对于政治理想的热情逐渐消退，转而采取明哲保身的态度，个人思想抬头，进而遁入自我封闭的内心世界，重在抒发个人的情感。这种转变从贬谪端州途中就已经开始，如《至潭州闻猿》："昔陪天上三清客，今作端州万里人。湘浦更闻猿夜啸，断肠无泪可沾巾。"尽管已经从京城来到潭州，但诗人似乎还没有从"天上三清客"的显贵和煊赫中反应过来，因为这场政治的迫害来得太快，以致诗人没有任何的心理准备。只有那湘江两岸传来的凄厉猿声，才让诗人回到现实的悲怆与痛苦中来。诗人通过

---

① 李学勤主编：《十三经注疏》，《周易正义》卷一，标点本，北京大学出版社 1999 年版，第 10 页。

人生遭际的今昔对比，抒发的是遭受政治迫害后的心灵痛苦与悲愤心理。与他早期的乐府诗相比，那种"病时之尤急者"的强烈关注社会的激情已经为对自我遭际的悲叹所取代，批判和讽谕现实的精神不见了，有的只是自怨自艾，甚至对排挤他的李逢吉党都不敢表达任何的不满。这与当年不管身处何境，总会不自觉把个人的不幸遭遇与国家、社会联系起来的大诗人杜甫相比，的确是不可同日而语的。尽管如此，诗人内心的冤屈和怨恨总要宣泄出来，于是沿途所见各种物象就成了他寄托和宣泄情感的对象。《闻猿》《朱槿花》《红蕉花》《忆汉月》，这些诗无一不反映了诗人当时的悲愤、哀伤心理，乃至在陌生环境下对前途不可预知的忧惧心境。如《忆汉月》一诗，"花开花落无时节，春去春来有底凭。燕子不藏雷不蛰，烛烟昏雾暗腾腾。"诗人初来乍到这炎方之地，因为不了解当地气候，故对于一些寻常景象感到恐惧。这种恐惧，一是诗人突遭此贬谪的政治迫害的折射，二是"暗腾腾"的烟雾加深了诗人对于自己前途的不可臆测。这些诗没有一首不是抒发诗人的自我情感的。可见因贬谪端州而改变了的个人命运与政治前途，使诗人不可能再专注于社会问题，而迅速把关注的目光转向自身，思考自己的命运、前途和未来，心态由开放而内敛、封闭，当然也就无暇思考"为君、为臣、为民、为物、为事而作"[1] 了，自然也就不会再有"惟歌生民病，愿得天子知"[2] 这样的讽谕诗出现。这就是贬谪端州对其诗歌风格变化所带来的非常明显的影响。

　　自此以后，诗人的心态也越来越保守，除了像《趋翰苑遭诬构四十六韵》《过荆门》《涉沅潇》《逾峤岭止荒陬抵高要》等还敢于抒发怨愤后，其余大多数诗歌或是叹时伤逝，或是羁愁乡思，或是夸荣殉势，或是悠闲自适，这些前一章都已作了详细论述，此不多论。实际上，诗人以"追昔游"为集，就已表明这只是个人的追忆之作，当然就与社会无关，这也是诗人在诗集中没有收进早期作品特别是《乐府新题二十首》的原因。从诗人的一些诗歌的自注中我们可以清楚地发现这一点，如《悲善才》注云："余守郡日，有客游者善弹琵琶，问其所传，乃善才所授。顷在内庭日，别承恩顾，赐宴曲江，敕善才等二十人备乐。自余经播迁，善才已殁。因追感前事，为《悲善才》。"《上家山》注云："余顷居梅里，常于惠山肄业，旧室犹在。垂白重游，追感多思，因效吴均体。"《重到惠山》注云："再到石泉寺，内有

①　白居易：《新乐府序》，朱金城《白居易集笺校》卷三，上海古籍出版社1988年版，第136页。
②　白居易：《寄唐生》，朱金城《白居易集笺校》卷一，上海古籍出版社1988年版，第43页。

禅师鉴玄影堂，在寺南峰下。顷年与此僧同在惠山。十年，鉴玄在寿春相访。因追旧欢。"既然是诗人的追感之作，则抒发的自然是一己之私了。

二 雍容闲雅之情

李绅诗歌典雅化倾向的最直接原因就是生活内容的改变。位高权重、生活优裕，带来的是诗歌内容的雍容闲雅与庸俗化。如果说在贬谪端州期间，李绅的诗歌还能抒发真实情感，具有几分愤激和怨怒的话，那么，离开端州之后，随着职位的上升，取而代之的则是一种自我满足、雍容闲雅的态度。《闻里谣效古歌》是诗人离滁州转赴寿州时的告别之作。如前节所论它延续了诗人向民间学习的通俗化特征，但在思想情感和对待民众的态度上，却和早期与下层民众感同身受的态度有所不同。如《古风二首》其二"锄禾日当午，汗滴禾下土。谁知盘中餐，粒粒皆辛苦。"这首诗之所以能在民间千百年来为人所传诵，不仅仅是它的通俗易懂，更在于它真实道出了农民的艰辛，足以发人深省，如果没有亲身的体会和发自内心的深切同情是不可能凝炼出这样的佳作的。而这首《闻里谣效古歌》充满的则是高高在上的太守临别时对乡民的谆谆告诫与劝勉之情，态度之从容闲雅，与《古风二首》判若两人。此时诗人的立场已经发生了改变，已成了当初自己所批判的统治阶级中的一员。尽管诗人为官之时，尚能廉洁自律，努力去造福当地百姓，"春日迟迟驱五马，留犊投钱以为谢"，但其思考问题的角度却是统治者的利益，他希望民众与统治者之间形成一种和谐相处的社会关系。故诗人在诗中一方面大力宣扬自己留下的政绩，"桑麻郁郁禾黍肥，冬有襜褕夏有绨，兄锄弟耨妻在机，夜犬不吠开蓬扉。""林中无虎山有鹿，水底无蛟鱼有鲂。父渔子猎日归暮，月明处处舂黄粱。"一幅男耕女织、和谐安乐的小康生活图景。另一方面，又劝导"乡里儿"要"乐耕桑"，珍惜目前生活，"鸣鸠拂羽知年好，齐和杨花踏春草。"不要给太守添乱，"莫令太守驰朱辖，悬鼓一鸣卢鹊喧。"以至为恶吏所用，"恶声主吏噪尔门，唧唧力力烹鸡豚。"并安慰他们，"上有明王颁诏下，重选贤良恤孤寡。"显然，随着诗人地位的改变，早期的批判精神没有了，而积极充当起上层统治者与下层民众的调和人，以统治者代言人的身份，传道布政，宣扬儒家的小康社会理想。对于"时豪民侵噬产业不移户，州县不敢徭役，而征税皆出下贫。至于依富室为奴客，役罚峻于州县。长吏岁辄遣吏巡覆田税，民苦其扰"① 的社会现实，也已视而不

① 《新唐书》卷五十二《食货志二》，中华书局1979年版，第1361页。

见，所以他才能有如此的从容与闲雅。"我无工巧唯无私，举手一挥临路岐。"诗人告别的不仅是滁州之职，更是过去的热情与愤激。

随着诗人态度的转变，早期反映民生疾苦、关注重大社会时事的作品再也看不到了，而反映其雍容闲雅之情和颂美王政、粉饰太平、歌功颂德的作品却大量出现。《入淮至盱眙》一诗反映的是诗人在贬谪之后重返东都途径盱眙时的心情，诗云："山凝翠黛孤峰迥，淮起银花五两高。天外绮霞迷海鹤，日边红树艳仙桃。岸惊目眩同奔马，浦溢心疑睹抃鳌。寄谢云帆疾飞鸟，莫夸回雁卷轻毛。"首联、颔联描写诗人在傍晚时分所见两岸绮丽美景，颈联、尾联以"奔马""飞鸟"赞行船之轻快，虽无一字写诗人心情，但字里行间却无不显露出诗人的轻松愉悦，而从中也不自觉地流露出诗人在重登荣位后的雍容闲雅之情。又如《海榴亭》诗，"海榴亭早开繁蕊，光照晴霞破碧烟。高近紫霄疑菡萏，迥依江月半婵娟。怀芳不作翻风艳，别萼犹含泣露妍。摇落旧丛云水隔，不堪行坐数流年。"写诗人观赏石榴花时的闲情逸致，"不堪行坐数流年"，这种高雅的情趣也只有忘怀世事胸有丘壑的士大夫才能做到。除了这类表现自己雍容闲雅之情的作品外，还有一些"夸荣殉势"的作品，铺张渲染，在表明自己积极的用世之心的同时，也有炫耀权势、自卖自夸之意。如《渡西陵十六韵》写初临浙东时的情景："弓日韝囊动，旗风虎豹争。及郊挥白羽，入里卷红旌。恺悌思陈力，端庄冀表诚。临人与安俗，非止奉师贞。"在炫耀自己威严声势的同时也表达了勤政为民的决心。又如《拜三川守》"恭承宠诏临伊洛，静守朝章化比闾。风变市儿惊偃草，雨晴郊薮谬随车。改张琴瑟移胶柱，止息笙簧辨鲁鱼。唯有从容期一德，使齐文教奉皇居。"无非是为了向朝廷邀功，四平八稳，犹如宫廷奏章，雅正有余而风韵不足。至于《到汴州三十韵》则用排律的形式，大篇幅铺陈描写赴任时前呼后拥的雄壮气势，以及军民同欢的热烈场景，炫耀之意更为明显。而随着诗人虚荣心增长，一些颂美王政、粉饰太平、歌功颂德的作品也时有出现，反映了诗人媚俗的一面。如《庆云见》："礼成中岳陈金册，祥报卿云冠玉峰。轻未透林疑待凤，细非行雨讵从龙。卷风变彩霏征薄，照日笼光映隐重。还入九霄成沆瀣，夕岚生处鹤归松。"注云："夏六月，准诏祭中岳，宿少林寺。祭毕归寺，有庆云见于峰，初如绛绡，蒙覆上下，岩树透彻，虚明照日。俄顷，诸崖谷间尽祥云，纷郁绵布，自午至未不散。"这首诗是诗人开成元年为河南尹时所作，无非是为了借"庆云"这样一种自然现象为君主粉饰太平、歌功颂德，除了满足君王一时的虚荣心外，别无价值。艺术上形式工整，语辞华美，饾饤堆砌，内容上却空洞无物，不能卒读。像这类描写祥瑞、颂美王政的诗还很多，如《虎不食人》《别连理树》《登禹庙回降雪五言二十韵》《灵蛇见少林寺》《上党奏庆云见》等。当然这样一种现象在封建时代也是常见的，我们并不能以此苛求诗人，但我们也不得不承认，在经历了残酷的政治打击后，诗人的心态越来越趋向保守，为了保住自己的高官厚禄，而有意采取这种媚俗的做法。

三　形式工整、声韵谐畅

与上述诗歌内容相适应，李绅后期的诗歌讲究艺术技巧，追求形式的工整和声韵的谐畅，主要以创作近体诗为主。由于近体诗注重形式，讲究辞采、音律、对仗等，比乐府诗更适合表达雅正的内容，所以李绅后期在诗歌体裁的选择上明显偏向近体诗，特别是对七言律诗情有独钟。我们可以对李绅后期诗歌进行统计（不包括联句和残句），得出如下数据：七言律诗81首，七言绝句15首，五言律诗1首，五言排律6首，七言古诗7首，五言古诗5首，杂言4首。合起来近体诗共103首，古体诗、杂言16首，近体诗占86.6%，七律最多。这表明在诗人思想越来越保守的情况下，为了掩盖内容上的贫乏，而不得不在诗歌技巧和形式上下功夫。如果我们把李绅后期的诗歌创作分为三个阶段进行分析，就可以很清楚地看出这一点。第一阶段，贬谪端州时期，以七言绝句为主要形式。七言绝句，如沈德潜所言："以语近情遥，含吐不露为主，只眼前景口头语，而有弦外音味外味，使人神远。"①七绝形式灵活轻便，适于表达一瞬即逝的意念或情感，而又意味深长，言尽而意无穷。诗人此时身处异乡陌生之境，内心充满悲苦怨恨之情，但在当时的现实政治环境下，又不可能尽情倾诉。只有在偶然的情况下，因受到外界事物的触发才会有表达的冲动，而七绝这样一种灵活的形式就成了首选。如《朱槿花》《至潭州闻猿》《江亭》《红蕉花》《忆汉月》《端州江亭得家书二首》《闻猿》等，都是以七绝的形式，有感而发，情致婉转。这一阶段，虽然诗人关注的热情从社会时事转向个人情感，但依然重视诗歌内容的表达，尚无对诗歌艺术技巧和形式美作刻意的追求。如《闻猿》一诗，"见说三声巴峡深，此时行者尽沾襟。端州江口连云处，始信哀猿伤客心。"情感深沉真挚，在语言风格上延续了早期平易浅近的特点，但在形式上却不完全对仗，也不尽合平仄要求。第二阶段，从量移江州至回东都洛阳前，以七言律诗为主要表现形式，如《寿阳罢郡日》十首。七律是最讲究形式的工整和声

---

① 沈德潜：《说诗晬语》卷上第123条，《清诗话》下册，上海古籍出版社1978年版，第542页。

韵的谐畅的，不仅篇有定句，句有定字，而且在平仄、用韵、对仗等方面都有严格的规定。明胡应麟云："近体之难，莫难于七言律。五十六字之中，意若贯珠，言若合璧。其贯珠也，如夜光走盘，而不失回旋曲折之妙；其合璧也，如玉匣有盖，而绝无参差扭捏之恨。綦组锦绣，相鲜以为色；宫商角徵，互合以成声。"① 如《寿阳罢郡日》十首之《发寿阳分司敕到又遇新正感怀书事》《初出淝口入淮》《入淮至盱眙》《忆东湖》等都是比较标准的七律，属对工整平稳，声韵畅达悠扬，纡徐委折，首尾浑成。李绅这个阶段选择最难的七律作为其主要表现形式，当然是为了追求诗歌的艺术美，尝试多样性的创作，但从某种程度上讲，也是因为思想的保守和内容的贫乏转而去追求艺术技巧和形式美。量移江州后，诗人的处境逐步好转，辗转地方，多有善政，但对于上次遭受的政治打击尚心有余悸，故谨小慎微，战战兢兢，如履薄冰，思想渐趋保守。反映到诗歌上，便是激情没有了，有的只是温柔敦厚的情感，或表达对朝廷的忠诚之心，或表现自己的雍容闲雅之情，或歌颂祥瑞。比较一下两个阶段的诗歌就能非常清楚地看出这种变化：

在端州知家累以九月九日发衡阳因寄②

菊花开日有人逢，知过衡阳回雁峰。江树送秋黄叶少，海天迎远碧云重。音书断达听蛮鹊，风水多虞祝媪龙。想见病身浑不识，自磨青镜照衰容。

肥河维舟阻冻只待敕命之二

淮阳效理空多病，疏受辞荣岂恋班。陈力不任趋北阙，有家无处寄东山。疲骖岂念前程税，倦鸟安能待暮还。珍重八公山下叟，不劳重泪更追攀。

同样是七律，前一首讲究自然浑成，没有雕饰的痕迹，情感亦深沉真挚，寄托了诗人对家人的无限担忧和真切思念之情。后一首在用字遣句上都非常讲究，虽然工整却显得板滞，典故的使用虽然典雅却乏生气。情感上更显扭捏之态，程序化、公式化的痕迹明显。

第三阶段，分司东都至开成三年编订《追昔游集》，以七言律诗为主，

---

① 胡应麟：《诗薮》内编卷五，上海古籍出版社 1979 年版，第 82 页。
② 此诗卢燕平《李绅集校注》、王旋伯《李绅诗注》都不收，陈尚君《全唐诗补编》据宣统《高要县志》补。诗名为陈尚君先生所改。

并尝试更为工整的五言排律。这段时期诗人仕途顺利，官位不断上升，雍容闲雅之际，诗歌就成为其遣兴陶情的重要生活方式。如《新楼诗》二十首，为其追忆浙东观察使时的闲情之作，全为七律，采用组诗的形式，描写镜湖周边景物，表现自己的闲情逸致。从创作经验上来看，此时诗人对于七律这样一种形式已经是驾轻就熟，故随意挥洒，从容有余，呈现出描写精工、语言清雅、形式工整炼饰的特点。除此以外，它还体现在一些追怀旧事的作品中，如《建元寺》"江城物候伤心地，远寺经过禁火辰。芳草垄边回首客，野花丛里断肠人。紫荆繁艳空门昼，红药深开古殿春。叹息光阴催白发，莫悲风月独沾巾。"格调虽然低沉，但凝重典雅清唳峻拔，"回首客"与"断肠人""空门昼"与"古殿春"，对仗精致，意境浑成，显出诗人的独具匠心。五言排律是诗人受好友元、白的影响而尝试的一种新的体式，从形式上讲，正适合表达李绅后期雍容闲适之情。如莫砺锋先生所言"五排形式严整，风格也随之较为庄严雄丽，最适宜于用来歌功颂德。"①《追昔游集》中共六首，写得较好的是《趋翰苑遭诬构四十六韵》，诗人回顾了自己遭李逢吉党倾轧而被贬端州的过程，感情悲愤，具有政治史诗的性质。整首诗形式工整，开阖有致，气韵流转，沉雄稳健，显示了诗人高超的艺术技巧。但其余几首五言排律，有的是美化个人政绩，如《登禹庙回降雪五言二十韵》；有的是为应酬而作，如《题法华寺五言二十韵》；有的是炫耀权势，如《到汴州三十韵》。内容空洞，流于追求艺术技巧，有炫耀才华之嫌，借用卞孝萱、乔长阜两位先生的话来说是"用语言的研炼，韵律的精切，篇章的整饬，掩盖浅陋，表现才情。"②

　　通过以上三个阶段的分析，可以看出李绅后期的诗歌对艺术技巧和形式美的追求越来越严格，而内容上却越来越雍容典雅，这是其诗歌雅化的又一表现。

四　语言典雅繁艳，情致纤婉

　　李绅早期的诗歌向民间学习，以口语、俗语作诗，虽然明白浅近、通俗易懂，但也导致诗歌过于浅露、直白，缺少含蓄蕴藉之美。或许他和元、白一样都意识到了这点，所以在后期的诗歌中开始注意炼字琢句，追求语言的典雅含蓄，表达的深沉婉转。仍以李绅后期创作的三个阶段来分析其变化。

①　见莫砺锋《杜甫评传》第一章第三节，南京大学出版社1993年版，第33页。
②　见卞孝萱、乔长阜《大历诗风浅探》，霍松林、林从龙选编《唐诗探胜》，中州古籍出版社1987年版，第196页。

先看其《端州江亭得家书二首》之二："长安别日春风早，岭外今来白露秋。莫道淮南悲木叶，不闻摇落更堪愁。"虽然延续了早期平易浅近的风格特点，却不显得浅露，语近而情遥，愁思婉转，绵绵不尽，短短的四句中浓缩进了诗人对亲人的无限思念之情。看似不经意，但非有深厚功力不能如此。特别是后两句，语言清雅、凝练，熔古人文句于内，却不见斧凿之迹。"淮南悲木叶"，化用《淮南子·说山训》"以小明大，见一叶落，而知岁之将暮，睹瓶中之冰而知天下之寒"① 之意，而"摇落"则出自宋玉《九辨》："悲哉，秋之为气也，萧瑟兮草木摇落而变衰。"② 诗人将其融合在一联之内，更以"莫道""不闻"两个反问词加深渲染，不但十分真切地反映当时的凄苦心境，诗歌也因此而境界全出。诗人端州所作的其他几首诗歌大致也如此，风格平易浅近却不浅露，语言清淡雅洁，情致深沉纤婉，具有一种自然之美。但到了寿州之后，诗人为追求律诗的精工整饬，开始炼字琢句，形成雕饰之美，如《初出滁口入淮》"东风百里雪初晴，滁口冰开好濯缨。野老拥途知意重，病夫抛郡喜身轻。人心莫厌如弦直，淮水长怜似镜清。回首夕岚山翠远，楚郊烟树隐襄城。"这首诗具有大历诗人清空流畅的风格和精致华美、轻巧圆熟的特点。首联写初春晴空万里，滁水解冻的情景；颔联、颈联抒情，表达诗人离开寿州赴任东都时的轻松喜悦心情；尾联写诗人回望远处所见楚天空阔之景。用笔老练，意境沉着，但格局毕竟促狭，停留于个人的悲欢喜怒。与端州时期的诗相比，语辞完全雅化，清丽而没有口语的痕迹，意境也显深沉幽远，但雕琢之迹也很明显。同时，受当时复古齐梁诗风的影响，诗人的语言有向清丽繁艳转变的趋势，像《入淮至盱眙》《忆东湖》这两首就非常明显。试看《忆东湖》"菱歌罢唱鹢舟回，雪鹭银鸥左右来。霞散浦边云锦截，月临湖面镜波开。鱼惊翠羽金鳞跃，莲脱红衣紫菂摧。淮口值春偏怅望，数株临水是寒梅。"齐梁诗风追求形式的华美与浮艳，"俪采百字之偶，争价一句之奇，情必极貌以写物，辞必穷力而追新"③，李绅这首诗也体现了这样一种特点。中间两联对仗工稳，"截""开""跃""摧"等有明显的锤炼痕迹，有意采用明艳之词，如"霞""锦""翠""红""紫"等极貌以图形，写出了东湖水光潋滟、荷花满湖、群花争艳、

---

① 高诱汙：《淮南子》卷十六《说山训》，《诸子集成》第七册，中华书局1964年版，第285—286页。

② 宋玉：《九辨》，（清）严可均辑《全上古三代秦汉三国六朝文》卷十，中华书局1958年版，第76页。

③ 刘勰：《文心雕龙》卷二《明诗》，范文澜注，人民文学出版社1958年版，第67页。

鱼跃羽飞的热闹与美不胜收之景。开成年间，诗人在编集《追昔游集》时，更明确标榜自己向齐梁诗人学习。诗集中仿齐梁诗风的随处可见，既有标明向南朝某某习的，如《移九江》效何逊，《泛五湖》效谢惠连，《忆登栖霞寺峰》效梁简文（具体见第五章第一节）；也有不标明，但风格极为相似的，如《南梁行》《姑苏台杂句》《新楼诗》二十首、《却到无锡望芙蓉湖》五首等。试看《城上蔷薇》："蔷薇繁艳满城阴，烂熳开红次第深。新蕊度香翻宿蝶，密房飘影戏晨禽。窦闺织妇惭诗句，南国佳人怨锦衾。风月寂寥思往事，暮春空赋白头吟。"这首诗色彩明亮繁艳，意境幽邃，千回百转，颇有宫体诗的风格。

如果说诗人这类抒发个人情感的诗歌因为仿效齐梁诗风而语言繁艳、情致纤婉，那么，一些与政治相关的诗歌则用词讲究，古雅而典正。如《趋翰苑遭谗构四十六韵》，写唐穆宗登位是"九五当乾德，三千应瑞符。纂尧昌圣历，宗禹盛丕图"；赞其除旧革新、励精图治是"画象垂新命，消兵易旧谟""大乐调元气，神功运化炉"；哀其不幸驾崩是"日倾乌掩魄，星落斗摧枢。坠剑悲乔岳，号弓泣鼎湖"。含蓄而委婉，但雅正有余而诗味不足。而为了使诗歌显得工整典雅，于是就堆彻辞藻，大量用典，如《到汴州三十韵》云："虚裘朝独坐，雄剑夜孤鸣。白发侵霜变，丹心捧日惊。卫青终保志，潘岳未忘情。期月终迷化，三年讵有成。"连用了莫邪、程昱、卫青、潘岳、子路的典故，有炫耀才学的意味。当然这类诗歌使用如此雅正的语言也是为了与诗歌表达的内容相匹配。诗人当年曾经作为穆宗的宠臣"抽毫顾问殊"，彩笔凌云，习惯了朝廷所用的各种典诰文体，创作这类文辞如此正规典雅的诗歌也就不足为奇。

总之，李绅后期诗歌内容由写实转向抒情，语言由通俗浅近转向典雅繁艳，总体上呈现雅化的倾向。要注意的是，这只是就总的趋势而言，但有时也并不完全如此，如《闻里谣效古歌》《过梅里》七首之《上家山》《忆西湖双鸂鶒》《早梅桥》等，保持了向民间学习的精神，风格依然平易浅近。

五 雅化的原因

李绅后期诗歌雅化的原因，首先是受政治形势的影响。宪宗之后，穆宗、敬宗、文宗等几代皇帝都是庸能之辈，既没有革新的动力，也没有再图中兴的愿望，朝政也一再为像李逢吉、李宗闵、李训这样的奸佞小人把持，南衙与北司、李党与牛党之间的争斗也日趋激烈，政治无望，文人士大夫普遍不关心政治。像李绅的好友白居易、刘禹锡都尽量在远离政治，他们的诗歌也早已失去了早期的政治热情，除了交游、酬唱、应和外，更多的是以自身的生活、情趣为描写对象。就如元和中兴大臣裴度也是僻居东都集贤里，"与诗人白居易、刘禹锡酾宴终日，高歌放言，以诗酒琴书自乐，当时名士皆从之游。"① 李绅对于政治的变化更有深刻感受，端州之贬，九死一生，让他充分认识到政治的残酷性，从此谨小慎微，采取了明哲保身的态度。因而，在诗歌上也不可能像早期那样敢于大胆反映现实，讽谕时事，转而寻求自我观照，将诗笔从社会时事拉向个人生活，重在表现个人生活情趣与感受，在诗歌艺术形式和技巧上下功夫。其次是受时代文学思潮的影响。孟二冬先生在《中唐诗歌之开拓与新变》一文中说道："齐梁诗风在中唐时期的复兴，是一个比较突出的文学现象。"并认为"大历后期至贞元初，在皎然大历倡导齐梁诗风的理论指导下，权德舆等人又进一步做了大胆的尝试，从而使齐梁诗风在中唐得以真正地复兴。"② 这股复古齐梁诗风的诗歌风潮正是发生在李绅走向诗坛之际，不可避免地会对他产生一定的影响，如《莺莺歌》一诗，虽然保持了向民间学习的通俗易懂的叙事诗特点，但在描写的细腻和一些明艳语辞的选择方面却受到了齐梁诗歌的影响，只不过这种影响在李绅早期追求平易浅近的主体风格中受到压抑而显得不明显。贬谪端州后，随着诗人雍容闲雅之情的上升，模仿齐梁诗歌，学习其讲究格律声韵，追求艺术技巧与形式之美就成了诗人的自然选择。最后一个原因，也是主要原因，是李绅个人生活内容和审美趋向的改变。贬谪端州是李绅一生的最低谷，从此以后，虽有波折但基本上是不断上升的。位高权重、养尊处优的生活，使李绅逐渐忘记了下层民众的疾苦和各种社会矛盾，而着力于去表现自己的雍容闲雅之情，于是就出现了那些"夸荣殉势"的作品。与此同时，李绅也在反思早期的新乐府运动，这些过于直露、愤激的诗歌是否有违于儒家温柔敦厚的传统诗教，故转而追求典雅含蓄的诗风。

---

① 《旧唐书》卷一百七十《裴度传》，中华书局 1975 年版，第 4432 页。
② 孟二冬：《中唐诗歌之开拓与创新》第三章第四节，北京大学出版社 1998 年版，第 117、142 页。

第八章　转益多师　兼取众家

——李绅诗歌的渊源与学习对象

中唐是一个变革的时代，"士人渴望中兴，与政治改革同时，诗坛上也出现了革新的风气。"[1] 受这种革新风气的影响，李绅在诗歌创作上表现出自觉的革新意识，并且贯穿其创作的始终。早期的《乐府新题二十首》，自创新题，"无复依傍"，首倡新乐府运动。后期的诗歌，主要是《追昔游集》，如其自序所言："或长句，或五言，或杂言，或歌或吟，或乐府、齐梁，不一其词"，并不拘泥于某一诗体形式，而是作多方面的尝试，一改往日风貌。这表明他在总结过去创作经验的同时，也是在不断学习，追求创新。

第一节　远效齐梁

以永明体、宫体诗为代表的齐梁诗歌，尽管自出现以来就不断受到人们的批评，甚至统治者都不惜以行政力量予以排斥或打压，但对其进行模仿学习的却大有人在。特别是处于"极盛难继"情况下的中唐诗人，要突破盛唐诗人的格局，从齐梁诗风着手，学习其艺术形式方面的创新无疑是一条重要途径。这主要是因为齐梁诗歌特别是永明体，在"诗的格律声韵、对仗排偶，而且在遣词用句以及在意境、构思诸方面，都较古体诗更为工巧华美、严整精炼。"[2] 这为他们提供了一种可资借鉴和学习的具体形式和方法。在中唐复兴齐梁诗风的时代文学思潮影响下[3]，李绅也明确地表明了对齐梁诗人进行学习与仿效。

李绅的这种学习与仿效，主要还是在格律声韵、对仗排偶以及言语辞采

---

① 袁行霈主编：《中国文学史》（第二版）第二卷，高等教育出版社2005年版，第176页。

② 孟二冬：《中唐诗歌之开拓与创新》第三章第四节，北京大学出版社1998年版，第141页。

③ 齐梁诗风在中唐的复兴，孟二冬《中唐诗歌之开拓与新变》第三章第四节有详细论述。

等形式方面。《追昔游集》中古体诗数量不多，更多是近体诗，七言又居多，而不管是七言、五言，在格律声韵、排偶对仗，以及繁缛词语的使用等方面都极为讲究。近看，这是受大历诗风的影响，远看，则与齐梁诗风密切相关。皎然《诗式》卷四言："大历中，词人多在江外。皇甫冉、严维、张继、刘长卿、李嘉祐、朱放，窃占青山、白云、春风、芳草以为己有。吾知诗道初丧，正在于此。何得推过齐梁作者？"①皎然对大历诗人非常不满，但认为这不是齐梁诗人的过错，言外之意即大历诗人受齐梁诗风的影响。而李绅《追昔游集》与大历诗人的承继关系，足以说明其同样受到齐梁诗风的影响，这种影响既表现在日常创作的无意识当中，更表现在对齐梁特定诗人的学习与效仿中，其中明确标明的有何逊、吴均、萧纲、丘迟、谢惠连、鲍照。以下试作分析。

一　效何逊

何逊，字仲言，东海郯（今山东郯城县）人。少有诗名，为当时名流范云所赏识，结为忘年交。文坛领袖沈约对其诗亦赞赏有加，云："吾每读卿诗，一日三复，犹不能已。"② 对其推重如此。但其仕途并不得意，除了短暂得到梁武帝信任外，大部分时间辗转于诸王藩邸之间，以庐陵王萧续记室终。何逊的诗歌多抒写个人情思，以酬唱应答、宦游思乡、羁旅行役为主要内容，还有少量咏怀言志之作。其中写得最好，表现最多的是酬答、伤别之作，通过悲凉、幽暗的环境渲染来衬托种种离愁别绪，凄苦、哀婉，让人伤感。何逊的诗歌常常有非常成功的景物描写，婉丽精工，意境清幽，辞意隽美，情景交融。何逊所处的时代正是绮靡浮艳诗风盛行之时，而何逊的作品却能"摆脱填缀之习，清机自引，天怀独流"③，给人以一种清新自然之感，实为难得，故明人陆时雍云："何逊诗，语语实际，了无滞色。其探景每入幽微，语气悠柔，读之殊不尽缠绵之致。"又云："何逊以本色见佳，后之采真者，欲摹之而不及。……何之难摹，难其韵也。"④ 可见何逊的诗歌走的是一条与当时靡艳诗风完全迥异的道路。李绅的《移九江》一诗效仿的正是何逊这种清丽自然之风。试比较何逊的《日夕望江山赠鱼司马》和李绅的这首《移九江》：

① 皎然：《诗式》卷四，李壮鹰校注，人民文学出版社 2003 年版，第 273 页。

② 《梁书》卷四十九《何逊传》，中华书局 1973 年版，第 693 页。

③ 陈祚明：《采菽堂古诗选》卷二六，李金松点校，上海古籍出版社 2008 年版，第 830 页。

④ 陆时雍：《诗镜总论》，丁福保辑《历代诗话续编》下册，中华书局 1983 年版，第 1409 页。

日夕望江山赠鱼司马①
何逊

溢城带溢水，溢水萦如带。日夕望高城，耿耿青云外。城中多宴赏，丝竹常繁会。管声已流悦，弦声复凄切。歌黛惨如愁，舞腰凝欲绝。仲秋黄叶下，长风正骚屑。早雁出云归，故燕辞檐别。昼悲在异县，夜梦还洛汭。洛汭何悠悠，起望西南楼。的的帆向浦，团团月映洲。谁能一羽化，轻举逐飞浮。

移九江
李绅

秋波入白水，帆去侵空小。五两剧奔星，樯乌疾飞鸟。盆城依落日，盆浦看云眇。云眇更苍苍，匡山低夕阳。楚客喜风水，秦人悲异乡。异乡秋思苦，江皋月华吐。漾漾隐波亭，悠悠通月浦。津桥归候吏，竹巷开门户。容膝有匡床，及肩才数堵。隙光非白驹，悬罄我无虞。体瘦寡行立，家肥安啜哺。天书怜谴谪，重作朱轓客。四座眼全青，一麾头半白。今来思往事，往事益凄然。风月同今昔，悲欢异目前。四时嗟阅水，一纪换流年。独有西庭鹤，孤鸣白露天。

李绅从端州量移江州，处境虽有所改善，但依然处于政治上失意的状态，且远离京城与亲朋好友，心境悲苦凄凉。这种处境和心情与何逊在江州时的状况极为相似。何逊此诗，作于梁武帝天监末年，时何逊在江州刺史庐陵王萧续幕府。萧续乃一介武夫，又是一个内怀不轨、贪财好货的野心家，何逊赴其幕府，甚为勉强，到任之后，心情抑郁②，加之独在异乡，不免更加思念远在洛阳的好友。这是两诗在情感上的相通之处，也是李绅效仿的感情基础。在此基础上，李绅主要从以下几个方面进行学习仿效。首先是风格，两诗都以本色见佳，清畅流丽，了无滞色，不作雕琢之态。其次是情感表达，何诗情辞婉转，声情摇曳，不尽缠绵之致，"其声调则《西洲》之遗。超忽无之，而言情亦切。"③ 李诗融情于景，辗转反复，情致幽眇，有异曲同工之妙。再就是艺术手法上，使用顶针的修辞方法。何诗如"溢城带溢水，溢水萦如带""昼悲在异县，夜梦还洛汭。洛汭何悠悠，起望西南

---

① 　见李伯齐《何逊集校注》，齐鲁书社1988年版，第202页。
② 　见李伯齐《何逊集校注》附录四《何逊行年考》，齐鲁书社1988年版，第377—378页。
③ 　陈祚明：《采菽堂古诗选》卷二六，李金松点校，上海古籍出版社2008年版，第832页。

楼。";李诗如"盆城依落日,盆浦看云眇。云眇更苍苍,匡山低夕阳。楚客喜风水,秦人悲异乡。异乡秋思苦,江皋月华吐。"这样就使诗歌更加圆润流转。还有在遣词用字上也极似,如使用叠词,何诗如"耿耿""悠悠""的的""团团"等,这在何诗中常见;李诗如"苍苍""漾漾""悠悠"等,给诗歌增添了余味悠长之感。最后是在景物的描写上,何诗能以淡雅之语造清新自然之景,造微入妙,做到"状景必幽,吐情能尽"①。李诗亦能摹拟得惟妙惟肖,如两诗落日、月下之溢江晚景,不但形似,神更似。两人虽相隔三百余年,但在此情此景之下,他们在情感上是相通的,这也是李绅选择仿效何逊并能达到如此相似的原因。

二　效吴均

吴均(469—520),字叔庠,吴兴故鄣(今浙江安吉)人。家世清寒而慷慨自任,他的诗歌在当时独拔流俗,自成一体,人称"吴均体"。《梁书·吴均传》云:"家世寒贱,至均好学有俊才。沈约尝见均文,颇相称赏。天监初,柳恽为吴兴,召补主簿,日引与赋诗。均文体清拔有古气,好事者或学之,谓为'吴均体'。"② 所谓"清拔",即指其诗歌形象的风概高尚、清峻挺拔,这在浮靡诗风盛行的齐梁诗坛,确为难能可贵。所谓"古气",吴乔在《围炉诗话》中对"古"字有这样的解释:"古谓不束于韵,不束于沾缀,不束于声病,不束于对偶。"③ 然何谓"吴均体",史书缺乏更详细说明。或许从稍后的纪少瑜《拟吴均体应教诗》中可以看出一点端倪。诗云:"庭树发春辉,游人竞下机。却匣擎歌扇,开箱择舞衣。桑萎不复惜,看花遽将夕。自有专城居,空持迷上客。"④ 这首诗不讲究格律声韵,但又受到永明体的影响,介于传统古体与永明体之间。诗风清丽爽朗,略显质朴与遒劲,又具有民歌的些许风味。但与《梁书》所说的"清拔有古气"相差甚远。显然,纪少瑜所拟"吴均体"只得其一鳞半爪,不可与之等同。吴均与何逊的诗歌都是走一条与梁朝诗坛靡艳诗风不同的道路,但吴均能够自成一体,为当时人仿效,这说明吴均的诗歌确有其独到之处和特色。清人吴兆宜

---

① 陈祚明:《采菽堂古诗选》卷二六,李金松点校,上海古籍出版社2008年版,第832页、第830页。
② 《梁书》卷四十九《吴均传》,中华书局1973年版,第698页。
③ 吴乔:《围炉诗话》卷一,郭绍虞编《清诗话续编》上册,上海古籍出版社1983年版,第471页。
④ 见逯钦立《先秦汉魏晋南北朝诗·梁诗》卷十三,中华书局1983年版,第1778—1779页。

云：“吴朝请清才绮思，犹带古音，然在当时已称‘吴均体’矣。”①“犹带古音”当然是“吴均体”的特色，但还有一个特色，即劲拔而富于气势，这从他现存诗歌中可以看出。如一些以从军、边塞为题材的作品，颇多壮语，笔力刚健，气势雄浑，具有英雄主义的色彩，像《胡无人行》“剑头利如芒，恒持照眼光。铁骑追骁虏，金羁讨黠羌。高秋八九月，胡地早风霜。男儿不惜死，破胆与君尝。”即使是一些以赠答和闺情为题材的诗歌，像《和萧洗马子显古意六首》《闺怨》《与柳恽相赠答六首》等，也较少齐梁诗的绮靡纤巧之气，而显得清劲。可见，吴均诗全以才力和雄气取胜，如清人陈祚明所言：“均诗气非不清，而一往轻率，都无深致。想其才气俊迈，亦太白之流也。”②故纪少瑜等才气平庸之人只能得其一二。

大和七年，李绅途径家乡，回顾往事，“追感多思，因效吴均体。”（《上家山》序）诗云：

> 上家山，家山依旧好。昔去松桂长，今来容须老。上家山，临古道。高低入云树，芜没连天草。草色绿萋萋，寒蛩遍草啼。噪鸦啼树远，行雁帖云齐。岩光翻落日，僧火开经室。竹洞磬声长，松楼钟韵疾。苔阶泉溜锹，石凳青莎密。旧径行处迷，前交坐中失。叹息整华冠，持怀强自欢。笑歌怜稚孺，弦竹纵吹弹。山明溪月上，酒满心聊放。芔发此淹留，垂丝匪闲旷。青山不可上，昔事还惆怅。况复白头人，追怀空望望。（《上家山》）

李绅此诗效“吴均体”有三。一是吴均灌注在诗歌中的慷慨自任的英雄情怀和坎坷不遇后的深沉悲叹，即效其清拔之气。但李绅只得其清丽风格而失其雄健劲拔之气势。这与他们不同的性格和人生遭际相关，吴均以英雄自许，李绅以鲁儒自居；吴均坎坷不遇，英雄失路，李绅虽遇波折，但雨过天晴，仕途通达。李绅在诗歌中所表达的不过是普通文人士大夫对过去时光的追忆和在短暂失意后的惆怅之情，“叹息整华冠”“昔事还惆怅”“追怀空望望”，文胜质弱，甚至有无病呻吟之感。生活内容与情感的不同是李绅只能效其表面而失其诗歌精神的原因。二是效其“古气”，即向民间学习，追求诗歌的自然风貌。李绅后期诗歌雅化，这是为数不多的

---

① 　徐陵编：《玉台新咏》卷六，吴兆宜注，中国书店 1986 年版，第 130 页。
② 　陈祚明：《采菽堂古诗选》卷二六，李金松点校，上海古籍出版社 2008 年版，第 817 页。

几首还能坚持向民间俗文学学习的诗歌。从一定程度上讲，吴均诗歌的清逸质朴之风得益于对乐府民歌特别是江南民歌的学习，如《别鹤》《阳春歌》等。李绅早期曾向吴声歌曲和当时流行俗文学学习，"吴均体"的成功或许重新唤起了诗人的记忆，故在编集《追昔游集》时有意创作了这一首。三是在具体艺术技巧和表现手法上的学习，如转韵的押韵方式，顶针的修辞手法，起承转合的结构方式等，王晓芳《略论吴均体》① 一文有比较详细的论述，可参看，此不多论。李绅效吴均，从总体上看，是得貌遗神，但不可否认"吴均体"对李绅诗歌的影响，在大量雍容闲雅的作品中出现一些自然清新之作，也难能可贵。

三　效萧纲

简文帝萧纲（503—551），字世缵，梁武帝第三子。天监五年（506 年）封晋安王，中大通三年（531 年）立为皇太子。太清三年（549 年）即帝位，大宝二年（551 年）为侯景所害。赋诗伤轻靡，时号"宫体"。然他的一些写景纪游的诗歌却能综合各种诗体的长处，如元嘉山水诗的写景细腻精工，永明体的重声律对偶，宫体诗的辞藻秾艳等，自成一格，像《登烽火楼诗》《玩汉水诗》《登城诗》《山池诗》《往虎窟山寺诗》《望同泰寺浮图诗》等。不过受自身生活环境的限制，他的这些诗歌尽管形式华美，但内容空洞，如陈祚明所云："在篇咸琢，靡句不雕。起结罕独会之情，中间鲜贯串之旨。垛珠积翠，不被玉肤。"② 李绅《忆登栖霞寺峰》所效正是萧纲的这类写景诗，主要是效仿其写景的技巧和方法，而在诗歌内容上又能寓情于景，表达真实情感。试就李绅的《忆登栖霞寺峰》与萧纲的《往虎窟山寺诗》作比较：

忆登栖霞寺峰
李绅

香印烟火息，法堂钟磬馀。纱灯耿晨焰，粹子安禅居。林叶脱红影，竹烟含绮疏。星珠错落耀，月宇参差虚。顾眺匪恣适，旷襟怀卷舒。江海淼清荡，丘陵何所如？滔滔可问津，耕者非长沮。茅岭感仙客，萧园成古墟。移步下碧峰，涉涧更踌躇。乌噪啄秋果，翠惊衔素

---

① 见《中国韵文学刊》2004 年第 2 期，第 28—33 页。

② 陈祚明：《采菽堂古诗选》卷二十二，李金松点校，上海古籍出版社 2008 年版，第 695 页。

鱼。回塘彩鹢来，落景标林棼。漾漾棹翻月，萧萧风袭裾。劳歌起旧思，戚叹竟难摅。却数共游者，凋落非昔间。

往虎窟山寺诗
萧纲

尘中喧虑积，物外众情捐。兹地信爽垲，墟垄暖阡绵。蔼蔼车徒迈，飘飘旌旆悬。细松斜绕迳，峻领半藏天。古树无枝叶，荒郊多野烟。分花出黄鸟，挂石下清泉。蓊郁均双树，清虚类八禅。栖神紫台上，纵意白云边。徒然嗟小药，何由齐大年。

比较两诗，最直观的感觉就是辞藻的相似。萧纲的写景诗受宫体诗的影响喜用艳丽的辞藻，如"暖阡绵""出黄鸟""紫台上""白云边"，色彩华丽，富贵闲雅，宛若宫廷色彩画，但缺乏自然生气，套式固定。李绅的诗袭其辞不袭其意，也多用色彩明艳的辞藻，如"红影""碧峰""素鱼""彩鹢"等，有过之而无不及，但由于李绅所描绘之景来自最真切之大自然，故显得生气蓬勃，且在其中融进了个人情感与感受，避免了萧纲的程式化描摹，这是李绅对萧纲的超越和优胜处。另外在景物描写的方式上，李绅也刻意向萧纲学习，采用其移步换景的方式，目光所及，形成一系列连续的优美画面，每一幅画面都异常的精致。如描写下山时的景色，"乌噪啄秋果，翠惊衔素鱼。回塘彩鹢来，落景标林棼。漾漾棹翻月，萧萧风袭裾。"萧纲写沿途之景则是"细松斜绕迳，峻领半藏天。古树无枝叶，荒郊多野烟。分花出黄鸟，挂石下清泉。"截取图景，以工笔描摹，这是他们的共同特点。还有，两诗都有为了追求景色的新、艳、奇、工而注重炼字、琢句，以及对仗等。这些都是李绅仿效萧纲写景诗的具体表现。所以孟二冬先生言："此诗除了没有荒淫的宫廷生活描写之外，其辞采、声韵以至神态，莫不模仿得惟妙惟肖。"① 萧纲以写浓艳靡软的宫体诗而广受后人批评，李绅公开提倡效仿其诗歌，反映了他不同流俗、大胆创新的精神。

四　效丘迟

丘迟（464—508），字希范，吴兴乌程（今浙江湖州）人。出身名门，在齐以秀才累迁殿中郎。梁武帝建国，得其襄赞。即位后，迁中书侍郎，出

---

① 孟二冬：《论齐梁诗风在中唐时期的复兴》，《文学遗产》1995 年第 2 期，第 49 页。

为永嘉太守。原有集，已散佚，明人张溥辑有《丘中郎集》。丘迟诗文"辞采丽逸"①，以写景抒情见长，富于感染力。如《赠何郎》"向夕秋风起，野马杂尘埃。忧至犹如绕，讵是故人来。檐际落黄叶，阶前网绿苔。遥情不入酒，望美信难哉！"② 写对故人的思念之情，情真意切。在情感表达上，起首深沉婉转，"起四句愁与尘萦，何其绵婉。"③ 结尾情味悠长，让人回想。这类诗歌不以写景取胜，而以传情见长，贵在真挚。李绅《忆东郭居》一诗主要仿效这类诗，不但学其丽逸的辞采，更学其情感的真挚与深沉表达。诗歌先叙其少年立志，继写忠诚被谤，最后写虽荣耀归来，但仍不免有栖迟之感，"栖迟还竹巷，物役侵江岛。倏忽变星霜，悲伤满衷抱。"虽然一写朋友之情，一写身世之感，但它们都反映了文人士大夫日常生活中的普遍情感，这也是两诗的相通之处。

五　效谢惠连④

　　谢惠连，祖籍陈郡阳夏（今河南省太康县一带）。十岁能文，才思富捷，深得族兄谢灵运的赏识，"见其新文，每曰：'张华重生，不能易也。'"⑤ 曾任彭城王刘义康的法曹参军，故明人张溥辑其集为《谢法曹集》。谢惠连虽出生豪门大族，但在晋宋易代之际，谢氏家族已不复昔日的炽盛，再加上其自身所沾染的一些士族子弟的纨绔浮薄之气，在政治上一再遭受挫折，内心抑郁忧惧。反映到诗歌上，便是常常流露出的苦闷哀怨情绪和感时悲伤情怀，即使是一些写景清亮的山水诗亦如此。李绅的《泛五湖》一诗，从题意上看，有效其泛游一类诗歌，如《泛南湖至石帆诗》《泛湖归出楼望月诗》等，但从内容上看，主要是效其苦闷哀怨的情绪和感时悲伤的情怀。试比较李绅的《泛五湖》和谢惠连的《秋怀诗》：

泛五湖
李绅

　　范子蜕冠履，扁州逸霄汉。嗟予抱险艰，怵惕惊弥漫。穷通泛滥

---

① 《南史》卷七十二《丘迟传》，中华书局1975年版，第1764页。
② 见逯钦立《先秦汉魏晋南北朝诗·梁诗》卷五，中华书局1983年版，第1604页。
③ 陈祚明：《采菽堂古诗选》卷二十四，李金松点校，上海古籍出版社2008年版，第781页。
④ 谢惠连和鲍照都不是齐梁诗人，但他们对齐梁诗人的影响是不言而喻的。鉴于他们之间的这种相互关系，也为了论述方便，故把李绅对谢惠连和鲍照的仿效放在齐梁诗人之后一并分析。
⑤ 《南史》卷十九《谢惠连传》，中华书局1975年版，第537页。

劳，趣适殊昏旦。浴日荡层空，浮天淼无畔。依滩落叶聚，立浦惊鸿散。浪叠雪峰连，山孤翠崖断。风帆同巨鳌，云蠹成高岸。宇宙可东西，星辰沉粲烂。霞生濒洞远，月吐青荧乱。岂复问津迷，休为吕梁叹。漂沉自诇保，覆溺心常判。吴越郡异乡，婴童及为玩。依稀占井邑，嘹唳同鹅鹳。举棹未宵分，维舟方日旰。徵斯济川力，若鼓凌风翰。易狎当悔游，临深罔知难。

秋怀诗①
谢惠连

平生无志意，少小婴忧患。如何乘苦心，矧复值秋晏。皎皎天月明，奕奕河宿烂。萧瑟含风蝉，寥唳度云雁。寒商动清闺，孤灯暧幽幔。耿介繁虑积，展转长宵半。夷险难豫谋，倚伏昧前算。虽好相如达，不同长卿慢。颇悦郑生偃，无取白衣宦。未知古人心，且从性所玩。宾至可命觞，朋来当染翰。高台骤登践，清浅时陵乱。颓魄不再圆，倾羲无两旦。金石终销毁，丹青暂凋焕。各勉玄发欢，无贻白首叹。因歌遂成赋，聊用布亲串。

在李绅仿效的所有诗歌中，这首应该是最成功的。从诗歌的整体布局结构到具体的艺术技巧的使用，都几乎一致，甚至在传达的情感上也极为相似。如果把它们放在一起，完全可以视作是一个人的作品。先看两首诗的内容。谢诗分两部分，前部分写其因遭遇忧患坎坷而彻夜难眠、辗转反侧的愁虑心情，后半部分强作自我宽慰，要求自己任性适志，以尽情赏玩、肆意饮宴的方式来忘却功名之忧，这又恰恰反映出诗人内心无法忘却和挥之不去的功名烦恼。这一点早已为清人吴淇窥破，"盖寻常诗文可以不示人，此诗之论则怆矣，心则苦矣，不得不以示人。"② 李诗亦可分为两部分，前部分叙其身历"险艰""惕惊弥漫"，内心焦虑忧惧，不知所措。后半部分先自我振作，表达自强不息，临风鼓翰，奋力前行的精神，但最后又告诫自己当谨慎，战战兢兢，如履薄冰。两人都遭受过政治上的打击，内心充满忧愤和怨恨，但在当时的政治环境下又不能自由表达，故欲言还休，反复曲折，相互矛盾，这是两诗情感表达上的共同特点。在诗歌的结构上，两诗都非常严

---

① 见逯钦立《先秦汉魏晋南北朝诗·宋诗》卷四，中华书局 1983 年版，第 1194 页。
② （清）吴淇：《六朝选诗定论》卷十四，汪俊、黄进德点校，广陵书社 2009 年版，第 392 页。

谨，通过叙事、写景的结合，层层烘托渲染内心情感，环环相扣，相互映衬，如清人张玉谷所言，"局阵展拓，而结构仍复谨严"①。另外，在艺术技巧上，两诗都讲究对仗、炼字。特别要指出的是，两诗在押韵上的一致，都押平声"元"韵，一韵到底，一气而下，十分齐整。这是其他仿效的诗歌中不曾有过的，由此也更可见谢惠连对李绅影响之深。故清人宋育仁《三唐诗品》云李绅"五言其源出于谢惠连"②，是有一定道理的。

六　效鲍照

鲍照（约414—466），字明远，东海人（今山东省苍山县一带）。出生寒微，却抱负远大，不甘碌碌而沉没不闻。先后担任过太学博士、中书舍人、海虞令、秣陵令、永嘉令等，最后在担任临海王刘子顼前军参军时为乱兵所杀。有《鲍参军集》传世。鲍照人微才秀，诗、赋、骈文皆有名篇，与颜延之、谢灵运并列为"元嘉三大家"。鲍照的诗以乐府诗为最有特色，萧涤非先生赞其"乐府之在南朝，犹之黑夜孤星，中流砥柱，其源乃从汉魏乐府中来，而与整个南朝乐府不类。"③ 鲍照的乐府诗主要是模拟和学习汉魏古乐府，如《拟行路难》十八首，"不仅得其风神气骨，自创格调，而且发展了七言诗，创造了以七言体为主的歌行体。""并且变逐句押韵为隔句押韵，同时还可以自由换韵，从而为七言体诗的发展开拓了宽广的道路。"④另外，鲍照也向民歌学习，大胆尝试各种新的形式，如体小而俗的七言体和四句体。总的说来，鲍照的乐府诗题材和风格多样，形式也多变，不愧为乐府诗大家。李绅效仿鲍照的就是这类乐府诗，除了明确标明的《忆西湖双鸂鶒》诗外，还有《早梅桥》《翡翠坞》两首。这三首诗在李绅《追昔游集》中是最为特别的，既没有表达用世之志，也没有抒发个人情感，更没有雍容闲雅之情，而是表达缠绵悱恻的男女之情，清雅艳丽，兼具江南民歌和当时流行俗文学的特点。显然李绅受到鲍照向民间学习的精神影响而尝试用民歌的手法去写民情、民俗，这是他诗歌创作中的一种突破，尽管只是浅尝辄止，但仍值得注意。还是通过具体诗歌来分析：

---

① （清）张玉谷：《古诗赏析》卷十六，许逸民点校，上海古籍出版社2000年版，第373页。
② 宋育仁：《三唐诗品》，转引自陈伯海主编《唐诗汇评》中册，浙江教育出版社1996年版，第2231页。
③ 萧涤非：《汉魏六朝乐府文学史》，人民文学出版社1984年版，第260页。
④ 袁行霈主编：《中国文学史》第二卷，高等教育出版社1999年版，第115页。

早梅桥

李绅

　　早梅花，满枝发①，东风报春春未彻，紫萼迎风玉珠裂。杨柳未黄莺结舌，委素飘香照新月。桥边一树伤离别，游荡行人莫攀折。不竞江南艳阳节，任落东风伴春雪。

代白纻曲二首之一②

鲍照

　　朱唇动，素腕举，洛阳年少邯郸女。古称绿水今白纻，催弦急管为君舞。穷秋九月荷叶黄，北风驱雁天雨霜，夜长酒多乐未央。

　　这两首诗都无关世事，也与个人情感无关，是一种没有现实功利性的纯文学创作，主要是为了展示个人才学。最大的特点就是保持了民歌的风格，反映了民俗风情。按常理来说，李绅如果创作这类以反映民俗为主的诗歌，应该是首先受到吴哥、西曲等自己自小所熟悉的民歌的影响，但除了内容和语言风格上保持了江南民歌的特点外，在形式上却完全不是吴歌、西曲一类常见的五言四句式的短小体裁，而是这种"三三七"的句式。其中原因，一是因为李绅受到当时民间俗文学的影响，二是因为受鲍照这类乐府诗的启发。又如《翡翠坞》，既不是七言律诗，又不是七言古诗，与一般的民歌和乐府诗在形式上也有所不同，但在风格上却与江南民歌相似，这也是对鲍照诗歌的模拟。如《拟行路难》十八首之二"璇阁玉墀上椒阁"③，七言十句，中途转韵，表达对自由爱情的追求，从形式到语言到主题都相似。这是李绅对鲍照的仿效与学习。

　　可以说，包括李绅在内的中唐诗人有意向齐梁诗歌学习，是中唐诗人有意变革诗风的一种积极探索，效果则因人而异，不能一概偏废。从李绅来看，其学习和仿效其实还是有所选择的，如学萧纲以写景为主，摒弃其声色的内容，学谢惠连，则偏重其情感的抒写，取其长而避其短。另外，其学习也不局限于某一诗人或某一种风格，如鲍照的刚健，丘迟的清丽，萧纲的繁缛，博采众长，具有包容性。其效果当然仁者见仁，智者见智，评价不一，

---

① "早梅花，满枝发"，卢燕平注本以明抄本《唐四十七家诗》中的《追昔游集》为底本，作"早梅枝满花初发"，可能为后人不懂诗的民歌形式而妄以七言诗作改动，实误，今以王旋伯注本为准。

② 见钱仲联《鲍参军集注》卷四，上海古籍出版社 2005 年版，第 221 页。

③ 同上书，第 576 页。

但其精神应该肯定。

第二节　近师杜、韦、大历

如果说对齐梁诗人的学习是李绅在经历人生的种种磨砺后的一种有意识的自我转型和创作上的重新探索，那么，对杜甫、韦应物，及大历诗人的诗法和仿效则是在自己所生活的文化环境下所接受的一种自然熏陶。这些影响在《追昔游集》中虽然不是很明显，但还是有迹可循。

一　师法杜甫

杜甫在中国古典诗歌发展史的地位，用莫砺锋先生在《杜甫评传》中的话来说就是一位承前启后者，"他作为诗国的集大成者，既对前代的一切诗歌遗产进行了总结，又为后代的诗歌开辟了广阔的道路"[①]。自中唐以后，杜甫所开辟的诗世界，不管是在诗歌主题走向上，还是在诗歌技艺方法上，都对后人产生了巨大而深远的影响。尽管中唐时期的诗人们为求新、求变，试图去摆脱李杜的影响，但最终他们都不得不"从各自的创作倾向与风格倾向出发，到风格内涵极其丰富的杜诗中有选择地汲取艺术营养。"[②]　就李绅来说，不管是他早期走通俗化道路，用诗歌来反映现实，提倡新乐府运动，还是后期诗歌雅化，追求诗歌形式美，讲究艺术技巧，都有师法杜甫的地方。即不管任何时期他都从杜甫的诗歌中汲取了自己所需要的营养。

贞元、元和时期，李绅和他的两个志同道合的朋友元稹、白居易，都具有极高的政治热情，大力倡导诗歌为现实政治服务。但如何实现这一想法是他们不得不思考的一个问题。早前的元结、顾况虽然作出了一定的努力，但他们食古不化、缺少新变的内容与形式显然不适合当前现实政治的需要。当他们把目光再往前看时，他们发现了杜甫，并在杜诗中找到了想要的东西。如元稹所云："自《风》《雅》，至于乐流，莫非讽兴当时之事，以贻后代之人。沿袭古题，唱和重复，于文或有短长，于义咸为赘剩。尚不如寓意古题，刺美见事，犹有诗人引古以讽之义焉。曹、刘、沈、鲍之徒时得如此，亦复稀少。近代唯诗人杜甫《悲陈陶》《哀江头》《兵车》《丽人》等，凡所

---

① 莫砺锋：《杜甫评传》第六章第一节，南京大学出版社 1993 年版，第 355 页。

② 同上书，第 368 页。

歌行，率皆即事名篇，无复倚傍。予少时与友人乐天、李公垂辈，谓是为当，遂不复拟赋古题。"① 从这段话中我们可以知道，三人对于乐府古题"唱和重复"，不能适应现实社会的需要是有所不满的，而对于杜甫的这些诗歌能够紧密结合现实，大胆反映民生疾苦则是非常赞赏的，认为他继承了《诗经》的"风雅"传统，更好地发挥了"刺美见事"的功能。让他们更欣喜的是，杜甫在诗歌形式上所作的合理改革，自创新题，即事名篇，摆脱了对传统乐府古题形式的依赖，在内容表达上更加灵活，可以更好地为现实政治服务。从此以后他们便不再"拟赋古题"，而代之以"即事名篇"的新乐府诗。可见，杜甫乐府诗的作法对李绅及元、白的新乐府诗产生了最直接的也是根本性的影响，如胡应麟所云："皆风刺时事，盖仿杜陵为之者。"② 另外，李绅早期的诗歌语言呈现平易浅近、明白如话的特点，如前所论有多种原因，但杜甫的影响恐怕也不能避免。杜甫集中有《愁》诗，自注云："强戏为吴体"，仇兆鳌《杜诗详注》引黄白山云："皮陆集中，亦有吴体诗，乃当时俚俗为此体耳，诗流不屑效之。"③ 李绅成长于吴地，效杜甫以吴语入诗也是很正常。而对李绅影响更为深刻的应该是杜甫的乐府诗，如"三吏""三别"等，以当时民间口头语入诗，李绅的新乐府诗当有所注意和借鉴。

　　"晚节渐于诗律细"④，杜甫的这句话也适用于李绅。随着后期思想平庸化，李绅的诗歌专注于在技巧上下功夫，大力创作律诗，特别是七言律诗。杜甫在律诗上所达到的炉火纯青的程度和登峰造极的高度，必然是李绅心仪和学习的重要对象。清人毛先舒已经看到了这一点，他在《诗辩坻》卷三中说："李绅《过钟陵》之作，三四'江''郭'承上，与杜公《吹笛》篇法相似，然非佳格。《江南暮春》又学'去岁荆南梅似雪'，短李殊未精悍。"⑤李绅学杜甫所得如何暂且不论，但他师法杜甫却是肯定的。另外，有两种比较明显的现象可以清楚地证明这一点，一是联章体律诗的出现，二是五言排律的出现。联章体诗，通常称为组诗，是由表现同一主题的若干首诗构成。由古体诗构成的组诗在屈原的作品中就已经出现（即《九歌》），而以律诗

---

① 元稹：《乐府古题序》，冀勤点校《元稹集》卷二十三，中华书局 1982 年版，第 255 页。
② 胡应麟：《诗薮》内编卷三，上海古籍出版社 1979 年版，第 53 页。
③ 仇兆鳌：《杜诗详注》卷十八，中华书局 1979 年版，第 1599 页。
④ 杜甫：《遣闷戏呈路十九曹长》，仇兆鳌《杜诗详注》卷十八，中华书局 1979 年版，第 1602 页。
⑤ （清）毛先舒：《诗辩坻》卷三，郭绍虞编选、富寿荪校点《清诗话续编》上册，上海古籍出版社 1983 年版，第 54 页。

构成的联章体诗最早由杜甫的祖父杜审言首创，但也仅是五言律诗，杜甫在此基础上"由五律扩展到七律及五七言绝句，并写出了《秋兴》八首等传诵千古的名篇"①。可以说，杜甫在联章体律诗上的成就无人能出其右，因此李绅向其学习也就是再自然不过的事情了。李绅的《追昔游集》中有两组联章体律诗，一是《却到无锡望芙蓉湖》五首，为七绝联章体；二是《新楼诗》二十首，为七律联章体。试以《却到无锡望芙蓉湖》五首为例：

其一

水宽山远烟岚迥，柳岸萦回在碧流。清昼不风凫雁少，却疑初梦镜湖秋。

其二

丹橘村边独火微，碧流明处雁初飞。萧条落叶垂杨岸，隔水寥寥闻捣衣。

其三

逐波云影参差远，背日岚光隐见深。犹似望中连海树，月生湖上是山阴。

其四

旧山认得烟岚近，湖水平铺碧岫间。喜见云泉还怅望，自惭山叟不归山。

其五

翠崖幽谷分明处，倦鸟归云在眼前。惆怅白头为四老，远随尘土去伊川。

组诗写诗人远望芙蓉湖之景，五首所写时间段和角度各有不同，每首都可以独立成篇，但联章在一起则浑然一体，描绘出芙蓉湖从早到晚景象的变换，而其中又暗含诗人思绪的变化，最后归结以倦鸟思归的惆怅心情。有起有结，意脉贯通。这种以诗人情感为纽带，将形式上独立的绝句联系成一个

---

① 莫砺锋：《杜甫评传》第六章第一节，南京大学出版社 1993 年版，第 29 页。

整体，以兴象寄寓自己的复杂情感。这与杜甫《绝句漫兴九首》非常相似：

其一

眼见客愁愁不醒，无赖春色到江亭。即遣花开深造次，便教莺语太丁宁。

其二

手种桃李非无主，野老墙低还是家。恰似春风相欺得，夜来吹折数枝花。

其三

熟知茅斋绝低小，江上燕子故来频。衔泥点污琴书内，更接飞虫打着人。

其四

二月已破三月来，渐老逢春能几回。莫思身外无穷事，且尽生前有限杯。

其五

肠断春江欲尽头，杖藜徐步立芳洲。颠狂柳絮随风去，轻薄桃花逐水流。

其六

懒慢无堪不出村，呼儿日在掩柴门。苍苔浊酒林中静，碧水春风野外昏。

其七

糁径杨花铺白毡，点溪荷叶叠青钱。笋根稚子无人见，沙上凫雏傍母眠。

其八

舍西柔桑叶可拈，江畔细麦复纤纤。人生几何春已夏，不放香醪如蜜甜。

其九

隔户杨柳弱袅袅，恰似十五女儿腰。谁谓朝来不作意，狂风挽断最长条。

漫兴，即"兴之所到，率然而成"，看似毫无章法，缺乏总体构思，只是冠以一个总的标题而已，但事实并非如此。其一，写诗人"客愁"之时，春色满江亭，遂起赏景之心。其二，"借春风以寄其牢骚，承首章花开。"其三，"借燕子以寓其感慨，承首章莺语。"其四，"言春不暂留，有及时行乐之意。"其五，"见春光欲尽，有睥睨万物之意。"其六，"酌酒留春，有物外逍遥之意。"其七，"借景物以自娱，乃将夏之候也。"其八，"与四章相应，前是逢春而饮，此则遇夏而饮。"其九，"与二章相应，折花断柳，皆叹所遭之不幸。"可见九章之间实以"客愁"为纲，漫而不乱，散而有序，"逐章相承，各有次第"①，结构紧严。杜甫是客居在外，李绅是过家乡而不能留，都有羁旅行愁之感，二人皆以这样一种情感统摄全诗，所不同的只是一个是总起式，一个是后结式。可以说正是杜甫在联章体律诗上取得的令人瞩目的成就，才启迪了像李绅这样的后来者，并以之为楷模向其模仿、学习。

杜甫在长篇排律上取得的成就也不可小觑，如元稹所云："至若铺陈始终，排比声韵，大或千言，次犹数百，词气豪迈而风调清深，属对律切而脱弃凡近"②，给予了高度评价，并和白居易一道竞相模仿，往来酬唱，乐此不疲。受到杜甫的启发，同时也受好友元、白的影响，李绅后期也有意识地创作长篇五言排律。《追昔游集》中共有六首，《趋翰苑遭诬构四十六韵》《过吴门二十四韵》《渡西陵十六韵》《登禹庙回五言二十韵》《题法华寺五言二十韵》《到汴州三十韵》。李绅的这些五言排律，在对仗的工稳上不输杜甫、元、白，但也正是由于追求工稳，故显得艰涩，不流畅，且用典繁复，气格不高。

二 效法韦应物

在大历诗坛上，韦应物是一个"独特的存在"③，他的诗歌"与陶谢、

---

① 以上所引见仇兆鳌《杜诗详注》卷九，中华书局1979年版，第788—795页。

② 元稹：《唐故工部员外郎杜君墓系铭序》，冀勤点校《元稹集》卷五十六，中华书局1982年版，第601页。

③ 见蒋寅：《自成一家之体 卓为百代之宗——韦应物的诗史意义》一文，《社会科学战线》1995年第1期，第200页。

王孟一脉相承，胎息于陶潜的真淳自然，佐之以二谢的精工锻炼和王孟的空灵淡远，而呈现出气貌清朗温润、意境洒脱超逸、用笔淡然无意、节奏从容舒缓的基本特征，而异趣于大历时代的总体诗风。"① 也因此而很快就引起后人的注意，中唐的两大风格迥异的的诗派——元白诗派和韩孟诗派的代表人物都给予了他很高的评价，孟郊称其"谢客吟一声，霜落群听清。文含元气柔，鼓动万物轻。嘉木依性植，曲枝亦不生。尘埃徐庾词，金玉曹刘名。章句作雅正，江山益鲜明。"② 比之以谢灵运，赞其有清柔之气，得雅正之体。而白居易的评价则更高，"如近岁韦苏州歌行，才丽之外，颇近兴讽。其五言诗又高雅闲淡，自成一家之体，今之秉笔者谁能及之。"③ 作为白居易的同道者，李绅亦非常推崇韦应物，甚至是他青少年时期诗歌的启蒙导师。王象之《舆地记胜》卷四二《淮南东路·滁州·景物下》"左司篇"条云："韦应物自左司刺滁，有诗。后李绅为刺史，和《登北楼》诗云：'君咏风月夕，余当童稚年。闲窗读书罢，偷咏左司篇。'"④ 据陶敏先生考证韦应物建中三年（782 年）出为滁州刺史，至贞元元年（785 年）秋转为江州刺史⑤，这个时期正是韦应物消沉失望的时期，故诗歌多吟咏当地山水风物。李绅此时十二三岁，正在家乡惠山苦读，"曳娄一缝掖，出处劳昏早"（《忆东郭居》），有机会接触到韦应物这些闲淡幽远的自然山水之诗，它恍若一缕清泉淌进李绅的心灵，消融了长期读经生活所带来的枯燥烦闷，并向其展现了自然山水诗歌的美妙境界，开启了诗世界的新天地。"闲窗读书罢，偷咏左司篇"，可以想见李绅当年如痴如醉吟咏赏玩之情，这样一种影响也从此潜藏李绅的心底，并时不时显露出来。如李绅青年时期漫游江浙一带时所写的诗歌就很有韦应物山水诗的韵味，试比较以下两首诗：

暮宿清凉院
李绅

野客闲来日，山房落叶中。微寒生夜半，积雨向秋终。证道方离法，安禅不住空。□迷将觉路，语默在西东。

---

① 孙映逵：《韦应物诗集系年校笺·前言》，孙望编著，中华书局 2002 年版，第 6 页。
② 孟郊：《赠苏州韦郎中使君》，《全唐诗》卷三七七，中华书局 1960 年版，第 4229 页。
③ 白居易：《与元九书》，朱金城《白居易集笺校》卷四十五，上海古籍出版社 1988 年版，第 2795 页。
④ （宋）王象之：《舆地记胜》卷四二，江苏广陵古籍刻印社 1991 年版，第 460 页。
⑤ 见陶敏、王友胜《韦应物集校注》附录六《简谱》，上海古籍出版社 1998 年版，第 665—666 页。

寺居独夜寄崔主簿①
韦应物

幽人寂不寐，木叶纷纷落。寒雨暗深更，流萤度高阁。坐使青灯晓，还伤夏衣薄。宁知岁方晏，离居更萧索。

这两首诗不论是用词、造境都极为相似，"野客"与"幽人"，"落叶"与"木叶"，"夜半"与"深更"，"安禅"与"坐使"，"语默"与"萧索"，几乎一致，空灵幽远，"发自幽情，遂入凄境"②，深得禅家之味。两诗放在一起，甚至浑然难辨，李绅年轻时竟然有如此老练的作品，既可见其受韦应物影响之深，又可见其悟性之高。其他如《题北峰黄道士草堂》"清溪道士紫微仙，暗诵真经北斗前。坛上独窥华顶月，雾中潜到羽人天。飞流夜落银河水，乔木朝含绛阙烟。会了浮名休世事，伴君闲种五芝田。"③ 高雅洁净，而气魄上又超韦应物。

李绅青少年时期漫游吴越山水，能够体悟到韦应物对自然山水的自得之趣，而在流贬端州，遭遇身世的浮沉后，又在一定程度上能够理解韦应物在滁州时的心境。如韦应物《夏花明》一诗"夏条绿已密，朱萼缀明鲜。炎炎日正午，灼灼火俱燃。翻风适自乱，照水复成妍。归视窗间字，荧煌满眼前。"④ 夏条抽绿，朱萼绽放，本是生机蓬勃之景象，但诗人却无暇欣赏，反而让心情更加烦躁。大概韦应物因滁州远离亲友，且不适应环境及当地政事繁杂，"风物殊京国，邑里但荒榛。赋繁属军兴，政拙愧斯人。"⑤ 故有此心情。李绅在端州所作《红蕉花》一诗正得其旨，"红蕉花样炎方识，瘴水溪边色最深。叶满丛生殷似火，不唯烧眼更烧心。"同样环境，同样心理，两人似乎有一种心灵上的默契，这是韦应物对李绅深入内心的影响。又如韦应物《寄李儋元锡》诗："去年花里逢君别，今日花开已一年。世事茫茫难自料，春愁黯黯独成眠。身多疾病思田里，邑有流亡愧俸钱。闻道欲来相问讯，西楼望月几回圆。"⑥ 写念友之情和叹老思归之感十分真切，寓浓情于

① 见孙望编著《韦应物诗集系年校笺》卷四，中华书局 2002 年版，第 184—185 页。
② 刘辰翁评，转引自陶敏、王友胜《韦应物集校注》卷二，上海古籍出版社 1998 年版，第 122 页。
③ 此诗王旋伯《李绅诗注》、卢燕平《李绅集校注》皆不收，见《全唐诗续拾遗》卷二十八，陈尚君辑校《全唐诗补编》，中华书局 1992 年版，第 1092 页。
④ 见孙望编著《韦应物诗集系年校笺》卷四，中华书局 2002 年版，第 316—317 页。
⑤ 韦应物：《答崔都水》，孙望编著《韦应物诗集系年校笺》卷六，中华书局 2002 年版，第 277 页。
⑥ 孙望编著《韦应物诗集系年校笺》卷七，中华书局 2002 年版，第 353 页。

淡语，故纪昀认为"七律虽非苏州所长，然气韵不俗，胸次本高故也。"[①]
李绅《在端州知家累以九月九日发衡州因寄》一诗亦俊朗高华，得其神韵，
"菊花开日有人逢，知过衡阳回雁峰。江树送秋黄叶少，海天迎远碧云重。
音书断达听蛮鹊，风水多虞祝媪龙。想见病身浑不识，自磨青镜照衰容。"
可惜的是，李绅并没有沿着这条路走下去，否则就有可能是"韦李"并
称了。

后来李绅追随韦应物的脚步来到滁州任刺史，有机会亲自体验这位偶像
的山水自然之趣，并写下了大量的和诗，王象之《舆地记胜》卷四二《淮
南东路·滁州·景物上》所记"北楼"条："在郡治后。唐李绅有《登北
楼》二诗。"又"东园"条："在郡城东隅，唐李绅有诗。"[②] 只是这些诗都
没有流传下来。不过，李绅晚年追忆滁州之作尚还流露出韦应物的影响，如
以下两诗：

忆滁阳日深秋登城望琅琊

李绅

　　山城小阁临青嶂，红树莲宫接薜萝。斜日半岩开古殿，野烟浮水掩
轻波。菊迎秋节西风急，雁引砧声北思多。深夜独吟还不寐，坐看凝露
满庭莎。

重九登滁城楼忆前岁九日归沣上赴崔都水及诸弟燕集凄然怀旧[③]

韦应物

　　今日重九宴，去岁在京师。聊回出省步，一赴郊园期。嘉节始云
迈，周辰已及兹。秋山满清景，当赏属乖离。凋散民里阔，摧翳众木
衰。楼中一长啸，恻怆起凉飔。

这两首诗一为七律，一为五古，而在语言风格上李绅趋向清丽，但李绅
受韦应物的影响也还是很明显，从选题命意到意境的构造，李绅都在有意模
仿韦应物。

总之，韦应物对李绅的影响是深层次的。

---

①　李庆甲集评校点：《瀛奎律髓汇评》卷六，上海古籍出版社 1986 年版，第 255 页。
②　（宋）王象之：《舆地记胜》卷四二，江苏广陵古籍刻印社 1991 年版，第 457 页。
③　见孙望编著《韦应物诗集系年校笺》卷六，中华书局 2002 年版，第 283 页。

三 兼取大历诗人

李绅的《追昔游集》，受大历诗风的影响至为明显，这是因为李绅与大历诗人有着特殊的渊源关系。李绅《建元寺》诗序云："大历中，诗人郭云（一作郸）曾赋寒食诗赠吏部先兄。诗云：'兰陵士女满晴川，郊外纷纷拜古埏。万井人家初禁火，九原松柏自生烟。人间后事非前事，镜里今年老去年。介子终知禄不及，王孙谁复更相怜。'当时以为绝唱，尝在童儿即闻此诗，非欲继和，盖纪事因书。"李绅这里所说的"吏部先兄"即是大历贞元时期的重要诗人李纾①。《全唐诗》人名小传云："李纾，字仲舒。天宝末，拜秘书省校书郎。大历初，以吏部侍郎李卿荐，为左补缺。累迁司封员外郎，知制诰，改中书舍人。……贞元中重阳应制诗与刘太真皆为上等。今其诗不传，存乐章十三首。"②《旧唐书》亦云"少有文学"，"好接后进"③。弟李纵。关于李纵，蒋寅先生说："李纵诗文今已佚，然而在研究大历贞元文学时，他仍是个不容忽视的人物。因为他交游广泛，一时名诗人如刘长卿、卢纶、戴叔伦、独孤及、李端、司空曙、皎然等均有诗酬赠唱和，他的行役出使，常成为唱和饯送诗创作的媒触。"④可见李纾、李纵两兄弟都有很高的文学素养，也是当时大历诗人群中的重要成员。作为这个家族的一员，而且还处在童蒙阶段，李绅不可能不受他们的影响，并且又因此而大量接触其他大历诗人的诗歌，这从李绅的诗序中已经得到证明。

李绅受大历诗人的影响主要表现在以下两个方面：一是大量创作律诗，特别是七律。大历诗人为了追求诗歌形式的精致华美和音韵的清空流畅，同时也为了掩盖诗歌内容的贫乏和感情的浮浅，大力创作律诗，首选是五律，其次是七律。如胡应麟所说："大概中唐以后，稍厌精华，渐趋澹净，故五七言律清空流畅，时有可观。"⑤七律经过杜甫的提升后已十分成熟，大历诗人在此基础上又有所发展，不但在数量上超过盛唐，更"开拓了萧散闲雅的境界，它将盛唐名家如李颀的洗练工稳、王维的精工雅致发展得更加纯熟。"⑥"淘洗清空，写送流亮，七言律至是，殆于无可指摘。"⑦李绅早期

① 关于"吏部先兄"，卜孝萱《李绅年谱》认为是李绅的异母兄李继，王旋伯、卢燕平从，实有误。
② 《全唐诗》卷二百五十二，中华书局1960年版，第2845页。
③ 《旧唐书》卷一百三十七《李纾传》，中华书局1975年版，第3763—3764页。
④ 见蒋寅《大历诗人研究》下编，中华书局1995年版，第765页。
⑤ 胡应麟：《诗薮》内编卷四，上海古籍出版社1979年版，第79页。
⑥ 蒋寅：《大历诗风》第八章，凤凰出版社2009年版，第213页。
⑦ 胡应麟：《诗薮》内编卷五，上海古籍出版社1979年版，第92页。

曾攻律诗，如白居易在《江楼夜吟元九律诗成三十韵》"老张知定伏，短李爱应颠"句下自注到："张十八籍，李二十绅皆攻律诗，故云。"①，像《遥和元九送王行周游越》《欲到西陵寄王行周》，是典型的大历风格。后来韦庄收入编选《又玄集》时。韦庄自称："自国朝大乎名人，以至今之作者，或百篇之内，时记一章；或全集之中，唯征数首。但掇其清词丽句，录在西斋。"② 可见编选甚严，说明李绅的这几首是符合他"清词丽句"标准的。而后来李绅的《追昔游集》更以律诗为主，仅七律就达 81 首，占诗集的76.4%，这一数量已经远超盛唐一般诗人，就连杜甫也才 151 首，还不到其诗歌总数的十分之一。大历诗人中，卢纶 48 首，李端 24 首，司空曙 18 首，刘长卿 63 首，李嘉祐 27 首，钱起 46 首，韩翃 34 首，皇甫冉 21 首，戎昱17 首③，都不及李绅。当然这些作品参差不齐，好的如《别石泉》，清爽自然，沁人心脾；《宿扬州》，雄浑深邃，尚有气魄，胜过大历诗人；差的如《虎不食人》《拜三川守》，流于说教，味同嚼蜡。李绅受大历诗人的影响倾全力创作七律，当然是为了追求自己诗歌艺术上的突破，尝试新的形式，但也是为了掩盖自己内容的贫乏和思想的浅浮，炫耀诗才。

　　李绅受大历诗人影响的第二个表现是注重炼字琢句，追求诗歌的精致华美。盛唐诗人追求"风骨""气象"，注重诗歌的内在气势，讲究自然浑成，故较少在字句上下功夫。而大历诗人由于失去了盛唐人的气势，缺少激动人心的力量，故只能在字句声律上下功夫，雕琢字句，刻意追求新奇，"使诗歌成为一种制作精美的工艺品。"④ 如清人吴乔所说："大历以后，力量不及前人，欲避陈浊麻木之病，渐入于巧。"⑤ 管世铭也说："大历诸子，实始争工字句。"⑥ 李绅早期的诗歌内容充实，语言自然浅近，不用雕饰，而后期的《追昔游集》，律诗打磨精细，呈现精致华美、清丽流畅、轻巧圆熟的特点，与大历诗风相似。如前面提到的《建元寺》诗，"江城物候伤心地，远寺经过禁火辰。芳草垅边回首客，野花丛里断肠人。紫荆繁艳空门昼，红药深开古殿春。叹息光阴催白发，莫悲风月独沾巾。"选字组词刻意追求清丽；

---

① 朱金城：《白居易集笺校》卷十七，上海古籍出版社 1988 年版，第 1058 页。
② 韦庄：《又玄集·序言》，《唐人选唐诗十种》，上海古籍出版社 1978 年版，第 348 页。
③ 以上数据，据蒋寅《大历诗风》第八章，凤凰出版社 2009 年版，第 213 页。
④ 张福庆：《唐诗美学探索》，华文出版社 2000 年版，第 228 页。
⑤ 吴乔：《围炉诗话》卷三，郭绍虞编选、富寿荪校点《清诗话续编》上册，上海古籍出版社 1983 年版，第 556 页。
⑥ 管世铭：《读雪山房唐诗序例·五律凡例》，郭绍虞编选、富寿荪校点《清诗话续编》下册，上海古籍出版社 1983 年版，第 1552 页。

中间对仗，且为流水对，结构匀称，显得轻巧流畅；首联叙事，中间两联写景，尾联抒情，条理清晰，整体上呈现清空圆熟的特点。其他如《毗陵东山》，"昔人别馆淹留处，卜筑东山学谢家。丛桂半空攞枳棘，曲池平尽隔烟霞。重开渔浦连天日，更种春园满地花。依旧秋风还寂寞，数行衰柳宿啼鸦。"《宿瓜州》，"烟昏水郭津亭晚，回望金陵若动摇。冲浦回风翻宿浪，照沙低月敛残潮。柳经寒露看萧索，人改衰容自寂寥。官冷旧谙唯旅馆，岁阴轻薄是凉飙。"，等等，都具有类似特点。至于对字句的锤炼，《追昔游集》中比比皆是，随处可见，如清贺裳《载酒园诗话又编》中所举："《石泉》诗'微度竹风涵淅沥，细浮松月透轻明'，《翡翠》诗'莲茎触散莲叶欹，露滴珠光似还浦'，皆秀句也。又'花寺听莺入，春湖看雁留'，'桥转攒虹饮，波通斗鹢浮'，深肖吴中风景。又《水寺》'坐看鱼凫沉浮远，静见楼台上下同'，《宿瓜州》'冲浦回风翻宿浪，照沙低月敛残潮'，写景处亦有静观至妙。"[1] 这类写景诗句确能表现出诗人观察的细腻和刻画的老练，但也不能否认李绅有刻意追求新奇的特点。晚年的李绅闲雅从容，有足够的时间和精力对自己的诗歌经行精细打磨，而杜甫、大历等诗人所积累起来的经验又使他应用起来得心应手，这也是他《追昔游集》中佳句众多的原因。

---

① （清）贺裳：《载酒园诗话又编》，郭绍虞编选、富寿荪校点《清诗话续编》上册，上海古籍出版社 1983 年版，第 362 页。

第九章 《古风二首》专题研究

作为唐诗的经典篇目，李绅的《古风二首》（亦作《悯农》二首）被广为传诵。对于百姓而言，因其通俗易懂的语言被妇孺皆知。对于上层统治者而言，其以短小精悍、浅近含蓄的形式，深刻揭示了传统农耕社会普遍的社会问题与基本矛盾，与《诗经》精神一脉相承，更以立意深远的内容，时时警策上层统治者以民为本，修养生息，避免竭泽而渔，故成为众多最高统治者极为重视与极力宣扬的一首诗歌。那么，它是如何从民间走向庙堂成为经典的，又包含怎样的文化信息，这是本章拟要讨论的。

第一节 作者及创作时间考

《全唐诗》中《古风二首》之二分别见于卷四百八十三《李绅集》中和卷六百三十六《聂夷中集》中，个别字句有出入，应是版本流传的问题，应为同一首诗无疑。在《聂夷中集》中，《全唐诗》编者作了一个小注："此篇一作李绅诗。"编者是倾向于李绅创作，但又未作细考，故采取此谨慎做法。今人陈麟德《〈锄田〉诗作者考辩》曾辩此诗为李绅作[1]，但论证尚不充分，今再作补充考证。

对于此诗作者的争议，肇始于晚唐五代。以为聂夷中者，源于晚唐五代人孙光宪《北梦琐言》卷二的记载："咸通中，礼部侍郎高湜知举。榜内孤贫者……有聂夷中，河南中都人，少贫苦，精于古体。有《公子家》诗云：'种花于西园，花发青楼道。花下一禾生，去之为恶草。'又《咏田家》诗云：'父耕原上田，子斫山下荒。六月禾未秀，官家已修仓。'又云：'锄禾当日午，汗滴禾下土。谁念盘中餐，粒粒皆辛苦。'"以为李绅者，源于晚唐

---

① 见《江海学刊》2003 年第 1 期，第 84 页。

人范摅《云溪友议》卷一的记载:"初,李公赴荐,常以《古风》求知。吕光化温谓齐员外煦及弟恭曰:'吾观李二十秀才之文,斯人必为卿相。'果如其言。诗曰:'春种一粒粟,秋收万颗子。四海无闲田,农夫犹饿死。''锄禾日当午,汗滴禾下土。谁知盘中餐,粒粒皆辛苦!'"自宋至明清,各种笔记小说、文集、类书,及诗话等,或从《北梦琐言》,如曾慥《类说》卷四十三、陈景沂《全芳备祖集》后集卷二十、胡仔《苕溪渔隐丛话》卷二十四等;或从《云溪友议》,如姚铉《唐文粹》卷十六下、《锦绣万花谷》前集卷二十五、王谠《唐语林》卷四、计有功《唐诗纪事》卷三十九、何汶《竹庄诗话》卷十五、陆时雍《唐诗镜》卷四十七、彭大翼《山堂肆考》卷一百四十四等。也有同时收录者,如《太平广记》《古今事文类聚》,它们只是依据前人材料抄录,不作辨析。

那么,《此梦琐言》和《云溪友议》谁更可靠呢?一般说来,距历史人物或事件越近,所获得的信息和资料就应该更为真实可靠。孙光宪主要生活在晚唐五代,其生年目前尚无统一说法,但大致在 896 年前后,卒于 968 年[1]。范摅主要生活在晚唐,约生于唐文宗大和九年(835 年),卒于唐僖宗中和年间(881—884)[2]。由此可知当范摅编撰完成《云溪友议》一书时,孙光宪尚未出生,也就是说在目前所有记录此诗的史料中范摅是最早的。范摅《云溪友议》的材料来源,是自己亲历或亲闻而来,其序云"少游秦、吴、楚、宋",多闻前人旧事,后居五云溪(今浙江绍兴),"昔藉众多,因所闻记""因事录焉"[3],撰成此书。李绅以《古风》求知吕温之事,或得自于范摅"少游秦吴楚宋"时。《旧唐书》云李绅"形状眇小而精悍,能为歌诗。乡赋之年,讽诵多在人口"[4]。曾得苏州刺史韦夏卿赏识,说明李绅在吴中一带是有一定名气的,特别是其诗歌通俗易懂,民间流传广泛。范摅游吴中时,听当地人诵其诗歌,闻其相关事迹,遂记录下来,成为他《云溪友议》材料的直接来源。因此,范摅所记都是第一手材料,应当是真实可靠的。但也有一种可能,即范摅记载有误,将聂夷中事张冠李戴到李绅身上,而孙光宪依据别的材料或自己所闻纠正过来。是否有这种可能呢?据《唐诗纪事》卷六十一记载,聂夷中中举进士第在咸通十二年,以此判断,聂夷中与范摅同时或稍后。同时代人记同时代事应该

① 见房锐《孙光宪与〈北梦琐言〉研究》,中华书局 2006 年版,第 2—26 页。
② 见汤华泉《范摅二考》,《文献》1996 年第 1 期,第 247 页。
③ 范摅:《云溪友议》序,古典文学出版社 1958 年版,第 3 页。
④ 《旧唐书》卷一百七十三《李绅传》,中华书局 1975 年版,第 4497 页。

不会有错。况且《古风》为两首，如果记载有误应当是两首皆误，而不会只误其中一首。因此不可能是范摅将聂夷中诗误窜至李绅诗中。且从《云溪友议》的内容看，大多是记已故人物或年长成名人物，基本不记同时代人。这也可排除聂夷中作此诗的可能性。

孙光宪所处时代，战乱频仍，史料散失，正如他自己所言："唐自广明乱离，秘籍亡散。武宗以后，寂寞无闻，朝野遗芳，莫得传播。"尽管他"每聆一事，未敢孤信，三复参校，然始濡毫"①。但像这些民间传闻之事，他人不复记载，又何从参校，误记也就在所难免。《古风二首》的风格与聂夷中《田家》诗非常相似，或在孙光宪之前已被人误窜入其中，孙光宪又没有机会看到范摅《云溪友议》，所以误将此诗记入。后人不辨真伪，以至以讹传讹。这也可解释为什么只有其中一首出现误窜的原因。宋时洪迈曾注意到这个问题，他在《万首唐人绝句》卷十四中收录在李绅下，而在卷二十一聂夷中《田中二首》下注云："后一首李绅亦有。"《全唐诗》正是沿袭了此做法。

关于《古风二首》的创作时间，研究者存在不同的看法，如卞孝萱先生的《李绅年谱》把它编在贞元十八年（802年），而卢燕平《李绅集校注》则编在贞元十七年。那么这两种说法谁更可靠，抑或都不可靠呢？

据《云溪友议》卷上《江都事》条的记载："初，李公赴荐，常以《古风》求知吕光化。温谓齐员外煦及弟恭曰：'吾观李二十秀才之文，斯人必为卿相。'果如其言。"从上述记载可知《古风二首》是李绅举进士时行卷谒吕温的作品，而要确定其创作时间，就必须确定李绅拜谒吕温的时间，这可以从他们具体的行踪来确定。根据唐代士人行卷的规律，李绅选择吕温作为行卷的对象，必然是因为吕温当时具有一定的名望地位。吕温出生在一个诗礼簪缨之家，"祖考皆以文章至大官，早闻《诗》《礼》于先侍郎，又师吴郡陆贽，通《春秋》，从梁肃学文章。勇于六艺之能，咸有所祖。"贞元岁，以文章名动三川，连中两科，由是闻名。"贞元中，天子之文章焕乎垂光，庆霄在上，万物五色。天下文人为气所召，其生乃蕃。……东平吕和叔实生是时，而绝人远甚。始以文章振三川，三川守以为贡士之冠。名声四驰，速如羽檄，长安中诸生咸避其锋。两科连中，芒刃愈出。"②这样看来，

---

① 孙光宪：《北梦琐言》序，上海古籍出版社1981年版，第2页。
② 刘禹锡：《唐故衡州刺史吕君集纪》，瞿蜕园《刘禹锡集笺证》卷十九，上海古籍出版社1989年版，第508—509页。

吕温在进士及第前后，因其"天才俊拔，文彩赡逸"①，已经声名远播，在青年士子中更是声望颇高。然而要举荐他人，吕温必须要有一定的职务。又据清徐松《登科记考》卷十四，吕温贞元十四年进士及第，贞元十五年登博学宏词科，也就是上文所说的"两科连中"。这样吕温就可以被直接授予官职。《唐诗纪事》卷四三"吕温"条云："贞元中，连中两科，德宗召为集贤校书。"② 集贤校书品级虽不高，却可以推荐他人，况且吕温还"与翰林学士韦执谊善"。也就是说，李绅拜谒吕温之时间必定在贞元十五年授予集贤校书之后。

再考察吕温贞元十五年后之行踪。《旧唐书》卷一百三十七《吕渭传》云：吕渭"贞元十六年卒，年六十六，赠陕州大都督。"又吕温《唐故通议大夫使持节都督潭州诸军事守潭州刺史兼御史中丞充湖南都团练观察处置等使赐紫金鱼袋赠陕州大都督东平吕府君墓志铭并序》亦谓吕渭"以（贞元）十六年七月一日薨于镇，享年六十有六。"吕渭为吕温父，吕渭贞元十六年七月一日卒，吕温当居父丧三年，从贞元十六年七月至贞元十九年七月，吕温都不可能会见并举荐他人，故卞、卢二人之编年显然有误。又《旧唐书·吕温传》云：贞元十九年，吕温"起家再命拜左拾遗"，吕温起家再拜当在这年七月以后，此时李绅恰在吴越一带游历，其《苏州画龙记》可证，则贞元十九年李绅拜谒吕温的可能性也不存在。贞元二十年，吕温以侍御史为入吐蕃使，李绅这年九月始至长安，元稹《莺莺传》云："贞元岁九月，执事李公垂宿于予靖安里第"，"贞元岁"根据陈寅恪等人的考证是贞元二十年，故贞元二十年也可排除。吕温出使吐蕃返回长安在元和元年，元和元年正月李绅已进士及第，再无"求知"的必要。因此，贞元十七、十八、十九、二十年，以及永贞元年，李绅都不可能拜谒吕温。

根据以上两人的行踪，李绅拜谒吕温的时间当在贞元十五年授予集贤校书之后而在贞元十六年七月一日之前。据诗意，李绅似乎是有感于农民秋熟而一无所获的社会现实，因此贞元十五年（799 年）的可能性更大，故把《古风二首》的编年定在贞元十五年秋是比较可靠的。

---

① 《旧唐书》卷一百三十七《吕温传》，中华书局 1975 年版，第 3769 页。
② 王仲镛：《唐诗纪事校笺》卷四十三，巴蜀书社 1989 年版，第 1171 页。

第二节　经典的确立：从民间到庙堂

任何一首诗歌的经典化过程都不是一蹴而就的，而是一个不断累积、逐渐深化的过程，就《古风二首》而言大致经历了从民间传诵到文人接受，再到统治者的极力宣扬这样一个经典化过程。

《古风二首》是李绅出仕前的作品，由于受到吕温的激赏而闻名，始在民间传诵。唐代士人在科举考试之前，为了呈现自己的文才，引起被谒者的注意和提携，往往有行卷的习惯。李绅以《古风二首》求荐吕温，其直接目的无疑是想通过吕温来扩大自己的文名与影响客观上却促成了此诗的传播，成为它走向经典的开始。虽然吕温的评析简短，但他对诗歌反映问题的深刻性，以及所传递出的重要政治文化信息的认识，却确定了后人接受的基础与基调，并得到最高统治者的认可。不过，在当时的情况下，尽管有声名已著的吕温的激赏，李绅毕竟是才秀人微，还无法上达宸聪，引起统治者的注意，只能流播民间，结果却是在民间广为传诵。如《旧唐书》本传云："乡赋之年，讽诵多在人口。"[1] 李绅求荐吕温的时间大概在贞元十五年，《旧唐书》所云当指此。另外，范摅《云溪友议》的记载本身也证明了此诗在民间的流传。《云溪友议》的材料来源，是自己亲历或亲闻而来，"昔藉众多，因所闻记""因事录焉"[2]，撰成此书，这充分说明诗歌在民间流传广泛，才有范摅的记载。也因为民间的流传，后来孙光宪撰《北梦琐言》，却误将《古风二首》之二"锄禾日当午"窜入聂夷中诗中（见其卷二），让人真假莫辨。民间的传诵是其经典化的一个重要过程，由于民间的传诵，不但没有因为统治者对它的忽略与轻视而消失，反而发挥了由下而上的作用，影响了后来统治者对它的主动接受。与民间的这种反响热烈情况相对，最初的统治者似乎是无意去接受，甚至是因为害怕而排斥、反对，这从统治者在对待由李绅与白居易、元稹倡导的新乐府运动的态度中可以看出。新乐府运动作为李绅《古风二首》创作精神的延续，其规模与影响无疑更大，但当时的主政者不但拒不接受，反而欲箝其口而借机贬斥，使得这一运动如昙花一现。而李绅作为这一运动的首倡者，也从此三缄其口，诗歌的创作也由此而转变，

---

① 《旧唐书》卷一百七十三《李绅传》，中华书局1975年版，第4497页。
② 范摅：《云溪友议》序，古典文学出版社1958年版，第3页。

由乐府精神的自觉继承者转向齐梁诗风的模仿者，雍容闲雅之气取代了对现实的揭露与批判。一个突出的表现就是，晚年的李绅编订自己的诗集《追昔游集》，早年的乐府诗完全放弃，包括给他带来巨大声誉的《古风二首》，连李绅自己都无视这些作品，就遑论统治者了。而统治者对《古风二首》的接受也由此可知。

由于政治和党争的因素，加上中唐文学审美风尚的影响，当时文人对《古风二首》的接受不多，只有李绅的好友元稹、白居易或许受到了一定的影响，在参与新乐府运动的过程中写过一些反映民众疾苦的诗篇。在当时或稍后的唐诗选本中，如令狐楚《御览诗》、姚合《极玄集》、韦庄《又玄集》、韦縠《才调集》等并没有将此诗选入，反映了当时文人对它的冷落。不过，在晚唐五代，出现了一批能真切反映农民疾苦的悯农诗人，如皮日休、聂夷中、杜荀鹤、于濆等，他们创作了大量的悯农诗。这些悯农诗大多源于他们的亲闻所见，通过对具体场面的细节描写反映农民生存的艰难与生活的悲惨，令人不忍卒读，寄寓了他们对百姓疾苦的深切同情。由于他们出身贫寒，与下层民众特别是农民有一种天然的亲近感，故能与李绅产生共鸣，在反映农民的生存状态与寄寓同情的态度上是一致的，因而他们也就能很自然地接受《古风二首》，并在创作上受其影响。如聂夷中的《田家诗》"父耕原上田，子斸山下荒。六月禾未秀，官家已修仓。"从绝句的表现形式、语言的通俗易懂、表达的深沉含蓄等方面都可以看出《古风二首》的影响，难怪孙光宪《北梦琐言》会将两者合在一起，误为同一作者。如果说上述诗人的悯农诗创作与他们的出身有关，并不完全是受李绅《古风二首》的影响的话，那么，其他一些与农民关系相对较远的文人，他们的悯农诗创作则受到《古风二首》的直接影响，甚至就是一种有意识的拟作。如晚唐五代的郑徵君，据《鉴诚录》记载其为诗"皆除淫靡，迥绝嚣尘"，有模拟李绅《古风》诗，"李相公绅有《悯农》之叶，郑徵君云叟继之，名公不敢优劣。李公诗曰：'锄禾日当午，汗滴禾下土。岂知盘中餐，粒粒皆辛苦。'郑君诗曰：'一粒红稻饭，几滴牛领血。珊瑚树下人，衔杯吐不歇。'"[1] 从这首拟作诗本身内容与艺术来看，与原作显然相去甚远，更不要说相提并论。但它的出现对于《古风二首》来说却具有重要意义，意味着《古风二首》被中唐文人忽视的现象开始出现转变。从晚唐悯农诗人的自觉接受，到其他诗人的有意模仿，这标志着《古风二首》最终为文人所重视和接受，向经典化迈

---

① （五代）何光远：《鉴诚录》卷八，清知不足斋从书本。

出了第一步。

　　在晚唐五代文人接受的基础上，两宋时期文人选诗、评诗、拟诗的热情不断，掀起了《古风二首》接受史的一波高潮。在现存的宋人笔记、诗话、诗文集中，有十数种记录或选用了《古风二首》，可见宋人之热情与重视。从这些笔记、诗话、诗文集中我们既可以看到宋人对前人接受的延续，也可看到宋人的全新阐释，开拓新的接受视野。如在笔记和诗话中，大多是直接引用《云溪友议》原文，这表明他们接受了吕温的评论，这是对前人接受的延续。而在胡仔《苕溪渔隐丛话前集》中胡氏对"锄禾日当午"一诗评论道："此数语最佳，其余虽有讽刺亦俚甚矣。"① 胡氏应该是受《北梦琐言》的影响误为聂夷中诗，故这里的"其余"大概是指聂夷中其他的悯农诗，它们的区别就在于艺术手法的高低。"其余"讽刺过于直露，显得浅俗，这一首虽含谏劝，但用辞隐约、文辞委婉，符合《诗经》以来"主文而谲谏"的诗歌传统。胡氏虽然误为聂夷中诗，但眼光不差，能将它与"其余"区别开来，所言也的确道中了它与"其余"的区别，这也是它能够成为经典的众多原因之一。显然，胡氏的阐释是在艺术手法方面，有别于吕温的社会内容阐释，这是宋人对前人接受的开拓。另外，宋人的一些唐诗选本不约而同地选录《古风二首》，不同于晚唐五代人的冷落态度，这也是对前人接受的一个突破。选诗是古人用来宣扬自己的诗歌主张和审美理念的重要方式，取舍之间往往蕴含价值判断与审美标准，所以古人都非常重视诗选，唐宋以后尤其如此。中晚唐人不选《古风二首》的原因虽有政治的因素，但审美取向的不同是主要的，或者以文辞美为标准，或者以意境的玄淡为追求，宋人显然不愿意接受这种主张。于是他们另立标准，如《唐文粹》，姚铉在序中明确表明自己的主张是："止以古雅为命，不以雕篆为工，故侈言曼辞，率皆不取。"② 其目的无非要纠偏，"抗文苑之菁华，备艺林之摭拾；救六朝之沿弊，足继风骚。"故选诗只取古体，而《古风二首》的入选也就是必然。由于《唐文粹》鉴裁精当，去取谨严，有宋一代极为盛行③，因而不可避免地会对后来的一些唐诗选本产生影响，自然《古风二首》入选更多的唐诗选本也就不奇怪，如陈应行《吟窗杂录》、洪迈《万首唐人绝句诗》、佚名《锦绣万花谷》等。而这些唐诗选本的选入，不但扩大了《古风二首》对宋人的影响，提高了它的知名度，也进一步确立和巩固了它在唐诗中的地位，这

---

① 胡仔：《苕溪渔隐丛话》前集卷二十四，人民文学出版社 1962 年版，第 161 页。
② 姚铉：《唐文粹序》，四部从刊本《唐文粹》。
③ 如周必大《文苑英华序》说：《唐文粹》"由简故精，所以盛行。"

也是诗歌经典化的必然途径。

宋人不拘泥于前人，因而也就开拓了《古风二首》接受史的新天地。如果说晚唐五代对《古风二首》的接受是"犹抱琵琶半遮面"，那么，两宋则是"轻舟已过万重山"，为明清的经典化确立奠定了坚实的基础。

明代对《古风二首》的接受主要体现为统治者对它的宣扬与倡导。与其他唐诗经典不一样，《古风二首》的接受者具有多样性，不但可以为下层百姓、普通文人所接受，也因为其含有讽喻训诫和教育教化的功用而为统治者所接受。对于开明的统治者而言，它的"以下讽上"的讽喻功能可以时刻提醒自己予民休养生息，避免竭泽而渔，它的教育功能又可以用来训诫臣子不要过分压榨百姓，多关心民瘼，发展生产。在五代时期，后唐明宗李嗣源就曾咏聂夷中《田家诗》以自诫，据欧阳修《新五代史·冯道传》载：明宗问冯道曰："'天下虽丰，百姓济否？'道曰：'谷贵饿农，谷贱伤农。'因诵文士聂夷中《田家诗》，其言近而易晓。明宗顾左右录其诗，常以自诵。"①李嗣源为少数民族，文化程度不高，对唐诗更知之甚少，如果他知道李绅的《古风二首》，定会喜欢有加，自诵不已。北宋时期，宋真宗曾作《悯农歌》赐近臣和，诗歌今已不见，是否为拟《古风二首》不得而知。可见还是有不少开明的统治者重视悯农诗的训诫教育作用的。明代时期，统治者似乎更清楚地意识到了这一点。作为悯农诗中最具代表性的《古风二首》，它在民间的传诵和文人对它的推崇，也使得统治者开始重视起来，并利用它来宣谕教化与诫励臣民。如明太祖朱元璋，据《椒宫旧事》记载："上登香云阁观后苑刈稻，上命宫人取酒来，为赏丰饮。令妃诵诗侑酒，妃为歌李绅《悯农》诗，上大悦，赐予有加。"②朱元璋令妃观刈稻本意在体验农夫辛苦，而妃诵李绅《悯农》诗，正合其意，故大加赏赐褒扬，以示不忘本，体恤民情，并借机训示众人。后朱元璋的继承者同样很善于利用此诗来宣扬其仁民之举和休养生息之政。如明仁宗朱高炽就常常以"锄禾日当午"诗警示自己，还亲书此诗以教太子朱瞻基，谓农事之艰难。朱瞻基继位后，还念念不忘仁宗训诫，并以之告诫臣子，据清蒋伊《万世玉衡录》卷二载："宣宗宣德元年，上午朝退，语侍臣曰：'天气尚炎，正农夫耕耘之时。'因诵聂夷中（当作李绅，作者注）'锄禾日当午'之诗，曰：'吾每诵此，未尝不念农夫也，勤苦终岁，犹不免于饥寒，国家诚轻徭薄赋，贵农重谷，禁止游食，则

① 欧阳修：《新五代史》卷五十四《冯道传》，中华书局1974年版，第613页。
② （明）王达：《椒宫旧事》，《中国野史集成》二十二册，巴蜀书社1999年版，第455页。

人咸乐于耕稼矣。"① 明初统治者大都经历过战乱，比较了解百姓疾苦，在王朝建立之初，他们也相对开明务实，故能主动接受《古风二首》的讽喻劝戒，并有意识地加以宣扬，以诫示各级官吏，要轻徭薄赋，爱惜民力，发展生产。统治者的这种心理，焦竑《养正图解》揭示的最为清楚，其云："悯农诗曰：'锄禾日当午，汗滴禾下土。谁知盘中餐，粒粒皆辛苦。'言人藉农以养，不可不知农之劳苦也。……此小诗常常讽诵，常思农夫耕田百亩，粟入几何，输租几何，粪工几何，徭役几何，除输官租徭役之外所余几何，乃知四民之中，惟农最苦。而贪暴之吏又从而剥削之，下情隔远，不得上达，自非留心民瘼，万方体恤安能使之得其所哉。"② 正是从这种心理出发，明代统治者才会大力宣扬《古风二首》，将它提高到经典的地位，而且从明初几代最高统治者都积极地宣传的态度看，他们是很认真的。当然，统治者的最终目的是为了稳固自己的统治，但客观上却为《古风二首》的经典化作出了重要贡献，树立了其经典的地位。

由于最高统治者的倡导，文人对《古风二首》的关注度可以说是异常热烈，超过其他任何时代。一般的选诗、和诗、拟诗自不必说，最值得重视的是文人的解读，有意无意间总是将它和治国安邦联系在一起，试图去树立它经典的地位。如徐三重在《家则》对《古风二首》教育意义的论述："故子孙居乡宜身亲耕种之事，以习知农家艰苦，则自然爱惜天物，不敢骄夸奢。而移以居官，所谓节用爱人之理亦在其中矣。唐李绅《悯农》诗……。呜呼，士君子若念此，恐不忍饱食粥饭，况敢纵恣口腹并诸浪费。"③ 徐三重以谆谆之口吻，通过《古风二首》告诫教育子女如何去居乡、为官，言语之中已透露出经典的意味。又如姚牧舜在其《重订〈诗经〉疑问》卷三中论《七月》一诗云："古诗云：'锄禾日当午，汗滴禾下土。谁知盘中餐，粒粒皆辛苦。'又云：'昨日出城郭，归来泪满襟。遍身绮罗者，不是养蚕人。'又曰：'二月卖新丝，五月粜新穀。医得眼前疮，剜却心头肉。但愿君王心，化作光明烛。'此三诗足发《豳风》之义，君心玉烛敢有望于今日云。此当合《尚书·无逸》一篇看。"④《尚书·无逸》是儒家经典，宣扬的是以农为本、重农保民的思想，是中国古代封建王朝农业立国思想的来源，姚牧舜将

---

① （清）蒋伊：《万世玉衡录》卷二，《续修四库全书》949 册，上海古籍出版社 2002 年版，第248 页。
② （明）焦竑：《养正图解》卷下，江苏古籍出版社 1988 年版，第 172 页。
③ （明）徐三重：《家则》，清抄本。
④ 姚牧舜：《重订〈诗经〉疑问》卷三，四库全书本。

"锄禾日当午"一诗与之相提并论,与最高统治者的论调几乎一致,经典化的意识也非常明显。不过,这也绝不是明代文人为讨好最高统治者的敷衍之论,清人也是认可这种说法的。如黄叔灿在《唐诗笺注》中论道:"以戒奢,可当《无逸》诗。"① 又贺裳《载酒园诗话》云:"'诗有别趣,非关理也'。然理原不足以碍诗之妙也,如元次山《春陵行》、孟东野《游子吟》、韩退之《拘幽操》、李公垂《悯农》诗,真是六经鼓吹。"② 李锳《诗法简易录》也云:"此种诗纯以意胜,不在言语之工,《豳》之变风也。"③ 从这些评论中,我们也可以清楚地看出在讽喻训诫方面,他们也认为《古风二首》可以与儒家经典相提并论,实际上它也是《诗经》精神的延续。看来,清人也是认可《古风二首》的经典地位的。

经过历代文人的不断宣扬,在明代统治者的认可下,《古风二首》的经典地位得以确立,由民间走向了庙堂。从民间到文人,再到统治者,也是《古风二首》在古代被接受的三部曲。

第三节 接受与阐释:以农为本的思想

在中国古代诗歌史上,悯农诗虽然数量众多,但只有《古风二首》能得到统治者如此大力的宣扬与倡导,其根本的原因,是因为《古风二首》反映和揭示的社会问题,体现了中国几千年农业社会立国的根本思想——以农为本的思想,而这正是历代统治者最为关心而又最易忽视的问题,因而才引起统治者如此的重视与注意,成就了经典。

众所周知,中国自古以来就是一个农业社会,农业问题往往关乎封建王朝的兴衰成败,因而"以农为本"的思想也成为封建时代统治者的基本执政理念。从现有的文献资料来看,这种思想在成周时期就已形成,当时周公担心成王年幼贪图逸豫享乐,故作《无逸》相告诫,周公曰:"君子所其无逸。先知稼穑之艰难,乃逸,则知小人之依。相小人,厥父母勤劳稼穑,厥子乃不知稼穑之艰难,乃逸乃谚。"孔颖达正义为:"民之性命,在于谷食,田作虽苦,不得不为。寒耕热耘,沾体涂足,是稼穑为农夫艰难之事。在上

---

① 黄叔灿:《唐诗笺注》,转引自霍松林《万首唐人绝句校注集评》,山西人民出版社 1991 年版,第 1175 页。

② 贺裳:《载酒园诗话》卷一,《清诗话续编》,上海古籍出版社 1983 年版,第 209 页。

③ 李锳:《诗法简易录》,转引自《唐诗汇评》,浙江教育出版社 1995 年版,第 2237 页。

位者，先知稼穑之艰难，乃可谋其逸豫，使家给人足，乃得思虑不劳，是为'谋逸豫'也。"① 周公告诫成王，民以食为天，农事生产虽然辛苦，但也不得不为。作为统治者若能体会农民的艰辛，让他们努力生产，家给人足，然后再考虑逸豫之事才不会有危险。周公对成王的谆谆告诫，以及从中所体现出来的重农保民的思想，对于后来的统治者既具有警示意义，又具有引导作用。开明的君主往往能认识到这一点并躬身而践行，由此而实现国家的大治。如开创中国历史上第一个治世的汉文帝，其对农业的重视可视为古代帝王的榜样，不但多次下诏反复强调要以农为本，还亲作表率，以示劝农。如文帝三年春下诏曰："夫农，天下之本也，其开籍田，朕亲率耕，以给宗庙粢盛。民谪作县官及贷种食未入、入未备者，皆赦之。"同年九月再下诏曰："农，天下之大本也，民所恃以生也，而民或不务本而事末，故生不遂。朕忧其然，故今兹亲率群臣农以劝之。其赐天下民今年田租之半。"② 汉文帝重农、劝农，其所颁布的一系列减轻农民赋税、徭役的惠民政策，使西汉的农业生产很快发展起来，国家由此走向强盛。唐朝贞观之治的开创者唐太宗同样如此，他反复强调劝民务农的重要性，云："国以民为本，人以食为命，若禾黍不登，则兆庶非国家所有。既属丰稔若斯，朕为亿兆人父母，唯欲躬务俭约，必不辄为奢侈。朕常欲赐天下之人，皆使富贵。今省徭赋，不夺其时，使比屋之人，恣其耕稼，此则富矣。"③ 李世民亲身经历过隋末农民起义，对隋炀帝横征暴敛给百姓带来的灾难非常清楚，故不但自己厉行节约，更强调要鼓励农民生产，省徭薄赋，不夺其时。欧阳修有云："农者天下之本也，而王政所由起也。"④ 从汉文帝、唐太宗等开明君主对农业的重视来看确实如此。

　　一般来说，王朝建立之初，统治者出于巩固和稳定政权的需要，会比较注意减轻农民负担，发展生产，"以农为本"的政策执行的比较彻底，而到了中后期，统治者往往耽于享乐，"以农为本"的理念被抛之九霄，农民负担日益加重，导致民不聊生。李绅青少年时期的社会现实就是如此。李绅是在无锡度过他的童年和少年，青年以后开始到吴越一带漫游，对于江南一带

---

① 《尚书正义》卷十六《无逸》，李学勤主编《十三经注疏》，北京大学出版社 1999 年版，第 429—30 页。
② 《汉书》卷四《文帝纪》，中华书局 1962 年版，第 117—118 页。
③ 吴兢：《贞观政要》卷第八，上海古籍出版社 1978 年版，第 238 页。
④ 欧阳修：《原弊》，洪本健《欧阳修诗文集校笺》外集卷第九，上海古籍出版社 2009 年版，第 1568 页

农民的生存状况比较了解。安史之乱后,江南一带成了唐朝廷财政收入的主要来源,"赋之所出,江淮居多"①,北方战乱不断,百姓的赋税负担也就不断加重。为了缓解朝廷财政压力,也为减轻百姓负担,唐德宗继位后,任命杨炎为宰相,始行两税法。然而实施过程中流弊丛生,反而加重了百姓负担,民众苦不堪言。两税法施行之初,明确规定:"今后除两税外,辄率一钱,以枉法论"②,然而唐德宗为了满足自己聚敛的嗜好和应付各种军费开支的需要,巧立名目,任意设置赋税,如间架税、除陌税、茶税等。地方官吏在征收各种杂税时乘机暴敛,大肆贪污,以至"怨黩之声,嚣然满于天下"③。同时,由于两税法实行的是定税计钱、折钱纳物的征收方式,导致通货紧缩,物轻钱重,同样的税费因为物价的下跌而不得不变卖更多的实物,"初定两税之时,百姓纳税一匹,折钱三千二三百文,大率万钱为绢三匹,价计稍贵,数则不给。……近者百姓纳绢一匹,折钱一千五六百文,大率万钱为绢六匹,价既转贱,数则渐加,向之蚕织不殊,而所输尚欲过倍。"④ 为了交税,百姓不得不大量贱卖实物,豪商富室又趁百姓急难之需借机压价,"天下农人,皆当枭鸞,豪商富室,乘急贱收,旋致罄竭,更仍贵枭,往复受弊,无有已时"⑤。这样就形成了一种恶性循环,农民的负担不断加重。一年下来,农民的辛苦除了完成赋税之外几乎一无所获,甚至出现了在丰收之年农民犹忍饥挨饿的怪现象。《资治通鉴》卷二三三载:贞元三年,"自兴元以来,至是岁最为丰稔,米斗直钱百五十、粟八十,诏所在和籴。庚辰,上畋于新店,入民赵光奇家,问:'百姓乐乎?'对曰:'不乐。'上曰:'今岁颇稔,何为不乐?'对曰:'诏令不信。前云两税之外悉无他徭,今非税而诛求者殆过于税。后又云和籴,而实强取之,曾不识一钱。始云所籴粟麦纳于道次,今则遣致京西行营,动数百里,车摧马毙,破产不能支。愁苦如此,何乐之有!每有诏书优恤,徒空文耳!恐圣主深居九重,皆未知之也!'"⑥ 农人与德宗的这段对话犹如现代的黑色幽默,发人深省,真实而深刻地反映了当时农民与农村的生存状态,读之令人为之嗟叹唏嘘。

① 《旧唐书》卷一二三《第五琦传》,中华书局 1975 年版,第 3517 页。
② 《旧唐书》卷十二《德宗纪上》,中华书局 1975 年版,第 324 页。
③ 《宋本册府元龟》卷五一十《邦计部·重敛》,中华书局 1988 年版,第 1291 页。
④ 陆贽:《均节赋税恤百姓第一条》,《陆宣公集》卷二十二,浙江古籍出版社 1988 年版,第 250 页。
⑤ 杜佑:《通典》卷十二《食货·轻重》,中华书局 1992 年版,第 295—296 页。
⑥ 《资治通鉴》卷二三三,中华书局 1956 年版,第 7508 页。

　　李绅将自己对江南农民与农村真实状态的了解通过《古风二首》深刻地反映了出来。前一首，主要反映农民赋税的沉重，提醒统治者要轻徭薄赋，不可竭泽而渔。诗歌前三句极力渲染丰收的景象，最后一句却一落千丈，在强烈的反差中突出丰年而百姓挨饿的悲惨现实，在带给读者强烈震撼的同时也不禁引起人们的反思。赋税的制定，一般来说要依据“量入为出”的原则，保持一种平衡，这是因为“地力之生物有大数，人力之成物有大限，取之有度，用之有节，则常足；取之无度，用之无节，则常不足。生物之丰败由天，用物之多少由人。是以圣王立程，量入为出，虽遇灾难，下无困穷”①。只有这样才能维持农业长久的发展，保持国家的和谐稳定。然而现实却是统治者为了一己之私欲肆意打破这种平衡，任意加税，取之无度，“但务取人以资国，不思立国以养人，非独徭赋繁多，复无蠲贷，至於徵收迫促，亦不矜量。蚕事方兴，已输缣税；农功未艾，遽敛谷租。上司之绳责既严，下吏之威暴愈促，有者急卖而耗其半直，无者求假而费其倍酬。”②这种竭泽而渔的行为从根本上讲是与“以农为本”的国策相违背的，它导致的后果就是务农之人日少，而惰游之人日多，所谓“耕桑之赋重，则恋本之心薄；惰游之户众，则富庶之道废”③，必然会动摇唐王朝的统治基础。当时的许多有识之士，如陆贽、齐抗，以及与李绅同时的一些胸怀天下的青年才俊，如白居易、元稹、李翱等，都认识到了这个问题的严重性。而李绅则是他们中最早用诗歌来表现这种忧虑的。诗中李绅既对百姓忍饥挨饿的悲惨遭遇表示深切同情，也为统治者这种不顾农民死活，竭泽而渔的短视行为表示愤慨与不满。但这都不是他的主要目的，他的主要目的是希望自己的诗歌能上达宸聪、以下讽上，让统治者认识到现实的危局，重新回到“以农为本”的国策上来，轻徭薄赋，修养生息，发展生产。虽然这只是青年李绅的一厢情愿，但已经难能可贵了，直到他后来走进仕途时仍念念不忘，这直接体现在他后来所作的《闻里谣效古歌》中，“乡里儿，桑麻郁郁禾黍肥，冬有襜褕夏有绤。兄锄弟耨妻在机，夜犬不吠开蓬扉。乡里儿，醉还饱，浊醪初熟劝翁媪。鸣鸠拂羽知年好，齐和杨花踏春草。劝年少，乐耕桑。使君为我剪荆棘，使君为我驱豺狼。林中无虎山有鹿，水底无蛟鱼有鲂。父渔子猎日归暮，月明处处舂黄粱。乡里儿，东家父老为尔言，鼓腹那知生育恩？莫令太守驰朱轓，悬鼓一鸣卢鹊喧。恶声主吏噪尔门，唧唧力力烹鸡豚。乡里

---

① 陆贽：《均节赋税恤百姓六条》之二，《全唐文》卷四百六十五，中华书局 1983 年版，第 4754 页。
② 陆贽：《均节赋税恤百姓六条》之四，《全唐文》卷四百六十五，中华书局 1983 年版，第 4757 页。
③ 元稹：《对才识兼茂明於体用策》，《全唐文》卷六百五十二，中华书局 1983 年版，第 6626 页。

儿，莫悲咤。上有明王颁诏下，重选贤良恤孤寡。"诗中所描绘的农村生活，没有繁重的赋税，没有胥吏的催逼，人人自得其乐，生活富足安康，大概就是李绅认为的"以农为本"社会的理想状态。

后一首是提醒统治者要体恤民情，爱惜民力，"知稼穑之艰难"。它由前一首自然引出，又是对前一首的补叙。"一粒粟"变成"万颗子"，以及四海之内的丰收景象，都不是自然生成的，而是由农民在烈日下的无数汗水换来的，因此大家应当珍惜每一粒粮食。然而那些富贵之家，当他们在尽意享受这盘中美餐，或者将之弃如泥沙时，哪里会想到这其中的辛苦。此诗虽以平常语写出，但却有无限深意，教育诫示意图明显，清人吴端荣《唐诗笺要》就说："至情处莫非天理。暴殄天物者不怕霹雳，却当感动斯语。"① 今人把它当作儿童启蒙教育之诗歌也因如此。李绅在诫示世人、讽喻统治者的同时，也是在进一步宣扬他"以农为本"的理念。古代农业生产技术落后，农人必须一年四季不停地劳作，农人的艰辛可想而知，统治者若能感同身受了解农人的这种辛苦，对百姓加以体恤，国家就不会有危险。如周公在总结商朝覆亡的教训时，就认为商末君王"不知稼穑之艰难，不闻小人之劳"是重要原因，故反复劝诫成王要"先知稼穑之艰难"，懂得重农保民，才能治理好国家。不过统治者多出身于温柔富贵之中，五谷不分，四体不勤，根本不知稼穑之艰难，像南齐时齐武帝长子文惠，"尝幸东田观获稻，（范）云时从。文惠顾云曰：'此刈甚快。'云曰：'三时之务，亦甚勤劳，愿殿下知稼穑之艰难，无徇一朝之宴逸也。'文惠改容谢之。"② 像文惠这样不知稼穑艰难的贵族在历代统治者当中必不是少数，一旦治国则危殆矣。中唐统治者大概就是如此，像前面提到的唐德宗，百姓处于水深火热中还以为安乐。李绅正是看到了中唐统治者这种高高在上，无视冷漠对待农人生产和生活的艰辛，故以此诗戒侈，并希望统治者清醒过来，爱民恤农，重农保民，重新回到"以农为本"的轨道上来。然而中唐统治者并没有正视李绅的讽喻，反而是明初的统治者对此诗理解最深，常常以诗自省与自励，如明宣宗"戊申午朝退。上语侍臣曰：'天气向炎，正农大耕耘之时。'凶诵聂夷中'锄禾日当午'之诗，且曰：'吾每诵此，未尝不念农夫。'又曰：'朕八九岁读书，皇考临视，亲举笔写是诗以示，且问曰解否，对曰稼穑艰难在此也，皇考笑

---

① 吴端荣：《唐诗笺要》，转引自霍松林《万首唐人绝句校注集评》，山西人民出版社1991年版，第1175页。
② 《南史》卷五十七《范云传》，中华书局1975年版，第1417页。

而颔之。自是常教以农事，铭于心不敢忘。'"① 朱元璋出身贫寒，十分了解农业之艰辛与农民之疾苦，故能重农恤民，鼓励农民发展生产。他的继任者也大都经历过战乱，故能体会到李绅的良苦用心，每每以此自励，亦以示不忘本。

从李绅《古风二首》对"以农为本"的农业思想的宣扬中，我们可以看出李绅有很强烈的载道目的和干预现实的政治目标，因此有人把它仅看作是"以诗为贽"、展示才气的投谒之作，是不符合事实且站不住脚的。

---

① （明）沈国元编：《皇明从信录》卷十六，明末刻本。

结　　语

——对李绅及其诗歌的评价

会昌六年（846 年），李绅卒于淮南节度使任上。此时，唐宣宗刚开始清理李德裕党，李绅可谓死得恰逢其时，否则他就要再一次遭受贬谪之苦。但事情并没有结束，由李绅审理结案的吴湘案持续发酵，成为压垮李德裕及其党派的最后一根稻草。李绅也因此削夺官爵，子孙不得仕，两党相争也就此收场。至此，本书也要结束了。但还有一个重要的问题需要论述清楚，也就是对李绅及其诗歌作出一个实事求是的评价。这是一个比较难但又必须作出回答的问题，笔者根据以上对李绅及其诗歌的具体分析，仅在此简要阐述自己的个人观点。

一、对李绅个人的评价。李绅是一个深受儒家传统教育，谨守儒业，富于理想、进取心和同情心，正直刚硬，且又能脚踏实地，不断践行其理想的现实性官员，但其功利心重，过于沉浸于官场，且被卷入党争，故多为后人所诟病。就前一点而言，李绅家族曾经的荣耀，是鼓励其不断奋发进取追求功名的动力，而童年时期母亲的儒家启蒙教育，又使得他的思想和行为始终不偏离儒家的轨道。在个人生活上，李绅严格要求自己，行为端正，不受中唐士人浮薄风气的影响，没有狎妓嗜酒的不良习气，重视家庭和亲情，"一身累困怀千载，百口无虞贵万金"（《溯西江》），这是非常难能可贵的。在个人思想上，李绅对佛教态度比较复杂，一方面在仕途不顺身处困境时，为摆脱内心的痛苦，精神上栖身于其中，以求得心灵的平静；另一方面，思想上却始终与佛教保持若即若离的关系，以儒家的标准去衡量佛家，对待僧徒的态度苛刻，如《云溪友议》卷一记载的对龟山寺僧徒的规诫与嘲讽，对巧言滑舌老僧的棒打，在"会昌毁佛"中支持唐武宗和李德裕的政策，草拟命令僧尼还俗的条例法令（以上皆见前文第一章论述），这些都引起后世佛教徒的强烈不满，如《宋高僧传》就指斥他

"素于空门寡信，颇规僧过。"① 李绅对待佛教的这种复杂态度，与当时大多数文人都不一样，包括自己的好友元稹、白居易、刘禹锡。不过，需要特别说明的是，在李绅的《追昔游集》中有为数不少以佛道为题材的诗歌，如《宿越州天王寺》《题法华寺五言二十韵》等，之所以会出现这种情况，应该是因为李绅受到当时文人诗歌好以佛道为表现对象的风气的影响，只是其附庸风雅的一种表现，而不能据此就认为李绅崇信释道，更不能说李绅是把"佛学修养和儒家思想融为一体"② 了，这是不符合实际的。正是从儒家这样一种面向现实、关怀世事、脚踏实地的精神出发，李绅总是能够想到下层民众。在未正式成为统治阶级成员之前，李绅是以他的现实主义诗歌大胆反映民众疾苦，同情他们的不幸，呼吁统治阶级宽徭薄赋，减轻人民负担；在进入统治阶层后，李绅也能从自身实际出发，替下层社会做一些事情，如为寒士争取科试机会，大力奖掖提拔寒士等。后来在辗转地方期间，每到一地总能为当地百姓办事，政绩卓著。"羸牛未脱辕，老马强腾骧"（《奉酬乐天立秋夕有怀见寄》），这是李绅谨守儒业、积极有为的一面。就后一点而言，李绅热衷功名，迷恋权势，斤斤计较权位的得失，以位喜，以己悲，这一点在《追昔游集》中表露无遗。难怪毛晋感叹："或谓其饰志矜能，夸荣殉势，益知子陵、元亮为千古高人。"③ 儒家讲究"达则兼济天下，穷则独善其身"，尽管极少有人能真正做到这样，但至少要表现得含蓄一点，而李绅如此直白，后人批评就难免了。不过，这也正好说明李绅在思想方面确实没有受到道家的太大影响。他就是这样一个真切实际的符合现实生活逻辑的人。

二、对李绅卷入两党政治的评价。柳诒徵先生说："唐之牛僧孺、李德裕虽似两党之魁，然所争者官位，所报者私怨，亦无政策可言。故虽号为党，而皆非政党也。"④ 笔者以为柳先生后一句话是绝对正确的，不管是李党还是牛党，他们都还不是现代意义上的政党，这一点毋庸置疑。但前一句话则当区别看待。李绅作为李德裕坚定的同盟者和支持者，可谓一荣俱荣，一损俱损。如贬谪端州后李绅处境不断得到改善，职位也不断得到升迁，并在古稀之年入相，这都是李德裕援引的结果。又如李绅逝后因吴湘案而"削

① （宋）赞宁：《宋高僧传》卷二十四《唐湖州法华寺大光传》，中华书局 1987 年版，第 623 页。
② 见卞孝萱、卢燕平《李绅评传》，《中国历代著名文学家评传》续编一，山东教育出版社 1988 年版，第 798 页。
③ 毛晋：《汲古阁书跋·追昔游集跋》，上海古籍出版社 2005 年版，第 51 页。
④ 柳诒徵：《中国文化史》第十九章，上海古籍出版社 2001 年版，第 581 页。

三任官告"（《旧传》），而李德裕亦因此案而罢相远贬，死于崖州，两党相争至此结束。李绅也确有因两党相争而报私怨的行为。如会昌六年李绅在淮南节度使任上，因苏涤为李宗闵党，"为德裕所斥，累年郡守，至是，李绅言其无政"①，贬为连州刺史。又如李绅因杜牧附和牛党而愤怒指责他，"少尹严元容鞭胥吏、士人，怒其恋慕。留台御史杜牧，使台吏遮殴百姓，令其废祖帐。"（《拜宣武节度使诗序》）还有在处理吴湘案中的一些不合律法程序的行为也与此相关。但是我们不能因为李绅的这些过激行为就断定他在党争中完全出于私怨，一切都是为了个人的争权夺利。李绅与李德裕的关系，既不同于牛僧孺为了权位而与李逢吉结盟所形成的依附关系，也不同于牛僧孺与李宗闵因同年而形成的共同进退的朋党关系，他们之间是一种君子之交淡如水的关系。这从他们的诗文中可以反映出来。两人留存下来的诗文要比牛僧孺和李宗闵多得多，但在其中我们看不到两人的任何酬赠之作，甚至叙及交往的诗文都极少，反而我们能在李绅的诗歌中看到他和牛僧孺之间的交酬，可见李绅和李德裕之间没有牛党成员之间的亲昵关系和裙带关系，只是因性情相类、趣味相投，以及政治主张相同，而形成相互理解、互相敬重的朋友兼同僚关系。这就决定了他们之间行事相对光明磊落，而不会像牛党单凭个人好恶或私人利益，置朝廷或社会利益于不顾。如长庆年间李绅和李逢吉等人的斗争，李绅因支持裴度平定藩镇作乱而得罪李逢吉，故招来其反复的倾轧排斥，最终以诬构之名被贬。在这场斗争中李绅没有从党派利益出发替元稹、李德裕说话，考虑的是国家稳固与朝廷平藩大义，故在当时赢得了道义上的支持，正直人士如韦处厚力辩其枉，后来的王夫之也赞其为君子。可见李绅在这次党争中并非全是争权夺利之举，而是具有一定的反对奸邪的正义因素。后来李绅为政地方，动辄怕咎，战战兢兢，如履薄冰，尽管不断得到李德裕在朝中的援助，但因远离权力中枢而实际上也就远离了两党相争。会昌年间李绅辅佐李德裕讨平泽潞，其正义自不必多论，甚至李绅处理吴湘案，也是基于当时严惩贪赃的需要，是有先例可循的，只是夹杂着私怨而已，对于国家也只有益而无害。因此，以"所争者官位，所报者私怨"来简单概括李绅在党争中的行为是不恰当的。另外，李绅也不是一味附和李德裕，他也有自己独立的主张。如会昌四年李绅辞去宰相一职，史书云其以足缓，这或许是委婉的说法，更可能的原因是两人出现了不同意见，为不影响平叛，故辞去了宰相之职，而专心治理淮南为其提供财政支持。李绅与牛僧

---

① 《旧唐书》卷一八《武宗本纪》上，中华书局 1975 年版，第 610 页。

孺之间的良好私交，以及他能够与曾经不遗余力陷害自己的张又新"释然如旧交"①，都表明李绅并不是刻意报私怨之人，也并不完全以党派来划分圈子。因此，对于李绅的卷入党争一事不可以一概而论，应具体分析，既要看到其为私怨而相争的一面，更要看到其正直、正义的一面。

三、对李绅《追昔游集》的评价。在百花齐放、风格各异的中唐诗坛，李绅除了他的新乐府诗引起较大关注外，其他诗歌，主要是《追昔游集》，则默默无闻，历来评诗者论及的并不多，且评价并不高。如《唐音癸签》认为"李公垂《追昔游集》，大是宦梦难醒；然其揽笔写兴，曲备一生穷泰之感，亦令披卷者代为怃然。"② 主要是评价其诗歌内容，而对其艺术成就则不置一词，有看轻之意。又如《四库全书总目提要》云："绅与李德裕、元稹号'三俊'。白居易亦有'笑劝迂辛酒，闲吟短李诗'句。今观此集，音节喧缓，似不能与同时诸人角争强弱。然春容恬雅，无雕琢细碎之习，其格究在晚唐诸人刻划纤巧之上也。"③ 评价要稍好一点，但也不高。确实，上述评价都指出了《追昔游集》所存在的主要问题：躲进自我的狭小天地内，回避现实问题，抒发一己之私，有时沉醉于宦梦中，铺张声势，炫耀权位；有时描写祥瑞，粉饰太平，歌功颂德；有时着意表现自己的雍容闲适之情，做作之态明显。但这些只是《追昔游集》的一部分，如果从整体上对其分析，不管是在内容上，还是艺术上，《追昔游集》都有其自身的特色和价值。从内容方面来说。李绅以"追昔游"名集，抚今追昔之意非常明显。追昔之作在唐人中很常见，如杜甫《昔游》、元稹《追昔游》、薛逢《追昔行》等等，都是单篇作品，在内容的概括力和表现性上都有限。李绅则把过去的纪行之作与现今的追忆之作按时间和地点的顺序统一编排起来，在大跨度的时间与空间中"曲备一生穷泰之感"，向世人展现出自己自贬谪端州至节度宣武这段时期内心理与情感的曲折变化，勇于解剖自己，这种胆量与魄力，以及作品内容上的规模，都不是其他单篇作品能够媲美的，至于晚唐的"刻划纤巧"之作则更不能相比了。故毛晋云："忆游述怀，俯仰感慨，一洗唐人小赋柔靡风气"④。上述诸人都不约而同地注意到了这点，可见这确实是《追昔游集》的特色和超越其他诗人之所在。不仅如此，其中的有些作品，不但能和当时人角强争胜，"长歌则《苏台》（《姑苏台杂句》）一篇，短歌

---

① 见孟棨《本事诗》，丁福保《历代诗话续编》上册，中华书局1983年版，第9页。
② 胡震亨：《唐音癸签》卷七，上海古籍出版社1978年版，第70页。
③ 《四库全书总目》卷一百五十，中华书局2003年版，第1294页。
④ （明）毛晋：《汲古阁书跋·追昔游集跋》，上海古籍出版社2005年版，第51页。

则《莺莺》一曲，容姿朗秀，顾盼生情。《里谣》（《闻里谣效古歌》）七字，《古风》五言，不减张、王，渊然足讽。"① 而且可以和盛唐诗相较高下，如五排《趣翰苑造诬构四十六韵》，七古《过荆门》《涉沅湘》《逾岭峤止荒陬抵高要》等篇，"风格与盛唐著名诗家相类"②，这类作品放在盛唐诸作中，难辨真假。从艺术上来看，《追昔游集》的最大特色就是以七律为主。李绅的七律成就虽然不突出，却继承了大历诗人圆熟工整、自然流畅的特点，这从韦庄《极玄集》选李绅三首七律就可说明。相比于同时代的其他诗人元白居易、张王、韩孟等，他不但是唯一一个大力创作七律的诗人，在成就上也要更高，如元、白的七律就显得轻率流易，没有李绅的那么精炼整饬。如果从中晚唐七律的发展过程来看，李绅的大力创作七律也具有一定的意义。众所周知，七律成熟最晚，以盛唐成就最高，但数量不多，大历虽多，但没有谁能够像李绅一样以七律为主。大历之后至开成间，七律相对衰微，开成以后，七律又"尽态极妍，犹变风变雅也。"③故管世铭说："七言律至长庆以后，奄奄一息。温李二集，正如渔歌牧笛，忽闻钟鼓嘈吰。"④ 可见在大历诗人与晚唐温李之间，也就是说中唐两派主要诗人都不重视七律，而李绅却能够突破流俗，大力创作七律，接续大历而开启温李，这是值得肯定的，这也是李绅大力创作七律的贡献所在。可惜的是，这一点至今无人注意，故有必要强调。

以上是笔者对李绅及其诗歌评价的一点个人之见，或许不准确，敬请专家学者们批评指正。以此作为本书的结语。

---

① 宋育仁：《三唐诗品》，转引自陈伯海主编《唐诗汇评》中册，浙江教育出版社 1996 年版，第 2231 页。
② 王旋伯：《李绅诗注·前言》，上海古籍出版社 1985 年版，第 4 页。
③ 吴乔：《围炉诗话》卷三，郭绍虞编选、富寿荪校点《清诗话续编》上册，上海古籍出版社 1983 年版，第 552—553 页。
④ 管世铭：《读雪山房唐诗序例·七律凡例》，郭绍虞编选、富寿荪校点《清诗话续编》下册，上海古籍出版社 1983 年版，第 1555 页。

附录一：李绅年谱新编

说　明

1. 本谱按一般年谱体例，先叙谱主事迹，次引相关材料证明，后附相关人物事迹及本年大事。如有作品，则编于最后。

2. 本谱材料主要来源于新、旧《唐书》，相关诗文，后人笔记，金石材料以及各种地方志等。

3. 本谱之前，已有卞孝萱《李绅年谱》、卢燕平《李绅生平系年笺证》、蔡晓英《李绅年谱》，本谱皆有所借鉴和参考，仅在此表示衷心感谢。不过为行文方便，谱中将不再一一说明，只在重要观点处予以说明。在此基础上笔者又补充了较多材料，虽不能穷尽所有，但也近矣。而意见相左者，皆有所说明辩证。

李绅，字公垂

白居易《淮南节度使检校尚书右仆射赵郡李公家庙碑铭并序》（以下简称《家庙碑》，见朱金城《白居易集笺校》卷七十一）："仆射名绅，字公垂。"《旧唐书》卷一七三《李绅传》（以下简称《旧传》）："李绅，字公垂"；《新唐书》卷一八一《李绅传》（以下简称《新传》）："李绅，字公垂"，皆同。

按：绅，本指古代士大夫束于腰间，一头下垂的大带。《论语·卫灵公》："子张书诸绅。"邢昺疏："此带束腰，垂其余以为饰，谓之绅。"《礼记·玉藻》："绅长，制：士三尺，有司二尺有五寸。"郑玄注："绅，带之垂者也。"故字公垂。然后世好事者却以此杜撰荒诞不经之事，以天命相暗示，如《太平广记》卷四八引《续玄怪录》云："故淮海节度使李绅，少时与二友同止华阴西山舍。一夕，林叟有赛神者来邀，适有头痃之疾，不往，二友赴焉。夜分雷雨甚，绅入止深室，忽闻堂前有人祈恳之声。徐起窥帘，乃见一老叟，眉须皓然，坐东床上。青童一人，执香炉，拱立于后。绅讶之，心知其异人也，具衫履出拜之。父曰：'年小识我乎？'曰：'小子未尝拜睹。'老父曰：'我是唐若山也，亦闻吾名乎？'曰：'尝于仙籍见之。'老父曰：'吾处北海久矣。今夕南海群仙会罗浮山，将往焉。及此，遇华山龙斗，散雨满空。吾服药者，不欲令沾服，故憩此耳。子非李绅乎？'对曰：'某姓李，不名绅。'叟曰：'子合名绅，字公垂，在籍矣。能随我一游罗浮乎？'绅曰：'平生之愿也。'老父喜。有顷，风雨霁，青童告可行。叟乃袖出一简，若笏形，纵搋之，长丈余，横搋之，阔数尺，缘卷底坳，宛若舟形。父登居其前，令绅居其中，青童坐其后。叟戒绅曰：'速闭目，慎勿偷视。'绅则闭目，但觉风涛汹涌，似泛江海。逡巡舟止，叟曰：'开视可也，'已在一山前，楼殿参差，蔼若天外，箫管之声，寥亮云中。端雅士十余人喜迎叟，指绅曰：'何人也？'叟曰：'李绅耳。'群士曰：'异哉，公垂果能来。人世凡浊，苦海非浅，自非名系仙箓，何路得来？'叟令绅遍拜之。群士曰：'子能我从乎？'绅曰：'绅未立家，不获辞，恐若黄初平贻忧于兄弟。'未言间，群士已知：'子念归，不当入此居也。子虽仙箓有名，而俗尘尚重，此生犹沉幻界耳。美名崇官，外皆得之，守正修静，来生既冠，遂居此矣。勉之勉之！'绅复遍拜叟归。辞讫，遂合目，有一物若驴状，近身乘之，又觉走于风涛之上。顷之，闷甚思见，其才开目，已堕地而失所乘者。仰视星汉，近五更矣，似在华山北。徐行数里，逢旅舍，乃罗浮店也，去所止二十余里，缓步而归。明日，二友与仆夫方奔访觅之，相逢大喜，问所往，诈云'夜独居偶为妖狐所惑，随造其居。将曙，悟而归耳。'自是改名绅，字公垂，果登甲科翰苑，历任郡守，兼将相之重。"李绅改名之说，不见史料记载，或《续玄怪录》据"公垂"之名有天命暗示之意，故虚构此传奇。

排行二十，时号"短李"

李绅排行二十。白居易《代书诗一百韵寄微之》"笑劝迁辛酒，闲吟短李诗"句下注："辛大丘度，性迂嗜酒。李二十绅，形短能诗。故当时有迁辛、短李之号。"（朱金城《白居易集笺校》卷十六）又范摅《云溪友议》卷上《江都事》条载："又忽有少年势似疏简，自云辛氏郎君来谒，丞相于晤对之间未甚周至。悬车白尚书先寄元相公诗，曰：'闷劝迁辛酒，闲吟短李诗'，且曰：'辛大丘度性迂嗜酒，李二十绅短而能诗。'辛氏郎君即丘度之子也，谓李公曰：'小子每忆白廿二丈诗，曰'闷劝畴昔酒，闲吟廿丈诗'。李公笑曰：'辛大有此狂儿，吾敢不存旧乎？'"另元稹也有诗文提及，如《酬乐天东南行一百韵》"李多嘲蝘蜓，窦数集蜘蛛。"句下注："李二十雅善歌诗，固多咏物之作。"（《元稹集》卷十二）岑仲勉先生《唐人行第录》"又李二十绅"条有详细考述，可参看。

因其身形矮小，故有"短李"之号。《旧传》云："绅形状眇小而精悍，能为歌诗"。《新传》云："为人短小精悍，于诗最有名，时号'短李'。"《唐才子传》卷六："绅为人短小精悍，于诗特有名，号'短李'。"皆同。这类例子在唐诗中甚多，如白居易《江楼夜吟元九律诗成三十韵》："老张知定伏，短李爱应颠"句下自注云："张十八籍，李二十绅皆攻律诗，故云。"（朱金城《白居易集笺校》卷十七）又《编集拙诗成一十五卷因题卷末戏赠元九李二十》："一篇长恨有风情，十首秦吟近正声。每被老元偷格律，苦教短李伏歌行。"句下自注："李二十常负歌行，近见予乐府五十首，默然心伏。"（《白居易集笺校》卷十六）

长庆初，与元稹、李德裕同为翰林学士，时称"三俊"

《旧传》："穆宗召为翰林学士，与李德裕、元稹同在禁署，时称'三俊'，情意相善。"《新传》："穆宗召为右拾遗、翰林学士，与李德裕、元稹同时，号'三俊'。"据丁居晦《重修承旨学士壁记》，李德裕"元和十五年闰正月十三日，自监察御史充"，长庆二年二月十九日，改御史中丞出院；李绅，"元和十五年闰正月十三日，自右拾遗内供奉充"，"长庆二年三月二十七日，改中丞，出院。"元稹，"长庆元年二月二十六日，自祠部郎中，知制诰充"，"十月，迁工部侍郎出院。"则三人同在翰林的时间为长庆元年二月至十月。三人意气相投，意欲有为，政治上形成同盟，李党始成型，也因此而遭到李逢吉的怨恨嫉妒，党争渐起。

辩误：毛晋《汲古阁书跋·追昔游集》"与李文饶、元微之齐名，人号'元和三俊'。"李绅与李德裕、元稹同在翰林时间为长庆元年二月之后，称"元和三俊"不确，是毛晋的想当然。

因住长安新昌里宅，故有称其"新昌李相"者

李绅进京赴试时曾寄居元稹府第，后入京为官，主要居于新昌里，其诗《新昌宅书堂前有药树一株，今已盈拱。则长庆中于翰林院内西轩药树下移得，才长一寸，仆夫封一泥丸以归植。今则长成，名之天上树》可证。据此，知李绅长庆间及贬端州后重返京城皆寓居于新昌里。新昌里，即新昌坊，据徐松《增订唐两京城坊考》卷三在长安朱雀门街东第五街，即皇城东之第三街街东，南街东出延兴门。白居易为主客司郎中、知制诰时，亦寓居

新昌里。王旋伯《李绅诗注》谓："新昌宅为李绅在元和、长庆年间在西京寓居处。""随后贬斥端州，直到武宗会昌二年（842 年），从淮南节度使升任宰相职，再入西京居住。"是否如此，尚缺确切证据，姑存。

因其所居，故以"新昌李相"称之。宋人王谠《唐语林》卷六云："新昌李相绅，性暴不礼士。"又"武翊皇，府送为解头，及第为状头，宏词为敕头，时谓'武三头'，冠于一时。后惑于媵嬖薛荔，苦其冢妇卢氏。虽新昌李相绅以同年蔽之，而议论不容，终流窜。"

祖籍亳州谯县

沈亚之《李绅传》（《文苑英华》卷七九五）谓"李绅者，本赵人"，白居易《家庙碑》称其为"赵郡李公"，《旧传》亦有"本山东著姓"之说，皆称其郡望。按李绅曾祖李敬玄，新、旧《唐书》皆言其与赵郡李氏合谱，故赵郡为其郡望。

又晁公武《郡斋读书志》卷四中"李绅《追昔游》三卷"条云："右唐李绅，公垂也，亳州人。"；辛文房《唐才子传》卷六《李绅传》"绅字公垂，亳州人。"当依其祖籍。《新唐书》卷七十二上《宰相世系表》云：善权（李绅九代祖）"后魏谯郡太守，徙居谯。"又李绅曾祖敬玄，新、旧《唐书》皆谓"亳州谯人"。计有功《唐诗纪事》卷五亦云："李敬玄，亳州人。"据《旧唐书》卷三十八《地理志》一、《新唐书》卷三十八《地理志》二，亳州属河南道，所属县有：谯、酇、城父、鹿邑、真源、永城、蒙城。又《元和郡县图志》卷七：谯县"汉旧县，属沛郡，晋属谯郡。后魏无谯县，有小黄县。隋开皇三年，以小黄县属亳州，大业二年改小黄县为谯县。三年，以亳州为谯郡，县仍属焉"。

随父寓居无锡梅里

沈亚之《李绅传》："李绅者，本赵人，徙家吴中。"吴中指无锡，《旧传》："父晤，历金坛、乌程、晋陵三县令，因家无锡。"宋史能之《咸淳重修毗陵志》卷一六《人物》："李绅字公垂，父悟（晤），历晋陵令，因家锡山。"明朱昱《重修毗陵志》卷二十《人物志》："李绅字公垂，父悟（晤），历晋陵令，因家无锡。"佚名《无锡县志》卷三上《人物三》之二："唐李绅，字公垂，无锡之梅里人。父悟（晤），历晋陵令，因家无锡。"清吴存礼《梅里志》卷二："绅父悟（晤），官晋陵令，因家于锡之梅里。"以上史传记载也可得到当事人的诗文印证，如李绅《过梅里家于无锡四十载今敝庐数堵犹存今列题于后》组诗。其中《上家山》诗序云："余顷居梅里，常于慧山肄业，旧室犹存。"又如《唐故试太常寺奉礼郎赵郡李府君墓志文》（以下简称《兄志》，周绍良主编《唐代墓志汇编》）："常州无锡县寓居"。李绅子李濬《慧山寺家山记》（《全唐文》卷八一六）亦云："金陵之属毗陵南无锡县，有佛寺曰慧山寺，濬家山也。贞元、元和中，先丞相文肃公，心宁色养，家寓是县，因肄业慧山，时年十五六。"可证。

无锡，据《旧唐书》卷四十《地理志》三、《新唐书》卷四十一《地理志》五，与晋陵、武进、江阴、义兴四县同属江南道常州。又《元和郡县图志》卷二十五：无锡县"东三十九里有梅里山，吴太伯葬处。"《旧传》云李绅"润州无锡人"，《新传》云李绅"世宦南方，客润州"，皆误。按《新唐书》卷四十一《地理志》五，润州属县为丹徒、丹杨、金坛、延陵四县，无无锡县。

祖茔在长安白鹿原

李绅《兄志》云："至（元和）十一年七月廿有□日，弟绅启奉归于长安白鹿原，陪祔伯父郫县府君茔之后七十六步。"李绅祖父为守一，成都郫县令。又李绅《唐故博陵崔氏夫人□□李府君坟所志文》（以下简称《嫂志》，周绍良主编《唐代墓志汇编》）云："府君以元和庚寅岁（庚寅岁为元和五年，《兄志》为元和四年，不知孰是。）终于无锡县私第，以元和丙申岁（元和十一年）归祔于白鹿原。"

白居易《唐故虢州刺史赠礼部尚书崔公墓志铭并序》云："自天宝已还，山东士人皆改葬两京，利于便近。"（朱金城《白居易集笺校》卷七十）李绅祖守一正为此一例证。

九代祖善权，始居谯郡

据《新唐书·宰相世系表》及宋邓名世《古今姓氏书辩证》卷二十一《上声·六止·李》，李绅先世为：善权→延观→续→显达→迁→孝卿→敬玄→守一→晤→绅。善权以上则不可考。

又云善权为赵郡李氏南祖之后。赵郡李氏，据《宰相世系表》《古今姓氏书辩证》及《北史》卷三十三《李孝伯传》、卷一百《序传》为战国赵相李牧之后，传至楷，"晋司农丞、治书侍御史，避赵王伦之难，徙居常山。五子：辑、晃、芬、劲、叡。叡子勖，兄弟居巷东；劲子盛，兄弟居巷西。故叡为东祖，芬与弟劲共称西祖。辑字护宗，高密太守，子慎敦，居柏仁，子孙甚微，与晃南徙故垒，故辑、晃皆称南祖。自楷徙居平棘南，通号平棘李氏。"《元和郡县图志》卷十七平棘县云："赵郡李氏旧宅，在县西南二十里。即后汉、魏以来山东旧族也，亦谓之'三巷李家'，云东祖居巷之东，南祖居巷之南，西祖居巷之西。亦曰'三祖宅巷'也。三祖李氏，亦有地属高邑县。"然各书皆不言善权与南祖之具体世系关系，恐亦附会。新、旧《唐书》云李绅曾祖敬玄好与望族通婚，"前后三娶，皆山东士族"，又与赵郡李氏合谱。可能敬玄附会，见正文第一章李绅家世考。

另，又谓善权为后魏谯郡太守，始居谯。按《元和郡县图志》卷七：谯县"汉旧县，属沛郡，晋属谯郡。后魏无谯县，有小黄县。隋开皇三年，以小黄县属亳州，大业二年改小黄县为谯县。三年，以亳州为谯郡，县仍属焉。"又《太平寰宇记》卷十二云谯县"汉县，属沛郡，莽曰延成亭。后魏无谯县，有小黄县，置陈留郡。隋开皇十年废郡，县属亳。大业二年改小黄为谯县。"则后魏无谯郡，亦敬玄杜撰？姑存。

八代祖延观，徐、梁二州刺史

据《宰相世系表》，《家庙碑》、《古今姓氏书辩证》同。又《陕西通志》卷二十北魏梁州刺史有李延观，下注："谯郡人"。

七代祖续，马头太守

据《宰相世系表》，《古今姓氏书辩证》同。《家庙碑》云"某郡太守"，不云其具体郡守。

马头郡，故当涂县地。《南齐书》卷十四考证云："按沈约曰故淮南当涂县地。晋安帝立，因山形而名，属南豫州。宋属徐州。"又《水经注》卷十三云："淮水自莫邪山、东北径马头城，北魏马头郡治也，故当涂县之故城也。"另《魏书》卷一百六中："马头郡，司马德宗置，魏因之。正光中陷，天平中复。治建平城。领县三（蕲、已吾、下邑三县），户一千九百六十八，口五千五百二十八。"

六代祖显达，隋颍州刺史

据《宰相世系表》，《家庙碑》、《古今姓氏书辩证》同。《江南通志》卷一百颍州刺史有李显达。

颍州，按《旧唐书》卷三十八《地理志一》："汉汝南郡，隋为汝阴郡。武德四年，平王世充，于汝阴县西北十里置信州，领汝阴、清丘、永安、高唐、永乐等六县。六年改为颍州。"

五代祖迁，唐初为州别驾，赠德州刺史

据《家庙碑》："五代祖迁，皇朝某某二州别驾，赠德州刺史。"《宰相世系表》、《古今姓氏书辩证》皆云德州刺史，恐有误。

高祖孝卿，武德间任谷州治中，后至右散骑常侍，赠邓州刺史

《宰相世系表》云："孝卿，谷州治中。"《古今姓氏书辩证》同。按谷州，属淮南道，《旧唐书》卷四十《地理志三·淮南道》云："弋阳郡，武德三年改为光州，置总管府。以定城县为弦州，殷城县为义州，以废宋安郡为谷州，凡管光、弦、义、谷、庐五州。光州领光山、乐安、固始三县。武德七年改总管为都督府，贞观元年罢都督府，省弦州及义州，以定城、殷城二县来属。又省谷州，以宋安并入乐安。"则孝卿任治中必在武德三年至贞观元年间。又《家庙碑》："高祖孝卿，右散骑常侍，赠邓州刺史。"当为谷州治中后。

《宰相世系表》列孝卿三子：敬玄、忱、元素，《古今姓氏书辩证》同。敬玄，李绅曾祖，见后。忱，据《宰相世系表》，字敬一。生惠子。而《古今姓氏书辩证》云："忱生钦一"，后注："案唐世系表，忱生钦，一作恍，字钦一。"则钦一或为另一子。惠子生希言，礼部侍郎。希言二子：纾、纵。纾，少有文学，历任清要。《全唐诗》卷二百五十二云："李纾，字仲舒。天宝末，拜秘书省校书郎。大历初，以吏部侍郎李季卿荐，为左补缺。累迁司封员外郎、知制诰，改中书舍人……贞元中重阳应制诗与刘太真皆为上等。今其诗不传，存乐章十三首。"《新唐书》卷一百六十一、《旧唐书》卷一百三十七亦有传。纵，字令从，与兄并有诗名。与皎然、卢纶等友善，皎然有《同李著作纵题尘外上人院》，卢纶有《送李纵别驾员外郎却赴常州幕》等诗，后为金州刺史。纾子翛，翛子宽中，字子量。宽中二子：绰，字肩孟；昌谋，字慎机。以下无考。

元素，相武后，其传附新、旧《唐书》李敬玄后。有吏才，初为武德令。延载元年（694 年），自文昌左丞迁凤阁侍郎、凤阁鸾台平章事，加银青光禄大夫。万岁通天二年（697 年），坐与洛州录事参军綦连耀交结，为武懿宗所陷，被杀，神龙初雪冤。元素生志德，陇州刺史，志德生构。

辩误：《旧唐书》卷八十一《李敬玄传》云："父孝节，谷州长史。"孝

节或传抄之误。谷州长史则必有误，按《旧唐书》卷四十二《职官一》：贞观二十三年七月"改治书侍御史为御史中丞，改诸州治中为司马，别驾为长史，治礼郎为奉礼郎。"孝卿任谷州职在贞观二十三年前，长史一职尚称别驾，故《旧唐书》有误。

曾祖敬玄，高宗时拜中书令，封赵国公

《家庙碑》："曾祖府君讳敬玄，总章、仪凤间历吏部尚书，同中书门下三品，中书令，弘文馆大学士，兼修国史，封赵国公，谥曰文宪。"又李濬《慧山寺家山记》："高祖中书令，谥文宪。仪凤中为中书令，如意中为鸾台左相。"具体事迹见《新唐书》卷一百六、《旧唐书》卷八十一本传。

李敬玄在任吏部主试官时，对初唐四杰颇为赏识，据《大唐新语》卷七记载："时李敬玄盛称王勃、杨炯等四人，以示行俭，曰：'士之致远，先器识而后文艺也。勃等虽有才名，而浮躁浅露，岂享爵禄者。杨稍似沉静，应至令长，并鲜克令终。'卒如其言。"

关于其妻室，《旧书》本传云："前后三娶，皆山东旧族。"《新书》本传同。《家庙碑》云："以姊剻国夫人范阳卢氏配焉。"或即其中一娶。

二子：思冲、守一。思冲，神龙初，历工部侍郎、左羽林军将军，从节愍太子诛武三思，事败见杀，籍没其家。见新、旧《唐书》李敬玄附传。妻卢氏，山东著姓，早丧，见《旧唐书》卷一百九十三、《新唐书》卷二百五《列女传·崔绘妻卢氏》及《朝野金载》卷三。守一，李绅祖父，见后。

辩误：《旧传》云："高祖敬玄，则天朝中书令，封赵国文宪公，自有传。"有两处错误。一，高祖为曾祖之误。王鸣盛《十七史商榷》卷八十七《李敬元（玄）子思冲》条云："《旧》李敬元（玄）传但有子思冲，李绅传则云高祖敬元（玄），则天朝中书令，自有传。祖守一，成都郫令。父晊，历金坛、乌程、晋陵三县令。《新书》于敬元（玄）传则云二子，思冲、守一，其下叙思冲事毕乃云守一，郫令，孙绅，别传。于绅传则云中书令曾孙，当以《新书》为正。《旧书》绅传云高祖敬元（玄）云云者，高当作曾。"二，钱大昕《廿二史考异》卷六十《李绅传》条："案敬元（玄）相高宗，非武后时。本传又不载其封谥。"不载其封谥，当指《旧唐书》本传，《新唐书》本传云："卒官，赠兖州都督，谥曰文宪。"关于李敬玄是否相武后的问题，卞谱云："按《慧山寺家山记》云：'高祖中书令，谥文宪，仪凤中为中书令，如意中为鸾台左相'（'如意'是武周年号），则《旧传》

此言，确有根据，大昕疑之，非。"卢燕平《李绅生平系年笺证》认为"似可商榷"，但只是猜测。按：《旧唐书》本传李敬玄"永淳元年卒，年六十八"，永淳为高宗年号，则李敬玄卒于高宗朝，何能相武后，钱大昕所说为正。又《剡录》卷三云："李绅字公垂，中书令李敬元（玄）孙"，谬甚。

祖守一，成都郫令

据《旧传》，《宰相世系表》、《古今姓氏书辩证》同。又《家庙碑》："王父府君讳守一，属世难家故，不求闻达，避荣乐道，与时浮沉。终成都府郫县令。"郫县，属剑南道成都府，次畿，《元和郡县图志》："本郫邑，蜀望帝理汶山下，邑曰郫是也。秦灭蜀，因而县之，不改。"

妻为荥阳郑氏，《家庙碑》："以姚荥阳夫人郑氏配焉"，或为山东旧族。

子晤、晦，据《宰相世系表》。晤，李绅父，见后。晦，无考。

葬于长安白鹿原，据李绅《兄志》："至（元和）十一年七月廿有□日，弟绅启奉归于长安白鹿原，陪祔伯父郫县府君茔之后七十六步。"

父晤，历金坛、乌程、晋陵三县令

据《旧传》，又《家庙碑》："先考府君讳晤，历金坛、乌程、晋陵三县令。府君为人笃于家行，饰以吏事。动有常度，居无惰容。所莅之所有善政，辞满之日多遗爱。……府君累赠至尚书右仆射。"杨夔《乌程县修建廨宇记》亦云："大历中，县令李晤，则故相国绅之先也。"（《全唐文》卷八百六十七）阮元《两浙金石记》卷二《唐乞题放生池额表肃宗批答附碑阴记》有"乌程令李晤"。皎然《乌程李明府水堂观玄真子画武城赞》之李明府即李晤。

有以"晤"作"悟"者，如宋史能之《咸淳重修毗陵志》卷一六《人物》："李绅字公垂，父悟，历晋陵令。"佚名《无锡县志》卷三上《人物三》之二："唐李绅，字公垂，无锡之梅里人。父悟，晋陵令。"，等等。按《宰相世系表》守一二子晤、晦皆从"日"，当以"晤"为是。

母范阳卢氏，累赠至山谷郡太夫人

《旧传》："绅六岁而孤，母卢氏教以经义。"《新传》："绅六岁而孤，哀等成人。母卢，躬授之学。"又《家庙碑》云："夫人累赠至上谷太夫人，前后凡三追命，六告身。渥泽叠洽，自叶流根，从子贵也。"

异母兄继，字兴嗣，卒于元和四年（809 年），享年六十一。试太常寺奉礼郎

史书皆不载绅有兄弟，今据《兄志》："府君讳继，字兴嗣，晋陵府君□长子，先夫人裴氏出也。府君娶博陵崔纬之女。君享年六十一，以元和四年三月□日终于常州无锡县寓居，葬于□□□□之阳。至十一年秋七月廿有□日，弟绅启奉归于长安白鹿原陪祔伯父郫县府君茔之后七十六步。"按《家庙碑》"祖妣考妣"下白居易注："晋陵府君前娶夫人裴氏，无子早卒。"据《兄志》则所注有误。又《嫂志》："府君以元和庚寅岁终于无锡县私弟（第），以元和丙申岁归祔于白鹿原。"则《兄志》元和四年为元和五年（庚寅）之误。

妻博陵崔氏。祖珽，父纬，贞元丙寅岁（786 年）移天从于李氏，大和甲寅（834 年）冬十月十五日终于李绅越州观察使官舍，春秋六十九，权窆于无锡梅里。开成戊午（838 年）秋七月既晦乙酉，合祔于李继长安白鹿原墓。见《嫂志》。

无子，女二，一女早丧，一女嫁河东裴达。据《兄志》《嫂志》。

辩误：卞孝萱《李绅年谱》（以下简称《卞谱》）云："《全唐诗》第五函第六册，载郭郧《寒食寄李补阙》诗，'李补阙'即李继。"又王旋伯《李绅诗注》（以下简称《诗注》）卷三《建元寺》诗注⑤："郭云，《全唐诗》注一作郭郧，于卷三百九收入此诗，题为《寒食寄李补阙》。'吏部先兄'，即李继，字兴嗣，李绅之异母长兄，诗序称'吏部先兄'，当曾在吏部供职。"按《宰相世系表》有李纾，敬玄弟忱曾孙，于李绅为从兄。《新唐书》卷一百六十一、《旧唐书》卷一百三十七有传，云大历初吏部侍郎李季卿荐为左补阙，贞元八年卒，终吏部侍郎。与郭郧赠诗相符，故李补阙为李纾，非李继。

三子：开、乾祐、潜

开，水部员外郎；乾祐，建州刺史。据《宰相世系表》。

潜，新、旧《唐书》不载，今据《慧山寺家山记》补之。云："金陵之属郡毗陵南无锡县，有佛寺曰慧山寺，潜家山也。贞元元和中，先丞相太尉文肃公，心宁色养，家寓是县，因肄业于慧山。"知为绅子，有谓潜为绅孙者，误。如宋王象之《舆地碑记目》卷一《唐李相家山碣》："在慧山中，唐相文肃公绅置别业于此，因名李相家山。乾符末，孙渭南尉、直史馆睿（潜），立此记事。见《晏公类要》。"又有谓潜为绅族子者，亦误。如清裴大中等修《无锡金匮县志》卷二十二《文苑·李潜》下注："按《舆地碑目》"李相家山碣"条下称濬为绅孙，然《宰相世系表》绅孙无名濬者，《考乘》谓绅从孙，亦无所据。《家山记》称敬元（玄）为濬高祖叔（此据《文苑英华》下注，恐为后人所误注，不足为据），据绅传敬元（玄）绅之高祖，是濬乃绅之族子耳。而《世系表》则以敬元（玄）为绅曾祖，与传亦不合。"

濬之仕历，据《慧山寺家山记》《无锡金匮县志》，初官渭南尉，擢秘书省校书郎。乾符四年以宰相郑畋荐入国史馆。

濬与李德裕之子李烨友善，后为其撰墓志铭。见《唐代墓志汇编》咸通016《唐故郴县尉赵郡李君墓志铭并序》，署名从弟乡贡进士濬撰。

孙无逸、羔

无逸，开子，算曹博士。据《宰相世系表》。

羔，乾祐子，容管从事。遇唐末之乱，避地至奉天，值昭宗迁洛，岐军攻破奉天，为乱军所杀。妻王氏。据《宋史》卷四百七十九、《十国春秋》卷五二《李昊传》。

曾孙复圭、昊

复圭，无逸子。据《宰相世系表》。

昊字穹佐，羔子。生于关中，前后仕蜀五十载，孟昶时拜门下侍郎兼户部尚书、同平章事、监修国史，封赵国公。其生平仕历见《宋史》卷四百七十九、《十国春秋》卷五二本传。

按绅卒后，因吴湘案削官三级，子孙不得仕，后代式微。唯昊能承祖业，复至相，兼修国史。后购得李绅武宗朝入相制书，昊朝服前迎归私第，结彩楼置其中，尽召成都声伎，大会宾客宴饮，所费无算。意欲彰其祖业。

有《枢机应用集》二十卷、《蜀高祖实录》三十卷、《蜀祖经纬略》一百卷。

玄孙胅、孝逢、孝连

胅，复圭子。据《宰相世系表》。

孝逢，昊长子。《宰相世系表》不载，今据昊本传补。后蜀给事中，入宋后为膳部郎中。

孝连，昊次子。尚昶女凤仪公主，累迁太常少卿、资州刺史。入宋为将作少监，后至司农少卿。

五代孙德鳞、德錞

《宰相世系表》不载，据昊本传补，或孝连子。

德鳞，国子博士。德錞，进士及第。

德鳞、德錞之后无所考，绅后世可知者至德鳞、德錞止。

根据以上梳理，绘制李绅世系谱图如下：

李 绅 世 系 谱 图

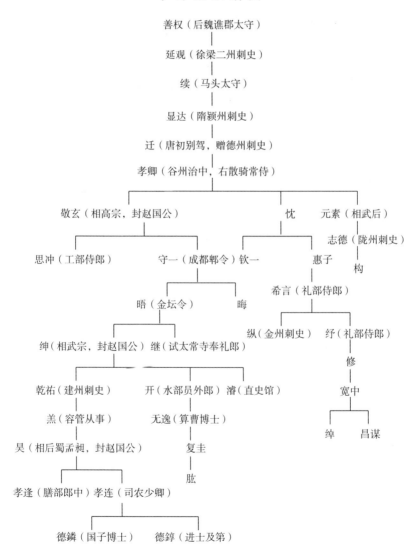

大历八年癸丑（七七三），李绅生，一岁

对于李绅的生年，由于缺乏史料记载，众说不一。如认为李绅生于建中元年即 780 年前后的，1955 年出版的李长之《中国文学史略稿》、1959 年人民文学出版社出版的北京大学中文系文学专门化 1955 级集体编著的《中国文学史》，以及 1961 年安徽人民出版社出版的《安徽历代文学家小传》皆持此看法。但他们皆不言其依据，或为推测，故较为审慎打了一个"？"。而卞孝萱先生发表于 1960 年《安徽史学》第三期的《李绅年谱》，据《全唐文》卷六九四李绅本人所作《墨诏持经大德神异碑铭》，考证李绅生于唐代宗大历七年壬子即 772 年。卞谱认为："案《墨诏持经大德神异碑铭》云：'大历癸丑岁，文忠公颜真卿领郡，余先人主邑乌程，余生未期岁。'则绅生于本年（壬子岁）无疑。"卞谱证据充分，故此说一出，遂至今为大家所接受。

据卞先生上述所引材料，则可否定李绅生年为 780 年的可能性。然遽断定李绅生年为大历七年又似乎太武断。按"未期岁"即不满一岁，其生年应当有两种可能，或为大历八年癸丑岁，或前一年即大历七年壬子岁，仅从上述材料还无法就认定李绅生于壬子岁。同样的材料还有赞宁《宋高僧传》卷二十四《唐湖州法华寺大光传》："大历癸丑岁，颜鲁公真卿领郡。相国李绅父为乌程宰，绅未期岁，乳病暴作。"显然是依据《墨诏持经大德神异碑铭》而来，意思同样模糊，对于确定李绅生年毫无帮助。

那么，大历壬子岁和癸丑岁哪年才是李绅生年呢？假若李绅生于大历七年壬子岁，则李绅与白居易、刘禹锡同岁。李绅与白居易早年相识，一生诗歌唱和不断。白居易晚年在《予与山（一作荆）南王仆射起淮南李仆射绅事历五朝逾三纪海内年辈今唯三人荣路虽殊交情不替聊题长句寄举之公垂二相公》中云："故交海内只三人，二坐岩廊一卧云。老爱诗书还似我，荣兼将相不如君。百年胶漆初心在，万里烟霄中路分。"可见两人交情非常深厚。李绅与刘禹锡关系亦不错，也有诗歌来往，刘禹锡《酬浙东李侍郎越州春晚即事长句》中李侍郎即李绅。大和九年，刘禹锡从汝州刺史移任同州刺史，赴任途中在洛阳有所逗留，与李绅、白居易、裴度有联句诗。可见交情亦非泛泛。白居易是一个非常具有人情味的诗人，对于友情总恋恋不忘，特别是同岁之人这种感情就更明显。在白居易写给刘禹锡的诗中，曾反复提及同岁之事，笔者粗略统计了一下至少有 12 次，试举几例：《新岁赠梦得》"与君同甲子，岁酒合谁先"；《寄刘苏州》"同年同病同心事，除却苏州更是谁"；《答刘和州禹锡》"为闲伴年齿，官班约略同"，等等，而且逾年老，叙及此事就越频繁。不仅如此，白居易还经常向刘禹锡提及另一位同岁好友崔群，

如《花前有感兼呈崔相公刘郎中》"何事同生壬子岁，老于崔相及刘郎"；《耳顺吟寄敦诗梦得》"敦诗梦得且相劝，不用嫌他耳顺年"，敦诗为崔群之字。但是白居易的诗文中却从不提及李绅与自己同岁，既然两人为好友，若年龄相同，自然会在平常的诗文中提及，特别是李绅与刘禹锡亦相熟知，在谈到年龄之时，像崔群一样想到李绅是再正常不过之事。是白居易不知李绅生年吗？从以上交情看不大可能，且白居易会昌年间曾为李绅撰《淮南节度使检校尚书右仆射赵郡李公家庙碑铭》，必然知道其生年。如此则只能说明白居易与李绅不同岁，由此也可认定李绅之生年为大历八年癸丑岁即773年。

实际上，《全唐文》对李绅《墨诏持经大德神异碑铭》中这段文字的断句是存在问题的。《全唐文》把"余生"与"未期岁"连读，遂使原本非常清晰的意思变得模糊不清。如断开，则这段文字可读为："大历癸丑岁，文忠公颜真卿领郡，余先人主邑乌程，余生。未期岁，乳病暴作。"如此，则非常明显大历八年癸丑岁即773年为李绅之生年。而卞先生大概受《全唐文》句读影响，又没有考虑两种可能性，故得出李绅生年为大历七年壬子岁即772年的结论。

本年绅乳病暴作，不啼不鉴者七辰，幸得法华寺大光禅师救治始愈，并以光名易绅小字，遂与大光禅师结缘。见上《墨诏持经大德神异碑铭》及《唐湖州法华寺大光传》传。

父为湖州乌程县令。杨夔《乌程县修建廨宇记》："大历中，县令李晤，则故相国绅之先也。相国诞於县署。"（《全唐文》卷八百六十七）。又《嘉泰吴兴志》卷八《公廨·乌程县》："大历中，令李晤生相国绅于县廨。"

异母兄李继，此年为二十四岁。按《兄志》云："君享寿六十一"，又《嫂志》云："府君以元和庚寅岁终于无锡县私弟"，可知。嫂崔氏，此年为八岁。按《嫂志》云："以大和甲寅冬十月十五日终于越州观察使之馆舍，春秋六十有九"，可知。从兄李纾，此年四十三岁。按《旧唐书》本传云："卒于官，年六十二。贞元八年，赠礼部尚书。"可知。本年在中书舍人任，戴叔伦有《寄中书李舍人纾》。

本年柳宗元生，据韩愈《柳子厚墓志铭》。白居易、刘禹锡二岁，韩愈六岁。

颜真卿在湖州刺史任，皎然、陆羽、吴筠、刘全白等亦在湖州。

大事记：十月，吐蕃以十万之众侵泾州、邠州，朔方兵马使浑瑊与战，兵败，居民为吐蕃所掠者千余人。后马璘与吐蕃战于盐仓，又败。郭子仪与诸将谋，浑瑊与马璘联兵，共击吐蕃，败之，吐蕃遁还。见《旧唐书·代宗纪》、《资治通鉴》卷二二四。

大历九年甲寅（七七四），二岁

因乳母疏忽，堕池中，幸得不死，后为人附会有神灵扶持而出。

杨夔《乌程县修东亭记》（见《文苑英华》卷八百八）："旧传云：东亭之池，始相国诞于县署。学弄之岁，乳母惰于保持，俾相国坠于池，人莫之觉。食顷，如有物翼出于池面，家人方得以拯焉。众方慑骇，而相国笑语无替于平日。人咸异焉。"又明彭大翼《山堂肆考》卷二十四《地理·相国池》："相国池在湖州府乌程县治内。唐大历中，李晤官于乌程，子绅甫一岁，数堕此池，若有物扶持而出。后为相国，后人因以名池。"

父仍为乌程令

颜真卿《文忠集》卷四《天下放生池碑铭》云："至大历七年秋九月己亥，自抚州刺史蒙除湖州，八年秋七月，戊戌，于州骆驼桥东追建。"上有李晤名。又陈思《宝刻丛编》卷十四《两浙西路·湖州》条引《集古录目》云："唐《放生池碑》……碑以大历九年正月立。"则此年还在任。

秋八月，张志和访颜真卿于湖州，作《武城图》，据皎然《乌程李明府水堂观玄真子画武城赞》，知李晤在旁。颜真卿《浪迹先生元真子张志和碑铭》有记当时情景："大历九年秋八月，讯真卿于湖州。前御史李萼以缣帐请焉，俄挥洒，横拖而纤纩霏拂，乱抢而攒毫雷驰。须臾之间，千变万化，蓬壶仿佛而隐见，天水微茫而昭合。观者如堵，轰然愕贻。在坐六十余，元真命各言爵里、纪年、名字、第行，于其下作两句题目，命酒以蕉叶书之，援翰立成。潜皆属对，举席骇叹，竟陵子因命画工图而次焉。"

大历十年乙卯（七七五），三岁

父移官晋陵令，据《卞谱》。

全家定居无锡梅山，宋史能之《咸淳重修毗陵志》卷一六《人物》："李绅字公垂，父悟（晤），历晋陵令，因家锡山。"

从兄李纵为常州团练副使，冬，充贺正使入京，独孤及作文送之。《毗陵集》卷一六《送李副使充贺正使赴上都序》云："之子领秘书著作于是邦，参我军事，……今兹将东诸侯之命，朝于京师。"

大事记：正月，田承嗣引兵袭相州，取之。二月，田承嗣使盗刺杀卫州刺史薛雄，尽据相、卫四州之地，自置长史。四月，下制贬田承嗣为永州刺史，命诸道发兵进讨。见《旧唐书·代宗纪》、《资治通鉴》卷二二五。

大历十一年丙辰（七七六），四岁

父在晋陵令。

从兄李纾、李纵在长安。春，各有咏玫瑰花寄徐侍郎，卢纶、司空曙有诗和之。卢纶诗见《卢纶诗集校注》卷四《奉和李舍人昆季咏玫瑰花寄徐侍郎》，司空曙诗见《全唐诗》卷二九二《和李员外与舍人咏玫瑰花寄徐侍郎》。

秋，李纵加员外郎为常州别驾，归常州，卢纶、李端、戴叔伦各有诗送之。卢纶诗见《卢纶诗集校注》卷一《送李纵别驾加员外郎却赴常州幕》，李端诗见《全唐诗》卷二八五《送别驾赴晋陵即舍人叔之兄》，戴叔伦诗见《全唐诗》卷二七三《送李长史纵之任常州》。

大事记：正月，田承嗣上表请罪。二月，田承嗣复遣使上表，请入朝。下诏赦其罪，复其官爵，听与家属入朝，其所部拒朝命者，一切不问。见《旧唐书·代宗纪》、《资治通鉴》卷二二五。

大历十二年丁巳（七七七），五岁

父仍在晋陵令。

正月，从兄李纵在常州副使任，皎然、皇甫曾作联句诗寄之。《全唐诗》卷七八九有皇甫曾《建元寺西院寄李员外纵联句》，与联句者有崔子向、郑说、皎然。

秋，从兄李纾自中书舍人贬婺州刺史。《唐语林》卷五："元相载用李纾侍郎知制诰，元败，欲出官。王相缙曰：'且留作诰。'待发遣诸人尽，始出为婺州刺史。"皎然有《赠李舍人使君书》（见《全唐文》卷九一七），叙其卧病不能相送之意。又刘长卿有《奉寄婺使李使君舍人》诗（见《刘随州文集》卷六）。

大事记：三月，田承嗣上表谢罪，仍为魏博节度使。庚辰，元载、王缙得罪下狱。辛巳，下制，命元载自尽，王缙贬括州刺史。见《旧唐书·代宗纪》、《资治通鉴》卷二二五。

大历十三年戊午（七七八），六岁

父卒于任，母卢氏以经义相教。

《家庙碑》："六岁丁晋陵府君忧，孺慕号踊，如成人礼。"《旧传》："绅六岁而孤，母卢氏教以经义。"又《新传》："绅六岁而孤，哀等成人。母卢，躬授之学。"

大事记：正月，回纥攻太原，河东留后鲍防与战，大败。回纥兵大掠。见《旧唐书·代宗纪》、《资治通鉴》卷二二五。

大历十四年己未（七七九），七岁

在家丁父忧。

从兄李纾自婺州归京，郎士元有《送彭偃房由赴朝因寄钱大郎中李十七舍人》（见《全唐诗》卷二四八）。

本年元稹生，据白居易《河南元公墓志铭》及《旧唐书》卷一六六《元稹传》。贾岛生，据苏绛《贾岛墓志铭》。

大事记：二月，魏博节度使田承嗣卒，以其侄中军兵马使田悦知军事。甲申，诏以田悦为魏博留后。三月，淮西节度使李忠臣为族侄李希烈逐，奔归长安，以李希烈为蔡州刺史，淮西留后。五月，代宗病卒。癸亥，太子适即位，是为德宗。见《旧唐书·代宗纪》、《资治通鉴卷》二二五。

德宗建中元年庚申（七八零），八岁

在家丁父忧。

本年牛僧儒生，据杜牧《唐故太子少师奇章郡开国公赠太尉牛公墓志铭并序》。

大事记：正月，改元建中，赦天下。废租庸调法，改行两税法。见《旧唐书·德宗纪上》。

建中二年辛酉（七八一），九岁

三年丧满，服除。举止有礼，侍母以孝，虽家贫，不以为意。

《家庙碑》："九岁终制，孝养上谷太夫人，年虽幼，承顺无违，家虽贫，甘旨无阙。侍亲之疾，冠带不解者三载，余可知也；执亲之丧，水浆不入口者五日，余可知也。"虽含夸饰成分，但亦可见李绅少年老成。

大事记：正月，唐发兵讨承德节度使李惟岳、魏博节度使田悦。六月，讨襄阳节度使梁崇义。八月，梁崇义伏诛。平卢留后李纳以军助田悦。九月，讨李纳。李纳将李洧以徐州降。是岁，杨炎罢，贬崖州司马，被杀。见《旧唐书·德宗纪上》、《资治通鉴》卷二二七。

建中三年壬戌（七八二），十岁

本年韦应物出为滁州刺史，见陶敏《韦应物集校注》附年谱。绅任滁州刺史时，有和其《登北楼》诗，见后"大和三年"。

大事记：四月，田悦与朱滔、王武俊等合从而叛。五月，诏朔方节度使李怀光率神策军及朔方军讨田悦等。十一月，田悦等称王。见《旧唐书·德宗纪上》。

建中四年癸亥（七八三），十一岁

从兄李纾知贡举，试《易简知险阻论》，武元衡等二十七人登进士第。见《登科记考》卷一一。

朱巨川卒，李纾为撰神道碑，见《全唐文》卷三九五《朱巨川神道碑》。

大事记：正月，庚寅，李希烈陷汝州。颜真卿诣许州宣慰李希烈，为李希烈所拘。十一月，李希烈陷汴州。见《旧唐书·德宗纪上》。

兴元元年甲子（七八四），十二岁

从兄李纾为同州刺史，寻拜兵部侍郎。《旧唐书·李纾传》："德宗居奉天，择为同州刺史，寻弃州诣行在，拜兵部侍郎。"

大事记：正月，改元。李希烈、田悦、王武俊、李纳、朱滔等去王号。二月，行营副元帅李怀光叛唐。德宗逃往梁州。七月，德宗还长安。八月，颜真卿被李希烈杀害于蔡州。秋，关中大饥，民蒸蝗虫而食之。见《旧唐书·德宗纪上》。

贞元元年乙丑（七八五），十三岁

本年皎然居湖州东溪草堂，《诗式》草本完成。《全唐文》卷九一七《诗式中序》："贞元初，余与二三子居东溪草堂。……因命门人简出（《诗式》）草本。"

大事记：正月，改元。六月，朱滔死。七月，李怀光兵败，死。见《旧唐书·德宗纪上》。

贞元二年丙寅（七八六），十四岁

兄嫂结婚。据《嫂志》："以贞元丙寅岁，移天从于李氏先府君，礼也。"

大事记：四月，李希烈为其将陈仙其毒杀。七月，淮西兵马使吴少诚杀陈仙其,自为留后。八月,吐蕃大举进攻泾、陇、邠、宁等州。九月,吐蕃攻好畤,京师戒严。见《旧唐书·德宗纪上》。

贞元三年丁卯(七八七),十五岁

侍养寡母,读书于惠(慧)山。

李濬《慧山寺家山记》:"金陵之属郡毗陵南无锡县,有佛寺曰慧山寺,濬家山也。贞元元和中,先丞相太尉文肃公,心宁色养,家寓是县,因肄业于慧山,始年十五六。"李绅《上家山》诗序云:"余顷居梅里,常于惠山肄业,旧室犹存。"又有《忆题惠山寺书堂》忆其读书生活。

因家贫,无书可读,故取佛经读之。范摅《云溪友议》卷一云:"初贫,游无锡惠山寺,累以佛经为文稿,致主藏僧殴打,终身所憾焉。"佚名《无锡县志》卷三上:"绅读书惠山,少苦贫,每有著述,潜取寺中佛经窃识,其后为主藏者所知,至被殴辱。"

惠山,佚名《无锡县志》卷二《山川》二云:"惠山在州西境内,去州七里,当锡山之西。《南徐记》云:'其南北数十里,岭东西各有泉,皆合梁清溪水。西南入太湖。'唐陆鸿渐《惠山记》云:'惠山,古华山也。是山连亘二百余里。'"

惠山寺,《太平寰宇记》卷九十二《江南道四·常州》:"惠山寺在县东七里,一名九陇山,梁大同二年(536年)三月置。张又新《煎茶记》云陆鸿渐言无锡县惠山寺石泉水第二。"

关于李绅惠山读书台之记载甚多,举例如下:

宋史能之《咸淳毗陵志》卷二《古迹》:"李相书堂,在惠山寺,唐李公垂绅肄业于此,居松竹中,泉极甘美。"

佚名《无锡县志》卷三下《古迹》:"李相书堂在惠山,小径萦纡,有堂三楹,中绘唐李绅像。绅未遇时,常读书惠山。"

清吴兴祚等《无锡县志》卷七《古迹》:"李相读书台,在惠山寺左。唐文肃公绅未贵时,读书于此,后因置台焉。"

《大清一统志》卷六十:"李公书堂,在无锡县惠山。《舆地记胜》唐李绅幼肄业于惠山,龙凤院有题惠山六诗。"

又明周忱有《李相读书台》诗:"丞相当年未第时,读书曾向此栖迟。水边行径望遗迹,竹外荒台有古基。老忆家山诗尚在,梦尝丹李事尤奇。老僧知我怀贤意,相引凭高慰所思。"

本年李德裕生。据《旧唐书》卷一七四《李德裕传》。

贞元四年戊辰（七八八），十六岁

在惠山读书。

四月，从兄李纾与于邵、包佶等补诸庙所缺乐章。见《册府元龟》卷五六九。

九月，重阳日，德宗赐宴于曲江，作六韵诗，令群臣和。刘太真、李纾等四人为上等。《唐会要》卷二九："贞元四年九月重阳节，赐宰臣百僚宴于曲江亭。……仍赐中书门下简定有文辞士应制，同用清字。上自考其诗，以刘太真、李纾等四人为上等。"

大事记：十月，以咸安公主和亲回纥。据《旧唐书·德宗纪下》。

贞元五年己巳（七八九），十七岁

本年刘太真知贡举，杨巨源、裴度、胡证等三十六人登进士第。见《登科记考》卷一二。

大事记：正月乙卯，诏以每年二月一日为中和节。见《旧唐书·德宗纪下》。

贞元六年庚午（七九零），十八岁

大事记：春，诏出岐山无忧王寺佛指骨迎置禁中，又送诸寺以示众，倾都瞻礼，施财巨万；二月，乙亥，遣中使复葬故处。见《旧唐书·德宗纪下》、《资治通鉴》卷二三三。

贞元七年辛未（七九一），十九岁

本年杜黄裳知贡举，令狐楚、萧俛、皇甫镈、孟简等三十六人登进士第。见《登科记考》卷一二。

白居易在符离，与张彻、贾𫗧等共勉学，为科举考试作准备。见朱金城《白居易年谱》。

贞元八年壬申（七九二），二十岁

游乌程雪溪，与大光禅师相见，得其嘉勉。

李绅《墨诏持经大德神异碑铭》云："贞元中，余甫弱冠，再游雪上。舟迫之次，大师伫于溪侧而笑，戏拊如儿童焉。……余是年西迈，辞大师于法筵，抚于顶曰：'尔得径山之言，我则无以为谕，行矣自爱。去留有时，空王教平等者护念。'"

雪上，即雪溪，在乌程。《元和郡县图志》卷二六《江南道·湖州·乌程》："雪溪水，一名大溪水，一名苕溪水。西南自长城、安吉两县，东北流至州南，与余不溪水、苕溪水合，又流入于太湖。在州北三十五里。"又《明一统志》卷四十《湖州府》："在府治南，以其合四水为一溪故曰雪。四水者，旧谓苕溪、前溪、余不溪、北流水也。又谓四水激射，雪然有声，谓之雪溪，一名雪川。"

从兄李纾卒于长安，年六十二。《旧唐书·德宗纪下》："己酉，吏部尚书李纾卒。"《旧唐书》本传："卒于官，年六十二。"

本年陆贽知贡举，欧阳詹、韩愈、李观、李绛、崔群、王涯、冯宿、庾承宣等登第，时称"龙虎榜"。见《登科记考》卷一三及《新唐书》卷二百三《欧阳詹传》。

四月，韦夏卿坐窦参党，左迁常州刺史。见《旧唐书》卷十三《德宗纪下》。又韦夏卿《东山记》（见《全唐文》卷四三八）云："贞元八年，余出守是邦，迨今四载，政成讼简，民用小康。"另《咸淳毗陵志》卷二七《古迹》："东山亭，在荆溪对河，大历中，独孤及守建。正（贞）元八年，韦守夏卿为记。"

大事记：七月，河南、河北、江淮、荆襄、陈许等四十余州大水，溺死者两万余人。九月，西川节度使韦皋攻吐蕃于维州，获其大将论赞热。见《旧唐书·德宗纪下》、《资治通鉴卷》二三四。

贞元九年癸酉（七九三），二十一岁

本年顾少连知贡举，柳宗元、刘禹锡、武儒衡等三十二人登进士第。见《登科记考》卷一三。

元稹以明经及第，迁居长安。《元稹集》卷三三《同州刺史谢上表》："年十有五，得明经出身。"

贞元十年甲戌（七九四），二十二岁

本年王播、裴度、崔群、皇甫镈、王仲舒等十五人登贤良方正、能直言极谏科。见《登科记考》卷一三。

白居易在襄阳，元稹在长安。据朱金城《白居易年谱》。

贞元十一年乙亥（七九五），二十三岁

本年吕渭知贡举，崔玄亮、韩泰等二十七人登进士第。见《登科记

考》卷一四。

贞元十二年丙子（七九六），二十四岁

本年前后李绅以诗受知于苏州刺史韦夏卿。

李绅《过吴门二十四韵》诗"忆昨麻衣日，曾为旅棹游。放歌随楚老，清宴奉诸侯。"句下注："贞元中，余以布衣，多游吴郡中。韦夏卿首为知遇，常陪宴席。段平仲、李季何、刘从周、綦毋咸十余辈，日同杯酒。及余以大和七年领镇会稽，则当时宾客、群吏、乐徒、寺僧、里客，无一人存者。至于韦公子，凋丧略尽。"又《新传》云："于诗最有名，……苏州刺史韦夏卿数称之。"

韦夏卿由常州转苏州刺史或在贞元十一年底，九月尚在常州，韦夏卿《东山记》云："时贞元十一年岁在九月九日记。"郁贤皓《唐刺史考》卷一三八《常州》及卷一三九《苏州》有详细考证，可参看。卞谱及王旋伯诗注皆云贞元十年，实有误。

韦夏卿，《旧唐书》卷一百六十五、《新唐书》一百六十二有传。字云客，杜陵人。喜奖掖后进，延揽人才，所得皆名士。《旧唐书》云："深于儒术，所至，招礼通经之士。……有风韵，善谈燕。与人同处，终年而喜愠不形于色，抚孤侄恩踰己子。早有时称，其所与游辟之宾佐，皆一时名士。为政务通适，不喜改作。始在东都倾心辟士，颇得才彦，其后多至卿相，世谓之知人。"又吕温《故太子少保赠尚书左仆射京兆韦府君神道碑》云："分正东郊，开府辟士，则有今右司郎中敦煌段平仲、仓部员外郎安定皇甫镈、礼部员外郎清河张贾，洎京兆尹韦词、陇西李景俭、中山卫中行、平阳路随，皆群彦之秀出，一时之高选，可以观其所任矣。"

段平仲，《旧唐书》卷一百五十三、《新唐书》卷一百六十二有传。字秉庸，武威人。磊落尚气节，嗜酒傲言。登进士第，杜佑、李复镇淮南，皆表为掌书记。因触怒德宗，由是显名。后除屯田、膳部二员外郎，东都留守判官，累拜右司郎中。元和初，迁谏议大夫。内官吐突承璀为招讨使，征镇州无功而还，平仲与吕元膺抗疏论列，请加黜责，转给事中。自在要近，朝廷有得失未尝不论奏，时人推其狷直。转尚书左丞，以疾改太子左庶子，卒。

李季何，《唐诗纪事》卷三十三云："登贞元十一年进士第。"《全唐诗》卷三百六十八存其诗一首。

刘从周，《翰苑群书》卷四云："补阙充，卒赠礼部员外。"又卷六云：

"元和八年七月二十七日自左补阙充,卒。"白居易《除卢士玫刘从周等官制》(见朱金城《白居易集校笺》卷五十五,岑仲勉先生考证为伪作)云:"前监察御史刘从周顷佐宣城,……从周可右补阙。"可知曾在宣歙观察使幕府,后为右(左)补阙,元和八年为翰林学士,卒于任上,获赠礼部员外郎。

綦毋咸,未详。

韦公子,韦夏卿之子。据吕温《故太子少保赠尚书左仆射京兆韦府君神道碑》有九子:长曰元贽,常州义兴县尉;次曰谷,邠州司仓;次曰璋,乡贡进士,其他不知。

本年吕渭知贡举,李程、孟郊、张仲方等三十二人登进士第。见《登科记考》卷一四。

大事记:七月,宣武军乱,董晋为宣武军节度使。八月,崔衍为宣歙池观察使。陆长源为宣武军行军司马。九月,裴延龄卒。见《旧唐书·德宗纪下》、《资治通鉴》卷二三五。

贞元十三年丁丑(七九七),二十五岁

白居易服丧满,仍居符离。据朱金城《白居易年谱》。

刘禹锡本年丁父忧,告归洛阳。见《刘禹锡集》卷三九《子刘子自传》。

贞元十四年戊寅(七九八),二十六岁

本年顾少连知贡举,李翱、张仲素、吕温、独孤郁、王起、李建等二十人登进士第。见《登科记考》卷一四。

白居易自符离赴浮梁,而移家洛阳。据朱金城《白居易年谱》。

大事记:十月,以岁凶谷贵,出太仓粟三十万石,开场粜以赈饥民。十二月,出东都含嘉仓粟七万石,开场粜以济河南饥民。见《旧唐书·德宗纪下》。

贞元十五年己卯(七九九),二十七岁

李绅以《古风二首》拜谒吕温,得其激赏,由此知名。

《云溪友议》卷一记载:"初,李公赴荐,常以《古风》求知。吕光化温谓齐员外煦及弟恭曰:'吾观李二十秀才之文,斯人必为卿相。'果如其言。诗曰:'春种一粒粟,秋收万颗子。四海无闲田,农夫犹饿死。''锄禾日当午,汗滴禾下土。谁知盘中餐,粒粒皆辛苦!'"对于其拜谒时间,研究

者存在不同的看法，如卞孝萱先生《李绅年谱》认为在贞元十八年，而卢燕平《李绅集校注》则认为在贞元十七年。两种说法谁更可信，抑或是都不可靠？据《云溪友议》知《古风二首》是李绅举进士时行卷谒吕温的作品，而要确定其编年，就必须确定李绅拜谒吕温的时间，这可以从他们具体的行踪来确定。根据唐代士人行卷的规律，李绅选择吕温作为行卷的对象，必然是因为吕温当时具有一定的名望地位。吕温出生在一个诗礼簪缨之家，贞元时，文章已名动三川，刘禹锡《唐故衡州刺史吕君集序》云：贞元中，"东平吕和叔实生是时，而绝人远甚。始以文章振三川，三川守以为贡士之冠。名声四驰，速如羽檄，长安中诸生咸避其锋。两科连中，芒刃愈出。"可见吕温在举进士时就声名远播，在青年士子中声望颇高。名望只是一方面，身份地位也非常重要，即举荐人一般要在朝廷担任一定的官职，才有可能向主考官推荐他人。吕温被朝廷授予官职在贞元十五年，据清徐松《登科记考》卷十四，吕温贞元十四年进士及第，贞元十五年登博学宏词科，也就是上文所说的"两科连中"，随后吕温被德宗直接授予了集贤校书一职。集贤校书品级虽不高，却可以推荐他人，也就是说李绅拜谒吕温之时间必定在贞元十五年授予集贤校书之后。

再考察吕温贞元十五年后之行踪。《旧唐书》卷一百三十七《吕渭传》云：吕渭"贞元十六年卒，年六十六，赠陕州大都督。"又吕温《唐故通议大夫使持节都督潭州诸军事守潭州刺史兼御史中丞充湖南都团练观察处置等使赐紫金鱼袋赠陕州大都督东平吕府君墓志铭并序》亦谓吕渭"以（贞元）十六年七月一日薨于镇，享年六十有六。"吕渭为吕温父，吕渭贞元十六年七月一日卒，吕温当居父丧三年，从贞元十六年七月至贞元十九年七月，吕温都不可能会见并举荐他人，故卞、卢二人之说法显然有误。又《旧唐书·吕温传》云：贞元十九年，吕温"起家再命拜左拾遗"，吕温起家再拜当在这年七月以后，而李绅恰在吴越一带游历，其《苏州画龙记》可证，则贞元十九年李绅拜谒吕温的可能性也不存在。贞元二十年，吕温以侍御史为入吐蕃使，而李绅这年九月始至长安，元稹《莺莺传》云："贞元岁九月，执事李公垂宿于予靖安里第"，"贞元岁"根据陈寅恪等人的考证是贞元二十年。故贞元二十年也可排除。吕温出使吐蕃返回长安在元和元年，而元和元年正月李绅已进士及第，再无"求知"的必要。因此，贞元十七、十八、十九、二十年，以及永贞元年，李绅都不可能拜谒吕温。

根据以上两人的行踪，则李绅拜谒吕温的时间当在贞元十五年授予集贤校书之后而在贞元十六年七月一日之前。而据诗意，李绅似乎是有感于农民秋熟而一无所获的社会现实，因此以贞元十五年的可能性更大，故把李绅拜谒吕温时间定在贞元十五年秋是比较可靠的。

本年高郢知贡举，张籍、李景俭等十七人登进士第。见《登科记考》卷一四。

白居易在宣城中乡试，旋至洛阳省亲。据朱金城《白居易年谱》。

大事记：二月，宣武节度使、汴州刺史董晋卒，军中乱，杀行军司马陆长源。三月，彰义节度使吴少诚据蔡州反，与唐军相持。夏，旱，京师饥。见《旧唐书·德宗纪下》、《资治通鉴卷》二三五。

贞元十六年庚辰（八零零），二十八岁

东游天台山，于台州司马崔芃座中识僧修真。

《龙宫寺》诗序云：“贞元十六年，余为布衣，东游天台。故人江西观察使崔公，以殿中谪官，移疾剡溪。崔公座中有僧人修真，自言居龙宫寺，起谓余言，异日必当镇此，为修此寺。时以狂易之言，不之应，僧相识久之而退。”

崔公，即崔芃，柳宗元《先君石表阴先友记》（见《柳宗元文集》卷十二）云：“博陵人，善言名理。”时任台州司马。权德舆《唐故江南西道都团练观察处置等使中散大夫使持节都督洪州诸军事守洪州刺史兼御史中丞骑都尉赐紫金鱼袋赠左散骑常侍崔公神道碑铭（并序）》（见《全唐文》卷四九八）云：“仕至御史中丞洪州刺史江西都团练观察使。元和七年冬十一月某甲子，启手足于郡舍，享年五十五。……尝以公事贬台州司马，联帅表于理下，旋以上介入拜侍御史，迁考功员外郎，度支、吏部二郎中，商、常二州刺史。”又《旧唐书》卷十四《宪宗纪上》：元和六年八月“辛巳，以常州刺史崔芃为洪州刺史、江西观察使。”

修真，见《龙宫寺碑》。

天台山，在唐兴县。《元和郡县图志》卷二七《江南道·越州·唐兴县》：“天台山在县北一十里。”又《太平寰宇记》卷九十八《江南东道·台州》：“天台山在州西一百一十里。”《临海记》云：“天台山超然秀出，有八重，视之如一帆。高一万八千丈，周回二百里。又有飞泉悬流千仞似布。”

剡溪，在嵊县。宋施宿《会稽志》卷十《水·嵊县》：“剡溪在县南一百五十步。溪有二源，一出天台，一出婺之武义。西南流至东阳，入县一百四十里，东北流入上虞县界以达于江。”

韦夏卿本年罢苏州刺史，李绅东游或与此有关。

有以李绅在龙宫寺昼寝现形为蛇者，显系后人之有意附会，不可信。见《云溪友议》卷一、佚名《无锡县志》卷三上。

本年高郢知贡举，白居易、杜元颖、崔玄亮等十七人登进士第。见《登科记考》卷一四。

大事记：五月，徐泗濠节度使张建封卒，徐州军乱，不纳行军司马韦夏卿，迫建封子愔为留后。六月，淮南节度使杜佑加同平章事，兼领徐泗濠节度使，委以攻讨。九月，以张愔为留后。

诗一首：《华顶》。华顶为天台山之第八重。天台山有九峰，犹如莲花，此峰为峰顶，因称华顶。李绅两次游天台山，此诗满怀豪情，当作于举进士前，故系于是年。

贞元十七年辛巳（八零一），二十九岁

至长安，准备应试。为韦夏卿推荐而识韩愈。

按十月，韦夏卿为京兆尹，李绅或随韦夏卿而来。又因韦夏卿而识韩愈。李绅受知于韦夏卿，与其从子韦群玉同被荐托于韩愈。韩愈《与祠部陆员外书》云："有韦群玉者，京兆之从子。"京兆即韦夏卿，则韩愈显然受韦夏卿之托，与此同时，韦夏卿又顺带将李绅托付韩愈。又据宋方崧卿《韩文年表》，韩愈本年"春在京师，夏还洛阳，秋再如京，寻除四门博士。"在时间上亦相合。卞谱认为李绅识韩愈于贞元十八年，误。

本年白居易春在符离，七月在宣州，秋归洛阳。据朱金城《白居易年谱》。元稹作《会真诗三十韵》，杨巨源感而赋《崔娘诗》。

贞元十八年壬午（八零二），三十岁

在长安参加进士科应试。试前，韩愈受韦夏卿之托将其从子韦群玉以及李绅等十人推荐于主试官陆傪。

王定保《唐摭言》卷八《通榜》条："贞元十八年，权德舆主文，陆傪员外通榜帖。韩文公荐十人于傪，其上四人曰：侯喜、侯云长、刘述古、韦纾；其次六人：张苰、尉迟汾、李绅、张俊余。而权公三榜共放六人，苰、绅、俊余不出五年内，皆捷矣。"韦纾为韦珩之误，即韦群玉（据宋洪兴祖《韩子年谱》）。又韩愈《与祠部陆员外书》："有沈杞者、张苰者、尉迟汾者、李绅者、张俊余者、李翊者，或文或行，皆出于群之才也。凡此数子，与之足以收人望，得才实．主司疑焉，则与解之；问焉，则以对之；广求焉，则以告之可也。"

与元稹、白居易相识。

按元稹、白居易本年同在长安参加礼部书判拔萃科考试,李绅与元稹极有可能因韦夏卿而相识,继而又结识白居易。

落第,客游江浙,再会修真,重游天台。

《龙宫寺碑》:"贞元十八年,余以进士客于江浙。时适天台,与修真会于剡之阳。师言老禅有念,今兹果矣。"再提修龙宫寺之事。

本年或稍前,白居易与元稹定交。据朱金城《白居易年谱》,周相录《元稹年谱新编》同。

诗:《题北峰黄道士草堂》《题龙宫寺净院四上人》,此二首王旋伯诗注未收,陈尚君先生《全唐诗补编》据宋林师蒇《天台前集》卷中补。李绅落第重游天台山,前一首表达了却浮名的意愿,后一首云"龙宫又再期",故系于此年。

贞元十九年癸未(八零三),三十一岁

秋七月,游苏州,在长洲令厅观画。

李绅《苏州画龙记》云:"二工图龙,天与幽思。今是壁指远异代,继之图法,无谢于二子,而名漏不传,亦绝传记。茂宰博陵崔君据,始命余述,举丹素实验,附邑书末简。"文末题:"时贞元癸未岁秋七月记。"宋朱长文《吴郡图经续记》卷下《碑碣》云:"《画龙记》:长洲令厅事北庑有画龙六,僧繇、不兴之旧度,模之不知何人,其工不谢二子也。唐李绅为记其事。碑刻犹存。"

长洲县,属苏州,《元和郡县图志》卷二六《苏州·长洲县》:"万岁通天元年分吴县置。"

本年权德舆知贡举,侯喜、贾餗等二十人登进士第。见《登科记考》卷一五。

吕炅、王起以博学宏辞科登第,白居易、李复礼、元稹、崔玄亮等以书判拔萃科登第。见《元稹集》卷一六《酬哥舒大少府寄同年科第》。元稹、白居易授校书郎。

元稹娶韦夏卿女韦丛。

杜牧本年生。见缪钺《樊川诗集注》所附《杜牧卒年考》。

文:《苏州画龙记》,见《全唐文》卷六九四。

《舆地碑记目》卷一《平江府碑记·画龙记》云:"在长(洲)县厅,事李(绅)记。"又《宝刻丛编》卷十四《两浙西路·苏州》条引《诸道石

刻录》云："唐李绅撰，在长洲。"

贞元二十年甲申（八零四），三十二岁

李绅或于去年底再复京师应试，因本年停举，故逗留长安。

李绅同年进士李顾言事可证。《太平广记》卷一五四引《续命录》云："唐监察御史李顾言，贞元末应进士举，甚有名称。岁暮，自京西客游回，诣南省访知己郎官。适至，日已晚，省吏告郎官尽出。顾言竦辔而东，见省东南北街中有一人挈小囊，以乌纱蒙首北去，徐吟诗曰：'放榜只应三月暮，登科又较一年迟。'又稍朗吟，若令顾言闻。顾言策马逼之于省北，有惊尘起，遂失其人所在。明年，京师自冬雨雪甚，畿内不稔，停举。贞元二十一年春，德宗皇帝晏驾，果三月下旬放进士榜。顾言，元和元年及第。"

九月，宿于元稹靖安里第，语及崔莺莺事，因作《莺莺歌》。

《元稹集》外集卷六《莺莺传》云："贞元岁九月，执事李公垂宿于予靖安里第，语及于是。公垂卓然称异，遂为《莺莺歌》以传之。崔氏小名莺莺，公垂以命篇。"贞元岁即贞元二十年，陈寅恪、卞孝萱二先生虽然推论证据不同，但结论都一样。从李绅行迹考察，亦以是年为准。李绅贞元十九年七月尚在苏州，故贞元十九年可排除。贞元二十一年八月已改元永贞元年，亦可排除。唯贞元二十年在情理之中。白居易《醉送李二十常侍赴镇浙东》（朱金城《白居易集笺校》卷三一）云："靖安客舍花枝下，共脱青衫典浊醪。"即追忆当时情景，可见年轻时的狂态。

靖安里，又作静安里，在朱雀门街东第二街第五坊。见阎万儒、阎文钧《两京城坊考补》。

诗：《莺莺歌》，现仅存四段。

顺宗永贞元年，乙酉（八零五），三十三岁

在长安准备应进士试，与白居易、元稹等交游。

白居易《代书诗一百韵寄微之》（朱金城《白居易集笺校》卷十三）云："有月多同赏，无杯不共持。秋风拂琴匣，夜雪卷书帷。高上慈恩塔，幽寻皇子陂。唐昌玉蕊会，崇敬牡丹期。（注：唐昌观玉蕊，崇敬寺牡丹，花时多与微之有期。）笑劝迁辛酒，闲吟短李诗。（注：辛大丘度，性迁嗜酒；李二十绅，形短能诗。故当时有迁辛短李之号。）儒风爱敦质，佛理尚玄师。（注：刘三十二敦质，雅有儒风；庾七玄师，谈佛理有可赏者。）度日曾无闷，通宵靡不为。双声联律句，八面对宫棋。（注：双声联句，八面宫

棋，皆当时事。）往往游三省，腾腾出九逵。……密坐随欢促，华樽逐胜移。香飘歌袂动，翠落衫钗遗。筹插红螺碗，觥飞白玉卮。打嫌调笑易，饮讶卷波迟。（注：抛打曲有《调笑令》，饮酒曲有《卷白波》。）残席喧哗散，归鞍酩酊骑。"元稹《酬翰林白学士代书一百韵》亦有所记。

冬，白居易与元稹开始准备应制试，《代书诗一百韵寄微之》云："藩张获鸟网，坚守钓鱼矶"，自注："谓自冬至夏，频改试期，竟与微之坚持制试也。"

大光禅师卒。李绅《墨诏持经大德神异碑铭》："永贞元年十二月，黑月既夕，示灭于法华寺之经院。"宋赞宁《宋高僧传》同。

本年权德舆知贡举，沈传师、李宗闵、牛僧孺、杨嗣复、陈鸿、杜元颖、等二十九人登进士第。见《登科记考》卷一五。

大事记：正月癸巳，德宗病卒。太子李诵即位，是为顺宗。八月庚子，顺宗禅位于太子李纯，是为宪宗，改贞元二十一年为永贞元年。壬寅，贬王伾为开州司马、王叔文为渝州司户。十一月壬申，贬韦执谊为崖州司马。己卯，贬柳宗元为永州司马，刘禹锡朗州司马，韩泰、陈谏、韩晔、凌准、程异皆因坐交王叔文，贬远州司马，史称"八司马"。见《旧唐书·德宗纪下》《旧唐书·宪宗纪上》，及《资治通鉴》卷二三六。

宪宗元和元年丙戌（八零六），三十四岁

正月二日，与元稹、庾敬休同游曲江，不观改元大赦礼，微露对宪宗废除改革的不满。

元稹《永贞二年正月二日上御丹凤楼赦天下予与李公垂庾顺之闲行曲江不及盛观》（《元稹集》卷一七）云："春来饶梦慵朝起，不看千官拥御楼。却著闲行是忙事，数人同傍曲江头。"言语之中表达出对政局的不满，故钱谦益云："正月二日乃宣元和改元赦也，故书以示讥，所谓吾不欲观之矣。"庾敬休，字顺之，《旧唐书》卷一百八十七下、《新唐书》卷一六一有传，可参看。

二月，礼部放榜，登进士第。

据徐松《登科记考》卷一六，又李濬《慧山寺家山记》："时年十五六，丙戌岁擢第归宁。"沈亚之《李绅传》："元和元年，……绅以进士及第还。"（《全唐文》卷七三八）《旧传》云："元和初，登进士第。"不云具体年月，《新传》同。此年由礼部侍郎崔颁知贡举，试《山出云》诗，李绅试诗尚存。二十三人登进士第。分别为：武翊皇、柳公权（徐松《登科记考》列

元和三年，据孟二冬《登科记考补正》改）、皇甫湜、陆畅、张復、李绅、李顾言、韦处厚、崔公信、王正雅、张胜之、韩佽、李虞仲、高鈠、韦表微、庾敬休等。具体见孟二冬《登科记考补正》卷十六。

年初，白居易罢校书郎，与元稹居华阳观，闭户累月，揣摩时事，"构成策目七十五门"，以备制举考试。李绅亦时相过从，文字切磋。

白居易《策林序》（朱金城《白居易集笺校》卷六十二）云："元和初，予罢校书郎，与元微之将应制举。退居于上都华阳观，闭户累月，揣摩当代之事，构成策目七十五门。"又《渭村酬李二十见寄》（朱金城《白居易集笺校》卷十五）云："形容意绪遥看取，不似华阳观里时。"可见李绅也在其中，参与讨论时事，提携共进。"榆荚抛钱柳展眉，两人并马语行迟。还似往年安福寺，共君私试却回时。"（白居易《靖安北街赠李二十》，朱金城《白居易集笺校》卷十三），可以想见相互切磋之神态。华阳观，即宗道观，在长安朱雀门街东第三街永崇坊。《长安志》第八："宗道观本兴信公主宅，卖与剑南节度使郭英乂，其后入官。大历十二年为华阳公主追福，立为观。"《两京城坊考》卷三："按：观为华阳公主立，故亦曰华阳观。"（见朱金城《白居易集笺校》卷十三《春题华阳观》笺）

夏，未授官而径归江南，白居易、元稹有诗送之。

白居易《看浑家牡丹花戏赠李二十》（朱金城《白居易集笺校》卷一三）："香胜烧兰红胜霞，城中最数令公家。人人散后君须看，归到江南无此花。"元稹《赠李十二牡丹花片因以钱行》（《元稹集》卷十七）"莺涩馀声絮堕风，牡丹花尽叶成丛。可怜颜色经年别，收取朱阑一片红。"据岑仲勉先生《唐人行第录》，"李十二"应为"李二十"之倒错。

经过润州，镇海节度使李锜以才能留之，为掌书记。

沈亚之《李绅传》"元和元年，节度使宗臣锜在吴，绅以进士及第还，过谒锜，锜舍之，与宴游昼夜。锜能其才，留执书记。"李濬《慧山寺家山记》："丙戌岁，擢第归宁，为朱方强留之。""强留之"恐为李濬辩解之词。当时李锜尚无反状，李绅中试后亦未能授官，故转而效命幕府，这是一般文人的常态，不存在强留之说。《家庙碑》云："宪宗嗣统三年，李锜盗据京口，公居无锡，会擢第东归，锜闻公名，署职引用。"所谓"宪宗嗣统三年"，当指李锜谋反之年，非李绅留任署职之年。

本年元稹、白居易登才识兼茂明于体用科。见《登科记考》卷一六。

李德裕以荫补校书郎，见傅璇琮《李德裕年谱》。

韦夏卿卒。吕温《故太子少保赠尚书左仆射京兆韦府君神道碑》（《全唐文》卷六三零）："以元和元年三月十二日，薨于东都履信里之私第，享年六十有四。"李绅未有诗文悼念，或已不存。

　　诗：《山出云》。《文苑英华》卷一百八十二《省试三》收有《山出云》四首，包括李绅此诗，可知为本年应试时作。

元和二年丁亥（八零七），三十五岁

　　为镇海军掌书记。九月，李锜反，数逼李绅代拟章檄，佯怖不从，几遇害，被拘，叛平始出。

　　李绅《忆过润州》诗序云："元和二年，余以前进士为镇海军书奏从事。秋九月，兵乱。余以不从书奏飞檄之诈（请），遭庶人李锜暴怒，腰领不殊（诛）者再三。"又《家庙碑》云："初询以谋画，结舌不对，次强以章檄，绝笔不书，诱之以厚利不从，迫之以淫刑不动，将戮辱者数四，就幽囚者七旬，诚贯神明，有死无二。"另沈亚之《李绅传》记其事甚详，录于后：

　　明年，锜以骄闻，有诏召，称疾不欲行，宾客莫敢言。绅坚为言，不入，又不得去。会留后使王澹专职为锜具行，锜蓄怒始发于澹，阴教士食之。初，士卒当劳赐者皆会府中受赐与，中贵人临视，以至日中，军士得赐者俱不散，齐呼曰："澹逆可食！"既尽，即执中贵人胁曰："尔宁遂众欲，宁饱众腹？"曰："请所欲。"曰："为我众书报天子，幸得复锜位。"贵人惧，伪诺之，召书记以疏闻。绅闻之，亡入锜内匦，众索不得。及中贵人至，促锜行，锜益怒，急召绅，授纸笔，令操书上牒。绅坐锜前，佯惝怖，战管摇纸，下札皆不能字。辄涂去，黑数十行，又如是，几尽纸。锜怒骂曰："是何敢如此！汝欲下从而先人耶？"对曰："绅不敢恶生，直以少养长儒家，未尝闻金革鸣，今暴及此，且不知精神在所，诚得死，若在前，幸耳！"锜复制以兵刃，令易纸，复然。旁一人为锜言曰："闻有许侍御纵者，尤能军中书，绅不足与等，请召纵。"纵至，锜锐自举，授词操书，无不可锜意。遂幽绅于润之分狱，兵散，乃出。

　　关于李绅拒李锜事，《旧传》与《新传》详略不同，清王鸣盛《十七史商榷》卷九十一"李绅拒李锜书币"条认为："（《新传》）较《旧传》不但详略互异，情事绝不同。观《沈亚之下贤文集》第四卷《李绅传》，乃知《新书》全取彼文。盖其作书之旨，务求异于旧，掇拾小说文集见异于旧者必取之。亚之称绅临大节不可夺，恐有增饰溢美，未足信。《旧书》则据国史实录，似宜仍旧。"沈亚之虽有溢美之词，但在当时情形下能认清形势，

且能情急生智化解危情，恐亦非一般儒生所能应对，可见李绅确有过人胆气及应变能力。

李锜谋反及被平定之过程，《资治通鉴》卷二百三十七《唐纪五十三·宪宗元和二年》记载甚详：

夏，蜀既平，藩镇惕息，多求入朝。镇海节度使李锜亦不自安，求入朝，上许之。遣中使至京口慰抚，且劳其将士。锜虽署判官王澹为留后，实无行意，屡迁行期，澹与敕使数劝谕之。锜不悦，上表称疾，请至岁暮入朝。上以问宰相，武元衡曰："陛下初即政，锜求朝得朝，求止得止，可否在锜，将何以令四海！"上以为然，下诏征之。锜诈穷，遂谋反。王澹既掌留务，于军府颇有制置，锜益不平，密谕亲兵使杀之。会颁冬服，锜严兵坐幄中，澹与敕使入谒，有军士数百噪于庭曰："王澹何人，擅主军务！"曳下，脔食之；大将赵琦出慰止，又脔食之；注刃于敕使之颈，诟詈，将杀之。锜阳惊，起救之。冬，十月，己未，诏征锜为左仆射，以御史大夫李元素为镇海节度使。庚申，锜表言军变，杀留后、大将。先是，锜选心腹五人为所部五州镇将，姚志安处苏州，李深处常州，赵惟忠处湖州，丘自昌处杭州，高肃处睦州，各有兵数千，伺察刺史动静。至是，锜各使杀其刺史，遣牙将庚伯良将兵三千治石头城。常州刺史颜防用客李云计，矫制称招讨副使，斩李深，传檄苏、杭、湖、睦。请同进讨。湖州刺史辛秘潜募乡间子弟数百，夜袭赵惟忠营，斩之。苏州刺史李素为姚志安所败，生致于锜，具桎梏钉于船舷，未及京口，会锜败，得免。乙丑，制削李锜官爵及属籍。以淮南节度使王锷统诸道兵为招讨处置使，征宣武、义宁、武昌兵并淮南、宣歙兵俱出宣州，江西兵出信州，浙东兵出杭州，以讨之。

事平，新帅李元素欲表其事迹于朝廷，李绅再三推让。

李绅《忆过润州》："后军平，尚书李公（元素）欲具事以闻。余以本乃誓节，非欲求荣，请罢所奏。"李元素，《旧唐书》卷一百三十二、《新唐书》卷一百四十七有传。元和二年十月乙酉为镇海军节度使，元和三年二月己丑为武昌军节度使韩皋代，见郁贤皓先生《唐刺史考》卷一三七《江南东道·润州》。

辩误：李濬《慧山寺家山记》云："庶人兵败，公以忠节闻于天下。新帅李公元素欲具事表于朝廷，公三让之，遂退归惠山寺僧房，犹孜孜勤经史。洎十年，手写书籍前后约五百轴。"按：平叛后，李绅在李元素幕府，至次年二月李元素为韩皋所代，又为薛苹所招，客游越州（见后），中间不大可能退归惠山寺，且孜孜于经史十年，李濬所记不实。

本年李德裕以父居相位，避嫌，辞校书郎，出为方镇幕府从事。十一月五日，白居易召入翰林，为学士。元稹在家丁母忧。

元和三年戊子（八零八），三十六岁

春，在李元素幕府，游鹤林寺。

李绅《望鹤林寺》诗序云："元和初，在故度支尚书兄宾府，多因闲暇，经游此寺。寺内有木兰、杜鹃繁茂，人言至今犹未衰歇。"诗云："鹤栖峰下青莲宇，花发江城世界春。红照日高殷夺火，紫凝霞曙莹销尘。"度支尚书为李元素，《新唐书》卷一百四十七《李元素传》："数月还，为国子祭酒，进户部尚书判度支。"鹤林寺，在今镇江寺南郊，原名竹林寺。《太平寰宇记》卷八十九《江南东道·润州·丹阳县》："黄鹤山，在县西南三里。宋高祖，丹徒人，潜龙时常游竹林寺，每息于此山。常有黄鹤飞舞，因名黄鹤山，改竹林寺为鹤林寺。"

为浙东观察使薛苹所招，三至越中。

李绅《龙宫寺》诗序云："至元和三年，余以前进士为故薛苹常侍招至越中。"又《龙宫寺碑》云："元和三年，余罢金陵从事。河东薛公平（苹）招游镜中。"李绅离镇海军幕府，应与李元素入京为国子祭酒有关。按上文韩皋二月己丑代李元素，则李绅赴越中之时间或在三四月。薛苹，河东保鼎人，《旧唐书》卷一百八十五下、《新唐书》卷一百六十四有传。元和二年正月为浙东观察使，《会稽掇英总集》卷十八《唐太守题名记》："薛苹：元和二年正月自湖南观察使授，五年八月除润州观察使。"《嘉泰会稽志》卷二同。

在越中与崔述、冯宿、冯定、灵澈等有和薛苹《禹庙》诗。

欧阳修《集古录跋尾》卷九《唐薛苹唱和诗》云："右薛苹唱和诗，其间冯宿、冯定、李绅皆唐显人，灵澈以诗名后世，皆人所想见者，然诗皆不及苹。岂唱者得于自然，和者牵于强作耶？"此唱和诗即禹庙祈雨唱和诗，《嘉泰会稽志》卷十六云："薛苹禹庙祈雨唱和诗，薛苹及和者崔述等十七人，共十八诗。豆庐署正书。刻于夏禹衮冕之阴。"又《宝刻丛编》卷一三引《集古录目》云："《唐禹庙诗》，唐浙东观察使越州刺史薛苹诗，不著书人名氏。苹初至镇，易禹庙金紫服以冠冕，后因祈雨，作此诗，其和者盐铁转运崔述等凡十七首。"薛苹诗今存，《会稽掇英总集》卷八收，名为《禹庙神座顷服金紫苹自到镇申牒礼司重加衮冕今因祈雨偶成八韵》。李绅之诗已不存。禹庙，《会稽掇英总集》卷八："在会稽东南十余里会稽山之下。

禹尝会东南诸侯，计功于此，后没，因葬焉。少康立祠于陵所，今有禹坟、窆石犹存。"

崔述，时任盐铁转运使，具体事迹不详。

冯宿、冯定，为兄弟，俱有文学，贞元中进士及第，时人比之为汉朝二冯。见《旧唐书》卷一百六十八、《新唐书》卷一百七十七本传。

灵澈，《剡录》卷三《人物·先贤传》："灵澈字澄源，会稽汤氏子。风仪甚雅，谈笑多味，虽受经论，心好篇章，语甚平易，如不出常境，而诸生思虑终不可至。从严维学诗，抵吴兴与皎然游，后自庐山入剡，归沃洲。"

与修真晤。时修真已病，再托修寺之事。

《龙宫寺》诗序云："此僧已卧疾，使门人相告：曩日所言，必当镇此，修寺之托，幸不见忘。僧又偶言寺中灵祇所相告耳。余问疾而已，不能对。"

本年牛僧孺、皇甫湜、李宗闵、李正封、徐晦、王起等登贤良方正能直言极谏科。考官杨於陵、李益、韦贯之等坐牛僧孺、皇甫湜、李宗闵等策语太切，为权幸所忌，因被贬。见《唐会要》卷七六《制科举》。

元和四年己丑（八零九），三十七岁

在长安为校书郎，作《新题乐府二十首》。

《元稹集》卷二十四《和李校书新题乐府十二首》序云："余友李公垂贶余乐府新题二十首，雅有所谓，不虚为文。余取其病时之尤急者，列而和之，盖十二而已。"可知元稹和诗时李绅已为校书郎。元稹元和三年十二月丁母忧服除，四年二月为监察御史，旋奉使东川，六月始还，则和诗必作于之后。又白居易《新乐府并序》（朱金城《白居易集笺校》卷二）注云："元和四年为左拾遗时作。"白居易所作在元稹之后，则可知元稹和诗在元和四年秋冬间，故亦可断定李绅此年已在校书郎任。校书郎，《新唐书》卷五十二《百官志二》："从九品上，掌校理典籍，刊正错谬。"

元稹有诗寄李绅，表达思念之情。见《早春寻李校书》一诗。

大事记：十月癸未，以神策左军中尉吐突承璀为镇州行营招讨处置等使，率众军讨成德王承宗。白居易上奏言不宜令宦官作统领，京兆尹许孟容、给事中穆质、右补阙独孤郁等亦极言其不可。宪宗不听，仅改处置为宣慰。见《旧唐书·宪宗纪上》、《资治通鉴》卷二三八。

诗：《新题乐府二十首》，已佚。据元稹所和诗，则可知其中十二首为《上阳白发人》《华原磬》《五弦弹》《西凉伎》《法曲》《驯犀》《立部伎》

《骠国乐》《胡旋女》《蛮子朝》《缚戎人》《阴山道》。其余八首，见前文所考。从诗题和内容看，这些诗全为历史事件而发，与白居易针对现实弊病不同，应与李绅任校书郎一职有关，故可系于初任校书郎时期。

元和五年庚寅（八一零），三十八岁

在长安任校书郎。

三月，异母兄李继卒于无锡家中，年六十一。

《嫂志》云："府君以元和庚寅岁终于无锡县私第。"《兄志》，唐文拾遗本云："君享年六十一，以元和□年二月□□□□常州无锡县寓居□□□□□□□□"。而周绍良先生补为："君享年六十一，以元和四年三月□日终于常州无锡县寓居，葬于□□□□之阳。"恐周绍良先生所补有误，姑存。

本年元稹被贬江陵士曹参军，白居易、李绛、崔群上疏谏止，未果。五月，白居易为左拾遗秩满，改授京兆户曹。

大事记：八月，王承宗上表自首，淮西李师道亦为之请。丁未，复其官爵，以为成德节度使，并以德、棣二州与之。九月，朝臣奏以吐突承璀自讨王承宗无功，应加贬黜，乃罢其中尉之职，降为军器使。见《旧唐书·宪宗纪上》、《资治通鉴》卷二三八。

元和六年辛卯（八一一），三十九岁

在长安任校书郎。

本年白居易丁母忧，退居下邽义津乡金氏村。元稹在江陵士曹任。

八月，吕温卒于衡州，见《柳宗元集》卷九《衡州刺史东平吕君诔》。

元和七年壬辰（八一二），四十岁

任校书郎职。

因公至常州、苏州，得与孟简、范传正相会。

《毗陵东山》诗序云："东山在毗陵驿，南连水西馆，馆即独孤及在郡所置，荒废已久。至孟公简重修，植以花木松竹等，可玩。孟公在郡日，余以校书郎从役，同宴于此，今则荒废如旧。"据郁贤皓先生《唐刺史考》卷一三八《江南东道·常州》，孟简之前为崔芃，元和六年八月为洪州刺史、江西观察使。又《旧唐书》卷一百六十三《孟简传》："王承宗叛，诏以吐突承璀为招讨使。简抗疏论之，坐语讦，出为常州刺史。八年，就加金紫光禄大夫。简始到郡，开古孟渎，长四十一里，灌溉沃壤四千余顷，为廉使举其课绩，是有就加之命。是岁，征拜为给事中。九年，出为越州刺史、兼御史中丞、浙东观察使。"则孟简此次任常州刺史的时间在元和六年八月至元和八年间，与序时间相符。

又《过吴门二十四韵》"风月俄黄绶，经过半白头"句下自注："元和七年，余以校书郎从役再至苏州。时范十五传正为郡，而贞元中宾客散落，半已殂谢。"范传正，字西老，《旧唐书》卷一百八十五下、《新唐书》卷一百七十二有传。《新唐书》本传云："历歙、湖、苏三州刺史，有殊政，进拜宣歙观察使。"《嘉泰吴兴志》卷十四《郡守题名》："范传正：元和四年八月自歙州刺史拜，六年二月二十一日迁苏州刺史。"又《旧唐书》卷十五《宪宗纪下》：元和七年八月，"丙午，以苏州刺史范传正为宣歙观察使。"则李绅在八月前至苏州会范传正。

本年许孟容知贡举，李固言、李汉、李珏等登进士第。见《登科记考》卷一八。

白居易居丧下邽，元稹在江陵士曹参军任，自编诗集成二十卷。李商隐生，据张采田《玉溪生年谱会笺》。

元和八年癸巳（八一三），四十一岁

在长安任校书郎。

本年韦贯之知贡举，舒元舆、杨汉公等三十人登进士第。见《登科记考》卷一八。

白居易服除，仍居下邽。元稹在江陵士曹参军任。

元和九年甲午（八一四），四十二岁

本年前后，改太学助教。

白居易《渭村酬李二十见寄》（朱金城《白居易集笺校》卷十五）云："百里音书何太迟。暮秋把得暮春诗。柳条绿日君相忆，梨叶红时我始知。莫叹学官贫冷落，犹胜村客病支离。"据周绍良先生藏拓本《兄志》云："亲弟前守大（太）学助教绅撰"，则"学官"为太学助教。朱金城先生系白诗于本年，又据诗歌内容可知李绅寄诗在暮春，则李绅至迟在本年春已改为太学助教一职。太学助教，《新唐书》卷四十八《百官志三·太学》："助教六人，从七品上。掌教五品以上及郡县公子孙、从三品曾孙为生者，五分其经以为业，每经百人。"

暮春有诗寄白居易，叹学官贫冷，今诗已佚。见上白居易《渭村酬李二十见寄》。

冬，白居易诏授为太子左赞善大夫入朝，有《初授赞善大夫早朝寄李二十助教》诗寄李绅。见朱金城《白居易年谱》。诗云："病身初谒青宫日，衰貌新垂白发年。寂寞曹司非熟地，萧条风雪是寒天。远坊早起常侵鼓，瘦马行迟苦费鞭。一种共君官职冷，不如犹得日高眠。"与绅同叹官贫职冷。

元稹作诗送王行周游越，李绅遥和之。

《会稽掇英总集》卷十有元稹《送王十一游剡（浙）中》及李绅《遥和元九送王行周游越》二诗，或李绅在京和作。杨军《元稹集编年笺注·诗歌卷》及周相录《元稹年谱新编》系元诗于此年。王行周，见周谱。

辩误：卞谱云李绅元和八年前后任国子助教，误。按：国子助教为从六品上，掌佐博士分经教授。李绅《兄志》撰于元和十一年，此时尚为太学助教，品级比国子助教低，故元和八年前后不可能为国子助教。又《旧传》云释褐国子助教，《新传》意同，则不符合事实，更谬。

本年韦贯之知贡举，张又新、殷尧藩、陈商等二十七人登进士第。见《登科记考》卷一八。

八月，孟郊卒，王建、贾岛有诗哭之，韩愈、樊宗师等为之营葬，韩愈为撰墓志铭。见《韩昌黎集》卷二九《贞曜先生墓志铭》。

诗：《遥和元九送王行周游越》。《全唐诗》不收，今据韦庄《又玄集》卷中、《会稽掇英总集》卷十补。

元和十年乙未（八一五），四十三岁

在长安任太学助教。

初春，与白居易出游，并辔交谈，后白居易有诗相赠。

白居易《靖安北街赠李二十》（朱金城《白居易集笺校》卷十五）云："榆荚抛钱柳展眉，两人并马语行迟。还似往年安福寺，共君私试却回时。"据诗意时间在初春，此时元稹尚在还京途中。

暮春，与白居易、元稹等游长安城南。

白居易《游城南留元九李二十晚归》（朱金城《白居易集笺校》卷十五）云："老游春饮莫相违，不独花稀人亦稀。更劝残杯看日影，犹应趁得鼓声归。"按：元和十年正月，元稹自唐州还长安。《元稹集》卷二十《酬乐天东南行诗一百韵》"因教罢飞檄，便许到皇都。"自注云："十年春，自唐州诏召予入京。"又白居易《与元九书》（朱金城《白居易集笺校》卷四五）"如今年春游城南时，与足下马上相戏，因各诵新艳小律，不杂他篇。自皇子陂归昭国里，迭吟递唱，不绝声者二十里余。樊、李在傍，无所措口。"樊为樊宗师，李，据白居易上诗当为李绅。卞孝萱先生《元稹年谱》认为指李景信，依据不足。

夏，元稹在赴通州司马途中梦李绅。

《元稹集》卷十九《长滩梦李绅》云："孤吟独寝意千般，合眼逢君一夜欢。惭愧梦魂无远近，不辞风雨到长滩。"按：元稹《酬乐天东南行一百韵》序云："元和十年三月二十五日，予司马通州。"则李、元、白三人京城相会不久即分离，此诗为赴通州途中作。长滩，在今四川渠县，《中国地方志集成·四川府县志辑·民国渠县志》卷一《地理志》云："流江由营山流入渠境，经七曲滩、尤滩子、可通舟楫，再经高泥滩、冉家滩、东阳滩、罗恢滩、毛家滩、栈滩、长滩……下入渠江。"

冬，白居易在江州，自编诗集十五卷赠李绅、元稹。

白居易《编集拙诗成一十五卷因题卷末戏赠元九李二十》（朱金城《白居易集笺校》卷十六）云："一篇长恨有风情，十首秦吟近正声。每被老元偷格律，苦教短李伏歌行。世间富贵应无分，身后文章合有名。莫怪气粗言语大，新排十五卷诗成。"按：六月，白居易上疏请捕刺武元衡刺客，宰相以宫官先台谏言事，恶之。八月，奏贬刺史。王涯复论不当治郡，追改江州司马。冬至江州。见朱金城《白居易年谱》。

元和十年前后，元白二人拟选李绅新歌行，与张籍古乐府、卢拱及杨巨源律诗、窦巩及元宗简绝句合编为《元白往还诗集》，因元白左降而未成。

白居易《与元九书》："当此之时，足下兴有余力，且欲与仆悉索还往中诗，取其尤长者，如张十八古乐府，李二十新歌行，卢、杨二秘书律诗，窦七、元八绝句，博搜精掇，编而次之，号《元白往还诗集》。众君子得拟议于此者，莫不踊跃欣喜，以为盛事。嗟乎！言未终而足下左转，不数月而仆又继行，心期索然，何日成就，又可为之叹息矣。"

本年崔群知贡举，沈亚之、裴夷直、庞严、吕让等登进士第，见《登科记考》卷一八。

大事记：六月三日，宰相武元衡被刺身死，裴度亦被盗所伤。九月，以宣武军节度使韩弘充淮西行营兵马都统进讨淮西。十一月，武宁节度使李愿奏败淄青节度使李师道之兵九千。见《旧唐书·宪宗纪下》、《资治通鉴》卷二三九。

元和十一年丙申（八一六），四十四岁

在太学助教任。

七月，自淮南归葬异母兄李继于长安白鹿原。十一月，封树完毕，并撰墓志文。

《兄志》："至十一年秋七月廿有□日，弟绅启奉归于长安白鹿原，陪祔伯父郓县府君茔之后七十六步。冬十一月庚寅，封树卒事。"又《嫂志》："府君以元和庚寅岁终于无锡县私第，以元和丙申岁归祔于白鹿原。"因嫂不护灵柩，内心悲痛，志之于石，"绅远自淮南□奉□□，呼天血泪，而东之诸侯，咸为其事，达□□□。所可恨者，崔嫂以信乎巫神，不护灵旐，可为痛哉！敢志于石，用告幽壤。"（《兄志》）

本年李逢吉知贡举，姚合、皇甫曙等三十三人登进士第。见《登科记考》卷一八。

白居易在江州司马任，元稹在通州司马任。

李贺卒，年二十七。据杜牧《李贺集序》。僧灵澈卒于宣州，年七十一。据《刘禹锡集》卷一九《澈上人文集纪》。

文：《唐故试太常寺奉礼郎赵郡李府君墓志文》，见《唐文拾遗》卷二八、周绍良《唐代墓志汇编》元和094。

元和十二年丁酉（八一七），四十五岁

在太学助教任。

白居易在江州司马任，有诗寄李绅。

白居易有《东南行一百韵寄通州元九侍御沣州李十一舍人果州崔二十二使君开州韦大员外庚三十二补阙杜十四拾遗李二十助教员外窦七校书》诗，朱金城《白居易集笺校》卷十五系于元和十二年。

本年元稹在通州司马任。李德裕在张弘靖太原幕，为掌书记。

大事记：七月丙辰，裴度以门下侍郎、同平章事，兼彰义节度使，仍充淮西宣慰处置使，以刑部侍郎马总为宣慰副使，太子右庶子韩愈为彰义行军司马，以司勋员外郎李正封、都官员外郎冯宿、礼部员外郎李宗闵皆兼侍御史，为判官、书记，从裴度出征。十月，李愬率师入蔡州，执吴元济以献，淮西平。十二月，裴度归长安，再拜相，韩愈为刑部侍郎。见《旧唐书·宪宗纪下》、《资治通鉴》卷二百四十。

元和十三年戊戌（八一八），四十六岁

在太学助教任。

本年十二月白居易由江州司马代李景俭为忠州刺史，元稹由通州司马移虢州长史。李德裕仍在河东张弘靖幕。

大事记：七月乙酉，令宣武、魏博、义成、武宁、横海兵共讨李师道。十二月，宪宗遣中使赴凤翔法门寺迎佛骨。见《旧唐书·宪宗纪下》、《资治通鉴》卷二百四十。

元和十四年己亥（八一九），四十七岁

春，应山南节度使崔从之荐，出为该道观察判官。

《南梁行》"此时醉客纵横书，公言可荐承明庐"句下注："元和十四年，故山南节度使仆射崔公奏观察判官，蒙以书奏见委，常戏拙速。"又《新传》："久之，从辟山南观察府。"崔公即崔从，字子乂，崔融曾孙，与裴度、李德裕友善，《新唐书》卷一百一十四有传。《旧唐书》卷十五《宪宗纪下》：元和十三年八月"戊午，以尚书右丞崔从为兴元尹、山南西道节度使"。又《旧唐书》卷十六《穆宗纪》：长庆元年十月乙丑，"以山南西道节度使崔从为尚书左丞"。可知元和十三、十四、十五年，以及长庆元年在山南节度使任，与李绅诗自注相符。

五月，诏为右拾遗。

又"青天诏下宠光至，颁籍金闱征石渠"句下注："是岁五月，蒙恩除右拾遗。"《旧传》云："锜诛，朝廷嘉之，召拜右拾遗。"李锜之诛，在十二年前，或有人向宪宗提及此事，故获恩宠。《旧传》系从《家庙碑》而来，应可信。李绅此次进京，经望秦峰、商山、骆谷等地，见《南梁行》诗。

章孝标进士及第，以诗寄傲，李绅以诗针砭之，或为误传，不可信，见前文李绅诗歌考证。

《唐才子传》卷六云："孝标字道正，钱塘人。……元和十四年，礼部侍郎庾承宣下进士及第，授校书郎。于长安将归家庆，先寄友人曰：'及第全胜十改官，金鞍镀了出长安。马头渐入扬州郭，为报时人洗眼看。'绅适见，亟以一绝箴之曰：'假金方用真金镀，若是真金不镀金。十载长安方一第，何须空腹用高心。'孝标惭谢。"关于章孝标事，《云溪友议》卷十云："章正字孝标，……元和十三年下第，时多为诗以刺主司，独章君为《归燕》诗留献庾侍郎承宣。小宗伯得诗，展转吟讽，诚恨遗才。仍俟秋期，必

当荐引。庚果重秉礼曹，孝标来年攉第。"（《丛书集成初编本》）关于此诗，还可见前文相关考辨。

本年正月，韩愈谏迎佛骨，贬潮州刺史。三月，白居易在赴忠州刺史途中与赴虢州长史任的元稹相遇于夷陵，三宿而别。四月，裴度罢相，出为河东观察使。五月，李德裕随张弘靖入朝，除监察御史。十月，柳宗元卒于柳州刺史任，年四十七，韩愈为撰墓志。冬，元稹入朝为膳部员外郎。

元和十五年庚子（八二零），四十八岁

正月庚子，宪宗为宦官所杀，立穆宗。闰正月，李绅与李德裕、庾敬休同时为翰林学士。

《旧唐书》卷一六《穆宗本纪》："以监察御史李德裕、右拾遗李绅、礼部员外郎庾敬休并守本官，充翰林学士。"丁居晦《重修承旨学士壁记》："李绅，元和十五年闰正月十三日自右拾遗内供奉充。"李绅《趋翰苑遭诬构四十六韵》："画象垂新命，消兵易旧谟。选贤方去智，招谏忽升愚。"句下注："穆宗听政五日，蒙恩除右拾遗，与淮南李公招入翰林也。"又李德裕《文饶别集》七《怀崧楼记》："元和庚子岁，予获在内庭，同僚九人，丞弼者五，数十年间零落将尽，今所存者惟三川守李公而已。"三川守李公即李绅，当时为河南尹。已卒者为杜元颖、元稹、韦处厚、路隋、沈传师、庾敬休、李肇七人。据丁居晦《重修承旨学士壁记》。按：翰林学士，中唐以后，其职始重，时号"内相"。《唐会要》卷五七《翰林院》云："至德已后，军国务殷，其入直者，并以文词，共掌诏敕，自此翰林院始有学士之名。"

二月一日赐绯，二十日迁右补阙。

据丁居晦《重修承旨学士壁记》。《旧传》云："寻转右补阙"。

辩误：《旧传》云："岁余，穆宗召为翰林学士"，"岁余"，实为五日。《新传》云："穆宗召为右拾遗、翰林学士"，右拾遗为宪宗在十四年五月所召，非穆宗即位后。

本年李建知贡举，卢储、施肩吾、崔嘏等二十九人登进士第。见《登科记考》卷一八。

夏，白居易自忠州召还，除尚书司门员外郎。五月，元稹为祠部郎中、知制诰，赐绯鱼袋。八月，令狐楚由宣歙观察使再贬衡州刺史。九月，李宗闵为中书舍人。十二月，牛僧孺为御史中丞，白居易为主客郎中、知制诰。

文：《授韩宏河中节度使制》，见《全唐文》卷六九四。按：《旧唐书》卷十六《穆宗纪》：元和十五年六月，"丁丑，以司徒、兼中书令韩弘（宏）

为河中尹，充河中晋绛慈隰等州节度使。”故系于本年。

穆宗长庆元年辛丑（八二一），四十九岁

二月，与李德裕、元稹同在翰林，时称“三俊”。

《旧传》云：“与李德裕、元稹同在禁署，时称‘三俊’，情意相善。”《旧唐书》卷一百七十四《李德裕传》：“时德裕与李绅、元稹俱在翰林，以学识才名相类，情颇款密，而逢吉之党深恶之。”据丁居晦《重修承旨学士壁记》：“元稹，长庆元年二月十六日自祠部郎中、知制诰充，仍赐紫；十七日拜中书舍人；十月迁工部侍郎出院。”故李绅与李德裕、元稹同在翰林院只可能在本年二月至十月。李德裕有《述梦诗四十韵》，元稹有《奉和浙西大夫李德裕述梦四十韵》追忆当时情景。

三月二十三日，加司勋员外郎、知制诰。

丁居晦《重修承旨学士壁记》：“长庆元年三月二十三日，加司勋员外郎、知制诰。”岑仲勉先生《郎官石柱题名新考订·司勋员外郎》条，李绅在赵元亮后，崔郸前。

辨误：《旧唐书》卷一六《穆宗本纪》：长庆元年三月“已未，以屯田员外郎李德裕为考功郎中，左补阙李绅为司勋员外郎，并依前知制诰、翰林学士。”按：李绅与德裕本年始加知制诰，不得云“并依前知制诰”。又《家庙碑》云：“特授司封员外郎知制诰”，按：“封”为“勋”之误。可参看岑仲勉先生《翰林学士壁记注补·穆宗》条。

与元稹、李德裕劾奏钱徽取士不公，诏王起、白居易重试。后钱徽、李宗闵、杨汝士等皆贬谪。

关于本年科举试案，《旧唐书》卷一六八《钱徽传》记载较详，云：“长庆元年，为礼部侍郎。时宰相段文昌出镇蜀川。文昌好学，尤喜图书古画。故刑部侍郎杨凭兄弟，以文学知名，家多书画，钟、王、张、郑之迹在《书断》《画品》者，兼而有之。凭子浑之求进，尽以家藏书画献文昌，求致进士第。文昌将发，面托钱徽，继以私书保荐。翰林学士李绅亦托举子周汉宾于徽。及榜出，浑之、汉宾皆不中选。李宗闵与元稹素相厚善。初稹以直道谴逐久之，及得还朝，大改前志。由迳以徼进达，宗闵亦急于进取，二人遂有嫌隙。杨汝士与徽有旧。是岁，宗闵子婿苏巢及汝士季弟殷士俱及第。故文昌、李绅大怒。文昌赴镇。辞日，内殿面奏，言徽所放进士郑朗等十四人，皆子弟艺薄，不当在选中。穆宗以其事访于学士元稹、李绅，二人对与文昌同。遂命中书舍人王起、主客郎中知制诰白居易，于子亭重试，内出题目《孤竹管赋》《鸟散余花落》诗，而十人不中选。……寻贬徽为江州刺史，中书舍人李宗闵剑州刺史，右补阙杨汝士开江令。初议贬徽，宗闵、汝士令徽以文昌、李绅私书进呈，上必开悟。徽曰：'不然，苟无愧心，得丧一致，修身慎行，安可以私书相证耶？'令子弟焚之，人士称徽长者。"又《旧唐书》卷一百六十四《王起传》："钱徽掌贡士，为朝臣请托，人以为滥。诏起与同职白居易覆试，覆落者多。徽贬官，起遂代徽为礼部侍郎。掌贡二年，得士尤精。先是，贡举猥滥，势门子弟，交相酬酢，寒门俊造，十弃六七。及元稹、李绅在翰林，深怒其事，故有覆试之科。"

由于此次科试案牵涉面广，牛李两党的主要人物皆卷入其中，故史书以为本案为牛李党争的肇始，如《旧唐书》卷一七六《李宗闵传》："长庆元年，子婿苏巢于钱徽下进士及第，其年，巢覆落。宗闵涉请托，贬剑州刺史。时李吉甫子德裕为翰林学士，钱徽榜出，德裕与同职李绅、元稹连衡言于上前，云徽受请托，所试不公，故致重覆。比相嫌恶，因是列为朋党，皆挟邪取权，两相倾轧。自是纷纭排陷，垂四十年。"又《资治通鉴》卷二百四十一《穆宗长庆元年》："翰林学士李德裕，吉甫之子也，以中书舍人李宗闵尝对策讥切其父，恨之。宗闵又与翰林学士元稹争进取有隙。右补阙杨汝士与礼部侍郎钱徽掌贡举，西川节度使段文昌、翰林学士李绅各以书属所善进士于徽；及榜出，文昌、绅所属皆不预焉，及第者，郑朗，覃之弟；裴譔，度之子；苏巢，宗闵之婿；杨殷士，汝士之弟也。文昌言于上曰：'今岁礼部殊不公，所取进士皆子弟无艺，以关节得之。'上以问诸学士，德裕、稹、绅皆曰：'诚如文昌言。'上乃命中书舍人王起等覆试。夏四月丁丑，诏黜朗等十人，贬徽江州刺史，宗闵剑州刺史，汝士开江令。或劝徽奏文昌、绅属书，上必悟。徽曰：'苟无愧心，得丧一致，奈何奏人私书，岂士君子所为邪！'取而焚之，时人多之。绅，敬玄之曾孙；起，播之弟也。自是德裕、宗闵各分朋党，更相倾轧，垂四十年。"按：从长庆元年（821 年）至大中元年（847 年）党争结束，实不足四十年，云党争肇始于此，不确。上述之说实际变易两《唐书》元和三年试策说而成。岑仲勉先生《隋唐史》、傅璇琮先生《李德裕年谱》、王炎平先生《牛李党争》等论著及周建国先生《论李德裕与牛李党争》一文（载《唐代文学研究》第八辑）都有论述，可参看。但科试案又与后来的牛李党争有着重要联系，见正文第三章第一节。

四月，因元稹为穆宗起草《戒励风俗德音》，朋比之徒，"咸睚眦于绅、稹"见《旧唐书》卷一六八《钱徽传》。

与元稹共言李景俭于穆宗前，追诏为仓部员外郎。

《旧唐书》卷一百七十一《李景俭传》："与元稹、李绅相善。时绅、稹在翰林，屡言于上前。及延英辞日，景俭自陈己屈，穆宗怜之，追诏拜仓部员外郎。月余，骤迁谏议大夫。"《新唐书》卷八一《李景俭传》同。按：元稹十月出院，故荐李景俭事在十月前。

十一月，与元稹荐蒋防为翰林学士。

丁居晦《重修承旨学士壁记》附题名云："蒋防：长庆元年十一月十六日，自右补阙充。二十八日赐绯。二年十月九日，加司勋员外郎。三年三月一日，加知制诰。四年二月六日，贬汀州刺史。"又《咸淳毗陵志》卷十六《历代人物》："蒋防，澄之后。年十八，父诫令作《秋河赋》，援笔即成，警句云：'连云梯以迥立，跨星桥而径渡。'于简遂妻以子。李绅即席命赋《鞲上鹰》诗，云：'几欲高飞上天去，谁人为解绿丝绦'。绅识其意，荐之。后历翰林学士，中书舍人。"王建有《和蒋学士新授章服》（《全唐诗》卷三百）诗贺之。

本年十一月，白居易与膳部郎中陈岵、考功员外郎贾𫗧同考制策，庞严、崔龟从、韦正贯等十一人以贤良方正能直言极谏科登第。见《旧唐书·穆宗纪》、《登科记考》卷一九。

长庆二年壬寅（八二二），五十岁

二月十九日，迁中书舍人、承旨。二十三日，赐紫。

元稹《承旨学士院记》："李绅：长庆二年二月十九日，自司勋员外郎、知制诰、翰林学士、赐绯鱼袋，迁中书舍人充。二十三日，赐紫金鱼袋。"丁居晦《重修翰林学士壁记》："二年二月十九日，迁中书舍人，承旨。二十三日，赐紫。"又《旧唐书》卷一六《穆宗纪》：长庆二年二月辛巳，"以工部侍郎元稹守本官、同平章事。以翰林学士、中书舍人李德裕为御史中丞。司勋员外郎、知制诰李绅为中书舍人，依前翰林学士。"后有诗回忆其在承旨学士时的生活，见《忆夜直金銮殿承旨》一诗。

三月，李绅与元稹同荐庞严为翰林学士。

丁居晦《重修翰林学士壁记》附题名云："庞严：长庆二年三月二日，自左拾遗充，四日赐绯，十月九日迁左补阙。三年三月一日，加知制诰。十月十四日，赐紫。十一月九日，拜驾部郎中、知制诰。四年二月六日，贬信州刺史。"《旧唐书》卷一六六《庞严传》："长庆元年应制举贤良方正、能直言极谏科，策入三等，冠制科之首。是月，拜左拾遗。聪敏绝人，文章峭丽。翰林学士元稹、李绅颇知之。明年二月，召入翰林为学士，转左补阙，再迁驾部郎中、知制诰。庞严与右拾遗蒋防俱为积、绅保荐，至谏官内职。"
"二月"当为"三月"之误。又《册府元龟》卷四百八十二云："长庆中，
穆宗召（庞）严为翰林学士，又赐以金紫，皆绅引之也。"

六月，与韦处厚于穆宗前言李逢吉奸邪，裴度得留京师。从此，李绅与
李逢吉结怨。

《旧唐书》卷一百六十七《李逢吉传》："长庆二年三月，召为兵部尚
书。时裴度亦自太原入朝。以度招怀河朔功，复留度，与工部侍郎元稹相次
拜平章事。度在太原时，尝上表论稹奸邪。及同居相位，逢吉以为势必相
倾，乃遣人告和王傅于方结客，欲为元稹刺裴度。及捕于方，鞫之无状，
稹、度俱罢相位，逢吉代度为门下侍郎平章事。自是浸以恩泽结朝臣之不逞
者，造作谤言，百端中伤裴度。赖学士李绅、韦处厚等显于上前，言度为逢
吉排斥，而度于国有功，不宜摈弃，故得以仆射在朝。"又《趋翰苑遭诬构
四十六韵》："洁身酬雨露，利口扇谗诙。碧海同宸眷，鸿毛比贱躯。辨疑分
黑白，举直觚朋徒。"句下注："思政面论逢吉、崔桢奸邪，刘栖楚、柏耆凶
险、张又新、苏景修朋党也。"

按：元稹与裴度之争，实为李逢吉所挑起与利用，史书对此记载甚详，
《旧唐书》卷一七零《裴度传》："度自太原入朝，而恶度者以逢吉善于阴
计，足能构度，乃自襄阳召逢吉入朝，为兵部尚书。度既复知政事，而魏弘
简、刘承偕之党在禁中。逢吉用族子仲言之谋，因医人郑注与中尉王守澄交
结，内官皆为之助。五月，左神策军奏告事人李赏称和王府司马于方受元稹
所使，结客欲刺裴度。诏左仆射韩皋、给事中郑覃与李逢吉三人鞫于方之
狱。未竟，罢元稹为同州刺史，罢度为左仆射，李逢吉代度为宰相。自是，
逢吉之党李仲言、张又新、李续等，内结中官，外扇朝士，立朋党以沮度，
时号'八关十六子'，皆交结相关之人数也。"

李逢吉欲引令狐楚为援，李绅在内庭极力阻沮。

《旧唐书》卷一百七十二《令狐楚传》："长庆元年四月，量移郢州刺
史，迁太子宾客，分司东都。二年十一月，授陕州大都督府长史、兼御史大
夫、陕虢观察使。制下旬日，谏官论奏，言楚所犯非轻，未合居廉察之任。
上知之，遽令追制。时楚已至陕州，视事一日矣。复授宾客，归东都。时年
逢吉作相，极力援楚，以李绅在禁密沮之，未能擅柄。"又《新唐书》卷一
百六十六《令狐楚传》："会逢吉复相，力起楚，以李绅在翰林沮之，
不克。"

本年，朱庆馀有诗向李绅求举荐。

朱庆馀《上翰林李舍人》："记得早年曾拜识，便怜孤进赏文章。免令泪没惭时辈，与作声名彻举场。一自凤池承密旨，今因世路接余光。云泥虽隔思长在，纵使无成也不忘。"（《全唐诗》卷五百一十四）李舍人即李绅。按：朱庆馀此年在长安，其《贺张水部员外》诗可证，张水部即张籍，三月由国子博士迁水部员外郎。朱庆馀，字可久，越州人，宝历二年进士及第，见吴企明先生《唐才子传校笺》卷六《朱庆馀传》。由诗可知，李绅在游越州时与当时还年幼的朱庆馀相识，时间或在元和七年。

辨误：《吴郡志》卷二九："白居易守洛时，有《谢李苏州寄五酘酒》诗："今里人酿酒，曲米与浆水已入瓮，翌日，又以米投之，有至一再投米者谓之酘，其酒则清冽异常，今谓之五酘，是米五投之耶！"按：李苏州疑是李绅。"又《姑苏志》卷二《古今守令表》上谓绅大和中任。按：李苏州为李凉，字复言，非李绅。见朱金城《白居易笺校》卷二十《初到郡斋寄钱湖州李苏州》及《钱湖州以箬下酒李苏州以五酘酒相次寄到无因同饮聊咏所怀》诗笺校。《江南通志》卷一百在苏州刺史中列李绅于狄兼謩后，亦误。

本年王起知贡举，白敏中、丁居晦、裴休等登进士第。见《登科记考》卷一九。

六月，元稹罢相，出为同州刺史。七月，白居易自中书舍人除杭州刺史，九月，李德裕出为浙西观察使。

长庆三年癸卯（八二三），五十一岁

三月丁巳，与宰相百官赐宴于曲江亭，听曹善才弹琵琶，并入御苑看花。

《旧唐书》卷十六《穆宗纪》："三月丁巳，宰臣百僚赐宴于曲江亭。"后有《忆春日曲江宴后许至芙蓉园》回忆当时情景，云："春风上苑开桃李，诏许看花入御园。香径草中回玉勒，凤凰池畔泛金樽。绿丝垂柳遮风暗，红药低丛拂砌繁。归绕曲江烟景晚，未央明月锁千门。"又《悲善才》诗序云："顷在内庭日，别承恩顾，赐宴曲江，敕善才等二十人备乐。"

三月二十七日，为李逢吉所排挤，改为御史中丞，出翰林院。

元稹《承旨学士院记》："三年三月二十七日，改御史中丞，出院。"丁居晦《重修承旨学士壁记》："三月二十七日，改中丞，出院。""三月"前夺"三年"二字，见岑仲勉先生《翰林学士壁记注补七》。出院之缘由，则因绅数沮李逢吉，故排挤之。《新传》："稹为宰相，而李逢吉教人告于方事，稹遂罢；欲引牛僧孺，惧绅等在禁近沮解，乃授德裕浙西观察使。僧孺

辅政，以绅为御史中丞。"《资治通鉴》卷二四三《穆宗长庆三年》亦云："李逢吉为相，内结知枢密王守澄，势倾朝野。惟翰林学士李绅每承顾问，常排抑之，拟状至内庭，绅多所臧否。逢吉患之，而上待遇方厚，不能远也。会御史中丞缺，逢吉荐绅清直，宜居风宪之地。上以中丞亦次对官，不疑而可之。"

因台参礼仪，与韩愈起纷争，相互移牒往来。

《旧唐书》卷一百五十《韩愈传》："（韩愈）转京兆尹，兼御史大夫。以不台参，为御史中丞李绅所劾。愈不伏，言准敕仍不台参。绅、愈性皆褊僻，移剌往来，纷然不止"。按：李绅与韩愈之争执，实由李逢吉所挑起，《旧唐书》卷一百六十七《李逢吉传》："学士李绅有宠，逢吉恶之，乃除为中丞，又欲出于外。乃以吏部侍郎韩愈为京兆尹，兼御史大夫，放台参。以绅褊直，必与愈争。及制出，绅果移牒往来。愈性木强，遂至语辞不逊，喧论于朝。"

关于台参一事，韩愈《答友人论京兆尹不台参书》中认为："容桂观察使带中丞尚不台参，京兆郡国之首，所管神州赤县，官带大夫，岂得却不如，事须台参，亦是何典故？赤令尚与中丞分道而行，何况京尹。圣恩以为然，便令宣与李绅，不用台参。"韩愈此说，实为自我辩解，依据不足。《唐会要》卷六十《御史台》条：（大和）九年八月，御史台奏：京兆尹及少尹、两县令，合台参官等，旧例：新除大夫、中丞，府县官自京兆尹以下，并就台参见。其新除三院御史，并不到台参，亦不于廊下参见，此为阙礼尤甚。伏请自今以后，应三院有新除御史等，并请敕京兆尹及少尹、两县令就廊下参见。……敕旨：依奏！"可见，京兆尹参见御史大夫实为常例。然韩愈不台参，又为特例，洪兴祖《韩子年谱》引《穆宗实录》云："三年六月辛卯，吏部侍郎韩愈京兆尹兼御史大夫，敕放台参，后不得为例。"冲突的产生，除了李逢吉的居中挑拨外，恐与二人之偏激性格亦有关。宋程俱《韩文公历官记》云："盖公恃其尝有荐绅之恩，且视绅晚辈，每事耻出其下，遂至纷争。"而李绅亦不示弱，据理力争，至纷争加剧。

械囚送京兆府，韩愈不受，冲突加剧。

李翱《故正议大夫行尚书吏部侍郎上柱国赐紫金鱼袋赠礼部尚书韩公行状》："李绅为御史中丞，械囚送府，使以尹杖杖之。公曰：'安有此？'使归其囚。"又皇甫湜《韩文公神道碑》："御史中丞有宠，旦夕且相，先生不诣，固为耻矣。械囚送府，令取尹杖决之，先生脱囚械纵去。"至此，二公仅凭意气用事，终为李逢吉所利用。

十月，李逢吉奏台府不协，以绅为江西观察使，愈改官兵部侍郎。

《旧唐书》卷一六《穆宗纪》：长庆三年"十月，以京兆尹韩愈为兵部侍郎，以御史中丞李绅为江西观察使。宰相李逢吉与李绅不协，绅有时望，恐用为相。及绅为中丞，乃除韩愈为京兆尹，兼御史大夫，仍放台参。绅性峭直，屡上疏论其事，遂与愈辞理往复，逢吉乃两罢之，然绅出而愈留。"《新唐书》卷一百七十六《韩愈传》："时宰相李逢吉恶李绅，欲逐之，遂以愈为京兆尹、兼御史大夫，特诏不台参，而除绅中丞。绅果劾奏愈，愈以诏自解。其后文刺纷然，宰相以台、府不协，遂罢愈为兵部侍郎，而出绅江西观察使。"显然，这场纷争的背后是李逢吉，他也是这场纷争的最大受益者。

中谢日，自陈其情，穆宗醒悟，改户部侍郎。

《旧传》："天子待绅素厚，不悟逢吉之嫁祸，为其心希外任，乃令中使就第宣劳，赐之玉带。绅对中使泣诉其事，言为逢吉所排，恋阙之情无已。及中谢日，面自陈诉，帝方省悟，乃改授户部侍郎。"《新传》同。又《旧唐书》卷一六《穆宗纪》："绅既罢除江西，上令中使就第赐玉带，绅因除叙泣而请留，中使具奏，故与愈俱改官。"李绅《过钟陵》题下注："余长庆三年除江西观察使，奉诏不之任。"

李逢吉与王守澄相勾结，其党日夜谋划，欲倾绅。

《旧传》："中尉王守澄用事，逢吉令门生故吏结托守澄为援以倾绅，昼夜计画。会绅族子虞，文学知名，隐居华阳，自言不乐仕进，时来京师省绅。虞与从伯耆、进士程昔范，皆依绅。及耆拜左拾遗，虞在华阳寓书与耆求荐，书误达于绅。绅以其进退二三，以书诮之。虞大怨望。及来京师，尽以绅尝所密话言逢吉奸邪附会之语告逢吉。逢吉大怒，问计于门人张又新、李续之，咸曰：'搢绅皆自惜毛羽，孰肯为相公搏击！须得非常奇士出死力者。有前邓州司仓刘栖楚者，尝为吏。镇州王承宗以事绳之。栖楚以首触地固争，而承宗竟不能夺，其果锐如此。若相公取之为谏官，令伺绅之失，一旦于上前暴扬其过，恩宠必替。事苟不行，过在栖楚，亦不足惜也。'逢吉乃用李虞、程昔范、刘栖楚，皆擢为拾遗，以伺绅隙。"又《资治通鉴》卷二百四十三《穆宗长庆四年》："初，穆宗既留李绅，李逢吉愈忌之。绅族子虞颇以文学知名，自言不乐仕进，隐居华阳川，及从父耆为左拾遗，虞与耆书求荐，误达于绅。绅以书诮之，且以语于众人。虞深怨之，乃诣逢吉，悉以绅平日密论逢吉之语告之。逢吉益怒，使虞与补阙张又新及从子前河阳掌书记仲言等伺求绅短，扬之于士大夫间。且言'绅潜察士大夫有群居议论者，辄指为朋党，白之于上。'由是士大夫多忌之。"

本年，白居易仍在杭州刺史任。八月，元稹由同州刺史改越州刺史兼御史大夫、浙东观察使。李德裕仍在浙西观察使任。

长庆四年甲辰（八二四），五十二岁

正月，穆宗卒，敬宗即位，绅失势。

《旧唐书》卷十六《穆宗纪》：长庆四年正月"壬申，上崩于寝殿，时年三十。"《旧传》云："天子（穆宗）待绅素厚"，"俄而穆宗晏驾。敬宗初即位，逢吉快绅失势，虑嗣君复用之。"

二月，为李逢吉党所诬构，自户部侍郎贬端州司马。

《旧唐书》卷一七上《敬宗纪》：长庆四年二月"癸未，贬户部侍郎李绅为端州司马。"绅被贬，与李逢吉等直接相关，《趋翰苑遭诬构四十六韵》"乱群逢害马，择肉纵狂貙"句下注："逢吉、守澄、栖楚、柏耆、又新等，连为搏噬之徒。"又"燕客书方诈"句下自注："敬宗即位之初，遭逢吉等诬构。宸襟未察，衔冤遂深。"《旧传》云："张又新等谋逐绅。会荆州刺史苏遇入朝，遇能决阴事，众问计于遇。遇曰：'上听政后，当开延英，必有次对，官欲拔本塞源，先以次对为虑，余不足恃。'群党深然之。逢吉乃以遇为左常侍。王守澄每从容谓敬宗曰：'陛下登九五，逢吉之助也。先朝初定储贰，唯臣备知。时翰林学士杜元颖、李绅劝立深王，而逢吉固请立陛下，而李续之、李虞继献章疏。'帝虽冲年，亦疑其事。会逢吉进拟，进李绅在内署时，尝不利于陛下，请行贬逐。帝初即位，方倚大臣，不能自执，乃贬绅端州司马。"又《资治通鉴》卷二百四十三《穆宗长庆四年》："及敬宗即位，逢吉与其党快绅失势，又恐上复用之，日夜谋议，思所以害绅者。楚州刺史苏遇谓逢吉之党曰：'主上初听政，必开延英，有次对官，惟此可防。'其党以为然，亟白逢吉曰：'事迫矣，若俟听政，悔不可追！'逢吉乃令王守澄言于上曰：'陛下所以为储贰，臣备知之，皆逢吉之力也。如杜元颖、李绅辈，皆欲立深王。'度支员外郎李续之等继上章言之。上时年十六，疑未信。会逢吉亦有奏，言'绅谋不利于上，请加贬谪。'上犹再三覆问，然后从之。二月，癸未，贬绅为端州司马。"按：《册府元龟》卷九二五《总录部·谴累》谓李绅贬"锦州司马"，误。

庞严、蒋防为李绅所引用，连同被贬。

《旧唐书》卷一七上《敬宗纪》："丙戌，贬翰林学士、驾部郎中、知制诰庞严为信州刺史，翰林学士、司封员外郎、知制诰蒋防为汀州刺史，皆绅之引用者。"又《册府元龟》卷四百八十："于敖为给事中，敬宗初即位，

宰相李逢吉内庭连结，权倾天下。恶李绅曰直，与其党共构绅，自户部侍郎贬端州司马。又贬翰林学士驾部郎中、知制诰庞严为信州刺史，翰林学士、司封员外郎、知制诰蒋防为汀州刺史。"按：《旧唐书》卷一六六《庞严传》谓："（庞）严坐累，出为江州刺史。""江州"为"信州"之误。

关于李逢吉党倾轧李绅之行为，史书所载甚多，今选录如下：

《旧唐书》卷一百六十七《李逢吉传》：敬宗初即位，年方童丱，守澄从容奏曰："陛下得为太子，逢吉之力也。是时，杜元颖、李绅坚请立深王为太子。"乃贬绅端州司马。朝士代逢吉鸣吠者，张又新、李续之、张权舆、刘栖楚、李虞、程昔范、姜洽、李仲言，时号"八关十六子"。又新等八人居要剧，而胥附者又八人，有求于逢吉者，必先经此八人纳赂，无不如意者。

《旧唐书》卷一百四十九《张又新传》：又新，幼工文，善于傅会。长庆中，宰相李逢吉用事，翰林学士李绅深为穆宗所宠，逢吉恶之；求朝臣中凶险敢言者掎摭绅阴事，俾暴扬于搢绅间。又新与拾遗李续之、刘栖楚，尤蒙逢吉睐待，指为鹰犬。穆宗崩，昭愍初即位，又新等构绅，贬端州司马，朝臣表贺，又至中书贺宰相。及门，门者止之曰："请少留，缘张补阙在斋内与相公谈。"俄而又新挥汗而出，旅揖群官曰："端溪之事，又新不敢多让。"人皆辟易惮之。

《旧唐书》卷一四九《于敖传》：绅同职驾部郎中知制诰庞严、司封员外郎知制诰蒋防，坐绅党左迁信、汀等州刺史。黜诏下，敖封还诏书。时人以为与严相善，诉其非罪，皆曰："于给事犯宰执之怒，伸庞、蒋之屈，不亦仁乎？"及驳奏出，乃是论庞严贬黜太轻，中外无不大噱，而逢吉由是奖之。

《旧唐书》卷一百五十四《刘栖楚传》：刘栖楚，出于寒微，为吏镇州，王承宗甚奇之。后有荐于李逢吉，自邓掾擢为拾遗。性果敢。逢吉以为鹰犬之用，欲中伤裴度及杀李绅。

李逢吉及其党徒态度之嚣张由此可见一斑。

韦处厚上疏，言绅之冤，得免死。

《旧传》："绅之贬也，正人腹诽，无敢有言。唯翰林学士韦处厚上疏，极言逢吉奸邪，诬摭绅罪"。又《旧唐书》卷一百五十九《韦处厚传》记载甚详："敬宗嗣位，李逢吉用事，素恶李绅，乃构成其罪，祸将不测。处厚与绅皆以孤进，同年进士，心颇伤之，乃上疏曰：臣窃闻朋党议论，以李绅贬黜尚轻。臣受恩至深，职备顾问，事关圣德，不合不言。绅先朝奖用，擢在翰林，无过可书，无罪可戮。今群党得志，谗嫉大兴。询于人情，皆甚叹骇。《诗》云：'萋兮菲兮，成是贝锦。彼谮人者，亦已太甚。'又曰：'谗言罔极，交乱四国。'自古帝王，未有远君子近小人而致太平者。古人云：'三年无改于父之道，可谓孝矣。'李绅是前朝任使，纵有罪愆，犹宜洗衅涤瑕，念旧忘过，以成无改之美。今逢吉门下故吏，遍满朝行，侵毁加诬，何词不有？所贬如此，犹为太轻。盖曾参有投杼之疑，先师有拾尘之戒。伏望陛下断自圣虑，不惑奸邪，则天下幸甚！建中之初，山东向化，只缘宰相朋党，上负朝廷。杨炎为元载复雠，卢杞为刘晏报怨，兵连祸结，天下不平。伏乞圣明，察臣愚恳。帝悟其事，绅得减死，贬端州司马。"又《资治通鉴》卷二百四十三《穆宗长庆四年》："张又新等犹忌绅，日上书言贬绅太轻，上许为杀之。朝臣莫敢言，独翰林侍读学士韦处厚上疏，指述'绅为逢吉之党所谗，人情叹骇。绅蒙先朝奖用，借使有罪，犹宜容假，以成三年无改之孝，况无罪乎！'于是上稍开寤。"

敬宗得禁中文书，知绅冤，谗言遂息。

《旧传》："会禁中检寻旧书，得穆宗时封书一箧。发之，得裴度、杜元颖与绅三人所献疏，请立敬宗为太子。帝感悟兴叹，悉命焚逢吉党所上谤书，由是谗言稍息，绅党得保全。"又《资治通鉴》卷二百四十三《穆宗长庆四年》："会阅禁中文书，有穆宗所封一箧，发之，得裴度、杜元颖、李绅疏请立上为太子，上乃嗟叹，悉焚人所上谮绅书。虽未即召还，后有言者，不复听矣。"

二月，启程赴端州。

绅在二月初（癸未）被贬，当月应启程，《端州江亭得家书》之一云"长安别日春风早"可证。端州，《旧唐书》卷四一《岭南道》："隋信安郡。武德元年，置端州，领高要、乐城、铜陵、平兴、博林五县。其年，以乐城属康州，铜陵属春州。七年，置清泰县。贞观十三年，省博林、清泰二县。天宝元年，为高要郡。乾元元年，复为端州。……东至广州二百四十里，南至新州一百四十里，西至康州一百六里。至京师四千九百三十五里，至东都四千七百里。"

经荆门、沅湘、潭州、衡州、郴州、韶州等地，秋初，至高要。

《追昔游集自序》云："历荆楚，涉湘沅，逾岭峤，抵荒陬，止高要"，又见《过荆门》《涉沅潇》《至潭州闻猿》《逾岭峤止荒陬抵高要》《闻猿》等诗。其自长安至荆门之路径，缺乏记载，不可考。按常规路线，当经由商洛、邓州至襄州，再走襄荆线，可参看严耕望先生《唐代交通图考》卷四及李德辉《唐代交通与文学》。

抵端州，有红龟、喜鹊现，人言喜至。

《趋翰苑遭诬构四十六韵》："鹊灵窥牖户，龟瑞出泥途。"句下自注："余到端州，有红龟一，州人李再荣来献，称尝有里人言吉征也。余放之于江中，回头者三四，游泳前后，不去久之。又南中小鹊名曰蛮鹊，形小如燕雀。里中言此鸟不尝见，至有喜应。是日与龟同至于馆也。"

九月，在江亭得家信，知家属已从衡州出发，有诗抒怀。

《逾岭峤止荒陬抵高要》："鱼肠雁足望缄封，地远三江岭万重。鱼跃岂通清远峡，雁飞难渡漳江东。"句下自注："余在南中日，知家累以其年九月九日发衡州。因寄云：'菊花开日有人逢，知过衡阳回雁峰。……'慨然追感，以疏其下。"有《端州江亭得家书二首》，其一云："雨中鹊语喧江树，风处蛛丝扬水浔。开拆远书何事喜？数行家信抵万金。"又"长安别日春风早，岭外今来白露秋。莫道淮南悲木叶，不闻摇落更堪愁。"

十月，以书祝媪龙祠，家属得顺利而过封、康等地。十二月，至端州。

《新传》云："历封、康间，湍濑险涩，惟乘涨流乃济。康州有媪龙祠，旧传能致云雨，绅以书祷，俄而大涨。"《四库全书总目提要》卷一五零《集部·别集类·〈追昔游集三卷〉》辩之云："《新唐书》本传所载贬端州司马，祷神滩涨；及刺寿州，虎不为暴；为河南尹，恶少敛迹，皆语出此集。史传事须实录，而宋祁以所自言者为据，殊难徵信。且考绅之赴端州也，在夏秋之间。其妻子舟行，十月始至。其时滩水减矣，故以书祝媪龙祠，而江复涨。绅诗内及所自注者如此。祁乃以为绅自度岭时事。是阅其集而未审。"《趋翰苑遭诬构四十六韵》："海标传信使，江棹认妻孥。到接三冬暮，来经六月徂。"

本年李宗闵知贡举，李群、韩琮、韦楚老等三十三人登进士第。见《登科记考》卷一九。

元稹在浙东观察使任，李德裕在浙西观察使任。五月，白居易除太子左庶子、分司东都。

韩愈卒于长安，年五十七，刘禹锡为作祭文，李翱作行状，皇甫湜作墓志铭。

诗：1.《至潭州闻猿》，过潭州时作。2.《闻猿》，抵端州时作。3.《江亭》《红焦花》，初至端州时作。4.《端州得家书二首》，九月在端州作。5.《朱槿花》，秋作。

敬宗宝历元年乙巳（八二五），五十三岁

在端州司马任。

二月，携家眷游高要县七星崖。

翁方纲《粤东金石略》卷六《唐李绅端州石室题名》："李绅，长庆四年二月自户部侍郎贬官至此，宝历元年二月十四日将家累游。"又陆耀遹《金石续编》卷一〇《七星岩李绅题名》云："摩岩高二丈，广尺四寸，五行，李绅二字为一行，其四行，行七八字不等，正书左行，在广东高要县。题名云：'李绅，长庆四年二月，自户部侍郎贬官至此，宝历元年二月四十日，将家累游。'"陈思《宝刻丛编》卷十九《唐石室题名》引《集古录目》云："唐端州司马李绅长庆四年游石室题名"，误以李绅贬官年为游石室时间。南宋时期廖颙有《元祀率同僚修禊于星岩》诗赞李绅："斗峰遥认旧嵩台，为劝耕农特地来。短李高名光翠壁，伪刘陈迹没苍苔。"按：七星岩，《广东通志》卷十二《山川志·肇庆府·高要县》云："连属嵩台，七岩列峙，如北斗状。中为石室岩，东为屏风岩、阆风岩，西为天柱岩、蟾蜍岩、仙掌岩、西北为阿坡岩，诸峰皆壁削离奇，嵌空秀峭，沥湖环之，亦端州一奇观也。"

四月，大赦天下，李逢吉不欲绅量移，韦处厚上疏争之，终追赦书添改。

《旧唐书》卷一七上《敬宗纪》：宝历元年四月"癸巳，群臣上徽号曰文武大圣广孝皇帝，御宣政殿受册。礼毕，御丹凤楼，大赦天下，大辟罪已下，无轻重咸赦除之。时李绅贬官。李逢吉恶绅，不欲绅量移，乃于赦书节文内，但言左降官已经量移，宜与量移近处，不言未量移者宜与量移。翰林学士韦处厚上疏论列云：'不可为李绅一人与逢吉相恶，遂令近年流贬官皆不得量移，则乖旷荡之道也。'帝遽命追赦书添改之。"又《旧唐书》卷一百五十九《韦处厚传》："宝历元年四月，群臣上尊号，御殿受册肆赦。李逢吉以李绅之故，所撰赦文但云左降官已经量移者与量移，不言未量移者，盖欲绅不受恩例。处厚上疏曰：伏见赦文节目中，左降官有不该恩泽者。在宥之体，有所未弘。臣闻物议皆言逢吉恐李绅量移，故有此节。若如此，则应是近年流贬官，因李绅一人皆不得量移。事体至大，岂敢不言？李绅先朝奖任，曾在内廷，自经贬官，未蒙恩宥。古人云：'人君当记人之功，忘人之过。'管仲拘囚，齐桓举为国相；冶长缧绁，仲尼选为密亲。有罪犹宜涤荡，无辜岂可终累？况鸿名大号，册礼重仪，天地百灵之所鉴临，亿兆八纮之所瞻戴。恩泽不广，实非所宜。臣与逢吉素无雠嫌，与李绅本非亲党，所

论者全大体，所陈者在至公，伏乞圣慈察臣肝胆。倘蒙允许，仍望宣付宰臣，应近年左降官，并编入赦条，令准旧例，得量移近处。'帝览奏其事，乃追改赦文，绅方沾恩例。"

五月，量移江州长史。

《趋翰苑遭诬构四十六韵》："诏下因颁朔"，句下自注："余以宝历元年五月量移江州长史。"新、旧传不云时间。此次李绅至江州的路线，当经由韶州、袁州、洪州、鄱阳湖等地，其《泛五湖》《过钟陵》《溯西江》《移九江》等诗可证。

在端州日，自检益严，端人皆感泣。

明崇祯年间，陆鏊、陈烜奎等撰修《肇庆府志》卷十九《名宦传·李绅》云："至端，以诗自娱，纪所历皆为长句，名《追昔游》。自检益严，端人见之皆有立。旧谪岭海，子身往，绅独令家属自衡阳，历湘漓抵端，竟恬如也。会宝历赦令，徙江州长史，端人攀留不可，留其衣带祠之。"《宣统高要县志》卷十五《职官二·谪宦》："宝历赦令不言左降官与量移，处厚争诏为追定，得徙江州长史。端人留其衣带祠人。"又清屠英等修《肇庆府志》卷七《建置·坛庙·忠节祠》："一名八贤祠，在城北门外，即旧净明寺也。嘉靖二年提学魏校毁淫祠，知府曾直乃合八贤而祀之：唐张柬之、李绅，宋刘挚、邹浩、胡寅、胡铨、留正、张世杰。"

本年元稹在浙东观察使任，李德裕在浙西观察使任。三月，白居易除苏州刺史。

诗：《忆汉月》。

宝历二年丙午（八二六），五十四岁

在江州长史任。

本年杨嗣复知贡举，朱庆馀、刘蕡等三十五人登进士第。见《登科记考》卷二十。

元稹在浙东观察使任。李德裕在浙西观察使任。八月，白居易罢苏州刺史。十月，刘禹锡罢和州刺史。

大事记：二月，裴度为中书门下平章事。十一月，李逢吉赴镇襄阳。十二月，敬宗为宦官刘克明等谋杀，文宗即位。见《旧唐书·敬宗纪》、《资治通鉴》卷二四三。

文宗大和元年丁未（八二七），五十五岁

在江州长史任。

本年春，白居易返洛阳。十月十日，在麟德殿论三教教义。岁暮，奉使洛阳。刘禹锡为主客郎中分司东都。元稹在浙东观察使任，李德裕在浙西观察使任，八月，同加检校礼部尚书。

大和二年戊申（八二八），五十六岁

秋，由江州长史迁为滁州刺史。

明人李之茂等撰修《滁阳志》卷十《官师表》："太（大）和二年，李绅，进士，以江州长史迁。"清光绪熊祖诒撰《滁州志》卷四《职官志》："太（大）和二年迁滁、寿二州刺史。"又《早发》诗云："萧索更看落叶下，两乡俱是宦游情。"知在本年秋始迁滁州。《家庙碑》："佐浔阳，旋为滁、寿二州刺史。"《新传》："得徙江州长史，迁滁、寿二州刺史。"皆不言具体时间。李绅由江州赴滁州，走水路，沿长江东下，《早发》诗可证。

滁州，唐属淮南道，为扬州大都督府辖区。天宝间，滁州领县有三，即清流、全椒及永阳县。记户二万六千四百余，口十五万二千三百余。在京师长安东南二千五百六十四里，至东都洛阳一千七百四十六里。见《旧唐书》卷四十《地理志》。

深秋时节，登郡城望琅琊山。

有《守滁阳日深秋忆登（郡）城望琅琊》诗回忆当时情景，诗云："山城小阁临青嶂，红树莲宫接薜萝。斜日半岩开古殿，野烟浮水掩轻波。菊迎秋节西风急，雁引砧声北思多。深夜独吟还不寐，坐看凝露满庭莎。"琅琊山，《舆地记胜》卷四二《淮南东路·滁州·景物下》云："在清流县南十一里，有琅琊洞，旧经云晋元帝为琅琊王，避地于此。"

本年崔郾知贡举，韦筹、杜牧、崔黯等三十三人登进士第。裴休、裴素、杜牧、马植、郑亚等二十二人登贤良方正直言极谏科。见《登科记考》卷二十。

正月，刘禹锡由洛阳入朝任主客郎中。二月，白居易由秘书监除刑部侍郎。元稹在浙东观察使任。李德裕在浙西观察使任。

十二月，韦处厚暴卒。

大和三年己酉（八二九），五十七岁

在滁州刺史任。

初春，在西园植花木，设宴赏花。

有《滁阳春日怀果园（闲宴）》回忆当时情景，诗云："西园到日载桃李，红白低枝拂酒杯。繁艳只愁风处落，醉筵多就月中开。劝人莫折怜芳早，把烛频看畏晓催。闻道数年深草露，几株犹得近池台。"题下自注："园中杂树多手植也。"按：李绅大和二年秋至滁州，大和四年二月迁寿州，故此诗所回忆之事在大和三年。

春末，听曹善才弟子弹琵琶，感怀旧事，有诗寄情。

《悲善才》诗序云："余守郡日，有客游者善弹琵琶，问其所传，乃善才所授。顷在内庭日，别承恩顾，赐宴曲江，敕善才等二十人备乐。自余经播迁，善才已殁。因追感前事，为《悲善才》。此一篇在郡日所为，今编于新录。"诗有云："南谯寂寞三春晚，有客弹弦独凄怨"，故知在春末。曹善才，善弹琵琶。唐人段安节《乐府杂录·琵琶》云："贞元中，有王芬、曹保，其子善才，其孙曹刚，皆其艺。"

在郡日，有诗和韦应物。

王象之《舆地记胜》卷四二《淮南东路·滁州·景物下》"左司篇"条云："韦应物自左司刺滁，有诗。后李绅为刺史，和《登北楼》诗云：'君咏风月夕，余当童稚年。闲窗读书罢，偷咏左司篇。'"同卷《景物上》"北楼"条："在郡治后。唐李绅有《登北楼》二诗。"又"东园"条："在郡城东隅，唐李绅有诗。梅执礼序云：'滁阳旧无郡圃，而醉翁、丰乐诸亭，皆在关外。李绅所谓东园者，南植琅琊诸山，北通西涧，修木交映左右，又适介守贰宅间，固一佳处也。'"

本年三月，白居易罢刑部侍郎，以太子宾客分司东都。八月，李德裕由浙西观察使召入为兵部侍郎，因李宗闵得宦官之助先拜相，九月出为义成节度使。九月，元稹由浙东观察使诏为尚书左丞。刘禹锡在长安，任礼部郎中。

诗：1.《悲善才》。2.《和韦应物登北楼诗》残句。3.《登北楼》二首，《东园》诗，均佚。

大和四年庚戌（八三零），五十八岁

二月，转寿州刺史。

见《转寿春守》原题："转寿春守。大和庚戌岁二月，祗命寿阳，时替裴五塘终殁。因视题壁，自塘而上，或除名在边左殿，殁凡七子，无一存焉。……"又《忆寿春废虎坑》原题云："忆寿春废虎坑。余以春二月至郡。"按：王象之《舆地记胜》卷四二《淮南东路·滁州·人物》云：李绅"后为滁、濠二州刺史"。又清康熙时修《滁州志》卷十三《职官·唐》云："李绅，字公垂，太（大）和二年迁滁、濠二州刺史。"误以"寿州"为"濠州"。裴五埔，朱金城《白居易集笺校》卷十五《重到城七绝句·裴五》云："名未详。岑仲勉《唐人行第录》：'味诗意似裴垍之子，名未详。'"王旋伯《诗注》以为："裴五埔姓氏、行第相同，白诗写作于元和十年，时间亦大致相同，或为一人。"

有《闻里谣效古歌》留别滁州。

诗云："上有明王颁诏下，重选贤良恤孤寡。""我无工巧唯无私，举手一挥临路歧。"知为别滁州时作。

上任伊始，除寇盗，去虎害，行仁政。

《转寿春守》原题云："寿人多寇盗，好诉讦，时谓之凶郡，犷俗特著，蒙此处之，顾余衰年，甘蹈前患，俾三月而寇静，期岁而人和，虎不暴物，奸吏屏窜。"又《忆寿春废虎坑》原题云："余以春二月至郡，主吏举所职称霍山多虎，每岁采荼为患，择肉于人。至春，常修陷阱数十所，勒猎者采其皮睛。余悉除罢之。是岁，虎不复为害，至余去郡三载。"《新传》："霍山多虎，撷茶者病之，治机阱，发民迹射，不能止。绅至，尽去之，虎不为暴。"虽有夸饰不实之处，但亦可见李绅之勤勉为民。

本年，郑澣知贡举，杨发、令狐绚、魏扶等二十五人登进士第。见《登科记考》卷二十一。

正月，元稹自尚书左丞除武昌军节度使。十月，李德裕为牛党所排，由义成节度使改为西川节度使。白居易在洛阳，为太子宾客分司东都。刘禹锡在长安，为礼部郎中。

大和五年辛亥（八三一），五十九岁

在寿州刺史任。

郁浑应百篇科，绅命百题试之。

《唐才子传》卷六《李绅传》："初为寿州刺史，有秀才郁浑，年甫弱冠，应百篇科，绅命题试之，未昏而就，警句佳意甚多，亦有集，今传。"又《新唐书》卷六十《艺文志四》郁浑《百篇集》一卷下注："浑常应百篇举，寿州刺史李绅命百题试之。"皆不云具体时间，姑系于本年。

七月二十二日，元稹遇暴疾，一日薨于武昌军节度使任上，年五十三。李绅为《元稹制集》作注。《通志》卷七十《艺文略八·制诰》云："《元稹

制集》二卷，李绅撰。"王尧臣等《崇文总目》卷五《别集类》六云："《元稹制集》二卷，李绅注。"则"撰"当是"注"误，文已佚。

本年白居易在河南尹任。十月，刘禹锡除苏州刺史。李德裕在剑南西川节度使任。

大事记：二月，文宗与宋申锡谋诛宦官，事泄，郑注与神策军中尉王守澄诬告宋申锡与漳王反，罢相。至三月，贬漳王为巢县公，宋申锡为开州司马，漳王及部属坐死及流窜者数十百人。见《旧唐书·文宗纪》、《资治通鉴》卷二四四。

大和六年壬子（八三二），六十岁

在寿州刺史任。

有云霍山县虎与人同行，或为妄言，不可信。

《虎不食人》诗序云："霍山县多猛兽，顷常择肉于人，每至采茶及樵苏，常遭啖食，人不堪命。自大和四年至六年，遂无侵暴，鸡犬不鸣。深山穷谷，夜行不止。得摄令和僎状，称潜山县乡村正赵珍夜归，中路与虎同行至家，竟无伤害之意。"

十二月，迁太子宾客，分司东都。

《旧传》："再迁太子宾客，分司东都。"《新传》同，皆不云具体时间。《肥河维舟阻冻只待救命》题下自注："大和七年十二月。"按：《发寿阳分司救到又遇新正感怀书事》题下自注："七年正月八日立春，在寿阳凡四年。"则"七年"当为"六年"之误，可知十二月底已得分司消息，唯救命明年正月才至。

本年贾餗知贡举，许浑、杜颙、韦澳、侯春时等二十五人登进士第。见《登科记考》卷二一。

白居易在洛阳为河南尹，刘禹锡在苏州刺史任。十二月，牛僧孺罢为淮南节度使，李德裕自西川节度使入为兵部尚书。

诗：《寿阳罢郡日》（十首，今存八首），前四首《肥河维舟阻冻只待救命》二首、《别连理树》、《虎不食人》作于本年十二月，赴东都前。

文：《寿州法华院石经堂记》，篇末云："太（大）和六年岁在壬子，七月既望缺之二日书。"

大和七年癸丑（八三三），六十一岁

正月，分司救到寿阳，有诗感怀。

《发寿阳，分司敕到，又遇新正感怀书事》题下自注："七年正月八日立春，在寿阳凡四年。"在寿阳凡三年，至本年春跨四年，故诗云："罢阅旧林三载籍，又开新历四年春。"

二月，经濠州，游四望亭，有记。

《四望亭记》："太（大）和七年春二月，绅分命东洛，路出于濠，始登斯亭。"赵明诚《金石录》卷十《目录十》："第一千八百十四：《唐四望亭记》，李绅撰。正书，无姓名，太和七年二月。"四望亭，《明一统志》卷七《中都》："在旧府城，本唐刺史刘嗣之建，李绅记云。……绅短小，后人因名短李亭。宋苏轼诗：'颓垣破础没柴荆，故老犹言短李亭。敢请使君重起废，落霞孤鹜换新铭。'"彭城刘君嗣之，即刘茂复，见《全唐文》七四六卢子骏《彭城公写经画西方像记》及《濠州刺史刘公善政述》。

李绅此次入东京路线，走的是水路，先由泲水入淮河，经濠州，至盱眙，沿汴水西上抵洛阳。见《初出泲口入淮》《入淮至盱眙》诗。

春暮，至洛阳，寓居宣教里。

见《七年初到洛阳，寓居宣教里，时已春暮，而四老俱在洛中分司》。宣教里，《增订唐两京城坊考》卷五：东京长夏门东第二街，从南第一曰兴教坊，次北宣教坊。四老，指李绅、皇甫镛、张仲方、白居易。朱金城《白居易笺校》卷三十一有《赠皇甫六、张十五、李二十三宾客》诗云："昨日三川新罢守，今年四皓尽分司。"

与白居易十年未见，白居易有诗酬之。

白居易《酬李二十侍郎》诗（朱金城《白居易集笺校》卷三一）云："笋老兰长花渐稀，衰翁相对惜芳菲。残莺著雨慵休啭，落絮无风凝不飞。行掇木芽供野食，坐牵萝蔓挂朝衣。十年分手今同醉，醉未如泥莫道归。"唐人多喜称内职，李绅长庆三年十月出为江西观察使，请留，改户部侍郎。故此诗仍以侍郎相称。又李绅于长庆四年二月自户部侍郎贬端州司马，至今九年余，白诗云"十年"，为约数。

闰七月，检校左散骑常侍兼越州刺史，充浙东观察使。

《旧唐书》卷一七下《文宗纪》：大和七年闰七月"癸未，以太子宾客李绅检校左散骑常侍兼越州刺史，充浙东观察使，代陆亘；以亘为宣歙观察使。"《旧传》："太（大）和七年，李德裕作相。七月，检校左常侍、越州刺史、浙东观察使。"《会稽掇英总集》卷十八《唐太守题名记》："大和七年自太子宾客分司东都授，九年五月却除太子宾客分司东都。"诗《初秋忽奉诏除浙东观察使检校右（左）貂》为回忆当时之作。《新传》云："太

（大）和中，李德裕当国，擢绅浙东观察使。"又杨夔《乌程县修东亭记》：
"故相国赵郡李公讳绅，宝历中廉问会稽日"，大和中、宝历中，皆误。

将发洛阳，白居易有诗送行。

白居易《醉送李二十常侍赴镇浙东》（朱金城《白居易集笺校》卷三
一）诗云："靖安客舍花枝下，共脱青衫典浊醪。今日洛桥还醉别，金杯翻
污麒麟袍。喧阗凤驾君脂辖，酩酊离筵我藉糟。好去商山紫芝伴，珊瑚鞭动
马头高。"

至巩县，稍作停留，待家累再赴浙。

见《忆至巩县河宿待家累追怀》诗。

经扬州，为牛僧孺所留。

见《宿扬州》《忆被牛相留醉州中时无他宾牛公夜出真珠辈数人》《早
渡扬子江》诗。按：《旧唐书》卷一七下《文宗纪》：十二月"乙丑，以中
书侍郎、同平章事牛僧孺检校右仆射、同平章事、扬州大都督府长史，充淮
南节度使。"

过润州，登栖霞寺峰、万岁楼。

见《忆过润州》《忆登栖霞寺峰》《忆万岁楼望金山》诗。

过常州，重游梅里，上家山，忆旧事，感慨多思。

见《过梅里》组诗：《上家山》《忆东郭居》《忆题惠山寺书堂》《忆西
湖双𬸚𬸦》《早梅桥》《翡翠坞》《忆放鹤》）。

经苏州，与刘禹锡相会。

《过吴门二十四韵》："重来冠盖客，非复别离愁"句下自注："大和七
年，余镇会稽，刘禹锡在郡。则元和中苏州相识，知与不知，索然皆尽，河
柳衰谢，邑居更易，乃甚令威之叹也。"刘禹锡，明人王鏊《姑苏志》卷二
《古今守令表·唐》云："太和五年冬除，六年二月六日到任，八年移汝
州。"亦可参看郁贤皓先生《唐刺史考》卷一三九《淮南东道·苏州》及卞
孝萱《刘禹锡年谱》。

十月，抵任所，时霖雨不止，东拜大禹庙。

《渡西陵十六韵》序云："七年冬十有三日，早渡浙江，寒雨方霖，军
吏悉在江次。越人年谷未成，霖雨不止，田亩浸溢，水不及穗者数寸。余至
驿，命押衙裴行宗先赍祝词，东望拜大禹庙，且以百姓请命。雨收云息，日
朗者三旬有五日，刈获皆毕，有以见神之不欺也。"西陵，今浙江萧山县西
兴镇，《大清一统志》卷二百二十六《绍兴府·古迹》："西陵城，在萧山县
西十二里，旧名固陵。《水经注》：'浙江东径固陵城北，昔范蠡筑城于浙江

之滨，言可以固守，谓之固陵。'今之西陵也，后汉建安初，会稽守王朗拒孙策于固陵，六朝时谓之西陵牛埭。吴越时以陵非吉语，改曰西兴，宋为西兴镇，今为西兴场。"

冬，造杜鹃楼。

《新楼诗二十首》之四《杜鹃楼》序云："七年冬所造，自西轩延驾城隅，楼前植其杜鹃，因以为名，宴游多在其上。"

本年或之后，寄言湖州刺史敬昕刻《墨诏持经大德神异碑铭》。

碑云："余遭大师留驻于世，而不睹大师寂灭之日。年逾耳顺，昏寄尘劳，无法舸以济河，悲火宅之迷室，忝门徒者追书梵宫。时予乌台旧僚，天官郎敬君守郡吴兴，寄言刊石。"按：《嘉泰吴兴志》卷十四《郡守题名》："敬昕，太（大）和七年自婺州刺史拜。除吏部郎中，续加检校本官，依前湖州刺史。后除常州。"又郁贤皓先生《唐刺史考》卷一四零《江南东道·湖州》云敬昕大和七年至九年间任湖州刺史。

碑在会昌中被毁，后乌程宰周生重刻碑。

杨夔《乌程县修东亭记》："故相国赵郡李公讳绅，宝历中廉问会稽日，以吴兴僧大光有神异之迹，为碑文托郡守敬公建立于卞山法华寺。会昌中，诏毁佛寺，此寺随废。时县令李式其碑，述相国先人曾宰乌程，遂移立于县之东亭。迫今五十载，其碑毁折。汝南周生，以明经赐命，重宰乌程。睹其废逸，遂求于故老，获旧文，比类于折碑，所失者数字，因重刊于石。所阙文字，不敢臆续，盖所以避不敏，遵宣圣不知而作之诫也。……故汝南生广其亭，其池，再刻其碑，重叙厥由。"（《全唐文》卷八百六十七）

本年二月，李德裕以兵部尚书守本官同中书门下平章事。四月，白居易以病免河南尹，再授太子宾客分司东都。

诗：《寿阳罢郡日》后四首《发寿阳分司敕到又遇新正感怀书事》《初出浥口入淮》《入淮至盱眙》《忆东湖》，作于赴洛阳途中。

文：《四望亭记》《墨诏持经大德神异碑铭》。

大和八年甲寅（八三四），六十二岁

在浙东观察使任。

春，建满桂楼。

《新楼诗二十首》之五《满桂楼》序云："八年春，造驾州城西南。临眺于外，尽见湖山。别开水扉通杜鹃楼，不启重扃，清夜可以闲宴，以满桂为名也。"

暮春，有诗寄刘禹锡。

刘禹锡有《酬浙东李侍郎越州春晚即事长句》（《全唐诗》卷三百六十一）诗："越中蔼蔼繁华地，秦望峰前禹穴西。湖草初生边雁去，山花半谢杜鹃啼。青油昼卷临高阁，红斾晴翻绕古堤。明日汉庭征旧德，老人争出若耶溪。"知李绅有诗寄刘禹锡。

晚春，白居易有诗寄绅。

白居易《春早秋初，因时即事，兼寄浙东李侍郎》诗云："春早秋初昼夜长，可怜天气好年光。和风细动帘帷暖，清露微凝枕簟凉。窗下晓眠初减被，池边晚坐乍移床。闲从蕙草侵阶绿，静任槐花满地黄。理曲管弦闻后院，熨衣灯火映深房。四时新景（一作境）何人别，遥忆多情李侍郎。"朱金城《白居易集笺校》卷三十二系于大和八年。

春夏间，有舞衫寄白居易歌伎樊素。

白居易有《刘苏州寄酿酒糯米，李浙东寄杨柳枝舞衫，偶因尝酒试衫，辄成长句寄谢之》诗（见朱金城《白居易集笺校》卷三十二）。刘苏州为刘禹锡，本年七月，刘禹锡自苏州移汝州刺史，故李绅寄白居易舞衫当在春夏间。杨柳枝，朱金城笺注："即樊素。白氏《不能忘情咏序》（卷七一）云：'妓有樊素者，年二十余，绰绰有歌舞态，善唱《杨柳》，人多以曲名名之。'"

夏，游龟山寺，有诗追和元稹。

范摅《云溪友议》卷一："先是元相公廉察江东之日，修龟山寺鱼池，以为放生之铭。戒其僧曰：'劝汝诸僧好护持，不须垂钓引青丝。云山莫厌看经坐，便是浮生得道时。'李公到镇，游于野寺，睹元公之诗而笑曰：'僧有渔罟之事，必投于镜湖。后有犯者，坚而不恕焉。'复为二绝而示之，云：'剃发多缘是代耕，好闻人死恶人生。祇园说法无高下，尔辈何劳尚世情。''汲水添池活白莲，十千鬐鬣尽生天。凡庸不识慈悲意，自葬江鱼入九泉。'"据"汲水添池活白莲，十千鬐鬣尽生天"，知作于夏天。李绅七年十月至任所，九年四月离浙东，则于本年游龟山寺无疑。卞谱云九年，误。

十月，登禹庙，返回途中降雪，有诗抒怀。

《登禹庙回降雪五言二十韵》题下自注云："此诗一首在越所作，今编入卷内。大和八年十月，冬暄无雪。自访禹庙祈祷，其日回舟至湖半，阴云四合，飞霰大降者三日，积雪盈尺。浙江中流乃分阴雪，杭州并无所沾。"

十月十五日，嫂博陵崔氏卒，年六十九。

《嫂志》云："夫人以大和甲寅冬十月十五日终于越州观察使之官舍，

春秋六十有九。”

游法华寺，有诗。

《题法华寺五言二十韵》题下序云："此一首亦在越所作，寺内灵异随注其后。以越人题诗者前后皆不备言，今编于《追昔游》卷中。"不云具体时间。欧阳修《集古录》卷九《唐法华寺诗》条云："右《法华寺诗》，唐越州刺史李绅撰。其后自序题云：'大和甲寅岁游寺，刻诗于壁。'详自序所言，似绅自书，然以端州题名较之，字体殊不类。甲寅，大和八年也。"今不存后序，当他人所刻。法华寺，即天衣寺，宋施宿《会稽志》卷七《宫观寺院·山阴》："天衣寺，在县南三十里。晋义熙十三年，高僧昙翼结庵诵法华经，多灵异，内史孟凯请置法华寺。"

本年，因以浙东米五万斛救济浙西灾民，为王璠等诬构。

《却到浙西》诗题下序云："八年，浙西六郡灾旱，百姓饥殍，道路相望，米价翔贵。是岁浙东大稔，因请出米五万斛，贱估以救浙西居人，诏下蒙允。是岁王璠不奏饥旱，反怒邻境所救，以为卖己。遂求王涯合计，诬构罔上，奏陈米非官米，足私求利。及璠伏诛，蒙圣恩加察奸邪所罔。"王璠字鲁玉，《旧唐书》卷一百六十九、《新唐书》卷一百七十九有传：大和"六年八月，检校礼部尚书、润州刺史、浙西观察使。八年，李训得幸，累荐于上，召还，复拜右丞。"后又与李汉诬李德裕在浙西厚赂漳王母，阴结漳王。见《李德裕年谱》。

本年李汉知贡举，雍陶、裴坦、郑处海、赵璘等二十五人登进士及第。见《登科记考》卷二十一。

白居易在洛阳，以太子宾客分司。十月，李宗闵为中书侍郎、同平章事，李德裕罢相，为山南西道节度使。未行，改为兵部尚书。十一月，复出为浙西观察使。

诗：1.《欲到西陵寄王行周》。云："欲责舟人无次第，自知贪酒过春潮"，知在春天。李绅七年十月至，九年四月离任，故系于本年春。2.《越州春晚即事长句》，暮春作，今佚。3.《龟山池鱼池二首》，夏天作。4.《登禹庙回降雪五言二十韵》，十月作。5.《题法华寺五言二十韵》。6.《江南暮春寄家》。

大和九年乙卯（八三五），六十三岁

四月，修龙宫寺，为撰碑。

《龙宫寺碑》云："太（大）和癸丑岁，余自分命洛阳承诏，以检校左骑省廉察于兹。岁逾再纪，而修真已为异物，龙宫栋宇将尽。命告坟塔，因追昔言，遂以头陀僧会真部领工人，将以藏事。余以俸钱三百贯□□，监军使毛公承泰亦施焉以月俸，俾从事僚吏，咸同胜因。闾里慕仁，风靡争施。子来之功力云集，清凉之莲宇郁兴，浃旬而垣墉四周，逾月而栋干连合。焕矣真界，昭乎化城，择静行僧居之，以总寺事。"又见其后所作《龙宫寺》诗序言："岁逾"，即大和九年四月。按：宋赵明诚《金石录》卷十《目录十》："第一千八百二十二《唐修龙宫寺碑》：李绅撰，行书，无姓名，太和九年四月。"又宋施宿《会稽志》卷十六《碑刻》："《修龙宫寺碑》，浙江东道都团练观察处置等使、中散大夫、检校左散骑常侍，兼越州刺史、御史中丞李绅撰。行书篆额，无姓名。太和九年四月二十五日，建在嵊县。"阮元《两浙金石志》卷二《唐龙宫寺碑》："右碑在嵊县西北龙宫寺，一名龙藏寺。额篆书'修龙宫寺之碑'六字，径三寸四分，文二十三行，正书径寸，李绅题，衔散骑下缺十字，今据《嘉泰会稽志》补书于旁。"

五月，为李宗闵所排，由浙东观察使改授太子宾客、分司东都。

《旧唐书》卷十七下《文宗纪》：大和九年五月"丁未，以浙东观察使李绅为太子宾客，分司东都。"《会稽掇英总集》卷十八《唐太守题名记》："九年五月却除太子宾客分司东都。"《旧传》："（大和）九年，李训用事，李宗闵复相，与李训、郑注连衡排摈德裕罢相，绅与德裕俱以太子宾客分司。"《新传》同。

在浙东以善理事著称，为人称道。

孙光宪《北梦琐言》卷六《吴湘事》条云："旧说浙东理难，十分公事，绅相晓得五六，唯刘汉宏晓得七分，及三四而已。盖公之才，难得也已。"大和八年其救济浙东饥民之事亦可证。

离浙东时，当地百姓数万人相送。

《宿越州天王寺》诗题下序云："大和八年，自浙东观察使又除太子宾客，分司东都。始发州郭，越人父老男女数万携壶觞至江津相送。"八年为九年之误，见上。

过浙西时，受惠灾民相率拜泣送行。

《却到浙西》诗题下序云："初入浙西苏州界，吴人以恤灾之惠，犹惧旌幡留戍于迥野之处，不及城郭之所，则相率拜泣于州楫前。"诗云："苛政尚存犹惕息，老人偷拜拥前舟。"

经过苏州，没有登岸，只能遥望当地风物。

见《苏州不住遥望武丘报恩两寺》《回望馆娃故宫》《开元寺石》《皋

桥》《真娘墓》等诗。

再过无锡，遥望芙蓉湖。见《却到无锡望芙蓉湖》五首。

重游惠山，与家乡作别。

见《重到惠山》《鉴玄影堂》《别石泉》《别双温树》《重别西湖》等诗。

至金陵，登北固亭望鹤林寺，夜宿瓜州。

见《却到金陵登北固亭》《望鹤林寺》《宿瓜州》等诗。

经扬州，别牛僧孺。

见《入扬州郭》《宿扬州》《州中小饮便别牛相》等诗。牛僧孺为牛党党魁，李德裕与之水火不容，但从上述诗看，李绅与牛僧孺之间还保持着不错的交情，可见两党之间关系的复杂性。

过淮阴，入泗口。

见《却过淮阴吊韩信庙》《却入泗口》诗。

沿汴水、洛水西上，秋至洛阳。

《重入洛阳东门》诗云："连野碧流通御苑，满街秋草过天津"，知在秋天。

从上述诗所记，知李绅出洛与进洛路线相同，走水路运河。

十月，在洛阳与白居易、裴度、刘禹锡等交游，有联句诗。

见《喜遇刘二十八偶书两韵联句》《刘二十八自汝赴左冯，途经洛中，相见联句》等诗。按：《旧唐书》卷十七《文宗纪下》：十月"乙未，以新授同州刺史白居易为太子少傅分司，以汝州刺史刘禹锡为同州刺史。"刘禹锡由汝州刺史移同州刺史，途经洛阳，裴度去年五月已在东都留守任，四人相会，遂有联句诗。

白居易病后独坐以诗相邀，见《新亭病后独坐招李侍郎公垂》诗，不见李绅有诗回应，或者诗佚失。

本年四月，李德裕贬为袁州刺史。

大事记：十一月，李训、郑注与文宗谋，欲诛杀宦官仇士良，反为仇士良所杀，士卒及长安民间死者千余人，史称"甘露之变"。见《旧唐书·文宗纪》、《资治通鉴》卷二四五。

诗：1.《喜遇刘二十八偶书两韵联句》《刘二十八自汝赴左冯，途经洛中，相见联句》，均在十月。2.《和晋公三首》，云"残雪午桥岸，斜阳伊水渍"，知在本年冬。

文：《龙宫寺碑》，四月作。

开成元年丙辰（八三六），六十四岁

正月，改元开成。为太子宾客分司东都。

春，与白居易同游洛阳城郊，白居易有诗相赠。

白居易诗《叹春风兼赠李二十侍郎二绝》云："树根雪尽催花发，池岸冰消放草生"（朱金城《白居易集笺校》卷三十三），知作于早春。又《春来频与李二宾客郭外同游因赠长句》，朱金城《白居易年谱》认为："'李二'当为'李二十'之夺文。李二十宾客为李绅。李绅大和九年五月自浙东观察使再为太子宾客分司东都，开成元年四月六日除河南尹，是年春仍为太子宾客分司，白氏此诗作于开成元年春，时间正合。岑仲勉《唐人行第录》李二十仍叔条引此诗，谓'李二十宾客'为李仍叔，疑非是。考李仍叔罢湖南观察使为太子宾客分司东都在大和九年末，此时虽有与居易同游之可能，唯此诗云：'我为病叟诚宜退，君是才臣岂合闲？'与同时其他赠仍叔之诗不甚相称，故仍以指李绅为是。"可从。

四月，为河南尹。

《旧唐书》卷十七下《文宗纪》：四月，"以太子宾客分司东都李绅为河南尹。"《旧传》："开成元年，郑覃辅政，起德裕为浙西观察使，绅为河南尹。"《新传》同。又《拜三川守》诗题下序云："开成元年三月二十五日，蒙恩除河南尹。四月六日，诏下洛阳。"按："甘露之变"后，为李训、郑注等贬者皆得复用，《资治通鉴》卷二百四十五《文宗开成元年》："夏，四月，己卯，以潮州司户李宗闵为衡州司马。凡李训所指为李德裕、宗闵党者，稍收复之。"李绅正是在这种情况下重获实职。

河南恶少闻绅名而遁去。

《拜三川守》："又里巷比多恶少，皆免帽散衣，聚为群斗；或差肩追绕击大球，里言谓之'打棍谐论'，士庶苦之。车马逢者不敢前，都城为患日久。诏下之日，此辈皆失所在，却归负贩之业，闾里间无复前患。"《新传》："河南多恶少，或危帽散衣，击大球，尸官道，车马不敢前。绅治刚严，皆望风遁去。"《家庙碑》亦云："尹正河洛，以革弊为急，故有摘奸抉蠹之威。"

白居易有诗相寄。

白居易《春尽日天津桥醉吟偶呈李尹侍郎》云："宿雨洗天津，无泥未有尘。初晴迎早夏，落照送残春。兴发诗随口，狂来酒寄身。水边行岌峨，桥上立逡巡。疏傅心情老，吴公政化新。三川徒有主，风景属闲人。"（朱金城《白居易集笺校》卷三十三）

六月，准诏祭嵩山。

《庆云见》："夏六月，准诏祭中岳，宿少林寺。祭毕归寺，有庆云见于峰，初如绛绡，蒙覆上下，岩树透彻，虚明照日。俄顷，诸崖谷间尽祥云，纷郁绵布，自午至未不散。"

六月二十六日，除汴州刺史、宣武军节度使。宣武，建中中置，领汴、宋、亳三州，治所在汴州。

《家庙碑》云："文宗知公全才，以汴难理，乃授钺钺，俾镇绥之。"不云具体时间。《旧唐书》卷十七《文宗纪下》：六月"癸亥，以河南尹李绅检校礼部尚书、汴州刺史，充宣武军节度使。"《旧传》："六月，检校户部尚书、汴州刺史、宣武节度、宋亳汴颍观察等使。"知在六月，唯检校吏部尚书或户部尚书，不知孰是。又《拜宣武节度使》诗题下序云："开成元年六月二十六日，制授宣武军节度。七月三日，中使刘泰押送旌节止洛阳。五日，赴镇，出都门，城内少长相送者数万人，至白马寺，涕泣当车者不可止。少尹严元容鞭胥吏市人，怒其恋慕。留台御史杜牧，使台吏遮殴百姓，令其废祖帐。"

七月十二日至汴州，时郑、汴等地秋旱。

《到汴州三十韵》诗题下序云："七月十二日到汴州。是月，郑、汴间不雨已余月，秋苗已悴。十日至圃田，天雨已余。至十二日朝旨，秋稼顿茂，军礼亦成矣。"

本年，白居易以太子少傅分司东都。三月，李德裕改滁州刺史，七月，迁太子宾客分司东都，十一月，改浙西观察使。秋，刘禹锡自同州刺史迁太子宾客分司至洛阳。

诗：《题白乐天文集》。《白香山集》卷七十载《圣善寺白氏文集记》一篇，文末题："开成元年闰五月十二日，乐天记。"后附李绅此诗，题为《看题文集后记因成四韵以美之》，署名为"中散大夫、守河南尹、赐紫金鱼袋李绅。"

开成二年丁巳（八三七），六十五岁

在宣武军节度使任。

夏秋间旱，蝗虫入境，不食田苗，诏书褒美。

《旧传》云："二年，夏秋旱，大蝗，独不入汴、宋之境，诏书褒美。"又《旧唐书》卷十七《文宗纪下》：开成二年六月，"魏博、泽潞、淄青、沧德、兖海、河南府等州，并奏蝗害稼。郓州奏，蝗得雨自死。"七月"乙

酉，以蝗旱，诏诸司疏决系囚。已丑，遣使下诸道巡复蝗虫。是日，京畿雨，群臣表贺。外（汴）州李绅奏，蝗虫入境，不食田苗。诏书褒美，仍刻石于相国寺。"《新传》云："大旱，蝗不入境。"按："蝗不入境"似不大可能，当为"蝗不食苗"之误。

置利润楼店。

见《旧传》。又《南部新书》卷九："开元中李绅为汴州节度使，上言于本州岛置利润楼店，从之。与下争利，非长人者所宜。"

秋，有诗奉酬白居易。

见《奉酬乐天立秋夕有怀见寄》。白居易原诗见朱金城《白居易集笺校》卷三十六，诗题为《立秋夕凉风忽至炎夏稍消即事咏怀寄汴州节度使李二十尚书》，系于开成二年。

年末，白居易有诗寄绅，刘禹锡和之。

见朱金城《白居易集笺校》卷三十四《洛下雪中频与刘李二宾客宴集，因寄汴州李尚书》诗。刘李指刘禹锡、李仍叔。朱金城系此诗于开成三年，误。按：《白居易集》卷三十四编此诗在《新岁赠梦得》前，则应作于二年冬。又刘禹锡《和乐天洛下雪中宴集寄汴州李尚书》诗（《刘禹锡集》外集卷四），其中有"洛城无事足杯盘，风雪相和岁欲阑"，亦可证作于年末。

本年，因寄刘禹锡蜡烛，白居易有诗酬之。

白居易《因梦得题公垂所寄蜡烛因寄公垂》："照梁初日光相似，出水新莲艳不如。却寄两条君领取，明年双引入中书。"下注："宰相入朝举双烛，余官各一。"朱金城《白居易集笺校》卷三十三系于开成二年。

本年高锴知贡举，张棠、李商隐、独孤云等四十人登进士第。见《登科记考》卷二十一。

白居易以太子少傅、刘禹锡以太子宾客同分司东都。五月，李德裕由浙西观察使改为淮南节度使，代牛僧孺，牛僧孺改为东都留守。

令狐楚卒于山南西道观察使任，年七十二。见《旧唐书》卷十七《文宗纪下》及《旧唐书》卷一百七十二本传。

诗：《奉酬乐天立秋夕有怀见寄》，秋作。

开成三年戊午（八三八），六十六岁

在宣武节度使任所。

正月赴无锡梅里启嫂崔氏合祔先兄，七月既晦乙酉，合奉礼毕。

《嫂志》："开成戊午岁春正月，启夫人于樵（梅）里，与孔苑□北，苑归其裴氏大墓，夫人合袝于先兄奉礼府君之□。秋七月既晦乙酉，合封礼毕。"

八月，编《追昔游集》为三卷，感时伤逝。

《全唐文》卷六九四《追昔游集序》云："追昔游，盖叹逝感时，发於凄恨而作也。或长句，或五言，或杂言，或歌，或乐府、齐梁，不一其词，乃由牵思所属耳。起梁溪，归谏署，升翰苑，承恩遇，歌帝京风物，遭谗邪，播历荆楚，涉湘沅，逾岭峤荒陬，止高安，移九江，泛五湖，过钟陵，溯荆江，守滁阳，转寿春，改宾客，留洛阳，廉会稽，过梅里，遭谗者再，宾客为分务，归东周，擢川守，镇大梁，词有所怀，兴生於怨。故或隐显不常其志，冀知者於异时而已。开成戊午岁秋八月。"

秋，张祜在丹阳，有诗寄李绅。

《张承吉文集》卷十有《戊午年感事书怀二百韵，谨寄太原裴令公、淮南李相公、汉南李仆射、宣武李尚书》诗，表达渐老之情，抒发人生无成之感慨以及切望提携之愿。太原裴令公为裴度，淮南李相公为李德裕，汉南李仆射为李石，宣武李尚书即李绅。见谭优学《唐诗人行年考·张祜》。

辩误：朱金城《白居易年谱》谓此年白居易有《看梦得题答李侍郎诗诗中有文星之句因戏和之》诗，其中李侍郎为李绅，误。按：刘禹锡原诗题为《洛滨病卧户部李侍郎见惠药物谑以文星之句斐然仰谢》，据《旧唐书》卷一百七十三《李珏传》："开成元年四月，以太子宾客分司东都，迁河南尹。二年五月，李固言入相，召珏复为户部侍郎，判本司事。"则李侍郎为李珏。又据《旧唐书·文宗纪》：开成三年正月戊申，"朝议郎、户部侍郎、判户部事、上柱国、赐紫金鱼袋李珏可本官同中书门下平章事，倚前判户部事。"则白居易和刘禹锡诗当在开成二年间。

本年白居易、刘禹锡仍分司东都，李德裕仍在淮南节度使任。

诗：《南梁行》《趋翰苑遭诬构四十六韵》《忆春日太液池亭候对》《忆夜直金銮殿承旨》《忆春日曲江宴后许至芙蓉园》《新昌宅书堂前有药树一株》《过荆门》《涉沅潇》《逾岭峤止荒陬抵高要》《移九江》《泛五湖》《过钟陵》《溯西江》《早发》《守滁阳日深秋忆登城望琅琊》《滁阳春日怀果园》《闻里谣效古歌》《忆寿春守》《忆寿春废虎坑》。以上十九首，列《追昔游集》卷一。

《七日初到洛阳寓居宣教里时已春暮而四老俱在洛中分司》《初秋忽奉诏除浙东观察使检校右貂》《忆至巩县河宿待家累追怀》《宿扬州》《忆被牛相留醉州中时无他宾牛公夜出真珠辈数人》《早渡扬子江》《忆过润州》《忆

登栖霞寺峰》《忆万岁楼望金山》《过梅里》七首（《上家山》《忆东郭居》
《忆题惠山寺书堂》《忆西湖双鸂鶒》《早梅桥》《翡翠坞》《忆放鹤》）《过
吴门二十四》《杭州天竺灵隐二寺》二首《渡西陵十六韵》《新楼诗二十首》
（《新楼》《海榴亭》《望海亭》《杜鹃楼》《满桂楼》《东武亭》《龙宫寺》
《禹庙》《晏安寺》《龟山》《重台莲》《桔园》《寒林寺》《北楼樱桃花》
《城上蔷薇》《南庭竹》《琪树》《海棠梨》《水寺》《灵汜桥》）《若耶溪》。
以上十五题，四十一首，列《追昔游集》卷中。

　　《宿越州天王寺》《却渡西陵别越中父老》《却到浙西》《苏州不住遥望
武丘报恩两寺》《回望馆娃故宫》《姑苏台杂句》《开元寺石》《皋桥》《真
娘墓》《却到无锡望芙蓉湖》五首《重到惠山》《鉴玄影堂》《别石泉》《别
双温树》《重别西湖》《毗陵东山》《建元寺》《却到金陵登北固亭》《望鹤
林寺》《宿瓜州》《入扬州郭》《宿扬州馆》《州中小饮便别牛相》《却过淮
阴吊韩信庙》《却入泗口》《重入洛阳东门》《拜三川守》《庆云见》《灵蛇
见少林寺》《拜宣武军节度使》《到汴州三十韵》。以上三十一题，三十五
首，列《追昔游集》卷下。注：诗题据王旋伯《李绅诗注》。

　　文：《唐故博陵崔氏夫人□□李府君坟所志文》，见《唐文拾遗》卷六
及周绍良《唐代墓志汇编》开成016。

开成四年己未（八三九），六十七岁
仍在宣武节度使任，加检校兵部尚书。
《新传》："四年，就加检校兵部尚书。"
绅镇大梁日，曾亲自选拔壮士。
《云溪友议》卷一《江都事条》载："李相公绅督大梁日，闻镇海军进
健卒四人，一曰富苍龙，二曰沈万石，三曰冯五千，四曰钱子涛；悉能拔橛
角抵之戏。既至，果然蹑径也。翌日，于球场内犒劳，以驾车老牛筋皮为炙
瘤魁之肴（魁，酒樽也，盛一斗二升，多以栖槐榴为之，或铜铸也。）。坐四
辈于地茵，大桦，令食之。万石等三人，视炙坚粗，莫敢就食。独五千瞋目
张口，两手捧炙，如虎啖肉。丞相曰：'真壮士也！可以扑杀西域健胡。'又
令试于抵戏，苍龙等亦不利，独五千胜之。十万之众，为之披靡。于是独进
五千，苍龙等退还本道。语曰：'壮儿过大梁，如上龙门也。'"
有白马寄白居易，白居易作诗谢之。
朱金城《白居易集笺校》卷三十四有《公垂尚书以白马见寄光洁稳善
以诗谢之》诗，云："翩翩白马称金羁，领缀银花尾曳丝。毛色鲜明人尽爱，

性灵驯善主偏知。免将妾换惭来处，试使奴牵欲上时。不蹶不惊行步稳，最宜山简醉中骑。"系于开成四年。

本年，白居易仍以太子少傅分司东都。十二月，刘禹锡改秘书监分司东都。李德裕仍在淮南节度使任。

开成五年庚申（八四零），六十八岁

正月，文宗驾崩，宦官仇士良等以李炎为帝，是为武宗。

秋，张祜有诗寄李绅，忆及浙东往事，有期望提携之意。

《张承吉文集》卷十《忆江东旧游四十韵寄宣武李尚书》诗，李尚书即李绅，诗云："忆作江东客，猖狂事颇曾。海隅思变化，云路折飞腾。小子今何述，高贤昔谬称。"知李绅在浙东时张祜曾为其门客，此诗求荐之意明显。当作于李绅迁淮南之前。诗末有云："诗秋情未剧，别夜思偏增"，知作于本年秋。

九月，李绅由宣武军节度使代李德裕镇淮南。

《旧唐书》卷一八《武宗纪上》：开成五年九月，"以淮南节度使、检校尚书左仆射李德裕为礼部尚书、同中书门下平章事，寻兼门下侍郎；以宣武军节度使、检校吏部尚书、汴州观察使李绅代德裕镇淮南。"《旧传》："武宗即位，加检校尚书右仆射、扬州大都督府长史，知淮南节度大使事。"

在宣武五年间，政绩卓著。

《家庙碑》："初宣武师人骄强狠悍，狃乱徼利，积习生常。公既下车，尽知情伪，刑赏信惠，合以为用，一年而下惩劝，二年而下服畏，三年而下耻格。肃然丕变，薰然太和。抚之五年，人俗归厚，至於捍大患，御大灾，却飞蝗，遏暴水，致岁於丰稔，免人於垫溺。"《云溪友议》卷一《江都事》条记载："李相公绅督大梁日，……大梁城北门常扃锁不开，开必有事。公命开之，骡子营骚动，军府乃悉诛之，自此平泰矣。"

别宣武之时，百姓万人送别，不忍离去。

《家庙碑》："诏下之日，出次於外，军门不击柝，里巷无犬吠，从容五日，按节而东。百姓三军，挈壶浆，捧箪醪，遮道攀饯者动以万辈，皆呜咽流涕，如婴儿之别慈母焉。"

本年白居易在洛阳，以太子少傅分司。刘禹锡仍为秘书监分司东都。

武宗会昌元年辛酉（八四一），六十九岁

在淮南节度使任。

建家庙成，白居易为作碑铭。

《家庙碑》云："维开成某年某月某日，宣武军节度使检校尚书右仆射汴州刺史上柱国赐紫金鱼袋赵郡李公，斋沐祗栗，拜章上言，请立先庙，以奉常祀。于是得请于天子，承式于有司。是岁某月某日，经始于东都，明年某月某日，有事于新庙。外尽其物，内尽其志，三献百顺，神格礼成。其友居易，以李氏宗祖世家名爵，与仆射志行官业，书于丽牲之碑。"又云："于时开成、会昌之际，上方致理，公未登庸，熙熙苍生，环望而已。""未登庸"当指李绅还未拜相，则可知李绅开成五年请建家庙，会昌元年始成。

本年白居易除刑部尚书致仕。刘禹锡加检校礼部尚书，兼太子宾客。李德裕仍在宰相位。

会昌二年壬戌（八四二），七十岁

二月，由淮南节度使入朝，为中书侍郎、同中书门下平章事。

关于李绅于会昌时拜相的时间，史书记载不一。《旧唐书》卷一八《武宗纪上》系于会昌元年二月，云："壬寅，以淮南节度使、检校吏部尚书李绅为中书侍郎、同平章事。"《旧传》时间同，云："会昌元年，入为兵部侍郎、同平章事，改中书侍郎，累迁守右仆射、门下侍郎、监修国史、上柱国、赵国公，食邑二千户。"而《新唐书》及《资治通鉴》皆云会昌二年二月。《新唐书》卷八《武宗纪》：会昌二年"二月丁丑，淮南节度副大使李绅为中书侍郎、同中书门下平章事。"《新唐书·宰相表下》同。又《资治通鉴》卷二四六：会昌二年"二月，淮南节度使李绅入朝。丁丑，以绅为中书侍郎、同平章事、判度支"。按：《资治通鉴》卷二四六，会昌元年三月李德裕上疏救杨嗣复、李珏事中，谓"（三月）丙申，德裕与崔珙、崔郸、陈夷行三上奏。"又《考异》引德裕《献替记》文，记德裕于三月二十五日入中书，会见他相，称"崔相珙续至，崔郸次至，陈相最后至，巳巳时矣"。皆未记有李绅。若李绅于二月已入相，决不可能略去其姓名。又元王恽《玉堂嘉话》卷一载孔温业《李相拜相制》，载有年月日，为"会昌二年二月十二日"。由上所载，则李绅入相，应以会昌二年二月为是。关于此事，可参看岑仲勉先生《唐史余渖》"李绅命相年"条及傅璇琮先生《李德裕年谱》。

三月，判度支。

《新唐书》卷六十三《宰相表下》："三月丙申，绅权判度支。"

四月，与李德裕、牛僧孺等上章请加圣上尊号。

《旧唐书》卷一八《武宗纪上》："四月乙丑朔，光禄大夫、守司空、兼门下侍郎、平章事李德裕，银青光禄大夫、守右仆射、门下侍郎、平章事崔珙，银青光禄大夫、中书侍郎、同平章事李绅，金紫光禄大夫、检校司徒、兼太子太保牛僧孺等上章，请加尊号曰仁圣文武至神大孝皇帝。戊寅，御宣政殿受册。"李德裕《上尊号玉册文》（《会昌一品集》卷一）署名有李德裕、陈夷行、崔珙、李绅、牛僧孺。

本年白居易在洛阳，以刑部尚书致仕。

七月，刘禹锡卒，年七十一，赠兵部尚书。

大事记：八月，回纥乌介可汗侵扰云、朔北川，诏大臣商议对策，牛僧孺主张消极应付，李德裕主张积极备战。武宗赞同李德裕，令诸镇征讨。见《旧唐书·武宗纪上》。

会昌三年癸亥（八四三），七十一岁

在宰相任。

四月，在朝论刘稹擅代泽潞留后事时，支持李德裕征讨之策。

《新唐书》一百八十《李德裕传》："始议用兵，中外交章固争，皆曰：'（刘）悟功高，不可绝其嗣。又从谏蓄兵十万，粟支十年，未可以破也。'它宰相亦婥婀趋和，德裕独曰：'诸葛亮言曹操善为兵，犹五攻昌霸，三越洮，况其下哉。然赢所胜负，兵家之常，惟陛下圣策先定，不以小利钝为浮议所摇，则有功矣。有如不利，臣请以死赛责！'帝忿然曰：'为我语于朝，有沮吾军议者，先诛之！'群论遂息。"傅璇琮先生《李德裕年谱》谓反对者包括李绅，不确。又《旧唐书》卷一七四《李德裕传》："德裕奏曰：'如师出无功，臣请自当罪戾，请不累李绅、让夷等。'"可见李绅是支持李德裕征讨刘稹的。

五月十一日，武宗定攻讨泽潞之意，时李绅请假在宅。

《资治通鉴》卷二百四十七《武宗会昌三年·考异》引《献替记》曰："五月十一日，德裕疾病，先请假在宅，李相绅其日亦请假。李相让夷独对，上便决攻讨之意。李相归中书后，录圣意四纸，令德裕草制。至薄晚封进，明日遂降麻处分。"

五月，为门下侍郎、尚书右仆射。

《新唐书》卷六十三《宰相表下》："五月壬寅，绅为门下侍郎。""（五月）庚戌，绅为尚书右仆射。"《旧传》："累迁守右仆射、门下侍郎、监修国史、上柱国、赵国公，食邑二千户。"《新传》同。按：《册府元龟》卷三二二《宰辅部》云："累加左仆射兼门下侍郎"，误以右仆射为左仆射。

十月，与郑亚进《宪宗实录》，各有赏赐。

《旧唐书》卷一八《武宗纪上》："十月，宰相兼修国史李绅、兵部郎中史馆修撰判馆事郑亚进重修《宪宗实录》四十卷，颁赐有差。"《册府元龟》卷五百五十六《国史部》："李绅为宰臣监修国史。武宗会昌元年四月奉敕《宪宗实录》，宜令史馆再修撰，进入其先撰成本，不得注破，并与新撰本同进来。至三年十月，绅与修撰官郑亚等修毕进至。"又《册府元龟》卷四百五十四《国史部》："李绅为宰相监修国史。会昌三年，与修撰官郑亚等再修《宪宗实录》毕进上，赐银器锦彩有差。"

本年白居易在洛阳致仕。

七月，贾岛卒，年六十五。见苏绛《贾司仓墓志铭》（《全唐文》卷七六三）。

大事记：二月，天德军行营副使石雄破回鹘于杀胡山，迎太和公主归。五月，李德裕言李宗闵与刘从谏交通，出为湖州刺史。六月，仇士良卒。见《旧唐书·武宗纪》、《资治通鉴》卷二四七。

会昌四年甲子（八四四），七十二岁

闰七月，罢相出镇淮南。

关于李绅罢相出镇淮南的具体时间，各本不同。《旧唐书》卷一八上《武宗纪》及《册府元龟》卷三二二谓七月，《新唐书》卷八《武宗纪》及《新唐书》卷六十三《宰相表下》谓闰七月，而《旧传》云十一月。按：李绅罢相为杜悰所代，《旧唐书》卷一八上《武宗纪》云："七月，以淮南节度使、检校司空杜悰守尚书右仆射、兼门下侍郎、同平章事，仍判度支，充盐铁转运使。又制银青光禄大夫、守尚书右仆射、兼门下侍郎、同平章事、监修国史、上柱国、赵郡开国公、食邑二千户李绅可检校司空、平章事、扬州大都督府长史、淮南节度副大使、知节度事。"则杜悰入相在前。又《资治通鉴》云，杜悰入相在四年七月甲辰（二十三日），李绅出镇淮南在闰七月壬戌（十一日），则李绅出镇时间当为闰七月。

关于李绅出镇淮南之原因，《旧传》云："暴中风恙，足缓不任朝谒，拜章求罢。"《新传》同。按：身体原因恐为托辞。淮南为维持朝廷生存的重要之地，当时节度使为杜悰，在淮南并无建树，故李德裕需要像李绅这样自己信得过而又有能力的人治理，以助平叛的顺利进行。故傅璇琮先生《李德裕年谱》认为，"恐与调剂军粮有关，因征讨泽潞已一年有余，军费支出浩大，战事呈胶着状态，若须发动大规模进攻，即需大笔财政支出，故需亲

信大臣出守扬州，经营东南漕运。"是有道理的。

在淮南任，以赃罪劾奏江都令吴湘。

《旧唐书》卷一八下《宣宗纪》：大中元年"九月，前永宁县尉吴汝纳诣阙称冤，言：'弟湘会昌四年任扬州江都县尉，被节度使李绅诬奏湘赃罪，宰相李德裕曲情附绅，断臣弟湘致死。'诏下御史台鞫按。"此为吴汝纳一面之辞，《旧唐书》卷一七三《吴汝纳传》："会汝纳弟湘为江都尉，为部人所讼赃罪，兼娶百姓颜悦女为妻，有逾格律。李绅令观察判官魏铏鞫之，赃状明白，伏法。湘妻颜，颜继母焦，皆笞而释之。仍令江都令张弘思以船监送湘妻颜及儿女送澧州。"又《旧传》："始，沣人吴汝讷者，韶州刺史武陵兄子也。武陵坐赃贬潘州司户参军死，汝纳家被逐，久不调。时李吉甫任宰相，汝纳怨之，后遂附宗闵党中。会昌时，为永宁尉，弟湘为江都尉。部人讼湘受赃狼籍，身娶民颜悦女。绅使观察判官魏铏鞫湘，罪明白，论报杀之。"

辩误：孙光宪《北梦琐言》卷六："唐李绅，性刚直，在中书与李卫公相善，为朋党者切齿。镇淮海日，吴湘为江都尉。时有零落衣冠颜氏女寄寓广陵，有容色，相国欲纳之。吴湘强委禽焉，于是大怒。因其婚娶聘财反甚丰，乃罗织执勘，准其俸料之外有陈设之具，坐赃，奏而杀之，惩无礼也。"孙光宪所记与事实完全不符，或为党人所诬陷，而孙光宪不审如此。

有谓张祜以"钓鳌客"投谒李绅事，不可信。

《鉴诫录》卷七《钓巨鳌》："会昌四年，李相公绅节镇淮南日，所为尊贵，薄于布衣，若非皇族卿相嘱致，无有面者。张祜与崔涯同寄府下，前后廉问，向祜诗名，悉蒙礼重，独李到镇不得见焉。祜遂修刺谒之，衔题诗'钓鳌客'，将俟便呈。相国遂令延入，怒其狂诞，欲以言下挫之。及见祜，不候从容。及问曰：'秀才既解钓鳌，以何物为竿？'祜对曰：'用长虹为竿。'又问曰：'以何物为钩？'曰：'以初月为钩。'又问曰：'以何物为饵？'曰：'用唐朝李相公为饵。'相公良久思之曰：'用予为饵，钓亦不难致。'遂命酒对斟，言笑竟日，怜祜触物善对，遂为诗酒之知。议者以祜矫谕异端，相国悦其取媚，故史不称之，恶其伪也。"按：张祜与李绅早在开成三年前已相识，见前张祜《戊午年感事书怀二百韵，谨寄太原裴令公、淮南李相公、汉南李仆射、宣武李尚书》诗，且张祜本年已近花甲，如此轻狂之举或在青年时期。

或本年前后，李绅与张又新释然如旧交。

孟棨《本事诗·情感第一》载："李相绅镇淮南，张郎中又新罢江南郡，素与李构隙，事在别录。时于荆溪遇风，漂没二子，悲戚之中，复惧李之仇己，投长笺自谢。李深悯之，复书曰：'端溪不让之词，愚罔怀怨；荆浦沉沦之祸，鄙实慭然。'既厚遇之，殊不屑意。张感铭致谢，释然如旧交。与张宴饮，必极欢尽醉。张尝为广陵从事，有酒妓，尝好致情，而终不果纳。至是二十年犹在席，日张怡然，如将涕下。李起更衣，张以指染酒，题词盘上，妓深晓之。李既至，张持杯不乐。李觉之，即命妓歌以送酒。遂唱是词曰：'云雨分飞二十年，当时求梦不曾眠。今来头白重相见，还上襄王玳瑁筵。'张醉归，李令妓夕就张郎中。"按：张又新曾不遗余力构陷李绅，而李绅不计前嫌，以情相待，可见其心胸之宽广。

会昌五年乙丑（八四五），七十三岁

在淮南节度使任。

初春，章孝标在李绅幕，有《春雪诗》。

《唐摭言》卷十三《敏捷条》："短李镇扬州，请章孝标赋春雪诗，命札于台盘上。孝标唯然，索笔一挥云：'六出飞花处处飘，黏窗拂砌上寒条。朱门到晚难盈尺，尽是三军喜气消。'""三军喜气消"或指平刘稹事，故系于本年春。

请以州名铸钱，禁用旧钱。

《新唐书》卷五四《食货志四》："及武宗废浮屠法，永平监官李郁彦请以铜像、钟、磬、炉、铎皆归巡院，州县铜益多矣。盐铁使以工有常力，不足以加铸，许诸道观察使皆得置钱坊。淮南节度使李绅请天下以州名铸钱，京师为京钱，大小径寸，如开元通宝，交易禁用旧钱。"

御史崔元藻至扬州复推吴湘一案。

《旧传》："初，会昌五年，扬州江都县尉吴湘坐赃下狱，准法当死，具事上闻。谏官疑其冤，论之。遣御史崔元藻覆推，与扬州所奏多同，湘竟伏法。"《新传》："时议者谓吴氏世与宰相有嫌，疑绅内顾望，织成其罪。谏官屡论列，诏遣御史崔元藻覆按，元藻言湘盗用程粮钱有状，娶部人女不实，按悦尝为青州衙推，而妻王故衣冠女，不应坐。德裕恶元藻持两端，奏贬崖州司户参军。"可见吴湘贪赃无误，而《资治通鉴》卷二百四十八《武宗会昌五年》却以为乃李绅强加之罪，云："淮南节度使李绅按江都令吴湘盗用程粮钱，强聚所部百姓颜悦女，估其资装为赃，罪当死。湘，武陵之兄子也，李德裕素恶武陵，议者多言其冤，谏官请覆按，诏遣监察御史崔元藻、李稠覆之。还言：'湘盗程粮钱有实。颜悦本衢州人，尝为青州牙推，

妻亦士族，与前狱异。'德裕以为无与夺。二月，贬元藻端州司户，稹汀州司户。不复更推，亦不付法司详断，即如绅奏，处湘死。谏议大夫柳仲郢、敬晦皆上疏争之，不纳。"关于吴湘案的真相见前第三章第三节。

会昌六年丙寅（八四六），七十四岁

在淮南节度使任。

二月，贬舒州刺史苏涤为连州刺史。

《旧唐书》卷一八上《武宗本纪》："贬舒州刺史苏涤为连州刺史。涤李宗闵党，前自给事中为德裕所斥，累年郡守，至是，李绅言其无政故也。"

七月，卒，赠太尉，谥文肃。

《旧传》云："六年，卒。"不云具体月日。《资治通鉴》卷二四八《武宗会昌六年》："秋，七月，壬寅，淮南节度使李绅薨。"按：《南部新书》丁卷云：李绅"终以吴湘狱，仰药而死"，纯属子虚乌有捏造之词，或出自牛党人之手。

三月，武宗卒。立皇太叔忱。宣宗恶李德裕，四月，罢为荆南节度使。

在本年或与白居易有诗相酬，见《予与山南王仆射起淮南李仆射绅事历五朝逾三纪海内年辈今唯三人荣路虽殊交情不替聊题长句寄举之公垂二相公》诗，这也是白居易现存诗中写给李绅的最后一首诗。

范摅《云溪友议》卷一《江都事》条记载李绅淮南节度使任上故事甚多，虽多为传闻，然有助于了解历史上真实之李绅，故录于下：

李公既治淮南，决吴湘之狱，而持法清峻，犯者无宥，有严、张之风也。狡吏奸豪，潜形叠迹。然出于独见，寮佐莫敢言之。李元将评事及弟仲将，侨寓江都。李公羁旅之年，每止于元将之馆，而叔呼焉。荣达之后，元将称弟称侄，皆不悦也；及为孙子，方似相容。又有崔巡官者，昔居郑圃也，与丞相同年之旧，特远来谒。才到客舍，不意家仆与市人有竞，诘其所以，仆人曰：宣州馆驿崔巡官。下其仆、市人皆抵极法。令捕崔至，曰：昔尝识君，到此何不相见也？崔生叩头谢曰：适憩旅舍，日已迟晚。相公尊重，非时不敢具陈卑礼，伏希哀怜，获归乡里。遂縻留服罪，笞股二十，送过秣陵，貌若死灰，莫敢恸哭。时人相谓曰：李公宗叔翻为孙子，故人忽作流囚。"

又"邑客黎人，惧罹不测之祸，渡江过淮者众矣。主吏启曰：'户口逃亡不少。'丞相曰：'汝不见淘麦乎？秀者在下，糠秕随流。随流者，不必报来。'自此一言，竟无踰境者也。"

又"又忽有少年，势似疏简，自云：'辛氏郎君来谒。'丞相于晤对之间，未甚周至。悬车白尚书先寄元相公诗曰：'闷劝迂辛酒，闲吟短李诗。'且曰：'辛大丘度，性迂嗜酒；李二十绅，短而能诗。'辛氏郎君，即丘度之子也。谓李公曰：'小子每忆白廿二丈诗曰："闷劝畴昔酒，闲吟廿丈诗。"'李公笑曰：'辛大有此狂儿，吾敢不存旧矣。'凡是官族，相快辛氏子之能忤诞，丞相之受侮。刚肠暂屈乎？"

又"有一曹官到任，仪质颇似府公，府公见而恶之，书其状曰：'着青把笏，也请料钱。睹此形骸，足可伤叹。'左右皆窃笑焉。又有宿将有过，请罚，且云：'臭老兵，倚恃年老，而刑不加；若在军门，一百也决。'竟不免其榎楚。凡所书判，或是卒然，故趋事皆惊神破胆矣。"

宣宗大中元年丁卯（八四七），卒后一年
九月，吴汝纳言吴湘冤状，诏御史台鞫实。

《资治通鉴》卷二百四十八《宣宗大中元年》：九月"乙酉，前永宁尉吴汝纳，讼其弟湘罪不至死，丁亥，敕御史台鞫实以闻。冬，十二月，庚戌，御史台奏，据崔元藻所列吴湘冤状，如吴汝纳之言。戊午，贬太子少保、分司李德裕为潮州司马。"《新传》："宣宗立，德裕去位，绅已卒。崔铉等久不得志，导汝纳使为湘讼，言：'湘素直，为人诬蔑，大校重牢，五木被体，吏至以娶妻资媵结赃。'且言：'颜悦故士族，湘罪皆不当死，绅枉杀之。'又言：'湘死，绅令即瘗，不得归葬。按绅以旧宰相镇一方，恣威权。凡戮有罪，犹待秋分；湘无辜，盛夏被杀。'崔元藻衔德裕斥己，即翻其辞，因言：'御史覆狱还，皆对天子别白是非，德裕权轧天下，使不得对，具狱不付有司，但用绅奏而置湘死。'"按：此案本为普通贪赃案件，只因牛党有意利用此案打击李党，故有翻案之过程。

大中二年戊辰（八四八），卒后二年
追夺三任官告，子孙不得仕。

《新传》："是时，德裕已失权，而宗闵故党令狐绹、崔铉、白敏中皆当路，因是逞憾，以利诱动元藻等，使三司结绅杖钺作藩，虐杀良平，准神龙诏书，酷吏殁者官爵皆夺，子孙不得进宦，绅虽亡，请从《春秋》戮死者之比。诏削绅三官，子孙不得仕。贬德裕等，擢汝纳左拾遗，元藻武功令。"《旧唐书》卷一八下《宣宗纪》载御史台重审结果如下：大中二年二月，"御史台奏：'据三司推勘吴湘狱，谨具逐人罪状如后：扬州都虞候卢行立、

刘群，于会昌二年五月十四日于阿颜家吃酒，与阿颜母阿焦同坐，群自拟收阿颜为妻，妄称监军使处分，要阿颜进奉，不得嫁人，兼擅令人监守。其阿焦遂与江都县尉吴湘密约，嫁阿颜与湘。刘群与押军牙官李克勋即时遮拦不得，乃令江都百姓论湘取受，节度使李绅追湘下狱，计赃处死。具狱奏闻。朝廷疑其冤，差御史崔元藻往扬州按问，据湘虽有取受，罪不至死。李德裕党附李绅，乃贬元藻岭南，取淮南元申文案，断湘处死。今据三司使追崔元藻及淮南元推判官魏铏并关连人款状，淮南都虞候刘群、元推判官魏铏、典孙贞、高利、钱倚、黄嵩，江都县典沈颂、陈宰，节度押牙白沙镇遏使傅义，左都虞候卢行立，天长县令张弘思，曲张洙清、陈回，右厢子巡李行瑶，典臣金弘举，送吴湘妻女至澧州取受钱物人潘宰，前扬府录事参军李公佐，元推官元寿、吴琪、翁恭，太子少保分司李德裕，西川节度使李回，桂管观察使郑亚等，伏候敕旨。'其月敕：'李回、郑亚、元寿、魏铏已从别敕处分。李绅起此冤诉，本由不真，今既身殁，无以加刑。粗塞众情，量行削夺，宜追夺三任官告，送刑部注毁。其子孙稽于经义，罚不及嗣，并释放。李德裕先朝委以重权，不务绝其党庇，致使冤苦直到于今，职尔之由，能无恨叹！昨以李威所诉，已经远贬，俯全事体，特为从宽，宜准去年敕令处分。张弘思、李公佐卑吏守官，制不由己，不能守正，曲附权臣，各削两任官。崔元藻曾受无辜之贬，合从洗雪之条，委中书门下商量处分。李恪详验款状，蠹害最深，以其多时，须议减等，委京兆府决脊杖十五，配流天德。李克勋欲收阿颜，决脊杖二十，配流碛州。刘群据其款状，合议痛刑，曾效职官，不欲决脊，决臀杖五十，配流岳州。其卢行立及诸典史，委三司使量罪科放讫闻奏。'"

按：吴湘案由于掺杂了牛李党争的因素而变得纷纭复杂，不能简单地判断孰是孰非。但也有后人不辨事实，罔加评论者，如清王鸣盛，其《十七史商榷》卷九十一"绅死后削官"条云："李绅以淮南节度使于会昌元年入相，武宗四年复出为淮南节度，六年卒。卒后，李宗闵、崔铉等擿其在淮南杀吴湘事，削绅三官，新、旧书略同，其事甚明。《南部新书》卷丁乃云：'以吴湘狱仰药而死。'小说家言不可尽信如此。新、旧书皆言湘之坐赃乃群小欲倾绅以及李德裕，而孙光宪《北梦琐言》第六卷则谓'绅镇淮南，湘为江都尉。有零落衣冠颜氏女寄寓广陵，有容色，绅欲纳之，湘强委禽焉。绅大怒，因其婚娶聘财甚丰，乃罗织执勘，准其俸料之外有陈设之具，皆以为赃，奏而杀之。'绅本狂暴，此说恐当得情。绅罪甚大，得良死为幸。新、旧书皆以湘受赃，绅杀之非枉者，皆非实录。"李绅处理有不当之处，但吴湘贪赃清楚，亦不容辩夺，而云李绅强娶民女不成反诬吴湘之说，实为牛党攻击李绅的颠倒黑白的诬构之辞，王鸣盛却信以为真，有违史家之精神。

宣宗恶李德裕，以吴湘案连贬之。

《新唐书》卷一百八十《李德裕传》："白敏中、令狐绹、崔铉皆素仇，大中元年，使党人李咸斥德裕阴事。故以太子少保分司东都，再贬潮州司马。明年，又导吴汝纳讼李绅杀吴湘事，而大理卿卢言、刑部侍郎马植、御史中丞魏扶言：'绅杀无罪，德裕徇成其冤，至为黜御史，罔上不道。'乃贬为崖州司户参军事。"又《旧唐书》卷一百七十四《李德裕传》："德裕特承武宗恩顾，委以枢衡。决策论兵，举无遗悔，以身扞难，功流社稷。及昭肃弃天下，不逞之伍，咸害其功。白敏中、令狐绹，在会昌中德裕不以朋党疑之，置之台阁，顾待甚优。及德裕失势，抵掌戟手，同谋斥逐，而崔铉亦以会昌末罢相怨德裕。大中初，敏中复荐铉在中书，乃相与掎摭构致，令其党人李咸者，讼德裕辅政时阴事。乃罢德裕留守，以太子少保分司东都，时大中元年秋。寻再贬潮州司马。敏中等又令前永宁县尉吴汝纳进状，讼李绅镇扬州时谬断刑狱。"按：据上述记载则牛党利用吴湘案打击李德裕无疑，然此只是一方面，另一方面也与宣宗利用牛李两党之矛盾，幕后操纵，欲巩固自己皇权有关，但结果却是一党独大，朝中乏人，唐王朝也无可再挽回。

附录二：李绅传记

旧唐书·李绅传

李绅，字公垂，润州无锡人。本山东著姓。高祖敬玄，则天朝中书令，封赵国文宪公，自有传。祖守一，成都郫县令。父晤，历金坛、乌程、晋陵三县令，因家无锡。

绅六岁而孤，母卢氏教以经义。绅形状眇小而精悍，能为歌诗。乡赋之年，讽诵多在人口。元和初，登进士第，释褐国子助教，非其好也。东归金陵，观察使李锜爱其才，辟为从事。绅以锜所为专恣，不受其书币，锜怒，将杀绅，遁而获免。锜诛，朝廷嘉之，召拜右拾遗。

岁余，穆宗召为翰林学士，与李德裕、元稹同在禁署，时称"三俊"，情意相善。寻转右补阙。长庆元年三月，改司勋员外郎、知制诰。二年二月，超拜中书舍人，内职如故。俄而稹作相，寻为李逢吉教人告稹阴事，稹罢相，出为同州刺史。时德裕与牛僧孺俱有相望，德裕恩顾稍深。逢吉欲用僧孺，惧绅与德裕沮于禁中。二年九月，出德裕为浙西观察使，乃用僧孺为平章事，以绅为御史中丞，冀离内职，易掎摭而逐之。乃以吏部侍郎韩愈为京兆尹，兼御史大夫，放台参。知绅刚褊，必与韩愈忿争。制出，绅果移牒往来，论台府事体。而愈复性讦，言辞不逊，大喧物议，由是两罢之。愈改兵部侍郎，绅为江西观察使。天子待绅素厚，不悟逢吉之嫁祸，为其心希外任，乃令中使就第宣劳，赐之玉带。绅对中使泣诉其事，言为逢吉所排，恋阙之情无已。及中谢日，面自陈诉，帝方省悟，乃改授户部侍郎。

中尉王守澄用事，逢吉令门生故吏结托守澄为援以倾绅，昼夜计画。会绅族子虞，文学知名，隐居华阳，自言不乐仕进，时来京师省绅。虞与从伯耆、进士程昔范，皆依绅。及耆拜左拾遗，虞在华阳寓书与耆求荐，书误达于绅。绅以其进退二三，以书诮之，虞大怨望。及来京师，尽以绅尝所密话言逢吉奸邪附会之语告逢吉。逢吉大怒，问计于门人张又新、李续之，咸曰："搢绅皆自惜毛羽，孰肯为相公搏击！须得非常奇士出死力者。有前邓州司仓刘栖楚者，尝为吏，镇州王承宗以事绳之，栖楚以首触地固争，而承宗竟不能夺，其果锐如此。若相公取之为谏官，令伺绅之失，一旦于上前暴扬其过，恩宠必替。事苟不行，过在栖楚，亦不足惜也。"逢吉乃用李虞、程昔范、刘栖楚，皆擢为拾遗，以伺绅隙。

俄而穆宗晏驾，敬宗初即位。逢吉快绅失势，虑嗣君复用之，张又新等谋逐绅。会荆州刺史苏遇入朝，遇能决阴事，众问计于遇。遇曰："上听政后，当开延英，必有次对官。欲拔本塞源，先以次对为虑，余不足恃。"群党深然之。逢吉乃以遇为左常侍。王守澄每从容谓敬宗曰："陛下登九五，逢吉之助也。先朝初定储贰，唯臣备知。时翰林学士杜元颖、李绅劝立深王，而逢吉固请立陛下，而李续之、李虞继献章疏。"帝虽冲年，亦疑其事。会逢吉进拟，言李绅在内署时，尝不利于陛下，请行贬逐。帝初即位，方倚大臣，不能自执，乃贬绅端州司马。贬制既行，百僚中书贺宰相，唯右拾遗吴思不贺。逢吉怒，改为殿中侍御史，充入吐蕃告哀使。

绅之贬也，正人腹诽，无敢有言，唯翰林学士韦处厚上疏，极言逢吉奸邪，诬搆绅罪，语在处厚传。天子亦稍开悟。会禁中检寻旧事，得穆宗时封书一箧。发之，得裴度、杜元颖与绅三人所献疏，请立敬宗为太子。帝感悟兴叹，悉命焚逢吉党所上谤书，由是谗言稍息，绅党得保全。及宝历改元大赦，逢吉定赦书节文，不欲绅量移，但云左降官已经量移者与量移，不言左降官与量移。韦处厚复上疏论之，语在处厚传。帝特追赦书，添节文云"左降官与量移"，绅方移为江州长史。再迁太子宾客，分司东都。

大和七年，李德裕作相。七月，检校左常侍、越州刺史、浙东观察使。九年，李训用事，李宗闵复相，与李训、郑注连衡排摈德裕罢相，绅与德裕俱以太子宾客分司。开成元年，郑覃辅政，起德裕为浙西观察使，绅为河南尹。六月，检校户部尚书、汴州刺史、宣武节度、宋亳汴颍观察等使。二年，夏秋旱，大蝗，独不入汴、宋之境，诏书褒美。又于州置利润楼店。四年，就加检校兵部尚书。武宗即位，加检校尚书右仆射、扬州大都督府长史，知淮南节度大使事。会昌元年，入为兵部侍郎、同平章事，改中书侍郎，累迁守右仆射、门下侍郎、监修国史、上柱国、赵国公，食邑二千户。四年，暴中风恙，足缓不任朝谒，拜章求罢。十一月，守仆射、平章事，出为淮南节度使。六年，卒。

绅始以文艺节操进用，受顾禁中。后为朋党所挤，滨于祸患。赖正人匡救，得以功名始终。殁后，宣宗即位，李德裕失势罢相，归洛阳，而宗闵、嗣复之党崔铉、白敏中、令狐绹欲置德裕深罪。大中初，教人发绅镇扬州时旧事，以倾德裕。初，会昌五年，扬州江都县尉吴湘坐赃下狱，准法当死，具事上闻。谏官疑其冤，论之，遣御史崔元藻覆推，与扬州所奏多同，湘竟伏法。及德裕罢相，群怨方构，湘兄进士汝纳，诣阙诉冤，言绅在淮南恃德裕之势，枉杀臣弟。德裕既贬，绅亦追削三任官告。（《旧唐书》卷一百七十三）

新唐书·李绅传

李绅，字公垂，中书令敬玄曾孙。世宦南方，客润州。绅六岁而孤，哀等成人。母卢，躬授之学。为人短小精悍，于诗最有名，时号"短李"。苏州刺史韦夏卿数称之。葬母，有乌衔芝坠辒车。

元和初，擢进士第，补国子助教，不乐，辄去。客金陵，李锜爱其才，辟掌书记。锜浸不法，宾客莫敢言，绅数谏，不入；欲去，不许。会使者召锜，称疾，留后王澹为具行，锜怒，阴教士裔食之，即胁使者为众奏天子，幸得留。锜召绅作疏，坐锜前，绅阳怖栗，至不能为字，下笔辄涂去，尽数纸。锜怒骂曰："何敢尔，不惮死邪？"对曰："生未尝见金革，今得死为幸。"即注以刃，令易纸，复然。或言许纵能军中书，绅不足用。召纵至，操书如所欲，即因绅狱中，锜诛乃免。或欲以闻，谢曰："本激于义，非市名也。"乃止。

久之，从辟山南观察府。穆宗召为右拾遗、翰林学士，与李德裕、元稹同时，号"三俊"。累擢中书舍人。稹为宰相，而李逢吉教人告于方事，稹遂罢。欲引牛僧孺，惧绅等在禁近沮解，乃授德裕浙西观察使。僧孺辅政，以绅为御史中丞，顾其气刚卞，易疵累，而韩愈劲直，乃以愈为京兆尹，兼御史大夫，免台参以激绅。绅、愈果不相下，更持台府故事，论诘往反，诋评纷然，由是皆罢之，以绅为江西观察使。帝素厚遇绅，遣使者就第劳赐，以为乐外迁，绅泣言为逢吉中伤。入谢，又自陈所以然，帝悟，改户部侍郎。

逢吉终欲陷之。绅族子虞，有文学名，隐居华阳，自言不愿仕，时来省绅，雅与柏耆、程昔范善。及耆为拾遗，虞以书求荐，绅恶其无立操，痛诮之。虞失望，后至京师，悉暴绅所言于逢吉。逢吉滋怒，乃用张又新、李续等计，擢虞、昔范与刘栖楚皆为拾遗，以伺绅隙，内结中人王守澄自助。会敬宗立，逢吉知绅失势可乘，使守澄从容奏言："先帝始议立太子，杜元颖、李绅劝立深王，独宰相逢吉请立陛下，而李续、李虞助之。"逢吉乘间言绅尝不利于陛下，请逐之。帝初即位，不能辨，乃贬绅为端州司马。栖楚等怒得善地，皆切齿。诏下，百官贺逢吉，唯右拾遗吴思不往，逢吉斥思，令告大行丧于吐蕃。此时，人无敢言者，惟韦处厚屡言绅枉，折逢吉之奸。后天子于禁中得先帝手缄书一笥，发之，见裴度、元颖、绅三疏请立帝为嗣，始大感悟，悉焚逢吉党所上谤书。

始，绅南逐，历封、康间，湍濑险涩，惟乘涨流乃济。康州有媪龙祠，旧传能致云雨，绅以书祷，俄而大涨。宝历赦令不言左降官与量移，处厚执争，诏为追定，得徙江州长史，迁滁、寿二州刺史。霍山多虎，撷茶者病之，治机阱，发民迹射，不能止。绅至，尽去之，虎不为暴。以太子宾客分司东都。大和中，李德裕当国，擢绅浙东观察使。李宗闵方得君，复以太子宾客分司。开成初，郑覃以绅为河南尹。河南多恶少，或危帽散衣，击大毬，户官道，车马不敢前。绅治刚严，皆望风遁去。迁宣武节度使。大旱，蝗不入境。

武宗即位，徙淮南，召拜中书侍郎、同中书门下平章事，进尚书右仆射、门下侍郎，封赵郡公。居位四年，以足缓不任朝谒，辞位，以检校右仆射平章事，复节度淮南。卒，赠太尉，谥文肃。

始，沣人吴汝纳者，韶州刺史武陵兄子也。武陵坐赃贬潘州司户参军死，汝纳家被逐，久不调。时李吉甫任宰相，汝纳怨之，后遂附宗闵党中。会昌时，为永宁尉，弟湘为江都尉。部人讼湘受赃狼籍，身娶民颜悦女。绅使观察判官魏铏鞫湘，罪明白，论报杀之。时议者谓吴氏世与宰相有嫌，疑绅内顾望，织成其罪。谏官屡论列，诏遣御史崔元藻覆按，元藻言湘盗用程粮钱有状，娶部人女不实。按悦尝为青州衙推，而妻王故衣冠女，不应坐。德裕恶元藻持两端，奏贬崖州司户参军。宣宗立，德裕去位，绅已卒。崔铉等久不得志，导汝纳使为湘讼，言："湘素直，为人诬蔑，大校重牢，五木被体，吏至以娶妻资赙结赃。"且言："颜悦故士族，湘罪皆不当死，绅枉杀之。"又言："湘死，绅令即瘗，不得归葬。按绅以旧宰相镇一方，恣威权，凡戮有罪，犹待秋分；湘无辜，盛夏被杀。"崔元藻衔德裕斥己，即翻其辞，因言："御史覆狱还，皆对天子别白是非，德裕权轧天下，使不得对，具狱不付有司，但用绅奏而置湘死。"是时，德裕已失权，而宗闵故党令狐绹、崔铉、白敏中皆当路，因是逞憾，以利诱动元藻等，使三司结绅杖钺作藩，虐杀良平，准神龙诏书，酷吏殁者官爵皆夺，子孙不得进宦。绅虽亡，请从《春秋》戮死者之比，诏削绅三官，子孙不得仕。贬德裕等，擢汝纳左拾遗，元藻武功令。

始，绅以文艺节操见用，而屡为怨仇所报却，卒能自伸其才，以名位终。所至务为威烈，或陷暴刻，故虽没而坐湘冤云。（《新唐书》卷一百八十一）

淮南节度使检校尚书右仆射赵郡李公家庙碑铭并序
白居易

王建侯，侯建庙，庙有器，器有铭。所以论撰先德，明著后代，或书于鼎，或文于碑，古今之通制也。维开成某年某月某日，宣武军节度使、检校尚书右仆射、汴州刺史、上柱国、赐紫金鱼袋赵郡李公，斋沐祗栗，拜章上言，请立先庙以奉常祀。于是得请于天子，承式于有司。是岁某月某日，经始于东都，明年某月某日，有事于新庙。外尽其物，内尽其志，三献百顺，神格礼成。其友居易，以李氏宗祖世家名爵与仆射志行官业，书于丽牲之碑。

谨按家略：九代祖善权，后魏谯郡守。八代祖延观，徐、梁二州刺史。七代祖续，某郡太守。六代祖显达，隋颍州刺史。五代祖迁，皇朝某某二州别驾，赠德州刺史。高祖孝卿，右散骑常侍，赠邓州刺史。曾祖府君讳敬玄，总章、仪凤间历史部尚书、同中书门下三品、中书令、宏文馆大学士、监修国史，封赵国公，谥曰文宪。才智职业，载在国史。今祭于第一室，以妣蒯国夫人范阳卢氏配焉。王父府君讳守一，属世难家故，不求闻达，避荣乐道，与时浮沉，终成都府郫县令。祭于第二室，以妣荥阳夫人郑氏配焉。先考府君讳晤，历金坛、乌程、晋陵三县令。府君为人笃於家行，饰以吏事，动有常度，居无惰容，所莅之所有善政，辞满之日多遗爱。不登贵仕，其命矣夫！今祭于第三室，以先妣上谷夫人范阳卢氏配焉。府君累赠至尚书右仆射，夫人累赠至上谷郡太夫人，前后凡三追命，六告身。渥泽叠洽，自叶流根，从子贵也。

郫县暨晋陵府君，咸善积于躬，道屈于位，储祉流庆，而仆射生焉。仆射名绅，字公垂。六岁，丁晋陵府君忧，孺慕号踊，如成人礼。九岁，终制，孝养上谷太夫人，年虽幼，承顺无违，家虽贫，甘旨无阙。侍亲之疾，冠带不解者三载，余可知也。执亲之丧，水浆不入口者五日，余可知也。先是，祖妣、考妣（晋陵府君前娶夫人裴氏，无子早卒），洎叔父兄妹之殡，咸未归祔，各处一方。公在斩衰中，亲护九丧，匍匐万里，及期，丧事礼无阙违。至诚感神，有灵乌瑞芝之应，事动乡里，名闻公卿。言孝友者，以为表率。

宪宗嗣统三年，李锜盗据京口。公居无锡，会擢第东归，锜闻公名，署职引用。初询以谋画，结舌不对；次强以章檄，绝笔不书。诱之以厚利不从，迫之以淫刑不动，将戮辱者数四，就幽囚者七旬，诚贯神明，有死无二。言名节者，以为准程。朝庭嘉之，拜右拾遗。岁余，穆宗知公忠孝文行，召入翰林，特授司封员外郎、知制诰，迁中书舍人。承颜造膝，知无不言；献替启沃，如石投水。俄拜御史中丞、户部侍郎，既而望属台衡，朝当晏驾。时移世变，遂出掾高要，佐浔阳，旋为滁、寿二州刺史。

大凡公之为政也，应用无方，所居必化。卧理二郡，以去害为先，故有盗奔兽依之感；廉察浙右，以分忧为功，故有恤邻活殍之惠；尹正河洛，以革弊为急，故有摘奸抉蠹之威。文宗知公全才，以汴难理，乃授铁钺，俾镇绥之。初宣武师人骄强狠悍，狃乱徼利，积习生常。公既下车，尽知情伪，刑赏信惠，合以为用，一年而下惩劝，二年而下服畏，三年而下耻格。肃然丕变，薰然太和。抚之五年，人俗归厚，至於捍大患，御大灾，却飞蝗，遏暴水，致岁於丰稔，免人於垫溺。噫！微公之力，汴之民其为馑乎，其为鱼乎？殊绩尤课，不可具举。天下征镇，淮海为大，非公作帅，不足以长东诸侯。制加银青光禄大夫、扬州长史、淮南诸道节度观察等使，余如故。诏下之日，出次于外，军门不击柝，里巷无犬吠，从容五日，按节而东。百姓三军，挈壶浆，捧箪醪，遮道攀饯者，动以万辈，皆呜咽流涕，如婴儿之别慈母焉。噫！若非襦袴之惠及其幼，鸡豚之养及其老，又推赤心置人腹中者，则安能化暴戾之俗，一至於此乎？西人泣送，东人歌迎，梁、楚千里，风变化移，膏雨景星，所至蒙福。于是开成、会昌之际，上方致理，公未登庸，颙颙苍生，环望而已。

盛矣哉！大丈夫生於世也，以忠贞奉于君，以义利惠乎人，以黻冕贵乎身，以宗庙显乎亲，以孝敬交乎神。宜其荷百禄，辅一德，为有唐之宗臣者欤！君子谓李氏之庙也休哉，公之祭也顺哉！然曰有孙如此，有子如此，可谓孝矣。故其碑铭曰：

祭祀从贵，爵土有袟。诸侯之庙，一宫三室。皇皇西室，皇祖中书。孝孙追远，昭穆有初。显显中室，王父郫令。顺孙祇享，尽悫尽敬。肃肃东室，先考晋陵。嗣子奉荐，孝思蒸蒸。嗣子其谁，仆射公垂。公垂翼翼，斋严谅直。为子为臣，有典有则。载膺休命，载践右职。以孝肥家，以忠肥国。乃授侯伯，虥钺旐戟。乃缩祖祢，牲牢黍稷。家声振耀，国典褒饰。六命徽章，三世血食。光大遗训，显扬先德。子孙承之，垂裕无极。（《白氏长庆集》卷七十）

李绅传

沈亚之

李绅者，本赵人，徙家吴中。元和元年，节度使宗臣锜在吴，绅以进士及第，还过谒锜。锜舍之，与宴游昼夜。锜能其才，留执书记。明年，锜以骄闻，有诏召，称疾不欲行，宾客莫敢言。绅坚为言，不入，又不得去。会留后使王澹专职，为锜具行。锜蓄怒始发于澹，阴教士食之。初，士卒当劳赐者，皆会府中受赐，与中贵人临视。次至中军，士得赐者俱不散，齐呼曰："澹逆，可食。"既尽，即执中贵人胁曰："尔宁遂众欲，宁饱众腹？"曰："请所欲。"曰："为我众书报天子，幸得复锜位。"贵人惧，伪诺之，召书记以疏闻。绅闻之，亡入锜内匦，众索不得。及中贵人至，促锜行，锜益怒，急召绅授纸笔，令操书上牍。绅坐锜前，佯惴怖，战管摇纸，下札皆不能字，辄涂去，累数十行，又如是，几尽纸。锜怒骂曰："是何敢如是！汝欲下从而先人耶！"对曰："绅不敢恶生，直以少养长儒家，未尝闻金革鸣。今暴及此，且不知精神所在。诚得死在畏苦前，幸耳！"锜复制以兵刃，令易纸，复然。傍一人为锜曰："闻有许侍御纵者，尤能军中书，绅不足与等，请召纵。"纵至，锜锐意自举授词，操书无不可锜意，遂幽绅于润之外狱。兵散乃出，纵竟逆死。

赞曰：李锜之贼江东也，其抗节者有李云、李绅。云则山中刘腾为书以大之，而绅之迹未及称。且绅职锜肘腋下，举动顾盼，有一不诚，则支体立尽众手。而绅亦不顾，而晓然自效如此，可谓临大节而不可夺者耶！（《全唐文》卷七百八十三）

惠山寺家山记

李　濬

金陵之属郡毗陵南无锡县，有佛寺曰惠山寺，濬家山也。贞元元和中，先丞相太尉文肃公，心宁色养，家寓是县，因肄业于惠山。始年十五六，至丙戌岁，擢第归宁，为朱方强留之。文肃公窥畏，常惊切于旦夕之间。李庶人以反状闻，尝召公草不顺章檄。公语以君臣父子忠孝诚节，别白自古道理者，约千余言。言既劲勇，庶人畏敬。又逼以狂卒，围以兵刃，促公下笔，振叱数四，发皆见怒状。庶人因令闭之于别所，命许纵成之。是夜，张子良、裴行立共义公忠赤，果相与易图。庶人兵败，公以忠节闻于天下。新帅李公元素欲具事表于朝廷，公三让之。遂退归惠山寺僧房，犹孜孜勤经史，洎十年，手写书籍前后约五百轴。寺山之泉独称奇，能发诸茗颜色滋味。公僻居舍饮，虽崇贵，未尝辄自优奉。惟辇载惠山泉，数千里不问其费耗。

公文学官业功德，濬谨纂叙制诏、章表、堂状类列其间，不敢辄以文饰，表至敬也。为上下卷，今藏史阁。我家之盛，尝二为相三为史官。高祖中书令谥文宪，仪凤中为中书令，如意中为鸾台左相；先公丞相赠太尉谥文肃，会昌中为左仆射门下相。仪凤在相，监修国史；会昌在相，监修国史。

乾符四年，濬自秘书省校书郎为丞相荥阳公独状奏入直史馆。会己亥岁春，有事白相府，乞假东出函谷关数千里。夏五月癸卯，过家出睹旧刻石诗题，别无碑版叙录，惧年祀寝远，不得布闻于人，谨以史笔条叙于寺之正殿内。时乾符六年夏五月十六日甲辰书。（《全唐文》卷八百一十六）

唐才子传·李绅
辛文房

绅，字公垂，亳州人。元和元年武翊黄榜进士，与皇甫湜同年，补国子助教。穆宗召为翰林学士，累迁中书舍人。武宗即位，拜中书侍郎平章事。绅为人短小精悍，于诗特有名，号"短李"。与李德裕、元稹同时，称"三俊"。集名《追昔游》，多纪行之作。又《批答》一卷，皆传。初为寿州刺史，有秀才郁浑，年甫弱冠，应百篇科，绅命题试之，未昏而就，警句佳意甚多，亦有集，今传。（《唐才子传》卷六）

附录三：诗文汇评

1. 《追昔游》者，盖赋诗纪其平生所游历。谓起梁汉，归谏署，升翰苑，及播越荆楚，逾岭峤，止高安，移九江，过钟陵，守滁阳，转寿春，留洛阳，廉会稽，分务东周，守蜀镇梁也。开成戊午八月自为之序。（晁公武《郡斋读书志》卷九）

2. 《追昔游编》三卷，唐宰相李相公垂撰。皆平生历官及迁谪所至，述怀纪游之作也。余尝书其后云："读此编，见其饰智矜能，夸荣殉势，益知子陵、元亮为千古高人。"（陈振孙《直斋书录解题》卷十九）

3. 李公垂诗编自号《追昔游》，宋宣献公手书之，可谓两绝。乾道七年，尝宿剡川之龙宫寺，见李公诗碑，今在编中而有阙文，亟为求石刻于寺，补百余言。宣献字画精妙，而参以恶札，如碔砆列于璠玙中，益叹前辈之难及也。宣献父名皋，不惟于本字缺笔，"高"字亦去其口，尤见真迹不疑。如此等书皆亲自传录，春明三世以博洽称，有以也。夫公垂短小精悍，才气绝人，其自言治行之伟如此，人品真可与文饶相上下。惜乎二公德度如此，恩仇太明，以此得名位，亦以此掇祸。大雅曰："君子实维，秉心无竞。谁生厉阶，至今为梗。"诗人之意谓厉阶之生由夫好竞者为之也，牛李二党更相摩轧数十年，而唐益以衰，可不戒哉！（楼钥《攻媿集》卷七十七《跋宋宣献公书李公垂诗编》）

4. 李公垂此编成于将还朝向用之岁，追念迁谪后所历，外转宦地，汇次所为诗，一生遭被堂陷，播越升沉之概，毕修焉。间尝参考史传所弗合者，爰谱其岁月以便读者检术。若如宋贤序录，律以高人淡怀，谓不免夸殉世荣，则非余所暇论也。（胡震亨《唐音统签》卷五百四十一）

5. 李公垂《追昔游》诗，大是宦梦难醒；然其揽笔写兴，曲备一生穷泰之感，亦令披卷者代为抚然。（胡震亨《唐音癸签》卷七）

6. 与李文饶、元微之齐名，人号元和"三俊"。为人短小，俗呼"短李"。其平生历官及迁谪，略见本序。或谓其饰志矜能，夸荣殉势，益知子陵、元亮为千古高人。然纪游述怀，俯仰感慨，一洗唐人小赋柔糜风气云。（毛晋《五唐人集·追昔游集》题识）

7. 此集皆其未为相时所作。晁公武《读书志》载前有开成戊午八月绅自序，此本无之。诗凡一百一首。《新唐书》本传所载，贬端州司马，祷神滩涨；及刺寿州，虎不为暴；为河南尹，恶少敛迹，皆语出此集。史传事须实录，而宋祁以所自言者为据，殊难征信。且考绅之赴端州也，在夏秋之间，其妻子舟行，十月始至。其时滩水减矣，故以书祝媪龙祠，而江复涨。绅诗内及所自注者如此，祁乃以为绅自度岭时事，是阅其集而未审。后儒以名之轻重为文之是非，必谓新书胜旧书，似非笃论也。绅与李德裕、元稹号"三俊"，白居易亦有"笑劝迂辛酒，闲吟短李诗"句。今观此集，音节啴缓，似不能与同时诸人角争强弱。然春容恬雅，无雕琢细碎之习，其格究在晚唐诸人刻画纤巧之上也。（纪昀《四库全书总目》卷一百五十）

8. 短李以歌行自负，乐天亦称之。又少以《悯农》诗见赏于吕温，今二绝盛传，吕之鉴赏真是不谬。歌行遂不复见，惟有《追昔游集》耳，颇有体格。如《石泉》诗"微度竹风涵淅沥，细浮松月透轻明"，《翡翠》诗"莲茎触散莲叶欹，露滴珠光似还浦"，皆秀句也。又"花寺听莺入，春湖看雁留"，"桥转攒虹饮，波通斗鹢浮"，深肖吴中风景。又《水寺》诗"坐看鱼凫沉浮远，静见楼台上下同"，《宿瓜洲》"冲浦回风翻宿浪，照沙低月敛残潮"，写景处亦有静观之妙。（贺裳《载酒园诗话又编·中唐》）

9. （李绅）五言其源出于谢惠连，惟炼蓄未深，时多泛滥。七言托体初唐，加以纵横，格律已疏，颇嫌墨障。长歌则《苏台》一篇，短歌则《莺莺》一曲，容姿朗秀，顾盼生情。《里谣》七字，《古风》五言，不减张、王，渊然足讽。（宋育仁《三唐诗品》卷二《附十三家》）

10. "诗有别趣，非关理也。"然理原不足以碍诗之妙。如元次山《舂陵行》、孟东野《游子吟》、韩退之《拘幽操》、李公垂《悯农》诗，真六经鼓吹。乐天与微之书曰："文章合为时而著，歌诗合为事而作。"然其生平所负，如《哭孔戡》诸诗，终不谐于众口，此又所谓"言之无文，行之不远"。故必理与辞相辅而行，乃为善耳，非理可尽废也。（贺裳《载酒园诗话》卷一）

11. 诗苦于无意，有意矣又苦于无辞。如聂夷中（应为李绅）"锄禾日当午，汗滴禾下土。谁知盘中餐，粒粒皆辛苦。"诗之所以难得也。（吴乔《围炉诗话》卷一）

12. 李绅《过钟陵》之作，三四"江""郭"承上，与杜公《吹笛》篇法相似，然非佳格。《江南暮春》又学"去岁荆南梅似雪"，"短李"殊未精悍。（毛先舒《诗辩坻》卷下）

13. 七字为句，中二联最忌重调。句法则有上四下三、上三下四、上二下五、上五下二、上一下六、上六下一、上二中二下三、上一中三下三、上二中四下一、上一中四下二、上四中一下二、上三中一下三，此十二法尽之。上四下三，如"九天阊阖开宫殿，万国衣冠拜冕旒"（王维），"龙武新军深驻辇，芙蓉别殿漫焚香"（杜甫）。上三下四，如"洛阳城见梅迎雪，鱼口桥逢雪送梅"（李绅），"斑竹冈连山雨暗，枇杷门向楚天秋"（韩翃）。……此皆以七言成句，句中有读者也。（冒春荣《葚原诗说》卷二）

14. 各家评《悯农》二首

周珽《唐诗选脉会通评林》：吴山民曰：由仁爱中写出，精透可怜，安得与风月语同看？知稼穑之艰难，必不忍以荒淫尽民膏脂矣。今之高卧水殿风亭，犹苦炎燠者，设身"日午汗滴"当何如？

徐增《而庵说唐诗》：种禾偏在极热之天，赤日杲杲，当正午之际，锄者在田里做活，真要热煞人。即此已极苦矣，更不必说到水旱之年，借公本，积逋欠。到涤场时，田中所收，偿人不足，至于分散夫妻，卖鬻男女之处矣。田中宁有遮蔽？酷烈烈火日晒身，即有蓑笠，济得甚事。自头顶至面，至胸，至脐，后自项至背，至腰，乃至股，至足，何处不是如雨之汗，连连滴着禾下之土。岂不痛心，幸得无病，却又谢天谢神，尚未知收获若何也。由此观之，最苦者是农人，受用者是田主。收租时尚要嫌湿道秕，大斛淋尖，脚米需索，少升缺斗，限日追逼。及至转成四糙，煮饭堆盘，白如象齿，尽意大嚼，那知所餐之米，一粒一粒，皆农人肋骨上汗雨中锄出来者也！公垂作此诗，宜乎克昌其后。此题"悯"字，自必点出，苦说得透彻，则"悯"字在其中矣。

马鲁《南苑一知集》：李绅《悯农诗》无一句用"青畴""紫陌""杏雨""蓼风"等语，只是田家真率语，然言锄禾苦矣，日当午又苦矣，汗滴更苦矣。胼手胝足尚不保其岁禾丰年，获此盘中之粒而苗而秀而实，成此一粒也，已难矣。观此盘中之餐，想见锄禾之苦，粒粒皆自盛暑烈日汗流满面中得来，有谁知之乎？享之者得毋视之同秕糠，弃之如泥沙哉，此所以为伤也。不过眼前景致，家常饭耳，写出无限深味。观诗者不可以其平易忽之。

吴瑞荣《唐诗笺要》：至情处莫非天理。暴弃天物者不怕霹雳，却当感动斯语。

李锳《诗法易简录》：此种诗纯以意胜，不在言语之工，《豳》之变风也。

黄叔灿《唐诗笺注》：以戒侈也，可当《无逸》诗。

刘永济《唐人绝句精华》：此二诗说尽农民遭剥削之苦，与剥削阶级不知稼穑艰难之事，而王士禛《唐人万首绝句选》乃不入选，但以肤廓为空灵、以缥渺为神韵，宜人多有不满之论。

15. 沈德潜评《悲善才》诗：从赐宴曲江说入（首句下）。兼言二十人备乐（"九霄天乐"句下）。穆皇晏驾，绅亦播迁（"明年冠剑"二句下）。此言善才殁后，听其指授者所弹（"有客弹弦"二句下）回环赐宴曲江（"忆昔初闻"句下）。题系守郡说入，诗却先写赐宴曲江，婉曲淋漓，然后转入播迁，复听善才弟子弹弦凄怨，末路双收两层，神情无限。（沈德潜《唐诗别裁集》卷八）

16. 毛秋晴评《初出沚口入淮》诗：以"老元""短李"同称，于"短李"诗则尽汰之，其意盖以"短李"为最下也。然"老元"七律不及"短李"远甚，此等诗较之乐天、梦得，殊有气骨，况老元乎？甚矣，知音之难也！（张世炜辑《唐七律隽》）

17.《宿扬州》诗：一幅着色图。国朝王渔洋有"绿杨城郭是扬州"之

句，传诵人口，妙处不减此语（"浅深红树"句下）。（周咏棠辑《唐贤小三昧集续集》）

18. 金圣叹评《宴安寺》诗："寺深松桂"，早已气尽，何况又是"地接郊原"，此真使人眼底心头，无刻不带夕阳者，固不独是日先生到寺之日，正值日暮也。三、四，"啼鸟歇"写"寂寂"，妙！"野花开"写"苍苍"，妙！盖正啼初歇，此是"寂寂"妙理，开不算花，此是"苍苍"妙理。若写作鸟不啼、无花开，便是俗杀世上人也。五、六，写废寺便如在眼，三宝犹尚如此，何况九原哉！七、八句法，言丘陇渐平，连天茂草，人谓九原真可心伤，殊不知不惟九原而已。试思九原之外，复有此寺，此寺之外，复有普天下，曾见何处不如此丘陇也者！（金圣叹《贯华堂选批唐才子诗》）

19. 金圣叹评《回望馆娃故宫》诗：回望故宫寺，看他前解且不写故宫，反先写回望，有此灵妙之笔！"江云断续草连绵"者，言江云续处是云，江云断处却是草也。"云隔秋波树覆烟"者，言此断续之云，只是平复于下，若夫平复于上，则又有轻烟如练也。此二句如画家烘染，墨气已定，下更以珠粉点缀之。三，言白铺者为涨渚之荻花，四，言红卷者为平田之枫叶，盖言如此四句之尽头，则不写馆娃故宫，而居然馆娃故宫如睹也。后解乃深致感于此娃也。五、六雀喧、雁叫，犹言娃欲破吴，共见吴已破矣；今娃尚怀何恨，而又嫣然红脸，呈娇于此地耶？深畏色荒入骨，而遂至见怪红莲，此亦暗用"草木皆兵"文法也。（金圣叹《贯华堂选批唐才子诗》）

20. 金圣叹评《却入泗口》诗：看他一头"洪河"，一头"清淮"，忽然巨笔如杠，信手下一"接"字。只谓其指陈南北控带，发出何等议论，却不谓其双眼单单正看接处。要写"蔓草芦花"已"秋"，再加上"万里"字者，言此处秋，即天下皆秋，固不止是大淮大河秋也。三、四承上"万里秋"，再言"烟树苍茫"，即楚泽亦秋，"海云明灭"即扬州亦秋也。"望深汉江"者，意欲经略中原；"思起乡关"者，意欲归来田园。此即"路歧"也。"惆怅"者，人生或出或处，其事动关千古，直须用尽全力，始得做成一件，如何光阴如电，而尚两端徘徊，岂真镔铁为躯，故欲徐徐相试耶？（金圣叹《贯华堂选批唐才子诗》）

21. 金圣叹评《江南暮春寄家》诗：此诗只是将归家中，而先寄家书。

一解，看他平用"洛阳城""鱼口桥""剑水寺""镜湖亭"四处地名，小儒见之，又谓不可；殊不知先生正是逐递纪程，逐日纪景。纪程则自北而渐至南，纪景则自冬而渐过春，真为最明白、最精细之家书也。上解写客中归程，此解写家中克期也。五言正月候雁北，六言二月玄鸟至，七、八言然则三月寒食前后，游子必归。又添写"喜鹊"者，欲与"江鸿""海燕"为伴也。（金圣叹《贯华堂选批唐才子诗》）

22. 王士祯评《却望无锡芙蓉湖》诗：闲淡自佳，唐人固有此一种，阮亭所赏也。（王士祯《万首唐人绝句选评》）

23. 王闿运评《却望无锡芙蓉湖》诗：写得明艳。（《王闿运手批唐诗选》）

参考文献

(按著者姓名音序排列)

专著

A

（清）爱新觉罗·弘历：《唐宋诗醇》，台湾《文渊阁四库全书》，上海古籍出版社1987年影印本。

B

卞孝萱、卞敏著：《刘禹锡评传》，南京大学出版社1996年版。

卞孝萱、张清华、阎琦著：《韩愈评传》，南京大学出版社1998年版。

卞孝萱著：《唐人小说与政治》，鹭江出版社2003年版。

卞孝萱著：《元稹年谱》，齐鲁书社1980年版。

卞孝萱著：《刘禹锡从考》，巴蜀书社1988年版。

卞孝萱著：《刘禹锡年谱》，中华书局1963年版。

卞孝萱校订：《刘禹锡集》，中华书局1990年版。

卞孝萱著：《唐传奇新探》，江苏教育出版社2001年版。

卞孝萱主编：《中华大典·文学典·隋唐五代文学分典》，江苏古籍出版社2000年版。

C

（宋）陈振孙：《直斋书录解题》，上海古籍出版社1987年版。

（宋）晁公武：《郡斋读书志》，孙猛校证，上海古籍出版社1990年版。

（清）陈立撰：《白虎通疏证》，吴则虞点校，《新编诸子集成》，中华书局1994年版。

陈祚明：《采菽堂古诗选》，李金松点校，上海古籍出版社2008年版。

陈寅恪著：《元白诗笺证稿》，上海古籍出版社 1978 年版。

陈寅恪著：《唐代政治史述论稿》，上海古籍出版社 1982 年版。

陈寅恪著：《隋唐制度渊源略论稿》，中华书局 1963 年版。

陈贻焮著：《唐诗论丛》，湖南人民出版社 1980 年版。

岑仲勉著：《隋唐史》，中华书局 1980 年版。

岑仲勉著：《唐人行第录》，上海古籍出版社 1978 年版。

岑仲勉著：《唐史余沈》，中华书局 2004 年版。

岑仲勉著：《郎官石柱题名新考订》，上海古籍出版社 1984 年版。

岑仲勉著：《金石论丛》，上海古籍出版社 1981 年版。

岑仲勉著：《隋唐纪比事质疑》，中华书局 1964 年版。

程千帆：《唐代进士行卷与文学》，上海古籍出版社 1980 年版。

程千帆、程章灿著：《程氏汉语文学通史》，辽海出版社 1999 年版。

程杰著：《北宋诗文革新研究》，内蒙古教育出版社 2000 年版。

程杰著：《宋诗学导论》，天津人民出版社 1999 年版。

陈尚君辑校：《全唐诗补编》，中华书局 1992 年版。

陈尚君辑校：《全唐文补编》，中华书局 2005 年版。

陈伯海主编：《唐诗汇评》，浙江教育出版社 1996 年版。

陈伯海著：《唐诗学引论》，东方出版中心 2007 年版。

陈允吉校点：《杜牧全集》，上海古籍出版社 1997 年版。

陈才智：《元白诗派研究》，社会科学文献出版社 2007 年版。

陈飞著：《唐代试策考述》，中华书局 2002 年版。

陈炎、李红春著：《儒释道背景下的唐代诗歌》，昆仑出版社 2003 年版。

（英）崔瑞德编：《剑桥中国隋唐史》，中国社会科学出版社 1990 年版。

D

（唐）杜佑：《通典》，中华书局 1988 年版。

（唐）段安节：《乐府杂录》，《丛书集成初编》，上海商务印书馆 1936
年版。

（宋）邓名世撰：《古今姓氏书辩正》，台湾《文渊阁四库全书》，上海
古籍出版社 1987 年版。

（清）董诰等编：《全唐文》，中华书局 1983 年版。

邓小军著：《唐代文学的文化精神》，（台北）文津出版社 1993 年版。

邓红梅著：《女性词史》，山东教育出版社 2000 年版。

丁鼎著：《牛僧孺年谱》，辽海出版社 1997 年版。

F

（唐）范摅：《云溪友议》，《丛书集成初编》，中华书局 1985 年版。

（宋）范成大撰：《吴郡志》，江苏古籍出版社 1999 年版。

（清）方世举：《韩昌黎诗集编年笺注》，续修四库全书本，上海古籍出版社 2002 年版。

范文澜：《文心雕龙注》，人民文学出版社 1958 年版。

傅璇琮著：《李德裕年谱》，齐鲁书社 1994 年版。

傅璇琮、周建国：《李德裕文集校笺》，河北教育出版社 2000 年版。

傅璇琮著：《唐代科举与文学》，陕西人民出版社 2007 年版。

傅璇琮等主编：《唐才子传校笺》，中华书局 2000 年版。

傅璇琮著：《唐诗人丛考》，中华书局 1980 年版。

傅璇琮、张忱石、许逸民编撰：《唐五代人物传记资料综合索引》，中华书局 1982 年版。

傅璇琮、施纯德编：《翰学三书》，辽宁教育出版社 2003 年版。

傅璇琮等主编：《中国诗学大辞典》，浙江教育出版社 1999 年版。

傅璇琮主编：《唐五代文学编年史》，辽海出版社 1998 年版。

傅锡壬：《牛李党争与唐代文学》，东大图书有限公司 1984 年版。

傅绍良著：《唐代谏议制度与文人》，中国社会科学出版社 2003 年版。

房锐：《孙光宪与〈北梦琐言〉研究》，中华书局 2006 年版。

G

（宋）郭茂倩：《乐府诗集》，中华书局 1979 年版。

（清）顾祖禹撰：《读史方舆纪要》，中华书局 2005 年版。

（清）管世铭：《读雪山房唐诗序例》，郭绍虞编选、富寿荪校点《清诗话续编》下册，上海古籍出版社 1983 年版。

高诱注：《淮南子》，《诸子集成》第七册，中华书局 1964 年版。

H

（晋）皇甫谧：《帝王世纪》，《丛书集成初集》，中华书局 1985 年版。

（宋）洪迈撰：《容斋随笔》，上海古籍出版社 1978 年版。

（明）胡应麟：《诗薮》，上海古籍出版社 1979 年版。

（明）胡震亨：《唐音癸签》，上海古籍出版社 1978 年版。

（清）贺裳：《载酒园诗话又编》，郭绍虞编选、富寿荪校点《清诗话续编》上册，上海古籍出版社 1983 年版。

胡适：《白话文学史》，上海古籍出版社 1999 年版。

霍松林主编：《万首唐人绝句校注集评》，山西人民出版社 1991 年版。

胡可先著：《中唐政治与文学》，安徽大学出版社 2000 年版。

侯健主编：《中国诗歌大辞典》，作家出版社 1990 年版。

J

蒋绍愚著：《唐诗语言研究》，中州古籍出版社 1990 年版。

贾晋华著：《唐代集会总集与诗人群研究》，北京大学出版社 2001 年版。

蒋寅著：《大历诗风》，凤凰出版社 2009 年版。

蒋寅著：《大历诗人研究》下编，中华书局 1995 年版。

冀勤点校：《元稹集》，中华书局 1982 年版。

金滢坤著：《中晚唐五代科举与社会变迁》，人民出版社 2009 年版。

［日］静永健著：《白居易写讽喻诗的前前后后》，刘维治译，中华书局 2007 年版。

K

（宋）孔延之：《会稽掇英总集》，邹志方点校，人民出版社 2006 年版。

L

（唐）李延寿撰：《北史》，中华书局 1974 年版。

（唐）李百药撰：《北齐书》，中华书局 1972 年版。

（唐）令狐德棻撰：《周书》，中华书局 1971 年版。

（唐）李林甫等修：《唐六典》，陈仲夫点校，中华书局 1992 年版。

（唐）林宝撰：《元和姓纂》，中华书局 1994 年版。

（唐）李吉甫撰：《元和郡县图志》，中华书局 1983 年版。

（唐）刘肃：《大唐新语》，中华书局 1984 年版。

（唐）李肇：《唐国史补》，上海古籍出版社 1979 年版。

（五代）刘昫撰：《旧唐书》，中华书局 1975 年版。

（宋）李昉等编：《太平广记》，中华书局 1961 年版。

（宋）李昉等编：《文苑英华》，中华书局 1966 年版。

（明）陆时雍：《诗镜总论》，丁福保辑《历代诗话续编》下册，中华书局 1983 年版。

（清）刘宝楠：《论语正义》，《诸子集成》，中华书局 1964 年版。

（清）刘熙载：《艺概》，上海古籍出版社 1978 年版。

（清）劳格、赵钺：《唐尚书省郎官石柱题名考》，中华书局 1992 年版。

逯钦立辑：《先秦汉魏晋南北朝诗》，中华书局 1983 年版。

林庚：《中国文学简史》，北京大学出版社 1995 年版。

吕思勉：《隋唐五代史》，中华书局 1959 年版。

罗根泽：《乐府文学史》，东方出版社 1996 年版。

罗宗强著：《隋唐五代文学思想史》，上海古籍出版社 1986 年版。

罗宗强、郝世峰主编：《隋唐五代文学史》，高等教育出版社 1994 年版。

刘大杰：《中国文学发展史》，上海古籍出版社 1982 年版。

李学勤主编：《十三经注疏》标点本，北京大学出版社 1999 年版。

柳诒徵著：《中国文化史》，上海古籍出版社 2001 年版。

卢燕平：《李绅集校注》，中华书局 2009 年版。

李泽厚：《美的历程》，中国社会科学出版社 1984 年版。

李庆甲集评校点：《瀛奎律髓汇评》，上海古籍出版社 1986 年版。

李浩著：《唐代关中士族与文学》，中国社会科学出版社 2003 年版。

李浩著：《唐代三大地域文学士族研究》，中华书局 2008 年版。

李伯齐：《何逊集校注》，齐鲁书社 988 年版。

李德辉著：《唐代交通与文学》，湖南人民出版社 2003 年版。

吕慧娟等编：《中国历代著名文学家评传》，山东教育出版社 1985 年版。

刘航：《中唐诗歌嬗变的民俗观照》，学苑出版社 2004 年版。

M

（唐）孟棨：《本事诗》，古典文学出版社 1957 年版。

（明）毛晋：《汲古阁书跋》，上海古籍出版社 2005 年版。

（清）毛先舒：《诗辩坻》，郭绍虞编选、富寿荪校点《清诗话续编》上册，上海古籍出版社 1983 年版。

毛水清著：《隋唐五代文学史》，广西人民出版社 2003 年版。

莫砺锋著：《杜甫评传》，南京大学出版社 1993 年版。

莫砺锋著：《唐宋诗歌论集》，凤凰出版社 2007 年版。

莫砺锋著：《古典诗学的文化观照》，中华书局 2005 年版。

孟二冬：《登科记考补正》，北京燕山出版社 2003 年版。

缪钺著：《杜牧年谱》，人民文学出版社 1980 年版。

孟二冬著：《中唐诗歌之开拓与创新》，北京大学出版社 1998 年版。

马自力著：《中唐文人之社会角色与文学活动》，中国社会科学出版社 2005 年版。

O

（唐）欧阳询撰：《艺文类聚》，上海古籍出版社 1982 年版。

（宋）欧阳修、宋祁撰：《新唐书》，中华书局 1975 年版。

P

（清）彭定求：《全唐诗》，中华书局 1960 年版。

潘百齐著：《唐诗抒情艺术研究》，南京师范大学出版社 1998 年版。

Q

（清）仇兆鳌：《杜诗详注》，中华书局 1979 年版。

（清）钱大昕：《廿二史考异》，上海古籍出版社 2004 年版。

钱锺书著：《管锥编》，中华书局 1979 年版。

钱仲联：《韩昌黎诗系年集释》，上海古籍出版社 1984 年版。

钱仲联、马茂元校点：《韩愈全集》，上海古籍出版社 1997 年版。

钱仲联：《鲍参军集注》，上海古籍出版社 2005 年版。

瞿蜕园：《刘禹锡集笺证》，上海古籍出版社 1989 年版。

R

任半塘：《敦煌歌辞总编》，上海古籍出版社 2006 年版。

任半塘著：《唐戏弄》，上海古籍出版社 2006 年版。

任半塘著：《唐声诗》，上海古籍出版社 2006 年版。

S

（汉）司马迁：《史记》，中华书局 1959 年版。

（五代）孙光宪：《北梦琐言》，上海古籍出版社 1981 年版。

（宋）司马光编著：《资治通鉴》，中华书局 1956 年版。

（宋）宋敏求编：《唐大诏令》，学林出版社 1992 年版。

佘正松著：《高适研究》，中华书局 2008 年版。

（清）沈德潜：《说诗晬语》，《清诗话》下册，上海古籍出版社 1978 年版。

（宋）史能之修：《咸淳重修毗陵志》，续修四库全书本，上海古籍出版社 2002 年版。

（清）沈德潜编：《唐诗别裁集》，中华书局 1964 年版。

孙望编著：《韦应物诗集系年校笺》，中华书局 2002 年版。

孙望著：《蜗叟杂稿》，上海古籍出版社 1982 年版。

孙敏：《李德裕与牛李党争——〈穷愁志〉研究》，四川大学出版社 2004 年版。

孙映逵：《唐才子传校注》，中国社会科学出版社 1991 年版。

孙琴安著：《唐诗与政治》，上海人民出版社 2003 年版。

尚永亮著：《唐五代逐臣与贬谪文学研究》，武汉大学出版社 2007 年版。

尚永亮著：《贬谪文化与贬谪文学：以中唐元和五大诗人之贬及其创作为中心》，兰州大学出版社 2004 年版。

苏瑞隆著：《鲍照诗文研究》，中华书局 2006 年版。

T

《唐人选唐诗十种》，上海古籍出版社 1978 年版。

（宋）谈钥撰：《嘉泰吴兴志》，续修四库全书本，上海古籍出版社 2002 年版。

（元）脱脱撰：《宋史》，中华书局 1977 年版。

（清）屠英等修：《肇庆府志》，《中国地方志丛书》，台湾成文出版社 1967 年版。

陶敏、王友胜：《韦应物集校注》，上海古籍出版社 1998 年版。

唐晓敏著：《中唐文学思想研究》，北京师范大学出版社 2000 年版。

谭优学著：《唐诗人行年考》，四川人民出版社 1981 年版。

谭优学著：《唐诗人行年考续编》，巴蜀书社 1987 年版。

W

（北齐）魏收撰：《魏书》，中华书局 1974 年版。

（唐）魏征：《隋书》，中华书局 1973 年版。

（唐）吴兢：《贞观政要》，上海古籍出版社 1978 年版。

（五代）王定保撰：《唐摭言》，上海古籍出版社 1978 年版。

（宋）王溥撰：《唐会要》，中华书局 1955 年版。

（宋）王谠：《唐语林》，上海古籍出版社 1978 年版新 1 版。

（宋）王象之撰：《舆地记胜》，江苏广陵古籍刻印社，1991 年版。

（宋）王钦若：《册府元龟》，中华书局 1988 年版。

（宋）王禹偁：《小畜集》，四部丛刊本，上海商务印书馆出版 1929 年版。

（元）王恽撰：《玉堂嘉话》，中华书局 2006 年版。

（明）王夫之：《读论》，中华书局 1975 年版。

（清）王先谦撰：《荀子集解》，《诸子集成》，中华书局 1964 年版。

（清）王琦注：《李太白全集》，中华书局 1999 年版。

（清）吴淇：《六朝选诗定论》，汪俊、黄进德点校，广陵书社 2009 年版。

（清）吴乔：《围炉诗话》，郭绍虞编选、富寿荪校点《清诗话续编》上册，上海古籍出版社 1983 年版。

（清）吴任臣：《十国春秋》，中华书局 1983 年版。

王国维：《人间词话》，陈鸿祥注评，江苏古籍出版社 2002 年版。

王利器校注：《风俗通义》，中华书局 1981 年版。

王仲荦著：《隋唐五代史》，中华书局 2007 年版。

王重民著：《中国善本书目提要》，上海古籍出版社 1983 年版。

王旋伯著：《李绅诗注》，上海古籍出版社 1985 年版。

王运熙：《乐府诗述论》，上海古籍出版社 1996 年版。

王运熙、王国安：《汉魏六朝乐府诗》，上海古籍出版社 1986 年版。

王运熙、顾易生主编：《中国文学批评史新编》，复旦大学出版社 2001 年版。

王仲镛：《唐诗纪事校笺》，中华书局 2007 年版。

王达津著：《唐诗丛考》，上海古籍出版社 1986 年版。

王明居著：《唐诗风格论》，安徽大学出版社 2001 年版。

王胜明著：《李益研究》，巴蜀书社 2004 年版。

万曼：《唐集叙录》，中华书局 1980 年版。

王炎平著：《牛李党争》，西北大学出版社 1996 年版。

王勋成：《唐代铨选与文学》，中华书局 2001 年版。

吴廷燮：《唐方镇年表》，中华书局，1980 年版。

吴庚舜、董乃斌主编：《唐代文学史》下编，人民文学出版社 1995 年版。

吴承学著：《中国古典文学风格学》，花城出版社 1993 年版。

吴在庆著：《唐代文士的生活心态与文学》，黄山书社 2006 年版。

吴在庆著：《唐代文士与唐诗考论》，厦门大学出版社 2006 年版。

吴在庆著：《增补唐五代文史丛考》，黄山书社 2006 年版。

吴相洲著：《中唐诗文新变》，学苑出版社 2007 年版。

吴相洲著：《唐代歌诗与诗歌》，北京大学出版社 1999 年版。

吴相洲著：《唐诗创作与歌诗传唱关系研究》，北京大学出版社 2004 年版。

吴伟斌著：《元稹评传》，河南人民出版社 2008 年版。

吴伟斌著：《元稹考论》，河南人民出版社 2008 年版。

吴汝煜编著：《唐五代人交往诗索引》，上海古籍出版社 1993 年版

吴汝煜：《全唐诗人名考》，江苏教育出版社 1990 年版。

吴宗国著：《唐代科举制度研究》，北京大学出版社 2010 年版。

X

（南朝陈）徐陵编：《玉台新咏》，吴兆宜注，中国书店 1986 年版。

（清）徐松撰：《登科记考》，中华书局 1984 年版。

（清）徐松：《唐两京城坊考》，中华书局 1985 年版。

（清）席启寓：《唐诗百名家全集》，琴川书屋校刊，第二函第十二册。

萧涤非：《汉魏六朝乐府文学史》，人民文学出版社 1984 年版。

谢思炜：《白居易集综论》，中国社会科学出版社 1997 年版。

谢思炜：《白居易诗集校注》，中华书局 2006 年版。

徐敏霞校辑：《韩愈年谱》，中华书局 1991 年版。

徐复观：《两汉思想史》，华东师范大学出版社 2001 年版。

余恕诚著：《唐诗风貌》，安徽大学出版社 2000 年版。

Y

（唐）姚思廉：《梁书》，中华书局 1973 年版。

（唐）元结等选：《唐人选唐诗十种》，上海古籍出版社 1978 年版。

（宋）姚铉：《唐文粹》，浙江人民出版社 1986 年版。

（宋）乐史撰：《太平寰宇记》，中华书局 2007 年版。

佚名：《无锡县志》，文渊阁四库全书本，上海古籍出版社 1987 年版。

（清）永瑢等撰：《四库全书总目》，中华书局 1965 年版。

（清）姚范：《援鹑堂笔记》，续修四库全书本，上海古籍出版社 2002 年版。

（清）于敏中：《天禄琳琅书目》，上海古籍出版社 2007 年版。

游国恩、王起、萧涤非等：《中国文学史》，人民文学出版社 1979 年版。

严耕望：《唐代交通图考》，上海古籍出版社 2007 年版。

严耕望：《唐仆尚丞郎表》，中华书局 1986 年版。

严迪昌：《文学风格漫说》，江苏人民出版社 1983 年版。

郁贤皓著：《唐刺史考》，江苏古籍出版社 1987 年版。

郁贤皓、胡可先著：《唐九卿考》，中国社会科学出版社 2003 年版。

郁贤皓著：《唐风馆杂识》，辽宁大学出版社 1999 年版。

郁贤皓、陶敏合著：《唐代文史考论》，洪叶文化事业有限公司 1999 年版。

袁行霈主编：《中国文学史》，高等教育出版社 1999 年版。

阎文儒、阎万钧编著：《两京城坊考补》，河南人民出版社 1992 年版。

阎琦：《韩昌黎文集注释》，三秦出版社 2004 年版。

杨世明著：《唐诗史》，重庆出版社 1996 年版。

杨军：《元稹集编年笺注》诗歌卷，三秦出版社 2002 年版。

杨鸿年著：《隋唐两京考》，武汉大学出版社 2000 年版。

Z

（唐）长孙无忌：《唐律疏议》，中华书局 1983 年版。

（唐）赵璘：《因话录》，上海古籍出版社 1979 年版新 1 版。

（宋）赵彦卫撰：《云麓漫钞》，傅根清点校，中华书局 1996 年版。

（宋）郑樵撰：《通志》，中华书局 1987 年版。

（宋）赞宁：《宋高僧传》，中华书局 1987 年版。

（宋）周辉撰：《清波杂志》，刘永翔校注，中华书局 1994 年版。

（清）赵绍祖撰：《新旧唐书互证》，《四库未收辑刊》第伍辑四册，北京出版社 2000 年版。

（清）赵翼：《廿二史札记》，中华书局 1984 年版。

（清）张玉谷：《古诗赏析》，许逸民点校，上海古籍出版社 2000 年版。

张采田：《玉溪生年谱会笺》，上海古籍出版社 1983 年版。

章培恒、骆玉明主编：《中国文学史》，复旦大学出版社 1997 年版。

朱金城：《白居易集笺校》，上海古籍出版社 1988 年版。

朱金城著：《白居易年谱》，上海古籍出版社 1982 年版。

朱金城著：《白居易研究》，陕西人民出版社 1987 年版。

朱平楚：《西厢记诸宫调注译》，甘肃人民出版社 1982 年版。

周勋初：《唐人轶事汇编》，上海古籍出版社 2006 年版。

周勋初：《唐代笔记小说叙录》，凤凰出版社 2008 年版。

周勋初：《唐人笔记小说考索》，江苏古籍出版社 1996 年版。

周祖譔编：《中国文学家大辞典·唐五代卷》，中华书局 1992 年版。

周绍良主编：《唐代墓志汇编》，上海古籍出版社 1992 年版。

周绍良、赵超：《唐代墓志汇编续集》，上海古籍出版社 2001 年版。

周建忠主编：《中国古代文学史》，南京大学出版社 2003 年版。

周相录：《元稹年谱新编》，上海古籍出版社 2004 年版。

张伯伟撰：《全唐五代诗格汇考》，江苏古籍出版社 2002 年版。

张采民著：《融合与超越——隋唐之交诗歌之演进》，江苏文艺出版社 1997 年版。

张泽咸：《唐五代赋役史》，中华书局 1986 年版。

张达人著：《刘禹锡年谱》，商务印书馆 1977 年版。

张荷：《吴越文化》，辽宁教育出版社 1995 年版。

张福庆：《唐诗美学探索》，华文出版社 2000 年版。

张修蓉著：《中唐乐府诗研究》，（台北）文津出版社 1985 年版。

郑振铎：《中国俗文学史》，上海世纪出版集团 2006 年版。

钟振振校注：《东山词》，上海古籍出版社 1989 年版。

钟优民著：《新乐府诗派研究》，辽宁大学出版社 1997 年版。

赵昌平校编：《顾况诗集》，江西人民出版社 1983 年版。

查屏球著：《唐学与唐诗——中晚唐诗风的一种文化考察》，商务印书馆 2000 年版。

曾广开著：《元和诗论》，辽海出版社 1997 年版。

论文：

B

卞孝萱：《李绅年谱》，《安徽史学》1960 年第 2 期。

卞孝萱：《"牛李党争"正名》，《中国史研究》1993 年第 3 期。

卞孝萱：《白居易与新乐府运动》上、下，《文史知识》1985 年第 1、2 期。

卞孝萱：《元稹与小说》，《徐州师范学院学报》（哲学社会科学版）1980 年第 3 期。

卞孝萱：《〈霍小玉传〉是早期"牛李党争"的产物》，《社会科学战线》1986 年第 2 期。

C

陈建忠：《江南读书台》，《山东图书馆季刊》2005 年第 4 期。

陈麟德：《〈锄田〉诗作者考辩》。《江海学刊》2003 年第 1 期。

D

丁鼎：《李逢吉与牛僧孺关系考论——兼论牛、李两党的划分标准》，《人文杂志》1993 年第 3 期。

丁鼎：《牛僧孺与"牛李党争"研究二题》，《聊城大学学报》（哲学社会科学版）2002 年第 1 期。

G

葛晓音：《新乐府的缘起和界定》，《中国社会科学》1995 年第 3 期。

郭杏芳：《谈咏农诗和李绅的〈悯农〉》，《黄冈职业技术学院学报》2003 年第 3 期。

郭杏芳、孙鹤：《浅论中唐诗人李绅的诗歌》，《周口师范学院学报》2003 年第 4 期。

郭杏芳：《略论李绅诗歌艺术的特点》，《黄冈师范学院学报》2003 年第 4 期。

H

胡可先：《李绅〈趋翰苑遭诬构四十六韵〉诗考论》，《徐州师范大学学报》（哲学社会科学版）2001 年第 1 期。

胡如雷：《唐代牛李党争研究》，《历史研究》1979 年第 6 期。

何灿浩：《试论牛李二党内部关系的不同特点——兼谈评价李党的主要依据》，宁波大学学报（教育科学版）1983 年第 4 期。

黄会奇：《试析"吴湘之案"》，《东南文化》2004 年第 5 期。

冯涛：《论李绅前后时期诗歌风貌的不同及成因》，《辽宁教育行政学院学报》2005 年第 5 期。

蹇长春：《新乐府诗派与新乐府运动——关于白居易评价的一个问题》，《西北师范大学学报》（社会科学版）1986 年第 4 期。

J

蒋寅《自成一家之体，卓为百代之宗——韦应物的诗史意义》，《社会科学战线》1995 年第 1 期。

L

刘明浩：《纪念中唐诗人李绅逝世 1150 周年》，《中州学刊》1996 年第 4 期。

卢燕平：《李绅诗歌新论》，《文学遗产》2004 年第 4 期。

李中合、巩书太：《说〈悯农〉诗的数字创新》，《商洛师范专科学校学报》2000 年第 3 期。

李文才：《关于吴湘案的几点考释》，《扬州师院学报》（社会科学版）1995 年第 4 期。

T

汤华泉：《范摅二考》，《文献》1996 年第 1 期。

W

文阁：《李绅诗美学思想探微》，《信阳师范学院学报》（社会科学版）1987 年第 3 期。

王拾遗：《元稹主要交游考（上）》，《宁夏大学学报》（社会科学版）1983 年第 1 期。

王运熙：《讽喻诗和新乐府的关系和区别》，复旦学报（社会科学版）1991 年第 6 期。

王定勇：《唐代文坛的翰林三俊》，《船山学刊》2006 年第 4 期。

王晓芳：《略论吴均体》，《中国韵文学刊》2004 年第 2 期。

吴庚舜：《唐代第一流的小说家——蒋防》，《文史知识》1986 年第 1 期

吴伟斌：《元稹与长庆元年科试案》，《中州学刊》1989 年第 2 期。

吴伟斌：《莺莺传写作时间浅探》，《南京师大学报》（社会科学版），1986 年第 1 期。

X

谢思炜：《白居易与"新乐府"诗体》，《文史知识》1999 年第 5 期。

宣炳善：《唐代李绅〈悯农〉诗的农学史考察》，《农业考古》2002 年第 3 期。

徐如玉：《一场宣扬政见的讽喻诗——读李绅〈悯农〉诗其一》，《唐都学刊》1996 年第 3 期。

Y

杨志玖：《释"台参"并论韩愈与李绅争论》，《社会科学战线》1982 年第 3 期。

于元元：《试析白居易与牛李党争两党主要成员的关系》，《佳木斯大学社会科学学报》2005 年第 5 期。

Z

赵志强：《李绅诗歌综论》，《学术交流》2008 年第 9 期。

赵志强：《李绅与"新乐府运动"的关系考察》，《华北电力大学学报》2005 年第 1 期。

章继光：《在荣辱中升沉的诗魂——宋之问、李绅迁谪岭南与创作关系之比较分析》，《中国韵文学刊》20001 年第 2 期。

张传峰：《李绅的诗才与胆识》，《湖州师专学报》1994 年第 1 期。

张应斌：《关于〈霍小玉传〉的几个问题——兼与谭优学、卞孝萱先生商榷》，《湖北民族学院学报》（社会科学版）1990 年第 1 期。

周建国：《关于唐代牛李党争的几个问题——兼与胡如雷同志商榷》，《复旦学报》（社会科学版），1933 年第 6 期。

周建国：《论李德裕与牛李党争》，《唐代文学研究》第八辑。

后　记

　　本书是我的国家社科基金后期资助项目最终结题成果，由我多年前的博士论文修订完善而成。我2011年6月博士毕业，直到2014年底才抱着试试的态度申报了国家社科基金后期资助项目，结果获批。2015年9月项目正式立项，至今年三月提交各项结题材料，中间经历了两年多的修改，不但在内容上有所增加，扩充了不少章节，一些观点、结论也重新作了审视，使之更趋公允、合理和客观。在此要特别感谢几位匿名评审专家，他们在充分肯定本文的研究价值，提请国家社科基金予以资助的同时，也提出了不少意见和建议，廓清了我研究过程中的一些疑惑，为我作针对性的修改指明了方向，才有了现在的结题成果。

　　本书也是我学术生涯至今出版的第二部专著。一般而言，博士论文是学术研究者的第一部出版专著，于我却不是，反而我的博士后出站报告《唐五代入蜀诗与巴蜀文化研究》出版在前。实际上，我在读硕士期间就已关注到唐代文学与巴蜀文化之间的关系，加之硕士毕业后又留住四川高校工作，更增添了我对此问题进行研究的兴趣。在作博士论文选题时，我曾经想过以此为研究对象，因担心自己无法驾驭而放弃，改而在导师拟定的唐五代诗人专题研究中作选择，最终确定了李绅。这个萦绕已久的研究构想在我2012年进入首都师范大学作博士后研究时重新闪现，并付诸实施。当研究报告出来时，又因为职称评聘所急需，遂赶在博士论文之前先行付梓。人生事情如此之巧，也算遂了早期的心愿，这也给了我充足的时间来重新思考我的博士论文，让我从容地修改完善它，不留遗憾。当然，能不能获得学界的认可还有待时间的检验，于我则已经尽力了。

　　十年前，我负笈东下，来到南京师范大学随园校区。这里是清代诗人袁枚的故居，环境优美，绿树掩映之中，亭台楼阁，曲径通幽，处处流溢着书香的气息，可谓繁华都市中的一片文化圣地。也就在这里，开始了我的三年博士生涯，撰写完成了我学术生涯中的第一部著作。不过随园虽美，但居住条件却很艰苦，我和我同届的博士生寝室大多安排在公寓的一楼，相当于地下一层，潮湿、阴冷，冬天尤其酷寒，夏天倒是比较清凉，因此我们戏称自己为"古墓派"。在撰写博士论文期间，经冬历暑，真正体会到了南京极冷极热天气的严酷。冬天，气温在零度以下，寝室没有暖气，只能靠跺脚和跑步来保持暖和，有时唯有坐在被窝中坚持写作；夏天，高温酷热是常态，为了尽早完成论文，暑期我依然待在寝室，赤膊上阵，挥汗如雨，竟然坚持了下来。其间既有思绪不开而无法下笔，几天不著一字的痛苦，也有豁然开朗而文思泉涌，援笔立成的喜悦。那时的生活极其简单，寝室、图书馆、食堂，唯一的放松时间是晚饭后和三两同学沿着学校操场散步，聊聊彼此感兴趣的话题。虽然清苦，却没有琐事的烦恼，一心沉浸论文的撰写中，宁静而淡泊，也是我所喜欢的一种生活方式。现在回味起来，那仍然是一段很惬意和轻松自在的时光。

如今，这部"十年磨一剑"的书稿终于要出版了，感谢那些在学术和生活中帮助和支持我的人。首先是我的博士生导师潘百齐老师，没有他的指导就不会有这篇博士论文，甚至我的学术道路也会完全不一样。另外，钟振振老师、莫砺锋老师、曹虹老师、程杰老师，都给了一定的意见和建议，谨此表示诚挚的谢意。其次是我的家人。妻子邹桂华一直在背后支持我，让我能安心从事我的学术研究，特别是攻读博士学位三年，她负责照顾家庭，解除了我的后顾之忧。我到南京读书时，她刚怀孕，我却无法陪在身旁；女儿严瑾出生才满月，我又不得不匆匆离开返回学校；博士二、三年级，为了早日完成毕业论文，我甚至寒暑假都待在南京，抚育女儿的事都是她在操劳，这期间的责任和辛苦可想而知，而我则只是坐享其成，远在千里之外收获女儿健康成长的惊喜和欢乐。今年，小儿严承宇出生，我本来想多照料一点，以弥补对女儿抚育的缺失，却依然没有做到。只能在此谢谢她对家庭的付出，让我有了这个幸福家庭。另外，母亲这十年来一直不辞辛劳帮我照看小孩，尽管年岁已高，本应该在老家安享晚年，我却只能一次次依赖她，不能略尽孝道，实在问心有愧，唯愿母亲身体健康，福寿永祺！最后要感谢中国社会科学出版社的郭晓鸿编辑，感谢她提供的机会，以及对稿件的认真审核和校对。

严正道

2018 年初冬写于西华师大